Die 70er Jahre: Drei Paare aus Uppsala, miteinander befreundet und jung, planen eine Busreise von Schweden durch die Ostblockländer bis ans Schwarze Meer. Aber was so lustig beginnt, endet im Desaster. Die Wege der Sechs trennen sich nach diesem Urlaub – und kreuzen sich ein Menschenalter später erneut, als ein Dozent aus Lunda in den Wäldern vor Kymlinge am Fuße eines Steilhangs tot aufgefunden wird. Genau an derselben Stelle, an der eine junge Studentin aus Uppsala vor fünfunddreißig Jahren unter mysteriösen Umständen ums Leben kam …

HÅKAN NESSER, geboren 1950, ist einer der beliebtesten Schriftsteller Schwedens. Für seine Kriminalromane erhielt er zahlreiche Auszeichnungen, sie sind in über zwanzig Sprachen übersetzt und mehrmals erfolgreich verfilmt worden. »Die Einsamen« ist der vierte Band der Serie um Inspektor Gunnar Barbarotti. Håkan Nesser lebt in Stockholm und auf Gotland.

HÅKAN NESSER

# Die Einsamen

Roman

*Aus dem Schwedischen*
*von Christel Hildebrandt*

btb

Die schwedische Originalausgabe erschien 2010
unter dem Titel »De ensamma« bei Albert Bonniers, Stockholm.



Dieses Buch ist auch als E-Book erhältlich.

FSC® www.fsc.org MIX Papier aus verantwortungsvollen Quellen FSC® C014496

Verlagsgruppe Random House FSC® N001967

1. Auflage der Neuausgabe März 2020

Umschlaggestaltung: semper smile, München
Umschlagmotiv: © Trevillion Images / Irene Suchocki
© Getty Images / Mirage C
Druck und Einband: GGP Media GmbH, Pößneck
SL · Herstellung: sc
Printed in Germany
ISBN 978-3-442-71987-7

www.btb-verlag.de
www.facebook.com/btbverlag

## *Einleitende Bemerkung*

Die Stadt Kymlinge und ihre Umgebung existieren nicht auf der Landkarte, und gewisse militärische und akademische Verhältnisse sind den Ansprüchen der Umstände entsprechend verändert worden. Ansonsten enthält das vorliegende Buch eine in vielerlei Hinsicht wahrhaftige Geschichte.

»Kann man vom innersten Kern eines Menschen sprechen?«, fragte Regener. »Macht das einen Sinn?«
»Ich weiß nicht«, antwortete Marr. »Vielleicht.«

Erik Steinbeck, *Die Perspektive des Gärtners*

# *Prolog, September 1958*

Er wachte von streitenden Stimmen auf. Sie stammten weder von Vater noch von Mutter. Die stritten sich nie. Man kann doch in der heiligen Familie nicht streiten, pflegte Vater zu sagen und dann auf diese ernste Art und Weise zu lachen, so dass man nicht wusste, ob er nun Spaß machte oder es ernst meinte.

Es war auch nicht Vivianne, die da zeterte, oder ein anderer Mensch. Nein, die Stimmen waren in ihm selbst.

Tu es, sagte die eine. Es geschieht ihnen nur recht. Sie sind ungerecht.

Tu es nicht, sagte die andere. Es wird Prügel setzen. Er wird es merken.

Komisch, dass man von Stimmen aufwachen kann, die es eigentlich gar nicht gibt, dachte er. Er schaute auf die Uhr. Es war erst halb sieben. Noch zwanzig Minuten, bis er normalerweise aufstand. Das war ebenfalls komisch. Er wachte so gut wie nie von allein auf. Seine Mutter musste ihn meistens wecken, und das nicht nur einmal.

Aber das lag natürlich daran, dass es ein besonderer Morgen war.

Natürlich. Und weil er gestern Abend daran gedacht hatte. Bevor er eingeschlafen war, und darüber stritten sich die Stimmen jetzt. Er hatte sicher auch davon geträumt, das musste so sein, obwohl er sich nicht daran erinnern konnte. Er blieb noch eine Weile liegen und versuchte wieder in den Schlaf zu finden, aber es klappte nicht.

Dann setzte er sich auf die Bettkante. Ich tu es, dachte er. Vielleicht passiert ja gar nichts, aber ich bin so wütend. Es ist einfach nicht gerecht, und wenn etwas ungerecht ist, dann muss man etwas tun, das sagt Vater ja auch immer.

Lass es, sagte die andere Stimme. Er wird es merken, und wie um alles in der Welt willst du ihm das dann erklären?

Er wird gar nichts merken, erwiderte die erste Stimme. Sei nicht so verdammt feige. Du wirst es sonst bereuen und dich dafür schämen, dass du so feige warst, wenn du es nicht tust. Außerdem ist es ja nur ein Pups.

Ganz im Gegenteil, widersprach die andere Stimme. Du wirst es bereuen, wenn du es tust. Und es ist nicht nur ein Pups.

Aber sie war nicht mehr so kräftig, diese Stimme, die ihn zurückhalten wollte. Eigentlich nur noch ein Flüstern. Er stand auf und ging zu dem Stuhl, über dem seine Kleider hingen. Schob die Hand in die Tasche der hellblauen Strickjacke und vergewisserte sich.

Ja, die Schachtel mit den Pastillen lag noch dort. Babyleicht, dachte er. Es wäre wirklich babyleicht, und das Risiko, dass er erwischt wurde, war kleiner als ein Pups im Sturm. So pflegte sein Vater immer zu sagen. Andere Menschen sagten, wie ein Tropfen Wasser im Meer, aber sein Vater sagte immer, wie ein Pups im Sturm.

Die andere Stimme versuchte noch etwas anzubringen, aber sie war so schwach, dass er sie nicht mehr hörte. Höchstens noch als … ja, genau das, er konnte nicht anders, er musste darüber kichern … als ein Pups im Sturm.

Er ging auf die Toilette und spürte, wie sein Körper prickelte. Der Entschluss fühlte sich an wie ein warmes Knäuel in seinem Kopf.

# I

## 1

Rickard Berglund war ein in vielerlei Hinsicht rational denkender junger Mann, aber den Dienstag mochte er nicht.

Das war nicht immer so gewesen. Vernünftig war er schon immer, aber in den letzten Jahren der Fünfziger – noch bevor er den Schritt von der Stavaschule zur Realschule in Töreboda gemacht hatte – war es im Falle der Dienstage genau umgekehrt gewesen. Damals waren sie von einem gewissen Glanz umhüllt. Der Grund war ganz einfach oder besser gesagt zweifach: am Dienstag fiel das *Donald-Duck*-Heft durch den Briefschlitz, und außerdem war es der Tag, an dem seine Mutter ihm Krapfen mit warmer Milch vorsetzte, wenn er mittags nach Hause kam.

Diese Kombination, mit einer großen, von Puderzucker bedeckten Semmel am Tisch zu sitzen, die elegant in einer mit Zimt und Zucker gewürzten Milch schwamm, und dabei ein noch ungelesenes – fast konnte man sagen, von Menschenhand noch unberührtes – Magazin links vom Teller auf der rotweißkarierten Wachstuchdecke liegen zu sehen, ja, allein das Wissen um dieses bevorstehende Vergnügen ließ ihn die vierhundert Meter zwischen der Schule und dem weißen Einfamilienhaus in der Fimbulgatan meist rennen.

Erst später bekamen die Dienstage einen anderen Ton. Insbesondere in den Jahren 1963 und 1964, als er die Schule wechselte, zu alt für Donald Duck wurde und als sein Vater Josef im Sanatorium von Adolfshyttan lag und schließlich starb.

Denn immer an diesem Wochentag nahm er mit seiner Mutter Ethel den Bus und besuchte den Vater. Der Bus war blau, hatte durchgesessene Sitze und wurde vier von fünf Malen von dem rundlichen Vater von Benny Persson – dem Quälgeist der Stavaschule – gelenkt. Wenn sie zurück in die Fimbulgatan kamen, war es schon dunkel, die Hausaufgaben waren noch nicht gemacht, und seine Mutter hatte rote Augen vom Weinen, dem sie sich heimlich auf der Heimreise hingegeben hatte.

Aber sein Vater starb an keinem Dienstag, es geschah in der Nacht von einem Freitag auf einen Samstag. Die Beerdigung fand gut eine Woche später in aller Stille statt. Das war im November 1964, und es regnete von morgens bis abends.

Vielleicht waren es gar nicht die Sanatoriumsbesuche, die den Kern seiner Dienstagsphobie bildeten, es war nicht so leicht zu sagen. Bereits in frühen Jahren hatte Rickard Berglund eine bestimmte Auffassung davon gehabt, wie die verschiedenen Wochentage aussahen. Welche Farbe sie hatten beispielsweise und welches Temperament – auch wenn es noch viele Jahre dauern sollte, bis er begriff, was das Wort »Temperament« bedeutete. Demnach waren die Samstage schwarz, aber warm, die Sonntage natürlich rot, genau wie im Kalender, die Montage dunkelblau und sicher ... während die Dienstage immer eine Art harte Schale hatten, grauweiß, kalt und abweisend; sich in sie hineinzubegeben, war ungefähr so ein Gefühl, als würde man seine Zähne in ein Porzellanbecken schlagen.

Dann folgte der sehr, sehr dunkelblaue Mittwoch, der gegen Abend sein Versprechen von Wohlstand und Wärme zu erfüllen schien, der Donnerstag mit seinem himmelblauen Freiheitsgefühl und der weiße Freitag – wobei das Weiß des Freitags eine ganz andere Beschaffenheit hatte als die Eiseskälte des Dienstags.

Er wusste nicht, woher er dieses klare Bild eines Wochenrades hatte – oder woher er überhaupt wissen konnte, dass es sich um ein Rad handelte –, und ab und zu fragte er sich, ob andere Menschen es auf die gleiche Art und Weise sahen. Aber er hatte nie, zumindest bis zu seinem zwanzigsten Lebensjahr, mit irgendjemandem diese Sichtweise diskutiert. Möglicherweise aus Angst, für nicht normal gehalten zu werden.

Die Dienstagsphobie war auf jeden Fall hängen geblieben. Während seiner Jahre auf dem Gymnasium war er in seinem möblierten Zimmer in der Östra Järnvägsgatan an diesem Wochentag immer mit einem Gefühl der Schwermut aufgewacht, wohl wissend, dass von den folgenden fünfzehn, sechzehn Stunden nichts Gutes zu erwarten war. Weder was die Schule betraf, noch was die spärlichen Freundschaftsbeziehungen anging. Die Dienstage waren emaillehart und feindlich von Natur aus, und das Einzige, was man tun konnte, war der Versuch, sich zu wappnen. Sich zu wappnen und zu überleben.

Vielleicht konnte das auf lange Sicht sogar von Nutzen sein.

Heute jedoch war kein Dienstag. Es war Montag. Es war der 9. Juni 1969, und der Schienenbus von Enköping hatte mit langgezogenem Quietschen und einem Ruck auf Gleis 4 am Hauptbahnhof von Uppsala angehalten. Es war zwanzig Minuten nach elf am Vormittag, Rickard Berglund ergriff seine grüne Segeltuchtasche und stieg hinaus in den Sonnenschein auf dem Bahnsteig.

Er blieb ein paar Sekunden vollkommen still stehen, als wollte er sich diesen Augenblick bewahren und einprägen – diesen so lange herbeigesehnten Augenblick, in dem er zum ersten Mal seine Füße auf den vielbesungenen Boden dieser Stadt der akademischen Lehre setzte. *Gluntarne.* Der Komponist Ulf Peder Olrog. *Orphei dränger.* Es war einfach großartig.

Obwohl er kaum etwas Besonderes erkennen konnte, als er

seine Füße und deren nächste Umgebung betrachtete. Es hätte sich ebensogut um irgendwelche x-beliebigen Füße auf einem x-beliebigen Bahnsteig in Herrljunga oder Eslöv oder in irgendeinem anderen gottverlassenen kleinen Kaff im Königreich Schweden handeln können. Er seufzte. Zuckte mit den Schultern, folgte dem Menschenstrom quer durchs Bahnhofsgebäude und nahm die Stadt in Besitz.

Zumindest formulierte er es so für sich selbst. *Jetzt nehme ich die Stadt in Besitz.* Das diente dazu, die Unruhe in Schach zu halten, *kursiv* zu denken, beinhaltete, dass man das Kommando über die Wirklichkeit ergriff. Das stammte aus einem Buch, das er im ersten oder zweiten Jahr auf dem Gymnasium gelesen hatte; er konnte sich aber weder an den Titel noch an den Autorennamen erinnern. Auf jeden Fall war es eine einfache Methode, die funktionierte: *kursive Gedanken bezwingen eine bedrohliche Umgebung.*

Draußen auf dem Bahnhofsvorplatz blieb er noch einmal stehen. Er betrachtete die schwulstige, knallbunte Skulptur in dem Steinrondell und dachte, dass sie sicher berühmt war. In einer Stadt wie Uppsala gab es eine Menge berühmter Sehenswürdigkeiten. Bauten, Gedenksteine, historische Plätze, und mit der Zeit würde er sich all das zu Gemüte führen – ruhig und zielstrebig, es gab in dieser Beziehung keinen Grund zur Eile.

Er ging weiter geradeaus, überquerte eine große, viel befahrene Straße und ein paar kleinere, und nach ein paar Minuten war er unten am Fluss. *Fyris.* Überquerte ihn auf einer Holzbrücke und sah den Dom und den alten Stadtkern sich rechts von ihm erheben, nickte zufrieden und lenkte seine Schritte dorthin.

*Jeder Mensch sollte einen großen und einen kleinen Plan haben. Der große betrifft die Frage, wie man das Leben bewältigen will, der kleine, wie den Tag.*

Das war keine seiner eigenen kursiven Formulierungen, leider nicht, sie stammte von dem Studienrat Grundenius. Von allen mehr oder weniger eigenartigen Lehrern, auf die er während seiner drei Jahre am Vadsbo-Gymnasium gestoßen war, hatte Grundenius den größten Eindruck auf Rickard Berglund gemacht. Dominant und unberechenbar, zeitweise geradezu launisch, aber es war immer interessant, ihm zuzuhören. Oftmals sowohl überraschend als auch scharfsinnig in seinen Beobachtungen und Fragestellungen. Religion und Philosophie. Es gab das Gerücht, dass er gern schlechte Noten gab, aber Rickard hatte in beiden Fächern ein *Gut* bekommen; schwer zu sagen, ob er es wirklich verdient hatte. Schwer, seine eigenen Verdienste einzuschätzen.

Auf jeden Fall hatte er einen kleinen und einen großen Plan. Während er weiter am Fluss entlang auf die Kathedrale zuschritt, deren spitze Türme sich leicht in dem mit Wolken betupften Himmel zu bewegen schienen, tauchte der große in seinem Kopf auf. *Das Leben.* Rickard Emmanuel Berglunds Zeit auf Erden, soweit sie sich erstreckte und gedacht war.

Theologie.

Das war der Grundstein. Den Acker wollte er bearbeiten, oder wie immer man es auch ausdrücken mochte. Er hatte zu keinem bestimmten Zeitpunkt den entsprechenden Entschluss gefasst, zumindest konnte er sich nicht daran erinnern, es war eher eine Entscheidung gewesen, die in ihm gewachsen war, unwiderruflich und schicksalhaft im Laufe einer ganzen Anzahl von Jahren. Vielleicht bereits mit der Muttermilch aufgesogen, denn es gab einen Gott, dessen war er sich während seines ganzen bewussten Lebens sicher gewesen, aber durch den Tod seines Vaters hatte er außerdem begriffen, dass es sich nicht um den sicheren und freundlichen Abendgebetsgott seiner Kindheit handelte, sondern dass die diesbezügliche Frage viel komplizierter war. Deutlich komplizierter.

Wert, untersucht zu werden.

Josef Berglund war Pastor der freikirchlichen Gemeinde der Aronsbrüder gewesen, ein früher Ableger der Missionskirche, doch die gebündelten Gebete der Gemeindemitglieder hatten in der letzten schweren Zeit das Leiden ihres Hirten nicht um einen Deut lindern können. Auch die seiner Ehefrau und seines Sohnes halfen nicht, und das war der Hauptgrund für Rickard Berglunds nuanciertes Gottesbild.

Warum erhört er unsere Gebete nicht?

Oder wenn er sie hört, warum kommt er dann nicht unseren bescheidenen Wünschen entgegen? Warum lässt er seine Treugläubigen leiden?

Als er diese Fragen ein einziges Mal mit seiner Mutter Ethel diskutieren wollte, hatte sie ohne Umschweife erklärt, dass es dem Menschen nicht zustünde, sich Vorstellungen von *Seinen* tieferen Zielen und Beweggründen zu machen. Absolut nicht. Denn die vereinfachenden Interpretationen des Menschen bezüglich Gut und Böse waren aus einer größeren, jenseitigen Sicht immer zum Scheitern verurteilt. Nicht einmal so ein Ereignis wie das Leiden und der Tod eines einfachen, gottesfürchtigen freikirchlichen Pastors können wir letztlich abschließend beurteilen.

Ungefähr so war ihre Argumentation gewesen. Aber Rickard Berglund *wollte* sich eine Vorstellung machen. Er forderte eine Erklärung, auch wenn seine Mutter behauptete, dass derartige Ambitionen geistigem Hochmut ähnelten, und an diesem Punkt endete meist ihr Gespräch. In dieser Sache ließ sie nicht mit sich reden; wenn es ein Kampf war, ein Ringen um Gott, um das es hier ging, dann war das eine Aktion, die er bitte schön allein auszutragen hatte. Rickard und der Herrgott? Der Sinn seines Lebens?

Er erreichte das dunkle Portal. Die Umgebung des Doms badete geradezu in strahlendem Sonnenschein, aber die schweren Türen zum Heiligtum waren sorgfältig geschlossen und lagen im Schatten. Er beschloss, nicht hineinzugehen – oder hatte es bereits beschlossen, als er im Zug den Plan für diesen Tag gemacht hatte. Es war zu früh. Zuerst wollte er das Gebäude von außen betrachten, diese mächtige, leicht bedrohlich wirkende Architektur: außerdem das Dekanhaus finden, in dem die Theologie ihren Sitz haben sollte, das musste wohl der große, viereckige Klotz südlich der Kirche sein … oder war es westlich? Er war sich der Himmelsrichtungen bereits nicht mehr sicher … und das deutlich friedlichere Kirchengebäude dort hinten war natürlich die Dreifaltigkeitskirche. Im Volksmund »Die Bauernkirche« genannt. Rickard Berglund hatte die wichtigsten Sehenswürdigkeiten in dem Bildband *Uppsala früher und heute,* den er im April von seiner Mutter zum zwanzigsten Geburtstag bekommen hatte, gründlich studiert. Sie war mit seinem Lebensplan genauso zufrieden wie er selbst, und manchmal wunderte er sich über die Selbstverständlichkeit und fehlenden Einwände, was seine Zukunftsaussichten betraf. War es wirklich so einfach? Sollte es nicht zumindest Alternativen geben, die man verwerfen konnte?

Er ging am Dekanhaus vorbei, um die Bauernkirche herum und kam über eine Treppe und einen kurzen Abhang hinunter in die Drottninggatan. Rechts oben konnte er die imposante Bibliothek sehen, und noch weiter oben auf dem Hügel war durch das Laub der Bäume das Schloss zu erahnen. Dort oben blühten noch Traubenkirsche und Flieder, es war ein später, zögerlicher Frühling gewesen, und er war einfach hingerissen. Er überquerte die Drottninggatan, ging eine Straße weiter, die passenderweise Nedre Slottsgatan, Untere Schlossgasse, hieß, und erreichte schließlich eine Konditorei, genau gegenüber einem künstlich angelegten länglichen Teich. Stockenten, ein paar Schwäne und einige andere unbekannte Wasservögel schwammen in gemütlicher Frühlingsträgheit herum, so sah es zumindest aus. Gewiss sein konnte man sich dessen natürlich nicht. Er bestellte sich ein Kännchen Kaffee, ein Brot mit Käse und eines mit Mettwurst – auch das gehörte zu seinem Plan, wie er sich erinnerte, zufrieden darüber, dass er all diese einleitenden Schritte so einfach und elegant hinter sich gebracht hatte. Er hatte nicht ein einziges Mal nach dem Weg fragen müssen, dennoch hatte er sich fast alles, was er sich vorgenommen hatte, einverleibt: den Fluss Fyris. Dom und Theologikum. Gustavianum und Universitätsgebäude. Carolina Rediviva, das Schloss aus der Entfernung sowie eine Konditorei mit Außenterrasse. *Einverleibt.*

Es war erst Viertel nach zwölf. Er biss von seinem Brot ab, trank einen Schluck Kaffee und holte den Einberufungsbescheid aus der Seitentasche seiner Reisetasche. Zögerte einen Moment, dann zog er auch das dicke Buch heraus und legte es vorsichtig auf den Tisch, nachdem er sorgfältig überprüft hatte, ob es auch sauber war. *Ausgewählte Schriften. Sören Kierkegaard.* Im Zug hatte er gut vierzig Seiten gelesen, und jetzt stellte er noch einmal die gleichen Überlegungen an wie schon daheim an der Bushaltestelle von Hova. In Hova gab es wahrscheinlich keinen einzigen Menschen, der Kierkegaard gelesen hatte. Und jetzt in Uppsala, um wie viele mochte es sich hier handeln? Hunderte? Tausende?

Und die anderen? Schopenhauer. Nietzsche. Kant. All die modernen Philosophen nicht zu vergessen … Althusser, Marcuse und wie sie hießen. Es war ein ansprechender Gedanke, dass es in dieser Stadt gut möglich war, jemand am Nachbartisch in einer Konditorei wie dieser oder in der Schlange im Supermarkt zu finden, der sich sowohl mit Hegel als auch mit Sartre beschäftigt hatte.

Rickard Berglund hatte einen Kanon, eine Leseliste mit all den Autoren, mit denen er im kommenden Jahr Bekanntschaft schließen wollte. Bevor er sich ernsthaft der Theologie widmete. Vielleicht sollte er auch mal bei Marx und Lenin reinschauen, um sich zu orientieren. Nichts Menschliches sei dir fremd, das hatte Grundenius ihnen einzuschärfen versucht … *und auch nicht viel Unmenschliches.* Wenn du deinen Gegner nicht studierst, wirst du ihn niemals besiegen können.

Rickard glaubte nicht an den Kommunismus. Der Krieg der USA dort hinten in Vietnam war sicher in vielerlei Hinsicht ungerecht, aber das war nicht die ganze Wahrheit. Stalin hatte mehr Menschenleben auf dem Gewissen als Hitler, da brauchte man nur in den Geschichtsbüchern nachlesen, und Rickard hegte einen fast physischen Widerwillen gegen Demonstrationen aller Art. Aufgehetzte Volksmengen, gegrölte Parolen und platte Demagogie machten ihm Angst. Mit der Hippiebewegung, der Popmusik und all den langhaarigen Freiheitskämpfern ging es ihm ähnlich. Irgendwie betraf ihn das nicht. Rickard Berglund hoffte, oder besser gesagt, er ging eigentlich davon aus, das Gegengift gegen all diese Geißeln der Zeit in einer Umgebung zu finden, in der klassische Bildung und Tradition regierten. Die Alma Mater, jerum, jerum … mit der Zeit, dachte er, mit der Zeit werde ich in dieser Stadt schon Fuß fassen.

Er las den kurzen Text auf dem Einberufungsbescheid zum hundertsten Mal.

**Ort:** AUS/Armee-Unteroffiziersschule, Dag Hammarskjölds väg 36, bei der Wache melden.
**Zeit**: Montag, 9. Juni 1969, zwischen 13.00 und 21.00 Uhr.
**Dauer der Ausbildung**: Fünfzehn Monate.
**Entlassungstag:** 28. August 1970.

Als Rickard Berglund sich all diese Zeit vorzustellen versuchte, all diese Tage mit ihrem vollkommen unbekannten Inhalt und den unbekannten Voraussetzungen, zog sich etwas in seiner Kehle zusammen. Wenn er das nicht bekämpfte, konnte es sehr wohl explodieren, das fühlte er.

Vielleicht würde er es nicht aushalten?

Vielleicht würden sie ihn schon nach ein paar Wochen zurück nach Hova schicken? Woher sollte man wissen, ob man dazu taugte?

Oder ihn auf einen ganz anderen Posten in einem ganz anderen Regiment irgendwo im Land versetzen? Das wäre eine noch größere Schmach. In dem Informationsmaterial, das er bekommen hatte, stand, dass so etwas möglich war. Zehn bis fünfzehn Prozent derjenigen, die für die Stabsausbildung ausgesucht wurden, gingen diesem Schicksal entgegen. Und wenn er nun in Boden landete? Oder in Karlsborg? Uppsala war ein Gewinnlos in der Musterungslotterie gewesen, aber jetzt hieß es, das Glück nicht leichtsinnig zu vertun... Er seufzte und machte sich klar, dass es genau solche trübsinnigen Gedankengänge waren, in die er nicht mehr hatte verfallen wollen.

Denn der Plan stand fest. Fünfzehn Monate Militärdienst auf der Stabs- und Offiziersschule, dann diverse Semester Theologie, vier oder fünf Jahre, das musste die Zeit weisen. Anschließend die Priesterweihe und hinaus aufs Land, um das Wort zu verkünden.

So einfach war das.

Wenn man elf Monate bei der Lapidus Beton AG durchgehalten hatte, dann schaffte man fast alles. Es war Onkel Torsten gewesen, der ihn drei Tage nach dem Abitur zur Armierung geholt hatte, und wie immer es um die Bildung im sonstigen Hova-Gullspång stand, so war er jedenfalls garantiert der Einzige bei Lapidus, der in den Kaffeepausen Hjalmar Bergman und Bunyan las.

Es hatte die eine oder andere Stichelei gegeben, aber das war jetzt vorbei. Er hatte sowohl die Betonindustrie als auch sein Elternhaus in der Fimbulgatan hinter sich gelassen. Und sein

Kinderzimmer, in dem er gewohnt hatte, solange er sich erinnern konnte. Seine Mutter hatte am Morgen in der Küche versucht, gegen die Tränen anzukämpfen, aber es war ihr nicht gelungen.

Du lässt mich allein, Rickard, hatte sie geschluchzt. Aber so muss es sein, und vergiss nicht, dass es immer einen Weg zurück in dein Elternhaus gibt.

Das hatte sie sich natürlich schon vorher zurechtgelegt, und es hatte geklungen wie ein alter Spruch auf einem gestickten Stoffband über einer Küchenbank. Nach dem Tod des Pastors hatte sie immer häufiger angefangen, so zu reden, und tief in seinem Inneren schämte er sich über das Gefühl von Freiheit, das in ihm aufstieg, sobald er durch die Tür gegangen war.

Ein Freiheitsempfinden, wenn man zum Militär sollte? Das war wohl etwas, das man lieber nicht laut aussprach, aber genau dieses Gefühl hatte ihn erfüllt. Heute beginnt mein Leben wirklich! Er hatte sich den ganzen Frühling auf dieses Datum gefreut, und während er nun hier saß und diese unbekannten Enten, diese unbekannten Schwäne und diese unbekannten Menschen betrachtete, Letztere auf dem Bürgersteig vorbeiflanierend, da dachte er, dass er niemals – was immer auch in seinem Leben geschehen würde, was immer auch aus seinem großen Plan werden würde – dass er niemals diesen Moment vergessen würde. In der Konditorei Fågelsången in Uppsala mitten am Tag des 9. Juni 1969. Er konnte sich vorstellen, jedes Jahr genau zu diesem Datum hierherzukommen, sich hinzusetzen und ein wenig zu philosophieren, an Vergangenes und Zukünftiges zu denken und …

Hier wurde sein Gedankenstrom jäh durch einen Schatten unterbrochen, der über seinen Tisch fiel, und durch den Besitzer dieses Schattens, der seine Anwesenheit mit einem diskreten Räuspern kundtat.

»Sieh mal einer an. Kierkegaard. Nicht schlecht.«

Rickard Berglund blickte auf. Ein langer junger Mann in Jeans, T-Shirt und aufgeknöpftem Flanellhemd stand vor ihm und betrachtete ihn. Schräger dunkler Pony, der übers halbe Gesicht hing, und ein breites Lächeln. Er deutete auf den leeren Stuhl an der Wand.

»Entschuldigung. Aber gewisse Dinge muss ich einfach kommentieren. Darf ich mich setzen?«

Rickard nickte und steckte den Einberufungsbescheid ein.

»Den habe ich auch gesehen.«

»Was, die Einberufung …«

»Genau. Und ich nehme an, dass du nicht zur Kompanie S1 sollst?«

Er zog den Stuhl heran und setzte sich. Schlug ein Bein über das andere und holte ein Päckchen Zigaretten aus der Brusttasche.

»Möchtest du?«

»Nein, danke. Ich rauche nicht.«

»Vernünftig.«

Rickard versuchte es mit einem Lächeln. »Und warum vermutest du, dass ich nicht zu S1 komme?«

Sein frischgebackener Tischnachbar zündete sich eine Zigarette mit einem Sturmfeuerzeug an und stieß eine Rauchwolke aus. »Weil du nicht aussiehst wie ein Strippenzieher.«

»Ein Strippenzieher?«

»So werden die genannt. Die von der siebten Kompanie bei S1. Da findest du nicht viele Nobelpreisträger. Nein, ich nehme an, dass du zur AUS kommst. Als Sprachmittler oder Stabsuoff?«

»Stabsuoff«, antwortete Rickard und schluckte.

»Genau wie ich. Entschuldige, ich habe mich noch gar nicht vorgestellt. Tomas Winckler.«

Er streckte die Hand über den Tisch, und Rickard ergriff sie.

»Rickard Berglund.«

»Freut mich. Ich hoffe, wir bleiben zusammen. Ich fühle mich am wohlsten unter gebildeten Menschen.«

Er zeigte auf das Buch, und Rickard spürte, wie er errötete.

»Du … ich meine, du sollst dich also auch heute melden?«

Tomas Winckler nickte. »Ja, natürlich. Wir können zusammen hinlatschen, wenn du willst. Oder hast du andere Pläne?«

Rickard nickte und schüttelte gleichzeitig den Kopf, in einer einzigen verwirrten Bewegung. Eine Kellnerin kam und stellte eine Tasse Kaffee und eine Zimtschnecke vor Tomas Winckler. Der drückte lachend seine Zigarette aus.

»Ich habe dich durchs Fenster gesehen, als ich bestellt habe«, erklärte er. »Und das Buch und den Einberufungsbescheid. Und da sie in der Siebten nicht gerade dänische Philosophen lesen, habe ich angenommen, dass wir Kumpel werden. Woher kommst du? Jedenfalls nicht aus Uppsala?«

»Nein.«

Wie üblich fiel es ihm schwer zuzugeben, dass er fast sein gesamtes Leben in Hova verbracht hatte, sah jedoch ein, dass es nicht schlau wäre, leicht durchschaubare Lügen aufzutischen. »Aus Hova. Wenn du weißt, wo das liegt? Und Mariestad. Ich bin in Mariestad aufs Gymnasium gegangen.«

Tomas Winckler nickte. »Hab mir so was in der Richtung gedacht bei dem Akzent. Und wo würdest du mich in unserem langgestreckten Land platzieren?«

Rickard dachte nach. »Im Norden?«

»Stimmt.«

»Aber nicht so schrecklich hoch im Norden?«

»Kommt drauf an, wie man es sieht.«

»Sundsvall.«

Tomas Winckler stellte seine Kaffeetasse mit einem Klirren ab. »Verdammt. Jetzt bin ich aber beeindruckt. Hier versucht man zu klingen wie ein echter Großstadtschwede, und dann nagelst du mich mit dem ersten Schlag genau an der richtigen Stelle fest. Verdammt gut, wirklich.«

Rickard lachte und zuckte entschuldigend mit den Schultern.

»Reine Glückssache«, versicherte er. »Bist du schon mal in Uppsala gewesen?«

»Ein paar Mal. Meine Familie hat hier in der Stadt eine Wohnung. Und du?«

»Nein«, musste Rickard zugeben. »Ich habe heute tatsächlich zum ersten Mal meinen Fuß in die Stadt gesetzt. Aber ich werde wohl hier bleiben und studieren ... hinterher. Es ist eine schöne Stadt, oder?«

»Sie ist wunderbar«, versicherte Tomas Winckler und strich sich den Pony aus dem Gesicht. »Zumindest, solange man unter dreißig ist. Und das ist man ja. Und was willst du studieren?«

»Das weiß ich noch nicht.«

»Ach? Nein, ich eigentlich auch nicht. Aber bestimmt werde ich ein paar Jahre hier hängen bleiben.«

Mein Gott, dachte Rickard mit plötzlicher Einsicht. Hier sitze ich und rede mit jemandem, den ich für den Rest meines Lebens kennen werde. Ich, der ich ein Jahr nach dem Abitur mit meinen Klassenkameraden kaum noch etwas zu tun habe.

Tomas Winckler nahm das Buch in die Hand und studierte den Rückentext. »Ich habe nur Auszüge gelesen«, erklärte er. »Aber er ist klug, dieser Däne. Verdammt scharfsinnig.«

»Ich habe gerade erst angefangen«, räumte Rickard ein. »Und was liest du im Moment?«

Tomas Winckler ging nicht darauf ein. Er lehnte sich zurück und zündete sich stattdessen seine ausgedrückte Zigarette wieder an. »Wenn du dich selbst mit einem einzigen Satz beschreiben solltest«, sagte er, »wie würdest du das tun?«

»Ein einziger Satz?«

»Ja.«

Rickard Berglund dachte eine Sekunde lang nach. »Ich bin ein junger Mann, der keine Dienstage mag«, erklärte er dann.

Tomas Winckler betrachtete ihn verblüfft. Dann brachen sie beide in schallendes Gelächter aus.

## 2

Verdammter Köter, dachte Elis Bengtsson.

Dann formte er seine Hände vor dem Mund zu einem Trichter und rief, so laut er konnte.

»Luther!«

Er wiederholte die Prozedur. In alle vier Himmelsrichtungen.

Anschließend ließ er sich auf einem Baumstamm nieder und wartete. Es hat ja doch keinen Sinn, herumzulaufen und nach dem Köter zu suchen, dachte er. Lieber einfach sitzen bleiben und den Hund suchen lassen.

Das hatten ihn die Jahre gelehrt. Hunde haben eine bessere Witterung als Menschen, und wenn sie wollen, finden sie immer den Weg nach Hause.

Luther war sein exakt neunter Hund, und sie alle hatten ihren Namen nach bemerkenswerten Persönlichkeiten bekommen: Galileo, Napoleon, Madame Curie, Stalin, Voltaire, Doktor Crippen, Nebukadnezar und Caruso.

Und Luther, wie gesagt. Vier Jahre alt, Hälfte Vorsteher, Hälfte Bracke und normalerweise ein sehr intelligentes Tier. Aber jetzt hatte er offensichtlich eine Spur gewittert, obwohl Elis Bengtsson ihn nie für die Jagd eingesetzt hatte. Manchmal nützen auch bestes Training und gute Erziehung nicht, so war es nun einmal.

Der Hund war bei Alkärret verschwunden, und jetzt, eine halbe Stunde später, war er selbst bei der Gåsaklyftan, wo sie normalerweise eine Pause einlegten und es ein Leckerli gab, aber der Hund war immer noch verschwunden.

Elis Bengtsson schaute auf die Uhr. Fünf vor zwei. Er hatte versprochen, um halb drei zu Hause zu sein, um Märta zum Arzt zu fahren.

Blöde Kuh, dachte er. Warum kann sie nicht einfach selbst das Auto nehmen?

Aber genau genommen war es doch das Beste, wenn sie sich nicht hinters Steuer setzte. Sie hatte ihren Führerschein seit 1955, aber seit 1969 kein Fahrzeug mehr gelenkt, nachdem sie beim Rückwärtsfahren auf dem Norra torg in Kymlinge in einen Papierkorb gefahren war. Elis selbst hatte sich bis zur letzten Sekunde zwischen Papierkorb und der hinteren Stoßstange befunden, das war eine ganz dumme Sache gewesen.

Was ihn selbst betraf, so hatte er siebenundfünfzig makellose Jahre im Tornister, und wenn die Gesundheit es zuließ, dann plante er, bis zu seiner Beerdigung Auto zu fahren.

Es gab auch keinen Grund zur Vermutung, dass etwas mit seiner Gesundheit nicht stimmte, es war Märta, die schwächelte, nicht er. Spröde Knochen, Gefäßverengungen, Schwindelattacken und weiß Gott, was sonst noch. Worum es beim heutigen Arzttermin ging, hatte er vergessen. Wenn er es jemals gewusst hatte.

Er seufzte, erhob sich mühsam von dem Baumstamm und dachte nach. Ging dann ein Stück den Hang hinauf, bevor er noch einmal rief.

»Luther!«

Wieder in alle vier Himmelsrichtungen, so war es jedenfalls geplant gewesen, aber er war erst bei der zweiten, als er plötzlich vom unteren Ende der Gåsaklyftan ein Bellen hörte.

Er rief noch einmal in dieselbe Richtung, und wieder erhielt er eine Antwort.

Gåsaklyftan, dachte er. Verdammt noch mal!

Wenn er später darüber sprach – mit Märta oder mit dem einbeinigen, aber neugierigen Olle Mårdbäck aus dem Nachbarhaus und mit der Polizei –, dann wies er gern darauf hin, dass er so eine Vorahnung gehabt habe.

Dass er, bereits als er Luthers Bellen zum ersten Mal hörte, begriff, was da am Fuße des Steilhangs auf ihn wartete.

Die Gåsaklyftan. Er war sich nicht sicher, ob sie tatsächlich so hieß, aber letztes Mal hatten sie sie so genannt. Gåsaklyftan, die Gänseschlucht!

*Letztes Mal.* Wie viele Jahre war das jetzt her? 1975.

Mit anderen Worten: fünfunddreißig Jahre. Ein Menschenalter, wie man so sagte.

Aber wahrscheinlich hatte er keine Vorahnung gehabt. Wenn er ehrlich war. Erst als er da oben am Rand des Steilhangs stand und auf Luther und den Körper, der dort unten lag, hinunterstarrte – beide befanden sich gut und gern fünfundzwanzig Meter unterhalb von ihm –, erst da tauchte die Erinnerung auf.

Aber dann mit schwindelerregenden Schlussfolgerungen. Ich träume, dachte Elis Bengtsson. Es ist nicht möglich, dass die gleiche Geschichte noch einmal passiert.

Einen Augenblick lang schwindelte ihn, und es war nur Glück, dass gleich am Rand ein Birkenschössling wuchs, denn wenn Elis Bengtsson den nicht gepackt hätte, wäre es gut möglich gewesen, dass auch er seine Tage in der Gänseschlucht beendet hätte.

»Was sagst du da?«

»Ich sage, du sollst die Polizei anrufen. Es liegt ein toter Mensch in der Gåsaklyftan.«

»Noch einer?«, fragte Märta.

»Noch einer«, bestätigte Elis. »Aber das letzte Mal ist fünfunddreißig Jahre her.«

»Herr im Himmel«, sagte Märta.

»Ruf die Polizei an und sieh zu, dass sie herkommen«, sagte Elis. »Und beeil dich. Luther und ich bleiben hier und passen auf. Und deinen Arzttermin kannst du vergessen für heute.«

»Aber Elis, der Arzttermin ist morgen. Heute ist doch Sonntag.«

»Ist heute Sonntag?«

»Ja.«

»Na, ist ja wohl egal, welcher Tag heute ist. Tu jetzt bitte ausnahmsweise mal, was ich dir sage, und ruf die Polizei an.«

»Ja, ja«, sagte Märta. »Aber sag mir eins, wenn du es so eilig hast, warum hast du die Polizei nicht schon selbst angerufen?«

»Weil ich nur ein Handy habe«, antwortete Elis wütend. »Und man redet mit der Polizei nicht mit einem Handy.«

»Ich verstehe«, sagte Märta, und dann drückte er sie weg.

Weiber, dachte er.

»Halt die Schnauze, Luther!«, rief er dann. »Ich komme runter.«

Und aus irgendeinem Grund verstummte der Hund.

# 3

Nachdem Gunilla Rysth die ersten zwanzig Kilometer auf der E18 zwischen Karlstad und Örebro zurückgelegt hatte, fuhr sie auf einen Parkplatz und blieb eine ganze Weile vollkommen reglos hinter dem Lenkrad sitzen. Das war nötig. Wäre sie weitergefahren, hätte es ein Ende mit Schrecken nehmen können. Man konnte nicht Autofahren und gleichzeitig Rotz und Wasser heulen. Wenn man sich nicht totfahren wollte, und das wollte sie nun wahrlich nicht.

Trotz allem.

Obwohl, bevor sie diesen Rastplatz gefunden hatte – ein kurzes Stück vor Kristinehamn –, hatte sie mit dem Gedanken gespielt, das schon. Aber nur gespielt, eine Art verzweifelte Flucht vor ihrem schlechten Gewissen und der schrecklichen Schuld, die sie auf sich geladen hatte, indem sie einen anderen Menschen zugrunde gerichtet hatte.

Lennart war am Boden zerstört gewesen, man konnte es nicht anders sagen. In den letzten fünf Minuten ihres Gesprächs hatte er nicht ein Wort gesagt, nur dagesessen und sie mit einem Blick angesehen, den man nur mit waidwund umschreiben konnte. Ein Tier, das sie erlegt hatte und das jetzt, während es verblutete, die stumme Frage nach dem *Warum?* an sie richtete.

Hat er nicht genau so ausgesehen?, dachte sie. Ja, genau so war es gewesen.

Warum? Was habe ich dir Böses getan?

Ich liebe dich doch. Wir lieben uns. Wir wollten doch zusammen leben.

Vier Jahre und ein bisschen mehr. Fast genau fünfzig Monate waren sie zusammen gewesen; die ersten zwanzig, oder waren es sogar dreißig?, hatte er ihr jedes Mal zur Erinnerung eine Rose geschenkt. Es hatte in der zweiten Klasse des Gymnasiums angefangen, es war ein Fünftel ihres Lebens, ein Fünftel seines Lebens.

Er war der Erste, den sie geküsst hatte, der Erste, mit dem sie geschlafen hatte. Aber nicht der Einzige. Und sie war die Erste und die Einzige, die er geküsst und geliebt hatte. Daran bestand kein Zweifel. Absolut keiner.

Er wird sich das Leben nehmen.

Es war dieser Gedanke, der unter all ihren Tränen pochte. Er wird es nicht schaffen.

Er wird sich für den Tod entscheiden.

Und sie saß auf dem Rastplatz vor Kristinehamn und weinte und weinte.

Drei Monate hatte sie ihre Entscheidung aufgeschoben.

Seit Ostern. Da hatte sie Tomas kennengelernt, bei diesem schicksalsträchtigen Chortreffen in Östersund. Nichts Böses ahnend, wie es hieß, war sie mit Kristina, ihrer Freundin seit Kindesbeinen, hingefahren. Bereits am Abend des zweiten Tages hatte Tomas sie geküsst und ihr gesagt, dass sie gar keine andere Wahl hätten. Sie waren füreinander bestimmt, es stand in den Sternen, er war sich noch nie in seinem Leben einer Sache so sicher gewesen.

Es war wie in einem Kitschroman gelaufen. Wenn sie es in einer Illustrierten gelesen hätte, hätte sie nur verächtlich geschnaubt, weitergeblättert und nicht eine Sekunde mehr darauf verschwendet.

In der nächsten Nacht waren sie in ein Ferienhaus eingebrochen und hatten sich vier Stunden lang geliebt.

Was passiert mit mir?, hatte sie sich gefragt.

Was zum Teufel passiert hier?

Auch das wie in einer Frauenzeitschrift. Ich denke wie eine dumme Gans, hatte sie festgestellt. Eine verliebte Idiotin. In den ersten Tagen nach ihrer Heimkehr hatte sie gehofft, dass sie nur einem charmanten Stinkstiefel erlegen war. Dass er nicht anrufen würde, dass sie alles, was passiert war, tief in ihrem Herzen begraben und wieder zu Lennart zurückgehen könnte. Zur Sicherheit und zu Lennart. Pizza und Bier am Freitagabend bei Storken mit der Clique. Eigenes Reihenhaus und Kinder im Sommarvägen in drei Jahren.

Aber das funktionierte nur ein paar Tage. Am dritten Abend rief er sie an, genau wie er versprochen hatte. Sie lag im Bett in ihrem armseligen Zimmer und redete mit ihm die halbe Nacht. Ein romantischer, flüsternder Regen begleitete sie die ganze Zeit an Fenster und Fensterbrett, und als sie im Morgengrauen den Hörer auflegte, war die Entscheidung gefallen. Adieu Lennart Martinsson, dachte sie. Vielen Dank für vier Jahre.

Dennoch hatte sie es bis heute hinausgezögert. Wie feige konnte man eigentlich sein? Wie gemein? Wie weh darf man einem anderen Menschen tun?

Nach zwanzig Minuten verließ sie den Rastplatz. Trotz allem waren ihre Tränen begrenzt, aber nachdem sie aufgehört hatte zu weinen, fühlte sie sich nicht besser. Keinen Deut.

Denn es ging nicht nur um Lennart. Es ging um das Leben, und es ging um alle möglichen anderen Menschen. Ihre Eltern: den Unteroffizier und die Sekretärin. Ihre Schwester. Lennarts Familie: den Major und die Handarbeitslehrerin. Lennart und sie waren nun einmal verlobt gewesen, und man hatte erwartet, dass sie bald heiraten würden. Sich Haus und Kinder anschafften, wie gesagt, und weiß Gott was noch. Erwachsen würden. Martin, Kristina, Sigge und Naomi, jede Menschenseele, die sie kannte, hatte mit so einer Entwicklung gerechnet. Lennart Martinsson und Gunilla Rysth wurden angesehen als … wie nannte man das? Bollwerk?

Was würden sie sagen? Warum hatte sie nicht vorher etwas verlauten lassen? Warum bis zur letzten Sekunde gewartet, kurz bevor sie nach Uppsala fuhr, um Birgitta zu besuchen? Einfach so zu verschwinden, ohne zumindest den Versuch zu unternehmen, einiges zu klären und zu erklären.

Gab es einen anderen?

Nein, hatte sie abgewehrt. Natürlich gab es keinen anderen. Was glaubte er denn? Es war nur so, dass es nicht mehr funktionierte, es war kein anderer Mann im Spiel. Sie musste einfach ihrem Herzen folgen.

Nur Birgitta wusste davon. Sie wusste von der Chorreise und kannte Tomas. Hatte erklärt, dass der Dreck sicher auch auf sie spritzen würde, sobald er einmal in den Ventilator geraten war, aber das war ihr egal. Sie studierte bereits seit einem Jahr in Uppsala und hatte mehr Überblick. Und wenn die Leute von daheim sie anriefen, würde sie sagen, dass Gunilla natürlich bei ihr wohne, in ihrer Studentenbude auf dem Rackarberget, auf einer Matratze auf dem Boden übernachtete. Und ja, sie habe gerade erfahren, dass es mit Lennart vorbei sei. Eine traurige Geschichte. Aber so ist das Leben nun einmal, man kann seine Gefühle nicht steuern, die Zeit heilt alle Wunden … blablabla.

Gunilla merkte, dass die Gedanken an Birgitta ein wenig halfen. Vielleicht ist es ja tatsächlich so, registrierte sie etwas verwundert, dass es für sie umso leichter wurde, je weiter sie sich von Karlstad entfernte und je näher sie Uppsala kam. Zwischen Örebro und Arboga schaltete sie sogar das Autoradio ein, schämte sich dann aber plötzlich über ihre Unverfrorenheit und fing wieder an zu weinen.

*Swimming, perhaps drowning, in a sea of emotions,* das war ein Ausdruck, auf den sie irgendwo gestoßen war, und es war keine schlechte Beschreibung dafür, wie es um sie stand. Aber sie dachte gar nicht daran zu ertrinken. Scheiß drauf, sagte sie sich und putzte sich wütend mit einem der letzten Papiertaschentücher aus der Packung die Nase. Schließlich wollte sie anfangen zu leben, nicht aufhören damit.

Auf jeden Fall war eine Sache bombensicher. Es würde eine ganze Weile dauern, bis sie wieder in die andere Richtung führe. Monate, gern auch Jahre. Der Unteroffizier, die Sekretärin und die Schwester konnten sagen, was sie wollten.

Wenigstens habe ich meinen Sigurd, dachte sie, als sie in Hummelsta anhielt, um zu tanken. Denn so hieß er, der Käfer, den sie im letzten Sommer Lennarts Cousine abgekauft hatte. Rot und etwas verrostet und mit mehr als hunderttausend Kilometern auf dem Buckel. Aber zuverlässig wie ein Uhrwerk, toi toi toi.

Tatsächlich lag eine Matratze in Birgitta Enanders Studentenbude und wartete auf sie, aber nur für ein paar Tage. Ab dem 1. Juli, einem Dienstag, wartete etwas ganz anderes auf sie. Sie wagte kaum daran zu denken, aber es war nicht einfach, es nicht zu tun: eine Zweizimmerwohnung in der Sibyllegatan in Luthagen. Sie hatte sowohl Stadtteil als auch Straße auf einem Stadtplan zu Hause in der Bibliothek von Karlstad gefunden, aber kein besonders deutliches Bild von der Umgebung erhalten. Natürlich nicht.

Die Wohnung gehörte einer Tante von Tomas, war aber so eine Art Familienbesitz. Als klar war, dass Tomas seinen Militärdienst in Uppsala absolvieren würde, war es eine Selbstverständlichkeit, dass er sie mieten konnte. Denn anschließend würde er doch in der Stadt bleiben, um zu studieren? Natürlich, und die Familie ging nun einmal vor. Was die Tante selbst betraf, so wohnte sie das ganze Jahr über in Spanien, die Sibyllegatan war nur eine Art Versicherung, falls auch ihre dritte Ehe platzen sollte.

Jedenfalls laut Tomas. Gunilla hatte die Wohnung auf Fotos gesehen, er hatte ihr ein halbes Dutzend Fotos geschickt, und jedes Mal, wenn sie die Bilder ansah oder nur an sie dachte, kribbelte es am ganzen Körper. Einmal wurde sie davon so erregt, dass sie sich unter die Dusche stellen und selbst befriedigen musste. Sie würde mit Tomas dort wohnen! Insgesamt hatten sie sich bisher dreimal getroffen (abgesehen von den Tagen in Östersund, einmal in einem gemieteten Zimmer in Sundsvall und einmal – nachdem sie jeder die halbe Strecke gefahren waren – in einem Motel außerhalb von Västerås), und jetzt sollten sie zusammenziehen! Mit Lennart hatte sie während der vier Jahre nie zusammengewohnt.

Wenn ich das Mama erzählt hätte, wäre sie in Ohnmacht gefallen, dachte Gunilla. Was ihr Vater, der Unteroffizier, gesagt und gemacht hätte, das wollte sie sich lieber gar nicht erst vorstellen, und sie wusste, genau das war ihre beste Verteidigung. Wem auch immer sie die Wahrheit erzählt oder wen sie um Rat gebeten hätte, alle hätten ihr erklärt, dass sie nicht ganz gescheit sei. Ihre Schwester. Ihre Freunde. Alle.

Also war gar nicht daran zu denken gewesen. Schweigen ist Gold. Schluss machen war eine Sache. Schluss machen und mit einem anderen Mann zusammenziehen war etwas Undenkbares. Sie hätten sie alle verurteilt.

Sie würden sie verurteilen.

Alle bis auf Birgitta. Ich will nicht behaupten, dass du richtig gehandelt hast, hatte diese gesagt. Aber ich bin mir ziemlich sicher, dass ich es genauso gemacht hätte. Falls dich das tröstet.

Und dann hatte sie auf ihre charakteristische Art laut gelacht.

Schön, dachte Gunilla Rysth. Es ist verdammt schön, dass Birgitta auch in Uppsala wohnt.

Der Schlüssel klemmte in einer Plastiktüte unter dem Fahrradsattel, genau wie sie es abgemacht hatten. Birgitta arbeitete den ganzen Sommer über in einem Restaurant außerhalb der Stadt und würde nicht vor neun Uhr zu Hause sein.

Jetzt war es halb drei. Gunilla trug ihre schweren Taschen eine nach der anderen die Treppen hinauf und schloss die Wohnungstür auf. Fünf Zimmer und gemeinsame Küche, hatte Birgitta erklärt, aber den Sommer über waren es nur Jukka und sie, die hier wohnten.

Vielleicht war Jukka ja auch irgendwo arbeiten. Auf jeden Fall war er nicht zu Hause, und Gunilla konnte sich in aller Ruhe umsehen. Sowohl in Birgittas Zimmer als auch in den gemeinsamen Räumen. Küche, Toilette, Badezimmer. Es sah ziemlich unordentlich aus, obwohl doch Dreifünftel der Mieter nicht vor Ort waren, und sie dachte, dass sie eine Studentin mit ungewöhnlich viel Glück sein musste, dass sie bereits in ihre eigene Wohnung ziehen durfte, zusammen mit ihrem Traumprinzen, noch bevor sie überhaupt angefangen hatte zu studieren. Sie erinnerte sich daran, dass Birgitta die ersten Monate zur Untermiete gewohnt hatte und überglücklich gewesen war, als sie ein Zimmer auf dem Rackarberget gefunden hatte.

*Traumprinz?* Woher kommt dieses Wort eigentlich? Es hatte einen ironischen Unterton, der ihr nicht gefiel. Mit einem Traumprinzen war auf jeden Fall irgendetwas verkehrt, und mit Tomas Winckler war nichts verkehrt.

Jemand anderem hätte sie nur schwer erklären können, warum sie sich dieser Sache so hundertprozentig sicher war, aber sie hatte auch gar nicht die Absicht, es zu versuchen. Schweigen ist Gold, wie gesagt.

Ich könnte ihn heiraten, dachte sie. Auf der Stelle, wenn er nur fragen würde.

Meine Güte, dachte sie dann. Beruhige dich, du Gans, und

vergiss die Pille nicht! Du bist zwanzig Jahre alt, und wolltest du nicht erst deine Ausbildung machen?

Sie öffnete die Kühlschranktür und stellte fest, dass eingekauft werden musste. Es gab ein Regal und ein Fach, die mit »Biggan« gekennzeichnet waren, aber der gesamte Kühlschrankinhalt bestand aus einem Liter Milch, einer Tube Streichkaviar und drei gelben Zwiebeln. Birgitta hatte erklärt, dass sie im Restaurant etwas zu essen bekam, morgens, mittags und abends, und wenn Gunilla etwas spachteln wolle, dann müsste sie einfach losgehen und sich das Gewünschte einkaufen. Wovon Jukka lebte, darüber brauchte sich niemand Gedanken zu machen.

Im Küchenschrank war das »Biggan«-Regal mit einer Schachtel Cornflakes, einem Paket Knäckebrot und einer Flasche Ketchup gefüllt. Nun ja, dachte Gunilla, ich soll ja nur drei Tage hier wohnen. Am Samstag habe ich eine eigene Küche, und die wird nicht so aussehen wie diese hier.

Sie schaute auf die Uhr. Es waren noch drei Stunden, bis sie Tomas in Nybron treffen sollte. Es sang in ihrem Körper, als sie an ihn dachte, aber sie blieb bei ihrem Entschluss, erst einmal einkaufen zu gehen, statt sich unter die Dusche zu stellen.

Sie war zehn Minuten zu früh. Hatte befürchtet, sie könnte nicht hinfinden, aber es war genau, wie er gesagt hatte. Nybron lag wirklich mitten in der Stadt.

Es war ein warmer Abend, trotzdem waren die Straßen ziemlich menschenleer. Er hatte ihr vorher gesagt, dass es so sein würde. Bevor die Studenten Ende August zurückkamen, war Uppsala nichts anderes als eine schwedische Kleinstadt, versunken in träger Sommerruhe. Zwar schön grün, zumindest westlich des Flusses, aber der größte Teil der Bevölkerung hielt sich woanders auf.

Sie hatte nichts dagegen. Im Gegenteil, langsam in die Stadt hineinzuwachsen, innerhalb von zwei Monaten mit all dem Neuen vertraut zu werden, bevor der Ernst am Anglistikinstitut begann – wo immer das nun liegen mochte –, was konnte sie sich mehr wünschen?

Nun, vielleicht, dass Tomas so viel Zeit hätte wie sie selbst, aber man konnte nicht alles haben. Er absolvierte seinen Militärdienst an einem Ort, der Polacksbacken hieß, würde das bis zum nächsten Herbst machen, aber die meisten Abende hatte er frei. Samstags und sonntags auch, und Mitte Juli – bereits in vierzehn Tagen – hatte er eine Woche Ernteferien.

Sie stützte sich mit den Ellbogen auf das Steingeländer der Brücke und betrachtete das trübe Wasser, das da unten in einem ziemlich reißenden Strom dahinfloss. Mein Leben, dachte sie, mein Leben kann tatsächlich nicht schöner werden als genau jetzt in diesem Augenblick.

Wie ihr so ein Gedanke durch den Kopf schießen konnte, kurz nachdem sie auf einem värmländischen Parkplatz gesessen und angesichts ihrer Schändlichkeit hemmungslos geweint hatte, ja, dieser Frage wollte sie lieber nicht näher nachgehen.

Zumindest nicht jetzt, denn plötzlich sah sie ihn mit schnellem Schritt unter den großen Bäumen auf der linken Flussseite herankommen.

In der einen Hand einen Blumenstrauß, in der anderen eine Weinflasche, und eine halbe Stunde später befanden sie sich auf einer Decke hinter einem schützenden Gebüsch unterhalb des Schlosses. Sie musste laut lachen, als er verriet, dass er die Decke aus dem Militärfundus geklaut und auf dem Weg zur Nybron versteckt hatte. Er hoffte nur, dass sie nicht zu sehr kratzte.

## 4

Die Entfernung zwischen dem Haus und der Wohnung betrug exakt elfhundert Meter, aber nur, wenn man den direkten Weg nahm.

Eva Backman nahm nicht den direkten Weg. Sie machte einen Umweg durch die ganze Stadt, zumindest fast: Oktoberpark, quer durch Rocksta und den Stadtpark, vorbei an der neuen Feuerwache, um den Friedhof, den Sportplatz und die Hessleschule herum, und als sie durch die Tür trat, konnte sie feststellen, dass es anderthalb Stunden gedauert hatte.

Das war ungefähr die Zeit, die notwendig war, das hatte sie schon vorher registriert. Die Villa in Haga, in der sie vierzehn Jahre lang mit Ville und den gemeinsamen drei Jungs gelebt hatte, und die Wohnung ganz oben in einem der neu gebauten Häuser in Pampas waren getrennte Welten. Elfhundert Meter, eine Viertelstunde Fußweg, das war viel zu kurz. Es war eine Art Schleuse notwendig, und deshalb machte sie sonntags diesen langen Umweg.

Aber nur jedes zweite Mal. Nur wenn es in diese Richtung ging. An den Sonntagen, an denen sie in die andere Richtung unterwegs war – vom Singleleben zur dreifachen Mutter –, war keine Schleuse nötig, man konnte sich natürlich fragen, warum.

Sie fragte sich auch, ob die Abmachung tatsächlich so fantastisch war, wie sie anfangs geglaubt hatte. Seit der Scheidung waren zwei Jahre vergangen, anderthalb, seit sie in die Grimsgatan gezogen war. Alle fünf Beteiligten waren überzeugt gewesen, dass die Lösung ausgezeichnet war, besonders die Jungs, die so nicht umziehen mussten und keinen größeren Veränderungen ausgesetzt waren. Sie hatten jede zweite Woche einen Papa, die andere eine Mama. Schichtwechsel am Sonntag, Abwechslung macht Spaß.

Aber es war ja nur vorübergehend. Damit tröstete sich Eva Backman gern. Jörgen würde im Januar zwanzig werden, in zwei, drei Jahren wären er und Kalle ausgezogen, dann konnten sie das Haus verkaufen und etwas mehr Ordnung in ihre Finanzen bringen.

Fünf Jahre Wartezeit, dachte sie und stellte fest, dass der Kühlschrank genauso leer war wie vor einer Woche, als sie ihn zurückgelassen hatte. Soll man so leben, kurz vor den Wechseljahren?

Sie war sechsundvierzig. Welche Alternative gab es? Sich einen neuen Kerl anlachen? Und wie, bitte schön? Wie um alles in der Welt stellte man das an?

Zu Ville zurückgehen?

Nie im Leben, dachte sie. Nahm sich eine Tasse Kaffee und setzte sich damit auf den Balkon. Sie wusste, dass er sofort damit einverstanden wäre, wenn sie die Möglichkeit nur andeutete. Das war fast das Schlimmste. Er wollte sie zurückhaben; inzwischen sagte er es zwar nicht mehr offen, wenn sie sich trafen, aber sie konnte es ihm ansehen. Dieses Flehende, Weiche – schon wenn sie miteinander telefonierten, es fiel ihr immer schwerer, es zu ertragen. Reiß dich zusammen!, hätte sie am liebsten gesagt. Tu etwas – schaff dir eine neue Frau an, es gibt doch bestimmt jede Menge davon in deinem Sportverein, die sich nach dir alle zehn Finger lecken. Aber du und ich, das ist vorbei, finito!

Ja, was auch immer, nur nicht in den alten Trott zurück. Aber wieso sie dann hier auf ihrem höchsteigenen Balkon saß und an ihren ehemaligen Mann dachte, das konnte man sich natürlich auch fragen. Reichte die Neunzig-Minuten-Schleuse nicht mehr?

Scheiße, dachte Eva Backman. Das Leben zehrt an einem.

Während sie am Computer ihre Rechnungen bezahlte, dachte sie zurück an den gestrigen Abend. Das war schöner, sehr viel schöner. Sie war bei Barbarotti und Marianne in der Villa Pickford zum Abendessen gewesen. Nicht zum ersten Mal, absolut nicht, aber es war das erste Mal, dass sie zu zehnt am Tisch gesessen hatten.

Drei Erwachsene, sieben Teenager. Marianne hatte gemeint, es wäre sicher weltweit einzigartig, und da hatte sie möglicherweise sogar recht. Drei typische Altachtundsechziger, die mit drei anderen, nicht anwesenden Menschen sieben Kinder produziert hatten, hatte sie konstatiert, und Barbarotti hatte einen Toast darauf ausgebracht.

Schwedens Jugend, seine Zukunft!

Das stand immer auf den Sportmedaillen, die man sich zu seiner Zeit in der Schule erkämpft hatte, wie er behauptete. Keiner hatte ihm geglaubt. Er hatte den Tisch verlassen und in irgendwelchen Schubladen und Schuhkartons gewühlt, um es zu beweisen, war aber mit leeren Händen zurückgekehrt. Behauptete, seine ehemalige Ehefrau hätte seine Medaillensammlung konfisziert und eingeschmolzen, nur um des schnöden Mammons willen. Was wohl eine ansehnliche Summe eingebracht hätte, wie man der Wahrheit willen hinzufügen müsste. Mittels einer einfachen Abstimmung am Tisch wurde festgestellt, dass er in der Glaubwürdigkeitsfrage neun zu eins unterlag.

Es war das erste Mal, dass sie Jörgen, Kalle und Viktor mit Gunnars und Mariannes Kindern zusammengebracht hatte, und als sie sich ins Auto setzten, um nach Kymlingenäs zu fahren, hatte sie Schmetterlinge im Bauch gehabt.

»Mama, du bist nervös«, hatte Kalle gesagt. »Brauchst du nicht zu sein, wir können uns benehmen, wenn die Lage es erfordert.«

Er hatte Recht gehabt. Nicht, dass sie sich unbedingt hatten benehmen müssen, es hatte Augenblicke am Tisch gegeben, wo sie sich vor Lachen die Augen wischen musste. Warum geschah so etwas so selten im Leben? Eine große Gruppe Menschen um einen Esstisch herum. Kinder und Eltern. Gespräche und Lachen. Warum war das so verdammt schwer? Warum haben wir die uralte soziale Funktion der Mahlzeiten in diesem Land vergessen?

Oder war gerade die Außergewöhnlichkeit, also, dass es nicht so oft passierte, die Voraussetzung an sich? Würde es langweilig werden, wenn es jeden Tag stattfand?

Sie schob diese Gedanken beiseite. Klickte stattdessen ihre Überweisungen zu Ende und schaute auf die Uhr.

Halb sechs. Zeit, loszugehen und etwas fürs Frühstück zu kaufen. Morgen war Montag.

Sie stand an der Käsetheke, als Barbarotti anrief.

»War schön gestern«, sagte sie. »Alle Beteiligten auf unserer Seite haben es als Höhepunkt angesehen.«

»Wir auch«, erklärte Gunnar Barbarotti. »Können wir gern wiederholen.«

»Rufst du deshalb an?«, fragte Backman. »Um zum morgigen Frühstück einzuladen? Dann kann ich aufhören mit dem Einkaufen. Ich bin gerade bei ICA Stubinen und fülle die Reserven auf.«

»Nein, es geht nicht um eine Einladung zum Frühstück«, erwiderte Barbarotti. »Obwohl du natürlich willkommen bist, wenn du möchtest. Ich bin draußen in Rönninge. Im Wald.«

»Im Wald?«

»Ja. Es ist etwas passiert. Asunander hat mich angerufen,

und jetzt ist er der Meinung, wir könnten es uns ebenso gut beide anschauen. Du und ich.«

»Was ist denn passiert?«, fragte Eva Backman.

»Ein Todesfall«, antwortete Barbarotti.

»Ein Todesfall?«

»Genau. Im wahrsten Sinne des Wortes sogar. Tod durch Fall.«

»Was faselst du da?«, fragte Eva Backman.

»Ein Körper ist am Fuße eines Steilhangs aufgeschlagen«, verdeutlichte Barbarotti. »Ein Sturz von ungefähr zwanzig, fünfundzwanzig Metern. Alles deutet auf einen Unfall hin, aber es gibt da gewisse Umstände.«

»Was für Umstände?«, fragte Backman nach.

»Eigentlich nur einen«, erklärte Barbarotti weiter. »Warte mal.«

Er verschwand für ein paar Sekunden, sie konnte hören, dass er mit jemandem über irgendetwas diskutierte. Dann war er wieder am Hörer.

»Entschuldige. Ja, es gibt da eigentlich nur einen merkwürdigen Umstand, wenn man genau sein will. Vor fünfunddreißig Jahren wurde genau an derselben Stelle schon einmal eine Leiche gefunden.«

»Vor fünfunddreißig Jahren?«

»Ja. Am 28. September 1975.«

Eva Backman nahm ein Pfund Gruyère entgegen und dachte nach.

»Ein Unfall?«, fragte sie dann. »Damals, meine ich?«

»So hieß es zum Schluss«, sagte Barbarotti. »Aber es dauerte eine ganze Weile, bis es so weit war.«

»Du klingst eingeweiht«, bemerkte Backman.

»Ich hatte auch schon drei Stunden Zeit dafür«, gab Gunnar Barbarotti zu. »Und ich finde, es riecht irgendwie verdächtig.«

»Es riecht verdächtig?«

»Ja.

»Hat die Leiche einen Namen? Die von heute, meine ich.«

»Noch nicht«, sagte Barbarotti. »Er hatte keine Papiere bei sich.«

»Er?«

»Ein Mann in den Sechzigern.«

Eva Backman ging weiter zu den Milchprodukten und überlegte. »Gibt es noch mehr, was verdächtig riecht?«, fragte sie dann. »Abgesehen davon, dass es sich um dieselbe Stelle handelt?«

»Ich habe so ein Gefühl«, sagte Barbarotti.

»Ach so«, sagte Eva Backman.

»Ich weiß, dass du nicht meine Spürnase hast«, sagte Barbarotti. »Das kann man ja auch nicht verlangen.«

»Rede keinen Mist«, sagte Eva Backman.

»All right«, sagte Barbarotti. »Eigentlich habe ich auch nur angerufen, um ein wenig reden zu können. Ich stehe hier neben Wennergren-Olofsson.«

»Au weia«, sagte Backman. »Ich verstehe. Dann haben wir morgen also eine neue Aufgabe?«

»Genau«, sagte Barbarotti.

»Todesfall durch Fall?«

»Du hast es geschnallt«, sagte Barbarotti. »Doch jetzt will ich nicht länger stören. Aber deine Kinder haben uns sehr gefallen. Bis morgen.«

»Eure mochte ich auch«, sagte Backman. »Schwedens Jugend, seine Zukunft, danke für das Briefing.«

»Keine Ursache«, sagte Barbarotti und legte auf.

# 5

Ich bin Maria, der Spatz.

Ich bin die kleine Schwester von Super-Tomas, und die Leute glauben, ich wäre verrückt.

Ich habe kein Problem damit, dass sie glauben, ich wäre verrückt. Ganz im Gegenteil. Ich finde es ausgezeichnet, dass sie dieser Auffassung sind. Ich selbst weiß, dass es sich nicht um Wahnsinn handelt. Es handelt sich um Bosheit.

Wenn nicht Bosheit, dann zumindest Egoismus. Ich denke an mich selbst. Andere sollen an sich denken.

Ich bin kein Hamlet, absolut nicht. Die Leute glauben nicht, dass man heutzutage böse sein kann. Und schon gar nicht, wenn man eine Frau ist, neunzehn Jahre alt und süß. Um nicht zu sagen hübsch.

Und schlau. Es wundert sie, dass ich schlau bin, mein Abiturzeugnis ist tatsächlich genau so gut wie das von Super-Tomas, der zwei Jahre vor mir mit der Schule zu Ende war. Wenn man es denn vergleichen kann, er hatte Buchstaben, ich habe Ziffern. Die Lehrer waren auf jeden Fall verwundert, und meine Eltern auch. Ich nicht, ich kenne meinen Wert.

Als ich acht Jahre alt war, da war ich auch süß. Da bin ich von einer Schaukel gefallen, auf dem Kopf gelandet und habe eine Persönlichkeitsveränderung durchgemacht. Ich verhalte mich anderen Menschen gegenüber nicht so, wie man es soll. Dieser Meinung ist zumindest mein Psychiater. Er heißt Douglas Diensen, ich hatte die ganze Zeit denselben. Meine Eltern vertrauen ihm, alle vertrauen ihm, alle außer mir. Ich weiß, dass er langsam geil auf mich wird, und ich werde ihn nicht mehr treffen.

Denn jetzt ziehe ich nach Uppsala. Ich bin also schlau, aber in meiner Persönlichkeit verändert. Ich werde Französisch studieren, meine Eltern sind davon ausgegangen, dass ich Tante Beckas Wohnung mit Tomas teilen werde, schon im Frühling haben sie davon angefangen, aber ich habe dankend abgelehnt. Wenn man im Schatten dieses Goldjungen aufgewachsen ist, dann ist es irgendwann an der Zeit, in den Sonnenschein zu ziehen.

Vielleicht wird es irgendwann auch noch Jura, aber ich fange erst einmal mit Französisch an. Das klingt leichtsinnig genug, ich habe noch keine konkreten Pläne mit meinem Leben. Ich werde in einem Zimmer in einem Haus in der Norrtäljegatan wohnen. Ich habe ein Kreuz auf dem Stadtplan gemacht, von dort braucht man nicht mehr als zehn Minuten zur Bahn. Ich werde morgen fahren, heute ist der letzte Abend hier. Meine Taschen sind gepackt, Papa wollte mich eigentlich fahren, aber ich habe gesagt, das kommt gar nicht in Frage. Wenn ich das Nest verlasse, dann will ich es aus eigener Flügelkraft tun. Was denken die sich denn?

Mama hat den ganzen Abend geweint. Vielleicht nicht den ganzen, aber immer wieder in gewissen Abständen. Sie wissen nicht, was sie mit dem Haus machen sollen, hat sie gesagt. Jetzt, nachdem sowohl Tomas als auch ich nicht mehr hier sind. Haben sie geglaubt, dass wir nie erwachsen werden?, frage ich mich, oder worum geht es? Verkauft die Bruchbude doch, denke ich für mich, und wenn sie nicht aufhört zu flennen, dann werde ich es auch noch laut sagen.

Verkauft den Kasten und zieht nach Spanien, genau wie Tante Becka. Und wie diese Blöden von Friesmans, von denen du die ganze Zeit redest. Wenn man so viel Geld hat wie ihr, dann gibt es doch wohl keinen Grund, weiterhin in Sundsvall zu bleiben? In Spanien könnt ihr Golf spielen, am Pool liegen und von morgens bis abends süßen Wein trinken.

Sie sind mir scheißegal. Und das ist mein Problem. Alle anderen Menschen sind mir scheißegal. Vor allem junge Typen. Sollte ich jemals einen treffen, wenn nicht gerade zum Vögeln, dann muss es einer sein, der genauso verdreht ist wie ich. Genauso verdreht und genauso schlau, dann könnte etwas daraus werden.

Ich ertrage dieses zaghafte Positive nicht. Hoffnungsvoller, enthusiastischer Quatsch. Das Leben ist ein Scheißhaufen. Ich bin bösartig.

Ich bin neunzehn Jahre alt und hübsch, und ich denke an mich selbst, vergesst das nicht, liebe Leute. Morgen Abend werde ich ein paar Zeilen über mein neues Leben in der Norrtäljegatan in Uppsala schreiben. Vielleicht.

Ich bin Maria, der Spatz.

# 6

Wem ist aufgefallen, dass vor fünfunddreißig Jahren an derselben Stelle schon einmal etwas Ähnliches passiert ist?«

»Elis Bengtsson.«

»Elis Bengtsson?«

»Der ihn gefunden hat. Er war letztes Mal auch dort.«

»Was sagst du da? War das dieselbe Person, die …«

Barbarottis Telefon klingelte, und Eva Backman unterbrach sich. Barbarotti drückte das Gespräch weg.

»Entschuldige. Ja, er war letztes Mal in der Gegend. Und dieses Mal hat er die Leiche gefunden. Er wohnt in der Nähe, war mit dem Hund draußen … sowohl damals als auch jetzt.«

Backman betrachtete ihn ungläubig.

»Findest du, das klingt glaubwürdig?«, fragte sie. »Dass sich dieselbe Person … wie hast du es genannt? … in der Gegend befindet? Bei zwei Fällen?«

»Nicht besonders«, stimmte Barbarotti zu und schaute auf die Uhr. »Aber wir werden ihn in zehn Minuten treffen, vielleicht können wir mit unserer Einschätzung bis dahin warten.«

»Und wir wissen immer noch nicht, wie die neue Leiche heißt?«

Barbarotti schüttelte den Kopf. »Leider nicht.«

»Wie hieß die von 1975?«

Barbarotti befragte ein Papier auf dem Schreibtisch. »Maria

Winckler«, erklärte er. »Fünfundzwanzig Jahre alt. War Aushilfslehrerin in der Kymlingeviksschule. Englisch und Französisch, hat erst einen guten Monat dort gearbeitet, als es passierte.«

»Hier aus der Stadt?«

»Zugezogen«, sagte Barbarotti. »Auch das ziemlich frisch.«

»Ich verstehe«, sagte Eva Backman und fragte sich selbst, was sie eigentlich verstand.

»Es war wohl eine ganze Gruppe draußen im Wald, Pilze suchen«, fuhr Barbarotti fort. »Oder Walderdbeeren. Sie ist einen Steilhang hinuntergestürzt, es gibt da draußen so eine Verwerfung. Ist mindestens zwanzig Meter gestürzt. Nennt sich Gåsaklyftan, also Gänseschlucht, im Volksmund.«

»Gänseschlucht?«

»Ja, soll ein alter Todesfelsen sein, du weißt schon, so einer, von dem sich alte Menschen stürzen, statt der Familie noch länger zur Last zu fallen …«

»Das ist doch nur ein Mythos«, widersprach Eva Backman. »Das ist nie so abgelaufen.«

»Nicht?«, überlegte Gunnar Barbarotti. »Ja, jetzt ist es jedenfalls innerhalb von fünfunddreißig Jahren zweimal so abgelaufen.«

»Aber letztendlich ist es unter Unfall abgelegt worden?«

»Ja.«

»Kann sie gesprungen sein?«

»Ich denke schon.«

»Kann sie geschubst worden sein?«

»Ich denke schon.«

Eva Backman dachte nach. »Kannst du dich noch daran erinnern?«, fragte sie. »Oder hast du zu der Zeit noch nicht hier gelebt?«

»Ich bin im Jahr darauf hergekommen«, sagte Barbarotti. »Als ich im Gymnasium angefangen habe. Nein, ich habe nie davon gehört. Bis heute jedenfalls nicht. Wollen wir jetzt mit Herrn Bengtsson reden?«

»Auf jeden Fall«, stimmte Eva Backman zu.

Herr Bengtsson trug Schlips und Kragen. Laut den Aufzeichnungen war er siebenundsiebzig Jahre alt, aber Eva Backman hätte eher auf siebenundsechzig getippt. Er machte einen vitalen, sportlichen Eindruck, sie vermutete, dass es die Hundespaziergänge waren, die ihn in Form hielten. Die Kleiderwahl hatte sicher ihren Grund darin, dass ein Besuch bei der Polizei als eine delikate Angelegenheit angesehen wurde.

Barbarotti schaltete das Aufnahmegerät ein und wickelte die Formalitäten ab.

»Ich denke, wir gehen chronologisch vor«, sagte er dann. »Wenn Sie nichts dagegen haben. Können Sie uns erzählen, was 1975 passierte, soweit Sie sich noch erinnern?«

»Das steht alles in Ihren Akten«, sagte Elis Bengtsson.

»Ich weiß«, erwiderte Gunnar Barbarotti, »wir sind dabei, sie durchzusehen. Aber vielleicht können Sie uns kurz über den Fall informieren. Weder ich noch Inspektorin Backman waren damals dabei.«

»Das ist fünfunddreißig Jahre her«, sage Elis Bengtsson.

»Fast auf den Tag genau«, nickte Barbarotti. »Damals war es eine junge Frau, die gestorben ist. Wie kommt es, dass Sie damit zu tun hatten?«

Elis Bengtsson zuckte mit den Schultern. »Ich war mit dem Hund draußen. Damals und heute auch.«

»Und weiter«, bat Barbarotti.

»Obwohl es damals ein anderer Hund war.«

»Das habe ich mir gedacht«, sagte Barbarotti.

»Madame Curie. Ein Vorsteher.«

Der Körper ist jünger als der Kopf, dachte Eva Backman.

»Und weiter«, munterte Barbarotti ihn auf.

»Damals war ich früher da.« Er schob sich zwei Finger unter den Hemdkragen und versuchte mehr Platz zu schaffen, vielleicht war das Hemd ja neu und kratzte. Vielleicht wurde das Gehirn nicht ausreichend mit Sauerstoff versorgt. »Gleich nachdem es passiert war. Die Leiche diesmal hat ja schon länger da gelegen.«

»Woher wissen Sie das?«

»Das war zu sehen ... irgendwie. Ich glaube, der Arzt hat auch so etwas gesagt. Der, der da war.«

»Haben Sie die Leiche 1975 auch gefunden?«

»Nein«, wehrte Elis Bengtsson ab. »Da stand schon eine ganze Gruppe und starrte runter, als ich ankam. Ich war der Letzte. Aber es war gerade erst passiert.«

»Wie viele waren es?«

»Mit der, die gestorben ist, waren es sieben.«

»Sieben?«

»Ja, die waren unterwegs, um Pilze zu sammeln. Hatten aber nicht einen gefunden, das habe ich gesehen. War aber auch kein Wunder, denn in der Gegend gibt es gar keine. Da muss man zum Rödmyren gehen.«

»Und was ist passiert?«

»Nun ja, sie ist runtergefallen. Fünfundzwanzig Meter steil runter. War auf der Stelle tot, die Arme.«

Eva Backman räusperte sich.

»Warum gab es dann polizeiliche Ermittlungen, wissen Sie das?«

Elis Bengtsson reckte den Hals. »Weil man den Verdacht hatte, jemand könnte sie runtergeschubst haben.«

»Wieso das?«, fragte Barbarotti nach. »Welchen Grund gab es denn für so einen Verdacht?«

Elis Bengtsson presste die Lippen zusammen und ließ mit der Antwort ein paar Sekunden auf sich warten. »Na, das lag wohl daran, dass sie geschrien hat«, sagte er dann.

»Sie hat geschrien?«, fragte Backman.

»Ja«, nickte Elis Bengtsson. »Sie hat etwas geschrien, bevor sie unten aufgeprallt ist und sich wohl das Genick gebrochen hat. Einige von der Gruppe haben es gehört, und ich auch. Ich war zwar ziemlich weit weg, aber zu der Zeit hatte ich noch gute Ohren.«

»Was hat sie denn geschrien?«, wollte Barbarotti wissen. »Ich meine, ist es nicht ganz natürlich, dass man schreit, wenn man einen Abhang hinunterstürzt?«

»Das war ja gerade die Krux«, sagte Elis Bengtsson.

»Was?«, fragte Backman.

»Na, was sie geschrien hat«, erklärte Elis Bengtsson. »Es gab einige, die meinten, es wäre so eine Art Botschaft gewesen.«

»Eine Botschaft?«, fragte Barbarotti und runzelte die Stirn. »Also, was hat sie gerufen ... oder geschrien?«

»Etwas mit einem langen ööö«, sagte Elis Bengtsson. »Das habe ich jedenfalls gehört, ich war ja hundert Meter entfernt. Oder noch mehr. Und die, die näher dran waren, die waren derselben Meinung.«

»Was kann es denn beispielsweise gewesen sein?«, fragte Backman.

Elis Bengtsson gönnte sich erneut eine Kunstpause.

»Einige haben behauptet, sie hätte ›Töten!‹ gerufen. Oder ›ich werde getötet!‹.«

»Aha?«

»Während andere meinten, sie hätte ›Möööörder!‹ gerufen.«

»Mörder?«, fragte Barbarotti wieder nach.

»Ja, Mörder«, bestätigte Elis Bengtsson und fuhr sich mit der Zunge über die Lippen. »Dass sie es sozusagen geschrien hat, um mitzuteilen, dass sie ermordet wurde. Als Letztes, was sie getan hat.«

Barbarotti und Backman wechselten Blicke und schwiegen.

Elis Bengtsson gelang es, den obersten Hemdenknopf zu öffnen.

»Aber den Namen des Mörders hat sie nicht gerufen?«, fragte Backman.

Elis Bengtsson schüttelte den Kopf. »Nein, das hat sie nicht. Das wäre natürlich schlauer gewesen, aber in so einer Lage ist man vielleicht nicht so schlau.«

»Wahrscheinlich nicht«, stimmte Barbarotti zu. »Wissen Sie, ob es noch andere Dinge gab, die darauf hindeuteten, dass sie jemand hinuntergestoßen hat?«

»Nicht soweit ich weiß«, sagte Elis Bengtsson. »Da müsst ihr schon in den Ordnern nachgucken. Da war ein Kommissar, der hieß Sandlin, ich habe mehrere Male mit ihm gesprochen ... wir hatten auch den gleichen Hund. Einen Vorsteher.«

»Wir werden jedes Wort durchgehen«, versicherte Barbarotti. »Sandlin lebt leider nicht mehr.«

»Ich weiß. Sein Hund hieß Birger, daran erinnere ich mich noch. Blöder Name für einen Hund. Meiner hieß Madame Curie. Ich taufe sie immer nach bekannten Persönlichkeiten.«

»Keine dumme Idee«, sagte Eva Backman. »Wollen wir jetzt darüber sprechen, was gestern passiert ist?«

Elis Bengtsson brauchte zehn Minuten, um von seinem makabren Fund in der Gänseschlucht zu berichten.

Er war auf seiner täglichen Runde mit Luther unterwegs gewesen. Sie waren zu Hause – am Kållviks Hof in Rönninge – nach dem Mittagessen und den Nachrichten aufgebrochen, ungefähr fünf nach eins. Luther war nach zwanzig Minuten verschwunden, auf Höhe der Überlandleitungen, und eine halbe Stunde später hörte er ihn Laut geben, während er sich für ein paar Minuten oben auf der anderen Seite der Schlucht zum Ausruhen hingesetzt hatte. Der Hund hatte unten am Fuß des Steilhangs den toten Körper bewacht, ihn aber nicht angerührt. Elis Bengtsson hatte sofort zu Hause seine Frau angerufen, die wiederum die Polizei benachrichtigt hatte. Er selbst war hinuntergeklettert und hatte am Fundort gewartet, bis die Polizei – in Form eines Streifenwagens mit Olsén und Widerberg – sowie Arzt und Sanitäter kurz nach drei eingetroffen war. Es hatte eine Weile gedauert, bis sie hingefunden hatten, ohne Handy hätte es wohl noch länger gedauert. Nachdem er mit der Polizei und dem Arzt, einem Doktor Rislund, gesprochen hatte, hatte Elis Bengtsson dann die Schlucht verlassen. Da war es bereits Viertel nach vier.

»Haben Sie Ihrer Aussage noch etwas hinzuzufügen?«, fragte Barbarotti, nachdem sie alles aufgenommen hatten. »Wir werden sicher bei Gelegenheit noch einmal auf Sie zurückkommen.«

»Ja, noch eins«, hatte Elis Bengtsson geantwortet. »Genau genommen ist es nicht das zweite Mal, dass an diesem Ort etwas passiert. Vor hundertfünfzig Jahren haben eine Mutter und ihr Kind dort oben auch schon ihr Leben verloren. Und noch länger zurück war es ein Todesfelsen. Diese Schlucht ist verflucht, darüber solltet ihr euch im Klaren sein.«

»Wir danken auch für diese Information«, sagte Barbarotti und schaltete das Aufnahmegerät aus. »Vielen Dank, Inspektorin Backman zeigt Ihnen, wo es hinausgeht.«

»Nicht nötig«, sagte Elis Bengtsson. »Ich finde schon selbst hinaus.«

# 7

Rickard Berglund blieb an einem Blumenladen in der Kyrkogårdsgatan stehen und kaufte drei gelbe Rosen.

»Etwas nervös?«, fragte der Verkäufer, als er das Wechselgeld entgegennahm und zwei Ein-Kronen-Stücke auf den Boden fallen ließ.

Rickard hob die Münzen auf und errötete. Die Anspielung war eindeutig. Der Verkäufer nahm an, dass die Rosen für ein Mädchen waren. Und warum sollte er das nicht glauben? Es war Samstagnachmittag, und Rickard hatte sich fein angezogen – zumindest ein wenig, er hatte sich sogar Rasierwasser auf die Wangen gespritzt, was bei ihm nicht üblich war.

»Ja, ein bisschen.« Er lachte und versuchte mitzuspielen. »Man weiß ja nie.«

»Das erste Treffen?«

»In gewisser Weise schon.«

Er nickte zum Abschied und eilte aus dem Laden. *In gewisser Weise?*, dachte er. Was sollte das denn bedeuten?

Er schaute auf die Uhr und stellte fest, dass es noch zu früh war. Beschloss, vorher durch den Englischen Park und über den Friedhof zu gehen. Um fünf, hatte Tomas gesagt. Komm gegen fünf, wir wollen zunächst ein paar Stunden draußen sitzen.

Es war erst halb. Rickard war schon vorher zu einem kürzeren Besuch in der Sibyllegatan gewesen und kannte den Weg;

er würde dafür nicht mehr als fünfzehn, zwanzig Minuten brauchen. Zu früh zu kommen war streberhaft, und Rickard Berglund wollte auf keinen Fall als Streber dastehen. Heute nicht und auch sonst nie.

Er durchquerte den Park, ging auf die Philologen zu. Das Gras unter den alten Ulmen und Lärchen wuchs einen halben Meter hoch, offensichtlich machte sich niemand die Mühe, es im Sommer zu mähen. Es gab Vieles, was während der Sommermonate in Uppsala stillstand, das hatte er schon begriffen. Noch war es zwei Wochen hin, bis die Studenten zurückkommen und die Stadt in Besitz nehmen würden, heute war der 16. August, ein warmer, schöner Spätsommersamstag, und als er die alte Eisenpforte zum Friedhof öffnete, dachte er, dass das Leben nicht viel besser werden konnte. Zumindest nicht, wenn man sich damit begnügte, das Äußere zu betrachten.

Zwanzig Jahre alt, auf dem Weg zu einem Krebsessen mit guten Freunden. Drei Rosen in der Hand. Was wollte man mehr?

Aber sie waren nicht rot, das hatte der Blumenverkäufer sicher bemerkt. Wenn es sich um Blumen für ein Treffen mit einem Mädchen gehandelt hätte, dann wären sie nicht gelb gewesen. Oder doch?, überlegte Rickard Berglund. Gelbe Rosen hatten nichts mit Romantik zu tun.

Er seufzte. Das Mädchenproblem kam und ging. Manchmal kümmerte er sich gar nicht darum, manchmal konnte er spüren, wie es ihm den Atem nahm. Zwanzig Jahre alt zu sein und noch unschuldig, das war nicht normal; nach zwei Monaten in der Unteroffiziersschule der Armee hatte er unter vielem anderem auch das gelernt. Zwar gab es den einen oder anderen unter den übrigen Rekruten, der sich in der gleichen misslichen Lage wie er befand, das war ihm schon klar. Aber sie waren in der Minderheit, eine himmelschreiende, heimliche und peinliche Minderheit. Die meisten seiner Kameraden hatten daheim ihre Freundin, einige lernten junge Frauen in Uppsala kennen – im Schwesternwohnheim auf der anderen Seite des Dag Hammarskjöld Wegs beispielsweise, das war eine bequeme und elegante Lösung für alle Beteiligten. Andere nahmen gleich beides wahr. Und alle schienen den Tag herbeizusehnen, an dem zehntausend Studenten und Studentinnen die Stadt erobern würden.

Mädchen? Frauen? Zehntausend?

Versuchungen?

*Sweden, the country of free love.* Staffan, einer der Jungs auf der Bude, war einen Monat, bevor er eingezogen worden war, in London gewesen, und er behauptete, dass man draußen in Europa so über das alte Svedala redete. Das Land der freien Liebe? Mein Gott, dachte Rickard Berglund, der selbst weder den Film *491* noch andere Schwedenfilme wie *Ich bin neugierig* gesehen hatte. Nehme ich eigentlich an der Wirklichkeit teil, oder was ist hier los?

Er schob diese bohrenden Gedanken beiseite, blieb vor einem unscheinbaren kleinen Grab stehen und las die Inschrift auf dem Stein.

*Henrik Aurelius*
*geboren 1851*
*gestorben 1874*

Das war alles.

Dreiundzwanzig Jahre, dachte Rickard. Ein junger Mann, der vor fast hundert Jahren gestorben ist. Wurde nur drei Jahre älter, als ich jetzt bin.

Er versuchte die spärlichen Informationen zu deuten. Ein Name und zwei Jahreszahlen, sonst nichts. Wer warst du, Henrik Aurelius? Warum bist du nicht älter geworden?

Und weiter: Woran bist du gestorben? Hast du es geschafft,

mit einer Frau zu schlafen, bevor deine Zeit abgelaufen war? Hattest du einen Gott?

*Hattest du einen Gott?*

Wenn ich wüsste, dass ich in drei Jahren sterben werde, dachte Rickard Berglund, würde ich es dann wagen, mich einem Mädchen zu nähern? Wenn es sowieso keine große Rolle mehr spielte und der Sensenmann alle Verantwortung wegsäbeln würde?

Schon möglich, aber alles andere als sicher.

Oder sollte er eine Tugend aus seinem Zögern machen? Sich so verhalten, wie man es früher getan hatte; zuerst das Priesterexamen wie ein altmodischer Mönch ablegen, dann heiraten und dann erst zur Sache kommen? War es nicht eigentlich das, was er selbst sich wünschte, dass seine zukünftige Ehefrau unberührt sein sollte? Ebenso unberührt wie er selbst? War er in seinem tiefsten Inneren so unmodern? Oder war es eher die äußerste Feigheit, Tugend, aus der Not geboren, und eine peinliche Art und Weise, dem Problem zu entgehen?

Was soll ich als Christ tun?

Vielleicht eine berechtigte Frage trotz allem. Gab es – in diesem letzten bebenden Jahr der revolutionären und umwälzenden Sechziger – in dieser Beziehung eine moralische Haltung für gläubige junge Menschen? Hand aufs Herz?

Rickard Berglund ging nicht davon aus. Er hatte Camus und Sartre gelesen, vermutlich nicht gerade die beste Lektüre für einen zukünftigen Pfarrer. Obwohl Dostojewski auch als Existenzialist angesehen wurde. Als Existenzialist *und* Christ.

Irgendwo tief im Inneren war ihm klar, dass der Weg zur Frau nicht über Bücher oder Gedanken führte. Weder über Dostojewski noch Kierkegaard oder sonst jemanden. In der Literatur war keine Hilfe zu finden, nur Ablenkung und Ausflüchte, wenn es um diese Dinge ging. *Das süße Jucken,* diese Formulierung hatte er irgendwo gelesen, es war ein Ausdruck, den er nicht so recht von sich weisen konnte, wie sehr er es auch versuchte, und wenn er den lieben Herrgott um Rat fragte, dann fand er auch nicht gerade die rechte Hilfe. Fast, als wäre das nicht sein Thema. Und so ist es ja wohl auch, dachte Rickard Berglund mürrisch, hatte doch das Christentum in den letzten zweihundert Jahren dieses Thema nur als schuldbeladenes Jucken angesehen.

Was also tun? Sich besaufen und es im Rausch über sich ergehen lassen? Wenn Scham und Schüchternheit nicht vorhanden waren? Wäre das nicht eine radikale Art und Weise, das Problem bei den Hörnern zu packen?

Was hast du gemacht, Henrik Aurelius?

Von dem rauen, moosbewachsenen Stein kam auch keine Antwort. Sterile Fragen, dachte er. Gedanken im Leerlauf, ich bin eine moralische Memme. Er verließ den Friedhof und ging weiter Richtung Luthagen.

Aber der letzte Gedanke hing ihm noch nach. *Sich besaufen und es über sich ergehen lassen.* Wobei es natürlich auch bei dieser Methode keine Garantie gab. *Hoffen, es werde geschehen*, kam der Wahrheit wahrscheinlich näher. Rickard war bisher zweimal in seinem Leben betrunken gewesen. Zum ersten Mal vor mehr als einem Jahr, ein paar Wochen vor der Abiturprüfung in Mariestad, und das war der Abend, an dem er begriff, dass die Welt sich in diesem viel beschriebenen Zustand auf eine andere Art, in einem anderen Zustand präsentierte. Verführerisch und verantwortungslos. Verlockend?

Henrietta, ein Mädchen aus der Parallelklasse, hatte ihn geküsst, und irgendwie war es ihm gelungen, ihren Kuss zu erwidern. Er hatte sie auch umarmt, sie an sich gepresst, es hatte nicht länger als eine Minute gedauert, aber die Erinnerung daran, wie ihre Zunge mit seiner spielte, ihr Körper dicht an seinem, ja, das war es natürlich, worum es ging. Ekstase. Schwindel im Blut.

Das zweite Mal, dass er nicht ganz nüchtern gewesen war, das war jetzt im Sommer gewesen, während einer Woche Manöver oben bei Marma. Sie hatten draußen im Wald gezeltet, er hatte zusammen mit seinen Kumpels fünf oder sechs Starkbier getrunken, und im Umkreis von vielen Kilometern hatte es nicht eine weibliche Person gegeben. Keine Ekstase und kein Schwindelgefühl, nur Sorglosigkeit und viel Flüssigkeit in der Blase.

Er kam an der Kathedralschule vorbei und rechnete nach. Zehn Wochen, sie hatten jetzt zehn Wochen hinter sich. Es waren drei seit den Ernteferien vergangen, er persönlich hätte gern auf diese freien Tage verzichtet. Er hatte sie daheim in Hova zusammen mit seiner Mutter verbracht, hatte in seinem alten Kinderzimmer im ersten Stock auf dem Bett gelegen und Freud und Jung gelesen, während sie unten in der Küche werkelte und Essen für ihn kochte. Paradoxerweise erschien der Abstand zwischen ihnen doppelt so groß, sobald sie sich unter einem Dach befanden. Das war Pflicht, nichts anderes als Pflicht. Und im tiefsten Inneren fürchtete er, dass sie das genauso empfand.

Deshalb vermied er es auch, übers Wochenende nach Hause zu fahren. Abgesehen von den Ernteferien war er nur ein einziges Mal in Hova gewesen, seit er eingezogen worden war. Es gab einige, die hier blieben und in der Kaserne schliefen, statt nach Hause zu den Freundinnen, Kumpels und was immer verlockend schien, zu gehen. Rickard gefielen diese freien Samstage und Sonntage. Drei Mahlzeiten, sonst keine Termine, zivile Kleidung, das waren ausgezeichnete Gelegenheiten, die Stadt kennenzulernen. Zusammen mit Helge, einem schüchternen, zurückhaltenden Jungen aus Gäddede – einem Ort, der so weit hoch oben in Norrland lag, dass er es ganz einfach nicht schaffte, für ein Wochenende hin und zurück zu fahren –, stromerte Rickard, mit einem Stadtplan in der Hand und ohne

Hast, durch Uppsala und machte sich mit der Gegend vertraut. Der Marktplatz. Der Buchladen von Lundequist. Wasserfall und Stadtpark. Der alte Stadtkern natürlich und der Dom, St. Eriks Platz, die Kaufhalle und das Restaurant Domtrappkällaren. Skytteanum und Gustavianum und die Studentenhäuser der verschiedenen Regionen, die momentan im Sommerschlaf verharrten: von Norrland, Södermanland-Nerike, V-dala, Göteborg, Småland und lilla Västgöta. All die Brücken über den Fyris und eine Tasse Kaffee mit einem Stück Kuchen bei Ofvandahls oder Günther.

Manchmal ging er in die Kirche, aber nie zusammen mit Helge. Immer allein. Verschiedene Kirchen, natürlich in den Dom und die Dreifaltigkeitskirche, aber auch in die kleineren: Johannes, die Missionskirche, die der Baptisten und sogar die des ehrbaren Erlösers in der St. Persgatan neben den Bahngleisen. Aber wo er auch hinging, welche Gemeinde er sich auch aussuchte, jedes Mal verließ er das Gebäude mit einem Gefühl der Unzufriedenheit. Als wäre etwas nicht erlöst worden. Dann kam ihm seine Mutter in den Sinn; was war das eigentlich für ein Leben, das sie da lebte, war es tatsächlich so einfach, dass sie nur darauf wartete, mit ihrem Pastor da oben im Himmel wieder vereinigt zu werden? Sie war erst zweiundfünfzig, hatte die letzten zwölf Jahre bei der Post in Mariestad gearbeitet, und wenn er daran dachte, dass sie gut und gern siebzig oder achtzig Jahre alt werden konnte, dann spürte er, wie ihn ein Gefühl der Beklemmung überfiel.

Was für ein Sinn hatte ihr Leben? Als Witwe eines freikirchlichen Pastors in Hova?

Und mein eigenes?, fragte er sich dann. Diese Frage war unvermeidlich. Was ist an meinem eigenen Leben, das es so viel sinnvoller macht?

Das waren düstere, schwerwiegende Fragen, und er hatte es sich zur Gewohnheit gemacht, sie an Gott weiterzuleiten, wenn er betete. Manchmal meinte er eine Art dunkle Antwort als Trost zu erhalten, aber meistens nicht. Meist war nur Schweigen. Und die Tatsache, dass er fast immer nur Schweigen aus dieser Richtung erntete, hatte etwas sehr Beunruhigendes an sich.

Denn genau diese schweren, schicksalsentscheidenden Fragen waren es ja, denen er sich nach seinem Militärdienst widmen wollte. In gut einem Jahr.

Wenn der Ernst des Lebens begann. Der große Plan. Aber momentan eilte es noch nicht.

Nein, nichts eilte. Er bog nach links in die Geijersgatan ab, sah, dass es kurz nach fünf war. Zeit, alle dunklen Überlegungen abzuschütteln. Zeit, sich dem Tag zu widmen.

Krebsessen bei Tomas und Gunilla. Weg mit allen Grübeleien!

»Hier kommt Rickard, der klügste Kopf im ganzen Regiment!«

»Blödsinn.«

Es war nicht klar, ob überhaupt jemand Rickards Protest hörte, denn gerade als er es sagte, wurde er von Tomas fest an die Brust gedrückt.

Draußen auf dem Rasen war gedeckt, zwischen den Mietshäusern, braun verputzten, dreistöckigen Blocks aus den Dreißigern oder Vierzigern. Solche Klötze von genau dem gleichen Modell gab es auch in Mariestad und in Töreboda; Rickard fand, dass solche Mietsviertel etwas urtypisch Schwedisches an sich hatten. Etwas Ehrenhaftes und gleichzeitig ein wenig Bedrückendes. Ungefähr wie ein Konsumladen im Regen.

Aber es regnete nicht, und der Tisch sah überwältigend aus: natürlich Papierdecke und Pappteller und zwei überquellende Schüsseln mit roten Krebsen. Jede Menge Bierdosen und Weinflaschen. Bunte Servietten, Käse, Baguettes und eine große Salatschüssel. Ein halbes Dutzend Gäste saß bereits da, und es war für mindestens noch ein halbes Dutzend gedeckt. Wir legen aus, dann könnt ihr hinterher euren Teil bezahlen, hatte Tomas erklärt. Rickard hatte keine Ahnung, was das Essen kosten würde, aber es spielte auch keine Rolle. Nach dem Jahr bei Lapidus-Beton war er immer noch gut bei Kasse. Vielleicht hatte er im Augenblick nicht genügend Bargeld in der Brieftasche, was natürlich etwas ärgerlich wäre, aber, wie gesagt, es reichte. Und wenn wir sowieso alles aufteilen, dann kann ich ja auch meinen Teil trinken, kam ihm in den Sinn, genau in dem Moment, als Gunilla ihm einen Plastikbecher mit etwas Prickelndem reichte.

»Hallo, Rickard. Willkommen und prost.«

»Prost«, sagte Rickard. »Schön, dich wiederzusehen. Du bist hübscher als je zuvor.«

Das war mutig, und er wusste, dass er sich das nur zu sagen traute, weil sie zu Tomas gehörte. Es war keine Fortsetzung zu erwarten. Sie hatten sich schon zweimal gesehen, und Rickard dachte jedes Mal, dass er nichts mehr von dieser Welt begehren würde, sollte er auch nur annähernd ein Mädchen von Gunillas Klasse treffen.

Aber es war nicht nur Gunilla. Tomas Winckler war in vielerlei Hinsicht ein beneidenswerter junger Mann; Rickard war sicher nicht der Einzige, der so dachte. Trotzdem erweckte er nie Neid, das war das Sonderbare und das Schöne. Seit sie sich an diesem ersten Tag auf der Terrasse von Fågelsången getroffen hatten, gab es eine Art Band zwischen ihnen; zwischen Berglund und Winckler – es fiel schwer, diese militärische Angewohnheit, nur die Nachnamen zu benutzen, abzulegen –, aber Tomas verhielt sich auch zu allen anderen genauso locker und unkompliziert. Sogar zu den Vorgesetzten. Mehr als einmal hatte Rickard seinem glücklichen Stern gedankt, der sie zusammengeführt hatte. Wenn man mit Winckler gut befreundet war, gab es niemanden, der die Existenzberechtigung oder den Wert der eigenen Person in Frage stellte.

Woran immer das auch liegen mochte. Rickard dachte häufiger darüber nach, kam aber selten zu einem anderen Schluss, als dass allgemeiner Optimismus und Freundlichkeit gutes Handwerkszeug war, wenn man sich in sozialen Zusammenhängen bewegen wollte.

Begabung und Humor schadeten natürlich auch nicht, und Tomas besaß beides. Er hatte einiges von Kierkegaard gelesen, auch diese Sache war überprüft. Sogar diese. Und vielleicht gab es ja eine Dramaturgie, nach der sie beide, Berglund und Winckler, sich begegnet waren. Zumindest gefiel es Rickard, so zu denken. An einen höheren Plan zu glauben oder etwas in der Art.

»Du könntest Tomas ein paar Komplimente beibringen«, stellte Gunilla fest. »Aber die Blumen da, sind die nicht für mich?«

Er überreichte sie mit einem verlegenen Lachen. »Natürlich. Wie blöd kann man sein.«

»Das hier ist Maria«, stellte Gunilla ein dünnes Mädchen mit kurz geschnittenem Haar vor. »Tomas' Schwester.«

Sie schüttelten sich die Hände zur Begrüßung. Tomas hatte erzählt, dass seine Schwester kommen wollte, mehr aber auch nicht. Schlau, aber kompliziert, das war seine einzige Beschreibung gewesen.

»Warum behauptet er, dass du den schlausten Kopf hast?«, fragte sie mit einem nur schwer zu deutenden Lächeln. »Sonst behauptet er doch immer, er sei derjenige, der am klügsten ist.«

»Keine Ahnung«, verteidigte Rickard sich. »Muss sich um ein Missverständnis handeln.«

»Das ist ein Wort, das ich mich nie traue auszusprechen«, erklärte ein langhaariger junger Mann mit Smålanddialekt und John-Lennon-Brille. »Ich verdrehe es immer.«

»Wie denn?«, wollte ein Mädchen mit Strohhut wissen, die leise auf einer Gitarre klimperte. »Ich verstehe gerade nur Bahnhof.«

»Pissbehältnis«, erklärte der Lennonverschnitt. »Peinlich, findet ihr nicht auch?«

Er lachte und trank von seinem Bier. Alle anderen lachten auch, alle, bis auf Maria, diese begnügte sich damit, die Mundwinkel zu verziehen. Das hat sie schon früher gehört, dachte Rickard. Sie ist nicht dumm.

Tomas ging mit ihm herum und stellte ihm die anderen vor. Lennon hieß eigentlich Bertil mit Vornamen, das Gitarrenmädchen mit dem Hut Susanna, und ihr Freund, ein zwei Meter langer Spargel mit Vollbart, hörte auf Boffe.

»Nun?«, hakte Maria nach, nachdem Rickard sich auf dem Klappstuhl neben ihr niedergelassen hatte. »Wieso bist du so schlau?«

Tomas kam Rickard zu Hilfe, bevor dieser antworten konnte. »Es ist ja möglich, dass ich mich irre«, sagte er. »Aber er führt beim Schachturnier der Stabsschule um Längen. Und bei dem Wettbewerb sind keine Dummköpfe angetreten, das sage ich dir, Schwesterchen.«

Was tatsächlich stimmte. Rickard lachte und trank einen Schluck Blubberwasser. »Das wird sich noch ändern«, erklärte er. »Dein Bruder ist nur etwas beleidigt, weil ich ihn vor Kurzem schachmatt gesetzt habe, das ist alles.«

»Alle, die ihn auf seinen Platz verweisen, sollten eine Medaille kriegen«, erklärte Maria. »Das ist das Einzige, was er wirklich braucht.«

Sie zündete sich eine Zigarette an und lächelte beide an, und in dem Lächeln erkannte Rickard plötzlich Tomas wieder. Die Idee eines Schachturniers war am Montag nach den Ernteferien aufgekommen. Schnell hatte man sechzehn Teilnehmer gefunden und die Regeln aufgestellt. Jeder sollte gegen jeden spielen, und vor Weihnachten sollte der Sieger feststehen. Einsatz fünf Kronen, erster Preis eine Flasche Whisky.

Rickard hatte in den vergangenen Wochen vier Partien gespielt und zu seiner eigenen großen Verwunderung drei Siege und ein Remis eingeheimst. Drei Komma fünf Punkte, es stimmte, er hatte momentan die erste Position inne. Nie hätte er damit gerechnet, eine Leuchte beim Schach zu sein. Eigentlich hatte er nur eine Taktik, die hatte er von seinem Vater gelernt, der auch derjenige gewesen war, der ihn in dieses edle Spiel eingeführt hatte: Sei vorsichtig! Warte, bis dein Gegner einen Fehler macht, statt selbst einen zu machen! Aber wie gesagt, er würde sicher nicht das ganze Turnier über die Spitzenposition beibehalten, davon war er überzeugt, und außerdem war nichts bedeutungsloser.

Immer mehr Menschen stießen zu ihnen, er unterhielt sich ein wenig mit Maria, die frisch in der Stadt war, um hier Französisch zu studieren, und mit Boffe, einem alten Bekannten von Tomas, der zufällig zu Besuch war. Kurz nach halb sechs waren alle Plätze besetzt, das gastgebende Paar teilte einen Matrizenabzug mit dem Text zu der Melodie von »Här är gudagott att vara« aus, und nach dem gemeinsamen Lied war es endlich an der Zeit, sich den roten Leckereien zu widmen.

Das klappt ja richtig gut, dachte Rickard Berglund.

Sechs Stunden später befand man sich im Haus. Es war fast Mitternacht, aber der Vorrat an Bier und Wein schien unerschöpflich zu sein. Rickard konnte nicht mehr sagen, wie viel er getrunken hatte, aber er hatte das Gefühl, es könnte sich um einen persönlichen Rekord handeln. Seine Sinneswahrnehmungen funktionierten nicht mehr ganz so, wie sie sollten, und es war nicht so einfach zu verstehen, was die Leute eigentlich sagten, was natürlich auch daran lag, dass die Musik ziemlich laut war. The Doors und Rolling Stones und Creedence Clearwater Revival, das kannte er. Was da sonst noch dudelte, war mehr oder weniger unbekannt. Von Popmusik hatte er nie viel verstanden, es war … es war, als gehörte Rickard Berglund in diese Epoche nicht recht hinein. Das hatte er schon früher gedacht, er hätte vor hundert Jahren zur Welt kommen sollen. Oder vielleicht später, das konnte man natürlich nicht wissen. Aber im Augenblick gab es nicht viel zu beklagen. Er saß auf einem Sofa zusammen mit Susanna und einem Typen, der Germund hieß. Susanna war vermutlich noch betrunkener als er selbst, mal kicherte sie vollkommen unkontrolliert, mal schlief sie ein. Germund war ihm nicht richtig vorgestellt worden; wenn Rickard es richtig verstanden hatte, dann wohnte er bereits seit ein paar Jahren in Uppsala, studierte theoretische Physik oder etwas in der Art – oder wollte er damit erst anfangen? – und vermittelte insgesamt einen leicht trübsinnigen Eindruck. Er trug einen schwarzen Anzug, hatte kurze Haare und schien auch nicht so recht in die Sechziger zu gehören. Die letzte halbe Stunde, oder vielleicht auch die ganze Stunde, war er in ein intensives Gespräch mit Maria, Tomas' kleiner Schwester, vertieft gewesen. Sie hatten die Köpfe zusammengesteckt, mit nur wenigen Zentimetern Abstand, und die ganze Zeit schauten sie einander mit ernsten Mienen an.

Ansonsten herrschte nicht besonders viel Ernst; die Leute saßen herum, tranken, rauchten und diskutierten. Vietnam und Apartheid, Martin Luther King und das Königshaus. Einige waren schon gegangen, aber die meisten waren noch da, Gunilla und Tomas tanzten, zumindest standen sie mitten im Raum und wiegten sich gemeinsam zur Musik. Eine kleine Gruppe befand sich draußen auf dem Balkon, er konnte sie lachen und reden hören, die Tür war offen, damit all der Tabaksqualm irgendwo abziehen konnte. Alle rauchten, mehr oder weniger kontinuierlich. Rickard selbst saß mit einer Zigarette zwischen den Fingern da und fragte sich, wie viele er schon geraucht hatte. Vermutlich mehr als in seinem gesamten bisherigen Leben, aber er machte keine Lungenzüge, und was zum Teufel spielte es auch für eine Rolle? Ab und zu gab es da noch eine andere Rauchnote im Zimmer, irgendwie süßlich, er fragte sich, ob es sich dabei tatsächlich um Haschisch oder Marihuana handeln konnte.

Er trank einen Schluck Wein und spürte, wie es sich in seinem Kopf drehte. Mein Gott, dachte er, ich sollte nicht ... ich sollte wirklich ... meine Mutter würde tot umfallen, wenn sie mich jetzt sehen könnte.

Die Erkenntnis, dass er sich übergeben musste, kam ungemein schnell, und es war reines Glück, dass er sich nicht blamierte. Er kam auf die Beine, lief auf den Flur, und glücklicherweise war die Toilette nicht besetzt. Er wankte hinein, schaffte es noch, die Tür hinter sich zu schließen und in letzter Sekunde den Deckel zu heben.

Er verbrachte eine ganze Weile dort drinnen. Erbrach sich zwei oder drei Mal, zum Schluss kam nur noch Galle. Trank kaltes Wasser, wusch sich das Gesicht und die Hände, setzte sich auf den Toilettendeckel und versuchte sich zu sammeln, und als er in den Lärm zurückging, hatte er beschlossen, dass es Zeit war, nach Hause zu gehen.

Oder besser gesagt, zum Regiment, das einzige Zuhause, das ihm momentan zur Verfügung stand. Was aber auch genügte. Er fand Gunilla in der Küche, umarmte sie kurz und erklärte, dass er satt, zufrieden und glücklich sei und jetzt gehen wolle.

»Wie geht es dir, Rickard?«, fragte sie, und ihm schien, als läge ein Hauch mütterlicher Fürsorge in ihrer Stimme. »Willst du den ganzen Weg gehen?«

»An frischer Luft ischt noch keiner geschtorben«, erwiderte Rickard Berglund und merkte, dass er peinlicherweise nuschelte. »Tauschend Dank, und grüsche Tomasch!«

Dann machte er sich auf. Lief die drei Treppen hinunter und trat in die milde Augustnacht. Gütiger Gott, sorge dafür, dass ich mich zumindest aufrecht halte, bat er, als er spürte, dass

Gehirn und Körper verschiedene Sprachen sprachen. Ich bin besoffen, aber ich wollte es nicht.

Er ging in die Richtung, von der er annahm, sie sei richtig. Keine Eile, dachte er, ich habe die ganze Nacht vor mir. Die ganze lange, liebliche Nacht. Vielleicht begegne ich auf dem Weg ja einer nackten Frau.

Eine gewisse Zeitspanne später, eine Stunde oder vielleicht auch nur eine halbe, befand er sich wieder im Englischen Park, und da das Gras dort immer noch einladend hoch stand, entschloss er sich zu einem kleinen Nickerchen. Ein großer Vollmond war über das Dach der Philologen gestiegen, und er fühlte, dass das Leben wunderbar facettenreich war.

Innerhalb von fünf Minuten war er eingeschlafen, und er wachte erst zehn Stunden später davon auf, als die Sonne ihm direkt ins Gesicht schien und sein Gehirn anscheinend versuchte, aus dem Schädel zu kriechen.

# 8

So, so. Was sollen wir davon halten, hä?«

»Weiß ich nicht. Was denkst du denn?«

Sie waren auf dem Weg zurück in die Stadt. Barbarotti fuhr, Backman saß auf dem Beifahrersitz. Eine Stunde Inspektion der Gänseschlucht reichte, das fanden sie beide. Barbarotti war ja am Sonntag bereits vor Ort gewesen, und zwei jüngere Kollegen, Torstensson und Svendén, liefen dort immer noch suchend herum. Laut Anweisung sollten sie das bis zum Einbruch der Dunkelheit fortsetzen, aber es gab natürlich nicht vieles, was darauf hindeutete, dass sie etwas finden würden.

Oder dass man am nächsten Morgen weitersuchen wollte.

»Zufall«, sagte Backman.

»Erklär das«, sagte Barbarotti.

Backman zuckte mit den Schultern. »Es gibt nichts, was auf etwas anderes hindeutet. Zwei Unglücksfälle am selben Ort mit einem Abstand von fünfunddreißig Jahren … das ist wahrscheinlich nicht besonders üblich, aber so etwas kommt vor. Hast du diesbezüglich eine abweichende Meinung? Du bist doch gern störrisch.«

»Blödsinn«, widersprach Barbarotti. »Ich bin nie störrisch. Aber ich nehme an, du hast recht.«

Eva Backman musterte ein Papier, das sie in der Hand hielt. »Sieben Stück«, sagte sie. »Damals waren sie zu siebt. Drei

Männer, vier Frauen. Man kann sich natürlich fragen, warum es überhaupt Ermittlungen gab. Da muss noch mehr dran gewesen sein als nur die Tatsache, dass sie gerufen hat.«

»Es gibt zwei Ordner«, erklärte Barbarotti. »Dieser Sandlin war offenbar ein sturer Kopf. Ich habe schon vorher von seinen Methoden gehört. Er wollte immer allem auf den Grund gehen, auch wenn es nur darum ging, dass jemand ein Fahrrad in den Bach geworfen hatte.«

»Ja, ich habe auch von ihm gehört«, nickte Eva Backman. »Nach seiner Pensionierung hat er als Privatdetektiv weitergemacht, oder?«

»Stimmt«, bestätigte Barbarotti. »Er hat sich sogar den Palmemord vorgenommen, aber daran hat er sich die Zähne ausgebissen. Obwohl schon etwas merkwürdig ist bei dem neuen Opfer.«

»Und was?«, fragte Backman.

»Die Brieftasche.«

»Die Brieftasche?«

»Ja. Armbanduhr, Schlüsselbund, Kamm, ein loser Hunderter in der Gesäßtasche … warum hatte er keine Brieftasche dabei?«

»Vielleicht hat Elis Bengtsson sie geklaut.«

»Glaubst du das?«

»Nein«, gab Backman zu. »Klingt nicht besonders glaubhaft. Aber er hatte auch kein Handy dabei.«

»Es gibt noch kein Gesetz, dass man eins dabeihaben muss«, sagte Barbarotti.

»Tatsächlich nicht?«, fragte Backman. »Na, das kommt bestimmt noch. Es gibt übrigens noch etwas Merkwürdiges.«

»Und das wäre?«, fragte Barbarotti.

»Schlüsselbund stimmt. Aber kein Autoschlüssel. Und kein Auto. Wie ist er hergekommen?«

Gunnar Barbarotti kratzte sich intensiv am Kopf. »Ein langer Spaziergang?«, schlug er vor. »Vielleicht hat er in der Nähe gewohnt?«

»Dann hätte Elis Bengtsson ihn wiedererkannt.«

»Da hast du auch wieder Recht«, gab Barbarotti zu. »Er hat bestimmt im Blick, wer hier im Ort wohnt. Was hältst du vom Bus? Vielleicht gibt es eine Haltestelle ganz in der Nähe?«

»Ich weiß nicht«, sagte Backman. »Aber es sind nicht mehr als drei-, vierhundert Meter bis zur Straße, unmöglich ist es also nicht.«

»Er kann von jemandem mitgenommen worden sein«, schlug Barbarotti vor.

»Der ihn hier herausgelassen hat und weitergefahren ist, meinst du?«

»Ich weiß nicht, was ich meine. Aber ich bin deiner Meinung, es ist schon etwas merkwürdig, dass sich offenbar kein verlassenes Auto in der Nähe befindet. Aber vielleicht liegt ja ein Fahrrad oder ein Moped irgendwo herum ... in einem Graben oder so.«

»Nicht abgeschlossen?«, fragte Backman. »Es war kein Fahrradschlüssel am Bund.«

»Zahlenschloss«, sagte Gunnar Barbarotti. »Frag nicht so viel. Das wird sich sowieso in ein paar Tagen alles klären.«

»Wie meinst du das?«

»Wenn er identifiziert worden ist. Das ist doch nur eine Frage der Zeit, oder?«

»Doch, schon«, stimmte Eva Backman zu und studierte wieder die Papiere. »Ist wohl anzunehmen. Die waren im Großen und Ganzen im gleichen Alter ... die vor fünfunddreißig Jahren dabei waren, weißt du. Zwischen fünfundzwanzig und dreißig.«

Barbarotti schwieg eine Weile.

»Das war ja eine Gruppe«, sagte er. »Muss ein Trauma für sie gewesen sein, glaubst du nicht? Mit polizeilichen Ermittlungen und allem. Vielleicht haben sie sich gegenseitig verdächtigt ... wäre interessant, ob sie immer noch Kontakt haben.«

»Du wirst Sandlins Akten lesen, oder?«

Barbarotti verzog das Gesicht. »Vielleicht«, sagte er. »Wenn Asunander einverstanden ist. Es kann ja sein, dass er keine Ressourcen darauf verschwenden will.«

»Du wirst es trotzdem tun«, sagte Eva Backman. »Ich kenne dich. Du wirst die Ordner noch heute Abend mit nach Hause nehmen, ganz gleich, was Asunander sagt.«

»Nicht nötig«, entgegnete Barbarotti mit einem Grinsen.

»Was ist nicht nötig?«

»Ich habe sie gestern schon mit nach Hause genommen.«

»Schön«, sagte Eva Backman und gähnte. »Habe ich mir doch gedacht.«

»Ja, wenn ich es nicht getan hätte, dann hättest du es gemacht.«

»Mir sind diese alten Ermittlungen ziemlich schnuppe.«

»Du lügst so schlecht, das ist schon peinlich«, sagte Barbarotti.

»Können wir nicht über etwas anderes reden?«, fragte Eva Backman verstimmt.

»Vielleicht könnten wir über unsere Kinder reden?«, schlug Barbarotti vor. »Ich fand es richtig nett, sie am Samstag alle beieinander zu haben.«

»Ja«, stimmte Eva Backman zu. »Schwedens Jugend, seine Zukunft, darin steckt ja auch ein wenig Hoffnung. Oder?«

»Genau«, nickte Barbarotti. »Es gibt nur eine richtige Art und Weise, die Qualität einer Gesellschaft zu messen. Wie wir uns um unsere Kinder kümmern.«

»Sehr klug«, sagte Eva Backman. »Bist du selbst darauf gekommen?

»Ich zitiere«, sagte Gunnar Barbarotti, »aber ich weiß nicht mehr, wen.«

Sie hatten gerade den Rocksta-Kreisverkehr hinter sich gelassen, als Backmans Handy klingelte.

Sie antwortete. Hörte zwei Minuten zu, ohne anderes zu äußern als »Ja«, »Nein« und »Ich verstehe«. Schließlich bedankte sie sich, behauptete, das sei »sehr interessant« gewesen und beendete ihr Gespräch.

»Wer war das?«, wollte Barbarotti wissen.

Eva Backman hielt ihre Liste mit den sieben Namen von 1975 hoch. »Ich glaube, Asunander wird nichts mehr dagegen haben, dass du dir die Ordner vornimmst«, sagte sie.

»Nicht?«, fragte Barbarotti.

»Das war Torstensson, sie haben gerade eine Brieftasche gefunden.«

»Sieh mal einer an«, sagte Barbarotti. »Und?«

»Sie war offensichtlich zwischen einige Steine gefallen. Ja, das ist ja der reinste Steinbruch da draußen ... reine Glückssache, sie hätte dort ebenso gut für alle Ewigkeit liegen bleiben können.«

»Da stimme ich dir zu«, sagte Barbarotti. »Jetzt wissen wir also, wie er heißt. Aber was hast du damit gemeint, dass Asunander nicht ...?«

»Er war einer von den sieben«, unterbrach Backman ihn.

»Was?«, rief Barbarotti.

»Unser neues Opfer war schon vor fünfunddreißig Jahren dabei.«

»Das ist ja wohl ...«, platzte Gunnar Barbarotti heraus und fuhr auf das rote Licht an der Kreuzung Fabriksgatan-Ringvägen zu.

# 9

Die Nachricht, dass Lennart Martinsson sich totgefahren hatte, traf an einem Dienstagabend Ende Oktober ein.

Es war Papa, der Unteroffizier, der anrief und kurzgefasst die Umstände bekannt gab, als handelte es sich um eine Kurznachricht im Radio. Lennart war zwischen Kil und Arvika von der Straße abgekommen. Er war direkt gegen einen Betonpfeiler gefahren, es gab keine Bremsspur, der Tod war sofort eingetreten. Niemand wusste, was er in der Gegend von Arvika zu tun gehabt hatte, aber alle wussten, dass er in letzter Zeit sehr deprimiert gewesen war. Es war Viertel nach vier nachmittags, als sich der Unfall ereignete. Die Sicht war gut, er hatte sich einen Tag frei genommen.

Das Gespräch dauerte nicht länger als zwei Minuten, Gunilla konnte im Hintergrund die Sekretärinnenmutter hören. Sie stand hinter dem Rücken ihres Mannes, damit er seiner Tochter auch alle Anklagen um die Ohren schlug. Was nicht nötig gewesen wäre: die Anklagen brauchten keine Worte, es genügten Pausen an den richtigen Stellen und die trockene Information. Nachdem Gunilla den Hörer aufgelegt hatte, blieb sie vor dem Fenster stehen, starrte hinaus in die Dunkelheit und dachte, dass sie eigentlich denselben Weg nehmen könnte.

Er hatte es mit Absicht getan.

Natürlich war es so gewesen. Geplant und bewusst hatte Lennart sich totgefahren, nachdem er keinen Sinn mehr darin gesehen hatte, ohne sie weiterzuleben. Er hatte es versucht, sein Bestes gegeben und ein paar Monate durchgehalten, dann war es ihm nicht länger möglich gewesen.

Er hatte sich das Leben genommen und ihr gleichzeitig eine Schuld aufgebürdet, die sie nie wieder würde loswerden können. Genau so sah die Wahrheit aus, es gab keine andere, beschönigendere Sichtweise.

Seit ihrem Umzug nach Uppsala war sie ein einziges Mal zu Hause in Karlstad gewesen, zum fünfundfünfzigsten Geburtstag ihrer Mutter Anfang September. War nur eine Nacht geblieben, hatte sich damit herausgeredet, dass sie so viel lernen müsse, und die ganze Zeit darauf geachtet, nie mit jemandem allein im Zimmer zu sein. Weder mit Mutter noch mit Vater, nicht mit ihrer Schwester Barbro. Mindestens zu dritt zu sein bot eine Art Schutz gegen Angriffe; aus irgendeinem Grund hatte es funktioniert.

Sie hatte Lennart nicht mehr gesehen, seit sie Schluss gemacht und ihn im Juni verlassen hatte. Im Laufe des Sommers hatte er zweimal angerufen – es war nicht schwer zu kombinieren, dass ihre Mutter ihm die Nummer gegeben hatte. Beim ersten Mal war er fast sofort zusammengebrochen und hatte angefangen zu weinen; sie hatte eine ganze Weile versucht, ihn zu beruhigen, dann hatte sie den Hörer aufgelegt. Beim zweiten Mal, ungefähr eine Woche später, hatte er um Verzeihung gebeten, behauptet, es gehe ihm gut und er sei über die Trennung hinweg. Das hatte so verlogen wie pathetisch geklungen, und sie hatte das Gespräch beendet, so schnell es ging. Freundlich, aber entschieden hatte sie sich damit herausgeredet, dass sie zu einer Vorlesung müsse.

Und jetzt war er tot.

Ein dreiköpfiges Gefühl von Trauer, Wut und Ohnmacht krallte sich in ihr fest, während sie immer noch dastand und in die kompakte Herbstdunkelheit starrte.

Trauer darüber, dass sie den Tod eines anderen Menschen verursacht hatte, es war nicht zu leugnen, dass es tatsächlich so war.

Wut darüber, dass er sich so rücksichtslos egoistisch verhalten hatte. Sich das eigene Leben zu nehmen, bedeutete immer gleichzeitig, die Hinterbliebenen anzuklagen. Man nagelte eine Schuld in ihnen fest, die zu bezahlen sie niemals die Chance hatten.

Ohnmacht darüber, dass es keine rationale Handlung zu tätigen gab. Nichts, was sie dachte, sagte oder tat, würde auch nur im Geringsten das beeinflussen, was geschehen war, dieses definitive, schreckliche Faktum. Jetzt nicht und niemals.

Tomas war nicht zu Hause. Wie üblich hatte er dienstags Abendwache, und mit größter Wahrscheinlichkeit würde er sich entschließen, in der Kaserne zu übernachten. Es hatte keinen Sinn, um Viertel vor elf nach Hause zu kommen, wenn man am nächsten Morgen schon vor sechs wieder aufstehen musste. Zumindest nicht, wenn man alle übrigen Nächte in der Woche zusammen in einem Bett schlafen konnte. Tomas war es bereits im Juli gelungen, ständigen Nachturlaub zu erlangen, irgendein Arzt in Ulleråker hatte ihm ein Attest geschrieben, das offenbar Wirkung zeigte. Gunilla wusste nicht, was darin stand, aber es genügte; im Krieg und in der Liebe ist alles erlaubt, das hatte Tomas deutlich gemacht.

Aber ausgerechnet in dieser Nacht brauchte sie ihn; es war natürlich typisch, dass es an einem Dienstagabend passiert war. Einen Moment lang fiel ihr Rickard Berglund und seine Dienstagsphobie ein, von der er ihr erzählt hatte. Vielleicht war es doch nicht nur Quatsch, wenn man es genauer betrachtete. Vielleicht hatte dieser Wochentag etwas an sich, vor dem man sich in Acht nehmen sollte?

Blödsinn, dachte sie und verließ das dunkle Fenster. Lennart war tot. Er wird morgen noch genauso tot sein … und Donnerstag und Freitag und an allen anderen Wochentagen, für alle Zeit. Er ist nur zweiundzwanzig geworden, und ich war es, der ihm das Leben genommen hat.

Es war Viertel vor zehn. Lieber Gott, lass Tomas anrufen, dachte sie. Ich will heute Nacht nicht allein sein. Er hatte nicht versprochen durchzuklingeln, aber die Chance bestand. Wenn er es tat, würde er einsehen, dass sie ihn jetzt mehr als jemals zuvor brauchte; er würde nach Hause kommen, würde hinter ihrem Rücken liegen und sie fest in die Arme nehmen, ganz fest, vielleicht würden sie sich lieben, das war etwas, das alles heilen konnte, zumindest für eine Weile, und ihre Menstruation war gerade vorüber. Ja, ich will jetzt mit ihm schlafen, dachte sie. Ich will ein Kind von ihm haben.

Dieser Gedanke war ihr noch nie gekommen, und sie fragte sich, wieso er gerade jetzt kam. Vielleicht um des Gleichgewichts willen? Ein Tod, ein neues Leben?

Absurd, dachte sie und schüttelte den Kopf. Nicht einmal Götter dürfen so denken. Ich verliere wirklich die Kontrolle über mich.

Aber wenn Tomas nicht anrief, was sollte sie dann tun? An wen sollte sie sich wenden?

Freunde? Nervös lief sie in der Wohnung auf und ab, während sie im Kopf ihren Freundeskreis durchging. Feststellte, dass es niemanden gab, der dafür in Frage kam. Birgitta natürlich, sie wäre eine Alternative, aber seit Gunilla mit Tomas zusammengezogen war, hatten sie sich auseinanderentwickelt. Außerdem hatte Birgitta Lennart gekannt, und irgendwie sah Gunilla das als ein Hindernis an.

Sie dachte über ihre Studienfreunde nach, aber da gab es niemanden, den sie gut genug kannte – und Maria, Tomas' kleine Schwester, ja, die war definitiv ausgeschlossen. Tomas behauptete, dass sie verrückt sei, das war natürlich ein Scherz, aber Gunilla dachte häufig, dass an dieser Behauptung sicher ein Körnchen Wahrheit war. Maria hatte irgendetwas an sich, einen Hauch von etwas Unbehaglichem, mit dem Gunilla nicht zurecht kam. Es war nicht die ganze Zeit zu spüren, aber es tauchte immer wieder mal auf … eine Art Härte oder Schweigen, das dazu führte, dass sie Maria nie wirklich nahe kam. Vielleicht sogar etwas Erschreckendes, das hatte sie schon ein paar Mal gedacht.

Sie blieb schließlich stehen, ließ sich mit einem anderen Gedanken am Küchentisch niedersinken: Was würde sie sagen, wenn sie jetzt jemanden hätte, mit dem sie sprechen konnte? Das war eine gute Frage.

Hallo, mein ehemaliger Freund hat sich gerade totgefahren. Hast du Lust, auf eine Tasse Tee vorbeizukommen?

Ja, das würde wahrscheinlich klappen. Jeder würde sich in so einer Situation bereit erklären, aber darum ging es ja nicht. Sie brauchte nicht jeden. Und warum … warum sollte man den Tod wegreden? Warum sich einbilden, man könnte die Verzweiflung mit kleinen, lächerlichen Gesprächspflastern heilen? Mit Tee? Warum es überhaupt versuchen? Sich aufmuntern, indem man über etwas anderes sprach … warum zum Teufel sollte man *an etwas anderes denken?*

Warum nicht stattdessen den Tatsachen in die Augen sehen? Den Schmerz ohne Betäubung ertragen. Das einzig Sichere im Leben war der Tod, und jetzt war er zu Besuch gekommen. Mit ihm sollte sie sprechen, darum ging es.

Sie beschloss, niemanden anzurufen. Vielleicht betrachtete Lennart sie in irgendeiner Form aus seinem Selbstmörderhimmel, und vielleicht sollte sie ihm so viel Respekt erweisen, dass sie niemand anderen in ihre Trauer einband. Zumindest nicht in diesen ersten Stunden, dieser ersten Nacht. Warum nicht in aller Einsamkeit ein Glas trinken – aber nur eines –, hier am Küchentisch mit einer einzelnen brennenden Kerze sitzen und sich ganz einfach an ihn erinnern? Ja, warum nicht?

Und in dem Moment, als sie den ersten vorsichtigen Schluck trank, wurde ihr klar, dass sie gezwungen war, zum Begräbnis zu fahren.

Es wurde nicht so unerträglich, wie sie es sich vorgestellt hatte. Es wurde noch schlimmer.

Der Gedenkgottesdienst für Lennart Leopold Martinsson fand an einem Samstag statt, elf Tage, nachdem er seinem Leben an einem Betonpfeiler an der Landstraße 61 ein Ende gesetzt hatte, acht Kilometer westlich von Kil, und die Kirche von Hammarö war bis auf den letzten Platz besetzt. Gunilla hatte ihre Schwester Barbro als Begleitung dabei, ihre Eltern hatten es vorgezogen, zu Hause zu bleiben. Das hätte Barbro auch, wenn Gunilla sie nicht auf Knien gebeten hätte, mitzukommen.

Ich brauche jemanden, hatte sie erklärt. Wenn du mir jetzt nicht hilfst, werde ich dich nie wieder um etwas bitten. Ich kann nicht allein in die Kirche gehen. Sie werden mich mit ihren Blicken töten, bist du nun meine Schwester oder nicht?

Red keinen Mist, hatte Barbro erwidert. Das hast du dir selbst zuzuschreiben. Aber schon gut, ich komme mit.

Tomas war natürlich ausgeschlossen gewesen. Sie waren zusammen von Uppsala mit dem Wagen gekommen, aber ihn mit zur Kirche zu nehmen, damit hätte sie die äußerste Grenze überschritten. Habt ihr gesehen?, hätten sie getuschelt. Lennart ist noch nicht unter der Erde, und sie hat sich schon einen neuen geangelt.

Tomas hatte sich nicht so einfach gefügt, aber schließlich hatte sie ihn überredet gehabt. Während der Beerdigung saß er zweieinhalb Stunden in der Konditorei Wermelin und las Hesse. Er hatte eigentlich auch einen Spaziergang geplant gehabt, hatte sich die Stadt und den Klarälven ansehen wollen, aber es regnete die ganze Zeit.

Sie selbst war auf der Kirchenbank festgenagelt. Sowohl von

Blicken als auch von Gedanken, so empfand sie es zumindest. Lennart Martinsson war zwar der Hauptdarsteller bei seiner eigenen Beerdigung, aber seine weibliche Gegenspielerin hieß Gunilla Rysth, an dieser Sache bestand kein Zweifel. Das spürte sie mit einer Deutlichkeit, die fast betäubend war, und zum ersten Mal in ihrem Leben bekam sie eine Ahnung davon, was für ein Gefühl es wohl gewesen sein musste, im 17. Jahrhundert als Hexe auf dem Scheiterhaufen verbrannt zu werden.

Gegen Ende der Feier defilierten alle Jugendfreunde von Lennart – und von Gunilla – am Sarg vorn beim Altar vorbei. In Paaren oder kleinen Grüppchen, doch als sie an der Reihe war, konnte sie sich plötzlich nicht mehr bewegen. Sie saß wie gelähmt da, festgenagelt an der harten Kirchenbank, und sie wusste, dass sie, selbst wenn sie hundert Jahre alt werden sollte, nie wieder einen schrecklicheren Moment als diesen erleben würde.

Ausgestoßen.

Paria.

Hexe.

Sie benutzte den Hexenvergleich, als sie eine Stunde später mit Tomas im Auto saß, auf dem Weg zurück nach Uppsala. Zuerst lachte er, dann aber wurde er ernst.

»Scheiße, war es wirklich so schlimm?«, fragte er.

»Noch schlimmer«, bestätigte sie.

»Das tut mir leid«, sagte er. »Du sollst nie wieder so etwas durchmachen müssen. Das verspreche ich dir.«

»Danke«, sagte Gunilla. »Weißt du, was eine seiner Schwestern draußen vor der Kirche zu mir gesagt hat, als alles vorbei war? ›Danke, dass du meinen Bruder umgebracht hast, du verfluchte Hure.‹ Und das war das Einzige, was überhaupt jemand zu mir gesagt hat. Es waren dreihundert Menschen da, ich kannte so gut wie jeden von ihnen.«

Tomas biss die Kiefer zusammen, dass es knackte, und sie sah, wie seine Hände, die das Lenkrad umklammerten, weiß wurden.

»Nie wieder, Gunilla, das verspreche ich dir. Was für beschissene Geier!«

»Ganz normale Menschen, Tomas«, erklärte sie. »Es sind nur ganz normale Menschen.«

Als ihre Mutter ein paar Wochen später anrief und fragte, ob sie zu Weihnachten nach Hause kommen wolle, antwortete sie mit Nein.

Das wolle sie nicht, und die Mutter verlangte von ihr auch keine Begründung. Sie schien mit der Entscheidung einverstanden zu sein, der Riss, der sich zwischen ihnen durch Lennarts Tod aufgetan hatte, war zu breit, um ihn überwinden zu können. Zumindest fürs Erste. Gunilla versuchte eine Art Gefühlslogik in diesen erstarrten Familienverhältnissen zu finden, aber je länger sie darüber nachdachte, umso dürftiger und hoffnungsloser erschienen sie ihr.

Es muss schon die ganze Zeit so gewesen sein, dachte sie. Nur dass es vorher nicht sichtbar gewesen ist. Ich habe es gewusst, aber vorgezogen, die Augen davor zu verschließen.

Sie war sich nicht sicher, ob das stimmte, wollte aber auch nicht weiter darüber grübeln.

»Das ist das reinste Mittelalter«, sagte Tomas. »Das ist ein Verhalten, das nicht ins Zwanzigste Jahrhundert gehört. Das ist barbarisch.«

Es kam vor, dass er fuchsteufelswild wurde, wenn sie über ihre Familie sprachen, und in ihrem tiefsten Inneren war sie ihm dankbar für seine heftige Reaktion.

»Du hast eine Verlobung gelöst, das ist alles«, erklärte er. »Sind in Värmland Zwangsehen üblich, oder wie sieht es damit aus?«

»Wollen wir Weihnachten in Sundsvall feiern?«, fragte sie.

»Auf keinen Fall«, erwiderte Tomas. »Wir werden Weihnachten in der Sibyllegatan in Uppsala feiern. Und am Weihnachtsmorgen werde ich dich schwängern.«

Dabei blieb es.

In beiden Punkten. Sie feierten in aller Schlichtheit Weihnachten zu zweit in ihrer kleinen Wohnung. Tomas hatte eine ganze Woche Urlaub vom Militär, und sie dachte, dass es schönere Tage als diese eigentlich gar nicht geben konnte. Zwei Menschen, die einander liebten. Umhüllt von einer Schale, die sie gegen die ganze Welt schützte. Gegen alles Alte, Muffige und Ungerechte, so ein Gefühl war das – und gegen ein hartnäckiges Regen- und Matschwetter, das das ganze Wochenende über anhielt.

Kerzenlicht, Rotwein und Leonard Cohen stattdessen. *Songs from a Room.*

Und Liebe. Jede Menge Liebe.

Als sie Anfang Februar den Bescheid bekam, war es die natürlichste Sache der Welt. Und weil das Kind Ende September erwartet wurde, war es am praktischsten, wenn sie das Wintersemester über pausierte. Ihr phil. cand. würde ein halbes Jahr länger dauern als geplant, mehr musste es nicht kosten.

»Meinst du nicht, dass wir in der Zeit noch ein zweites schaffen?«, wollte Tomas wissen, und sie dachte nur, ja, warum nicht?

Dann dachte sie, dass es wohl ein wenig vermessen war, das zweite Kind zu planen, bevor das erste überhaupt da war. Aber dass etwas schiefgehen könnte, nein, das konnte sie sich kaum vorstellen.

## 10

Germund Grooth«, sagte Eva Backman und reichte Barbarotti einen Kaffeebecher. »Interessanter Name.«

Gunnar Barbarotti, der im Laufe der Jahre hunderttausend Nachfragen hinsichtlich seines Namens über sich hatte ergehen lassen müssen, gab keinen Kommentar dazu ab. Stattdessen nahm er den Kaffee entgegen und studierte die Liste der Betroffenen von 1975.

Von Sonntag, dem 28. September 1975, genauer gesagt, als sieben gute Freunde sich zu einem Ausflug aufmachten, um Pilze zu suchen, und auf sechs dezimiert wurden.

*Rickard Berglund*
geb. 1949. Pfarrer der Gemeinde von Rödåkra-Hemleby.

*Anna Berglund*
geb. 1951. RBs Ehefrau. Geb. Jonsson. Journalistin bei der *Svenska Kyrkans Tidning,* der Schwedischen Kirchenzeitung.

*Tomas Winckler*
geb. 1948. Vertriebsexperte bei der Handelsbank in Göteborg.

*Gunilla Winckler-Rysth*
geb. 1949. TWs Ehefrau, phil. cand. Übersetzerin.

*Maria Winckler*
geb. 1950, gest. 1975. TWs Schwester. Lebensgefährtin

von GG. Lehrerin für Französisch und Englisch an der Kymlingeviksschule.

*Germund Grooth*

geb. 1948. Lebensgefährte von MW. Lehrer für Physik und Mathematik an der Kymlingeviksschule.

*Elisabeth Martinsson*

geb. 1947. Kunstlehrerin an der Kymlingeviksschule. Alleinstehend.

»Sie sind fast alle im selben Alter«, stellte er fest, nachdem er die Namen durchgegangen war. »Da hast du Recht. Es liegen nur vier Jahre zwischen der Ältesten und der Jüngsten.«

»Stimmt«, sagte Backman. »Sie waren alle so um die fünfundzwanzig. Jetzt sind sie um die sechzig. Wer hat die Liste angefertigt? Sandlin?«

Barbarotti nickte. »Nehme ich an. Steckte jedenfalls in einem der Ordner.«

Er malte ein Kreuz und die Jahreszahl 2010 hinter Germund Grooths Namen. »Zwei von sieben«, sagte er. »Was sollen wir davon halten?«

Eva Backman gab keine Antwort.

»Wenn jemand geplant hat, alle umzubringen«, fuhr Barbarotti fort, »dann scheint er zumindest keine Eile gehabt zu haben. Bleibt er bei fünfunddreißig Jahren zwischen jedem Mord, dann wird er fertig sein ... ja, ich weiß nicht ... in ungefähr hundertfünfzig Jahren, oder?«

»Sie waren ein Paar«, sagte Eva Backman.

»Wer?«, fragte Barbarotti.

»Germund Grooth und Maria Winckler. Sie haben 1975 zusammengewohnt. Waren nicht verheiratet, aber in den Siebzigern war es auch ziemlich unmodern, verheiratet zu sein.«

»Tatsächlich?«, fragte Barbarotti nach. »Nun ja, auf jeden Fall handelt es sich um drei Paare und eine Einzelperson. Und die beiden anderen Paare scheinen zum Pfarrer gegangen zu sein.«

»Oder zum Standesamt«, sagte Eva Backman. »Aber einer von ihnen ist ja selbst Pfarrer, vielleicht lässt man sich in so einem Fall nicht auch noch standesamtlich trauen.«

»Was für eine Rolle spielt es eigentlich, ob und wie sie geheiratet haben?«, wollte Barbarotti wissen und klopfte entnervt mit einem Stift auf die Namensliste. »Drei Paare und ein Single, das ist das Wichtige daran. Und eines der Paare existiert nun nicht mehr, sie sind mit einem Abstand von fünfunddreißig Jahren genau an derselben Stelle gestorben. Du hast immer noch nicht gesagt, welchen Eindruck du von dieser Geschichte hast.«

»Meine spontane Vermutung?«, fragte Eva Backman nach. »Willst du die wissen?«

»Genau die«, bestätigte Barbarotti. »Basierend auf … auf deiner Erfahrung aus zwanzig Jahren Polizeiarbeit mit einer Aufklärungsrate, die himmelhoch über dem Landesdurchschnitt liegt.«

»Neunzehn«, sagte Backman. »Jahre, meine ich, nicht Prozent. Du vergisst, dass ich auch noch jede Menge Kinder geboren habe. Aber da du so lieb bittest, werde ich dir einen Vorschlag machen. Sie ist gefallen, und er ist gesprungen.«

»Wieso?«, fragte Barbarotti, »lass mich nachdenken.«

Er trank einen Schluck Kaffee. Verzog das Gesicht und wechselte das Thema. »Kommt diese Plörre wirklich aus der neuen Maschine? Das schmeckt ja schlimmer als vorher.«

»Die ist noch nicht eingearbeitet«, erklärte Eva Backman. »In fünf, sechs Monaten wird es göttlich schmecken.«

»Na schön«, sagte Barbarotti. »Dann freue ich mich auf den Tag. Aber was meinst du damit, dass die eine gefallen und der andere gesprungen ist?«

Eva Backman zuckte mit den Schultern. »Nur eine Möglichkeit«, sagte sie. »Aber durchaus wahrscheinlich, soweit ich sehen kann. Wenn Maria Winckler beispielsweise 1975 einem Unfall zum Opfer gefallen ist, dann kann es doch sein, dass ihr Mann, also dieser Germund, auf irgendeine Art und Weise mit ihr vereint sein möchte. Dass er beschlossen hat, sich das Leben zu nehmen … aus welchem Grund auch immer.«

»Um mit einer Frau vereint zu werden, die vor fünfunddreißig Jahren gestorben ist?«, merkte Barbarotti an.

»Der Mensch ist unergründlich«, sagte Eva Backman.

»Hm«, sagte Barbarotti und starrte in seinen Kaffeebecher. »Er kann einfacher gestrickt sein, als wir annehmen, vergiss das nicht. Wir haben schließlich drei Varianten, mit denen wir rechnen müssen, wenn man genau sein will … und das mal zwei.«

»Ja, das ist mir schon klar«, seufzte Backman. »Das Übliche. Unfall, Selbstmord, Mord … Letzteres enthält auch Totschlag. Mal zwei, wie gesagt. Was hat der Herr Inspektor selbst für Ansichten zu diesem Fall?«

»Gar keine«, erklärte Gunnar Barbarotti. »Aber ich weiß, auf welches Doppel ich nicht setzen würde.«

»Und auf welches?«

»Zwei Mal Unfall. Dass er daherkommt und am selben Steilhang abstürzt, an dem seine Lebensgefährtin vor langer Zeit ums Leben gekommen ist – vollkommen unabsichtlich –, nein, so etwas passiert nicht.«

»Vermutlich nicht«, nickte Eva Backman und nahm die Namensliste in die Hand. »Wissen wir, wer noch am Leben ist? Alle fünf oder …?«

»Wir wissen überhaupt nichts«, erklärte Inspektor Barbarotti. »Aber es ist an der Zeit, diese Unkenntnis aus der Welt zu schaffen. Asunander möchte einen detaillierten Bericht, und zwar …« Er schaute auf die Uhr, »in genau vierundzwanzig Stunden.«

»Aha«, sagte Backman. »Und wo fangen wir an?«

»An verschiedenen Punkten«, sagte Barbarotti. »Ich schlage vor, dass ich mich um die Vergangenheit kümmere. Ich bin ja trotz allem ein klein wenig erfahrener als du und habe mir bereits Sandlins Ordner geschnappt. Du kannst in der Gegenwart wühlen. Herausfinden, wo ...«

»... wo die übrigen fünf heute zu finden sind«, unterbrach Backman ihn. »Ja, trotz meiner Jugend verstehe ich schon. Und die eine oder andere Befragung wäre wohl auch angebracht. Wie lange hat Herr Grooth eigentlich schon dort gelegen, als Bengtsson ihn gefunden hat? Wissen wir wenigstens das?«

»Nicht genau«, gab Barbarotti zu. »Aber wir erfahren es heute Abend. Ich habe etwas von zwei Tagen läuten hören. Zumindest länger als einen.«

»Hätte ihn dann Bengtsson nicht schon am Samstag finden müssen?«, wunderte Backman sich. »Statt am Sonntag? Ich dachte, er geht jeden Tag die gleiche Runde?«

»Vielleicht hat er verschiedene Runden«, sagte Barbarotti. »Wir müssen das überprüfen.«

»Mach du das«, sagte Eva Backman. »Ich gehe in mein Zimmer und werde mich auf Personensuche begeben. Wir sehen uns morgen früh, oder?«

»Das machen wir«, sagte Barbarotti. »Ich fahre jetzt nach Hause.«

Eva Backman schaute auf ihre Uhr. »Es ist erst halb vier.«

»Ich weiß, wie spät es ist«, erklärte Gunnar Barbarotti. »Aber ich habe die Ordner auf meinem Nachttisch vergessen.«

»Ja, ja, Vergesslichkeit und hohes Alter, das geht Hand in Hand«, sagte Eva Backman. »Grüß Marianne von mir.«

Nach einer guten Stunde hatte sie eine neue Liste aufgestellt. Außerdem hatten sich dunkle Gefühle herangeschlichen. Das lag irgendwie an diesem Zeitsprung. Eine Gruppe Fünfundzwanzigjähriger, die sich hokuspokus in Sechzigjährige verwandelte – natürlich hatten sie in der Zwischenzeit viel erlebt, Kinder bekommen, Häuser gebaut, waren vielleicht neue Beziehungen eingegangen, hatten fremde Kontinente gesehen und Karriere gemacht, aber diese beiden isolierten Ereignisse draußen in der Gänseschlucht ließen den Abstand auf eine unangenehme Art und Weise zusammenschmelzen.

Als wären fünfunddreißig Jahre nicht viel mehr als eine Stunde. Die Stunde, die sie gebraucht hatte, um die jeweiligen Umstände von heute aufzulisten. Am 27. September 2010.

Natürlich betraf dieses Gefühl sie selbst. Heute fünfundzwanzig, morgen sechzig. Oder noch schlimmer, wie hieß er noch, dieser alte Spruch? *Heute rot, morgen tot*?

Ihr blieben noch vier Jahre bis zu ihrem fünfzigsten Geburtstag. Barbarotti nur noch ein paar Monate, aber er schien sich deshalb keine großen Sorgen zu machen. Was natürlich keine größere Bedeutung für die aktuellen Ermittlungen hatte, aber es war nicht immer einfach, Arbeit und Privatleben zu trennen. Die Gedanken wanderten gern hin und her, besonders nachmittags, wenn der Blutzuckerspiegel niedrig war.

Sie seufzte. Ging zur Küchenzeile und holte sich noch einen Becher Ekelkaffee. Kam zurück in ihr Büro und setzte sich an den Schreibtisch, um eine grobe Analyse der Lage zu versuchen.

Was die anging, die noch nicht den Todesfelsen hinuntergestürzt waren. Wenn man ein wenig dystopisch sein wollte.

Es handelte sich um fünf Personen. Wie sich herausgestellt hatte, hatte keine von ihnen zwischen September 1975 und September 2010 das Leben verloren, und alle fünf lebten immer noch im Königreich Schweden.

Das war ein guter Anfang. Das bedeutete, dass man sie zu fassen bekam. Man konnte einen nach dem anderen verhören, wenn es denn für notwendig erachtet wurde. Eva Backman war sich ziemlich sicher, dass es für notwendig erachtet werden würde, und sie persönlich hegte auch keine davon abweichende Meinung.

Die beiden verheirateten Paare waren immer noch verheiratet. Was als ungewöhnlich angesehen werden muss, dachte sie. Wenn man sich Anfang der Siebziger jung verheiratet hatte, war die Chance, dass man beispielsweise noch seine Silberhochzeit feierte, ziemlich gering. Sie erinnerte sich, dass sie vor gar nicht so langer Zeit einen Artikel über dieses Thema gelesen hatte. Ein Jahrzehnt später standen die Chancen etwas besser, aber immer noch deutlich unter fünfzig Prozent. Übrigens gehörten sowohl sie als auch Barbarotti dieser späteren Gruppe an, und keinem von ihnen war es gelungen (oder hatte es gewünscht?), seine Familie zusammenzuhalten, bis zumindest die Kinder erwachsen waren. So war es nun einmal, und es nützte nichts, dieses dunkle Gefühl verscheuchen zu wollen. Das Leben ist ein saurer Drops.

Aber Rickard und Anna Berglund waren immer noch verheiratet. Ebenso Tomas Winckler und Gunilla Winckler-Rysth. Das Pfarrpaar (obwohl Rickard Berglund nicht mehr für eine Kirche arbeitete) wohnte in Kymlinge, hatte den Pfarrhof draußen in Rödåkra verlassen und seit 2005 eine Adresse in der Rosengatan. Er war bei Linderholms Bestattungsinstitut angestellt, die Ehefrau war seit längerer Zeit krankgeschrieben. Vorher hatte sie als freie Journalistin gearbeitet. Vor allem für die *Schwedische Kirchenzeitung*.

Das Paar Winckler-Rysth wohnte in Lindås bei Göteborg. Beide waren als selbständig aufgeführt, er in der Reisebürobranche, sie in der Firmenberatung.

Elisabeth Martinsson – die bewusste Singledame nach Barbarottis Terminologie – wohnte nunmehr in Strömstad und war Illustratorin von Beruf. Sie war immer noch Single, aber in den Achtzigern eine Zeitlang (sieben Jahre) verheiratet gewesen, und sie hatte eine Tochter, geboren 1983.

Berglunds hatten keine Kinder. Wincklers hatten drei.

Was auch immer die Kinder mit der Sache zu tun haben sollten, dachte Eva Backman und schob ihre Aufzeichnungen beiseite. Aber das waren nun einmal Informationen, die man obendrauf bekam, wenn man sich mit dieser Art von Schnüffelei beschäftigte.

Keiner der fünf hatte Vorstrafen. Alle schienen finanziell gut dazustehen, was die Winckler-Rysths betraf, sogar sehr gut, und ob sie immer noch in irgendeiner Art und Weise Kontakt zueinander hatten oder ob zwischen ihnen etwas Ungeklärtes stand – oder gestanden hatte –, ja, darüber wusste das Einwohnermelderegister nichts zu sagen.

Aber so ist das nun einmal, dachte Eva Backman. Wenn man mehr Fleisch auf die Knochen kriegen will – oder die Leiche im Keller finden –, dann muss man die Sache etwas persönlicher angehen.

Und wenn man sie nicht gleich verhörte, dann zumindest ein kleines Gespräch führen.

Was Germund Grooth betraf, der seine irdischen Wanderungen vor ein paar Tagen in der Gänseschlucht beendet hatte, so hatte Inspektor Sorgsen bereits die wesentlichsten Informationen zusammengetragen. Eva Backman holte das Papier heraus und studierte es konzentriert einige Minuten lang.

Er war in Lund gemeldet, wo er auch arbeitete. *Gearbeitet hatte.* Er war Dozent für theoretische Physik mit einer Doktorarbeit von 1983 im Gepäck. *Gradient Fragmentation Processes within Density Functional Theory.* Damals war er fünfunddreißig gewesen, rechnete sie nach. Wohl ein ganz normales Alter für eine Promotion. Er war alleinstehend, hatte nie geheiratet und in den letzten zwanzig Jahren immer an derselben Adresse in der Prennegatan gewohnt. Einige weitere Publikationen in seinem Themenbereich, vermutlich war er ein bekannter Name in seinen akademischen Kreisen gewesen.

Aber keine Professur, wie sie feststellte. Nun ja, es konnten natürlich nicht alle Professor werden, es gab sicher ziemlich viele Intrigen in der Universitätswelt, davon hatte man ja schon gehört.

Was jedoch ein alleinstehender Physikdozent aus Lund an einem Wochenende im September in den Wäldern um Kymlinge zu suchen hatte, diese Frage wollte sie sich für den nächsten Tag aufheben.

Wenn es nicht doch so einfach gewesen war, wie sie es bereits Barbarotti vorgeschlagen hatte. Dass Germund Grooth beschlossen hatte, seine Tage an dem Platz zu beenden, an dem seine Lebensgefährtin es vor dreieinhalb Jahrzehnten auch getan hatte.

Glaub's der Teufel, brummte Kriminalinspektorin Backman. Dann gähnte sie und stellte fest, dass es bereits fünf war.

Für heute genug gegrübelt, dachte sie. Löschte das Licht der Schreibtischlampe, verließ ihr Arbeitszimmer und begann sich Gedanken zu machen, was sie kochen sollte.

*Dinner for one.* Das klang in gewisser Weise wie ein Widerspruch in sich.

# 11

Hier ist wieder Maria, der Spatz.

Vor einer Woche hatte ich meinen zwanzigsten Geburtstag. Der ging in aller Stille vor sich.

Mama und Papa wollten herkommen, aber ich habe dankend abgelehnt. Habe erklärt, dass ich mit ein paar Freunden hinaus in Stockholms Schären wollte.

Im März in die Schären?, wunderte Mama sich, und ich sagte, dass die Freunde steinreich seien und das Haus winterfest. Damit gaben sie sich zufrieden, besonders Mama.

Tomas und Gunilla wollten bei sich ein Geburtstagsessen für mich ausrichten, aber ich fertigte sie mit derselben Lüge ab.

Freunde?, muss Tomas gedacht haben. Hast du Freunde, kleine Spatzenschwester?

Doch er sagte nichts. Und er fragte auch nicht, wie die Freunde hießen oder um welche Insel es sich handelte.

Wenn ich sage, dass mein zwanzigster Geburtstag in aller Stille ablief, so entspricht das nicht ganz der Wahrheit. Ich habe den Abend und die Nacht mit Germund in dessen Wohnung in Tunabackar verbracht. Wir tranken Wodka und liebten uns. Er ist der beste Liebhaber, den ich je gehabt habe, und bevor wir einschliefen, erzählte ich ihm, dass wir soeben meinen zwanzigsten Geburtstag gefeiert hätten. Er nahm es genau so auf, wie ich es gemacht hätte. Sagte, dass es schön sei, dass ich vorher nichts gesagt hatte, weil das mit Geschenken nie so sein Ding gewesen sei.

Wir vögelten bestimmt vier Stunden lang, ich kann einfach nie genug kriegen von ihm, obwohl ich Orgasmen am laufenden Band habe. Vielleicht weil er nie so verflucht ekstatisch wird wie andere Typen.

Ekstatisch und weich. Das mag ich nicht. Germund bleibt cool. Er behauptet, das Einzige, was ihn interessiert, das seien reine Mathematik und physische Liebe.

Ich verstehe sehr gut, was er meint. *Reine Mathematik und physische Liebe.* All dieses Gefühlsgelaber, das zwischen diesen Polen hin und her schwappt, nein, das ekelt mich an. Das hat eine Klebrigkeit und eine Schlaffheit, die Übelkeit bei mir erzeugen. Ich verlange Präzision im Leben.

Germund und ich verkehren nur auf diese Art und Weise. Er ruft an, oder ich rufe an. Wir fragen jeweils, ob wir uns treffen können.

Er kommt zu mir, oder ich gehe zu ihm. Vorzugsweise letzteres. Mein Zimmer ist klein und hellhörig, und auch wenn ich meine Orgasmen lautlos gestalten kann, so ist mein Liebesleben nichts, was ich mit Familie Holmberg teilen möchte, der Familie, die den Rest des Hauses bewohnt. Obwohl Herr Holmberg, der Arne mit Vornamen heißt, das sicher als anregend empfinden würde. Er hat mir so manchen Blick zugeworfen, und Frau Holmberg, von der ich nicht einmal den Vornamen kenne, scheint interessierter an ihrem Webstuhl zu sein, der in der Garage steht, als an ihrem Mann. Als Germund und ich das erste Mal in meinem engen Bett gevögelt haben, erreichten wir schließlich den gleichen Takt wie ihr Klopfen, oder aber sie webte im Takt mit uns, das kann ich nicht sagen. Wir beide, Germund und ich, empfanden das irgendwie als eine sehr anregende Zutat.

Aber meistens sind wir also in der Sköldungagatan in Germunds Zweizimmerwohnung. Wir trinken ein wenig Wodka, manchmal essen wir etwas dazu, Kekse oder Gurke oder Käsebrote, aber nie viel, denn mit zu viel Essen im Magen liebt sich's schlecht. Anschließend lieben wir uns. Wenn ich von Wodka spreche, dann meine ich entweder Wodka pur oder mit ein wenig Lime. Manchmal trinkt Germund ihn auch mit Orangensaft – ich jedoch nie.

Morgens frühstücken wir nicht zusammen. Wir duschen nur und verabschieden uns dann. Seit wir uns kennengelernt haben, waren wir zehn oder elf Abende zusammen, sind aber nicht einmal ins Kino gegangen oder haben eine Tasse Kaffee in der Stadt getrunken. Wozu soll das gut sein, irgendwo herumzusitzen und Kaffee zu trinken?, meint Germund. Wenn du diese Art von Vergnügung suchst, dann findest du sicher andere interessierte Jungs.

Verdammt, ich habe ja wohl noch nie vorgeschlagen, in der Stadt einen Kaffee mit dir zu trinken, entgegne ich.

Schon in Ordnung, sagt Germund. Sorry.

Doch eines Nachts schrie er.

Ich wachte auf, er jedoch nicht. Es war halb fünf, er muss einen Albtraum gehabt haben, war in Schweiß gebadet. Als ich ihn am Morgen fragte, sagte er, dass es schon so sein könnte, es kam vor, dass er von seinen Eltern und seiner kleinen Schwester träumte.

Die sind alle drei bei einem Autounfall ums Leben gekommen. Germund war zehn Jahre alt, als er seine ganze Familie innerhalb von Sekunden verlor. Nein, stimmt nicht, etwas länger muss es gedauert haben, denn sie sind in einen Fluss gefahren und ertrunken. Wir haben nie darüber gesprochen, genau wie wir nicht über unsere Kindheit und unser Leben reden. Wir haben uns jeweils kurz über die Hintergründe informiert, mehr aber auch nicht.

Ich weiß nicht, wie Germund reagierte, als er plötzlich vollkommen allein auf der Welt stand, aber ich habe mir überlegt, wie ich wohl selbst reagiert hätte.

Was natürlich schwer zu sagen ist, aber ich glaube nicht, dass es mich wirklich tief getroffen hätte.

Es gibt wohl nur wenige Dinge, die mich tief berühren. Ob das daran liegt, dass ich böse bin, weiß ich nicht, aber ich ziehe es vor, mich an die Wahrheit zu halten.

Germund trifft andere Frauen, natürlich tut er das.

Er ist ein unglaublich schöner Mann. Außerdem sieht er meistens traurig aus, und das lässt viele schwach werden. Er weckt ihre Muttergefühle, er kann gar nichts dafür. Manchmal erzählen wir uns gegenseitig von unseren jeweiligen Eroberungen, das kann sehr lustig sein. Als ich beschrieb, wie es mir mit Bernt-Åke erging, einem Kommilitonen von mir, mit dem ich einmal nach einem Besäufnis im Dezember zusammen war, bekam Germund einen Lachanfall, von dem er sich kaum erholte.

Ich weiß, dass ich auch schön bin, und ich habe das mal mit Germund diskutiert. Dass es vielleicht einen dritten absoluten Punkt gibt, abgesehen von der reinen Mathematik und der physischen Liebe – die Schönheit.

Nachdem er eine Weile darüber nachgedacht hatte, stimmte er mir zu. Ich möchte nicht blind sein, wenn du mich reitest, Maria, sagte er. Da hast du durchaus Recht.

Ich weiß, dass ich recht habe. Wir lassen immer das Licht an, wenn wir dabei sind.

Ich war seit Weihnachten nicht mehr daheim in Sundsvall, und ich zweifle daran, dass ich noch einmal vor August hochfahren werde. Ich habe mich für den ganzen Juni und Juli um einen Job als Kellnerin beim Profeten beworben. Es ist natürlich nicht sicher, dass ich ihn kriege, aber der, bei dem ich mich vorgestellt habe, schien ganz positiv eingestellt zu sein. Fast alle anderen Frauen – und es sind fast nur Frauen, die Französisch studieren – fahren natürlich den Sommer über nach Frankreich. Es wird als wichtig angesehen, in ein rein französisches Milieu einzutauchen, aber das ist mir egal. Ich weiß nicht, ob ich im Herbst tatsächlich den C-Kurs belegen werde, vielleicht mache ich auch etwas ganz anderes.

Ich habe keine Pläne für mein Leben, hatte immer schon das Gefühl, dass ich jung sterben werde, weshalb es sich gar nicht lohnt. Aber ich werde noch für ein paar Jahre hier in Uppsala bleiben, das ist klar. Die Stadt gefällt mir.

Das liegt an der Atmosphäre. Und der Anonymität. Hier kann ich ich sein, und niemand kümmert sich drum, was ich tue. Es gibt so viele Studenten, irgendwie kann man gar nicht alle im Blick behalten. Man kann sich unter die von V-dala, von Östgöta oder Värmland mischen, behaupten, man hieße Clarissa von Platen, stamme aus Dingle und studiere Kunstgeschichte. Nicht ein Wurm würde protestieren. Das gefällt mir.

Germund wird auch weiterhin hier sein, was natürlich auch nicht schlecht ist. Er studiert theoretische Physik parallel zu Mathematik, er hat einen doppelt so hohen Schlagrhythmus wie alle anderen. Vielleicht mache ich es bald auch so. Nehme zwei Studiengänge statt nur einem auf. Französisch kostet wirklich nicht viel Kraft, abgesehen von der Zeit, die ich brauche, um alle Bücher zu lesen. Balzac und Stendhal und Zola, wobei ich eigentlich nur Maupassant mag. Ich glaube, Maupassant hätte das mit der reinen Mathematik und der physischen Liebe gutgeheißen.

Vielleicht noch die Schönheit dazu.

Tomas und Gunilla erwarten ein Baby. Letzte Woche haben sie es verkündet; ich war bei ihnen zu selbstgemachter Pizza eingeladen und um ihren selbstfabrizierten Wein zu testen. Ich versuchte Begeisterung vorzutäuschen, aber zumindest Tomas hat mich durchschaut. Als wir einmal unter vier Augen waren, fragte ich ihn, ob sie nicht ganz gescheit seien, hätten sie denn noch nie etwas von Verhütungsmitteln gehört? Worauf er nur den Kopf schüttelte und mich mit diesem üblichen Großer-Bruder-Blick betrachtete. Überheblich und voller Mitleid. Und es war nicht das Kind, dem sein Mitleid galt, sondern ich. Seine verrückte kleine Schwester, die keine menschlichen Gefühle im Leib hat.

Macht, was ihr wollt, sagte ich. Aber plant mich jedenfalls nicht als Babysitter ein.

Auf den Gedanken würde ich nie kommen, sagte Tomas.

Okay, sagte ich. Dann herzlichen Glückwunsch, außerdem soll doch jeder nach seiner Fasson glücklich werden.

Auch du, meine Spatzenschwester?, fragte er und versuchte wie Astrid Lindgren zu klingen.

Ganz besonders ich, antwortete ich, konnte aber sehen, dass er mit dem Kommentar nicht zufrieden war. Ich störe ihn, wogegen ich absolut nichts habe. Ganz im Gegenteil. Und ich glaube sogar, dass Gunilla ein bisschen Angst vor mir hat. Was mich aber auch nicht interessiert.

Auf jeden Fall ist geplant, dass das Kind im Herbst auf die Erde plumpsen soll. Bis dahin kann noch viel schiefgehen.

## 12

Es war bereits halb zehn Uhr abends, als Barbarotti endlich Gelegenheit fand, sich Sandlins Ordner in Ruhe anzusehen.

Als er auf dem Weg nach Hause im Auto saß, rief Marianne an und berichtete, dass sie im Krankenhaus bleiben und die Abendschicht übernehmen müsse. Eine ihrer Kolleginnen war krank geworden, und nicht weniger als sechs Frauen standen Schlange, um ein Kind zu gebären.

Da konnte man nichts machen, und er wäre ja wohl der Letzte, der gebärenden Frauen Hindernisse in den Weg legen würde, oder? Schwedens Jugend, seine Zukunft, wie gesagt. Gemeinsam mit Jenny und Martin kochte er das Essen, zusammen mit Johan gelang es ihm, den unrund laufenden Wäschetrockner zu reparieren – zumindest vorläufig –, und dann war er noch eine gute Stunde damit beschäftigt, Lars über die Französische Revolution abzuhören. Es war ein beruhigendes Gefühl, dass man sich in der Schule immer noch mit der Französischen Revolution beschäftigte, und wenn er sich nicht irrte, offenbar auch noch in der gleichen Form wie in seiner Jugend, als er sich mit ihr abgemüht hatte.

Aber nach all diesen Tätigkeiten sagte er den Kindern gute Nacht. Erklärte ihnen, dass er für eine Weile Ruhe brauche, um einen heiklen Bullenjob zu erledigen, schloss die Tür zu dem gemeinsamen Arbeitszimmer von ihm und Marianne im ersten Stock hinter sich und holte das Material von 1975 hervor.

Am Sonntagabend hatte er die Akten nur kurz überflogen – sie nicht durchgeackert, wie Backman es sich möglicherweise gedacht hatte. Hatte unsystematisch darin herumgeblättert, während er zusammen mit Teilen der Familie einen alten englischen Spionagefilm mit Michael Caine im Fernsehen geguckt hatte. In Anbetracht dessen, was im Laufe des heutigen Tages bekannt geworden war, schien es höchste Zeit zu sein, sich dieser Aufgabe mit etwas mehr Ernst zu widmen.

Allerhöchste Zeit. Schließlich waren bereits zwei Tage vergangen, vermutlich sogar mehr, seit Germund Grooth sein Leben draußen in der Gänseschlucht verloren hatte, und genau wie er es der Inspektorin Backman erklärt hatte, so konnte Barbarotti nur schwer glauben, dass es sich um einen Unfall gehandelt haben sollte. Um bei der Wahrheit zu bleiben, so tippte er auch nicht auf Selbstmord, auch wenn er diese intuitive Einschätzung momentan noch nicht begründen konnte.

Aber vielleicht ließ sich in dem, was vor fünfunddreißig Jahren passiert war, ja ein Hinweis finden, also in dem jähen Tod der jungen, allen Informationen nach hübschen Maria Winckler am alten Todesfelsen.

Zu der Zeit war sie jedenfalls die Lebensgefährtin von Germund Grooth gewesen. Und dass das eine mit dem anderen zusammenhing – der alte mit dem neuen Fall –, das schien unbestreitbar zu sein. Die Frage war nur, wie.

*Nur?*, dachte Barbarotti. Was zum Teufel meine ich mit *nur*?

Auf jeden Fall erwartete Asunander am nächsten Tag einen Bericht, und den sollte er kriegen.

Sandlin war ein gewissenhafter Kerl gewesen, das musste man ihm lassen, aber das hatte Barbarotti schon vorher gewusst.

Die Ordner waren grün und hatten ein Inhaltsverzeichnis, in dem nicht weniger als sechzehn protokollierte Vernehmungen aufgelistet waren (von den sechs überlebenden Teilnehmern der schicksalsschweren Pilzsuche plus von zehn anderen, für Barbarotti bis jetzt unbekannten Personen), der Obduktionsbericht, der Bericht der Spurensicherung vom Tatort sowie so einiges anderes. Beispielsweise Sandlins eigene vorläufige Kommentare zu dem Fall. Davon gab es acht an der Zahl, der erste datiert auf den 29. September 1975 (der Tag nach dem Todesfall), der letzte auf den 22. Dezember desselben Jahres.

Zwei Tage vor Weihnachten, dachte Barbarotti. Er hat sich drei Monate lang damit beschäftigt.

Bevor er aufgab und feststellte, dass es sich mit größter Wahrscheinlichkeit um einen Unfall gehandelt haben musste. Oder dass es ihm zumindest nicht gelungen war, etwas anderes zu beweisen.

Aber er muss seine Verdachtsmomente gehabt haben, das war Barbarotti klar. Auch wenn man ein gewissenhafter Kerl war, kümmerte man sich nicht drei Monate lang um jemanden, der einen Steilhang hinuntergestürzt war. Das erschien nicht logisch. Einige der Verhöre waren außerdem erst im November und Dezember durchgeführt worden, was bedeutete, dass die Sache nicht einfach nur im Sand verlaufen war, wie es manchmal vorkam. Sandlin hatte die ganze Zeit aktiv an dem Fall gearbeitet, bis Weihnachten. Der Beschluss, die Ermittlungen einzustellen, das letzte Papier im Ordner, war auf den 9. Januar 1976 datiert.

Obendrein, registrierte Barbarotti, hatte Sandlin sämtliche Verhöre selbst durchgeführt, natürlich im Beisein eines Kollegen, wie es vorgeschrieben war, aber offensichtlich war es ihm wichtig, die Kontrolle zu behalten. Nach allem zu urteilen, überließ er nichts dem Zufall und fast nichts anderen Kollegen. Es war sicher nicht besonders spaßig gewesen, mit ihm zusammenzuarbeiten, dachte Barbarotti. Offenbar so ein altmodischer, sturer Griesgram, der nur sich selbst traute, und das nicht einmal über Gebühr.

Er lehnte sich eine Weile auf seinem Schreibtischstuhl zurück und überlegte, wie es wohl mit ihm selbst aussah. Wie viele Jahre hatte er noch bis zum Stadium des Griesgrams? Und welchen Kollegen vertraute er, wenn es wirklich darauf ankam?

Die erste Frage vertagte er. Zwei, zu dem Schluss kam er, was die Zuverlässigen betraf: Backman und Asunander. Asunander war natürlich sowohl ein Griesgram als auch ein Dickschädel – und meistens eine schlechte Karikatur dessen, wie ein Chef sich verhalten sollte –, aber er hatte eine Art Fingerspitzengefühl, das sich nur selten irrte. Das muss man ihm lassen, dachte Barbarotti. Schließlich hat er vor drei Jahren den Mann von Mousterlin gefunden. Allein das.

Und Backman? Eine Selbstverständlichkeit. Kommentare überflüssig.

Inspektor Borgsen, allgemein Sorgsen genannt aufgrund seiner düsteren Ausstrahlung, war immer pflichtbewusst und korrekt, konnte außerdem Tag und Nacht arbeiten – zumindest bis er Vater wurde –, aber ihm fehlte genau das, was Asunander hatte: Intuition. Fingerspitzengefühl.

Dafür konnte er einen entlaufenen Ladendieb in der Wüste aufspüren, wenn es nötig war.

Warum sollte es nötig sein, einen Ladendieb in der Wüste aufzuspüren? Gunnar Barbarotti seufzte, beugte sich über den Schreibtisch und widmete sich wieder Sandlins Ordnern. Ich fange am besten mit den Verhören an, dachte er, blätterte und fing an zu lesen.

VERNEHMUNG VON GERMUND GROOTH.
*Polizeirevier von Kymlinge 29.09.1975. 13.30 Uhr.*
*Anwesend: Kriminalinspektor Evert Sandlin, Polizeianwärter Sigvard Malmberg.*

ES: Darf ich Sie bitten, Ihren Namen und Ihre Adresse anzugeben.

GG: Germund Grooth. Söderbyvägen 32 c.

ES: Danke. Also hier in Kymlinge?

GG: Ja.

ES: Ich möchte Ihnen zunächst mein herzliches Beileid aussprechen. Aber Sie verstehen sicher, dass wir die Umstände dieses tragischen Todesfalles untersuchen müssen. Sind Sie damit einverstanden?

GG: Damit bin ich einverstanden.

ES: Gut. Sie haben also in einer sogenannten Lebensgemeinschaft mit der umgekommenen Maria Winckler gelebt. Ist das richtig?

GG: Das ist richtig.

ES: Wie lange waren Sie beide schon zusammen?

GG: Vier, fünf Jahre. Das kommt darauf an, wie man es rechnet.

ES: Ja? Wie lange haben Sie unter demselben Dach gelebt?

GG: Ungefähr drei Jahre.

ES: Wo arbeiten Sie?

GG: An der Kymlingeviksschule.

ES: Und Maria, wo hat sie gearbeitet?

GG: An derselben Schule.

ES: Dann sind Sie also beide Lehrer?

GG: Ja, zufällig.

ES: Was meinen Sie mit zufällig?

GG: Dass nicht geplant war, dass es ewig so bleiben sollte.

ES: Können Sie das näher erklären?

GG: Wir haben beide eine Stelle an derselben Schule bekommen. Sie hat Englisch und Französisch unterrichtet. Ich selbst Mathematik und Physik. Aber keiner von uns hat... hatte... eine Lehrerausbildung.

ES: Dann wohnen Sie hier in Kymlinge erst seit kurzer Zeit?

GG: Wir sind am ersten August in den Söderbyvägen gezogen.

ES: Aha. Ich bedaure noch einmal ausdrücklich dieses tragische Ereignis, aber ich würde trotzdem gern mit Ihnen darüber reden, was an dem Sonntag eigentlich passiert ist.

GG: Das ist schon in Ordnung.

ES: Gut. Sie haben also zusammen mit ein paar guten Freunden einen Ausflug gemacht. Vielleicht können Sie mir etwas über den Hintergrund sagen?

GG: Was wollen Sie wissen?

ES: Wer dabei war. Inwieweit Sie miteinander befreundet sind. Wer auf die Idee kam.

GG: Wir waren zu siebt. Wir sind drei Paare, die immer wieder Kontakt miteinander haben. Plus eine Frau, die auch an der Schule arbeitet.

ES: Und weiter. Wer war also dabei?

GG: Maria und ich. Marias Bruder Tomas und seine Frau Gunilla, die wohnen in Göteborg. Und dann Rickard und Anna Berglund. Er ist Pfarrer draußen in Rödåkra. Wir waren alle am Samstagabend auf dem Pfarrhof, auf dem sie wohnen.

ES: Das sind erst sechs. Wer war Nummer sieben?

GG: Elisabeth Martinsson. Sie kommt von der Schule.

ES: War sie am Samstagabend auch dabei?

GG: Nein. Und ich begreife nicht, was das für einen Sinn haben soll. Meine Lebensgefährtin ist einen Steilhang hinuntergestürzt und gestorben. Worauf wollen Sie eigentlich hinaus?

ES: Ich möchte nur bestimmte Möglichkeiten ausschließen.

GG: Was für Möglichkeiten?

ES: Dass es sich um etwas anderes handelt als einen Unfall. Sie wissen doch, dass einige gehört haben, wie sie rief, als sie fiel.

GG: Ja, das weiß ich. Ich habe sie auch rufen gehört. Aber ich habe nicht gehört, was.

ES: Können Sie ihren Ruf beschreiben?

GG: Das war nur etwas Unartikuliertes.

ES: Keine Worte?

GG: Ich habe jedenfalls keine verstanden. Aber ich war auch ziemlich weit weg.

ES: Wie weit?

GG: Das weiß ich nicht.

ES: Können Sie es schätzen?

GG: Hundertfünfzig, zweihundert Meter, denke ich. Nicht in der Nähe des Steilhangs.

ES: Sie haben sie nicht gesehen?

GG: Nein.

ES: Haben Sie in dem Moment, als es passierte, einen der anderen gesehen?

GG: Nein.

ES: Wieso nicht?

GG: Weil der Wald dort, wo ich mich befand, ziemlich dicht war. Vor allem junge Tannen, ich hatte eigentlich in keine Richtung freie Sicht. Außerdem habe ich ja nach Pilzen gesucht … genau wie die anderen. Ich glaube, wir waren ziemlich weit verstreut.

ES: Sie waren ziemlich weit verstreut?

GG: Ja. Wenn man Pilze suchen will, hat es doch keinen Sinn, wenn alle an derselben Stelle suchen.

ES: Wie lange waren Sie schon unterwegs, als es passiert ist?

GG: Wohl gut eine Stunde. Wir hatten ausgemacht, um ein Uhr Kaffee zu trinken. Als es passiert ist, war es kurz nach zwölf.

ES: Haben Sie Pilze gefunden?

GG: Nein. Aber ich wollte eigentlich auch nur Pfifferlinge suchen.

ES: Wissen Sie, ob einer der anderen etwas gefunden hat?

GG: Ich glaube, Anna hat einiges gefunden. Vielleicht Elisabeth auch, das weiß ich nicht.

ES: Hatten Sie während der Stunde, die Sie im Wald waren, viel Kontakt mit Ihrer Lebensgefährtin?

GG: Nein, anfangs gingen wir noch in dieselbe Richtung, aber dann sind wir jeder für sich weitergelaufen.

ES: Haben Sie viel mit ihr gesprochen?

GG: Fast gar nicht, nur während der Fahrt.

ES: Dann sind Sie und Maria also zusammen gefahren?

GG: Ja, wir haben die anderen bei Rute stenar getroffen. Dort gibt es einen Parkplatz, und wir hatten verabredet, dass wir von dort aus losgehen.

ES: Haben Sie noch etwas anderes vereinbart, bevor Sie sich in den Wald aufgemacht haben?

GG: Nein. Nur dass wir um ein Uhr Picknick machen wollen. Wir haben den Proviant an der vereinbarten Stelle zurückgelassen und wollten uns dann dort alle wiedertreffen.

ES: Aber dazu kam es dann nicht?

GG: Nein.

ES: Wie weit waren Sie ungefähr vom Parkplatz entfernt?

GG: Nicht besonders weit. Vielleicht einen Kilometer.

ES: Und trotzdem haben Sie keinen der anderen gesehen, als es passiert ist?

GG: Nein. Das habe ich doch schon gesagt.

ES: Worüber haben Sie sich mit Ihrer Lebensgefährtin im Auto unterhalten?

GG: Über nichts Besonderes.

ES: Können Sie das genauer sagen?

GG: Nein.

ES: Das habe ich mir notiert. Mit wem haben Sie sich sonst noch unterhalten, während Sie herumliefen und Pilze suchten?

GG: Mit niemandem.

ES: Mit niemandem?

GG: Vielleicht haben wir anfangs ein paar Worte gewechselt.

ES: Und?

GG: Und dann haben wir uns verteilt. Das ist ja wohl ziemlich natürlich, oder?

ES: Kann schon sein. Als es passiert ist, wie lange war es da her, dass Sie das letzte Mal einen der anderen gesehen haben?

GG: Das weiß ich nicht mehr.

ES: Sie können gern in Ruhe überlegen

GG: Ich glaube, ich habe Maria und Elisabeth fünf oder zehn Minuten vorher gesehen.

ES: Gingen die beiden zusammen?

GG: Nein, jede für sich.

ES: Aber Sie haben mit keiner der beiden gesprochen?

GG: Nein.

ES: Und es war zwölf Uhr, als Sie ihre Lebensgefährtin haben rufen hören?

GG: Ein paar Minuten drüber, ja.

ES: Und was haben Sie dann gemacht?

GG: Ich bin natürlich hingelaufen.

ES: Und?

GG: Wir waren natürlich alle dort.

ES: Wer war schon vor Ihnen dort, können Sie sich daran erinnern?

GG: Nur Elisabeth. Rickard und ich, wir kamen ungefähr zur selben Zeit an, aber aus unterschiedlichen Richtungen. Elisabeth war sehr aufgeregt, mir war sofort klar, das etwas passiert sein musste.

ES: Was haben Sie dann gemacht?

GG: Ich bin zu ihr gestürmt, Elisabeth deutete hinunter in die Schlucht.

ES: Erzählen Sie weiter.

GG: Ich habe hinuntergeguckt und sie da unten liegen sehen. Müssen wir das wirklich noch einmal alles durchgehen, wir haben doch gestern schon darüber gesprochen?

ES: Ich kann mir denken, dass es für Sie schmerzhaft ist. Wenn Sie eine Pause brauchen, sagen Sie es nur.

GG: Ich brauche keine Pause. Ich möchte, dass wir so schnell wie möglich fertig sind.

ES: Gut. Wenn wir etwas in der Zeit zurückgehen: Sie haben gesagt, Sie hätten sich am Samstagabend bei den Berglunds getroffen. Ist da die Idee zu dem Ausflug entstanden?

GG: Die hatte es schon früher gegeben.

ES: Erzählen Sie das bitte genauer.

GG: Mir ist nicht klar, was ich da genauer erzählen soll.

ES: Doch, das ist Ihnen schon klar.

GG: Quatsch. Wir hatten beschlossen, dieses Wochenende zusammen zu verbringen. Rickard und Anna waren hierher nach Kymlinge gezogen, wir auch. Wir sind alte Freunde aus Uppsala, dort haben wir alle zusammen studiert. Und Wincklers, Tomas und Gunilla, sind aus Göteborg gekommen. Wie schon gesagt.

ES: Und das Programm sah also vor, dass Sie sich am Samstagabend treffen und dann am Sonntag einen Ausflug machen?

GG: Ja, sicher. Finden Sie das so merkwürdig?

ES: Ganz und gar nicht. Ich möchte nur gern alle Details geklärt haben.

GG: Um gewisse Möglichkeiten auszuschließen?

ES: Genau. Und die siebte Teilnehmerin, Elisabeth Martinsson, wie kommt sie dann ins Bild?

GG: Sie ist einfach nur eine Kollegin von der Schule. Maria hatte ihr erzählt, dass wir in den Wald gehen wollen, und ich glaube, sie hat gefragt, ob sie nicht mitkommen kann. Sie ist auch neu an der Schule und hat kein Auto.

ES: Wie kam sie in den Wald?

GG: Sie ist mit den anderen gefahren. Ich glaube, sie wohnt auf dem Weg, und die haben sie dann wohl abgeholt.

ES: Ich verstehe. Wenn wir jetzt zurück zum Samstagabend gehen, wie ist der verlaufen?

GG: Der ist ruhig verlaufen.

ES: Können Sie das genauer schildern?

GG: Da gibt es nichts genauer zu schildern. Wir haben zusammen gegessen, dann beisammen gesessen und uns unterhalten. Tomas und Gunilla haben auf dem Pfarrhof übernachtet. Maria und ich, wir sind gegen zwölf Uhr nach Hause gefahren.

ES: Wer von Ihnen ist gefahren?

GG: Warum fragen Sie das?

ES: Darf ich Sie bitten, lieber zu antworten, statt Gegenfragen zu stellen. Umso schneller werden wir fertig.

GG: Wir haben ein Taxi genommen. Wir hatten beide Wein getrunken.

ES: Ach so. Und wie war die Stimmung den Abend über?

GG: Die Stimmung war gut.

ES: Keine Unstimmigkeiten?

GG: Keine Unstimmigkeiten.

ES: Was denken Sie, was da draußen in der Gänseschlucht passiert ist?

GG: Was ich denke? Ich denke, sie hat einen falschen Schritt getan und ist hinuntergestürzt. Es hat keinen Sinn, sich etwas anderes einzubilden.

ES: Gut. Wann war Ihnen klar, dass sie tot ist?

GG: Sobald ich sie gesehen habe.

ES: Wie konnten Sie so sicher sein?

GG: Sie war fünfundzwanzig Meter steil in einen Geröllhaufen gestürzt. Natürlich war sie tot.

ES: Aber Sie haben nicht gesehen, wie sie gefallen ist?

GG: Nein.

ES: Wissen Sie, ob jemand anders es gesehen hat?

GG: Wie sie gefallen ist?

ES: Ja.

GG: Nein, das hat keiner gesehen.

ES: Woher wissen Sie das?

GG: Wir haben natürlich darüber gesprochen. Wir hatten ja viel Zeit, bis die Polizei kam.

ES: Wie viel Zeit ungefähr?

GG: Ich denke, so eine Stunde. Tomas ist zu einem Hof in der Nähe gelaufen. Von dort hat er telefoniert. Wir anderen sind an Ort und Stelle geblieben und haben gewartet.

ES: Und haben diskutiert, was wohl passiert ist?

GG: Worüber hätten wir denn sonst diskutieren sollen? Über Politik?

ES: Und zu welchem Schluss sind Sie gekommen?
GG: Na, dass sie hinuntergestürzt ist.
ES: Es gab keinen mit einer abweichenden Meinung?
GG: Nein.
ES: Wo befanden Sie sich, als Sie warteten und diskutierten?
GG: Wir befanden uns unten. Bei ihr.
ES: War es nicht schwierig, dort hinunterzukommen?
GG: Überhaupt nicht. Man brauchte nur eine halbe Minute, um dort hinunterzuklettern.
ES: Ach so. Aber einige haben also gehört, wie sie gerufen hat?
GG: Ja.
ES: Hat auch jemand gehört, was sie gerufen hat?
GG: Ich glaube nicht. Alle haben es gehört, Anna und Elisabeth meinten außerdem, es wäre ein langer Ö-Laut dabei gewesen.
ES: Ein langer Ö-Laut?
GG: Ja.
ES: Wie in töööten?
GG: Zum Beispiel. Können wir das hier nicht abbrechen? Es erscheint mir nicht sehr sinnvoll. Meine Freundin ist gerade ums Leben gekommen. Es gefällt mir nicht, dass ich all dem hier ausgesetzt werde.
ES: Ich habe volles Verständnis dafür, dass Sie das als unangenehm empfinden. Aber leider habe ich keine andere Wahl. Wie war die Beziehung zwischen Ihnen und Ihrer Freundin?
GG: Wie meinen Sie das?
ES: Hatten Sie ein gutes Verhältnis, oder hatten Sie oft Streit?
GG: Maria und ich, wir hatten nicht ein einziges Mal Streit, seit wir uns kennengelernt haben.

ES: Soll ich das glauben?
GG: Das können Sie halten, wie Sie wollen.
ES: Und die Beziehungen in der Gruppe, waren die ebenso tadellos?
GG: Da müssen Sie schon die anderen fragen. Auf jeden Fall hatten Maria und ich keine offenen Rechnungen mit ihnen.
ES: Und keiner von den anderen hatte offene Rechnungen mit Ihnen beiden?
GG: Das dürfen Sie nicht mich fragen.
ES: Elisabeth Martinsson, wie gut kennen Sie sie?
GG: Ich kenne sie überhaupt nicht. Maria war diejenige, die sie eingeladen hat, mitzukommen.
ES: Hatte sie Höhenangst?
GG: Was?
ES: Maria, Ihre Lebensgefährtin. Ich wollte wissen, ob sie Höhenangst hatte.
GG: Nein, nicht besonders.
ES: Keine Veranlagung zu Schwindelgefühlen?
GG: Nein.
ES: Haben Sie eine Erklärung dafür, wieso sie die Schlucht hinuntergestürzt sein könnte?
GG: Nein. Das haben Sie mich schon mal gefragt.
ES: War sie deprimiert?
GG: Nein, sie war nicht deprimiert. Entschuldigen Sie, ich glaube, ich möchte das hier jetzt beenden. Wenn Sie weiterhin Fragen dieser Art stellen wollen, möchte ich einen Anwalt dabei haben.
ES: Einen Anwalt? Warum um alles in der Welt denn das?
GG: *Keine Antwort.*
ES: Nun gut, Herr Grooth. Ich werde sicher noch Gelegenheit haben, darauf zurückzukommen. Es tut mir leid, wenn Sie das hier als quälend empfinden, aber Sie ver-

stehen sicher, dass wir sorgfältig vorgehen müssen. Schließlich handelt es sich trotz allem um einen ungeklärten Todesfall.

GG: Was mich betrifft, so sind keine weiteren Erklärungen nötig. Kann ich jetzt gehen?

ES: Nur noch eine Sache. Können Sie auf der Karte hier zeigen, wo Sie sich befunden haben, als es passiert ist?

*GG: Macht wie gewünscht eine Markierung, er braucht dafür weniger als zehn Sekunden.*

ES: Danke schön, Sie können jetzt gehen. Die Vernehmung ist beendet um 13.48 Uhr.

Achtzehn Minuten, dachte Barbarotti, nachdem er zurückgeblättert und nachgerechnet hatte. So lange hat die Vernehmung gedauert.

Und es durchzulesen hatte noch weniger Zeit gekostet. Zehn, elf Minuten. Vielleicht hatte Sandlin einige Fragen und einige Antworten ausgelassen. Er selbst hatte die Abschrift angefertigt, und alle drei Anwesenden hatten sie unterzeichnet.

Aber ob Germund Grooth sich auch die Mühe gemacht hatte, sie durchzulesen? Vermutlich nicht. Und dieser Assistent … Malmberg … nein, höchstwahrscheinlich hatte er es auch nicht getan. Damit hätte er ein Misstrauen gegenüber seinem Vorgesetzten ausgedrückt, und Sandlin war wahrscheinlich jemand, mit dem man es sich nicht verscherzen wollte.

Warum denke ich über so etwas nach?, überlegte Barbarotti. Warum will ich einen alten, toten Kollegen in ein schlechtes Licht rücken?

Vielleicht, weil die Vernehmung so hartherzig war. Es war ein Ton in ihr, den er nicht so richtig begreifen konnte. Grooth hatte gerade seine Lebensgefährtin verloren, welchen Grund hätte es geben sollen, so hart vorzugehen? Als hätte Sandlin ihn unter Verdacht. Grooths Reaktion war ganz logisch. Barbarotti versuchte sich vorzustellen, wie er selbst so eine Vernehmung durchgeführt hätte, und auch wenn er bis jetzt noch nicht sehr tief in die Angelegenheit vorgedrungen war, so war er sich doch ziemlich sicher, dass er anders vorgegangen wäre. Etwas weniger aggressiv, das wäre ja auch etwas natürlicher gewesen, oder? Ein wenig sanfter.

Es sei denn, Sandlin war felsenfest davon überzeugt gewesen, dass an der Sache etwas nicht koscher war. Dass an Maria Wincklers Tod etwas nicht stimmte.

Und zwar von Anfang an. Sandlin war seit zwölf Jahren tot. Schade, dachte Barbarotti. Ich hätte nichts gegen ein kleines Gespräch mit ihm einzuwenden gehabt. Vielleicht lebte dieser Malmberg ja noch? Es war zumindest die Mühe wert, einmal einen Versuch zu unternehmen, das herauszufinden.

Er schaute auf die Uhr, es war kurz nach halb elf. Na gut, dachte er, eine Tasse schwarzer Kaffee und zwei weitere Vernehmungen.

# 13

Hätte Anna Jonsson die Schuhe mit den flacheren Absätzen angezogen, wäre alles anders gekommen.

Wie man die Sache auch betrachtete, welchen defätistischen oder politischen Blickwinkel man auch einnahm, um diese Tatsache kam man nicht herum. In der ersten Zeit ihrer Bekanntschaft, in den Sommermonaten 1970, diskutierten die beiden gern dieses Phänomen, es war ein Stück privater Geschichte, schwer, sie nicht zu hegen und zu pflegen. Besonders an gewissen Abenden, in gewissen zähen Stunden, wenn man keinen großen anderen Gesprächsstoff hatte. Wenn alles, was sonst so einfach und selbstverständlich war, plötzlich schwer und kompliziert erschien. Es gab solche Momente bereits sehr früh in ihrer Beziehung, aber Rickard wusste auch, dass das so sein musste.

Denn sie waren verschieden, Rickard Berglund und Anna Jonsson, das war offensichtlich, und zum ersten Mal in seinem Leben begriff Rickard diesen Spruch, wonach Gegensätze sich anziehen können. Vielleicht begriff sie es auch, er ging davon aus, aber sie waren beide Amateure in der Arena der Liebe, und deshalb tappte er in dieser Hinsicht etwas im Dunkeln.

Ihre Lebenswege hatten sich an einem Dienstagabend Ende April gekreuzt. Ausnahmsweise hatte Rickard einmal keine Abendwache, und zusammen mit Helge war er in die Stadt gegangen. Er konnte nicht mehr sagen, ob sie ein genaues Ziel gehabt hatten oder ob sie nur einen Kaffee bei der Güntherschen trinken oder eine Wurst mit Kartoffelbrei am Nybrogrill essen wollten. Vielleicht eine Runde drehen und sehen, ob es interessante Fachbücher im Lundequistschen Laden oder in einem der Antiquariate gab, das machten sie häufiger.

Auf jeden Fall hatten sie sich für eine Weile bei Bücher-Viktor in der Drottninggatan eingeschlichen. Eigentlich war schon Ladenschluss, aber der legendäre Viktor Persson war kein Mann, der seine Kunden mit der Uhr in der Hand hinausbeförderte – und als sie aus dem überquellenden Antiquariat herauskamen, stellten sie fest, dass ein Demonstrationszug den Schlosshügel hinaufzog. Auf dem Weg zum Vaksala Platz offenbar, das war die übliche Route. Die Spruchbänder waren auch die üblichen, genau wie die Schlagworte. Zumindest soweit Rickard das beurteilen konnte. Es ging um Vietnam, es ging um Südafrika, und es ging um etwas, das PRO-K hieß und von dem weder Helge noch Rickard wussten, was es war.

Sie blieben auf dem Bürgersteig stehen und sahen, wie die Linken vorbeimarschierten. Diese jungen, glaubensstarken Menschen. Rickard hatte von Professor Hedenius' Versuch gelesen, den Marxismus dem Christentum gleichzustellen – er hatte beide niedergemacht, und zwar aus den gleichen Gründen, wenn Rickard es richtig verstanden hatte –, und er überlegte, ob er vielleicht versuchen sollte, das Buch in die Hände zu kriegen. War es möglich, dass unter all denen, die hier im gleichen Rhythmus liefen und einen Spruch nach dem anderen skandierten, gläubige Menschen waren? Das war die Frage. Glaubensstärke gleich Glaubensstärke? Wie funktionierte so eine Gedankenwelt dann? Und marxistische Priester in Lateinamerika, von denen hatte er auch gelesen. Wie passte das zusammen? Opium fürs Volk und das alles.

Er stand tatsächlich dort und dachte über diese Dinge nach, als es geschah. Ein Mädchen im Zug schwankte, stieß einen Schmerzensschrei aus und fiel hin.

Oder wäre hingefallen, wenn Rickard sie nicht passenderweise aufgefangen hätte.

Oder war sie ihm direkt in die Arme gefallen? Im Laufe dieses ersten Sommers sollten sie immer mal wieder auf dieses Detail zurückkommen; inwieweit er überhaupt eingegriffen hatte oder ob sie ihn sozusagen einfach getroffen hatte. Da gab es natürlich einen gewissen Unterschied, zumindest in ihrer privaten Symbolwelt. Auf jeden Fall half er ihr, sich auf die Bordsteinkante zu setzen, und er setzte sich gleich neben sie.

»Was ist passiert?«

Sie stöhnte und rieb sich den linken Knöchel.

»Au, au!«

»Tut es weh?«

»Es tut scheißweh! Ich muss ihn mir verdreht haben! Au, au!«

Der Demonstrationszug marschierte weiter. Sie versuchte auf die Beine zu kommen, ließ sich aber gleich wieder zurücksinken.

»So ein Scheiß. Ich kann nicht weitergehen.«

Er betrachtete sie verstohlen von der Seite. Sie hatte ziemlich kurzes, dunkelbraunes Haar. Ein schmales Gesicht mit großen, momentan mit Tränen gefüllten Augen. Ihm war klar, dass sie sich ziemlich weh getan haben musste.

Klein und schmächtig war sie. Trug eine Maojacke und ein Palästinensertuch, die übliche Kleidung für eine Demonstration. Rote Cordhose. Ungeschminkt.

Aber Schuhe mit einem kleinen Absatz. Vielleicht um ein bisschen größer zu wirken, dachte Rickard. Diese Absätze waren schuld, dass sie umgeknickt war, das hatte er schnell begriffen. Sie sagte nichts, saß nur da und schaute ihren Fuß an. Rieb vorsichtig mit den Händen darüber und stöhnte dabei leise. Rickard bemerkte, dass Helge schräg hinter ihnen stand, er aber viel zu schüchtern war, um sich einzumischen.

Auch sonst mischte sich keiner ein. Nur Rickard Berglund saß hier auf der Bordsteinkante neben dieser unbekannten Fußverdreherin und suchte nach Worten.

»Willst du mal versuchen aufzustehen? Ich kann dich ja stützen, wenn du willst.«

»Danke. Aber ich glaube, ich warte erst noch ein bisschen ab.«

»Und die Demo? Willst du …?«

»Auf die pfeife ich. Bist du auch mitgegangen …?«

»Nein, ich habe nur zugeguckt.«

»Ach so. Nein, mit diesem Fuß kann ich sowieso nicht zum Vaksala Platz gehen.«

Sie hatte sich den Schuh ausgezogen, er sah, dass der Knöchel bereits deutlich angeschwollen war. Die letzten Demonstranten gingen an ihnen vorbei, sie wischte sich mit dem Palästinensertuch über die Augen und drehte sich zu ihm um.

»Tut mir leid, aber ich glaube, ich muss dich bitten, mir zu helfen.«

Was er auch tat. Sie versuchte mit dem Fuß aufzutreten, vergeblich. Leise jammernd verzog sie das Gesicht vor Schmerzen.

»Ich bringe dich ins Krankenhaus. Wir nehmen ein Taxi.«

Er wollte Helge auffordern, sich nach einem Taxi umzuschauen, aber sie protestierte sofort. »Nein, nein, das ist nicht nötig. Schließlich ist es ja nur verstaucht. Aber ich … es wäre nett, wenn …«

»Ja?«

»Wenn du mir ein wenig helfen könntest.«

»Aber selbstverständlich«, sagte Rickard. »Wo wohnst du denn?«

»Im Glimmervägen.«

»Glimmervägen? Ich weiß nicht genau …«

»Eriksberg. Nein, du bist sicher Student, da weiß man nicht, wo Eriksberg liegt.«

»Ich bin kein Student«, sagte Rickard. »Ich leiste meinen Wehrdienst ab.«

»Ach so. Entschuldige. Aber wenn du mir den Hügel da hoch helfen könntest, dann nehme ich dort oben den Bus.«

»Okay.«

Er versuchte sie zu stützen, indem er sie am Ellbogen fasste, was aber nicht funktionierte. »Ich glaube …«

»Ja?«

»Es ist wohl das Beste, wenn du deinen Arm um meinen Hals legst.«

Sie zog sich auch den zweiten Schuh aus, stopfte beide in die Jackentaschen und legte ihren linken Arm um seine Schulter. Vorsichtig hinkten sie den Bürgersteig entlang den Hügel hinauf. Sie barfuß, er in schwarzen Clogs. Nach einer Weile legte er seinen Arm um ihre Taille, und als er das tat, spürte er, wie etwas in ihm zu vibrieren begann. Er wusste nicht, was es war, aber es vibrierte.

»Wie heißt du?«, fragte er.

»Anna. Und du?«

»Rickard.«

»Rickard. Wo ist dein Freund hin?«

Rickard schaute sich nach Helge um, doch der war verschwunden.

»Ich weiß es nicht. Er ist wohl zurück zum Regiment gegangen. Waren keine Freunde von dir mit auf der Demo?«

Sie verzog das Gesicht. »Doch. Wir waren eine ganze Gruppe.«

Er erwartete, dass sie das weiter ausführte, was sie jedoch nicht tat. Es erschien ihm etwas merkwürdig, dass keiner der anderen Demonstranten stehen geblieben war, um ihr zu helfen. Sie hatten sie einfach fallen lassen. Obwohl doch auf einem großen Spruchband »Solidarität« gestanden hatte, weiße Buchstaben auf schwarzem Grund. Er überlegte, ob er sie danach fragen sollte, fürchtete aber, dass sie das als eine Art Provokation empfinden könnte. Und er wollte sie nicht provozieren. Im Gegenteil, er wollte dieses vibrierende warme Gefühl behalten, und er fragte sich, wie er es anstellen sollte, damit es nicht ein schmähliches Ende an der Bushaltestelle nehmen würde.

Sie sagte nicht viel. Hielt sich an ihm fest und humpelte vor sich hin, es war offensichtlich, dass es nicht mehr so schrecklich weh tat, solange sie vermied, sich zu sehr auf dem Fuß abzustützen. Nach ein paar Minuten hatten sie die Haltestelle erreicht, sie las den Fahrplan und stellte fest, dass es noch eine Viertelstunde dauern würde, bis der nächste Bus kam.

Sie setzten sich auf die Bank.

»Jetzt schaffe ich es. Du brauchst mir nicht weiter zu helfen.«

»Ich fahre mit dir.«

»Das ist nicht nötig.«

»Ich habe nichts anderes vor.«

»Natürlich hast du das.«

»Na ja, jedenfalls nichts Besseres.«

Sie lachte. »Du bist ein richtiger Gentleman.«

Da musste er auch lachen. »Ist das so schlimm?«

»Nein. Aber ... aber ich bin es gewöhnt, allein zurechtzukommen.«

»Könntest du nicht eine Ausnahme machen?«

Sie zögerte eine Sekunde lang. Dann nickte sie. »Wenn es ganz sicher ist, dass ich dich nicht von etwas Wichtigem abhalte.«

»Das ist sicher.«

»Meine Güte, guck dir das an!« Sie zeigte auf ihren Fuß. »Der ist ja dick wie ein Kinderkopf.«

»Wir werden Eis drauflegen, wenn wir bei dir zu Hause sind. Oder ihn zumindest in kaltem Wasser baden.«

Sie nickte. »Du scheinst ja was davon zu verstehen.«

»Beim Militär lernen wir auch etwas über Krankenpflege.«

»Ihr lernt nicht nur zu töten?«

»Ich werde nie wirklich eine Waffe benutzen.«

»Nein? Und warum bist du dann beim Militär? Wenn du nicht ernsthaft vorhast, Krieg zu spielen?«

Er zuckte mit den Schultern. »Ich weiß es selbst nicht genau. Es ist eine Erfahrung, die ich mache. Aber ich kann mir nicht vorstellen, jemanden zu töten.«

»Na gut. Dann ist nur zu hoffen, dass du das nicht musst.«

»Mhm.«

Eine Weile saßen sie schweigend da und betrachteten ihren angeschwollenen Fuß.

»Rickard, ich bin dir wirklich dankbar, dass du mir hilfst. Und du wirst mich in Eriksberg auch noch eine Weile schleppen müssen, nur dass du das weißt. Von der Haltestelle bis zu meiner Wohnung sind es mindestens zweihundert Meter.«

»Kein Problem, beim Militär trainieren wir auch körperlich. Ich kann dich tragen, wenn du willst.«

Wieder lachte sie.

Ich mag sie, dachte Rickard Berglund. Und ich habe das Gefühl, dass sie mich nicht total langweilig findet. Dass so etwas so schnell gehen kann.

Hauptsache, dass es nicht ebenso schnell wieder vorbei ist.

Er blieb den ganzen Abend im Glimmervägen in Eriksberg. Anna Jonsson wohnte in einer Einzimmerwohnung mit Balkon, der auf den Stadtwald hinauszeigte. Er half ihr, den Fuß zu kühlen und einen Verband anzulegen. Dann saß sie auf dem Sofa, den Fuß hochgelegt, und dirigierte ihn, während er Tee und warme Toasts machte. Schinken, Käse und Tomaten, nichts Besonderes, es war ein ungewöhnlich warmer Abend für die frühe Jahreszeit, und sie aßen draußen auf dem kleinen Balkon. Es war schon nach elf, als er sie verließ.

Sie dankte ihm für all seine Hilfe und umarmte ihn. Dabei stand sie auf einem Bein in dem engen Flur, und er hatte das Gefühl, dass sie ihn etwas länger festhielt, als notwendig gewesen wäre. So ein paar Sekunden, die alles bedeuten konnten, aber auch gar nichts.

Und er hatte ihre Telefonnummer bekommen und versprochen, am nächsten Abend anzurufen, um sich zu erkundigen, wie es ihr ging.

Ob sie zur Arbeit gegangen war zum Beispiel. Sie arbeitete als Krankenschwesternhelferin im Universitätskrankenhaus, und es erschien eher unwahrscheinlich, dass der Fuß über Nacht so weit wieder hergestellt sein würde, dass sie sich um jede Menge Patienten kümmern könnte. Besser nahm sie selbst Hilfe in Anspruch; sie versprach ihm, dass sie sich an die Notaufnahme am Väster torg wenden würde, sollte es schlimmer werden. Es konnte ja trotz allem etwas mehr als nur eine Verstauchung dahinterstecken.

Er nahm den Weg zurück zu seinem Regiment durch den Stadtwald, und er merkte selbst, wie leicht sein Schritt war. Er war noch ganz erfüllt von dem, was geschehen war, und gleichzeitig war ihm bewusst, dass eigentlich gar nicht viel geschehen war. Nicht wirklich. Aber wenn einer seiner Kameraden auf der Bude ihn ansprechen sollte, wie er den Abend verbracht hatte, konnte er antworten, dass er bei einem Mädchen in Eriksberg gewesen war. Ohne lügen zu müssen.

Er hoffte, dass ihn jemand fragte. Jemand anderes als Helge, der natürlich würde wissen wollen, wie es weitergegangen war.

Sie hatte tatsächlich so einiges von sich selbst erzählt. Im Gegensatz zu den meisten anderen jungen Menschen, die er in Uppsala getroffen hatte, war sie hier in der Stadt geboren. Ihr Elternhaus lag in Salabackar auf der anderen Seite des Tycho Hedéns väg. Sie war neunzehn Jahre alt, war nach dem ersten Jahr auf dem Gymnasium zu Hause ausgezogen, hatte den zweijährigen sozialen Zweig besucht. Arbeitete jetzt schon fast ein Jahr lang im Krankenhaus, plante aber, sich demnächst zur Journalistin ausbilden zu lassen. Bisher hatte sie Artikel für verschiedene linke Zeitschriften geschrieben, das Vietnam-Bulletin, die Clarté und einige andere; es war in erster Linie ein Freund, der politisch aktiv war, eigentlich war es wohl so, dass sie für ihn recherchierte … oder ein *ehemaliger* Freund, in diesem Punkt war sie nicht ganz exakt gewesen, aber Rickard hatte es so interpretiert, dass es mit den beiden zu Ende war. Auf jeden Fall hatten sie sich wohl ziemlich heftig überworfen.

»War er vorhin mit im Zug?«, hatte er gefragt, und sie hatte genickt, ohne das weiter zu kommentieren.

Sie hatte ihm nicht erzählt, wie er hieß, und auch das hatte er als gutes Zeichen angesehen. Wenn sie wirklich einen Freund hatte, dann würde sie ihn doch wohl zumindest mit Namen benannt haben? Über alles Mögliche andere hatte sie gesprochen: ihre Eltern, ihre beiden Brüder, ihre traurige und schwere Arbeit in dem großen Krankenhaus. Aber jetzt musste sie nur noch wenige Monate dort aushalten. Im Herbst wollte sie an der Journalistenschule in Stockholm anfangen. Sie war sich zwar nicht ganz sicher, ob sie angenommen werden würde, aber offenbar standen die Chancen ganz gut.

Rickard hatte etwas gezögert, bis er erzählte, dass er Theologie studieren wollte, er nahm an, dass die Fächerwahl in linken Kreisen nicht sehr populär war – Opium fürs Volk, wie gesagt –, aber sie nahm das auf, ohne sich über ihn lustig zu machen. Berichtete vielmehr, dass ihre Eltern beide Atheisten waren; zumindest glaubte sie das, solche Dinge wurden daheim nie diskutiert. Typische alte Sozis, wie sie behauptete, ihr Vater war gewerkschaftlich aktiv gewesen, es aber irgendwann leid geworden. Außerdem waren beide Eltern inzwischen alt, der Vater bereits pensioniert, sie hatte zwei Brüder, die zehn und zwölf Jahre älter waren als sie.

»Ein Nachzügler«, hatte sie erklärt. »Ich glaube nicht, dass sie mich haben wollten, zumindest war ich nicht geplant.«

»Und du selbst hast nie einen Glauben gehabt?«

»Vielleicht als ich klein war«, hatte sie geantwortet. »Ich bin in die Sonntagsschule gegangen, obwohl mein Vater das kleinbürgerlich und albern fand. Ich war sogar beim Konfirmationsunterricht, habe den aber dann abgebrochen.«

»Warum?«

»Ich weiß nicht genau. Da war etwas, das nicht stimmte. Vielleicht der Pfarrer selbst, der uns unterrichtet hat, ich habe ihn nie verstanden, und ich ... ja, sollte ich vorher einen Glauben gehabt haben, dann habe ich ihn dort jedenfalls verloren.«

»Die meisten, die sich konfirmieren lassen, haben bestimmt nie irgendeinen Glauben gehabt«, sagte Rickard.

Und da hatte sie ihm ihre Hand für einen Moment auf den Arm gelegt. »Da hast du vollkommen Recht«, sagte sie. »Die meisten glauben an gar nichts.«

»Woran glaubst du?«, hatte er gefragt, und sie hatte mit der Antwort gezögert.

»Im Augenblick an nicht besonders viel«, sagte sie schließlich und klang dabei traurig. »Momentan ist es mir ziemlich egal. Mir scheint es wichtiger, Fragen stellen zu dürfen, als nach Antworten zu suchen. Tja, das klingt vielleicht etwas merkwürdig, tut mir leid.«

»Ich finde überhaupt nicht, dass das merkwürdig klingt«, hatte er ihr versichert, und dann hatten sie eine Weile über den Vietnamkrieg und über die Lage in der Welt im Allgemeinen gesprochen.

Über Ungerechtigkeiten, über Armut, über Sozialismus. Er stellte fest, dass sie ziemlich viel gelesen hatte; sie kannte alle möglichen Abkürzungen von Freiheitsbewegungen und Parteien, von denen er noch nie etwas gehört hatte, aber gleichzeitig schien sie nicht gerade vor politischer Überzeugung zu brennen. Irgendwie versuchte sie gar nicht, ihn auf ihre Seite zu ziehen. Wahrscheinlich stimmt das, was sie gesagt hat, dachte er, es ist eher dieser namenlose ehemalige Freund, der die treibende Kraft dargestellt hat.

Und wenn man mit einem Freund Schluss macht, erleidet vielleicht die politische Überzeugung das gleiche Schicksal? Er wusste es nicht, nahm aber an, dass es vermutlich eine zu vereinfachte Sicht auf die Dinge war. Außerdem hingen sowohl Mao als auch Che Guevara bei ihr an der Wand.

Er kam kurz vor Mitternacht bei seinem Regiment an. Inzwischen waren er und seine Kumpels so weit in der Hierarchie aufgestiegen, dass sie ganze Nächte wegbleiben durften, wenn sie wollten. Wenn sie sich nur morgens um sieben Uhr zum Appell einfanden, dann gab es niemanden, der Krach schlug. Als er auf seine Bude kam, stieß er auf Helge, der gerade aus dem Waschraum kam, auf dem Weg ins Bett.

»Wie ist es gelaufen?«, fragte er.

»Es ist ganz ausgezeichnet gelaufen«, antwortete Rickard. »Wo bist du denn geblieben?«

»Du Witzbeutel«, sagte Helge.

Rickard musste lachen. Dass es noch junge Menschen gab, die im Jahre des Herrn 1970 *Witzbeutel* sagten.

Zumindest einen. Helge von Gäddede.

## 14

VERNEHMUNG VON TOMAS WINCKLER.
*Polizeirevier von Kymlinge 29.09.1975. 15.35 Uhr.*
*Anwesende: Kriminalinspektor Evert Sandlin, Polizeianwärter Sigvard Malmberg.*

ES: Wären Sie so gut, Namen und Adresse anzugeben.

TW: Tomas Winckler. Annebergsgatan 17 in Göteborg.

ES: Ich möchte Ihnen mein aufrichtiges Beileid aussprechen. Ich hoffe, Sie verstehen, dass wir dennoch gezwungen sind, Ihnen einige Fragen zu stellen.

TW: Das verstehe ich.

ES: Es war also Ihre Schwester, die gestern in der Gänseschlucht ums Leben gekommen ist, Maria Winckler. Können Sie mit Ihren eigenen Worten berichten, was passiert ist?

TW: Ich bin mir nicht sicher, was wirklich passiert ist. Ich kann es einfach nicht fassen.

ES: Ich kann verstehen, dass Sie noch unter Schock stehen. Ich möchte eigentlich auch nur, dass Sie beschreiben, was da draußen passiert ist, so, wie Sie es erlebt haben.

TW: Gut, ich will es versuchen. Aber da gibt es nicht viel zu beschreiben. Sie hat das Gleichgewicht verloren und ist gestürzt, so muss es gewesen sein.

ES: Muss?

TW: Vielleicht ist sie zu nahe an die Kante gegangen und auf einen losen Stein getreten, ich weiß es nicht. Ich habe nicht gesehen, wie es abgelaufen ist, und das hat auch keiner der anderen.

ES: Warum war die Gruppe draußen im Wald?

TW: Es war ein ganz normaler Ausflug. Wir hatten Proviant dabei und hofften, ein paar Pilze zu finden. Wir hatten uns am Abend zuvor bei Rickard und Anna getroffen, die ja genau wie meine Schwester und ihr Lebensgefährte erst vor Kurzem hierher nach Kymlinge gezogen waren.

ES: Ja, das wissen wir. Wessen Idee war das mit dem Ausflug?

TW: Das weiß ich nicht. Wir hatten beschlossen, uns an diesem Wochenende zu treffen; ich glaube, das haben wir vor ungefähr einem Monat verabredet. Den Samstagabend auf dem Pfarrhof zu verbringen und so weiter. Es waren natürlich Rickard und Anna, die uns eingeladen haben.

ES: Und der Ausflug in den Wald? Wer ist auf die Idee gekommen?

TW: Ich begreife nicht, was das für eine Rolle spielen soll, wer auf die Idee gekommen ist.

ES: Aber Sie begreifen, warum ich hier sitze und Ihnen die Fragen stelle?

TW: Ja. Oder nein, nicht wirklich.

ES: Weil ich die Umstände um den Tod Ihrer Schwester aufklären will. Das ist mein Job.

TW: Ist mir schon klar, dass das Ihr Job ist. Aber ich frage mich, von was für Umständen Sie da reden. Oder nach welchen Sie suchen.

ES: Es gehört zu den Aufgaben der Polizei, bei ungeklärten Todesfällen zu ermitteln.

TW: Das ist mir auch klar. Aber was ist denn bitte schön so ungeklärt an Marias Tod?

ES: Eine junge, gesunde Frau fällt einen Steilhang hinunter. Am helllichten Tag. Es kann sich dabei natürlich um einen Unfall handeln, aber es lassen sich auch andere Alternativen denken.

TW: *Keine Antwort.*

ES: Verstehen Sie, von welchen Alternativen ich spreche?

TW: Natürlich tue ich das. Ich bin ja kein Idiot.

ES: Ausgezeichnet. Und wie stehen Sie zu diesen Alternativen?

TW: *Keine Antwort.*

ES: Es ist mir klar, dass das schwer für Sie ist. Vielleicht wird es ein wenig einfacher, wenn wir uns eine Alternative nach der anderen anschauen. Glauben Sie, dass die Möglichkeit besteht, dass Ihre Schwester sich das Leben genommen hat?

TW: *Schüttelt den Kopf, sagt jedoch nichts.*

ES: Es wäre schön, wenn Sie mir auf meine Fragen laut antworten könnten. Wie Sie wissen, nehmen wir das Gespräch auf Band auf.

TW: Ich glaube nicht, dass meine Schwester sich das Leben genommen hat.

ES: Können Sie mir einen Grund nennen, warum Sie das nicht glauben?

TW: Wie meinen Sie das? Warum hätte sie sich das Leben nehmen sollen?

ES: Viele Menschen tun das. Wie ging es Ihrer Schwester? War sie deprimiert?

TW: Maria war nicht deprimiert.

ES: Standen Sie beide sich nahe?

TW: Sie war meine Schwester.

ES: Was heißt das?

TW: Das heißt, dass ich sie ziemlich gut kannte.

ES: Sie haben sich also alle am Samstagabend bei den Berglunds getroffen. Wie lange war es da her, seit Sie Ihre Schwester das letzte Mal gesehen hatten?

TW: Ich weiß nicht genau.

ES: Denken Sie nach.

TW: Es ist wohl im Juni gewesen. Da war sie mit Germund in Göteborg.

ES: Wann im Juni?

TW: Anfang des Monats. So um den zehnten herum, glaube ich.

ES: Das ist also dreieinhalb Monate her?

TW: Ja, schon möglich.

ES: Und vorher?

TW: Was vorher?

ES: Wann haben Sie Ihre Schwester vor diesem einen Mal im Juni getroffen?

TW: Das weiß ich nicht mehr. Und ich verstehe nicht, was das für eine Rolle spielt. Vielleicht ein halbes Jahr davor. Aber ich glaube nicht, dass meine Schwester Selbstmordabsichten hatte. Das hätte ich …

ES: Ja?

TW: Das hätte ich ihr auf jeden Fall an dem Samstagabend angemerkt.

ES: Und das haben Sie also nicht?

TW: Nein.

ES: Wie war die Stimmung an dem Abend?

TW: Die Stimmung? Die war gut.

ES: Durchgängig?

TW: Ja, es herrschte durchgängig gute Stimmung. Entschuldigung, aber ich weiß wirklich nicht, worauf Sie hinauswollen. Ich habe das Gefühl, Sie wollen uns da etwas unterstellen. Worauf wollen Sie hinaus?

ES: Ich versuche die beiden Alternativen auszuschließen, von denen wir gesprochen haben.

TW: Selbstmord und …?

ES: Mord, ja. Gibt es jemanden in Ihrer Gruppe, der einen Grund gehabt haben könnte, Maria nach dem Leben zu trachten?

TW: Mein Gott. Was stellen Sie hier bloß für Behauptungen auf?

ES: Ich stelle überhaupt keine Behauptungen auf. Begreifen Sie denn nicht, dass ich so vorgehen muss? Sind Sie nicht auch der Meinung, dass es wichtig ist, dass wir die Umstände um den Tod Ihrer Schwester aufhellen?

TW: Ja, natürlich. Aber dass jemand … jemand von uns … sie … nein, das ist ausgeschlossen. Vollkommen ausgeschlossen.

ES: Wo befanden Sie sich, als es passiert ist?

TW: Was?

ES: Wo befanden Sie sich, als Maria die Schlucht hinuntergestürzt ist?

TW: Ich befand mich ein Stück davon entfernt. Vielleicht ein paar hundert Meter. Ich weiß es nicht.

ES: Waren Sie allein?

TW: Ja. Ich habe Pilze gesucht.

ES: War jemand von den anderen in Ihrer Sichtweite?

TW: Nein. Nein, da war keiner.

ES: Erzählen Sie mir, was passiert ist.

TW: Ich habe gehört, wie jemand schrie. Aber ich habe nicht erkannt, dass sie es war.

ES: Wie klang der Schrei?

TW: Wie er klang? Na, er klang einfach wie ein Schrei.

ES: Und was hat sie geschrien?

TW: Das habe ich nicht verstanden.

ES: Wissen Sie, dass einige der anderen der Meinung sind, dass es eine Nachricht gewesen sein könnte?

TW: Nein, das verstehe ich jetzt nicht ganz.

ES: Dass sie versucht haben könnte, noch etwas zu sagen, bevor sie starb.

TW: Nein. Was hätte sie denn sagen sollen?

ES: Haben Sie wirklich nicht mit den anderen darüber gesprochen?

TW: Nein.

ES: Was haben Sie gemacht, als Sie Maria entdeckt haben?

TW: Die anderen sind bei ihr geblieben. Ich bin zurückgegangen, zu einem Bauernhof, und habe von dort aus nach Hilfe telefoniert.

ES: Wer hat das beschlossen?

TW: Was beschlossen?

ES: Dass ausgerechnet Sie Hilfe holen sollten.

TW: Daran kann ich mich nicht mehr erinnern. Vielleicht habe ich es von allein getan. Was spielt denn das für eine Rolle?

ES: Es war Ihre Schwester, die tot da lag. Und trotzdem waren Sie derjenige, der sich entschloss, sie zu verlassen.

TW: Mein Gott. Jemand musste doch losgehen, um zu telefonieren, oder?

ES: Ich denke schon. Aber keiner der anderen hat angeboten, es zu tun?

TW: Daran kann ich mich nicht mehr erinnern. Nein, ich glaube nicht.

ES: Und haben Sie auch selbst entschieden, allein zu gehen?

TW: Ja, aber das ist gar nicht diskutiert worden. Verdammt noch mal, sie war zu Tode gestürzt. Natürlich waren wir alle durcheinander und geschockt.

ES: Natürlich. Wenn wir noch einmal zu dem Samstagabend zurückkehren. Wie hat Maria sich da verhalten? Ist Ihnen etwas Besonderes aufgefallen?

TW: Nein.

ES: Sie hat nichts getan oder gesagt, was Ihnen jetzt im Nachhinein Grund zum Nachdenken geben könnte?

TW: Nein.

ES: Es gab keinen Streit oder etwas in der Art?

TW: Nein, den gab es nicht.

ES: Wie genau kennen Sie die anderen in der Gruppe?

TW: Ich kenne sie alle sehr gut. Die Berglunds und Maria und Germund sind enge Freunde von uns.

ES: Wie haben Sie sich kennengelernt?

TW: Während des Studiums in Uppsala. Rickard Berglund und ich haben außerdem zusammen den Militärdienst absolviert.

ES: Also eine alte Freundesclique?

TW: Ja.

ES: Und wie lange kennen Sie sich schon?

TW: Ungefähr seit fünf Jahren. Oder eher seit sechs.

ES: Und Elisabeth Martinsson?

TW: Die kenne ich überhaupt nicht. Sie arbeitet an derselben Schule wie Germund und Maria.

ES: Und sie war an dem Abend nicht dabei?

TW: Nein.

ES: Wie war Marias Verhältnis zu den anderen aus der Gruppe?

TW: Wie meinen Sie das?

ES: Es muss doch mal unterschiedliche Meinungen gegeben haben? Es muss doch mal was passiert sein. Wenn Sie ein wenig zurückdenken.

TW: Ich weiß nicht, auf was Sie anspielen.

ES: Wenn Sie seit sechs Jahren befreundet sind, dann muss es doch auch einmal Konflikte gegeben haben?

TW: Natürlich gab es mal Konflikte. Aber nichts, was irgendwie mit dem Tod meiner Schwester zu tun hätte.

ES: Wie können Sie sich da so sicher sein?

TW: Weil ich diese Menschen kenne.

ES: Wirklich? Und wenn Sie daran denken, wie sich Ihre Schwester am Samstagabend verhalten hat, dann finden Sie nicht, dass sie sich in irgendeiner Weise ungewöhnlich verhalten hat?

TW: Nein, sie hat sich nicht ungewöhnlich verhalten. Niemand hat sich ungewöhnlich verhalten. Wir hatten einen schönen Abend zusammen, es ist sinnlos, mit dieser Art von Fragen weiterzumachen.

ES: Und es hat sich wirklich keiner der anderen auf irgendeine Art und Weise ungewöhnlich verhalten?

TW: Nein.

ES: Was haben Sie gemacht?

TW: Was wir gemacht haben? Wir haben zusammen gegessen und uns unterhalten natürlich.

ES: Wurde viel getrunken?

TW: Nein. Eigentlich nur Wein zum Essen.

ES: Worüber haben Sie sich unterhalten?

TW: Über alles Mögliche. Wir hatten uns ja seit einer Ewigkeit nicht mehr gesehen.

ES: Können Sie mir ein Beispiel nennen, worüber geredet wurde?

TW: Na, zum Beispiel darüber, wie es so ist, in Kymlinge zu wohnen. Das war ja ganz logisch, nicht wahr, wenn man bedenkt, dass alle vier erst vor Kurzem hergezogen waren.

ES: Und Sie und Ihre Frau, Sie haben dort übernachtet?

TW: Ja, wir wohnen ja in Göteborg.

ES: Und Ihre Schwester und ihr Mann?

TW: Was?

ES: Wie lange sind die geblieben?
TW: Ungefähr bis Mitternacht.
ES: Wie sind sie nach Hause gekommen?
TW: Ich glaube, sie haben sich ein Taxi genommen.
ES: Sie glauben?
TW: Sie haben sich ein Taxi genommen.
ES: Wann sind Sie und Ihre Frau ins Bett gegangen?
TW: Kurz nachdem Maria und Germund gefahren sind. Meine Frau ist schwanger, sie wird schnell müde.
ES: Ich verstehe. Haben Sie bereits Kinder?
TW: Nein.
ES: Und von den anderen hat auch keiner Kinder?
TW: Nein.
ES: Oder ist schwanger?
TW: Soweit ich weiß nicht. Ich muss sagen, dass ich das hier als ziemlich sinnlos empfinde. Wissen Sie eigentlich selbst, warum Sie solche Fragen stellen?
ES: Darüber brauchen Sie sich keine Sorgen zu machen.
TW: Ich empfinde es jedenfalls als Zeitverschwendung.
ES: Wissen Sie, ob Maria irgendwelche Feinde hatte?
TW: Feinde? Nein, sie hatte keine Feinde.
ES: Haben Sie andere Menschen dort draußen im Wald gesehen, also abgesehen von Ihrer Gruppe?
TW: Nein. Doch, da kam ein Mann mit einem Hund, kurz nachdem es passiert war.
ES: Haben Sie mit ihm gesprochen?
TW: Nein, ich war schon unterwegs, um Hilfe zu holen. Aber ich glaube, die anderen haben mit ihm gesprochen. Er war noch da, als ich zurückkam.
ES: Mit wem aus der Gruppe haben Sie gesprochen, während Sie im Wald unterwegs waren?
TW: Eigentlich mit niemandem. Ich bin allein gelaufen, und das sind die anderen auch.

ES: Wer war am nächsten bei Ihnen, als es passiert ist?

TW: Ich glaube, Gunilla war in der Nähe. Anna vielleicht auch, ich kann es nicht mehr genau sagen.

ES: Ich habe hier eine Karte von dem Gelände. Können Sie ein Kreuz an der Stelle machen, an der Sie sich befanden, als Sie den Schrei Ihrer Schwester gehört haben?

TW: *Macht das Kreuz. Zeit: fünfzehn Sekunden.*

ES: Danke. Wie gut kennen Sie Germund Grooth, Marias Lebensgefährten?

TW: Ich kenne ihn gut.

ES: Sie zögern ein wenig.

TW: Nein, ich zögere nicht. Ich kenne ihn gut.

ES: Was halten Sie von ihm?

TW: Ich mag ihn.

ES: Und die Beziehung zwischen Maria und Germund, was sagen Sie zu der?

TW: Ich habe keine Lust, mich über deren Beziehung auszulassen. Und auch nicht über die Beziehung von irgendwem sonst. Das hier erscheint mir wirklich nicht mehr sehr sinnvoll.

ES: Das ist Ihre Einschätzung. Ich habe meine eigene.

TW: Natürlich. Auf jeden Fall habe ich dem weiter nichts hinzuzufügen.

ES: Gut. Dann brechen wir hier ab. Aber vielleicht werde ich zu einem späteren Zeitpunkt noch einmal auf Sie zurückkommen. Es ist jetzt 15.50 Uhr, die Vernehmung wird beendet.

## 15

Das Herz hörte am letzten Tag im April auf zu schlagen, und das Kind wurde im Universitätskrankenhaus in zwei Schritten am ersten und zweiten Mai entfernt.

Als sie in die Sibyllegatan zurückkamen, sah sie, dass die Birken jetzt richtig ausgeschlagen hatten. Sie stiegen aus dem Taxi, und ihr wurde klar, dass sie kein einziges Wort gesagt hatte, seit sie das Krankenhaus verlassen hatten. Fast den ganzen Tag nicht, nicht während des Eingriffs und nicht danach. Wie auch am gestrigen Tag nicht. Tomas hatte versucht, mit ihr zu reden, mehr oder weniger die ganze Zeit, aber sie konnte sich nicht mehr daran erinnern, was er gesagt hatte.

Was geschieht mit mir?, dachte sie. Werde ich einen Zusammenbruch erleiden? Oder habe ich bereits einen? Ich habe das Gefühl, eine Fremde zu sein.

»Die Birken haben ausgeschlagen«, sagte sie, um ihm trotz allem zu zeigen, dass sie nicht für alle Zeiten schweigen würde.

»Ja«, sagte Tomas. »Das sieht schön aus. Das Leben geht weiter.«

Tut es das?, dachte sie. Und woher, zum Teufel, kannst du das wissen?

Er meinte es natürlich nicht böse, aber ihr erschien es doch wie Hohn. Zu behaupten, dass irgendetwas weiterging. Es war doch genau umgekehrt, alles hatte sein Ende gefunden. Der Zeitpunkt war zudem äußerst sorgfältig gewählt worden, der

Monatswechsel April/Mai war zweifellos die Nabe, um die sich das ganze Jahr in Uppsala drehte. Das Kind war in der Walpurgisnacht gestorben, an dem Tag, an dem man sich vom Winter verabschiedete, den Frühling begrüßte und das Leben wieder willkommen hieß. Der Tag, an dem man von morgens bis abends feierte. Frühstück im Grünen, Mittagessen mit Hering, Abschlussfeier der Abiturienten auf dem Schlosshügel, Sektfrühstück und der ganze Trallala ... Gott sei dank, dachte sie, Gott sei Dank hatten wir keine größere Feier geplant. Tomas hatte bis zwölf Uhr Dienst gehabt, dann hatten sie zusammen mit Rickard, Maria und Germund eine einfache Heringsmahlzeit in der Sibyllegatan gehabt. Die anderen waren gegen drei zum Schloss gegangen, sie selbst hatte sich nicht so wohl gefühlt und war daheim geblieben. Tomas war höchstens zwei Stunden fort gewesen, aber als er durch die Tür hereinkam, hatte er leicht nach Zigarre gerochen.

Gegen Abend war es ihr noch schlechter gegangen, um zehn Uhr waren sie ins Krankenhaus gefahren, und da war es bereits zu spät gewesen.

Aber es hätte keine Rolle gespielt, wenn sie früher gekommen wären, das hatte der Arzt ihnen gleich erklärt. Das, was geschehen war, wäre unter allen Umständen geschehen.

Sie hatten keine Schuld. Er sprach es nicht aus, sie sah ihm an, dass es das war, was er meinte.

Schuld?, hatte sie gedacht. Nein, darum ging es nicht. Worum es eigentlich ging, war unklar, aber nicht um Schuld. Glaubte der Arzt etwa, sie hätte zum Frühstück Bier und Wein getrunken und müsste jetzt getröstet werden, um sich nicht selbst Vorwürfe zu machen? Sie hatte nicht einen Tropfen getrunken.

Tomas half ihr die Treppen hinauf. Am Türknauf hing ein Blumenstrauß. Sie dachte, er könnte von Maria und Germund sein, aber das war er nicht. Natürlich nicht, Tomas hatte auch das arrangiert.

»Bist du müde?«

Sie nickte. Sie konnte auch ebenso gut so tun, als ob sie schlafen wollte. Sie würden an diesem Tag sowieso nicht wieder zueinander finden. Sie würde ihn nur traurig machen. Ihn in ihre eigene Hoffnungslosigkeit hinunterziehen. Es war besser, im Bett zu liegen und die Decke über alles zu ziehen.

Wie verdammt zerbrechlich das Leben doch ist, dachte sie. Das betrifft nicht nur Lussan, das betrifft alles.

Sie hatten sie Lussan genannt, als hätten sie von Anfang an gewusst, dass es sich um ein Mädchen handelte. Sie konnte nicht sagen, woher der Name kam, aber jetzt war Lussan tot, und man brauchte sich keine Gedanken mehr darüber zu machen. Es hatte sie nie gegeben, und folglich brauchte sie auch keinen wie auch immer gearteten Namen.

Strafe?, kam ihr in den Sinn, nachdem Tomas sie ins Bett gebracht hatte und fortgegangen war, um etwas Saft, Obst, und was man sonst noch so brauchte, einzukaufen. Oder nur, weil er für eine Weile allein sein musste. War es Strafe, um die es sich hier handelte?

Warum nicht? Es war nicht einmal ein Jahr her, seit sie mit Lennart Martinsson Schluss gemacht hatte, und jetzt hatte sie zwei Leben auf dem Gewissen. Seines und Lussans.

Diesen Gedanken konnte sie mit niemandem teilen. Und schon gar nicht mit Tomas, er war für so etwas viel zu rational und klug. Aber tief in ihrem Inneren wusste sie, dass es da irgendwie eine dunkle Verbindung gab.

Zwischen dem, was man tat, und dem, was einen ereilte.

Und es gab niemanden, an den sie sich wenden konnte. Niemanden, mit dem sie hätte reden können, und keine Gnade.

Es war, als versänke sie im Morast.

Ich werde untergehen, dachte sie. Das hier werde ich nicht schaffen.

Eine Woche später ging sie zu einem Psychiater. Er hieß Werngren, war in den Sechzigern und trug ein gelbes Polohemd. Sie nahm an, dass die Farbe aufmunternd wirken sollte.

So etwas geschieht häufiger, als Sie denken, erklärte er. Sowohl, dass man während der Schwangerschaft ein Kind verliert als auch, dass man so reagiert, wie Sie es tun.

Was weißt denn du davon?, dachte sie. Dass es üblich zu sein scheint, nützt mir nicht die Bohne. Wie oft bist du denn schon schwanger gewesen?

Aber offenbar schaffte er es dann doch, sie wieder auf die richtige Bahn zu bringen. Nach und nach. Sie ging bis Mitte Juli einmal in der Woche zu ihm, und als Tomas und sie in den Urlaub nach Ibiza fuhren – nachdem Tomas seinen Dienst beendet hatte, genau rechtzeitig, bevor das Semester anfing –, hatte sie das Gefühl, etwas Neues würde beginnen.

Als hätten diese Gedanken an Strafe, Morast und Elend endlich beschlossen, sie in Frieden zu lassen.

»Verzeih mir«, sagte sie, als sie am ersten Abend mit einer Karaffe Sangria auf dem Balkon saßen. »Und danke, dass du es mit mir ausgehalten hast.«

»Sag Bescheid, wenn du für einen neuen Versuch bereit bist«, erwiderte er.

Zuerst begriff sie nicht, was er meinte, und als sie begriff, dass er von einem neuen Kind redete, bat sie ihn freundlich, aber bestimmt, den Mund zu halten.

Sie hatte Anfang September noch zwei Klausuren zu schreiben, es gab anderes, worauf sie sich zu konzentrieren hatte, als die Fortpflanzung. Sie sagte ihm nicht, dass sie wieder angefangen hatte, die Pille zu nehmen, und er fragte auch nicht.

Aber etwas war mit ihr passiert. Auch wenn Doktor Werngren sie im Großen und Ganzen wieder auf die Beine gebracht hatte und sie an Lussan, die sie achtzehn Wochen unter ihrem Herzen getragen hatte, zurückdenken konnte, ohne Panik zu bekommen oder zu weinen, so war sie doch eine andere als die, die sie vor einem Jahr gewesen war.

Sie wusste es, und Tomas wusste es. Es war wie eine Last, morgens dachte sie oft daran. Früher war sie immer früh aufgewacht und regelrecht aus dem Bett gesprungen, hatte jedenfalls mit einer gewissen Leichtigkeit und Freude den neuen Tag begonnen, der da vor der Tür stand. Mit einer Art Erwartung. Was jetzt vor der Tür stand, konnte sie nicht sagen, aber es war etwas anderes. Man musste auf der Hut sein. Sich zu entspannen, sich einzubilden, das Leben wäre wie ein gedeckter Tisch, an den man sich nur setzen musste, das wäre ein Fehler. Eine naive Dummheit.

Vorsicht ist eine Tugend, ist es das, was ich gelernt habe?, fragte sie sich. Dass es besser ist, ein wenig pessimistisch zu sein, um nicht enttäuscht zu werden?

Im September fing Tomas mit seinem Volkswirtschaftsstudium an, sie selbst bestand die beiden noch ausstehenden Klausuren und machte mit Deutsch weiter. Mitte des Monats bekam ihr Vater, der Unteroffizier, daheim in Karlstad einen Schlaganfall, obwohl er nicht älter als siebenundfünfzig war und nie geraucht hatte – aber es war einer der leichteren Art, und ihre Mutter wie auch Schwester Barbro erklärten, dass sie nicht nach Hause zu kommen brauche. Sie hatten sich seit einem halben Jahr nicht mehr gesehen, und heimlich fragte sie sich, ob erst eine Beerdigung nötig wäre, damit sie sich ins Auto setzen und die zweihundertachtzig Kilometer fahren würde.

Tomas' Eltern trafen sie hingegen hin und wieder, in Sundsvall und in Uppsala. Beim letzten Mal, Anfang Juni, waren sie auf dem Weg nach Fuengirola in Spanien gewesen, wo sie sich gerade ein Haus gekauft hatten. Vielleicht würden sie das

Haus in Sundsvall verkaufen und ganz hinunterziehen, das war noch nicht entschieden. Auf jeden Fall spielten sie mit dem Gedanken.

Und während sie das taten, das Für und Wider abwägten, stand das Haus unten an der Costa del Sol lange Zeit leer. Bereit. Tomas und Gunilla reservierten es für eine Woche im Januar, zwischen Winter- und Sommersemester. Das war zwar nicht die beste Zeit für Südspanien, aber man konnte ja wohl noch etwas anderes unternehmen, als im Meer zu baden.

Aber noch war es Herbst. Es gab Studentenfeste und Chorgesang, Prüfungen und Zechgelage; Gunilla war genau wie Tomas Mitglied in der Vereinigung der Norrländinger, und auch für diejenigen, die ein Kind verloren hatten, hatte diese Stadt der ewigen Jugend so einiges zu bieten, das war auf Dauer nicht zu leugnen. Im November beschlossen sie, zu einem Herbstessen in die Sibyllegatan einzuladen: Elchgulasch mit Pfifferlingen und eingelegten Zwiebeln. Rickard Berglund hatte inzwischen eine Freundin, Germund und Maria standen schon aus Familiengründen oben auf der Gästeliste, und Tomas hatte noch zwei Kommilitonen mit Anhang eingeladen, von denen er behauptete, sie seien es wert, dass man sie näher kennenlernte. Zehn Gäste insgesamt, das würde zweifellos eng und wunderbar werden, aber das Elchfleisch, das sie aus den Wäldern um den Indalsälven organisiert hatten, hätte für doppelt so viele gereicht, und die Leute mussten sich selbst etwas zu trinken mitbringen.

Gunilla hatte nichts dagegen einzuwenden. Tomas schien ein fast physisches Bedürfnis danach zu haben, eine Feier zu organisieren, und es stimmte natürlich, was er da behauptete: Das Leben ging weiter.

## 16

Eva Backman hatte geplant, mit den Berglunds anzufangen, da diese in Kymlinge leben, aber es stellte sich heraus, dass sie dort sehr ungelegen kam.

Um es vorsichtig auszudrücken. Sie wusste schon im Voraus, dass Anna Berglund krank geschrieben war. Was ihr jedoch nicht bekannt war: Anna Berglund hatte Krebs und lag im Sterben.

Das wusste man jedoch in Linderholms Bestattungsinstitut, in dem Rickard Berglund arbeitete, seit er 2005 den Priesterberuf an den Nagel gehängt hatte. Sie hatte sich über diesen merkwürdigen Berufswechsel bereits gewundert. Aber war er überhaupt so merkwürdig? Welcher Tätigkeit sollten sich Pfarrer widmen, wenn sie aus irgendeinem Grund nicht mehr in der Kirche stehen und predigen wollten? Immobilienmakler vielleicht? Heiler? Vielleicht war es ganz natürlich, ins Begräbnisgeschäft zu wechseln, womit man immer noch ein wenig Kontakt zu seinem alten Job hatte? Erdbestattung als eine Art Bodenkontakt, dachte Eva Backman. Warum eigentlich nicht?

Holger Linderholm, der das Geschäft seit Herbst 1978 betrieb, nachdem sein Vater verstorben war, erklärte auf jeden Fall, dass Frau Berglund vor ein paar Jahren an Krebs erkrankt sei und dass es jetzt nicht mehr lange dauern werde. Sie lag im Krankenhaus und wartete darauf, sterben zu dürfen, um es offen auszusprechen. Ihr Ehemann verbrachte so viel Zeit wie möglich bei ihr, seit letzter Woche hatte er sich ganz von seiner Arbeit beurlauben lassen. Solange es notwendig sein würde.

Aber es war nur eine Frage von Wochen, erklärte Linderholm. Vielleicht von Tagen, man hielt sie am Leben, aber nicht um jeden Preis. Sie bekam Morphium gegen die Schmerzen, es war eine schreckliche Art zu sterben, aber einige mussten das erleiden. Dagegen konnte man nichts machen, und das war einfach nicht gerecht.

Eva Backman fragte, ob er in Kontakt mit Rickard Berglund stand, und Linderholm bestätigte, dass er das tat. Abgesehen davon, dass sie Arbeitskollegen waren, waren sie auch gute Freunde, waren es im Laufe der Jahre geworden. Auch wenn Linderholm mehr als zehn Jahre älter war. Sie hatten sich kennengelernt, als Berglund noch als Pfarrer gearbeitet hatte, und bereits damals hatten sie natürlich vieles gemeinsam gehabt.

Und Anna Berglund und seine eigene Frau waren auch befreundet gewesen. Ellen Linderholm war vor drei Jahren gestorben, davor hatten sie oft zusammen gegessen. Hatten Whist und Trivial Pursuit gespielt, wenn es sich ergeben hatte.

Eva Backman erklärte in kurzen Worten, was passiert war und warum sie in Kontakt zu Rickard Berglund treten wollte – aber dass es unter den gegebenen Umständen natürlich keine Eile hatte –, und Linderholm versprach, es weiterzugeben, sobald sich eine Möglichkeit ergab.

Eva Backman bedankte sich, ging nach draußen und setzte sich ins Auto. Sie studierte die Liste und wählte die Nummer der Familie Winckler-Rysth in Lindås. Bekam sofort die Frau an den Apparat, der Ehemann war geschäftlich in London, wie sie erfuhr, aber sie stand für ein Gespräch zur Verfügung.

Worum es denn ging?

Inspektorin Backman erklärte, worum es ging, und einige Sekunden lang blieb es still im Hörer.

»Hallo«, rief Backman »Sind Sie noch da?«

»Ich bin noch da«, bestätigte Gunilla Winckler-Rysth. »Ich war einfach nur so überrascht. Er auch? Was … was hat das zu bedeuten?«

»Genau darüber würde ich gern mit Ihnen sprechen«, sagte Eva Backman. »Haben Sie heute Nachmittag Zeit?«

»Ja … ja, das habe ich«, kam es zögernd von Gunilla Winckler-Rysth. »Aber wir wohnen in Lindås, und Sie rufen an von …?«

»Aus Kymlinge, ja«, sagte Eva Backman. »Aber ich kann in ein paar Stunden dort sein. Kein Problem. Sagen wir um ein Uhr?«

Gunilla Winckler-Rysth bestätigte, dass ein Uhr in Ordnung sei, und setzte zu einer ausführlichen Wegbeschreibung an. Was nicht notwendig gewesen wäre, da Backman die Adresse bereits in ihr GPS eingegeben hatte.

Aber sie ließ sie ausreden, es schien, als brauchte sie das aus irgendeinem Grund.

Nach Eva Backmans Liste war Gunilla Winckler-Rysth sechzig, aber sie sah jünger aus. Eine Frau, die sicher drei- oder viermal in der Woche zum Fitnesstraining geht, dachte Eva Backman. Dünn, drahtig und faltenfrei. Platinblondes Haar, genau der Haarton, den man haben sollte, wenn man nicht länger eine Blondine war und nicht grau sein wollte.

Vielleicht musste sie nicht einmal das Haus verlassen, um in Form zu bleiben, das zweigeschossige Haus aus Glas, ergrautem Holz und Beton war groß genug, um sowohl Pool als auch Fitnessraum zu beherbergen. Wenn einem der Sinn danach stand.

Aber es gab keine Hausbesichtigung. Gunilla Winckler-Rysth kam Eva Backman bereits entgegen, als diese aus dem Auto stieg, es war offensichtlich, dass sie das Bedürfnis hatte zu reden. Es umgab sie eine Aura unbestimmter Unruhe. Backman konnte nicht sagen, ob das nun akut oder chronisch war. Sie ließen sich an einem Marmortisch in einer Küche nieder, die aussah, als wäre sie gerade letzte Woche eingebaut worden. Dunkles Brot, Käse und ein wenig Gemüse standen schon bereit. Eine Karaffe mit Wasser und Zitronenscheiben. Gunilla Winckler-Rysth fragte, ob sie lieber Kaffee oder Tee wolle, Backman entschied sich für Kaffee, und ihre Gastgeberin bereitete ihn in einer großen Espressomaschine aus rostfreiem Stahl zu, die ebenfalls nagelneu aussah.

»Sie haben ein schönes Haus«, sagte Backman. »Wie lange wohnen Sie hier schon?«

»Bald ein Jahr«, erklärte Gunilla Winckler-Rysth. »Wir sind von Långedrag hergezogen. Ja, uns gefällt die Natur hier.«

Ihre Stimme zeigte auch eine Spur diffuser Unruhe. Eine Art Schuldbewusstsein oder worum auch immer es sich handeln mochte. Backman schaute aus dem Fenster und dachte, dass es hier um die Ecke natürlich diverse Joggingwege gab. Ich wünschte, ich hätte in fünfzehn Jahren die Figur, stellte sie fest, während Frau Winckler-Rysth die Milch aufschäumte. Aber als die Kaffeemaschine verstummt war, beschloss Eva Backman, nicht weiter ans Training zu denken und sich auf das zu konzentrieren, weshalb sie hergekommen war. Sie schaltete ihr neues Aufnahmegerät ein und legte es neben einen Granitkerzenhalter mitten auf den Tisch.

»Sie haben also nicht gewusst, dass Germund Grooth am Sonntag tot aufgefunden wurde?«

»Nein, ich hatte keine Ahnung. Ich war total überrascht, als Sie mir das erzählt haben. An derselben Stelle wie Maria … stimmt das?«

»Ja.«

»Mein Gott. Wieso? Was soll das für einen Sinn haben, dass …?«

»Was?«

»Dass … ich weiß nicht, an derselben Stelle zu sterben wie sie. Es ist ja so lange her. Fünfunddreißig Jahre.«

»Hatten Sie noch Kontakt zu Germund Grooth, Ihr Mann und Sie?«

Gunilla Winckler-Rysth stellte zwei Becher Cappuccino auf den Tisch, und Backman registrierte, dass ihre Hände ein wenig zitterten. Nicht viel, nur eine nervöse Schwingung, ein leichtes Flattern. Sie setzte sich Eva Backman gegenüber und strich sich ein fiktives Haar von ihrer schwarzen Hose. »Nein«, sagte sie. »Das kann man nicht behaupten.«

»Nicht behaupten?«, hakte Backman nach.

Ihre Gastgeberin dachte nach. »Nun ja, wie soll ich es sagen? Er ist irgendwie aus dem Blick verschwunden, nachdem Maria gestorben war, aber doch nicht vollkommen. Wir haben uns seitdem wohl drei-, viermal getroffen, alles in allem. Ja, häufiger auf keinen Fall. Er wohnt … wohnte … in Lund.«

»Ich weiß«, sagte Backman. »Wann haben Sie ihn zum letzten Mal gesehen?«

»Das ist tatsächlich erst ein paar Monate her«, sagte Gunilla Winckler-Rysth.

»Und aus welchem Anlass?«

»Er war hier. Mein Mann hatte ihn in Göteborg zufällig getroffen, sie waren offenbar im selben Restaurant gewesen, um zu Mittag zu essen. Irgendwann im Frühjahr war das … und ja, Tomas hat ihn dann zu uns eingeladen.«

»Wann war er hier?«, fragte Backman nach.

»Im Juni. Anfang Juni, er war auf irgendeiner Art Konferenz in Göteborg und hatte eine Frau bei sich.«

»Eine Frau? Hatte er eine neue Beziehung?«

»Kommt drauf an, was Sie unter Beziehung verstehen. Germund hat … nun ja, er hatte ziemlich viele Frauen im Laufe der Jahre.«

»Aber er war nie verheiratet?«

»Nein. Ich glaube, er hat noch nicht einmal mit einer zusammengewohnt … abgesehen von Maria. Aber das will ich nicht beschwören. Jedenfalls war diese Frau wohl nur eine in einer ganzen Reihe zufälliger Bekanntschaften … Entschuldigung, das klingt so vorwurfsvoll, aber so war es nun einmal. Ich meine, er hat sie nicht hier in Göteborg aufgegabelt, wir wussten, dass sie zu zweit kommen würden. Das hat er uns vorher gesagt.«

Eva Backman nickte. »Ich verstehe. Wie hieß sie? Es kann sein, dass wir mit ihr sprechen müssen.«

»Kristin irgendwas«, sagte Gunilla Winckler-Rysth. »Jedenfalls war es eine Dänin.«

Dann veränderte sich ihr Gesichtsausdruck, als wäre ihr plötzlich etwas klar geworden. »Warum … ich meine, warum, könnte es sein …? Warum wollen Sie überhaupt mit mir sprechen?«

Inspektorin Backman wartete ab. Beobachtete, wie ihre Gastgeberin mit einer gewissen Mühe schluckte, bevor sie die nächste Frage formulierte.

»Wie ist Germund eigentlich gestorben? Sie sind … Sie sind von der Kriminalpolizei, nicht wahr?«

Inspektorin Backman nickte. »Das stimmt. Wir ermitteln in dem Todesfall.«

»Warum? Warum muss da ermittelt werden?«

»Finden Sie das nicht ziemlich selbstverständlich?«

»Sie meinen … wegen der Sache mit Maria?«

»Ja.«

Gunilla Winckler-Rysth schüttelte den Kopf und faltete die Hände. Vielleicht, damit sie nicht mehr zittern, dachte Backman. War hier heimlicher Alkoholismus im Spiel? Ein Oberklassen-Hausfrau-Weißwein-Syndrom? Die durchtrainierte Fassade schien ein wenig zu bröckeln, und selbstständig in der

Beratungsbranche zu arbeiten, konnte ja alles Mögliche bedeuten.

Dachte Inspektorin Backman voller Vorurteile.

»Aber es ist ja so lange her«, fuhr Frau Winckler-Rysth nach ein paar Sekunden Zögern fort. »Mein Gott, inzwischen sind fünfunddreißig Jahre vergangen. Wollen Sie damit sagen ... das Sie Germund an derselben Stelle gefunden haben?«

»Genau das«, bestätigte Eva Backman. »In der Gänseschlucht in Rönninge außerhalb von Kymlinge.«

»Die Gänseschlucht ...« Sie öffnete die Hände und befeuchtete sich die Lippen. »... ja, so hieß das dort. Danach hat man behauptet, es wäre ein Todesfelsen aus alten Zeiten, daran erinnere ich mich noch. Aber was ist jetzt passiert? Hat Germund sich das Leben genommen?«

»Wir wissen es nicht«, sagte Eva Backman.

»Er kann doch nicht ...«

»Ja?«

»Er kann doch nicht genau an derselben Stelle einfach hinuntergestürzt sein. Das klingt ja ... vollkommen unwahrscheinlich.«

»Das finden wir auch«, sagte Eva Backman. »Was glauben Sie denn?«

»Ich?«, fragte Gunilla Winckler-Rysth und hob verwundert die Augenbrauen. »Warum sollte ich irgendetwas glauben? Ich begreife überhaupt nichts.«

Eva Backman versuchte auszumachen, inwieweit die Verwunderung echt war, kam aber zu keinem abschließenden Ergebnis und beschloss, etwas offensiver vorzugehen. »Was Maria Wincklers Tod betrifft, da gab es ja damals so einige Spekulationen«, sagte sie. »Oder?«

»Spekulationen?«, fragte Gunilla Winckler-Rysth nach.

»Genau das«, bestätigte Eva Backman. »Spekulationen.«

Gunilla Winckler-Rysth schwieg eine Weile. Es sah so aus,

als versuchte sie einen Weg zu finden. Backman schätzte es so ein, als gefiele es ihr nicht, fünfunddreißig Jahre in die Vergangenheit zurückwandern zu müssen.

»Es stimmt, es gab Spekulationen«, räumte sie schließlich ein. »Und wir haben wohl nie wirklich aufgehört, darüber nachzudenken, weder Tomas noch ich.«

»Warum nicht?«, fragte Backman.

»Was?«

»Warum haben Sie nie aufgehört, darüber nachzudenken?«

»Na, das liegt ja wohl auf der Hand. Maria war seine Schwester, und die Art, wie sie gestorben ist … ja, ich weiß nicht so recht.«

Backman wartete erneut. Gunilla Winckler-Rysth schüttelte den Kopf, wobei unklar war, worüber.

»Sie war so ein ungewöhnlicher Mensch, Maria«, sagte sie. »Irgendwie wusste man nie, woran man bei ihr war … sehr begabt, man hatte immer das Gefühl, dass sie für eine Überraschung gut war, aber dass sie auf diese Art und Weise sterben musste. Nein, das war irgendwie von Anfang an unbegreiflich.«

»Was glauben Sie, was passiert ist?«, fragte Backman.

»Ich glaube, sie hat sich das Leben genommen«, sagte Gunilla Winckler-Rysth nach einer weiteren Pause. »Was mich persönlich betrifft, so glaube ich das.«

Backman vermutete, dass es in der Familie darüber unterschiedliche Meinungen gab, beschloss aber, dieser Frage vorerst nicht weiter nachzugehen.

»Können Sie das ein wenig ausführen?«, bat sie stattdessen. »Warum glauben Sie, dass Maria sich das Leben genommen hat?«

»Warum sollte sie einfach so einen Steilhang hinunterfallen? Das erscheint so … tollpatschig. Und sie war nicht tollpatschig.«

»Können Sie sich noch gut an den Tag erinnern?«, fragte Backman.

»So einigermaßen. Gewisse Sachen vergisst man nur schwer.«

»Und Sie erinnern sich auch noch an die polizeilichen Ermittlungen danach?«

»Teilweise. Da war ein Kommissar, der hieß Sandin, wenn ich mich nicht täusche. Er war übrigens ziemlich unsympathisch.«

»Sandlin«, korrigierte Backman. »Ja, er wollte wohl der Sache gründlich auf den Grund gehen, und das bringt natürlich einige Unannehmlichkeiten mit sich. Erinnern Sie sich noch, dass Maria etwas gerufen haben soll, als sie fiel?«

»Ja«, antwortete Gunilla Winckler-Rysth. »Daran erinnere ich mich.«

»Und?«

»Und ich bin heute noch überzeugt davon, dass sie es getan hat.«

»Soweit ich weiß, gibt es niemanden, der das bezweifelt hat«, sagte Backman. »Aber es gab unterschiedliche Meinungen darüber, was sie gerufen hat, oder?«

»Das stimmt«, bestätigte Gunilla Winckler-Rysth.

»Und welcher Meinung waren Sie?«

»Haben Sie das nicht in den Akten gelesen? Das muss da doch drinstehen.«

»Ich habe bisher noch keine Gelegenheit gehabt, reinzuschauen«, erklärte Backman. »Das macht momentan gerade ein Kollege.«

Gunilla Winckler-Rysth trank einen Schluck ihres Cappuccinos und wischte sich den Schaum aus den Mundwinkeln, bevor sie antwortete.

»Ich war derselben Meinung wie Anna und Elisabeth«, sagte sie. »Wir meinten, sie hat gerufen: ›Mörder!‹«

»Mörder?«

»Ja. Sie haben sicher davon gehört, auch wenn Sie noch nicht die Polizeiberichte gelesen haben.«

»Ja, natürlich«, gab Eva Backman zu. »Ich weiß, dass einige von denen, die dabei waren, meinten, sie hätte das gerufen. Aber ich war mir nicht klar darüber, dass es alle Frauen waren. Mein Kollege geht wie gesagt gerade die alten Vernehmungen durch.«

»Ich verstehe«, sagte Gunilla Winckler-Rysth. »Andere meinten, sie hätte ›Töten‹ gerufen, aber Anna und Elisabeth bestanden darauf, dass es etwas anderes war … vielleicht ›Mörder‹. Und ich war wohl derselben Meinung.«

»Sie sagen ›war‹«, bemerkte Backman.

»Man kann … man kann nach fünfunddreißig Jahren nicht mehr sicher sein, was man mal gehört hat.«

»Haben Sie Ihre Meinung geändert?«

Gunilla Winckler-Rysth seufzte. »Eigentlich nicht.«

Eva Backman dachte einen Moment lang nach. »Ich verstehe nicht ganz«, sagte sie dann, »einerseits sagen Sie, dass Sie glauben, Maria Winckler habe sich das Leben genommen, andererseits haben Sie sie ›Mörder!‹ rufen gehört. Wie passt das zusammen?«

»Ich weiß, dass das irgendwie nicht zusammenpasst«, erwiderte Gunilla Winckler-Rysth und verzog dabei kurz das Gesicht. »Aber Maria war schwierig, das darf man nicht vergessen.«

»Was meinen Sie mit schwierig?«, fragte Backman.

»Unberechenbar«, erklärte Gunilla Winckler-Rysth, nachdem sie einige Sekunden lang überlegt hatte. »Manchmal sehr kompliziert. Aber auch sehr begabt.«

»Kompliziert?«

»Ja.«

»Erklären Sie mir das genauer«, bat Backman.

Gunilla Winckler-Rysth hob die Hände in einer halbherzigen Geste. »Ich denke seit fünfunddreißig Jahren darüber nach«, sagte sie und wischte dann Brotkrümel vom Tisch. »Natürlich nicht die ganze Zeit, aber ab und zu. Immer mal wieder. Ich kann … ich kann mir also nicht denken, dass jemand aus der Gruppe sie tatsächlich diesen Abhang hinuntergestoßen haben könnte. Dagegen kann ich mir denken, dass sie … das klingt nicht ganz gescheit, aber man möchte ja gern, dass die Dinge irgendwie zusammenhängen … wenn Sie verstehen, was ich meine?«

»Was ist es dagegen, was Sie sich denken können?«, fragte Backman.

Gunilla Winckler-Rysth holte tief Luft. »Ich wäre Ihnen dankbar, wenn Sie das meinem Mann gegenüber nicht erwähnen«, sagte sie. »Was diese Dinge betrifft, so sind wir nicht immer einer Meinung. Aber ich kann mir tatsächlich vorstellen, dass Maria aus eigenem Willen gesprungen ist und dabei ›Mörder!‹ gerufen hat, um … ja, um einem von uns die Schuld zu geben.«

Eva Backman schwieg eine Weile. »Ich verstehe«, sagte sie dann. »Haben Sie diese Möglichkeit Inspektor Sandlin gegenüber erwähnt, als er Sie damals vernommen hat?«

»Vielleicht habe ich es angedeutet«, sagte Gunilla Winckler-Rysth. »So in etwa. Ich kann mich nicht mehr erinnern.«

»Ich kann das in den Unterlagen nachsehen«, erklärte Backman. »Auf jeden Fall klingt sie merkwürdig, Ihre Theorie.«

»Ich weiß«, sagte Gunilla Winckler-Rysth. »Aber sie war ein merkwürdiger Mensch.«

»In welcher Form merkwürdig?«

»Ich … ich weiß nicht so recht.«

»Waren Sie beide gute Freundinnen?«

»Sie war Tomas' Schwester. Wir hatten ein paar Jahre lang ziemlich engen Kontakt.«

»Können Sie sie näher beschreiben?«

Gunilla Winckler-Rysth warf einen Blick auf das Aufnahmegerät. »Sie nehmen das hier auf, nicht wahr?«

»Möchten Sie, dass ich den Apparat abschalte?«

»Ja, bitte.«

Eva Backman drückte auf den Abschaltknopf und steckte das Gerät ein.

»Sie war ja so jung«, sagte Gunilla Winckler-Rysth. »Wir waren alle so jung.«

Eva Backman nickte.

»Manchmal kann man sich nur schwer vorstellen, dass das Ganze wirklich passiert ist. Es sind ja inzwischen so viele Jahre vergangen. Unsere drei Kinder sind alle schon erwachsen, sie sind älter, als wir damals waren und ... ja, ich weiß nicht.«

»Sie war Ihre Schwägerin«, erinnerte Backman. »Welches Verhältnis hatten Sie eigentlich zu ihr?«

Gunilla Winckler-Rysth schaute gequält. »Ich habe sie nie verstanden«, stellte sie in einem Ton fest, als ob ... Als ob sie nicht richtig zu dem stand, was sie tatsächlich sagte?, überlegte Backman. »Sie war immer nur mit sich selbst und ihren Dingen beschäftigt. Nicht, dass sie unangenehm war, aber ich glaube, sie war ganz einfach nicht an anderen Menschen interessiert. Vielleicht mit Ausnahme von Germund. Ich nehme an, dass die beiden einander irgendwie ergänzten ... wie man so sagt.«

»Aber Sie hatten oft Kontakt zu ihnen?«

»Oh ja, sie waren immer dabei. Während dieser Uppsalajahre.«

»Und weiter?«

»Ja, was soll ich sagen?« Sie räusperte sich nervös. »Tomas liebte es, Feste zu geben und so. Reisen und gemeinsame Aktivitäten, das mag er ja heute noch. Er war schon damals in der Reisebranche ... Maria und Germund standen immer auf der

Gästeliste, und sie haben nie abgesagt, das war schon etwas merkwürdig. Ich glaube, Tomas hat sich für seine Schwester verantwortlich gefühlt, er wusste, was für ein einsamer Wolf sie eigentlich war und dass … dass er derjenige war, der sie aus ihrer Ecke herausholen konnte … ja, so in der Art. Es hat ihn schwer getroffen, als sie starb, unglaublich schwer.«

»Und das andere Paar?«, fragte Backman. »Rickard und Anna Berglund, mit denen hatten Sie genauso viel Kontakt?«

»Auf jeden Fall«, nickte Gunilla Winckler-Rysth. »Wir waren immer zu sechst. Manchmal noch ein paar andere dazu, aber immer wir sechs. In Uppsala, meine ich. Später … ja, das mit Maria ist ja passiert, nachdem wir das Studium schon hinter uns hatten, und dann ist es gekommen, wie es kommen musste.«

»Sie hatten keinen weiteren Kontakt mehr zu Rickard und Anna Berglund?«

»Nein. Es hat sich nicht ergeben. Wir wohnten in Göteborg und waren vollauf beschäftigt mit Kindern und Arbeit, die beiden wohnten in Kymlinge … nein, seit es passiert ist, haben wir uns nicht mehr oft gesehen. Haben nur ein paar Mal miteinander telefoniert, zumindest Tomas und Rickard. Die Gänseschlucht und Marias Tod, das war ein Bruch, das lässt sich gar nicht leugnen.«

»Wann haben Sie sich das letzte Mal getroffen?«, fragte Backman.

»Das muss vor zehn, zwölf Jahren gewesen sein«, antwortete Gunilla Winckler-Rysth. »Nachdem Anna krank geworden ist, haben wir sie gar nicht mehr gesehen. Tomas hat mit Rickard ein paar Mal gesprochen, aber wir haben uns nicht getroffen.«

»Wann ist sie erkrankt?«

»Der Krebs ist wohl vor drei, vier Jahren festgestellt worden, glaube ich. Oder schon früher? Sie hat Zytostatika bekommen und alles Mögliche, aber ich glaube nicht, dass es geholfen hat. Ich weiß nicht, wie es ihr im Augenblick geht.«

Eva Backman beschloss, sie nicht über Anna Berglunds Zustand zu informieren. »Wenn wir jetzt noch kurz über die Sache mit Germund Grooth sprechen«, schlug sie stattdessen vor. »Was glauben Sie, was hinter seinem Tod steckt?«

Gunilla Winckler-Rysth zögerte mindestens fünf Sekunden mit ihrer Antwort, und Backman ließ sie zögern.

»Keine Ahnung«, sagte sie schließlich. »Ich habe wirklich nicht den blassesten Schimmer. Wenn ich gesagt habe, dass ich Maria eigentlich nie verstanden habe, so trifft das auf Germund auch zu. Die waren alle beide gleich schwierig. Ich nehme an, das klingt etwas komisch in Anbetracht dessen, wie viel wir zusammen unternommen haben, aber so ist es nun einmal.«

»Ja, genau so«, fügte sie nach einer kurzen Pause hinzu, und nickte noch ein paar Mal, als wollte sie diese geglückte Zusammenfassung des Falles unterstreichen.

Als Eva Backman eine halbe Stunde später auf dem Weg zurück nach Kymlinge in ihrem Auto saß, dachte sie noch einmal an die beiden Formulierungen in Frau Winckler-Rysths Schlusskommentar.

Nicht den blassesten Schimmer. Alle beide gleich schwierig.

Vielleicht war diese Wahrheit so gut wie jede andere. Die Frage war doch, was eigentlich zu ermitteln war. Zwei Selbstmorde oder ein Unfall und ein Selbstmord – was sprach dagegen, dass nicht eine dieser beiden Alternativen zutraf? Und in keinem dieser Fälle wäre das dann Sache der Kriminalpolizei.

Und auch wenn Maria tatsächlich das Wort »Mörder« gerufen hatte, als sie vor fünfunddreißig Jahren in die Gänseschlucht gestürzt war, so bewies das natürlich überhaupt nichts. Ist Sandlin schließlich zu diesem Schluss gelangt?, überlegte Backman. Hat er Gunilla Winckler-Rysths sonderbaren Vorschlag akzeptiert, dass Maria einem anderen die Schuld in die Schuhe hatte schieben wollen? Falls sie es ihm gegenüber bereits ebenfalls so angedeutet hatte, wie sie es heute am Küchentisch getan hatte.

Eva Backman fiel es schwer, an so eine Variante zu glauben. Wenn man jemanden anschwärzen wollte, während man sich selbst das Leben nahm, dann rief man doch wohl seinen Namen?

Oder hatte sie sie alle zusammen unter Verdacht stellen wollen? Sozusagen. Das klang nicht ganz gescheit, was auch Frau Winckler-Rysth eingeräumt hatte.

Und war es ausgerechnet das Wort »Mörder«, das Sandlin dazu gebracht hatte, so viel Energie in die Ermittlungen zu stecken? Oder etwas anderes?

Oder war er ganz einfach ein verbissener Terrier gewesen, der nicht aufgab, bevor er nicht jede Karte im Spiel umgedreht hatte? Gab es nicht ziemlich viel, was darauf hindeutete?

Eva Backman merkte, wie die Fragezeichen überhand nahmen und die Fragen immer verzweifelter klangen. Hör auf damit, sagte sie sich. Warte, bis du mit einer Tasse schwarzen Kaffee und Barbarotti am Tisch sitzt.

Sie legte eine CD mit Bryan Ferry ein und fuhr schneller.

# 17

Der Spatz hier. Sonntagnachmittag.

Alle jammern über den November. Ich liebe den November. Den Regen. Die Bäume, die sich entkleiden und nackt im Wind stehen. Die Dunkelheit, die jeden Tag länger bleibt, und das Gefühl, zu versinken. Das fordert einen, nicht jeder kann unter solchen Bedingungen leben, aber ich kann es.

Germund und ich. Wir werden zusammenziehen, er war es, der das vorgeschlagen hat, nicht ich. Diese Spießbürger in der Norrtäljegatan wollen ihr Zimmer nicht länger untervermieten, ich weiß nicht, ob sie nur mich los werden wollen oder ob sie planen, den Webstuhl aus der Garage zu holen, oder was da los ist. Auf jeden Fall muss ich zum ersten Dezember raus, und als ich das Germund erzählt habe, sagte er, dass ich so lange bei ihm wohnen könne.

So lange?, fragte ich. Was zum Teufel meinst du mit so lange, Germund?

Bis einer von uns stirbt, antwortete Germund. Was hast du denn gedacht, mein Spatz?

Oder beide?, schlug ich vor. Vielleicht sollten wir planen, eines schönen Tages zusammen von einer Brücke zu springen oder uns einen Steilhang hinabzustürzen? Das wäre doch phantastisch? Würdig und elegant, mit gebrochenem Rückgrat mitten zwischen der reinen Mathematik und der physischen Liebe zu landen.

Ich hatte soeben Calderas *Glücklicher Tod* gelesen, hatte es neulich bei Bücher-Viktor gefunden und war der Meinung zu wissen, wovon ich redete.

Warum nicht?, nickte Germund. Wenn die Zeit kommt. Aber erst einmal genehmigen wir uns einen kleinen Wodka, oder?

Wir genehmigten uns erst einmal einen kleinen Wodka.

Das war vorgestern. Gestern waren wir in der Sibyllegatan zum Herbstfest. Elchgulasch mit allem, was der Wald bietet, wie Papa immer zu sagen pflegt. Und selbst angesetzter Wein natürlich. Der schmeckte wie üblich nach Hefe, aber nach zwei Gläsern hatte man sich daran gewöhnt. Zwischen Tomas und Germund ging etwas vor sich, ich weiß immer noch nicht, was, obwohl ich vorsichtig versucht habe, es herauszukriegen.

Vorsichtig, nicht hartnäckig, das kommt vielleicht noch.

Wir waren zu zehnt. Wir vier und dann Rickard mit seiner Neuen, eine ungeschminkte linke Socke namens Anna. Wenn ich genauer nachdenke, glaube ich übrigens nicht nur, dass es seine Neue ist, sondern auch seine Erste. Aber das ist reine Spekulation, ich kenne Rickard nicht. Ich kenne überhaupt keine Menschen, begreife nicht so recht, was das bedeutet.

Auf jeden Fall gibt sie nicht an, Anna die Erste, ich glaube, sie ist stark. Wortkarg und stark. Vielleicht könnte sie mir gefallen, aber ich habe nicht viel mit ihr gesprochen. Es waren nämlich noch zwei andere Paare dort, Kommilitonen von Tomas mit Anhang. Der eine Anhang war eine Französin, die erst seit gut einem Jahr in Schweden ist, und es erschien ziemlich natürlich, dass ich mich um sie kümmerte. Wir rauchten zusammen einen Joint auf dem Balkon, mussten es heimlich tun, Tomas und Gunilla sind in dieser Beziehung sehr konservativ. Das ist so verdammt bürgerlich, als wenn Alkohol so viel besser wäre als Gras. Sie heißt Nadal und kommt irgendwo aus der Nähe von Nantes, lebt in Uppsala und studiert irgendeinen Spezialzweig der Kunstgeschichte. Aber ich glaube, so schrecklich viel studiert sie nicht, ihre Eltern haben ein Weinschloss im Loiretal. Sie hat mich für den nächsten Herbst zur Weinlese eingeladen, ich kann gar nicht sagen, ob ich sie mochte, aber es war toll, einen ganzen Abend Französisch sprechen zu können.

Wohingegen Germund es nicht so toll hatte. Er trank zu viel und fing schon früh Streit mit einem der Volkswirte an, nicht mit Nadals Typen, sondern mit dem anderen. Er hieß Lars-Inge und war wirklich ein unerträgliches Arschloch, in gewisser Weise kann ich Germund gut verstehen. Aber er hätte das viel besser händeln können. Man muss keine Energie darauf verschwenden, so einen wie Lars-Inge einzuschüchtern.

Ich merke, dass ich Germund nicht hundertprozentig kenne. Also nicht einmal ihn. Wenn wir nur zu zweit sind, dann wissen wir immer, was wir voneinander zu halten haben, nur in Gesellschaft anderer habe ich manchmal das Gefühl, dass er mir fremd ist. Was ja eigentlich nur passiert, wenn Tomas und Gunilla uns einladen. Germund und ich, wir verkehren fast nie mit anderen Menschen. Vielleicht wird das anders, wenn wir zusammenziehen, ich weiß es nicht. Vielleicht ist es schwer, die Balance zu halten, dieses gespannte Seil zwischen der reinen Mathematik und dem Vögeln. Ich weiß nicht, ob es funktionieren wird.

Lars-Inge redete mit lauter Stimme, er stammt hundertprozentig fünfzehn Generationen weit von Politikern und Pfarrern ab. Das meiste lehnte er ab: Neger, Kommunisten, Hippies, Popmusik, Dänen, Finnen, Gläubige, Geisteswissenschaften und Leute, die nichts kapierten. Zumindest nach vier Glas Wein, vorher hockte er die meiste Zeit da und hielt schüchtern die Schnauze. Ich nehme an, dass Tomas ihn vor diesem Abend noch nie betrunken erlebt hat, denn sonst wäre nur schwer zu verstehen, warum zum Teufel er ihn eingeladen hat.

Nach einer halben Stunde am Tisch fragte Germund Lars-Inges Mädchen, eine vollbusige Tante namens Berit mit dicken Schichten karmesinroten Lippenstifts, wo zum Teufel sie so eine selten uncharmante Ratte wie Lars-Inge gefunden habe. Da sie glaubte, er würde scherzen, was zum Teufel hätte sie sonst glauben sollen, sagte sie, dass er ein uneheliches Kind von Hitler und einer Schimpansin sei und dass er einem leid tun könne, weil er so eine schlimme Kindheit gehabt hatte.

Vielleicht glaubte sie auch gar nicht, dass Germund einen Scherz machte, man muss ja nicht unbedingt dumm sein, nur weil man Busen und Lippenstift im Überfluss hat. Lars-Inge schien keine Lust zu haben, sich mit seiner Braut zu streiten, vielleicht hatte er sie auch nur für diesen Abend aufgerissen und wollte später mit ihr noch ordentlich vögeln, jedenfalls beschloss er stattdessen, Germund zu attackieren.

Willst du eins in die Fresse oder soll ich dich totargumentieren, du Drecksack?, fragte er, und dann saßen sie eine ganze Weile da und redeten Blech, wie es betrunkene Männchen so an sich haben. Zu dem Zeitpunkt, vielleicht so nach einer Viertelstunde, gingen Nadal und ich raus auf den Balkon, um einen Joint zu rauchen. Es war ihr Vorschlag gewesen, ich rauche nie Gras aus eigenem Antrieb. Als wir wieder hereinkamen, waren Germund und Tomas hinausgegangen, und die Stimmung war gedrückt. Lars-Inge saß zurückgelehnt da und paffte eine Zigarre. Anna und Rickard schienen zu überlegen, ob sie wohl nach Hause gehen sollten, obwohl es gerade elf Uhr war, auf jeden Fall hockten sie flüsternd zusammen. Gunilla und Busen-Berit waren in der Küche und kochten Kaffee, und Nadals Freund, Bengan, trieb sich vor dem Bücherregal herum, las mit schrägem Kopf die Büchertitel und sah aus wie ein geknicktes Fragezeichen. Led Zeppelin war zum

Ende gekommen, aber niemand hatte sich die Mühe gemacht, eine neue Platte aufzulegen. Nur mir und Nadal ging es gut, wir warfen uns aufs Sofa und kicherten eine Weile laut miteinander, und so langsam wurde die Stimmung etwas entspannter. Wir tranken noch mehr Wein, dann Kaffee und irgendeine Art von Pfefferschnaps aus der Ukraine, den Bengan mitgebracht hatte, als er im Sommer eine Reise in die Sowjetunion unternommen hatte, was immer auch ein Volkswirt in dem Land zu tun hat, und als ich schließlich fragte, wohin Germund und Tomas gegangen waren, sagte Rickard, dass sie hinausgegangen wären, um miteinander zu reden. Rickard wirkte total nüchtern. Seit er mit dieser Pfarrerchose angefangen hat, wird er immer ernster, und seine Anna war auch nicht gerade die Anregendste. Ich glaube, sie geht auf die Journalistenschule, bin mir aber nicht sicher. Sie scheint links zu sein, aber in Ordnung, wie schon gesagt.

Es dauerte bis nach Mitternacht, bis die auswärtigen Herren wieder zurück waren, und es sah so aus, als hätten sie die Zeit in einem Graben verbracht. Aber vielleicht war es auch nur der Regen. Vielleicht waren sie ins Rackis gegangen und hatten einfach nur ein paar Bier getrunken. Keiner von beiden war bereit zu erklären, was passiert war oder was sie getan hatten, sie tranken jeder ein Glas Pfefferschnaps, und eine Weile später brachen alle auf. Es ist möglich, dass ich einen Teil des Abends nicht mitbekommen habe, vielleicht bin ich auch eine Weile in meiner Sofaecke eingeschlafen, aber als wir bei Germund zu Hause ankamen, war es halb zwei, und ich war vollkommen klar im Kopf.

Er war ganz anders als sonst. Er duschte, und dann gingen wir ins Bett. Ich fragte ihn, was er mit meinem Bruder draußen im Regen gemacht habe, aber er antwortete nicht. Lag nur da und starrte stumm an die Decke, und ich dachte, dass es keine glänzende Idee war, mit ihm zusammenzuziehen, wenn er sich so verhielt. Aber schließlich schliefen wir ein, wir machten nicht einmal den Ansatz, miteinander zu schlafen, und am Morgen, heute Morgen, war es wie üblich. Mehr oder weniger.

Abgesehen davon, dass wir zusammen frühstückten. Er bat mich auch um Verzeihung. Scheiße, ich glaube, ich bin gestern in ein Schwarzes Loch gerutscht, sagte er.

Hatte das mit Tomas zu tun?, fragte ich. Oder mit diesem Lars-Inge?

Germund sagte, dass es in erster Linie mit ihm selbst zu tun hatte. Ein saures Aufstoßen aus der Kindheit, das kam ab und zu mal vor.

Dieser Unfall?, fragte ich.

Und so einiges andere, sagte Germund. Einiges andere.

Wirst du es mir irgendwann einmal erzählen?, fragte ich.

Vermutlich nicht, sagte Germund. Du hast nicht zufällig Lust auf einen kleinen Wodka und ein wenig Körper?

Nein, sagte ich, heute nicht.

Ich muss sagen, ich verstehe dich, sagte er.

Dann zog ich mich an und ging nach Hause in die Norrtäljegatan.

November, denke ich. Nackte Bäume, Dunkelheit, Versinken. Gott dreht uns den Rücken zu.

Nicht nur mir, allen dreht er den Rücken zu. Das gefällt mir. Es liegt eine Art Gerechtigkeit darin. In nächsten Leben möchte ich ein nackter Baum im Wind sein.

## 18

VERNEHMUNG VON ANNA BERGLUND.
*Polizeirevier von Kymlinge 29.09.1975. 17.00 Uhr.*
*Anwesend: Kriminalinspektor Evert Sandlin, Polizeianwärter Sigvard Malmberg.*

ES: Bitte Ihr Name und Ihre Adresse.
AB: Anna Berglund. Mein Mann und ich, wir wohnen auf dem Pfarrhof in Rödåkra. Er ist Pfarrer in der Gemeinde. In der Gemeinde Rödåkra-Hemleby.
ES: Danke. Können Sie uns etwas über Ihre Zusammenkunft am Samstagabend erzählen.
AB: Was wollen Sie darüber wissen?
ES: Nur ganz allgemein. Wer dort war. Warum Sie sich getroffen haben. Wie die Stimmung war.
AB: Dort waren mein Mann und ich. Tomas und Gunilla Winckler. Und außerdem Germund und Maria.
ES: Germund Grooth und Maria Winckler?
AB: Ja.
ES: Und Sie kannten sich alle schon seit Langem?
AB: Ja.
ES: Wie lange schon?
AB: Seit fünf Jahren ungefähr. Wir haben uns oft getroffen, als wir in Uppsala studiert haben.
ES: Aber jetzt sind Sie alle fertig mit der Ausbildung?

AB: Ja. Obwohl – ich habe nie in Uppsala studiert. Ich ging auf die Journalistenschule in Stockholm und bin gependelt. Ich bin in Uppsala aufgewachsen.

ES: Ich verstehe. Warum haben Sie sich nun am Samstag getroffen?

AB: Wir hatten uns eine ganze Weile nicht gesehen. Und nachdem Germund und Maria auch nach Kymlinge gezogen waren, war das nur natürlich. Tomas und Gunilla sind aus Göteborg hergekommen.

ES: Und Sie haben sich also auf dem Pfarrhof von Rödåkra getroffen?

AB: Ja. Wie gesagt wohnen wir dort.

ES: Und wie ist der Abend verlaufen?

AB: Verlaufen? Nun, er ist gut verlaufen. Wir haben zusammen gegessen und uns unterhalten. Es war nichts Besonderes. Wir hatten einen schönen Abend.

ES: Keine Vorfälle?

AB: Nein.

ES: Wie lange ging es?

AB: Ungefähr bis Mitternacht. Gunilla ist schwanger und wurde müde. Die beiden haben bei uns übernachtet.

ES: Und dann haben Sie sich zu einem Pilzausflug verabredet?

AB: Das hatten wir schon vorher.

ES: Wessen Idee war das?

AB: Ich weiß es nicht. Es ist wohl ziemlich normal, an einem Sonntag so einen Ausflug zu machen. Ich glaube, es waren mein Mann und ich, wir haben es vorgeschlagen. Und die anderen waren einverstanden.

ES: Können Sie uns erzählen, was da draußen in der Gänseschlucht passiert ist?

AB: Ich weiß nicht, was ich sagen soll. Es erscheint so unfassbar.

ES: Ich kann mir vorstellen, dass es schwer ist. Aber wir müssen trotzdem versuchen, herauszufinden, was passiert ist, das sehen Sie doch sicher ein.

AB: Ja, natürlich. Sie muss ja gefallen sein, ich weiß nur nicht, wie es passiert ist.

ES: Wie weit ungefähr befanden Sie sich von der Unglücksstelle entfernt, als es passiert ist?

AB: Ich weiß nicht, ein paar hundert Meter. Vielleicht ein bisschen weniger.

ES: Erzählen Sie.

AB: Ich habe einen Schrei gehört, und da war mir klar, dass etwas passiert ist. Ich lief in die Richtung, und als ich ankam, habe ich sie da unten liegen sehen.

ES: Haben Sie einige der anderen gesehen?

AB: Ja, die waren schon da.

ES: Alle?

AB: Nein, nicht alle. Ich glaube, Tomas kam gleich hinter mir, die anderen vier waren schon da. Ja, genau. Germund und Elisabeth waren bereits auf dem Weg zu ihr hinunter.

ES: Können Sie hier auf der Karte einzeichnen, wo Sie sich befanden, als Sie den Schrei gehört haben?

AB: Ich bin schlecht mit Karten.

ES: Versuchen Sie es zumindest.

AB: *Macht es. Zeit dafür 25 Sekunden.*

ES: Danke schön. Als Sie bei den anderen ankamen, wer hat Ihnen da gesagt, was passiert ist?

AB: Ich habe ja schon gewusst, dass irgendetwas nicht stimmte. Das wusste ich schon, als ich den Schrei gehört habe. Gunilla weinte laut, und alle waren ganz durcheinander. Aber ich habe nicht kapiert, was wirklich passiert ist, bis ich an den Rand getreten bin und sie da unten habe liegen sehen. Es war unfassbar.

ES: Wann war Ihnen klar, dass sie tot ist?

AB: Ich glaube, das war mir sofort klar. Ja, sie sah vollkommen leblos aus.

ES: Haben Sie früher schon mal tote Körper gesehen?

AB: Ja. Ich habe im Krankenhaus gearbeitet.

ES: Erzählen Sie mir von dem Schrei.

AB: Es war einfach nur ein Schrei. Laut und irgendwie langgezogen.

ES: Was hat sie geschrien?

AB: *Nach langem Zögern:* Ich meine, sie hat ›Mörder!‹ geschrien.

ES: Mörder?

AB: Ja.

ES: Sind Sie sich dessen sicher?

AB: Nein.

ES: Aber Sie sind sich sicher, dass es ein Wort oder mehrere waren? Dass es nicht nur etwas Unartikuliertes war?

AB: Ja. Irgendwas mit zwei oder drei Silben. Es kann auch ›Töte mich!‹ gewesen sein.

ES: Darf ich das so verstehen, dass es entweder das Eine oder das Andere war?

AB: Ich glaube schon. Aber es kann auch etwas Anderes gewesen sein.

ES: Zu welchem Zeitpunkt war Ihnen klar, dass Maria entweder ›Mörder!‹ oder ›Töte mich!‹ gerufen hat?

AB: Entschuldigung, aber das verstehe ich jetzt nicht.

*ES:* War das, als Sie den Ruf gehört haben oder als Sie die Tote gesehen haben?

AB: *Nach gewissem Zögern:* Als ich es gehört habe, aber ich habe es erst richtig verstanden, als ich sie gesehen habe. Es war so unwirklich.

ES: Was war so unwirklich?

AB: Dass jemand mitten im Wald ›Mörder!‹ rufen sollte.

ES: Haben Sie gehört, wer das gerufen hat?
AB: Nein, ich glaube nicht. Oder vielleicht doch?
ES: Im Prinzip kann es also auch jemand anderes gerufen haben?
AB: Jetzt verstehe ich nicht ganz, was Sie meinen.
ES: Sind Sie sich sicher, dass es Maria war, die gerufen hat?
AB: Wer sonst hätte es denn sein sollen?
ES: Gut, lassen Sie uns weitermachen. Was haben Sie gedacht, als Sie zum Steilhang gingen?
AB: Dass etwas passiert sein musste.
ES: Haben Sie geglaubt, dass jemand ermordet worden ist?
AB: Nein, das habe ich natürlich nicht geglaubt.
ES: Und welche Schlussfolgerungen ziehen Sie heute?
AB: Wie bitte?
ES: Welche Schlussfolgerungen ziehen Sie jetzt, nachdem Sie wissen, dass Maria tot ist und dass sie ›Mörder!‹ oder ›Töte mich!‹ gerufen hat, kurz bevor sie starb?
AB: *Schüttelt den Kopf, antwortet jedoch nicht. Sie holt ein Taschentuch heraus und putzt sich die Nase.*
ES: Darf ich Sie bitten, meine Frage zu beantworten.
AB: Ich möchte überhaupt keine Schlussfolgerungen daraus ziehen.
ES: Glauben Sie, dass Maria hinuntergestürzt ist oder dass sie jemand gestoßen hat?
AB: Ich glaube nicht, dass sie jemand gestoßen hat.
ES: Glauben Sie, sie ist freiwillig gesprungen?
AB: Das kann ich nicht beurteilen.
ES: Können Sie sich erklären, warum sie ›Mörder‹ gerufen haben sollte, wenn keiner sie gestoßen hat?
AB: Nein.
ES: Haben Sie abgesehen von Ihrer Gruppe andere Menschen im Wald gesehen?

AB: Da kam ein Mann mit einem Hund, aber erst nachdem wir sie gefunden hatten.

ES: Aber Sie haben ihn vorher nicht gesehen?

AB: Nein.

ES: Haben Sie mit ihm gesprochen?

AB: Nein.

ES: Haben andere aus der Gruppe mit ihm gesprochen?

AB: Schon möglich. Ja, die haben wohl mit ihm darüber gesprochen, was passiert ist.

ES: Ich verstehe. Und was haben Sie in der Gruppe gesprochen, nachdem Sie Maria gefunden hatten?

AB: Ich weiß nicht. Wir standen alle unter Schock.

ES: Wer ist losgegangen, um Hilfe zu holen?

AB: Tomas.

ES: Warum gerade er?

AB: Ich weiß nicht. Es ergab sich einfach so.

ES: Haben Sie versucht, Maria wiederzubeleben?

AB: Nein. Es war offensichtlich, dass sie tot ist.

ES: Sind Sie herangetreten und haben es festgestellt?

AB: Nein, die anderen hatten es schon getan, als ich unten ankam.

ES: Wer?

AB: Ich glaube, es waren Germund und Elisabeth. Die waren jedenfalls als Erste bei ihr.

ES: Aber Sie müssen doch zumindest über den Schrei diskutiert haben.

AB: Ja. Alle hatten ihn gehört.

ES: Und weiter.

AB: Ich weiß nicht, was ich sagen soll. Es dauerte wohl eine Weile, bis …

ES: Ja?

AB: Bis wir darüber gesprochen haben, was sie eigentlich gerufen hat. Alle hatten es gehört, aber Elisabeth und ich hatten es am deutlichsten hören können. Vielleicht Gunilla auch, das weiß ich nicht mehr. Elisabeth meinte, es hätte wie ›Mörder!‹ geklungen oder wie ›Töte mich!‹ oder so etwas in der Art.

ES: Und was meinten die anderen?

AB: Dass sie etwas mit einem Ö-Laut geschrien hat.

ES: Haben Sie die Möglichkeit diskutiert, dass sie gestoßen wurde?

AB: Nein.

ES: Wieso nicht?

AB: Ich weiß nicht.

ES: Ich verstehe nicht ganz. Es kann doch jemand anderes im Wald gewesen sein. Zum Beispiel dieser Hundebesitzer.

AB: *Keine Antwort.*

ES: Oder?

AB: Ich habe doch gesagt, ich weiß es nicht. Wir haben nicht darüber gesprochen. Wir waren einfach alle geschockt.

ES: Wie war Ihr Verhältnis zu Maria Winckler?

AB: Gut. Ich kam gut mit ihr aus.

ES: Wie würden Sie sie beschreiben?

AB: *Nach gewissem Zögern:* Sie war ungewöhnlich. Sie hatte Integrität. Das sind Eigenschaften, die ich schätze.

ES: Waren die anderen der gleichen Auffassung?

AB: Natürlich. Wir waren gute alte Freunde, alle sechs. Aber Sie müssen natürlich die anderen fragen, was sie meinen, nicht mich.

ES: Und die Siebte in der Gruppe, Elisabeth Martinsson, was können Sie über die sagen?

AB: Ich hatte sie nie vorher getroffen. Sie arbeitet an derselben Schule wie Germund und Maria. Sie schien nett zu sein, aber ich habe fast gar nicht mit ihr gesprochen.

ES: Als Sie den Schrei gehört haben, haben Sie in dem Moment einen der anderen gesehen?

AB: Nein, ich bin allein gewesen.

ES: Wann ungefähr haben Sie den ersten der anderen entdeckt?

AB: Das war, als ich an den Steilhang kam.

ES: Vorher haben Sie niemanden gesehen?

AB: Nein.

ES: Sind Sie sich dessen ganz sicher?

AB: Ja, da bin ich mir sicher.

ES: Wissen Sie, ob Maria irgendwelche Feinde hatte?

AB: Nein.

ES: Wie lange ist es her, seit Sie sie das letzte Mal getroffen haben?

AB: Das war im Dezember letzten Jahres. Bevor wir hierher gezogen sind.

ES: Wann sind Sie hergezogen?

AB: Im Januar. Mein Mann hat damals hier seine Stelle angetreten.

ES: Und Sie arbeiten für die Kirchenzeitung?

AB: Ja.

ES: Wie sehen Sie die Beziehung zwischen Maria und Germund, ihrem Lebensgefährten?

AB: Darüber kann ich nichts sagen. Ich nehme an, sie haben… sie hatten es gut. Sie waren beide etwas ungewöhnlich.

ES: Inwiefern ungewöhnlich?

AB: Ein bisschen waren sie beide Einzelgänger. Zwei Individualisten. Aber es war nie ein Problem, mit ihnen etwas zu unternehmen. Sie sind unsere Freunde.

ES: Würden Sie behaupten, Maria gut zu kennen?

AB: Nein. Wir waren nie engere Freundinnen, wenn Sie das meinen. Wir haben uns nie nur zu zweit getroffen. Irgendwie waren wir immer zu sechst. Sie war ja auch Tomas' Schwester. Tomas und mein Mann waren zusammen beim Militär in Uppsala, da haben sie sich kennengelernt.

ES: Wissen Sie, ob Maria unter Depressionen litt?

AB: Nein, davon weiß ich nichts.

ES: Sie hat nie davon gesprochen, sich das Leben zu nehmen?

AB: Nicht, dass ich wüsste.

ES: Und es gab niemanden in Ihrer Gruppe, der mit ihr Konflikte hatte?

AB: Nein.

ES: Und wenn Sie noch einmal an den Samstagabend denken, da ist nichts passiert, was Sie mit dem Todesfall in Verbindung bringen würden?

AB: Nein, da war absolut nichts.

ES: Haben Sie noch etwas zu sagen, von dem Sie glauben, dass wir es wissen sollten?

AB: Nein, ich habe nichts hinzuzufügen. Ich finde die Situation äußerst unangenehm.

ES: Das bedaure ich. Aber ich bin mir sicher, dass Sie damit fertig werden.

AB: Ist sonst noch etwas?

ES: Im Moment nicht. Aber wir werden wohl noch Gelegenheit haben, ein weiteres Mal miteinander zu reden. Die Vernehmung ist beendet. Es ist 17.22 Uhr.

## 19

Rickard Berglunds erste Unterkunft in Uppsala nach der Unteroffiziersschule war ein Zimmer zur Untermiete in der Torsgatan in Luthagen. Es war zu Fuß keine zehn Minuten bis zur theologischen Fakultät, und er fand das ideal. Die Vermieterin hieß Angelica Liffermann, sie war achtzig Jahre alt und hatte seit einem Vierteljahrhundert Studenten zur Untermiete, seit sie Witwe geworden war. Sie zog Theologiestudenten vor, hatte es auch mit Geisteswissenschaftlern und Medizinern versucht, aber da war viel gesoffen worden auf den Zimmern. Außerdem zog sie Herren vor, da es vorkam, dass sie Hilfe irgendwelcher praktischer Natur bedurfte, und da war es besser mit einem Mann als mit einer Frau.

Den ganzen Tag über las sie, häkelte oder löste Kreuzworträtsel und trank jeden Abend bei den Fernsehnachrichten zwei Gläser Portwein, und sie hatte eine Katze, die hieß Miller. Das Tier war siebzehn Jahre alt und bewegte sich höchstens zehn Meter am Tag. Manchmal schaffte sie es bis zu ihrer Kiste, manchmal nicht. Es gab auch eine Tochter in Kristianstad; sie hieß Gunvor, und Frau Liffermann rief sie jeden zweiten Tag an, um mit ihr zu schimpfen. Meistens nach dem Portwein, Rickard konnte die Tiraden durch die dünne Wand hören und dachte, dass es eine außergewöhnlich geduldige Frau sein musste, die derartige Mengen an Schimpfkanonaden und Vorwürfen ertragen konnte.

Was ihn betraf, so bekam er nie Vorwürfe zu hören. Er empfing in seinem Zimmer keinen Damenbesuch, und er soff nicht. Zumindest nicht in der Torsgatan. Wenn er Anna traf, dann geschah das immer in Eriksberg oder in einem Lokal.

Sie gingen zum ersten Mal im August zusammen ins Bett. Es war kein besonders geglückter Liebesakt, da sich herausstellte, dass sie alle beide noch Jungfrau waren. Aber die Peinlichkeit ging vorüber, und einen Monat später versuchten sie es erneut mit etwas besserem Resultat.

Es freute Rickard, dass er der Erste für Anna war, genau wie sie es auch für ihn war. Geteilte Peinlichkeit ist halbe Peinlichkeit. Gott sei Dank hat sie diesen FNL-Göran nicht rangelassen, dachte er. So, wie es jetzt war, hatten beide das Gefühl, dass es wirklich ernst zwischen ihnen war. Rickard und Anna. Es war etwas merkwürdig, dass er das bereits nach so kurzer Zeit, nur wenigen Monaten, mit einer derartigen Sicherheit wusste, aber so ist es nun einmal mit der Gewissheit des Herzens. Man weiß es, ohne zu begreifen, wieso man es wissen kann. Ihren ersten richtigen Orgasmus hatte Anna am zweiten Freitag im November, zumindest behauptete sie das. Übung macht den Meister, genau wie es in den Sexualaufklärungsartikeln behauptet wurde, die Rickard ab und zu in strikter Abgeschiedenheit konsultiert hatte.

Es war nach diesem Erlebnis, dem Novemberorgasmus, dass sie zum ersten Mal sagte, sie glaube, dass sie ihn liebe. Er zögerte nicht zu antworten, dass er sie auch liebe. In dieser Nacht bekam er kaum ein Auge zu, und als sie sich am folgenden Abend in der Sibyllegatan befanden und dort Elchgulasch aßen, spürte er, dass sie tatsächlich ein Paar waren. Genauso wie die anderen: Tomas und Gunilla, Germund und Maria, ja, das spürte er bis tief ins Mark hinein.

Eines Tages werden wir heiraten, dachte er.

Wir werden Kinder bekommen.

Anna und ich.

Rickard und Anna. Das klingt schön.

Sie beschlossen, sich Zeit zu lassen. Nicht übereilt zusammenzuziehen. Eine Weile mit der Verlobung und so zu warten. Auch die Vorstellung bei den Eltern hatte keine Eile, aber als Rickard für drei Weihnachtstage daheim in Hova war, verriet er seiner Mutter, dass er ein Mädchen kennengelernt habe.

Was sie freute, das konnte er ihr ansehen, obwohl es ihr schwerfiel, ihre Freude in Worte zu fassen.

Hoppla, sagte sie nur. Pass auf dich auf.

Er versprach, das zu tun. Und als er sich von ihr verabschiedete, umarmte er sie, was sie offenbar genauso überraschte wie ihn selbst. Keiner von beiden hatte sich viel um Körperkontakt bemüht. Sein verstorbener Vater auch nicht, es gab eine Grenze zwischen Fleisch und Geist, die man nicht einfach so ungestraft überschritt.

Er wusste nicht, ob Anna ihrer Familie in Salabackar von ihm erzählt hatte, und er wollte sie nicht danach fragen. Es war offensichtlich, dass sie nicht besonders gut mit ihnen stand. Sie war ja schon ausgezogen, als sie noch aufs Gymnasium ging, und sie redete fast nie von ihnen. Nicht von ihren Eltern, nicht von ihren Brüdern. Und *mit* ihnen auch nicht, soweit Rickard das beurteilen konnte. Natürlich würde der Tag kommen, an dem er sie kennenlernen würde – genau wie Anna seiner alleinlebenden Mutter in Hova vorgestellt werden würde –, aber, wie gesagt, es gab keinen Grund zur Eile.

Es dauerte auch noch bis weit in den Januar hinein, bevor sie sich erneut erklärten, dass sie einander liebten. Auch dieses Mal geschah es nach einem geglückten Beischlaf im Glimmervägen in Eriksberg, und Rickard begann zu begreifen, dass physische Liebe genauso wichtig und so schwierig war, wie es in diesen Artikeln immer behauptet wurde.

Vielleicht war der Glaube auch ein Hemmschuh. Hier gab

es eine Kluft, von der er nicht wusste, wie er mit ihr umgehen sollte, und anfangs entschied er sich für den einfachsten Ausweg: überhaupt nichts zu tun. Er konnte mit Anna nicht über Gott sprechen, und er konnte mit Gott nicht über Anna sprechen. Zumindest fand er keine sinnvollen Worte, in welcher Richtung auch immer, und deshalb verschob er diese Frage in die Zukunft. Und für einen jungen Studenten aus Uppsala gab es Anfang der Siebziger viel Zukunft, da gab es keinen Grund, sich irgendwelche Sorgen zu machen.

In diesen ersten Semestern traf er sich auch nicht besonders oft mit Anna. Sie pendelte jeden Tag mit dem Zug zur Journalistenschule in Stockholm, meistens sahen sie sich an einem Abend in der Woche und an den Wochenenden, an denen er fast immer im Glimmervägen übernachtete. Manchmal schliefen sie zusammen, manchmal nicht. Meistens tranken sie eine Flasche Wein zusammen. Roten, Vino tinto oder Parador, beide mochten nicht so gern Weißwein. Oder Rosé, der plötzlich populär wurde.

Mehr war nicht. Mehr brauchten sie nicht.

Gott traf er an all den anderen Tagen im Theologikum. Es war genau genommen nicht immer einfach, seine Nähe zu bemerken, aber im Prinzip war sie ja selbstverständlich. Rickard Berglund trug diese Tatsache wie ein Axiom tief in sich, und ein Axiom ist nicht in Frage zu stellen. *Axiome müssen sich nie anstrengen,* hatte Tomas einmal gesagt, als sie diese Frage während einer Schussübung im Hågadalen diskutiert hatten. *Es ist häufig ein wenig selbstgefällig, das liegt in der Natur der Sache.* Rickard erinnerte sich, dass sie versucht hatten, einem ungewöhnlich wichtigtuerischen Fähnrich namens Norén zu erklären, worüber sie lachten. Was ihnen nicht geglückt war und in einem Verweis geendet hatte.

Aber wo bitte schön konnte wohl der lebendige Gott in der augenblicklichen Situation, also Mitte Januar 1971 beispielsweise, seinen Wohnsitz in diesem säkularisierten, linkslastigen Land haben, wenn nicht in der theologischen Fakultät der Universität von Uppsala? Nur einen halben Steinwurf entfernt von der Residenz des Erzbischofs, ein Viertel Steinwurf vom Dom.

Gute Frage, pflegte er zu denken. Rhetorisch elegant. Aber war es möglich, sie zu stellen, ohne dass einem dieser verräterische Geruch von Ironie in die Nasenflügel stach?

Grundkurs A/B in Religionswissenschaft, so begannen die theologischen Studien laut der jüngst verabschiedeten Universitätsordnung, und die vierzig Termine verteilten sich über die ersten beiden Semester. Eine Einführung in die sieben Examensthemen: Religionsgeschichte, Exegetik des Alten Testaments, Exegetik des Neuen Testaments, Kirchengeschichte mit Missionsgeschichte, Dogmatik mit Symbolik, Ethik mit Religionsphilosophie sowie praktische Theologie. Rickard war fleißig, das lag in seiner Natur. Er las alle angegebene Literatur, er versuchte auch die Komplettierungen zu lesen, die seine Lehrer ihm in den Seminaren empfahlen, und parallel dazu las er Kierkegaard: *Entweder – Oder; Stadien auf des Lebens Weg; Der Begriff Angst.* Ein Problem war, dass es nicht möglich war, einen kompletten Kierkegaard auf Schwedisch zu bekommen; er hatte eigentlich nur sein fast zerlesenes Exemplar von *Ausgewählte Schriften* zur Verfügung sowie *Abschließende unwissenschaftliche Nachschrift, Teil II* auf Dänisch (durch Zufall gefunden in einem der Antiquariate oben in der Oberen Schlossgasse), aber trotzdem, trotz der Lücken, erlebte er jedes Mal, wenn er in diese Grundtexte des Existentialismus eintauchte (denn dass es sich um diese handelte, das hatte er verstanden), ein Gefühl von etwas Frischem, Wahrem und Menschlichem. Frischer, wahrer und menschlicher als Ambretsen und Fincks *Die Geschichte der christlichen Mission* auf jeden Fall. Aber das konnte man eigentlich von fast allem behaupten.

Jedenfalls paukte Rickard alles, was es zu pauken gab; was auch die meisten seiner Kommilitonen taten. Sie klagten, stöhnten, fürchteten sich vor den Prüfungen, aber das gehörte dazu. Die Kierkegaardsche Wahl musste warten, so war es nun einmal, und alles hat seine Zeit.

Selbst die Rückkehr unseres Herrn Jesus Christus auf die Erde, wie zu vermuten war. Überhaupt schien vieles in einer fernen Zukunft zu liegen, und das war vielleicht der Grund dafür, dass die Gegenwart sich so ungewiss anfühlte.

Aber eines Tages – ja, während vieler der kommenden Tage, das wusste er – würde er mit Anna über all das sprechen. Natürlich, es war nur eine Frage der Zeit, sonst nichts.

# 20

Barbarotti war erst am Dienstagnachmittag um vier mit der Durchsicht von Sandlins grünen Ordnern fertig geworden, aber da Asunander die Besprechung auf den Mittwoch verschoben hatte, spielte das keine große Rolle.

Er steckte die letzten Papiere wieder an ihren Platz und schob die Ordner beiseite. Lehnte sich auf seinem Stuhl zurück, legte die Füße auf den Schreibtisch, verschränkte die Hände im Nacken.

Dachte, was für eine verdammt merkwürdige Geschichte das doch war.

Oder vielleicht war merkwürdig das falsche Wort. Denn eigentlich war es gar keine Geschichte. Nachdem er die drei letzten Vernehmungen durchgegangen war – alle am selben Nachmittag und Abend durchgeführt, am Montag, dem 29. September 1975, einen Tag nach dem Todessturz in die Gänseschlucht, alle von Kriminalinspektor Evert Sandlin im Polizeirevier von Kymlinge –, dachte Gunnar Barbarotti, dass er nur selten oder noch nie etwas Inhaltsleereres gelesen hatte. Weder Rickard Berglund, Elisabeth Martinsson noch Gunilla Winckler-Rysth hatten etwas angebracht, was auch nur im Geringsten das Bild verändert hätte, das er sich nach den Zeugenaussagen, die er am vorangegangenen Abend gelesen hatte, gemacht hatte: Germund Grooths, Tomas Wincklers und Anna Berglunds.

Alle berichteten ganz einfach genau das Gleiche. Alle sechs waren allein, jeder für sich, durch den Wald gestreift, keiner hatte einen anderen in seinem Blickfeld, als der Schrei zu hören gewesen war. Alle hatten sich, so schnell es ging, zum Steilhang begeben und waren nach wenigen Minuten bei der toten Maria Winckler unten am Fuße des Hangs gewesen. Tomas Winckler war losgelaufen, um Hilfe zu holen.

Keiner konnte auch nur das geringste Detail beitragen, das etwas erhellt hätte, und wenn nicht einige der Frauen mit der Behauptung gekommen wären, dass die Verstorbene das Wort »Mörder!«, alternativ »Töte mich!«, gerufen hätte, es hätte nicht den geringsten Grund auch nur für einen Verdacht eines Verbrechens gegeben.

Zumindest nicht bis heute, fünfunddreißig Jahre später, nachdem der nächste Ausflugsteilnehmer dort unten gelegen hatte.

Todesfelsen, dachte Gunnar Barbarotti. Wenn es so etwas nie gegeben hat, wieso hat man dann diesen Begriff erfunden?

Aber die totale Übereinstimmung an sich erschien merkwürdig. Die Ähnlichkeit zwischen den Zeugenaussagen. Oder lag es nur an Sandlin, der ein schlechter Vernehmungsleiter gewesen war? Beharrlich, aber schlecht? Hatte er die falschen Fragen gestellt?

So viel später war das schwer zu beurteilen. Das Ankreuzen auf der Karte war ein schlauer Zug gewesen, das musste Barbarotti zugeben. Jeder Ausflugsteilnehmer hatte sein Kreuz auf einer leeren Karte machen müssen, aber nicht einmal das hatte zu irgendwelchen Diskrepanzen geführt. Als Sandlin die Ergebnisse auf seiner eigenen Karte zusammengeführt hatte, lagen die Punkte in einem Gebiet von ungefähr vierhundert mal dreihundert Metern verstreut, und alles schien mit den jeweiligen Aussagen übereinzustimmen, dass sie niemanden sonst gesehen hatten, als der Schrei zu hören gewesen war.

Ein schlauer, aber wirkungsloser Zug.

Aber war nicht gerade das verflucht merkwürdig?, dachte Barbarotti. Wenn sechs gute Freunde – plus ein Single – sich treffen, nachdem sie sich so lange Zeit nicht gesehen haben, wäre es da nicht logischer, dass sie zusammen gingen und sich unterhielten? Wenn nicht die ganze Gruppe, dann zumindest zwei und zwei? Dass zumindest einige von ihnen das getan hätten? Hatten sie bereits am Samstagabend genug voneinander gehabt? War während ihres Treffens etwas passiert? Etwas, das sie aus bestimmten Gründen lieber nicht zur Sprache bringen wollten?

Aber es konnte natürlich ebenso gut reiner Zufall sein. Elisabeth Martinsson und Gunilla Winckler-Rysth hatten zugegeben, dass sie zwei oder drei Minuten vor dem Schrei ziemlich in der Nähe voneinander gewesen waren. Anna Berglund glaubte, ihren Mann ungefähr zur selben Zeit gesehen zu haben. Und das Gelände war hügelig und bewaldet, es gab keine guten Sichtmöglichkeiten.

Aber keiner von ihnen hatte demnach ein Alibi. Das hatte Sandlin in seinen Kommentaren zu dem Fall konstatiert, und Barbarotti konnte das Gleiche heute, fünfunddreißig Jahre später, bestätigen. Jeder der sechs hätte Maria Winckler über den Steilhang stoßen können.

Im Prinzip. Die Frage war natürlich: *Warum?* Warum sollte einer von ihnen das getan haben? Hatte jemand einen Grund?

War es das, was Sandlin dazu gebracht hatte, die Ermittlungen drei Monate lang fortzusetzen? Die Witterung eines Motivs?

War es diese Witterung, die ihn dazu gebracht hatte, den Platz an drei verschiedenen Gelegenheiten zu inspizieren, das letzte Mal erst im Dezember? Die ihn dazu veranlasst hatte, ein halbes Dutzend Assistenten und Uniformierte loszuschicken, um das Geschehene zu rekonstruieren? Was ihn dazu veranlasst hatte, abgesehen von den Beteiligten weitere zehn Personen zu befragen, und was dazu geführt hatte, dass der damalige Polizeidirektor, ein gewisser Kommissar Valfridsson, ihn gebeten hatte, ein schriftliches Extra-Memorandum bezüglich der Frage zu verfassen, warum man bei diesem Stand der Ermittlungen nicht ganz einfach die Untersuchungen einstellte.

Dieses Memorandum befand sich in dem zweiten Ordner. Es trug das Datum des 19. November 1975 und informierte darüber, dass bestimmte Vernehmungen und Untersuchungen noch durchzuführen waren. Das war's auch schon. Barbarotti meinte erahnen zu können, dass Inspektor Sandlin nicht viel für seinen Chef übriggehabt hatte, und er erinnerte sich daran, dass es Gerüchte um Valfridsson gab, die besagten, dass er unangenehmer gewesen war als erlaubt. Sogar für einen Polizeidirektor. Er war fünf Jahre, bevor Barbarotti seine Karriere bei der Polizei von Kymlinge begann, in Pension gegangen – mit einer nicht viel längeren anschließenden Lebenszeit, da sein nikotinverursachtes Lungenemphysem nicht unerwartet den längeren Halm zog.

Sandlin hatte während der Herbstmonate 1975 natürlich nicht ausschließlich an diesem Fall gearbeitet. Nicht jeden Tag. Alle Papiere waren datiert, und es gab Lücken, sowohl tagelange als auch wochenlange.

Ja, das ist wohl alles, fasste Barbarotti die Lage für sich zusammen und seufzte. Beschloss, alles Backman zu überlassen, damit sie es sich ebenfalls in aller Ruhe durchsehen konnte. Sie hatten zwar vereinbart, dass er in der Vergangenheit graben wollte, sie in der Gegenwart, aber ein wenig Austausch konnte ja nicht schaden.

Er öffnete seine Hände im Nacken, nahm die Füße vom Schreibtisch und wollte gerade aufstehen, als es an der Tür klopfte und sie ihren Kopf hereinsteckte.

»Störe ich beim Denken?«

»Gutes timing«, entgegnete Barbarotti. »Nein, meine Gedanken haben leider Schiffbruch erlitten. Ich wollte gerade zu dir kommen und dich fragen, ob du den Fall schon gelöst hast.«

»Nicht ganz«, gab Backman zu und setzte sich. »Aber ich bin auf dem Weg.«

»Tatsächlich?«, fragte Barbarotti.

»Ja, denn ich glaube, es ist gar kein Fall. Genau wie ich schon anfangs gesagt habe. Sie ist gefallen, und er ist gesprungen.«

»Warum?«, fragte Barbarotti.

»Was meinst du?«

»Der Sprung«, sagte Barbarotti. »Der Fall braucht ja wohl kein Motiv.«

»Der Fall?«, sagte Backman. »Schöner Titel.«

»Ich weiß«, sagte Barbarotti. »Nun?«

»Du möchtest also, dass ich dir erkläre, warum Germund Grooth in die Gänseschlucht gesprungen ist?«

»Genau«, bestätigte Barbarotti. »Kläre ein havariertes Bullenhirn doch bitte darüber auf, sei so gut. Warum hat er sich also genau an dem Ort das Leben genommen, an dem seine Lebensgefährtin vor fünfunddreißig Jahren gestorben ist?«

»Ich finde, die Antwort ist bereits in der Frage enthalten«, sagte Backman.

»Was?«, fragte Barbarotti.

»Ungefähr so, ja«, nickte Backman.

»Du meinst, es ist ganz normal?«

»Jedenfalls nicht so schrecklich außergewöhnlich. Wenn man beschlossen hat zu sterben, dann sucht man sich vielleicht den Platz mit etwas Sorgfalt aus, oder?«

Barbarotti betrachtete sie missmutig und dachte nach. »Verdammt«, sagte er. »Ich habe dieser Entscheidung noch nie so nahegestanden, dass ich über die Methode nachgedacht habe. Oder den Ort. Du?«

»Vielleicht als Teenager«, gab Eva Backman zu. »Aber da war ich nicht ganz gescheit. Sie können natürlich alle beide gesprungen sein. Sie und er. Und er kann gewusst haben, dass sie es getan hat.«

»Nach all den Jahren?«

»Nach all den Jahren. Vielleicht war sie seine einzige große Liebe, und nach fünfunddreißig Jahren hat er aufgegeben. Wollte mit ihr in irgendeiner Art und Weise wieder vereint sein, ich finde das wirklich nicht so besonders merkwürdig.«

»Mit wem hast du gesprochen?«, fragte Barbarotti.

»Mit zweien«, sagte Eva Backman. »Gunilla Winckler-Rysth und Elisabeth Martinsson. Mit Letzterer nur am Telefon. Ich bin auch nicht besonders scharf vorgegangen.«

»Was meinst du damit?«, fragte Barbarotti.

»Dass ich mich nicht um die Alibifrage geschert habe zum Beispiel. Wie groß ist das Zeitfenster, um das es geht? Vier Stunden, habe ich das richtig verstanden?«

Barbarotti nickte. »Im Großen und Ganzen. Samstag zwischen zwölf und vier ungefähr. Ritzén tendiert eher zum früheren Zeitpunkt als zum späteren, aber es ist offensichtlich nicht genauer einzukreisen.«

»Schade, dass der Alte mit dem Hund nicht häufiger seine Runden dreht. Das hätte uns geholfen.«

»Ich weiß«, stimmte Barbarotti zu. »Aber es ist nun einmal so, wie es ist. Und ich finde es schade, dass du es so vereinfachen willst. Ich habe nämlich ein ganz anderes Bauchgefühl bei der Sache.«

»Ich wusste nicht, dass du mit Aromatherapie angefangen hast«, sagte Backman. »Oder ist es Sensobalance?«

»Beides«, sagte Barbarotti. »Man soll die Wissenschaft nicht unterschätzen. Dann hast du also nicht mit dem Pfarrer gesprochen?«

»Er ist kein Pfarrer mehr.«

»Hast du mit dem Ex-Pfarrer gesprochen?«

»Nein. Seine Frau hat Krebs und liegt im Sterben.«

»Stimmt, das hast du erwähnt«, sagte Barbarotti seufzend. »Keine schöne Situation, aber wir müssen wohl dennoch etwas tun, oder? Willst du, dass ich mich um ihn kümmere?«

»Gern«, sagte Backman. »Und was liegt in der anderen Waagschale?«

»Die hier«, sagte Barbarotti und überreichte ihr die Ordner. »Aber ich will nicht, dass du sie mit deiner vorgefassten Meinung liest.«

»Jetzt redest du wieder Blödsinn«, sagte Backman. »Ich weiß nicht, was vorgefasst bedeuten soll. Wann sollen wir das mit Asunander durchziehen?«

»Morgen Nachmittag«, sagte Barbarotti. »Du hast also den ganzen Abend und morgen dafür Zeit.«

»Okay«, sagte Backman. Nahm die Ordner entgegen und überreichte ihm eine dünne Mappe.

»Was ist das?«

»Die abgetippten Vernehmungen von Winckler-Rysth und Martinsson. Ich möchte nicht, dass du nichts zu tun hast, falls du den Ex-Pfarrer nicht erwischst.«

»Danke«, sagte Gunnar Barbarotti, »du bist zu gut zu mir.«

»Ich habe sie in Jamben verfasst«, erklärte Backman. »Ich hoffe, du weißt es zu schätzen.«

»Ich werde sie vertonen«, erwiderte Barbarotti. »Dann können wir morgen Asunander ein Duett singen.«

»Mon dieu«, sagte Backman.

Verdammt, warum reden wir so miteinander?, fragte er sich, nachdem sie die Tür geschlossen hatte.

Um den trüben Alltag zu vergolden oder warum? Weil wir unseren Job so leid sind, dass wir ihn sonst nicht ertragen?

Und was ist das für ein diffuser Juckreiz, den ich in meiner Seele mit mir herumschleppe?

Die letzte Frage stellte er Marianne einige Stunden später.

»Ich laufe mit so einem diffusen Jucken in der Seele herum. Was glaubst du, was kann das sein?«

Es war halb zehn Uhr abends. Sie hatten sich in ihr gemeinsames Arbeitszimmer zurückgezogen. Eigentlich fungierte es eher als Ruhe- denn als Arbeitsraum, das hatte er schon häufiger gedacht. Wenn man vier Teenager im Haus hat, dann braucht man das. Auch wenn sie Schwedens Zukunft sind.

»Liegt es am Job oder an uns?«, fragte Marianne.

»An uns kann es nicht liegen, also muss es der Job sein«, sagte Barbarotti.

»Bist du dir sicher?«, fragte Marianne nach. »Wir haben die Verantwortung für vier Kinder übernommen, es wäre etwas dumm, wenn wir jetzt kalte Füße bekämen.«

»Bist du nicht ganz bei Sinnen?«, empörte Barbarotti sich. »Wer hat davon geredet, abzuspringen? Ich habe nur gesagt, dass es irgendwie in meiner Seele juckt und dass es höchstwahrscheinlich mit dem Job zu tun hat. Ich liebe dich mehr als je zuvor.«

»Gut«, nickte Marianne. »Ich liebe dich auch. Und die Seele muss man zähmen, ich glaube, es ist ganz gut, sich gegenseitig daran zu erinnern, wenn die Müdigkeit die Oberhand gewinnt. Was ist es, was dich bei deiner Arbeit quält?«

»Ich weiß es nicht so recht«, sagte Barbarotti. »Aber ich nehme an, dieser Herr, der tot in der Gänseschlucht lag. Zumindest beschäftigt er mich.«

»Das ist Sonntag passiert, nicht wahr?«

»Genau genommen ist es Samstag passiert. Aber man hat ihn am Sonntag gefunden.«

»Ach so. Und warum kriegst du davon ein Jucken?«

»Schwer zu sagen«, meinte Barbarotti. »Eva Backman behauptet, dass dahinter überhaupt kein Verbrechen steckt, und sie hat eigentlich meistens Recht. Aber ich habe ein ganz anderes Gefühl.«

»Vor langer Zeit ist an derselben Stelle schon einmal etwas passiert, nicht wahr?«

»Ja«, seufzte Barbarotti. »Eine Frau ist dort 1975 gestorben. Und der Mann, der jetzt dort gefunden wurde, war damals ihr Lebensgefährte.«

»Was sagst du da?«, rief Marianne, und er stellte fest, wie ungewöhnlich es war, dass er bisher mit ihr nicht darüber gesprochen hatte. Aber sie hatten sich seit Sonntag kaum gesehen, sie hatte die Nacht von Montag auf Dienstag gearbeitet.

»Ja«, sagte er. »Eine junge Frau von fünfundzwanzig Jahren ist dort hinuntergestürzt … das ist übrigens ein alter Todesfelsen, auch wenn Backman behauptet, dass es nie Todesfelsen gegeben hat. Sie hieß übrigens Maria Winckler. Und fünfunddreißig Jahre später geht ihr Lebensgefährte, inzwischen gut sechzig, dorthin und stürzt an derselben Stelle ab. Germund Grooth.«

Es vergingen einige Sekunden, bis er begriff, dass etwas nicht stimmte. Marianne hatte auf dem Rand seines Schreibtischs gesessen, jetzt stand sie auf und blieb stehen, eine Hand in einer merkwürdigen, wie eingefrorenen Geste erhoben, die er nicht deuten konnte. Sie starrte ihn an, nein, nicht ihn, sondern die Wand hinter ihm, das Piranesiplakat, das sie in Prag gekauft hatten, oder vielleicht auch nur die Tapete neben dem Plakat, und ihr Blick drückte für einige Sekunden nichts anderes aus als – nichts. Oder vielleicht hochgradige Verwirrung.

Dann kam sie wieder zu sich. Fuhr sich mit beiden Händen durchs Haar und richtete sich auf.

»Geh bitte runter und hol eine Flasche Wein«, sagte sie. »Ich glaube, wir müssen darüber reden.«

»Was … was zum Teufel meinst du?«, fragte Gunnar Barbarotti.

Sie räusperte sich. »Ich meine, dass ich sehr gut weiß, wer Germund Grooth ist … oder *war*, sollte ich wohl besser sagen.«

»Wie kannst du …?«

»Einen von den italienischen. Mein Gott, nun mach schon.«

Gunnar Barbarotti sprang auf und dachte, dass dieses Jucken in etwas anderes übergegangen war. Aber er konnte nicht sagen, in was.

## 21

Am nächsten Morgen stellte sie ihn zur Rede. Versuchte es zumindest.

Sie mit der ganzen Meute allein zu lassen? Einfach mit Germund wegzugehen und auf die Verantwortung als Gastgeber zu pfeifen? Was war das denn für ein unsolidarisches Verhalten? Was sollte das?

»Er brauchte das«, erwiderte Tomas.

»Er brauchte das?«

»Ja. Es tut mir leid, aber du musst mir einfach glauben.«

»Dann steht also Germunds Bedürfnis über allem?«

»So wie die Lage gestern war, ja. Ich hatte keine andere Wahl.«

»Wieso? Wieso hattest du keine andere Wahl?«

Tomas stützte seinen Kopf auf die Hände und betrachtete sie über den Küchentisch hinweg. Es war Viertel vor zehn in der Früh, sie dachte, dass er müde aussah, aber nicht so, als hätte er einen Kater. Auch nicht reumütig, wie sie fast erwartet hatte. Stattdessen saß er da und rang mit sich, das war ziemlich offensichtlich. Ob er es ihr erzählen sollte oder nicht. Sie schenkte mehr Kaffee aus der Thermoskanne nach und wartete. Strich sich Marmelade auf einen Zwieback und versuchte, ihren Ärger zu unterdrücken.

»Er wollte sich das Leben nehmen.«

»Was?«

»Germund wollte rausgehen und sich das Leben nehmen. Deshalb bin ich ihm gefolgt.«

Sie bereute, dass sie ihn nicht schon gestern Abend gefragt hatte. Sie hatte es stattdessen vorgezogen zu schweigen und verletzt zu sein. Gegen zwei Uhr, nachdem alle gegangen waren, waren sie ins Bett, und sie hatten nicht ein Wort miteinander gewechselt. Hatten nur Rücken an Rücken da gelegen und waren eingeschlafen.

Und jetzt saß er hier und behauptete, er hätte Germund das Leben gerettet. Verdammte Scheiße, dachte Gunilla Rysth. Wenn das eine Lüge ist, dann ist es ernst. Richtig ernst.

Aber warum sollte er lügen? Er hatte eine ganze Nacht Zeit gehabt, sich eine bessere Lüge auszudenken.

»Erzähl«, sagte sie und zündete sich eine Zigarette an.

»All right«, sagte Tomas. »Aber ich habe ihm versprechen müssen, nicht darüber zu reden.«

Sie nahm einen Zug und wartete wieder. Er seufzte und wippte mit dem Stuhl. Betrachtete die Berge schmutzigen Geschirrs.

»Du darfst es nicht Maria erzählen.«

»Ich denke gar nicht daran, es irgendjemandem zu erzählen. Er war ziemlich blau, oder?«

»Ich weiß. Aber das war nicht nur Besoffenengerede. Ich habe es jedenfalls nicht so aufgefasst. Es war blöd, dass er auf diesen verfluchten Lars-Inge gestoßen ist.«

»Ja, wieso hast du den überhaupt eingeladen? Hast du keine netteren Kommilitonen?«

»Sorry«, sagte Tomas. »Ich habe ihn bisher nur nüchtern erlebt. Nein, der war wirklich unerträglich. Man muss sich tatsächlich fragen, wie das Land aussehen wird, wenn solche wie er die Finanzen in der Hand haben.«

»Du musst das Gegengewicht bilden. Und dieser Bengan, der war doch in Ordnung.«

Tomas zuckte mit den Schultern. Sie seufzte. »Man muss sich doch nicht gleich das Leben nehmen, wenn man auf einen unsympathischen Volkswirtschaftler stößt? Oder?«

Er schüttelte den Kopf. »Nein, hoffentlich nicht. Ich habe ihn auch nicht verstanden. Aber manchmal ist es nur ein Funke, der nötig ist, weißt du? Und gestern war die Situation für Germund offenbar soweit. Es war nicht einfach, etwas Vernünftiges aus ihm herauszukriegen, außer der Tatsache, dass es nichts Akutes zu sein schien.«

»Was meinst du mit nichts Akutes?«

»Nun ja, nichts, was gerade passiert ist oder so. Sondern etwas, das er mit sich herumschleppt und das immer mal wieder an die Oberfläche kommt. Vielleicht hat es mit dem Tod seiner Eltern und seiner Schwester zu tun. Dass das immer noch in ihm rumort, aber ich weiß es nicht. Ich wollte nicht fragen.«

»Was hat er denn überhaupt gesagt?«

Tomas schüttelte erneut den Kopf. »Er kam vom Klo, und da hat er zu mir gesagt: ›Ich habe jetzt genug, Tomas, ich hau ab und bring mich um. Bitte sag Maria, dass es mir leid tut.‹«

»Was? Das hat er gesagt?«

»Ja. Genau das hat er gesagt. Wort für Wort. Und er klang stocknüchtern, auch wenn er es nicht war. Dann hat er seine Jacke und seinen Schal genommen und ist durch die Tür hinaus. Was hätte ich denn tun sollen?«

Gunilla drückte ihre Zigarette aus und versuchte eine spontane Reaktion zu finden, fühlte sich jedoch nur verwirrt. Und irgendwie diffus. Das war unbegreiflich und nicht zu fassen. Sie dachte, dass sie genau genommen Germund Grooth überhaupt nicht kannte. Sie hatte nie mit ihm unter vier Augen gesprochen, wie beispielsweise mit Rickard oder Maria. Nicht, dass sie deshalb Maria viel besser gekannt hätte, weiß Gott nicht, aber zu Germund hatte sie überhaupt keine Beziehung.

Wenn sie einmal plötzlich allein miteinander gewesen waren – was nicht besonders oft vorgekommen war, aber doch einige Male –, dann hatte sie nie so recht gewusst, was sie sagen sollte. Es gab auch keine Möglichkeit, mit ihm herumzualbern, wie sie es zumindest mit Maria konnte. Über Tomas halb im Scherz, halb im Ernst herzuziehen beispielsweise.

Germund Grooth war einfach nur anstrengend. Überheblich, ohne es offensichtlich sein zu wollen. Sie hatte nichts gegen ihn, absolut nicht, aber er war und blieb für sie ein Fremder. Wir sind zwei Arten, die nicht miteinander kommunizieren können, dachte sie. Ganz einfach. Ein Fisch und eine Kuh.

Sie musste lachen. Tomas bekam eine irritierte Falte auf der Stirn.

»Worüber lachst du?«

»Tut mir leid. Nichts. Also, und was habt ihr dann gemacht?«

Tomas breitete die Arme aus. »Wir sind gelaufen. Bis Stabby, haben dort einige Runden im Wald gedreht und sind dann zurück. Sind bei Rackis eingekehrt, haben jeder ein Bier getrunken, da dudelte eine Bluesband, aber die machte gerade Pause. Anfangs sagte er, ich solle ihn in Ruhe lassen, damit er das, was er tun müsse, in Ruhe und Frieden tun könne. Ich habe ihm gesagt, dass ich gar nicht daran dächte, ihn allein zu lassen, dass ich es nicht zulassen würde, wenn er sich das Leben nähme … ich dachte, dass ich ihn einfach ernst nehmen müsse. Man muss einen gewissen Respekt zeigen, ich würde jedenfalls ziemlich sauer werden, wenn ich beschlossen hätte, Selbstmord zu begehen, und dann meinen Worten nicht geglaubt wird. Oder was meinst du?«

Gunilla nickte. »Ja, natürlich. Er war ja betrunken, aber wenn man betrunken und traurig ist, dann möchte man auch ernst genommen werden, auch wenn man nur Quatsch von sich gibt. Du meinst doch nicht, dass er es tatsächlich getan hätte, wenn du nicht mitgegangen wärst?«

Tomas zündete sich eine Zigarette an. »Wie soll man das wissen?«

»Fragst du mich das?«

»Ja. Also, es ist doch so, wenn wir zurückschauen, dann sehen wir nur das, was tatsächlich passiert ist. Nicht das, was *nicht* passiert ist. Vielleicht habe ich Germund das Leben gerettet, aber sicher kann man sich dessen natürlich niemals sein. Das Wichtige ist doch, dass ich eine Entscheidung getroffen habe. Ich war der Meinung, dass es wichtig ist, ihn nicht allein weggehen zu lassen, und ich erwarte für meinen Einsatz auch keine Medaille.«

Sie blieb schweigend eine halbe Minute lang sitzen und betrachtete ihn. Er sah tatsächlich etwas verletzt aus, vielleicht hatte er auch ein Recht dazu. »Entschuldige«, sagte sie. »Vielleicht hast du einfach gehandelt, wie du handeln musstest. Dass ich ein bisschen sauer geworden bin, ist ja nicht die Welt. Mich allein mit der ganzen Bagage zu lassen! Aber worüber habt ihr denn geredet? Er muss dir ja wohl trotz allem erklärt haben, warum er Schluss machen will?«

»Nicht besonders deutlich«, sagte Tomas. »Er sagte nur, dass er eine ewige Bürde trage.«

»Eine ewige Bürde?«

»Ja, die Worte hat er benutzt. Und er hat behauptet, dass er der Meinung sei, das Leben sei ein verdammter Scherz, ein Theaterstück, dass er keine Lust mehr habe, weiter auf der Bühne zu stehen … ja, so ungefähr hat er geredet. Dass alles falsch und verlogen ist, und wenn man sich erst einmal hinstellt und alles durchschaut, dann gibt es nur eines.«

»Sich das Leben zu nehmen?«

»Ja. Ich habe ihm natürlich gesagt, dass das Blödsinn ist, und gefragt, was für einen Sinn es denn haben soll, tot zu sein. Er hat gelacht und erwidert, dass es natürlich überhaupt keinen Sinn hat, und das sei doch gerade der Punkt dabei. Auf jeden

Fall hat er ziemlich schnell damit aufgehört, davon zu reden, es wirklich zu tun, wir sind einfach im Regen herumgelaufen und haben miteinander geredet – und dann bei Rackis, das war ... ja, ich fürchte, das war ziemlich hochtrabend, das Ganze, verstehst du?«

»Junge intellektuelle Männer lösen das Rätsel des Lebens?«

»Ungefähr so. Aber er ist nicht so oberflächlich, der Germund. Ich weiß nicht, was diese ewige Bürde sein soll. Aber es ist verdammt klar, dass es da ein Trauma gibt. Seine ganze Familie zu verlieren, wenn man zehn Jahre alt ist. Kein Wunder, wenn man da komisch wird.«

»Weißt du, welche Hilfe er bekommen hat, als es passiert ist?«

»Keine Ahnung. Ich glaube auch nicht, dass er mit Maria darüber redet, aber du kannst sie vielleicht mal fragen. Es hat keinen Sinn, wenn ich es tue. Aber vor zehn Jahren gab es bestimmt auch schon Kinderpsychologen.«

»Wer hat sich um ihn gekümmert?«

»Ich weiß es nicht. Aber mit sechzehn ist er nach Uppsala gegangen. Hat in der Fjellstedtska angefangen und wurde später eingezogen.«

Gunilla nickte und dachte eine Weile nach.

»Merkwürdiger Ausdruck, nicht wahr? Ewige Bürde.«

»Ja. Er hat noch eine andere merkwürdige Sache erzählt. Er hat mit zweiundzwanzig verschiedenen Frauen geschlafen. Was sagst du dazu?«

»Was ich dazu sage? Widerlich, sage ich. Weiß Maria davon? Ich dachte, die beiden wollten zusammenziehen?«

»Das wollen sie auch. Wahrscheinlich weiß sie davon, jedenfalls hat er mich nicht gebeten, darüber zu schweigen. Nur über diese Selbstmordgedanken.«

»Aber sie ist sicher auch ziemlich herumgekommen, oder?«

»Was spielt denn das für eine Rolle?«

»Keine Ahnung. Sie ist deine Schwester, nicht meine.«
»Und was bedeutet das?«
»Was?«
»Dass sie meine Schwester ist und nicht deine?«
Gunilla seufzte. »Entschuldige. Können wir das hier jetzt nicht einfach beenden, Tomas? Sonst kriegen wir nur schlechte Laune. Das war gestern ein Scheißabend, manchmal ist es einfach so.«
Er stand auf. »Okay. Wollen wir lieber abwaschen? Ich glaube, wir haben nicht einen sauberen Teelöffel im Haus!«

Später dachte sie darüber nach. Den ganzen Winter über tauchte es in ihren Gedanken auf, nicht besonders häufig, aber doch ab und zu.

Sowohl das, was Tomas über Germund erzählt hatte – der Selbstmordabend und die vielen Mädchen, die er gehabt hatte –, und dieses unangenehme Gespräch in der Küche. Zu Anfang des Gesprächs war sie wütend gewesen, aber mehrere Male hatte sie dann das Gefühl gehabt, sie würden einander wiederfinden. Trotzdem hatte es nicht geklappt. Sie waren nicht so weit vorgedrungen. Sie hatten zwei Stunden lang abgewaschen und sauber gemacht und die ganze Zeit fast kein Wort miteinander gewechselt. Sie nahm an, dass es an dem lag, was sie über Maria gesagt hatte. Dass die irgendwie in Tomas' Verantwortung lag, nicht in ihrer. Er hatte das wie eine Anklage aufgefasst, als wollte sie ihn auf irgendeine Art und Weise dafür verantwortlich machen, was die beiden sich ausdachten, Germund und Maria. Er fasste es zwar nie in Worte, aber genau dieses Schweigen, dass er es nicht einmal für wert ansah, darüber zu reden, dass er es für sinnlos hielt, auch nur zu versuchen, es ihr zu erklären, ja, vielleicht war das gerade am schwersten zu akzeptieren.

Dass er sie außen vor ließ. Sie wusste nicht, wie er wirklich über all das dachte, aber das lag ja daran, dass er nie eine Tür oder auch nur ein Fenster öffnete, durch das sie hätte hineinsehen können. In seine privaten Räume.

Männer, dachte sie. Reden ist Silber, Schweigen ist Gold. Scheißspruch.

Aber sie hatte ihm Vorwürfe gemacht, da hatte er ganz Recht. Das konnte sie nicht leugnen.

Mitte Januar reisten sie wie geplant in das Haus seiner Eltern nach Spanien. Am Tag vor ihrer Abfahrt hatte sie mit Rickard Berglund telefoniert, zwar nur ganz kurz, aber es war ihm dennoch gelungen, anzubringen, dass Spanien nun einmal eine faschistische Diktatur sei, aber klar war natürlich, dass man die Chance nutzte, wenn man kostenlos eine Woche in der Sonne verbringen konnte. Ibiza im August hatte sicher Lust auf mehr gemacht?

Es war nicht einfach, so einen Kommentar zu vergessen – auch wenn Rickard ihn etwas ironisch angebracht hatte –, und mit der Sonne war auch nicht viel los, wie sich herausstellte. Das Wetter war die ganze Woche über schlecht, regnerisch und kalt; an zwei Abenden fuhren sie mit dem Zug nach Malaga, das war das Einzige, was einigermaßen erträglich war. Sie mieteten sich für einen Tag einen Wagen, besuchten eine Grotte in Nerja, aber die machte ihr Angst. Tomas seinerseits gefiel sie, aber ihr schien sie einer Art Riesengrab zu ähneln, einer Kathedrale unter der Erde. Und eine unterirdische Kathedrale konnte ja wohl nur für eine ganz bestimmte Art von Machthabern gebaut worden sein. Für einen Fürsten der Finsternis. Das erklärte sie Tomas jedenfalls, als sie hinterher wieder im Wagen saßen, worauf er nur schnaubte.

Fürst der Finsternis? Was redest du denn da, Gunilla?

Am Tag vor ihrer Heimreise lag sie den ganzen Nachmittag im Bett und weinte im Takt mit dem Regen. Sie hatte Tomas gesagt, sie habe Kopfschmerzen und müsse sich ausruhen; vermutlich hatte er ihr nicht geglaubt, es aber als eine bequeme Lösung angesehen. Die Wahrheit ist ein Kompromiss zwischen zwei Menschen, die nicht streiten wollen. Er ließ sie dort liegen und schluchzen, ging allein in die Stadt, und als er gegen neun Uhr abends zurückkam, hatte er sicher mindestens sieben Glas Wein getrunken.

Er wollte sie natürlich lieben, sie ließ es zu, und als es vorbei und er eingeschlafen war, dachte sie, dass ihre Beziehung sich an einer Wegkreuzung befand. In dieser Form konnten sie nicht weitermachen. Das war kein würdiges Leben.

Aber als sie bereits drei Wochen zurück in Uppsala waren und das Sommersemester langsam begann, da wurde ihr klar, dass sie wieder schwanger war. An diesem letzten Abend in Fuengirola war sie es geworden. Sie konnte nicht einmal selbst sagen, ob sie ihre Pillen mit Absicht daheim im Badezimmerschrank gelassen oder ob sie sie einfach nur vergessen hatte.

Aber jetzt im Nachhinein war es natürlich sowieso gleich. Sie erwartete ein Kind. Es war noch kein Jahr vergangen, seit sie Lussan verloren hatte.

# II

# 22

Kriminalinspektorin Backmans Wohnung lag ganz oben im Haus, aber sie schenkte der Fahrstuhltür nicht einmal einen Blick. Wie üblich nahm sie die Treppe, und hätte sie es nicht getan, hätte sie im vierten Stock keinen Geistesblitz gehabt.

Sie hatte Alf Ringgren schon einige Male zuvor getroffen, er war fast zur selben Zeit eingezogen wie sie, und es kam vor, dass sie stehen blieben und einige Worte miteinander wechselten, wenn ihre Wege sich kreuzten. Über das Wetter oder das Leben im Allgemeinen. Oder den Vermieter, die Genossenschaft Kymlinge Härliga Hem. Alf Ringgren war in den Sechzigern, ein ruhiger, etwas erschöpfter Mann, er war aus dem gleichen Grund wie sie hierhergezogen: Scheidung nach einer lang andauernden Trennung. So hatte er es ausgedrückt, aber sie waren nie näher in die Details gegangen. Dazu hatte es keinen Anlass gegeben.

Der Grund, dass sie nun vor seiner Tür stehen blieb, war auch nicht in den Scheidungen zu suchen, sein Arbeitsplatz war der entscheidende Faktor.

Arbeitete er nicht in der Kymlingeviksschule?

Sie überlegte. Und hatte er nicht gesagt, dass er schon seit der frühen Steinzeit dort war?

Wenn man gut sechzig ist, wie sie vermutete, dann konnte das bedeuten, dass er seine Stelle an der Schule Mitte der Siebziger angetreten hatte. Mit ein wenig Glück war er also bereits in dem Herbst, in dem Maria Winckler draußen in der Gänseschlucht starb, im Kollegium gewesen. 1975.

Und hierauf zielte der Geistesblitz. Bevor sie Zweifel überkamen, hatte sie schon auf den Klingelknopf gedrückt.

»Stimmt«, sagte er und lächelte entschuldigend. »Genau genommen habe ich im Herbst 1973 dort angefangen. Siebenunddreißig Jahre an derselben Schule, was sagt man dazu? Sicher medaillenverdächtig, aber es könnte auf solche wie uns auch eine Jagdprämie ausgesetzt werden. Wie dem auch sei, in einem Jahr habe ich die Ziellinie erreicht.«

»Ich habe nur zwei Lehrerinnen in meinem Bekanntenkreis«, erklärte Eva Backman. »Eigentlich sollte ich sagen *hatte*, denn beide haben aufgehört, bevor sie fünfundvierzig waren.«

»So geht es vielen«, gab Alf Ringgren zu. »Aber bedenken Sie dabei, dass das selten an den Schülern liegt. Es sind andere Variablen, die schwer zu ertragen sind.«

Er verließ die matt glänzende Espressomaschine – nicht das gleiche Fabrikat wie bei Winckler-Rysths, aber Eva Backman war sich sicher, dass auch diese mehr als zehntausend gekostet hatte – und stellte zwei Tassen Espresso auf den Tisch. Dazu eine Schachtel After Eight. Wäre ich eine Stunde später gekommen, hätte er sicher auch noch zwei Gläser hingestellt, dachte sie. Es umgab ihn ein abgenutzter Hauch von Dekadenz.

»Außerdem ist es für einen Mann leichter – leider«, stellte er fest. »Zumindest wenn man sich traut, es auszunutzen.«

»Das sagen meine Kollegen auch immer«, bestätigte Eva Backman. »Aber vielleicht können wir diese Diskussion ein andermal fortsetzen?«

»Wie Sie wollen«, sagte Alf Ringgren lächelnd. »Jetzt steht also das Herbstsemester 1975 auf dem Programm, oder?«

»Genau«, sagte Backman. »Diese Kollegen von Ihnen, Maria Winckler und Germund Grooth, erinnern Sie sich an die beiden?«

Er nickte. »Aber nur vage. Sie ist ja gestorben, da gab es ein Unglück draußen bei Rönninge oder wo immer es war. Sie ist einen Steilhang hinuntergestürzt und hat sich das Genick gebrochen. War es nicht so?«

»Ungefähr so«, sagte Backman. »Welche Fächer unterrichten Sie?«

»Schwedisch und Geschichte«, sagte Alf Ringgren. »In erster Linie Schwedisch. Habe auch ein bisschen in Gemeinschaftskunde und Geographie herumgepfuscht. Ich glaube, Maria hatte Sprachen … und Grooth, ja, der war wohl ein Naturwissenschaftler, zumindest hatten wir, was den Unterricht betraf, keine Gemeinsamkeiten.«

»Hatten Sie irgendeinen Eindruck von ihm?«, fragte Backman.

»Warum fragen Sie?«

»Darf ich erst meine Fragen stellen?«, schlug Backman vor. »Vielleicht erkläre ich es Ihnen dann später.«

»Vielleicht?«

»Jawohl«, bestätigte Eva Backman lächelnd. Es hatte auch gewisse Vorteile, eine Frau zu sein. Und wenn jemand ausnahmsweise mal nicht schon alles aus den Zeitungen und dem Fernsehen erfahren hatte.

»Okay«, sagte Alf Ringgren. »Ich weiß nicht so recht, was ich sagen soll. Sie ist gestorben, und er hat nur noch das Jahr an der Schule zu Ende gemacht … wenn ich mich recht erinnere. Ja, er hat wohl bis zum Halbjahresende durchgehalten, mir ist so, als hätte er bei einer Lehreraufführung mitgemacht. Nur so eine Nebensache, ein kleiner, alberner Chor, aber deshalb kann ich mich noch an ihn erinnern. Er war auch auf einigen Lehrerfesten mit dabei. Nachdem sie gestorben ist, meine ich.«

Eva Backman trank einen Schluck Kaffee. Dachte, dass er etwas zurückhielt, das war ihm anzumerken. Dass er eine Erinnerung an Germund Grooth hatte, die er aus irgendeinem

Grund nur sehr ungern preisgab. Aber vielleicht bildete sie sich das auch nur ein. Aus einer Art Berufskrankheit heraus.

»Können Sie die beiden beschreiben?«

Er schob seine Brille zurecht und dachte nach.

»Ihn vielleicht, aber sie kaum. Sie war ja nicht einmal einen Monat bei uns, als sie umkam, ich glaube, ich habe nicht ein einziges Mal mit ihr gesprochen. Obwohl, sie war hübsch, daran erinnere ich mich noch.«

»Ja, davon habe ich auch gehört«, sagte Backman.

»Sie waren ja gerade erst hergezogen. Es war damals ein ziemlich junges Kollegium ... das Durchschnittsalter lag bei gut dreißig, denke ich. Das ist heutzutage anders, es sind mindestens sechs Leute, die im Sommer in Pension gehen. Auf jeden Fall war damals ein bisschen mehr Schwung drin ... aber auch ziemlich viel Pfusch, wie ich fürchte. Die schwedische Grundschule hat ja in den Siebzigern nicht besonders viele Nobelpreisträger hervorgebracht.«

»Ich weiß«, nickte Eva Backman. »Ich bin 1980 da raus und habe nie einen Preis auch nur am Horizont winken sehen. Aber wie würden Sie ihn nun beschreiben? Germund Grooth?«

Alf Ringgren zögerte eine ganze Weile mit seiner Antwort. »Ich glaube nicht, dass ich ihn beschreiben kann«, erklärte er dann. »Es gibt da eigentlich nur einen Zwischenfall, an den ich mich erinnere.«

»Einen Zwischenfall?« Habe ich mir doch gedacht, durchfuhr es sie.

»Oder wie Sie es nennen wollen. Er ist mit einem Kollegen aneinandergeraten, ich glaube, das war irgendwann im Frühling.«

»Was meinen Sie mit ›aneinandergeraten‹?«

»Na, es gab Krach. Er hieß Svantesson, der andere Kollege, ich kannte ihn ganz gut, aber leider ist er jetzt tot. Magenkrebs, ist nur fünfundfünfzig geworden. Ist jetzt sieben, acht Jahre her. Auf jeden Fall hat er Germund Grooth eine gelangt. Und zwar nach so einem zähen Elternabend, wir haben noch mit einigen Kollegen im Lehrerzimmer ein Bier getrunken, bevor wir nach Hause gegangen sind. Ja, ich glaube, es war im März oder April.«

»Und dieser Svantesson hat also Germund Grooth eine gelangt?«

»Ja.«

»Und warum?«

»Ich habe es nicht gesehen, und ich bin mir nicht sicher. Ich glaube, es war draußen in der Garderobe, und hinterher wollte Svantesson nicht darüber reden. Aber ich habe von einem anderen Kollegen gehört, dass Grooth mit dessen Frau was gehabt haben soll.«

»Grooth war zusammen mit …?«

»Mit Svantessons Frau, ja. Ich weiß natürlich nicht, wie viel Wahrheit dahintersteckt, man will ja in so einer Wunde nicht herumbohren, und nach diesem Zwischenfall ist nichts mehr passiert. Wir haben auch nie darüber gesprochen, obwohl ich mit Svantesson häufiger zu tun hatte. Aber es war natürlich peinlich.«

»Und nachdem Grooth weggezogen war, verlief sich das im Sande?«

»Könnte man so sagen, ja.«

»Wissen Sie, ob Frau Svantesson noch am Leben ist?«

»Nein, sie ist letztes Jahr gestorben. Oder war es vorletztes?«

Eva Backman seufzte. »Glauben Sie, dass es noch andere Lehrer aus der Zeit gibt, die möglicherweise Grooth etwas besser gekannt haben?«

Alf Ringgren lehnte sich zurück und dachte erneut nach. Fuhr sich mit der Hand über das Kinn und die Wangen, als wollte er seine Rasur überprüfen. »Mir fällt keiner ein«, sagte er schließlich. »Aber es ist klar, dass man das herauskriegt, wenn man in die Akten der Schule guckt. Zwei der Kollegen, die mit mir zusammen in Pension gehen, waren 1975 auch schon dabei, wenn ich mich nicht irre. Ein Naturwissenschaftler beispielsweise. Aber ich glaube kaum, dass einer von denen ein guter Freund von Germund Grooth war. Oder sonst einer.«

»Wieso nicht?«

»Weil … weil er nicht gerade zur Freundschaft eingeladen hat.«

»Klingt ein wenig hart«, sagte Eva Backman.

»Ja, das merke ich auch gerade«, sagte Alf Ringgren. »Aber so war es nun einmal, auch wenn ich natürlich meinem Gedächtnis nach so langer Zeit nicht mehr hundertprozentig vertrauen kann. Worauf wollen Sie eigentlich hinaus? Hat er etwas angestellt?«

»Ja«, sagte Eva Backman. »Das kann man sagen. Er hat etwas angestellt.«

Einladen zur Freundschaft?, dachte sie, nachdem sie Alf Ringgren verlassen und ihre eigene Wohnung aufgesucht hatte. Ja, so konnte man natürlich die Sache auch ausdrücken.

Wenn man niemanden zur Freundschaft einlud, dann bekam man auch keine Freunde.

Und wahrscheinlich erst recht nicht, wenn man mit den Frauen der Kollegen ins Bett ging. Bis auf die Frau selbst natürlich.

Was hatte Ringgren gesagt? Im Frühling? Ein halbes Jahr nachdem seine Lebensgefährtin gestorben war, hatte Grooth also eine andere Gesellschaft gefunden. Wenn auch nur kurzfristiger Natur. Hatte obendrein eins auf die Nase gekriegt. Was sollte daran so merkwürdig sein?

Gar nichts, dachte Eva Backman. Es war genau das, als was Ringgren es bezeichnet hatte. *Ein Zwischenfall.*

Sie holte die Pasta vom Vortag aus dem Kühlschrank und

schob sie in die Mikrowelle. Stellte fest, dass es nicht genug Zutaten für einen Salat gab. Stellte weiter fest, dass es dafür noch einen Schluck in der gestrigen Rotweinflasche gab, und dachte, dass es doch schade wäre, den verkommen zu lassen.

Ließ sich an ihrem einsamen Küchentisch nieder und aß ihr frugales Mahl.

Germund Grooth, dachte sie. Goodbye. Ich habe einfach keine Lust mehr, weiter über deinen vermeintlichen Charakter nachzudenken. Du bist einen Steilhang hinuntergesprungen, weil du nicht länger leben wolltest. Ich bin die Erste, die das bedauert, aber könntest du jetzt so freundlich sein und auch aus meinem Kopf springen?

Und sie bereute, ihrem Geistesblitz gefolgt zu sein.

»Also?«, fragte Gunnar Barbarotti. »Was hast du zu sagen?«

Marianne zögerte.

»Ich möchte, dass du Folgendes richtig verstehst«, sagte sie.

»Was heißt das?«, fragte Barbarotti.

»Das bedeutet, dass ich ihn gekannt habe … ziemlich gut.«

»Ziemlich gut?«

Marianne seufzte und trank einen Schluck Wein. »Ja. Erinnerst du dich an den Physiklehrer, von dem ich dir erzählt habe?«

»Mit dem du zusammen warst, als wir uns kennengelernt haben?«

»Mit dem ich *zusammen gewesen bin, bevor* wir uns kennengelernt haben«, korrigierte Marianne. »Es war ein halbes Jahr, bevor wir uns getroffen haben, zu Ende. Mehr als ein halbes Jahr.«

»Ja, und?«

»Das war er«, sagte Marianne.

»Was?«

»Germund Grooth. Ich hatte eine Beziehung mit ihm.«

Gunnar Barbarotti gelang es, den Schluck Wein hinunterzuwürgen, ohne dass er ins falsche Halsloch geriet. »Was zum Teufel sagst du da?«, fragte er.

»Du musst mich nicht gleich verfluchen«, sagte Marianne.

»Ich verfluche dich nicht«, sagte Gunnar Barbarotti. »Ich habe nur ganz allgemein geflucht.«

Marianne betrachtete ihn mit leicht funkelnden Pupillen. »So ist es jedenfalls«, sagte sie. »Tut mir leid.«

Gunnar Barbarotti stand auf und umkreiste vier Mal den Raum.

»Was tut dir leid?«, fragte er dann.

»Setz dich«, sagte Marianne. »Es tut mir leid, dass er auf diese Art und Weise wieder aufgetaucht ist. Ich sehe ja, wie das deine Kreise stört.«

Meine Kreise stört?, dachte Barbarotti und setzte sich. Wovon redet sie? Es ist mir doch scheißegal, dass sie mit diesem Idioten, der sich einfach zu Tode stürzt, zusammen gewesen ist.

»Ich kann mich nur noch erinnern, dass du gesagt hast, dass er deprimiert war«, sagte er.

»Stimmt«, sagte Marianne. »Das war seine hervorstechendste Eigenschaft. Er war finster wie ein Karfreitag. Depressiv ist vielleicht eine bessere Beschreibung als deprimiert.«

»Gut«, sagte Gunnar Barbarotti. Er räusperte sich und trank einen großen Schluck von seinem Wein. »Du bist also mit einem anderen im Bett gewesen. Das war, bevor ich in dein Leben getreten bin, aber ich muss zugeben, dass es ein komisches Gefühl ist. Jetzt ist er tot, und ich bin dabei, die Umstände dieses Todes zu untersuchen.«

Dann tauchte ein Bild auf, und es war nicht einfach, es wieder von sich zu schieben. Ein Bild von ihr, wie sie nackt dalag und auf ihn wartete, wie sie die Beine spreizte und ihn genüsslich aufnahm, genau wie sie es bei ihm tat … jetzt.

Oft. Wie oft? Zehn Mal? Fünfzig Mal? Scheiße, dachte er, ich bin ein Idiot. Warum taucht so etwas in meinem Schädel auf?

»Wie lange wart ihr zusammen?«, fragte er, und er spürte selbst, dass seine Stimme nicht so klang wie sonst.

»Willst du wirklich, dass wir darüber reden?«, fragte Marianne.

»Aber natürlich«, sagte Barbarotti. »Warum sollten wir nicht darüber reden?«

»Weil es dir Probleme bereitet.«

Er leerte sein Glas. »Es geht um eine Mordermittlung«, erklärte er. »Da muss man einiges wegstecken können.«

Marianne saß schweigend da und betrachtete ihn eine halbe Minute lang. Es fiel ihm schwer, ihrem Blick standzuhalten. Ich bin ein Idiot, dachte er erneut. Ich bin ein primitives Orang-Utan-Männchen.

»Wir waren nicht einmal ein Jahr zusammen«, sagte sie schließlich. »Oder besser gesagt, so viel Zeit war zwischen dem ersten und dem letzten Mal. Er wohnte in Lund, ich in Helsingborg. Wir haben uns im Grand in Lund kennengelernt, als ich mit einer Freundin aus war. Insgesamt waren es wohl … auf jeden Fall nicht mehr als zehn Mal.«

»Du hast zehn Mal mit ihm geschlafen?«

»Ja«, sagte Marianne. »Er war ein guter Liebhaber. Ansonsten machte er nicht viel her. Er war nicht witzig. Depressiv, wie gesagt. Aber in gewisser Weise doch elegant. Wenn man nur auf Sex aus war, war es ganz erträglich, aber das Leben hat ja mehr Facetten als diese. Oder was meinst du, mein Prinz?«

Sie beugte sich über den Tisch und legte ihre Hand auf seine. Barbarotti schloss die Augen.

»Verzeih mir«, sagte sie. »Obwohl ich eigentlich gar nicht weiß, was du mir verzeihen sollst.«

»Ich auch nicht«, sagte Barbarotti und goss sich noch Wein ins Glas. »Möchtest du auch?«

Sie schüttelte den Kopf. »Nein, danke. Übrigens glaube ich …«

»Ja?«

»Ich weiß nicht, aber es würde mich nicht wundern, wenn er noch andere Frauen während unserer Beziehung gehabt hätte. Aber ich habe nie nachgefragt.«

»Ihr habt euch nur getroffen und gevögelt?«

»Im Prinzip ja. Aber wenn du so weitermachst, dann gehe ich schlafen. Du und ich, wir waren beide über vierzig, als wir uns kennengelernt haben, keiner von uns war noch unschuldig. Wir haben fünf Kinder mit anderen Menschen.«

Barbarotti sagte nichts darauf. Er trank einen Schluck und versuchte seine Gedanken zu ordnen.

»Was glaubst du, warum er ermordet worden ist?«, fragte Marianne.

»Weil …«, setzte Barbarotti an, fand aber keine gute Fortsetzung. »Ich weiß es nicht«, sagte er stattdessen und seufzte schwer. »Nein, es gibt wohl nichts, was darauf hindeutet, dass er ermordet worden ist. Abgesehen von dieser Verbindung natürlich. Dass seine Freundin vor fünfunddreißig Jahren an genau derselben Stelle gestorben ist. Obwohl Backman …«

»Ja?«

»Backman beharrt darauf, dass es psychologisch zusammenhängt. Dass Maria Winckler, diese Freundin, sich vielleicht damals das Leben genommen hat … oder gefallen ist, das kann uns erst einmal egal sein … und dass dein depressiver Physiker jetzt mit ihr auf irgendeine Art und Weise wieder vereint sein wollte. In einer anderen Welt, im Land der Dämmerung, was weiß ich … ja, also Selbstmord.«

»Das passt nicht«, sagte Marianne.

»Was?«, fragte Barbarotti. »Was passt nicht?«

Ihr Blick wechselte für eine Sekunde die Schärfe. Von Anwesenheit zu Abwesenheit, wie es aussah. Von *jetzt* zu *da-*

*mals.* »Er war nicht der Typ«, sagte sie. »Wenn man glaubt, man könnte nach dem Tod miteinander wieder vereint werden, dann muss man eine Art Glauben haben. Germund hatte keinen Glauben. In dieser Beziehung fehlte ihm absolut alles.«

»Wie kannst du das wissen? Dann hast du ihn doch etwas besser kennengelernt?«

Sie zeigte ein Lächeln, bereute es aber gleich. »Man merkt ziemlich schnell, ob Leute eine geistige Dimension haben oder nicht. Zumindest ich merke das.«

»Klingt ein bisschen überheblich«, sagte Barbarotti. »Wenn du entschuldigst. Ein wenig abgehoben.«

»Man kann nichts für das, was man sieht«, sagte Marianne. »Aber da war etwas anderes, was er mit sich herumgeschleppt hat, ich meine mich zu erinnern, dass er das sogar einmal zugegeben hat. Eine Art Schuld, obwohl das ja viele haben. Er war absolut nicht überheblich, im Gegenteil, trübsinnig und zurückgezogen … in gewisser Weise ein Gentleman, aber zum Schluss wurde es zu anstrengend. Er war auch der Meinung. Er wusste, dass er eine traurige Figur abgab, er konnte selbst nicht verstehen, wieso ich mich entschieden hatte, mit ihm zusammen zu sein.«

»Das tue ich auch nicht«, sagte Barbarotti. »Er muss ja ein ganzes Stück älter gewesen sein als du, oder?«

»Ich glaube, fünfzehn Jahre«, bestätigte Marianne. »Aber das Alter war nicht das Problem. Es war die Schwermut. Ich habe ihn ja nie für längere Zeit gesehen, aber es war trotzdem deutlich spürbar.«

»Immer nur für eine Nacht?«, fragte Barbarotti.

Marianne trank ihr Weinglas leer und stellte es auf den Tisch.

»Weißt du was, Gunnar«, sagte sie, »ich mache dir einen Vorschlag. Wenn ihr noch mehr über Germund Grooth wissen müsst, dann denke ich, ist es besser, wenn ich mit Eva Backman darüber spreche.«

»Mit Eva?«, fragte Barbarotti nach. »Nie im Leben. Das hier … das bleibt unter uns.«

»Manchmal«, bemerkte Marianne, »manchmal bist du unglaublich primitiv, weißt du das?«

Gunnar Barbarotti antwortete nicht. Du auch, dachte er. Unglaublich, zumindest bevor du mich kennengelernt hast. Lass mich jetzt in Ruhe. Ich muss ungestört ein bisschen mit Unserem Herrgott reden.

Und da sie offenbar seine Gedanken lesen konnte, stand sie auf und ging ins Schlafzimmer.

## 23

Der Spatz hier.

April 1971. Bin einundzwanzig geworden. Mündig, merke aber keinen Unterschied.

Dieses Mal haben Mama und Papa darauf bestanden, herzukommen. Tomas hatte einen Tisch bei Taddis bestellt, wir haben etwas gegessen, das »Indonesisches Festmahl« hieß, die üblichen sechs plus Mama und Papa. Acht Leute um einen Tisch herum mit mindestens zwanzig Gerichten, es war das erste Mal, dass sie Germund gesehen haben, aber nicht das erste Mal, dass sie Gunilla sahen. Ich glaube, sie geben mich langsam auf, zumindest Papa, er findet es ganz schön, mich nicht mehr unter seinem Dach zu haben, hat uns aber trotzdem gedrängt, doch in ihr Haus in Spanien zu fahren. Tomas und Gunilla waren im Januar dort, laut Tomas hat es dort mehr oder weniger die ganze Zeit geregnet.

Ich wohne bei Germund, es ist jetzt fast fünf Monate her, seit ich zu ihm gezogen bin. Ich finde, er hält seinen Stil, er ist jedenfalls nicht so verflucht perfekt, wie die anderen zu sein versuchen. Oder so verdammt politisch. Er ist einfach nur. Und verdammt begabt natürlich, wir reden nicht viel, aber ich habe das Gefühl, dass wir uns dennoch verstehen. Wenn es denn tatsächlich etwas zu verstehen gibt, und wir haben immer noch guten Sex.

Richtig guten Sex, es ist tatsächlich gar nicht so dumm, sich aneinander zu gewöhnen, ich kann ihn schon damit reizen, nur einen Strumpf auszuziehen, wenn ich will. Ich glaube, ich wäre gern mal mit einem Mädchen zusammen, nur um zu sehen, wie das ist. Habe mich aber noch nicht entschieden, ob ich das bei Germund zur Sprache bringen soll, vielleicht verläuft ja da die Grenze. Bei den Typen ist es so einfach. Sie sind leicht zu lenken und zu durchschauen, aber bei ihm will ich es so. Es gefällt mir, die Kontrolle zu haben, man weiß, was man hat, aber nie, was man kriegt, noch so eine Plattitüde von Papa.

Auf jeden Fall habe ich das Gefühl, es ist ein Schritt in die richtige Richtung. Besonders für eine junge, böse Frau wie mich, die das Normale so leicht leid wird. Ich weiß nicht, was ich aus meinem Leben machen soll, ich weiß es wirklich nicht.

Das beunruhigt mich nicht, aber manchmal kommt mir der Gedanke, dass es das eines Tages tun wird. Mich beunruhigen. Dass ich so wie die anderen werde.

Ich glaube, Gunilla ist wieder schwanger, aber sie haben nichts gesagt. Vielleicht haben sie Angst, dass es genauso sein wird wie beim letzten Mal, ich verstehe nicht, was sie da treiben. Rickard und Anna dagegen kriegen definitiv kein Kind, die sind viel zu vorsichtig für diese Art von Waghalsigkeit. Rickard und Papa haben sich während dieses indonesischen Festmahls ziemlich tiefsinnig miteinander unterhalten, zumindest sah es so aus. Ich weiß nicht, worum es sich gedreht haben mag, und es war natürlich ein wenig verwunderlich. Statt sich dem eigenen Sohn oder der eigenen Tochter und deren Anhang zu widmen, war es der junge Theologe, der Gefallen erweckte. Vielleicht waren es ja gerade Religion und Glauben, die auf der Tagesordnung standen. Papa hat schon immer ein Interesse in dieser Richtung gehabt, auch wenn er nie Nägel mit Köpfen gemacht hat. Im Gegenteil. Er hat immer alles nur zur Hälfte gemacht, so dass er auf jeden Fall noch eine Hälfte zur Verfügung hat. Ich glaube, er denkt wirklich so. Das ist genauso verabscheuenswert wie unantastbar, er hat wirklich nicht begriffen, worüber Ibsen in *Brand* geschrieben hat.

Oder worum es eigentlich geht. Mama auch nicht.

Ich bin fertig mit dem Französischen. Drei Prüfungen in drei Semestern müssen reichen. Die ersten beiden mit Auszeichnung, die dritte nicht, aber das liegt nur an mir. Es hat mich nicht so interessiert, ich habe bei der Landeskunde geschlampt, und meinen Proust-Aufsatz habe ich in drei Nächten zusammengeklatscht. In diesem Semester studiere ich Englisch und parallel dazu Literaturwissenschaften. Am Anglistischen Seminar gibt es einen jungen amerikanischen Lehrbeauftragten – ich glaube, er ist Vietnamdeserteur –, dem ich ein wenig aufgefallen bin. Ich habe aber beschlossen, mich nicht drum zu kümmern, obwohl ich ihn eigentlich mag. Gleichzeitig denke ich, das ist ein Zeichen, dass ich ein Spießbürger werde, was mir wirklich nicht gefällt, aber auch das kann ich nicht mit Germund besprechen.

Ich jobbe ab und zu beim Profeten. Das ist dort, wo dieser Verrückte vor einem Jahr mit einer MP um sich geballert hat, aber das wird ja wohl kaum wieder vorkommen. Ich muss jobben; Germund und ich haben etwas zu teure Gewohnheiten, als dass das Stipendium dafür reichte, und ich will Mama und Papa nicht um Geld bitten. Also scheiß drauf! Mama würde nichts lieber sehen, als wenn ich zu Kreuze kriechen würde.

Germund ist jedoch auf andere Art zu ein bisschen Geld gekommen. Er hat bei Lundequist ein Stipendienhandbuch gekauft und sich ein Stipendium herausgesucht, das wie maßgeschneidert für ihn ist. Elternloser Naturwissenschaftler aus Gästrikland, gestiftet von einer alten Kirchengemeinde vor über hundert Jahren. Da waren problemlos zehntausend Kronen einzuheimsen, und das Beste daran ist, dass er das jedes Jahr beantragen kann, so lange er in der Vereinigung von Gästrikland eingeschrieben ist. Wir planen im Sommer eine Reise, wahrscheinlich in die Normandie und die Bretagne; er hat mir angeboten, einen Teil für mich zu bezahlen, warum sollte ich also Nein sagen? Und Paris natürlich. Ich habe drei Prüfungen in Französisch bestanden und bin noch nie in Paris gewesen, das ist vermutlich einzigartig. Germund überlegt, für den Sommer ein Auto für zwei-, dreitausend zu kaufen und es zum Herbst hin wieder abzustoßen. Wenn wir nach Mittsommer fahren, haben wir zwei Monate Zeit; das mit Spanien muss warten.

Ein paar Tage nach Taddis traf ich Anna allein, es war das erste Mal, dass ich mit ihr richtig geredet habe. Wir sind einfach auf der Kungsgatan aufeinandergestoßen, und anschließend haben wir zusammen einen Kaffee getrunken, da sie gerade einen Zug nach Stockholm verpasst hatte und gezwungen war, eine Stunde auf den nächsten zu warten. Ich spürte bald, dass sie mir leid tat. Ich weiß nicht, warum, normalerweise tun mir Leute nicht leid. Vielleicht die ganze Menschheit, aber selten Individuen. Es war etwas an ihrer vorsichtigen Art, glaube ich. Als bedrückte sie etwas, ich nehme an, es kommt aus der Kindheit, das ist ja meistens so. Gewissen Menschen fällt es schwer, aus ihren Schuhen zu steigen, auch wenn sie zu klein geworden sind. Wenn Anna einen Raum betritt, bittet sie um Verzeihung. Selbst wenn es sich nur um ein Café handelt, obwohl sie bereit ist, eine lächerliche Tasse Kaffee und einen ebenso lächerlichen Kuchen viel zu teuer zu bezahlen. Als wäre sie der Meinung, sie hätte nicht das Recht, sich hier aufzuhalten. Als nähme sie jemand anderem den Platz weg.

Gleichzeitig erscheint sie stark, das ist paradox, und ich kann mich erinnern, dass ich das schon gedacht habe, als ich sie das erste Mal gesehen habe. Sollte tatsächlich jemand kommen und sie bitten, wegzugehen, dann kann ich mir gut vorstellen, dass sie dem Betreffenden vorschlagen könnte, doch zur Hölle zu fahren. Sie würde sich strecken und sich verteidigen.

Aber über so etwas haben wir uns natürlich nicht unterhalten. In erster Linie haben wir über das Studium gesprochen, sie besucht die Journalistenschule in Stockholm, und dort ist der Kommunismus ziemlich hoch im Kurs. Sie selbst steht ja links, ist aber nicht so eine blöde Wein- und Wochenendlinke wie alle anderen, sondern irgendwie fundamentaler. Es geht ihr eher um Gerechtigkeit als um Politik. Hunger auf der Welt, Unterdrückung und so. Ich respektiere das, obwohl es sicher darin begründet liegt, dass sie selbst einen Arbeiterhintergrund hat. Ich glaube, ihr Vater war so ein eiserner Gewerkschaftler, bevor er angefangen hat, zu viel zu saufen.

Anna und Rickard überlegen, bald zusammenzuziehen, sie hat das nie so explizit gesagt, aber ich habe es schon verstanden, und die beiden passen ja zusammen. Vielleicht ähneln sich die Leute auch nur immer mehr einander an, wenn sie zu viel zusammen sind. Verschmelzen wie traurige Quallen, ob sie es nun wollen oder nicht. Seit Germund und ich zusammengezogen sind, habe ich mit keinem anderen Typen mehr geschlafen, und ich glaube, er hatte auch kein anderes Mädchen. Aber ich bin mir nicht sicher, und es würde mich nicht besonders stören, wenn er nebenbei noch ab und zu vögeln würde. Wir sind auf diese Art nicht voneinander abhängig.

Wir sind übrigens auch auf andere Art nicht voneinander abhängig. Obwohl ich mich selbst frage, warum es mir so notwendig erscheint, das zu unterstreichen. Und warum ich diesen Amerikaner nicht austeste, wie gesagt. Oder ein Mädchen. Vielleicht bin ich doch auf dem Weg, eine andere zu werden. Ich weiß es nicht.

Manchmal fühle ich mich alt. Besonders wenn ich mich umschaue und feststelle, wie meine Altersgenossen denken und sich verhalten. Es herrscht dort viel Pathos, aber vielleicht ist es auch nur so, wie Germund sagt: Es ist nicht gerade lohnenswert, besonders helle im Kopf zu ein. Wenn man andere Menschen durchschaut und ihre Dürftigkeit entdeckt, dann spritzt der Dreck immer auf einen selbst zurück. Zum Schluss hat man das Gefühl, man schaute in einen Spiegel, und das hasse ich. Ich will nicht, dass mein Leben so aussieht wie das von anderen.

Nein, es gilt immer noch in höchstem Grad, das mit der reinen Mathematik und der physischen Liebe.

Und der Schönheit, wie gesagt. Und dem reinen Wodka.

Bis jetzt gefällt es mir gut hier in der Stadt, aber langsam beginne ich zu begreifen, dass das nicht ewig währen wird. Und warum sollte es auch? Nichts währt ewig, schon gar nicht das Leben. Als wir zusammen Kaffee getrunken haben, hat Anna behauptet, es gebe einen Uppsala-Snobismus, eine akademische Arroganz, die sie in Stockholm nicht fände. Vielleicht hat sie ja Recht, ich glaube, ich sollte Germund mitschleppen und mit ihm in Stockholm ins Theater oder die Oper gehen oder so, zumindest etwas regelmäßiger, es ist ja trotz allem nicht mehr als eine Stunde mit dem Zug.

Warum nicht jetzt am 30. April? Diese Walpurgishysterie, auf die kann ich wirklich verzichten.

Noch ein Zeichen, dass ich älter bin als meine sauer verdienten Einundzwanzig?

Over and out. Der Spatz ist müde.

# 24

Lasst hören«, sagte Asunander und lehnte sich zurück, so dass der Schreibtischstuhl knackte. »Wo stehen wir?«

»Wir stehen auf der Stelle und haben unsere Zweifel«, sagte Barbarotti.

»Tatsächlich?«, fragte Asunander. »Und welche Zweifel haben wir?«

»Was eigentlich passiert ist«, sagte Eva Backman. »Ob wir einen Fall haben oder nicht.«

»Einen Fall haben wir zweifellos«, sagte Asunander. »Oder zwei. Und das noch vom selben Steilhang, und ihr wollt also behaupten, dass es sich um zwei Unglücksfälle handelt?«

»Inspektor Barbarotti und ich haben da etwas geteilte Meinungen«, sagte Backman. »Ich persönlich schätze, dass es sich um Unglücksfälle handelt. Möglicherweise um Selbstmord, einen oder zwei. Sandlin ist vor fünfunddreißig Jahren auch zu keinem anderen Schluss gekommen, und dass wir jetzt den Lebensgefährten an derselben Stelle tot aufgefunden haben, das ändert ja wohl kaum etwas an Sandlins Vermutung.«

»Vermutung?«, wiederholte Asunander und lehnte sich über den Schreibtisch vor. »Arbeiten wir neuerdings mit Vermutungen? Ich dachte immer, es wären Tatsachen, mit denen wir uns befassen. Trockene, Geduld erfordernde, jedoch unleugbare Tatsachen. Aber korrigiert mich bitte, wenn ich mich irre.«

Er genießt das hier, dachte Barbarotti. Er wäre besser als

Rektor einer Mädchenschule im 19. Jahrhundert geeignet gewesen. Und es war besser, als seine Zähne noch nicht so fest in seinem Kiefer saßen.

»Unsere Vermutungen beruhen auf Tatsachen«, erklärte er. »Selbstverständlich.«

»Selbstverständlich«, wiederholte Asunander. »Und welche Tatsachen haben wir also?«

Eva Backman räusperte sich. »Wir haben zwei Menschen, die in einem Abstand von fünfunddreißig Jahren denselben Steilhang hinuntergestürzt sind. Beim ersten Mal waren sie ein Paar, danach hat er allein gelebt. War Physikdozent in Lund, wir wissen nicht, was er in Kymlinge wollte. Abgesehen davon, sich möglicherweise das Leben an genau dem Platz zu nehmen, an dem seine Lebensgefährtin es getan hatte.«

»Abgesehen davon, möglicherweise«, brummte Asunander. »Was wissen wir über ihn?«

»Wir haben ihn uns bisher noch nicht näher anschauen können«, antwortete Barbarotti. »Wir haben uns zunächst denen gewidmet, die beim letzten Mal dabei waren, und dem Tatort.«

»Tatort?«, fragte Asunander mit einer hochgezogenen Augenbraue nach.

»Ich meine den Ort, an dem es passiert ist.«

»Ein alter Todesfelsen, wie ich gehört habe«, sagte Asunander.

»Im Volksmund, ja«, sagte Backman, »aber wohl kaum in der Realität.«

»Ach ja? Und was habt ihr nun gefunden?«

»Nicht viel«, musste Barbarotti einräumen. »Inspektor Borgsen hat sich darum gekümmert. Nein, es gibt dort draußen keinen Hinweis auf irgendetwas. Abgesehen davon, dass er hinuntergestürzt ist. Keine Fußabdrücke, kein Zeichen eines Kampfes, der Platz ist ziemlich steinig.«

»Hhm«, räusperte Asunander sich. »Aber wenn ich es recht

verstehe, dann meinst du trotzdem, dass es Gründe gibt, ein Verbrechen zu vermuten? Wenn es nun geteilte Meinungen im Team gibt?«

Gunnar Barbarotti wand sich.

»Ich weiß nicht«, sagte er. »Vielleicht hat Backman recht. Vielleicht wollte er sich nur an derselben Stelle wie sie das Leben nehmen. Kennst du Sandlins Ermittlungen?«

»Nur in groben Zügen«, musste Asunander zugeben. »Sie scheint geschrien zu haben, dass sie ermordet wird, bevor sie aufprallte, das war wohl der Grund, warum der Verdacht aufkam?«

»Genau«, sagte Barbarotti. »Vielleicht noch etwas anderes, aber das geht nicht aus den Unterlagen hervor.«

»Geht nicht aus den Unterlagen hervor?«

»Nein.«

Asunander lehnte sich wieder zurück. Verschränkte die Arme vor der Brust und schaute finster. »Ich würde auch diese Methode wählen«, sagte er.

»Was?«, fragte Eva Backman, »welche Methode?«

»Wenn ich jemanden umbringen wollte«, verdeutlichte der Kommissar. »Denjenigen über einen Steilhang schubsen. Oder einen hochgelegenen Balkon. Einfach und effektiv.«

»Keine Spuren«, sagte Barbarotti.

»Nicht der Funken davon«, bestätigte Asunander. »Die Hand an einem Rücken, das ist alles. Wie gesagt. Wäre schon verdammt ärgerlich, wenn wir es tatsächlich mit zwei Morden zu tun hätten. Auch wenn der alte verjährt ist. Oder was meint ihr?«

»Äußerst ärgerlich«, stimmte Eva Backman zu.

»Ganz meine Meinung«, sagte Barbarotti. »Also, was tun wir? Arbeiten ein paar Tage weiter dran und sehen, was wir finden?«

»Was sonst?«, fragte Asunander. »Seht erst einmal zu, dass

ihr unser neues Opfer ordentlich überprüft. Physikdozent in Lund? Das klingt ja schon suspekt.«

Barbarotti nickte. Backman nickte.

»Was für eine Person ist er, und was hat er in der letzten Zeit getrieben? Freunde und Bekannte, das Handy nicht zu vergessen. Ja, bei zwei so routinierten Ermittlern wie euch brauche ich ja wohl nicht weiter ins Detail zu gehen?«

»Natürlich nicht«, sagte Eva Backman.

»Wir regeln das«, sagte Barbarotti.

»Dann hast du also deine Meinung geändert?«, fragte Eva Backman anderthalb Minuten später.

»Wieso?«

»Ich dachte, du hättest so ein starkes Bauchgefühl. Das darauf hindeutet, dass Germund Grooth ermordet worden ist.«

»Nun ja«, räumte Barbarotti ein. »Ich wollte einfach die Möglichkeit nicht ganz ausschließen.«

»Aber jetzt willst du sie ausschließen? Zwölf Stunden später.«

»Nicht ausschließen«, widersprach Barbarotti. »Ich habe nur den Eindruck gewonnen, dass du vielleicht doch Recht hast, ganz einfach. Einer ist gestürzt, und einer ist gesprungen, hast du es nicht so formuliert?«

Eva Backman trank einen Schluck Kaffee und musterte ihn. Verflucht noch mal, dachte er, nicht nur Marianne kann mich durchschauen, Eva auch.

»Und was hat dich bewogen, deine Meinung zu ändern?«

»Nichts«, sagte Barbarotti. »Ich habe meine Meinung nicht geändert. Es ist eine offene Frage, das findest du doch wohl auch? Merkwürdig, aber offen.«

Inspektorin Backman dachte eine ganze Weile nach. »Okay«, sagte sie zum Schluss. »So oder so müssen wir uns mit dieser Sache noch ein paar Tage länger befassen. Wenn Asunander es so will. Die letzten Tage im Leben des Physikdozenten, was hältst du davon?«

»Klingt spannend«, sagte Barbarotti. »Wer soll das übernehmen, du oder ich?«

»Ich mache das«, sagte Backman. »Du eignest dich ja am besten für die Vergangenheit, war es nicht so?«

Barbarotti nickte. »Im Prinzip ja. Aber ich würde gern mit diesem Ex-Pfarrer sprechen«, sagte er. »Wir wissen ja nicht, wie es um seine Frau steht, aber vielleicht kann er sich eine Stunde für uns freimachen.«

»Mit Elisabeth Martinsson und Tomas Winckler auch«, meinte Backman. »Wir müssen wohl doch mit allen Beteiligten einmal persönlich sprechen, bis jetzt habe ich es nur mit Frau Winckler-Rysth geschafft. Es kann ja trotz allem so sein, dass einer von ihnen ein Mörder ist.«

»Dann hast du deine Meinung jetzt geändert?«, wunderte Barbarotti sich.

»Ich habe nie eine Meinung gehabt«, sagte Eva Backman. »Zumindest nicht in diesem Fall, das bildest du dir nur ein. Aber wenn ich mich um den Dozenten kümmere, dann kannst du wohl die anderen übernehmen. Mit Martinsson habe ich bereits gesprochen, aber nur am Telefon, wie gesagt. Wir sollten …«

»Ja?«

»Wir sollten zumindest überprüfen, was sie am Samstagnachmittag getan haben. Oder? Vielleicht haben sie ja alle fünf ein Alibi, und dann hat sich die Sache, oder?«

»Vier«, korrigierte Barbarotti. »Anna Berglund brauchen wir nicht zu überprüfen. Wenn man mit Krebs im Sterben liegt, dann reicht das.«

»Okay, vier«, sagte Backman. »Du vernimmst Winckler und Berglund, und ich kümmere mich um den toten Dozenten. Dann sind wir uns einig?«

»Absolut«, sagte Barbarotti. »Dann denkst du also an eine kleine Reise in den Süden?«

»Du hast doch in Lund studiert«, fiel da Backman ein. »Vielleicht wäre es besser, wenn du das übernimmst?«

»Kaum«, wehrte Barbarotti ab. »Ich habe Vorurteile gegenüber dieser Metropole der Gelehrsamkeit. Single Martinsson, was hast du eigentlich mit der gemacht?«

»Nichts«, sagte Backman. »Nur gesagt, dass wir vielleicht noch mal wiederkommen.«

»Ich werde sehen, ob ich sie auch noch schaffe«, sagte Barbarotti. »Während du dich da unten in Skåne amüsierst.«

»Abgemacht«, sagte Backman. Warf ihm einen letzten prüfenden Blick zu und verließ den Raum.

Noch zwanzig Minuten lang blieb er am Schreibtisch sitzen, bis er endlich beschloss, etwas zu tun.

Ich bin ein Idiot, dachte er. Nur ein Idiot kann eifersüchtig sein auf einen Kerl, mit dem seine Ehefrau zusammen war, bevor er selbst sie überhaupt kennengelernt hat. Nur ein Idiot kann eifersüchtig sein auf jemanden, der tot ist. Ergo bin ich ein Idiot.

Andererseits, dachte er nach einer Weile, andererseits ist es nicht nur Liebe, die blind macht. Eifersucht macht mindestens genauso blind. Das sind mildernde Umstände, ich bin nur ein halber Idiot.

Außerdem ging es bereits langsam vorbei, wurde ersetzt durch etwas anderes. Er wusste nicht so recht, was, in allererster Linie fühlte er sich müde. Er hatte die letzte Nacht nicht mehr als zwei, drei Stunden geschlafen, und er hatte die Sache nicht weiter mit Marianne diskutiert. Gestern Abend nicht und nicht heute Morgen. Das erschien gemein, aber vielleicht war es auch nur gut so.

Auch mit dem Herrgott hatte er die Frage nicht erörtert, obwohl er die Absicht gehabt hatte. Aber da war etwas an der Beziehung zwischen dem Lieben Gott und Barbarotti, das nicht stimmte. Schwer zu sagen, was, aber als er weiter darüber nachdachte, wurde ihm klar, dass er seit mehreren Monaten kein Existenzgebet mehr an ihn geschickt hatte. Seit dem letzten Sommer nicht mehr, da war es um Sara und Jorge gegangen, daran erinnerte er sich, wenn auch nicht mehr genau, aber die Bitte war erfüllt worden. Gott hatte einen Pluspunkt erhalten und hatte somit genau zwanzig. Er hatte das in seinem Heft notiert.

Ein deutlich sprechendes Zeichen, dass er existierte, also, auch wenn noch mehrere Jahre des Marathonlaufes bevorstanden – aber dass Gunnar Barbarotti aufgehört hatte, mit ihm zu reden, das deutete wohl darauf hin, dass etwas nicht in Ordnung war. Oder? Marianne las ab und zu in der Bibel, manchmal diskutierten sie die eine oder andere Stelle, sprachen über Zuversicht und Vorsehung und alles Mögliche, aber mit diesem persönlichen Kontakt, den er sonst pflegte, ja, damit war zweifellos irgendetwas nicht in Ordnung.

Vielleicht war es auch nur eine Frage der Bequemlichkeit. Sie hatten auch darüber gesprochen. Wenn alles ruhig und friedlich ist, wenn die Not nicht in irgendeiner Form vor der Tür steht, dann ließ man Gott gern außen vor. Holte ihn nur raus, wenn es nötig war. Diese Beziehung zu erhalten, diesen täglichen Kontakt, erforderte eine Anstrengung, und der Mensch ist von Natur aus träge. Durch diesen Spalt ist wohl der Teufel hereingehuscht, dachte Barbarotti. Durch die Hintertür der geistigen Trägheit.

Er seufzte und beschloss, sich zu bessern. Sowohl was sein Verhältnis zu Gott als auch was das Verhältnis zu seiner Frau betraf.

Er beschloss außerdem, das zu vergessen, was sie über Germund Grooth erzählt hatte – zumindest zu versuchen, es zu verdrängen –, und Eva Backman zu offenbaren, warum er so schnell und problemlos seine Meinung geändert hatte; es war ein Gefühl, als würde er sich in den Fuß schießen. Je weniger wussten, dass er ein Halbidiot war, umso besser.

Außerdem war es äußerst fraglich, ob er tatsächlich seine Meinung geändert hatte. Es war nur so, dass diese leichte Faszination, die er gegenüber den Ereignissen dort in der Gänseschlucht gespürt hatte, abebbte. Dieses Prickeln, das so schwer zu definieren war und meistens bedeutete, dass etwas nicht stimmte, gab es nicht mehr. Ich scheiße auf diesen Dozenten, dachte er. Natürlich hat er sich das Leben genommen, es ist genau so, wie Backman behauptet. Es ist nur eine Frage der Zeit, wann wir den Fall zu den Akten legen, aber trotzdem werde ich vorurteilsfrei arbeiten.

Objektiv und vorurteilsfrei, genau wie immer.

Einen Moment lang überlegte er, Marianne anzurufen und bei der Arbeit zu stören, ließ es dann aber sein. Es erschien unnötig, eine Geburt zu unterbrechen, nur weil er ihre Stimme hören wollte. Falls sie immer noch Schlange lagen, um zu gebären, wie sie behauptet hatte. Ich kaufe stattdessen heute Abend einen Strauß Rosen, beschloss er. Wann haben Sie Ihrer Frau das letzte Mal Blumen geschenkt?

Zufrieden mit all diesen delikaten Abwägungen und Beschlüssen leerte er seinen Kaffeebecher und suchte die Unterlagen zu Rickard Berglund heraus, ehem. Pfarrer, nunmehr Bestattungsunternehmer.

# 25

Rickard Berglund war eine halbe Stunde zu früh an der OK-Tankstelle an der Svartbäckgatan. Er dachte, sie hätten halb sieben vereinbart, aber auf dem Schild für die Öffnungszeiten stand »7–21«, deshalb nahm er an, dass er sich geirrt hatte.

Es war ein kalter Morgen, sicher einige Grade unter Null, obwohl es erst der erste Oktober war. Ein schneidender, anhaltender Nordwind leistete ihm Gesellschaft. In Uppsala schien es immer aus dem Norden zu wehen, das war ihm früher schon aufgefallen. Als nähme der Wind irgendwo hoch oben in Norrland Anlauf, sammelte all seine Kraft und Wut während seiner Reise gen Süden und würde nirgends auf Widerstand stoßen, bis er den Dom und die Universitätsstadt erreichte. Rickard Berglund wünschte, er hätte sich einen Pullover mehr und ein Paar Handschuhe übergezogen, das hätte nicht geschadet. Er beschloss, eine Runde spazieren zu gehen in Erwartung, dass die Tankstelle geöffnet wurde, das war besser, als hier zwischen den Zapfsäulen herumzustehen und zu bibbern.

Der erste Oktober 1971, dachte er, schob die Hände in die Taschen und begann, die Stiernhielmsgatan entlangzugehen. An diesem Tag zog ich zum ersten Mal mit einem Mädchen zusammen. Nein, falsch. *Der Tag, an dem meine zukünftige Frau und ich zusammengezogen sind,* so sollte es heißen. Anna und ich. Rickard und Anna Berglund, geborene Jonsson.

Sie hatten nie darüber gesprochen, zu heiraten, natürlich

nicht, aber Rickard wusste trotzdem, dass es so kommen würde. In seinem privaten, geheimen Kalender rechnete er damit, dass das Ereignis wohl so in ein oder zwei Jahren stattfinden würde. 1972 oder 1973, es gab keinen Grund, unnötig zu warten. Und dann könnten sie noch vor dem Jahr 2000 ihre Silberhochzeit feiern. *Der große Plan,* laut Grundenius.

Was mache ich hier eigentlich?, fragte er sich plötzlich. Im Jahr 2000 bin ich einundfünfzig Jahre alt! Das war ein schwindelerregend langer Zeitraum. Werde ich dann einer Gemeinde vorstehen?, fragte er sich weiter. Werden Anna und ich auf einem Pfarrhof wohnen und vier Kinder haben? Wovon das eine oder andere bereits ausgeflogen ist? Enkelkinder? Schwindelerregend, wie gesagt.

Und wie wird die Welt dann aussehen?

Zweifellos eine berechtigte Frage, stellte er fest und zündete sich eine Zigarette an. Wird der Kommunismus dann gesiegt haben? Wird ein Dritter Weltkrieg alles zerstört haben? Wird sich überhaupt noch jemand um so etwas Albernes und Kleinbürgerliches wie einen Hochzeitstag kümmern?

Wird es noch Kirchen geben? Und Pfarrer? Wird jemand noch an Gott denken? Hat man vielleicht eine neue Art Opium fürs Volk gefunden?

Das waren Fragen, die seine Kommilitonen in der Theologie zu diskutieren pflegten, aber Rickard hatten sie nie ernsthaft beschäftigt. Es war so einfach, sich einzubilden, man lebe in der äußersten aller Zeiten, so einfach, den Teufel an die Wand zu malen. Wenn doch Gott, die Welt und alle möglichen Gesellschaften schon seit Tausenden und Abertausenden von Jahren existiert hatten, dann gab es wohl keinen Grund zu der Annahme, dass alles ausgerechnet jetzt zusammenstürzen würde. Oder innerhalb der nächsten Jahrzehnte. *Dystopien,* so hieß das, und da die herrschenden Linkspropheten sich am liebsten der Beschäftigung widmeten, derartige dunkle Analysen der momentanen Lage aufzustellen – *die spätkapitalistische Hölle*, wie er es an hervorgehobener Stelle in *Dagens Nyheter* vor ein paar Tagen gesehen hatte –, so war es wohl kein Wunder, wenn einen das Gefühl ereilte, dass alles zum Teufel ging. Der Untergang war nahe, alternativ die Revolution, alternativ der Krieg – aber an eine langsame, positive und friedliche Entwicklung zu glauben, nein, das war heutzutage einfach nicht möglich.

Fast ebenso unmöglich, ein Christ zu sein. Schon allein, wie Dag Hammarskjölds *Zeichen am Weg* in gewissen tonangebenden Kreisen aufgenommen worden war. Der bedeutendste Schwede der Welt wurde auf den Müllberg geworfen, nur weil er einen Glauben hatte. Das war schon erschreckend.

Dachte Rickard Berglund, drückte seine Zigarette aus und bog nach links in die Idunagatan ein. Auf jeden Fall gab es Gründe, *den großen Plan* geheim zu halten. Gute Gründe, beschloss er und schaute auf die Uhr. Viertel vor sieben, Zeit, sich zurück zur Tankstelle zu begeben. Den Lastwagen abzuholen und endlich mit dem Umzug anzufangen. Sie hatten schon eine Woche lang gepackt und geplant, vermutlich hätten zwei Tage gereicht, aber es war nicht so einfach, die Vorfreude zu bremsen.

Wirklich nicht leicht. Rickard und Anna. Anna und Rickard. Unter demselben Dach, allein bei dem Gedanken spürte er ein wohliges Prickeln in sich.

Eine leichte Furcht gab es auch, aber in erster Linie Freude.

Die Wohnung lag in Kvarngärdet. Väktargatan 40, drei Zimmer und Küche im Erdgeschoss mit eigenem Garten. Zweiundsiebzig Quadratmeter, das erschien beiden unbegreiflich viel. Eher wie geschaffen für eine Familie mit Kindern als für zwei Studenten, da gab es keinen Zweifel, und in Kvarngärdet wimmelte es nur so von Sandkisten und Kinderwagen. Von Hunden und Katzen auch, und alle Menschen schienen dreißig Jahre alt zu sein oder jünger. Natürlich in erster Linie die Kinder. Anna und er waren ein paar Mal heimlich dort herumgelaufen und hatten sich gegenseitig versichert, dass es ihnen gefiel. Hier würden sie sich wohlfühlen, hier würden sie ihr gemeinsames Leben aufbauen können.

Doch zuerst fuhr er mit dem Lastwagen in die Torsgatan, wo Anna und er seine spärlichen Siebensachen aufluden – eigentlich nur Bücher und Kleidung –, und das in weniger als einer halben Stunde. Er verabschiedete sich von der Witwe Liffermann, die offenbar fand, es sei an der Zeit, dass er auszog und sich eine Freundin anschaffte – und er konnte sogar noch seinen Zimmernachfolger begrüßen. Sie stießen im Treppenhaus aufeinander, ein pickliger Theologe im ersten Semester aus Vittangi; er hieß Josef und war wahrscheinlich Laestadianer, wie Rickard schätzte. Er sah so innerlich brennend aus. Als beherbergte er einen wütenden, kratzenden Gott in der Brust. Diese jungen Laestadianer hatten so etwas Selbstverzehrendes an sich, es war kaum zu übersehen, und bei den Theologen gab es reichlich von ihnen.

Im Glimmervägen war dafür umso mehr herauszuschaffen und unter die blauweiße Plane des Lastwagens zu stapeln, und hier tauchten auch Tomas und Germund auf. Das war so verabredet. Gemeinsam schleppten sie Kisten mit Glas, Porzellan und Küchengerät. Stühle und einen Küchentisch. Das abgewetzte Cordsofa und die beiden Plastiksessel von Myrorna. Kartons mit Büchern und Schallplatten; Kleidung, Lampen, Bügel, Staubsauger, Plakate (jedoch nicht Mao und Che, die waren im Laufe des Jahres, das sie zusammen waren, wer weiß wohin verschwunden. Anna und Rickard natürlich, Mao und Che waren nie in dieser Form zusammen). Zweifellos war es Anna, die den größten Teil zu dem gemeinsamen Haushalt beisteuerte, es war schon erstaunlich, was sich innerhalb der vier

Jahre, die sie in Eriksberg gewohnt hatte, so alles angesammelt hatte. Aber das war ein Ungleichgewicht, das nichts bedeutete. Nicht die Spur. Wollte man ein Leben teilen, dann musste man natürlich auch alles andere teilen.

Das einzig wirklich Neue, was sie sich gönnten, das war ein Bett. Es war groß wie ein Meer, hieß Adam und war bei Sencello in der Fußgängerzone bestellt worden. Keine Spanplatten, sondern ein richtiges Bett mit Holzrahmen, Lattenrost und doppelt geschichteter Matratze. Als alles im Glimmervägen erledigt war, holten sie die drei schweren langen Pakete durch eine Garage in der St. Olofsgatan ab, und dann war es endlich Zeit, sich nach Kvarngärdet zu begeben und einen eigenen Hausstand zu gründen.

Tomas nahm sich die Freiheit, genau das zu singen, während sie dorthin fuhren. »Mein kleines Haus ich bauen will, mit kleinem Garten, sonst nicht viel«, und Germund, der auch ab und zu im Chor sang, fiel mit ein, dass es nur so brummte: »'nen kleinen Acker umzugraben, mein eigen Land, das will ich haben!«

Dann lachten sie alle drei laut los, während sie sich jeder mit einer Dose Bier auf der Sitzbank drängten (Anna war bereits mit ihrem Fahrrad zur Väktargatan aufgebrochen), und Rickard stellte fest, dass er glücklich war. So sollte das Leben aussehen, genau so, in Bewegung, ständiger Bewegung – und nicht in dieser stillsitzenden, finster grübelnden Art und Weise.

Tomas ließ sie nach einer Stunde Schleppen und Auspacken allein in der Väktargatan. Er fuhr den Lastwagen zurück zur Tankstelle und dann weiter nach Hause. Gunilla war so hochschwanger, dass jeden Tag die Wehen einsetzen konnten, und mochte nicht für längere Zeit allein sein.

Aber Germund blieb noch. Rickard dachte, wie ungewöhnlich es war, mit Germund zusammen zu sein, ohne dass Tomas dabei war. Das war bis jetzt so gut wie nie vorgekommen, obwohl sie einander seit zwei Jahren kannten und ziemlich oft Kontakt miteinander hatten. Es war, als ob … als ob Tomas eine Art Membran war – eine notwendige Schleuse oder ein Dolmetscher, durch den man Kontakt zu Germund bekam. Er hatte vorher nie so wie jetzt gedacht – während sie Kartons schleppten und Gläser und Teller auspackten und versuchten, das echte Bett zusammenzuschrauben; es war nicht ganz einfach, mit Germund eine Konversation zu führen. Er fragte sich, ob Anna das auch Mühe machte, aber es schien nicht so zu sein.

Andererseits musste man auch gar nicht reden, da man so viel Praktisches zu tun hatte. Und dennoch – Maria hatte versprochen, gegen vier Uhr, wenn ihre Vorlesung zu Ende war, mit ein paar Pizzas von Lucullus am Sivia torg vorbeizuschauen, und bereits um halb drei hoffte Rickard, dass sie ja vielleicht früher kommen würde.

Nur wenige Minuten später klingelte das Telefon. Es war natürlich überraschend, dass es bereits installiert und in Betrieb war; es war Rickards Apparat, den er in der Torsgatan abgekoppelt hatte, und er hatte die Telefongesellschaft auch noch dazu überreden können, dass er seine alte Nummer behalten konnte.

Nicht weniger überraschend war, dass der Anruf aus dem Universitätskrankenhaus kam und dass er Helge betraf.

Helge aus Gäddede. Seitdem sie vor gut einem Jahr die Unteroffiziersschule verlassen hatten, hatte Rickard nicht ein Wort von ihm gehört.

Das tat er auch jetzt nicht, da es eine Krankenschwester war, die mit ihm sprach. Sie klang etwas schroff, ungefähr wie in den Filmen aus den Vierzigern, dachte Rickard ganz unmotiviert.

»Sind Sie Rickard Berglund?«

»Ja. Ja, der bin ich.«

»Es geht um Helge Markström. Ist das ein Bekannter von Ihnen?«

»Helge Mark … ja, ja natürlich.«

»Er hatte einen Unfall … einige Frakturen. Er hat Ihren Namen als Kontaktadresse angegeben. Offenbar lebt er normalerweise nicht hier in der Gegend.«

»Nein, er wohnt in Gäddede. Was … was ist denn passiert?«

»Er wurde von einem Bus angefahren. Heute in der Früh. Er ist operiert worden und jetzt aufgewacht. Alles ist gut gegangen, wenn Sie ihn besuchen wollen, steht dem nichts im Wege.«

»Ein Bus?«

»Wie gesagt. Er ist operiert worden, und alles ist gut verlaufen.«

Die Krankenschwester gab ihm die Stationsnummer und beschrieb den Weg dorthin. Versicherte noch einmal, dass es Helge den Umständen entsprechend gut ging, er aber noch verwirrt und eingegipst war. Der Unfall hatte sich an einem Zebrastreifen in der Kungsgatan ereignet. Wenn sie richtig informiert war, dann war der Busfahrer über Rot gefahren.

Rickard bedankte sich und versprach, sofort ins Krankenhaus zu kommen. Eilig erklärte er Anna, was passiert war, und machte sich auf den Weg.

Helge, dachte er. Ich hatte keine Ahnung, dass du in der Stadt bist. Warum hast du nichts von dir hören lassen?

Wie sich herausstellte, war er am selben Tag angekommen. Frühmorgens mit einem Nachtzug aus Kiruna. Eigentlich war er auf dem Weg nach Stockholm, wo er eine Ausbildung zum Möbeltischler anfangen wollte, hatte aber geplant, vorher einen halben Tag in Uppsala zu verbringen. Herumzulaufen und sich zu erinnern. Vielleicht gegen Nachmittag Rickard anzurufen. Er hatte dessen Nummer im Telefonbuch herausgesucht, bevor er Gäddede verlassen hatte.

»Jedenfalls gut, dass ich die Nummer hatte«, sagte er mit einem blassen Lächeln. »Obwohl ich eigentlich gedacht hatte, wir könnten eine Tasse Kaffee bei Fågelsången trinken. Und nicht hier.«

»Sei froh, dass du lebst«, sagte Rickard. »Man soll sich nicht mit Bussen anlegen.«´

»Oh ja«, stimmte Helge zu. »Das habe ich auch begriffen. Ich war etwas müde, hatte im Zug nicht viel geschlafen.«

»Wie spät war es denn?«

»Erst sechs Uhr. Ich habe nicht gerade viel von der Stadt zu sehen gekriegt. Bin nicht einmal über die Kungsgatan gekommen.«

Rickard betrachtete ihn, wie er da im Bett lag. Ein Arm und ein Bein waren eingegipst, und im Gesicht war er graublau. Ein kleiner Schnurrbart, der noch am Wachsen schien.

»Und diese Ausbildung, die du anfangen solltest ...?«

»Muss ich jetzt wohl erst mal aufschieben«, sagte Helge. »Schade. Ich bin diese Lappenhölle ziemlich leid.«

Er versuchte zu lachen. Es wurde eine Grimasse. »Und wie geht es dir?«

Rickard zog den Stuhl näher ans Bett. »Ich ziehe heute mit Anna zusammen.«

»Was?«, fragte Helge. »Heute?«

Rickard nickte. »In die Väktargatan in Kvarngärdet. Außerhalb von Migo, weißt du. Tut mir leid, dass ich es dir nicht geschrieben habe.«

Helge versuchte mit den Schultern zu zucken. »Wir sind beide nicht so besonders emsig mit dem Schreiben. Wobei es bei mir daran liegt, dass nichts passiert ist. So ist das nun einmal in meiner Gegend.«

»Ich habe nicht den Eindruck, dass du darüber klagen könntest, dass nichts passiert«, widersprach Rickard und zeigte auf den Gips. »Mein Gott, Helge.«

Helge lächelte wieder blass.

»Nun ja, aber das geht vorbei. Vielen Dank, dass du gekommen bist. Erinnerst du dich noch, wie ihr euch kennengelernt habt? Du und Anna. Bei dieser Demo.«

»Natürlich erinnere ich mich«, sagte Rickard.

»Sie hatte sich den Fuß verstaucht, und jetzt seid ihr ein Paar«, sagte Helge. »Kommunistenmädel landet verletzt in den Armen eines zukünftigen Pfarrers. Das ist zu schön, um wahr zu sein.«

»Und wie steht es bei dir an dieser Front?«, fragte Rickard, »bezüglich Mädchen, meine ich.«

»Es gibt keine Mädchen in Gäddede«, sagte Helge mit einem schweren Seufzer. »Ich dachte, in Stockholm wird es besser werden. Aber ich fürchte, jetzt muss ich erst mal wieder nach Hause fahren und abwarten.«

»Vorfreude ist die schönste Freude«, sagte Rickard.

»Wenn du es sagst«, meinte Helge. »Du Witzbeutel.«

Er blieb mehr als drei Stunden im Krankenhaus. Als er in die Väktargatan zurückkam, war es bereits sieben Uhr, und Anna war allein. Sie sah müde aus. Berichtete, dass Maria und Germund sie erst vor einer Viertelstunde verlassen hatten. Drei Kartons waren noch auszupacken, und Rickard schlug vor, sie sollten damit warten und stattdessen lieber eine Flasche Wein trinken.

Zumindest das Bett war zusammengesetzt und fertig, das war das Wichtigste. Seiner Meinung nach sollten sie mit dem Rest bis zum nächsten Tag warten, und Anna nickte. Aber Wein wollte sie nicht trinken.

»Ich glaube, ich brauche jetzt einen Spaziergang«, sagte sie. »Wenn du nichts dagegen hast.«

»Warum sollte ich etwas gegen einen Spaziergang haben?«, fragte Rickard. »Wohin wollen wir gehen?«

»Ich glaube, ich möchte allein gehen«, sagte Anna und schaute dabei zu Boden.

Rickard gelang es, seine Enttäuschung hinunterzuschlucken. So ist sie nun einmal, stellte er fest. Das muss ich akzeptieren. Kein Mensch ist wie der andere, es ist kindisch, sich das einzubilden.

Und als sie zwei Stunden später zurückkam, tranken sie trotz allem noch jeder ein Glas Wein. Auf dem braunen Cordsofa und mit zwei noch nicht ausgepackten Kartons. Und er dachte, dass es doch nicht so schlecht war, wenn man bedachte, dass es seit dem frühen Morgen schon ein Dienstag gewesen war.

## 26

Als Gunnar Barbarotti Rickard Berglund die Hand schüttelte und ihn begrüßte, dachte er, dass der Krebs ansteckend sein musste. Dass er sich auf unbekannten Wegen von einem Ehepartner zum anderen gestohlen hatte und dass dieser magere, graublasse Mann, der ihn bat, in die Wohnung einzutreten, nicht mehr viel Zeit haben würde, auf Erden zu wandeln.

Barbarotti wusste, dass er einundsechzig war, aber er sah mindestens zehn Jahre älter aus. Bewegte sich außerdem wie ein Schlafwandler, wie gegen den eigenen Willen und besseres Wissen – bevor er sich in einen von zwei schwarzen Ledersesseln niedersinken ließ, die auf beiden Seiten eines niedrigen Kieferntischchens standen, auf dem eine Schachpartie aufgestellt war.

»Entschuldigen Sie«, sagte er. »Aber ich habe seit mehreren Wochen nicht mehr geschlafen.«

Gunnar Barbarotti setzte sich in den anderen Sessel.

»Es tut mir leid, dass ich mich in so einer Situation aufdrängen muss. Es ist mir klar, dass Sie es nicht leicht haben.«

Rickard Berglund nickte und trank einen Schluck Wasser aus einem Glas, das neben dem Schachbrett stand.

»Es ist fast unerträglich«, sagte er. »Mitansehen zu müssen, wie der Lebensgefährte auf diese Art dem Tod begegnet.«

Barbarotti fragte sich einen Moment lang, warum er wohl das Wort »Lebensgefährte« benutzte. Ob es stärker oder schwächer als »Ehefrau« war, das wäre ja wohl der übliche Begriff gewesen. Vielleicht bemerkte Berglund seine Verwunderung in seinem erschöpften Zustand, denn er fügte hinzu: »Wir haben vierzig Jahre lang zusammengelebt. Jeweils zwei Drittel unseres Lebens, ich kann mich mit ihrem Leiden nicht abfinden.«

»Ich möchte gar nicht behaupten, dass ich das verstehe«, sagte Barbarotti. »Es gibt Dinge, die man erst versteht, wenn sie einem selbst zustoßen.«

Rickard Berglund betrachtete ihn mit etwas, das möglicherweise als Interesse zu interpretieren war, und nickte. »Vollkommen richtig«, sagte er. »Es gibt auch keinen Grund, es zu versuchen. Gewisse Dinge sollen wir nicht verstehen, das hat gar keinen Sinn. Aber warum man nicht sterben darf, wenn das Leben nur noch eine einzige Qual ist … was ist es, was hält sie noch hier … ja, darüber kann man sich viele Gedanken machen …«

Er verlor den Faden, blinzelte ein paar Mal in die Sonne, die plötzlich einen Strahl durch das Balkonfenster schickte. Richtete sich im Sessel auf und schien sich daran zu erinnern, dass Barbarotti nicht als Seelsorger gekommen war. »Entschuldigen Sie, ich bin nicht ganz bei mir. Sie sind ja nicht hergekommen, um mit mir über meine Ehefrau zu sprechen.«

»Nein«, bestätigte Barbarotti. »Es hat sich ein sonderbarer Todesfall ereignet, und wir sind dabei, in dieser Sache zu ermitteln. Germund Grooth. Er ist Sonntag am Fuße des sogenannten Todesfelsens gefunden worden.«

»Ich weiß«, bestätigte Rickard Berglund. »Linderholm hat das erwähnt. Eine Kollegin von Ihnen war bei ihm.«

»Was halten Sie davon?«, fragte Barbarotti.

»Wie bitte?«

»Was halten Sie von Grooths Tod?«, verdeutlichte Barbarotti. »Er ist, wie gesagt, an genau derselben Stelle gefunden worden, an der seine Lebensgefährtin Maria Winckler vor fünfunddreißig Jahren gestorben ist.«

»Das ist unbegreiflich«, sagte Rickard Berglund und schüttelte langsam den Kopf. »Vollkommen unbegreiflich.«

Er nahm einen schwarzen Bauern vom Schachbrett und runzelte die Stirn. Barbarotti erwartete, dass er deutlicher werden würde, aber es kam nichts. Rickard Berglund wog nur den Bauern in der Hand und stellte ihn dann zurück aufs Brett.

»Bei dem alten Todesfall gab es ja so einige Ungereimtheiten«, sagte Barbarotti.

»Ungereimtheiten?«, wiederholte Rickard Berglund. »Ja … ja, das war eine schreckliche Sache. Schrecklich für alle Beteiligten … in erster Linie natürlich für Maria, die gestorben ist … aber auch für uns andere … und für Germund …«

Jetzt sprach er so leise, dass Barbarotti nur noch mit Mühe und Not verstehen konnte, was er sagte. Als wäre er kurz davor, einzuschlafen.

»Es gab Verdachtsmomente damals. Erinnern Sie sich?«

»Natürlich«, antwortete Rickard Berglund. »Ich bin nicht senil, ich bin nur müde.«

»Entschuldigen Sie«, sagte Barbarotti.

»Die Verdachtsmomente resultierten daraus, dass Maria etwas gerufen haben soll, während sie stürzte«, fuhr Berglund mit etwas energischerem Tonfall fort. »Einige interpretierten das dahingehend, dass jemand sie gestoßen hätte … oder besser gesagt, das waren wohl Sie, die es so gedeutet haben. Die Polizei, ein Kollege von Ihnen, der hieß Sandlin, glaube ich … er ging etwas ruppig vor.«

»Ich habe seine Unterlagen gelesen«, erklärte Barbarotti. »Es ist möglich, dass Sie Recht haben, auf jeden Fall war letztendlich nichts zu beweisen. Was für eine Auffassung hatten Sie von Marias Tod?«

»Sie ist gestürzt«, antwortete Rickard Berglund und tastete

wieder übers Schachbrett. »Kann schon sein, dass sie freiwillig gesprungen ist, aber ich halte das für höchst unwahrscheinlich. Auf jeden Fall ist sie nicht ermordet worden.«

»Sie hatten am Abend zuvor eine Feier auf dem Pfarrhof?«, fragte Barbarotti.

»Ich dachte, Sie wären wegen Germund gekommen«, sagte Rickard Berglund. »Und nicht wegen der alten Geschichte.«

»Ich bin gekommen, weil wir versuchen herauszufinden, ob das eine mit dem anderen zusammenhängt.«

»Es sind fünfunddreißig Jahre seitdem vergangen«, erklärte Berglund mit einem Seufzer. »Warum sollte das zusammenhängen?«

»Ich weiß es nicht«, gab Barbarotti zu. »Aber allein die Tatsache, dass er genau an derselben Stelle gestorben ist, deutet auf irgendeine Art von Zusammenhang hin.«

Rickard Berglund nickte. »Kann sein. Das war es wohl, was er wollte.«

»Was?«

»An derselben Stelle sein Ende finden.«

»Sie meinen also, dass Germund Grooth sich das Leben genommen hat und dass er auf irgendeine Art und Weise wieder mit Maria vereint werden wollte?«

Rickard Berglund zuckte müde mit den Schultern. »Etwas so in der Art, ja.«

»War Germund gläubig?«

Berlund betrachtete ihn erneut mit einem Funken an Interesse.

»Gläubig?«

»Ja.«

»Ich weiß nicht, was dieser Begriff für Sie bedeutet, aber zu der Zeit, als ich ihn kannte, hatte Germund keinen Gott.«

»Sie hatten in den letzten Jahren keinen Kontakt mehr mit Germund Grooth ... weder Sie noch Ihre Frau?«

»Nein. Wir hatten überhaupt so gut wie keinen Kontakt zu ihm.«

»Wann haben Sie ihn das letzte Mal gesehen?«

Erneutes Schulterzucken. »Keine Ahnung.«

Barbarotti seufzte und überlegte, ob er weitermachen sollte. Dachte, dass es nicht besonders sinnvoll erschien, dieses Gespräch.

»Doch, warten Sie«, sagte Berglund. »Ich glaube, es ist fünf oder sechs Jahre her, dass wir uns das letzte Mal gesehen haben. Vielleicht noch mehr, aber auf jeden Fall nach der Jahrtausendwende. Wir haben ihn zufällig in Kopenhagen getroffen, Anna und ich. Wir waren für ein Wochenende dort und sind ihm auf dem Rathausplatz direkt in die Arme gelaufen ... wir haben zwei Minuten miteinander gesprochen, er hatte nicht einmal Zeit, mit uns zu essen.«

Eine Sekunde lang hatte Barbarotti die Szene vor seinem inneren Auge. Germund Grooth, der in der Frühlingssonne über den Rathausplatz eilt, trifft auf seine alten Freunde aus den Uppsala-Jahren, hat aber keine Zeit, mit ihnen zu reden, da er auf dem Weg ist zu einem Date mit ... Marianne!

Hör auf!, dachte er. Gütiger Gott, hilf mir, dass ich das hier in den Griff kriege. Zwei Punkte, okay?

»Warum haben Sie Ihr Amt als Pfarrer niedergelegt?«, fragte er.

Er wusste selbst nicht, warum er das fragte. Es war wahrscheinlich etwas, das im Kielwasser von Mariannes und Germunds fiktivem Treffen in Kopenhagen an die Oberfläche trieb, und er konnte sich nicht zurückhalten.

»Was?«, wunderte Rickard Berglund sich. »Warum fragen Sie das?«

»Weil es mich interessiert«, sagte Barbarotti. »Das hat natürlich nichts mit Grooths Tod zu tun, ich wundere mich nur.«

Rickard Berglund saß schweigend da und betrachtete ihn. Er schien zu überlegen, ob er antworten sollte oder nicht. Ob das in irgendeiner Art und Weise der Mühe wert war.

»Entschuldigen Sie«, sagte Barbarotti. »Vergessen wir's.«

Rickard Berglund räusperte sich und richtete sich erneut in seinem Sessel auf.

»Wie ist das eigentlich?«, fragte er. »Sind Sie selbst gläubig?«

»In gewisser Weise«, antwortete Barbarotti.

»Ich werde nicht fragen, was das bedeutet«, sagte Berglund. Dann lachte er kurz und freudlos auf. »Ja, da wundert sich so mancher drüber«, sagte er. »Warum man aufhört zu predigen, wenn man erst einmal angefangen hat. Es gibt nicht viele, die das tun.«

»Ich nehme an, dass man seinen Glauben verlieren kann«, schlug Barbarotti vor.

»Das kann man sicher«, sagte Rickard Berglund. »Aber das war bei mir nicht der Fall.«

»Nein?«, fragte Barbarotti nach und war dankbar, dass er dieses Gespräch nicht aufzeichnete.

»Eher im Gegenteil.«

»Im Gegenteil?«

Rickard Berglund nickte und schwieg eine Weile.

»Man kommt an einen Punkt«, sagte er dann, »an dem es ganz einfach nicht mehr funktioniert.«

Barbarotti beschloss, dass er inzwischen nicht mehr behaupten konnte, das zu verstehen. Auch das nicht. Er nahm einen weißen Turm vom Spielbrett und drehte ihn stattdessen eine Weile in der Hand herum. Wartete ab.

»Es gibt einen Gott«, nahm Rickard Berglund nach einer halben Minute den Faden wieder auf. »Doch er wohnt nicht in der schwedischen Kirche. Meines Wissens auch in keiner anderen Gemeinde. Ich habe mehr als dreißig Jahre gebraucht, das zu verstehen, aber wenn man es erst einmal eingesehen hat, dann kann man sich nicht mehr auf eine Kanzel stellen. Zumindest nicht in unseren normalen Kirchen. Gott ist dort nicht anwesend, und ich glaube … ja, ich glaube, dass er sich wegen der Lage der Dinge schämt.«

»Schämt?«, fragte Barbarotti nach.

»Zumindest ist er tief besorgt. Aber ich verstehe nicht, warum er Anna nicht zu sich nimmt …«

Barbarotti nickte und versuchte sein Erstaunen zu verbergen. »Was mich betrifft, so gehe ich nie in die Kirche«, erklärte er. »Aber ich spreche manchmal mit ihm. Meine Frau auch … ich meine, sie ist gläubig, aber sie geht auch nie zu einem Gottesdienst.«

»Die Religion«, sagte Rickard Berglund mit einer Stimme, die plötzlich auf der Scheide zwischen Resignation und Wut balancierte, »die hat nichts mit dem wahren Glauben zu tun, nichts mit dem Gott, der dich liebt und der voller Gnade ist. Die Menschheit hat sich geirrt, hat sich so unbarmherzig verrannt … die Frage ist, ob es überhaupt noch eine Hoffnung gibt.«

Er faltete die Hände und betrachtete die Schachpartie.

»Ich spiele mit mir selbst«, erklärte er, als hinge das in irgendeiner Weise mit seinem Verhältnis zu Gott zusammen. Barbarotti verstand den Zusammenhang nicht so recht und beschloss, nicht näher auf seine eigene ungeklärte Angelegenheit mit dem Herrgott einzugehen. Das anderen Menschen begreiflich zu machen, war nicht so leicht, nicht einmal, wenn es sich um abtrünnige Pfarrer handelte – und es war auch nicht notwendig. Aber an dem, was Rickard Berglund gesagt hatte, war etwas, das ihn berührte, und in der Art, wie er es gesagt hatte, vielleicht auch. Als ob … ja, als ob er tatsächlich wüsste, wovon er sprach. Als wäre es auf einer tiefen, wahren Erfahrung begründet. Dass er auf dem dornigen Weg viel weiter gekommen war als Barbarotti.

Die Kirche zu verlassen, nicht, weil man seinen Glauben verloren hatte … ja, das klang merkwürdig, und was immer das auch in sich barg, so musste es sich auf jeden Fall um einen äußerst schmerzhaften Prozess gehandelt haben, das konnte sogar ein einfacher Kriminalinspektor begreifen.

Und jetzt lag die Ehefrau – Lebensgefährtin – dieses abtrünnig gewordenen Pfarrers im Krankenhaus und wurde von einem Krebs gequält, der zweifellos ihr Leben beenden würde, aber offenbar beschlossen hatte, sie vorher bis aufs Äußerste zu foltern.

Ungefähr so ist die Lage der Dinge, konstatierte Gunnar Barbarotti still für sich selbst. Rickard Berglunds Lage. Kein Wunder, dass er alt und müde aussieht. Kein Wunder, wenn er nicht sonderlich an Germund Grooth interessiert ist.

Gunnar Barbarotti beschloss, nicht länger zu bleiben und zu stören, es gab keinen Grund dafür. Berglund hatte ihm eine Stunde zugesagt, dann wollte er zurück ins Krankenhaus.

Wer bin ich denn, dass ich ihn vom Warteraum des Todes zurückhalte?, fragte Barbarotti sich und stand auf. Von der Folterkammer des Krebses?

Während er unter anderen Umständen gern noch eine Stunde dagesessen und sich unterhalten hätte, das spürte er deutlich. Rickard Berglund hatte etwas an sich, das war … beeindruckend?

»Danke für das interessante Gespräch«, sagte er. »Ich hoffe auf jeden Fall, dass Ihre Frau in einer Form ein Ende finden kann, die ein wenig Sinn gibt.«

»Das hoffe ich auch«, erwiderte Rickard Berglund, ohne sich aus seinem Sessel zu erheben. »Es genügt ein dünner Lichtstrahl, mehr begehren wir gar nicht.«

Als Barbarotti auf die Straße trat, hatte es angefangen zu regnen. Ein harter, unerbittlicher Herbstregen, und er dachte, dass das gut zu dem Gespräch passte, das er gerade geführt hatte. Er versuchte gar nicht erst, in irgendeiner Form Schutz zu suchen, sondern ging den ganzen Weg zum Polizeirevier zurück zu Fuß. Berglunds Wohnung lag am Ende der Rosengatan in Rocksta, es dauerte fünfundzwanzig Minuten – genau wie es auch fünfundzwanzig Minuten gedauert hatte, dort hinzukommen, man sollte sich keine Gelegenheit für etwas Bewegung entgehen lassen –, und am Ende war er ziemlich durchnässt.

Was ihn nicht störte. Verglichen mit Rickard Berglund hatte er keinen Grund zur Klage, aber der Gedanke, er selbst könnte eines Tages an Mariannes Sterbebett sitzen, biss sich in ihm fest. Oder sie an seinem.

Wann?, dachte er. Wie viele Jahre haben wir noch zusammen? Dreißig? Zehn? Drei? Warum achten wir nicht besser die Tage, die einfach so verrinnen?

Warum werde ich eifersüchtig auf einen ihrer Ehemaligen, der außerdem noch tot ist, und werde ich mich nicht eines Tages verfluchen, weil ich es nicht verstanden habe, mein Leben zu leben, während es ablief?

Nun ja, stellte er fest, als er tropfnass ins Foyer des Polizeigebäudes trat. Ich stelle zumindest Fragen. Was nicht ganz unwichtig ist.

Und außerdem haben wir fünf Kinder, das ist das Wichtigste.

# 27

11. Oktober, morgens. Sie wachte auf und wusste, dass etwas passiert war.

Sie trug den Tod in sich. Nicht das Leben. Vorsichtig ließ sie die Finger über die angespannte Bauchhaut gleiten. Spürte die Kälte von innen. Die Kälte und das Schweigen.

Und den Tod. Verschränkte die Hände über dem Bauchnabel, starrte in die Dunkelheit. Nicht der Hauch einer Dämmerung. Nicht der Hauch von Hoffnung.

Sie schaute auf die selbstleuchtende Ziffernscheibe des Weckers. Viertel nach fünf.

Schaute auf Tomas, der an ihrer Seite tief schlief. Nur eine dunkle Kontur in der Dunkelheit.

Konnte die Zunge vom Gaumen lösen, an dem sie geklebt hatte. Sie musste lange dagelegen und mit offenem Mund geatmet haben.

Dann schrie sie.

Sie gebar ihr totes Kind. Es war ein Mädchen, dieses Mal hatten sie nicht einmal einen Namen für sie gehabt. Sie wog 2960 Gramm, die Ärzte hatten keine Erklärung dafür, warum sie nur wenige Wochen, bevor sie zur Welt hatte kommen sollen, aufgehört hatte zu leben. Irgendeine Form von Sauerstoffmangel, nahm man an. Ein reiner Unfall, abgesehen von der Tatsache, dass sie tot war, war alles in Ordnung.

Sie wurde am 13. Oktober begraben. Bekam auf dem Berthåga Friedhof ein eigenes kleines Kreuz mit einer Metallplatte und schließlich auch einen Namen. Aurora. Das bedeutete Morgenröte.

Geboren am 11. Oktober 1971. Gestorben am 11. Oktober 1971. Ein Pfarrer namens Holger Eriksson richtete die Feier aus, nur Tomas und Gunilla waren anwesend.

Und Aurora.

Hinterher fuhren sie direkt nach Ulleråker.

Das war so abgemacht.

Es regnete.

Von ihrem Bett aus ganz oben in dem hohen, schmalen Gebäude konnte sie die Baumwipfel sehen. Hohe, schlanke Tannen mit grünen, würdevollen Kronen. Der Himmel dahinter war meistens unruhig, es war Herbst.

Stundenlang lag sie da und betrachtete diese Baumkronen, diesen Himmel. Tage und Wochen. Sie wünschte sich, sie wäre zusammen mit ihrer Tochter gestorben. Sie hatte auch dafür gebetet, aber sie hatten es ihr nicht erlaubt.

Tomas nicht und auch nicht die Ärzte.

Ich bin zweiundzwanzig Jahre alt, dachte sie. Ich habe bereits zwei Kinder verloren, begreifen sie denn nicht, dass der Tod meine Berufung ist? Warum halten sie mich auf diese sinnlose Art und Weise zurück?

Tomas besuchte sie jeden Tag. Oft stundenlang, obwohl sie sagte, sie wolle allein sein.

Allein mit ihrer einschläfernden Medizin und ihren Baumkronen. Ihrem unruhigen Himmel.

Er war hartnäckig.

Es wurde November. Andere kamen auch zu Besuch. Anna und Rickard. Germund, aber nicht Maria. Sie wussten nicht, was sie zu ihr sagen sollten, es war ihnen peinlich, und sie blieben nicht lange.

Sogar ihre Mutter und ihre Schwester besuchten sie. Sie blieben drei Stunden und weinten die ganze Zeit. Alle beide. Sie sagten, dass sie sich jetzt mit ihr versöhnt hätten und dass sie sie liebten.

Schließlich kam Doktor Werngren. Er trug immer noch jedes Mal, wenn sie sich trafen, Polohemden, aber nie mehr ein gelbes. Meistens ein schwarzes oder ein tief dunkelblaues. Einmal die Woche kam er, manchmal auch zweimal. Sie gingen über den Hügel spazieren, immer längere Wanderungen in der zunehmenden Herbstdunkelheit. Ihr gefiel die Dunkelheit. Im Dezember schloss Tomas sich ihnen an.

Zu Weihnachten fuhr sie heim in die Sibyllegatan und schlief zwei Nächte dort.

Ende Januar wurde sie entlassen und fuhr endgültig nach Hause.

In ein dickes schwarzes Notizbuch hatte sie während der drei Monate ihre Gedanken geschrieben. Sie verbrannten es gemeinsam in einer Dose mit Benzin auf dem Balkon.

Sie nahm zwei verschiedene Sorten Medizin. Zwei weiße Pillen morgens und abends, eine rote abends.

Tomas sagte, dass er sie liebe.

Sie sagte, dass sie ein starkes Bedürfnis habe, allein zu sein. Es war jetzt das Jahr 1972.

# 28

Eva Backman beschloss, mit dem Wagen nach Lund zu fahren.

Das brauchte zwar doppelt so lange wie mit dem Flugzeug, aber sie flog nicht gern. Es war auch nicht gerade politisch korrekt, dreihundertfünfzig Kilometer allein hinter dem Steuer zu verbringen, aber dieses Mal war ihr das vollkommen egal. Sie musste über einiges nachdenken, und es gab keinen besseren Ort, das zu tun, als ein Auto mit der richtigen Musik aus den Lautsprechern. Bewegung und Rhythmus. Bei der Entscheidung zwischen Billie Holiday und Edith Piaf entschied sie sich für Letztere, zumindest für den Anfang, die ersten hundert Kilometer.

Piaf, dachte sie. Der Spatz. Die auf eine sonderbare Art und Weise erklärte, was es bedeutete, eine Frau auf dieser Welt zu sein – eine leidende, aber lebendige Frau –, nicht durch ihre Worte oder ihr Leben, sondern durch ihre Stimme. Ihr sinnliches Französisch, das so schön war, dass man eine Gänsehaut davon bekam. Wenn ich in Frankreich geboren worden wäre, dachte Eva Backman, dann wäre ich nicht zur Polizei gegangen. Dann wäre ich Sängerin geworden. Daran besteht kein Zweifel. Aber man müsste diesen R-Laut hinkriegen, sonst hätte es keinen Sinn.

Doch eigentlich sollte sie nicht über den Piafschen R-Laut nachdenken, es gab andere Dinge, die einige Konzentration und Analyse erforderten. Genauer gesagt der so genannte Fall. Die beiden Menschen, deren Tage in der Gänseschlucht außerhalb von Rönninge, zehn Kilometer südlich von Kymlinge, ein Ende gefunden hatten. Maria Winckler und Germund Grooth, gestorben im Abstand von dreieinhalb Jahrzehnten. Selbstgewählt oder nicht? Ein Unfall oder nicht? Es gab nichts, was in einem der beiden Fälle auf irgendeine Form von Verbrechen hindeutete, darüber hatte sie mit Barbarotti bereits vor drei Tagen gesprochen. Genau besehen nichts.

Andere waren anderer Meinung gewesen. Sandlin war die Sache vor fünfunddreißig Jahren nicht geheuer gewesen, aber es war ihm nicht gelungen, irgendeinen Beweis dafür zu finden. Barbarotti hatte behauptet, er hätte Witterung aufgenommen, schien aber inzwischen seine Meinung geändert zu haben. Wieso das? Sie hatten den Fall nicht besonders gründlich diskutiert, und sie selbst liebäugelte damit, die eigene Meinung zu ändern.

Oder doch nicht? Es gab nicht viel Handfestes. Wie gesagt. Nicht die Andeutung eines Beweises. Nichts, was jemand gesagt oder getan hatte, deutete darauf hin, das jemand Germund Grooth den Steilhang hinuntergestoßen haben könnte. Oder seine Lebensgefährtin 1975. Keine Indizienkette, nicht einmal einzelne Indizien.

Nur ein Gefühl und eine Reihe eigentümlicher Umstände. Oder?, dachte Eva Backman rhetorisch. *Oder?*

Beispielsweise das fehlende Fahrzeug. Das war so ein Umstand. Wie war Grooth dort hingelangt? Sie hatten die Buslinien überprüft, die nächste Haltestelle lag mehr als zwei Kilometer von der Schlucht entfernt. Sorgsen hatte mit einigen Busfahrern gesprochen, aber keiner konnte sich daran erinnern, dass einer seiner Fahrgäste letzten Samstag am Alhamra-Kreisverkehr ausgestiegen war, was die logischste Möglichkeit gewesen wäre. Von Kymlinge zu Fuß zu gehen, hätte ihn beispielsweise mehr als zwei Stunden gekostet. Zweieinhalb.

Was natürlich nicht unmöglich war. Wenn man darauf aus war, sich das Leben zu nehmen, dann spielte eine kilometerlange Wanderung vielleicht keine so große Rolle.

Konnte er von jemandem mitgenommen worden sein? Und wenn ja, von wem?

War er getrampt? Ein einundsechzigjähriger Dozent aus Lund?

Sie schüttelte den Kopf und lauschte eine Weile der Piaf.

*Je ne regrette rien.* Phantastische R-Laute.

Warum hatte Barbarotti seine Meinung geändert? Da stimmte etwas nicht, aber sie konnte nicht sagen, was. Normalerweise suchte er nicht die bequemste Lösung, es gab andere Kollegen, die dafür bekannt waren, die Ermittlungen abschlossen, sobald sich die Gelegenheit bot – aber nicht Barbarotti.

Und sie selbst auch nicht. Wahrheitsbesessenheit war sicher ein prätentiöser Begriff, aber wenn es etwas gab, was sie beide antrieb, Backman wie auch Barbarotti, dann war es genau das. Man wollte verdammt noch mal herausfinden, was passiert war. Das war der Grundbolzen sozusagen. Wenn man diese Neugier nicht besaß, dann sollte man nicht zur Kriminalpolizei gehen. Oder?

Irritierend, dachte sie. Wenn nicht noch etwas anderes dahintersteckte, dann war es auf jeden Fall irritierend.

Sie versuchte sich an die beiden Gespräche zu erinnern, die sie mit denjenigen geführt hatte, die vor fünfunddreißig Jahren dabei gewesen waren. Gunilla Winckler-Rysth und Elisabeth Martinsson. Gab es etwas, das eine von ihnen gesagt oder auch nur angedeutet hatte, das darauf hinwies, dass ein Verbrechen begangen worden war? Oder zwei Verbrechen? Etwas, das sie übersehen hatte?

Sie glaubte es nicht, zumindest konnte sie nichts entdecken. Mit Elisabeth Martinsson hatte sie nur am Telefon gesprochen, sie hoffte, dass Barbarotti die Zeit für ein direktes Gespräch mit ihr finden würde, während sie selbst in Lund war. Mit diesem abtrünnigen Pfarrer und Gunilla Winckler-Rysths Ehemann natürlich auch. Tomas Winckler. Sicher musste man einiges an andere delegieren; höchstwahrscheinlich an die Assistenten Tillgren und Wennergren-Olofsson, und es war natürlich nicht gesagt, dass es nur deshalb schiefgehen musste.

Was sie selbst auf ihrer Tour nach Skåne herausbekommen würde, stand in den Sternen, aber Germund Grooth war ja bis jetzt ein ziemlich unbeschriebenes Blatt, vielleicht würde doch so einiges ans Tageslicht kommen. Wenn schon nichts anderes, dann jede Menge unbedeutender Fakten. Ein Leben.

Das aus irgendeinem – noch unklaren – Grund in den Wäldern um Kymlinge sein Ende gefunden hatte, dreihundertfünfzig Kilometer von seinem Wohnort entfernt.

Aber wenn er sich einfach nur das Leben genommen hatte, was war dann noch so unklar? Genau betrachtet.

Sie hatte sich für zwei Nächte ein Zimmer im Hotel Concordia in der Stålbrogatan in der Ortsmitte genommen, dort hatte sie früher schon einmal gewohnt, und es hatte ihr gefallen. Im Nachbarhaus hatte Strindberg vor hundertzwanzig Jahren gesessen und *Inferno* geschrieben. Allein schon das. Und Kriminalinspektor Ribbing wollte sie um vier Uhr treffen und auf den neuesten Stand bringen, so war es geplant. Er wollte die Informationen über Dozent Grooth präsentieren, die herauszufinden ihm bisher geglückt war. Sie hatten am Abend zuvor miteinander gesprochen, und er hatte vertrauenerweckend gewirkt.

Mit sicherem südschwedischem Akzent, vielleicht beruhte darauf das Vertrauensgefühl.

Das gerollte Zungen-R wie die Piaf, aber von einer anderen Art. Einer ganz anderen Art.

Sie fuhr den Nissastigen entlang und gelangte in Höhe von

Halmstad auf die E6. Wechselte zu Billie Holiday und beschloss, das Mittagessen zu überspringen. Selter, Banane und Schokoladenkekse im Auto mussten genügen. Und Tankstellenkaffee, wenn man alleinstehend war, dann war das eben so. Man bekam seine Macken, und sie war etwas spät dran.

Er saß neben einem Flügel im Foyer und wartete. Er war zwei Meter lang und wog vermutlich mehr als Piaf und Holiday zusammen, das war am Telefon nicht zu hören gewesen.

Aber agil und gut durchtrainiert war er. Ein Polizist, der so aussieht, braucht keine Waffe, dachte Eva Backman und bat um fünf Minuten Zeit auf ihrem Zimmer.

»Ich habe dafür gesorgt, dass wir hier im Hotel ungestört miteinander reden können«, erklärte er. »Kaffee und ein paar Brote, ist das in Ordnung?«

Sie bestätigte, dass das absolut in Ordnung war, und Viertel nach vier ließen sie sich jeweils auf einer Seite eines frisch polierten Eichentisches in einem kleinen Konferenzraum nieder. Die Brote waren so groß wie Ribbings Schuhe, eine junge Frau mit weizenblondem Pferdeschwanz servierte den Kaffee aus einer Porzellankanne und erklärte, dass es sich um Zoega handelte.

Als die Kellnerin die Tür hinter sich geschlossen und sie allein gelassen hatte, zog Ribbing einen Stapel Papiere aus einer Mappe und räusperte sich.

»Dieser Grooth«, sagte er, »das war schon ein verdammt einsamer Wolf.«

Backman nickte.

»Der scheint überhaupt keine Kontakte gehabt zu haben. Keine Familie, keine Freunde. Die Informationen, die ich habe kriegen können, stammen von einer Nachbarin und von Arbeitskollegen. Von seinem Professor am Physikum und zwei anderen Kollegen. Die Nachbarin heißt Frau Zetterlund, sie wohnt seit achtzehn Jahren im selben Treppenaufgang wie Grooth.«

»Aber Sie waren noch nicht in seiner Wohnung?«

»Nein. Ich dachte, das machen wir morgen. Sie wollen doch sicher dabei sein?«

»Auf jeden Fall«, bestätigte Eva Backman. »Nun, was haben sie denn zu sagen, diese Kollegen?«

Ribbing konsultierte seine Papiere.

»Nicht besonders viel. Grooth hat 1978 als Doktorand am Institut angefangen. Vorher hat er in Uppsala studiert, aber das wurde offensichtlich nicht als ein Problem angesehen.«

Er zwinkerte mit dem rechten Auge. Backman verstand, dass das ein Scherz sein sollte, und lächelte kurz. Uppsala–Lund. Alte Feindschaft und Konkurrenz.

»Ich verstehe«, sagte sie. »Weiter.«

»Er hat 1983 promoviert und bekam im selben Jahr eine Anstellung am Physikinstitut. Zuerst als Forschungsassistent, dann 1985 als Lektor und schließlich 1991 eine Dozentur. Alles zusammen also neunzehn Jahre. Ein tüchtiger Mitarbeiter laut Professor Söderman. Geschätzt bei den Studenten, keine Klagen. Er hätte es weit bringen können, aber ihm fehlte die rechte Ambition, die akademische Glut ... ja, so hat Söderman sich ausgedrückt. Grooth hat seit seiner Dissertation zwei Bücher herausgegeben plus gut zwanzig wissenschaftliche Artikel. Das wurde offenbar nicht als besonders viel angesehen ...«

Er machte eine Pause und drehte das Blatt um.

»Er hat sich nie mit anderen vom Institut privat getroffen und wird von denen, mit denen ich geredet habe, als typischer Einzelgänger beschrieben. Ich habe die Information, dass er Mitte der Achtziger eine Weile in Lunds Bridgeclub mitgespielt hat, aber aus der Zeit habe ich noch niemanden zu fassen gekriegt ... werde heute noch einige anrufen. Aber dabei hat es sich um nicht mehr als zwei Jahre gehandelt, vermutlich noch weniger.«

»Und das akademische Leben?«, fragte Eva Backman. »Feste, Zusammenkünfte und Examensfeiern ... ich dachte, in so einer Stadt reihen sich solche Ereignisse dicht aneinander?«

Ribbing verzog den Mund. »Für den, der daran interessiert ist, gibt es viele Möglichkeiten. Aber Grooth hat an so etwas fast nie teilgenommen. Er ging höchstens mal zu einer Disputation, wenn es sich um einen Kollegen handelte. Aber keine akademischen Gesellschaften oder so ein Zeug. Zumindest, wenn seine Kollegen die Wahrheit sagen, und warum sollten sie das nicht tun?«

Eva Backman nahm sich ein Brot, ein Krabbenhörnchen, und trank einen Schluck Wasser.

»Und die Nachbarin?«, fragte sie. »Frau Zetterlund oder wie sie hieß?«

»Zetterlund, ja«, sagte Ribbing und kratzte sich im Nacken. »Sie ist über achtzig, aber auf Draht und sieht alles. Ab und zu hat sie sich mal mit Grooth unterhalten, wie sie behauptet. Er war nett und zuverlässig.«

»Nett und zuverlässig?«

»Ja. Was natürlich alles Mögliche bedeuten kann ... oder besser gesagt, gar nichts. Er scheint jedenfalls ganz umgänglich gewesen zu sein. Frau Zetterlund hat mir erzählt, dass der Waschkeller immer sauber und ordentlich war, nachdem er ihn benutzt hatte.«

»Hm«, sagte Backman. »Und wie steht es mit Computer und Telefon?«

»Wir haben uns seinen Arbeitscomputer vorgenommen, den er im Institut stehen hatte. Seine Mails handeln fast zu hundert Prozent von beruflichen Dingen, und ein Handy ... ja, so weit wir herausgefunden haben, hatte er keinen Vertrag. Was ja heutzutage ziemlich ungewöhnlich ist, oder?«

»Auf jeden Fall«, bestätigte Backman. »Das ist selten. Aber

wir haben Informationen über eine Frau in Kopenhagen. Habt ihr sie gefunden?«

»Sie ist im Computer«, bestätigte Ribbing. »Zwei empfangene Mails, eine gesendete. Kristin Pedersen heißt sie, wir haben versucht, sie anzurufen, aber niemanden erreicht. Haben ihr auch gemailt… bis jetzt keine Antwort.«

»Es ist wichtig, dass wir sie befragen können«, sagte Backman. »Je eher, umso besser.«

Sie aß noch ein Brot, eines aus der Leberpastetenabteilung, und dachte nach. Kristin Pedersen war die Frau, die Grooth bei sich hatte, als er in Lindås zu Besuch gewesen war… wann war das gewesen, was hatte Gunilla Winckler-Rysth gesagt?… Mai oder Juni? Wenn es jemanden gab, mit dem man über den verstorbenen Dozenten reden konnte, dachte Backman, dann wohl sie. Vielleicht sollte ich auch noch einen Kurztrip über den Sund machen? Wenn ich schon einmal so weit gekommen bin?

Nun ja, der morgige Tag würde es zeigen.

»Dann gehen wir also morgen früh in seine Wohnung?«, fragte sie noch einmal nach, und Ribbing nickte zur Bestätigung. »Ja, da werden wir ja wohl irgendetwas finden.«

Er wischte sich ein paar Brotkrümel von seinen breiten Schenkeln und schien zu zögern. »Warum untersucht ihr seinen Tod eigentlich?«, fragte er. »Ich habe das nicht so ganz verstanden. Was spricht denn eigentlich für… nun ja, Sie wissen schon?«

Eva Backman zuckte mit den Schultern.

»Nicht besonders viel«, gab sie zu. »Einige Kleinigkeiten. Zum Beispiel die Tatsache, dass seine Lebensgefährtin vor fünfunddreißig Jahren an genau derselben Stelle gestorben ist.«

»Was?«, bemerkte Ribbing. »Das ist ja ein Ding.«

»Genau«, bestätigte Backman. »Aber nur vielleicht. Es ist

so verdammt merkwürdig, aber eigentlich auch nicht mehr als das. Es ist kein Verbrechen zu erkennen.«

Ribbing schwieg eine Weile.

»Er war schon etwas eigen«, schlug er dann vor. »Wir haben hier in der Stadt so einige merkwürdige Vögel. Es gibt Leute, die sind der Meinung, die Universität wäre so etwas wie ein geschützter Raum.«

»Ach ja?«, sagte Backman und dachte, dass diese berühmte Grenze doch ziemlich deutlich zu erkennen war. Zwischen der feinen akademischen Welt und dem gewöhnlichen Volk. Solche wie Kriminalinspektor Ribbing. Auch wenn sein Name darauf hindeutete, dass er irgendwelche adligen Wurzeln hatte, war es offensichtlich, zu welcher Seite er gehörte.

Oder mit welcher er zumindest sympathisierte. Vielleicht ist er ja ein schwarzes Schaf, dachte Eva Backman. Ein schwarzer Riesenwidder. Sie trank einen Schluck Kaffee, um ihr Lächeln zu verbergen.

»Ja, ja«, brummte er und schob die Papiere wieder in seine Mappe. »Das war nicht viel, was ich habe vorbringen können, aber wir werden sehen, was wir morgen finden. Was haben Sie sich für den Abend gedacht, wie wollen Sie ihn verbringen?«

Hoppla, dachte Backman. Er will mich doch wohl nicht zum Essen ausführen?

»Keine Ahnung«, gab sie zu. »Ein Spaziergang und ein gutes Buch, nehme ich an.«

»Darf ich das Martinus vorschlagen«, sagte er. »Das ist ein Restaurant am Grand, und das Essen ist nicht schlecht. Ein kleines Essen unter Kollegen?«

Eva Backman überlegte zwei Sekunden lang. Warum nicht?, dachte sie.

Warum um alles in der Welt eigentlich nicht?

# 29

Wovon redest du eigentlich?«, fragte Rickard. »Kannst du das noch einmal sagen?«

»Gern«, nickte Tomas. »Es ist nichts Besonderes. Nur eine Möglichkeit, ein bisschen Geld zu verdienen. Jedes Semester das Stipendium abzuheben bis in alle Ewigkeit, ist ja nun nicht gerade eine wunderbare ökonomische Taktik. Da bist du doch wohl meiner Meinung?«

»Kann schon sein«, gab Rickard zu. »Aber ein Bus?«

»Genau«, sagte Tomas. »Ein Bus.«

Sie saßen bei Ubbo in der Oberen Schlossgasse. Ein Vormittag Anfang April. Mit Schnee vermischter Regen vor dem Fenster, Kaffee und Marzipanstückchen auf dem Tisch. Rickard hatte noch eine halbe Stunde bis zu seinem Seminar in Exegetik, wie es bei Tomas' Vorlesungen in Betriebswirtschaft aussah, wusste er nicht. War sich nicht einmal sicher, ob er überhaupt Betriebswirtschaft studierte. Vielleicht doch immer noch Volkswirtschaft. Oder Wirtschaftsgeschichte oder alles zusammen, war ja auch gleich.

»Wir fangen also damit an, dass wir uns einen Bus anschaffen«, fuhr Tomas mit kontrollierter Begeisterung fort. Rickard dachte, dass er diesen Ton kannte und dass hier geplant war, jemanden zu überreden. Vernunftbasierte Argumentation, aber verflucht nahe dran am schlichten Überreden.

»Und dann werden wir sehen, wie es läuft«, fuhr Tomas fort. »Im Sommer machen wir eine Erkundungstour. Alle sechs. Es geht darum, eine Route zu planen ... Campingplätze zu finden, billige Hotels, Sehenswürdigkeiten, ja, du weißt schon.«

»Hast du mit einem der anderen schon gesprochen?«

»Nein, ich fange mit dir an.«

»Wie geht es Gunilla?«

»Besser. Und sie braucht dringend etwas anderes, woran sie denken kann. Ja, es wird ihr gut tun, für eine Weile rauszukommen.«

Rickard nickte. Tomas machte eine kurze Pause und schaute einen Moment versonnen drein.

»Ich gehe davon aus, dass man einen Monat brauchen wird. Vielleicht anderthalb, wenn man den ganzen Ostblock schaffen will ... nun ja, wir werden wohl die UdSSR selbst links liegen lassen, aber die anderen Länder sollten wir ohne Probleme hinkriegen. Zuerst natürlich Polen, mit der Fähre von Ystad rüber, dann die Tschechoslowakei, Ungarn, Jugoslawien, Rumänien ...«

»Ein Bus?«, unterbrach ihn Rickard. »Wo kriegen wir einen Bus her?«

»Ich habe schon einen an der Hand«, erklärte Tomas mit einem entschuldigenden Lächeln.

»Tatsächlich?«, fragte Rickard.

»Ja, sicher. Ein Kommilitone von mir, sein Vater hat ein kleines Busunternehmen draußen in Bergsbrunna. Aber jetzt hat er irgendwas am Herzen und hört auf ... Er will seine beiden Busse verkaufen. Der eine ist bereits vorbestellt, aber den anderen können wir für vierzigtausend kriegen.«

»Vierzigtausend!«, rief Rickard aus. »Sag mal, spinnst du? Ich meine ...«

»Vielleicht kann ich ihn auf sechsunddreißig, siebenunddreißig runterhandeln«, fuhr Tomas fort. »Wenn wir bar bezahlen. Zwölftausend pro Paar ungefähr. Aber ich habe es mir so gedacht, dass wir mit jeweils fünfzehntausend anfangen, vielleicht sogar zwanzig, ein bisschen Puffer ist nicht schlecht … wir lassen eine Firma eintragen, und die Reise, die wir im Sommer machen, können wir natürlich als Recherchefahrt absetzen. Was hältst du davon?«

»Was ich davon halte?«, fragte Rickard und musste lachen. »Ich kann nur sagen, dass Anna und ich vielleicht fünfzehnhundert zusammenkratzen können, wenn wir uns ein bisschen anstrengen. Aber Gott, fünfzehntausend!«

Tomas stützte sich mit den Ellbogen auf den Tisch. Er bohrte seinen Blick in Rickard und sah aus wie eine Katze, der es gelungen war, ihre Beute in eine Ecke zu drängen.

»Kredit«, sagte er. »Hast du schon mal was davon gehört?«

Rickard schüttelte den Kopf. »Kredit? Was glaubst du denn, welche Bank uns Kredit geben würde? Arme Studenten, die von Nudeln und Blutpudding leben.«

»Kein Problem«, sagte Tomas. »Unsere Eltern können bürgen.«

»Was?«

»Das ist nur eine Formalität. Aber da keiner von uns irgendwelche Sicherheiten zu bieten hat … was ich zumindest annehme … brauchen wir einen Bürgen. Das ist eine Unterschrift auf einem Papier, mehr nicht. Sie müssen natürlich nie auch nur eine Öre beisteuern.«

»Hast du vielleicht nicht bedacht, dass man das zurückzahlen muss, was man sich leiht?«

»Doch, sicher. Aber man fängt damit erst nach zwölf oder achtzehn Monaten an. Wir können es auf zehn Jahre verteilen, dann ist es pro Monat nicht viel. Und wir werden Geld verdienen, vertraue mir, mein Bruder.«

Rickard dachte schweigend eine Weile nach. Tomas lehnte sich zurück, trank einen Schluck Kaffee und wartete.

»Ich weiß nicht«, sagte Rickard schließlich. »Das kommt etwas überraschend. Natürlich klingt es cool, so eine Reise durch Osteuropa, aber …«

»Ich kümmere mich um alles Praktische«, sagte Tomas. »Du brauchst keine Angst zu haben, dass es viel Arbeit wird. Im Herbst plane ich dann nach Norrland zu fahren … oder Göteborg.«

»Nach Norrland …?«

»Wochenendfahrten. Studenten, die übers Wochenende nach Hause fahren wollen. Die E4 hoch bis Luleå oder so. Die können dort aussteigen, wo sie wohnen. Vielleicht schaffen wir es schon vor dem Sommer mit ein paar Touren. Freitagnachmittag in Uppsala los, Sonntagabend zurück aus Norrland. Billige Preise. Oder vielleicht auch Göteborg, wie gesagt, aber ich denke, Norrland lohnt sich mehr … halb so teuer wie der Zug, klar wie Kloßbrühe, dass wir Leute finden. Es geht nur darum, Reklame zu machen, im *Ergo* und den anderen Käseblättern. Und bei den Studentenvereinigungen natürlich.«

»Und dann im nächsten Sommer Europa?«

»Ein oder zwei Touren, ja. Billigreisen … für solche wie uns. Studenten und andere arme Schlucker, die sich ein bisschen den Wind um die Nase wehen lassen wollen. Mit anderen Worten: die ganze Linke, die sich doch nur danach sehnt zu sehen, wie der Sozialismus wirklich aussieht. Prag fünf Jahre nach dem sowjetischen Einmarsch, wer will das nicht überprüfen? Das Paradies Bulgarien! Aber erst einmal freue ich mich wirklich auf einen Sommer mit der ganzen Bande im Bus. Wir könnten Ende Juli losziehen, ein kühles Bier in Budapest, das klingt doch nicht schlecht, oder? Und dann eins in Sofia.«

Er lachte. Rickard lachte auch. Reiseunternehmen?, dachte er. Mit dem Bus durch Europa? Nun ja, warum nicht? Wenn man sich nicht besonders dafür anstrengen musste und auch noch ein bisschen Geld damit verdiente. Ein wenig von der Welt sehen, wie gesagt.

»Weißt du, ich habe einen Busführerschein«, sagte Tomas. »Wenn einer von euch auch noch einen macht, dann müssen wir nicht einmal einen Fahrer anheuern. Man braucht zwei für so lange Fahrten ... wenn man Passagiere dabei hat, natürlich nur. Jetzt rede ich nicht von diesem Sommer. Ich bin bereit, die ganze Strecke zu fahren.«

»Ich muss mit Anna über die Sache reden«, sagte Rickard. »Was sagt Gunilla dazu?«

»Die ist sicher einverstanden«, meinte Tomas. »Aber ich habe noch nicht ernsthaft mir ihr darüber geredet.«

»Ich verstehe«, sagte Rickard.

»Gut«, sagte Tomas.

Zehn Sekunden lang schwiegen sie, dann aßen sie ihren Kuchen auf.

»Ich muss am Samstag wegen des Busses Bescheid geben«, erklärte Tomas.

»Am Samstag?«, fragte Rickard nach. »Du willst damit sagen, dass wir uns innerhalb von drei Tagen entscheiden müssen?«

Tomas zuckte mit den Schultern. »Ich fürchte, da gibt es noch einen anderen Anwärter«, sagte er. »Es wäre schon gut.«

Rickard schaute auf die Uhr. »In Ordnung«, sagte er. »Ich werde heute Abend mit Anna reden. Aber jetzt muss ich zur Vorlesung.«

»Wir hören voneinander«, sagte Tomas. »Und du brauchst dir wirklich keine Sorgen machen, es ist ein Schnäppchen.«

»Ich mache mir keine Sorgen«, sagte Rickard.

Setzte sich die Kapuze auf und ging hinaus in das Aprilwetter.

Sie war begeisterter, als er erwartet hatte.

Wenn »begeistert« überhaupt ein Wort war, das man in Bezug auf Anna verwenden konnte. Diese Überlegung gefiel ihm gar nicht, aber sie kam ihm in den Sinn, ohne dass er darum gebeten hatte, und er konnte sie problemlos beiseite schieben. Das war eine Persönlichkeitsfrage, nichts, was man kritisierte oder zu ändern versuchte. Außerdem war er selbst aus dem gleichen Holz geschnitzt, oder? Er erwartete nur selten oder gar nie diese Intensität und das starke Erlebnis – den Rausch –, wie viele andere Menschen es offensichtlich taten. Besonders junge Menschen, auf der Jagd nach dem Ekstatischen. Das war wohl auch der Grund, warum sie Drogen nahmen, vermutete Rickard. Er selbst hatte nie auch nur den geringsten Drang in dieser Richtung verspürt, Tabak und Alkohol, sicher, aber da war auch schon die Grenze erreicht.

Nicht einmal wenn sie sich liebten, machte Anna viel Aufhebens von sich, und hinterher war er oft gezwungen, sie zu fragen, ob sie gekommen war oder nicht. Zwei von drei Malen war sie das, aber er war sich nie bewusst, wann.

Dass sie sich jetzt also – fast ohne jede Bedenkzeit – positiv zu Tomas' Busidee stellte, ja, das war vorsichtig ausgedrückt eine Überraschung. Sie hatten noch nichts für den Sommer geplant, abgesehen davon, dass sie beide einige Zeit jobben wollten – jobben mussten –, und er begriff, dass ein großer Teil seines eigenen Zögerns wahrscheinlich einem vermeintlichen Nein von Anna geschuldet war. Da er erwartet hatte, dass sie es als zu riskant ansehen würde, zu kostspielig, einfach zu uninteressant, den halben Sommer in einem Bus herumzukutschieren und sich auch noch mit einem Kredit und einer Firmenbeteiligung zu binden – ja, war es nicht genau diese erwartete distanzierende Reaktion, die seiner eigenen Begeisterung einen Dämpfer versetzt hatte?

Aber so ist es wohl in einer Beziehung, dachte er. Man geht

bei seinen Überlegungen nicht nur von der eigenen Erwartung aus, sondern auch von der des Partners.

Und dass sie ohne zu zögern Ja sagte, führte dazu, dass er sich ein wenig über sich selbst ärgerte.

»Ich finde das auch eine tolle Idee«, sagte er. »Wir können ja beide die erste Hälfte des Sommers jobben, und dann verbringen wir die zweite in Osteuropa.«

»Aber was diesen Kredit betrifft«, sagte Anna und biss sich auf die Lippen. »Ich werde meine Eltern nie dazu bringen, so ein Papier zu unterschreiben. Wer Schulden hat, ist nicht frei, mein Vater wird das noch auf seinen Grabstein schreiben. Er findet es schlimm genug mit dem Stipendium.«

»Das macht nichts«, versprach Rickard. »Ich rede mit meiner Mutter, das kriegen wir schon hin.«

Noch am selben Abend sprach er mit seiner Mutter in Hova, und wie erwartet kriegten sie das hin.

Der Haken dabei war nur, dass er sie ein wenig anlog, aber er wusste, dass es notwendig war. Eine Bürgschaft für den Sohn zu übernehmen, das war kein Problem für sie, im Gegenteil, aber die Bürgschaft für einen Kredit für einen Bus zu übernehmen, das war etwas anderes.

Folglich erklärte er, dass es um eine Wohnung ging, auf eine undurchsichtige Art und Weise gelang es ihm, sie glauben zu machen, dass sie Zuwachs erwarteten und deshalb eine größere Wohnung brauchten. Seine Mutter war nie bei ihm zu Besuch gewesen, weder in der Väktargatan noch überhaupt in Uppsala, hatte noch nie Anna gesehen – aber ihnen unter die Arme zu greifen, wenn sie ein richtiges Heim brauchten, das war eine Selbstverständlichkeit.

Nicht mit Geld, denn das hatte sie nicht, aber ein Name auf einem Papier kostete ja nichts.

Mutter wie Sohn deuteten außerdem an, ohne dass es zu einer konkreten Abmachung kam, dass es bald an der Zeit war, sich einmal zu dritt zu treffen. Oh ja, das war es wirklich.

Das Gespräch dauerte nur fünf Minuten. Wie üblich überfiel ihn das schlechte Gewissen, nachdem er den Hörer aufgelegt hatte, dieses Mal noch ein wenig stärker, da er die Unwahrheit gesagt hatte. Gleichzeitig wusste er, dass sie eigentlich genauso zufrieden war wie er selbst, dass sie so distanziert miteinander umgingen, und er nahm an, dass sie auch ein entsprechendes schlechtes Gewissen plagte.

Meine Mutter und ich, dachte er. Fremde gleichen Blutes.

Aber Anna zauberte eine Flasche Parado zu den Spaghetti mit Hackfleischsoße hervor, und es war zu spüren, dass sie beide eine neue Form von Erregung verspürten. Als sie sich später am Abend liebten, war er sicher, dass sie einen Orgasmus hatte, er brauchte gar nicht zu fragen.

## 30

Gunnar Barbarotti traf Tomas Winckler im Hotel Gothia in Göteborg, nur drei Stunden, nachdem er mit Rickard Berglund in Kymlinge gesprochen hatte. Winckler war geschäftlich in der Stadt und wohnte im Gothia, sie saßen im Restaurant in der dreiundzwanzigsten Etage, jeder mit einem viereckigen Teller mit Meeresfrüchten vor sich, und blickten in die Dämmerung hinaus, die Barbarotti an Schmeißfliegenflügel erinnerte. Und zwar wegen der Farbe, so merkwürdig dumpf schimmernd, er nahm an, dass es etwas mit Luftverschmutzung und verdreckten Straßenlaternen zu tun hatte.

Tomas Winckler sah weder schmutzig noch verdreckt aus. Ganz im Gegenteil, frisch geduscht und wie geleckt. Er hatte eine Stunde zugesagt, anschließend wartete ein Geschäftsessen auf ihn. Wenn es nötig sein sollte, würde er mit Inspektor Barbarotti gerne nächste Woche noch einmal sprechen. Natürlich. Die Geschichte mit Germund Grooth war wirklich merkwürdig. Seine Frau und er hatten stundenlang darüber diskutiert.

»Und zu welchem Ergebnis sind Sie gekommen?«, fragte Barbarotti und spießte eine Krabbe mit der Gabel auf.

»Ja, was soll man davon halten?«, entgegnete Winckler. Zuckte mit den Schultern und tat so, als würde er nachdenken. »Germund war immer ein Eigenbrötler, aber dass er einmal so enden würde, das konnte keiner ahnen.«

»Nicht?«, hakte Barbarotti nach. »Und das ist alles, worauf Sie gekommen sind? Sie und Ihre Frau?«

Eine plötzliche Woge von Antipathie überkam ihn, da war etwas an Wincklers gebügeltem Anzug und seinem sonnengebräunten Teint, das ihn irritierte. Diese sanfte Selbstsicherheit und professionelle Freundlichkeit. Warum wohnte er im Hotel Gothia, wenn sein Haus nur fünfzehn, zwanzig Kilometer entfernt lag? Ein Zimmer an so einem Ort kostet sicher mehr als ein Taxi, dachte Barbarotti, während er darauf wartete, dass sein Tischnachbar ein Stück Hummer hinunterschluckte, um antworten zu können. Viel mehr.

»Doch, tatsächlich«, sagte Winckler. »Wir hatten im Laufe der Jahre nicht viel Kontakt mit ihm. Wie Sie wissen, war er vor ein paar Monaten zusammen mit einer Dame bei uns zu Besuch, einer Dänin, ich habe leider ihren Namen vergessen … aber das war wirklich eine einmalige Angelegenheit. Wir trafen uns während unserer Uppsalazeit, weil er mit meiner Schwester zusammen war. Als sie starb, brach der Kontakt ab. Zumindest im Großen und Ganzen, deshalb haben wir absolut keine Ahnung, warum er sich entschlossen hat, seinem Leben in der Gänseschlucht ein Ende zu setzen.«

»Sie meinen also, er hat sich dazu entschieden?«

»Gibt es irgendwelche anderen Erklärungen, die denkbar wären?«

Barbarotti war sich nicht sicher, ob in Wincklers Stimme ein Hauch von Verwunderung lag. Vielleicht war dem ja so, aber seine Irritation überwog.

»Es gibt so einige merkwürdige Umstände.«

»Umstände?«, fragte Winckler nach, »was für Umstände?«

»Darauf kann ich jetzt nicht eingehen. Aber vor fünfunddreißig Jahren war es ja ganz ähnlich. Als Ihre Schwester starb … da waren die genauen Umstände auch nicht ganz klar, oder?«

Tomas Winckler zeigte einen neuen, schärferen Gesichtsausdruck.

»Worauf wollen Sie eigentlich hinaus?«

Barbarotti spießte eine weitere Krabbe auf. »Ich will auf die Wahrheit hinaus«, sagte er und versuchte bescheiden zu klingen. »Nichts anderes. Ich finde, beide Todesfälle sind außerordentlich merkwürdig. So habe ich beispielsweise das Protokoll jenes Gesprächs gelesen, das Sandlin 1975 mit Ihnen geführt hat. Sie sagten damals, Sie seien überzeugt davon, dass Maria sich nicht das Leben genommen hat ... genauso überzeugt waren Sie davon, dass niemand sie gestoßen hat. Wie kommt es, dass Sie sich dieser beiden Dinge so sicher waren?«

Winckler saß still da und betrachtete ihn ein paar lange Sekunden lang. Er ließ seine Armbanduhr einmal um das Handgelenk kreisen. Eine Rolex, schätzte Barbarotti. Ungefähr ein halbes Kilo schwer.

»Weil alles andere undenkbar ist«, sagte Winckler schließlich. »Vollkommen undenkbar.«

»Auch, dass sie sich das Leben genommen hat?«

»Warum hätte sie das tun sollen?«

Barbarotti blickte über die Stadt. »Leute nehmen sich das Leben. Jeden Tag. Und meistens kommt es überraschend für die Angehörigen.«

Tomas Winckler schwieg.

»Sie glauben also nicht, dass jemand sie gestoßen haben könnte?«

»Absolut nicht. Das ist ein unsinniger Gedanke.«

»Und dass jetzt ihr Lebensgefährte fünfunddreißig Jahre später an derselben Stelle tot aufgefunden wurde, ändert das etwas an Ihrer Meinung?«

Tomas Winckler trank einen Schluck Weißwein.

»Nein, er wollte da sterben, wo sie gestorben ist. Fragen Sie mich nicht, warum.«

»Als er Sie damals zusammen mit dieser dänischen Frau besucht hat, haben Sie da irgendwelche Anzeichen einer Depression an ihm wahrgenommen?«

»Nein. Darüber haben wir auch gesprochen, meine Frau und ich. Er war etwas schwierig, aber das ist er ja schon immer gewesen. Düster und schwierig.«

»Düster und schwierig?«

»Ja, ungefähr so.«

Barbarotti seufzte innerlich und wechselte das Thema.

»Diese Clique, ich habe ein wenig darüber nachgedacht. Sie sechs haben sich also häufiger getroffen, kannten einander in- und auswendig ... und nachdem das mit Maria passiert ist, ist die Clique zerbrochen. War es so?«

»Mehr oder weniger. Aber ich möchte nicht behaupten, dass wir einander in- und auswendig kannten. Einige von uns vielleicht. Rickard und ich ... anfangs.«

»Anfangs?«

»Ja.«

»Aber in Uppsala waren Sie eine verschworene Einheit?«

»Ein paar Jahre lang, ja.«

»Und alle haben so ungefähr gleichzeitig Uppsala verlassen, nicht wahr?«

Winckler lehnte sich zurück und dachte nach. »Im Großen und Ganzen, ja. Aber das ist doch normal, man studiert einige Jahre lang und zieht dann weiter. Meine Frau und ich, wir sind im August 1974 nach Göteborg gezogen, und ich glaube, Rickard hat seine Pfarrstelle im Frühling 1975 angetreten ... und Maria und Germund sind wie gesagt im Herbst desselben Jahres nach Kymlinge gezogen. Sie hatten dort beide eine Lehrerstelle gekriegt, ja, das war nur wenige Monate, bevor es passiert ist.«

»Sie sind in der Reisebürobranche, nicht wahr?«

Winckler nickte.

»Ich habe Informationen, die besagen, dass Sie bereits 1972 ein Reiseunternehmen gegründet haben. Das 1974 in Konkurs ging. Qualitätsreisen GmbH. Stimmt das?«

Winckler musste lachen. »Ja, natürlich. Es war zunächst nur so eine Studentensache. Wir wollten ein bisschen durch Osteuropa fahren, das war zu der Zeit sehr populär. Und boten noch einige Billigfahrten durch Schweden an … aber es stimmt, nach ein paar Jahren waren wir bankrott.«

»Haben Sie viel Geld verloren?«

»Einiges. Aber nicht besonders viel.«

»Aber Sie haben dann in der Branche weitergemacht?«

»Ich habe ein paar Jahre in einer Bank gearbeitet. Dann haben wir die Tomas-Winckler-Reisen gegründet. Das hat sich im Laufe der Zeit entwickelt.«

Er lächelte ein wohlverdientes Erfolgslächeln. Bescheiden, doch nicht ohne Stolz. Gunnar Barbarotti trank einen Schluck Wasser und schaute hinüber zur Bar, an der zwei langbeinige Damen gerade ihre roten Drinks mit Strohhalm bekamen. Ich mag keine Erfolgsmenschen, dachte er. Das ist die bittere Wahrheit.

»Sie haben gesagt, Germund Grooth sei ein Eigenbrötler. Können Sie das näher ausführen?«

Winckler schaute auf seine Rolex und schien zu beschließen, dass es noch Zeit für die Fortsetzung des Gesprächs gab.

»Er war immer irgendwie anders«, sagte er. »Gunilla und ich haben das damals schon so empfunden. Ich kann mir gut vorstellen, dass er im Laufe der Zeit ein richtiger Sonderling geworden ist. Was andere Menschen betraf, so fiel es ihm schwer, mit ihnen in Kontakt zu kommen. Natürlich war er unglaublich begabt, er hätte es in der Wissenschaft weit bringen können, aber vielleicht fehlte auch etwas … ich weiß es nicht. Aber er war interessant, das will ich nicht leugnen. Und er passte irgendwie zu Maria … sie war auch ein ungewöhnlicher Mensch.«

»Ungewöhnlich?«, fragte Barbarotti nach.

»Es ist schwer, sie zu beschreiben. Sie war ja meine Schwester, wir standen uns sehr nahe … ja, sie war etwas Besonderes, daran gibt es keinen Zweifel.«

Etwas Besonderes?, dachte Barbarotti irritiert. Kannst du keine besseren Worte finden, um deine tote Schwester zu beschreiben?

»Als Sie sich an diesem Abend auf dem Pfarrhof trafen«, fragte er stattdessen, »an dem Tag, bevor es passiert ist … da ging es nicht nur um ein Wiedersehen, oder? Da war noch etwas anderes im Spiel?«

Ein Schuss ins Blaue, und Winckler fiel nicht darauf herein.

»Etwas anderes?«, fragte er und zog ganz unschuldig zwei Augenbrauen hoch. »Jetzt weiß ich nicht, worauf Sie hinauswollen.«

»Ich habe mir Sandlins Verhörprotokolle angesehen«, sagte Barbarotti. »Da gibt es einige Ungereimtheiten.«

Verflucht, was quatsche ich da?, dachte er. Er muss doch wissen, dass ich nur bluffe.

Tomas Winckler überlegte einige Sekunden lang.

»Ich weiß nicht, auf was für Ungereimtheiten Sie hinauswollen«, sagte er. »Es war ein normales Essen. Vielleicht nicht besonders geglückt, aber es war zumindest ein Versuch, die Clique wieder aufleben zu lassen. Wir hatten uns seit ungefähr einem Jahr nicht mehr gesehen.«

»Und hinterher, haben Sie sich noch mal getroffen? Die fünf, die übrig geblieben sind?«

»Nein, nicht alle fünf. Ich kann mich erinnern, dass wir die Berglunds einmal in der Stadt getroffen haben, das war wohl so ein halbes Jahr später, denke ich. Und wir waren ein- oder zweimal bei ihnen zum Essen … aber das ist lange her. Irgendwie hat es nicht geklappt, den Kontakt aufrechtzuerhalten.«

»Aber Rickard Berglund und Sie, Sie waren also in Uppsala gute Freunde?«

Winckler nickte ernst. »Sehr gute«, sagte er. »Wir waren zusammen beim Militär, ja. Rickard und ich, wir waren wirklich gute Freunde.«

Barbarotti meinte eine Art Sehnsucht aus seiner Tonlage herauszuhören. Etwas war verloren gegangen, und Tomas Winckler bedauerte, dass es so gekommen war.

»Warum haben Sie den Kontakt abgebrochen? Es muss doch einen Grund gegeben haben?«

Tomas Winckler schüttelte den Kopf. »Ich weiß es wirklich nicht. Ich glaube, Gunilla, meine Frau, und Anna Berglund haben nie viel miteinander anfangen können. Es waren eher Rickard und ich, die befreundet waren. Germund stand immer etwas außen vor, aber Maria war ja meine Schwester, und in all den Jahren … ja, da war es ganz natürlich, dass wir zusammenhingen. So sieht doch das Leben aus, einige Freunde bleiben einem, andere verliert man unterwegs, oder?«

Gunnar Barbarotti betrachtete den Fliegenflügelhimmel eine Weile, bevor er antwortete. »Wie lange ist es her, dass Sie das letzte Mal etwas von Rickard Berglund gehört haben?«, fragte er.

»Wir mailen uns ab und zu«, erklärte Tomas Winckler. »So ein paar Mal im Jahr. Ich weiß, dass Anna Krebs hat, es dauert wahrscheinlich nicht mehr lange …. ich habe Anfang August von ihm eine Mail bekommen, habe ziemlich umgehend darauf geantwortet.«

»Elisabeth Martinsson, haben Sie irgendeinen Kontakt zu ihr?«

»Wer ist das?«

Wieder konnte Barbarotti nicht sagen, ob die Verwunderung echt oder gespielt war.

»Elisabeth Martinsson war bei dem Pilzausflug vor fünfunddreißig Jahren mit dabei, Sie erinnern sich doch sicher?«

»Ach so, ja, so hieß sie. Nein, ich habe sie nie getroffen, weder vorher noch hinterher.«

»Ich verstehe«, sagte Barbarotti. »Was haben Sie am Samstag zwischen zwölf und vier Uhr gemacht?«

»Was?«

»Ich habe gefragt, was Sie am Samstagnachmittag getan haben.«

Tomas Winckler trank einen Schluck Wein und drehte die Rolex wieder herum.

»Warum um alles in der Welt wollen Sie das wissen?«

»Routine«, erklärte Barbarotti. »Ich möchte nichts versäumt haben.«

»Ich begreife nicht, worauf Sie hinauswollen«, sagte Tomas Winckler.

»Vielleicht können Sie trotzdem auf meine Frage antworten«, schlug Barbarotti vor. »Letzten Samstag, also?«

Winckler dachte fünf Sekunden lang nach. »Morgens habe ich Golf gespielt«, sagte er. »Nachmittags war ich wohl zu Hause.«

»Kann das jemand bestätigen?«

»Nun ist es aber genug«, sagte Tomas Winckler. »Jetzt gehen Sie zu weit.«

Er wollte vom Tisch aufstehen, aber Barbarotti gab ihm mit einem Handzeichen zu verstehen, dass er sich wieder hinsetzen solle.

»Es gibt keinen Grund, sich aufzuregen«, sagte er und bemühte sich um ein freundliches Lächeln. »Sie verstehen doch, dass wir, falls Germund Grooth tatsächlich ermordet worden sein sollte, ein gewisses Interesse daran haben, zu erfahren, was die Leute in der Zeit, in der es sich abgespielt hat, getan haben.«

»Ermordet?«, platzte Winckler heraus und ließ sich wieder auf den Stuhl fallen. »Was reden Sie da?«

»Das ist eine Möglichkeit«, sagte Barbarotti. »Sie glauben doch wohl selbst nicht, dass ich hier sitze und in einem Selbstmord ermittle?«

Tomas Winckler antwortete nicht.

»Darf ich das so interpretieren, dass Sie am Samstag den ganzen Nachmittag allein zu Hause waren?«

Wincklers Kiefer mahlten eine Weile, aber es kam kein Kommentar. Barbarotti wartete geduldig, aber nach einer halben Minute stand sein Gegenüber auf, knöpfte sich die Jacke zu und verließ das Restaurant entschlossenen Schrittes.

Interessant, dachte Gunnar Barbarotti. Obwohl es eine Frechheit ist, mich mit der Rechnung sitzen zu lassen.

Da er nun sowieso sechshundertsechzig Kronen bezahlen musste, blieb er sitzen und aß den gesamten Teller mit Meeresfrüchten bis zum letzten Stück auf. Rief in der Zwischenzeit Marianne an und erklärte ihr, dass er sie liebe, dass er ein halber Idiot sei, aber seine andere Hälfte sie liebe – und dass er um halb acht zu Hause sein würde und gern ein fantastisches Essen für die ganze Bande kochen würde, da es endlich Freitagabend war. Wenn sie nur die Zutaten kaufen und die Bande so lange warten könnte.

Sie antwortete, dass sie ihrerseits ihn sicher mit mindestens sechzig Prozent ihrer gesunden hundert liebe und dass sie die Essensfrage mit Schwedens Jugend, seiner Zukunft, verhandeln wolle.

Als er kurze Zeit später durch die Hotellobby ging, konnte er gerade noch sehen, wie Tomas Winckler eine pelzgekleidete Dame durch die Eingangstür führte, und ihm wurde klar, dass die Frage, warum man nach einem Geschäftsessen nicht ein Taxi nach Hause nahm, offenbar eine viel einfachere Erklärung hatte, als er sich gedacht hatte.

Schau einer an, dachte Inspektor Barbarotti. Wusste ich

doch, dass in diesem Armani tief drinnen ein Stinkstiefel steckt.

Aber vielleicht ist ja gerade der Armani selbst ein Markenzeichen für alle Stinkstiefel dieser Welt?, dachte er weiter – ihr Signum sozusagen –, doch an diesem Punkt war es offensichtlich an der Zeit, einen großen Schritt zurück aus den gelobten Gemarken der Vorurteile zu machen.

Auf dem Heimweg nach Kymlinge stellte er fest, dass er nicht nach Rickard Berglunds Alibi für den betreffenden Zeitraum gefragt hatte. Tomas Winckler hatte offensichtlich vormittags Golf gespielt, hinterher war es unklar. Der Zeitpunkt von Germund Grooths Tod hatte nicht exakt festgestellt werden können; zwischen 12 und 16 Uhr am Samstag, dem 25. September, enger konnte man ihn laut Obduzent Ritzén nicht eingrenzen. Heute war Freitag, der 1. Oktober. Barbarotti stellte fest, dass fast eine Woche vergangen war, sie hatten an dem Fall fünf Tage gearbeitet, und wenn man ehrlich sein wollte, dann war nicht besonders viel zu Tage getreten, was darauf hindeutete, dass jemand dem Dozenten aus Lund da draußen in den Wäldern über den Steilhang geholfen hatte.

Einige Fragezeichen und ein paar Ungereimtheiten waren wohl an die Oberfläche gekommen, aber dem war fast immer so, wenn man anfing, Leuten Fragen zu stellen. Dass man auf irgendwelche Widersprüche stieß, so manche übertriebene Reaktion oder jemanden, der eine unbekannte Frau durch ein Hotelfoyer führte, was aber noch lange nicht bedeutete, dass man einem Täter auf der Spur war. Absolut nicht.

Der Begriff Täter setzte außerdem voraus, dass ein Verbrechen begangen worden war, und wenn man all diese unbedeutenden Ungereimtheiten beiseite schob, dann gab es eigentlich nichts, was in diese Richtung wies.

Wenn man ehrlich war, wie gesagt.

Auf jeden Fall war es Freitagabend geworden. Er beschloss, dass ab jetzt Wochenendfrieden herrschte und er Germund Grooth oder der Gänseschlucht oder dem früheren Treiben seiner jetzigen Ehefrau keinen weiteren Gedanken mehr schenken wollte, bis allerfrühestens Montagmorgen.

Aber irgendetwas war an dieser verfluchten Gruppe dran, das musste er einräumen, und das war die erste Frage, die er näher betrachten wollte, wenn er wieder hinter seinem Schreibtisch im Polizeigebäude von Kymlinge saß.

Die Alibis der anderen natürlich auch. Er hoffte, dass Eva Backman und die Assistenten sich darum gekümmert hatten, wie es an dieser Front aussah. Und dass Backman zumindest irgendetwas auf ihrer Reise nach Skåne herausbekommen hatte, das durfte man ja wohl voraussetzen?

Aber erst einmal Wochenendfrieden also. Lucilio de Carmo und fünfzig Minuten Fado für den Anfang. Fließende Trauer auf Portugiesisch.

## 31

Maria, der Spatz.

Juli 1972. Habe sechs Wochen beim Profeten gejobbt, heute Abend war der letzte Abend, und das war auch höchste Zeit. Ich ertrage diese pubertierenden Alphamännchen nicht länger, die es sich aus irgendeinem Grund leisten können, Abend für Abend dort herumzuhocken, Bier zu saufen, ihre Stimmen immer lauter dröhnen zu lassen, während ihr Blick langsam verschwommen wird. Die meisten sind keine Studenten, die Studenten sind nach Hause nach Bollnås, Piteå oder Katrineholm gefahren. Die Stadt ist ausgestorben wie nach einem Atomkrieg, und die armen Schlucker, denen es nicht gelungen ist, während des radioaktiven Niederschlags zu fliehen, die treffen sich im Profeten. Da steht der Spatz hinter dem Tresen und zapft schäumendes Bier für sie, damit ihre wenigen, noch vorhandenen Gehirnzellen langsam, aber sicher ins Koma fallen, in Erwartung des letztendlichen Zusammenbruchs. Verdammte Scheiße, wie ich sie verabscheue. Ich weiß, dass sie mir stattdessen eigentlich leidtun müssten, aber das tun sie nicht.

Germund hatte in einem Laden in der Oberen Schlossgasse gejobbt, hatte dort Fahrräder repariert und lackiert, die Drahtesel waren wahrscheinlich geklaut oder zumindest aus dem Fyris gefischt, aber was soll's. Man muss nehmen, was einem geboten wird, außerdem hat er ja noch sein Stipendium plus einiges an Geld von seinen verunglückten Eltern, wir können also nicht klagen. Wir kommen zurecht. Ich klage auch gar nicht, bin nur ein wenig müde, dort, wo einmal meine Seele war.

Und morgen geht es los. Das wird total schön. Anfangs, als mein Goldjunge von Bruder seine Idee mit der Busfirma vortrug, da habe ich gedacht, es wäre das Idiotischste, was ich je gehört habe, selbst von ihm, aber ich muss sagen, inzwischen habe ich meine Meinung geändert. Es gibt drei Teilhaber der Firma: Tomas und Gunilla halten einundfünfzig Prozent – Germund und ich, genauso wie Rickard und Anna, jeweils vierundzwanzigeinhalb. Er möchte natürlich die Kontrolle behalten, der liebe Tomas, aber das ist mir auch egal. Sie haben sechsundzwanzigtausend eingezahlt, wir und die Berglunds – sie haben tatsächlich vor zwei Wochen geheiratet und tragen jetzt denselben Familiennamen – jeweils zwölfeinhalb.

Also kann man sagen, dass Germund und ich ein Viertel Bus besitzen. Der hat achtunddreißigtausend gekostet. Tomas hat für diverse Reparaturen zweitausend ausgelegt, und elftausend haben wir noch als Kapital. Dass ich all diese Zahlen so genau weiß, liegt daran, dass wir gestern in der Sibyllegatan ein Firmentreffen hatten und Tomas alle grundlegenden Fakten auf Punkt und Komma durchgegangen ist. Qualitätsreisen heißt die Firma, der Bus ist gelb und grün, Tomas hat jede Menge Sitze herausgeschraubt und Trenngardinen und so angebracht, so dass wir sozusagen jeweils einen Bereich haben, wenn wir durch Europa tuckern. Aber wenn wir später dann richtig Leute kutschieren, dann werden die Sitze natürlich wieder angeschraubt. Die liegen jetzt in einem Schuppen draußen in Lurbo, er hat überall so seine Kontakte, mein Bruderherz.

Es ist geplant, dass wir fünf Wochen unterwegs sind. Am Wochenende vor Semesterbeginn wollen wir wieder zurück sein, ja, es ist lange her, dass ich mich auf etwas so gefreut habe wie auf diese Reise. Auch wenn mir klar ist, dass das in erster

Linie am Profeten und den Bieridioten liegt. Endlich einmal wegzukommen!

Endlich für eine Weile aus Uppsala raus zu kommen. Germund ist eigentlich genauso begeistert wie ich, auch wenn er es nicht so zeigen kann. Aber ich kann es ihm ansehen. Er hat alles an Physik gelernt, was zu lernen möglich war, sein Professor will, dass er promoviert, aber Germund meint, er möchte vorher noch mehr Mathe machen. Mathe und theoretische Physik, damit will er sich im Herbst beschäftigen. Ich selbst werde mit Literaturwissenschaft weitermachen, dem C-Kurs. Das halbe Semester lang muss ich einen Aufsatz schreiben, ich neige zu Céline, obwohl die es lieber haben, wenn man etwas Schwedisches nimmt. Dann wäre es Dagerman, aber ich muss mich ja erst im Herbst entscheiden.

Es klappt gut, mit Germund zusammenzuwohnen, so langsam glaube ich, dass es etwas mit unseren Narben zu tun hat. Wir sind beide beschädigt, er natürlich schlimmer als ich, er hat seine Familie verloren, ich bin nur auf den Kopf gefallen und dadurch in meiner Persönlichkeit verändert. Das ist schon ein gewisser Unterschied, aber es ist die grundlegende Ähnlichkeit, auf der wir aufbauen. Manchmal, wenn wir einander über den Frühstückstisch anschauen, ist es, als würden wir uns zum ersten Mal sehen.

»Hallo, Mädel«, kann Germund dann sagen. »Wie heißt du, und wie bist du hier hereingekommen?«

Ich antworte dann meistens auf Französisch. Sage, dass ich einem Fremden meinen Namen nicht verrate, und wenn er nicht augenblicklich aus meiner Wohnung verschwindet, werde ich die Bullen rufen. *Les flics.*

Ja, es ist tatsächlich einfach, sich mit Germund wieder auf Anfang zu stellen, ich weiß nicht, ob andere Menschen das verstehen, aber das ist ein außerordentlicher Vorteil. Er wird außerdem schnell erregt, wenn ich Französisch rede, was auch nicht schlecht ist. Unser Sex ist so gut, dass wir eigentlich einen Ratgeber schreiben sollten.

Sie haben kirchlich geheiratet, Rickard und Anna, aber nur in einer Seitenkapelle des Doms. Ich habe keine Ahnung, warum sie ausgerechnet jetzt zugeschlagen haben, vielleicht ist sie ja schwanger, aber das wird sich wohl während der Reise zeigen. Anschließend gab es ein Essen im Skaris. Die Üblichen plus die engste Familie. Rickards Mutter, Annas Eltern und Brüder. Eine ziemlich gemischte Schar, wenn ich ehrlich bin, aber nach zwei Stunden war es überstanden, und es gab keine blutigen Köpfe, wie Germund es in seiner Dankesrede zusammenfasste. Niemand hatte ihn gebeten, eine Rede zu halten, aber er war leicht betrunken und offenbar der Meinung, irgendwie zu dem Fest beitragen zu müssen. Vor allem Annas Vater sah wenig begeistert aus.

Gunilla hat es nach dieser Totgeburt im Herbst schwer gehabt. Sie war einige Monate in Ulleråker, ist aber seit Januar wieder zu Hause. Aber sie hat überhaupt nicht studiert, ist nur zu Hause wie so eine Art trübsinniger Zombie herumgelaufen, ich habe sogar mal versucht, mir ihr zu reden, obwohl es mir nicht liegt, Leuten auf diese Art und Weise zu helfen. Aber dass sie schwer getroffen ist, daran besteht kein Zweifel, wir werden sehen, wie sie sich während der Reise verhalten wird. Wenn ich irgendwelche Bedenken habe, dann in Bezug auf Gunilla, sie scheint instabiler zu sein, als erlaubt ist, und es ist wahrscheinlich eine etwas dickere Haut nötig, wenn man mit fünf anderen Menschen fünf Wochen lang in einem Bus leben soll. Und dazu noch in diversen sozialistischen Paradiesen.

Germund hat letzte Nacht wieder so einen merkwürdigen Albtraum gehabt. Ich weiß nicht, worum es dabei eigentlich ging, da er nicht darüber reden möchte. Ich bin davon aufgewacht, dass er im Bett saß und irgendwas geplappert hat, zuerst dachte ich, es wäre eine physikalische Formel, es klang total unbegreiflich, und es dauerte eine Weile, bis ich begriffen habe, dass er im Schlaf gesprochen hat. Plötzlich stand er auf, ging durchs Zimmer und stieß mit dem Kopf gegen den Türpfosten. Mehrere Male, während er weiter diesen merkwürdigen Vers vor sich hinbrabbelte. Dann stand er einfach nur da, mitten im Raum, mit herabbaumelnden Armen, aber immer noch seine Litanei vor sich hinleiernd, und obwohl er mehr oder weniger immer die gleichen Worte wiederholte, konnte ich keine Bedeutung heraushören, nicht einmal im Ansatz. Ich bin mir nicht einmal sicher, ob er überhaupt Schwedisch gesprochen hat. Er stand vielleicht eine halbe Minute so da, dann fiel er zu Boden und fing an zu jammern. Ich finde keinen besseren Ausdruck als jammern, und nachdem auch das eine Weile so weiterging, beschloss ich, dass es wohl an der Zeit war, ihn aufzuwecken. Zuerst rief ich seinen Namen und fasste ihn an, aber das nützte nichts, dann ging ich in die Küche, holte ein Glas Wasser und kippte es ihm über den Kopf.

Er wachte sofort auf, starrte mich an und fragte, welches Jahr wir haben.

Ja, er fragte tatsächlich, welches Jahr wir haben. Zweimal, beim zweiten Mal mit lauter Stimme und ein wenig verärgert. Einen Moment lang fürchtete ich, er wäre verrückt geworden, irgendetwas in seinem Kopf könnte kaputtgegangen sein, vielleicht durch das Wasser, was weiß ich, wie bei einem Felsen, den man mit Hitze und anschließender Kälte spaltet, aber dann blinzelte er ein paar Mal, räusperte sich und ging auf die Toilette.

Dort blieb er zehn Minuten, kam zurück, entschuldigte sich und erklärte, er habe einen Albtraum gehabt. Ich fragte ihn, ob er sich daran erinnern könne, dass er im Bett gesessen und geredet habe und dann aufgestanden war und den Kopf gegen den Türpfosten geschlagen hatte, aber er sagte, er könne sich an nichts davon erinnern. Er habe während eines Kriegs in einem Verhörraum gesessen, behauptete er, und das Einzige, was er angegeben habe, waren Name und Dienstgrad, genau wie man es tun sollte. Immer und immer wieder, obwohl er auf das Gröbste gefoltert wurde.

Ich bin mir nicht sicher, dass er die Wahrheit sagt. Ich kann mir vorstellen, dass er sich auf der Toilette sitzend einen passenden Traum zusammengesponnen hat. Ich glaube, es lag irgendwie an der Art, wie er erzählt hat. Das nächste Mal, wenn es ihm wieder passiert, werde ich ihn ein bisschen mehr unter Druck setzen, aber an diesem Morgen hatte ich keine Lust dazu. Ich hatte bis nach Mitternacht hinterm Tresen gestanden und erst wenige Stunden Schlaf im Körper.

Wir schliefen beide wieder ein und redeten nicht mehr über die Sache.

## 32

Sie betraten die Wohnung in der Prennegatan um zehn nach neun am Freitagmorgen. Es war der 1. Oktober, und das Wetter hatte umgeschlagen in etwas, das, wie Backman vermutete, einen Altweibersommer darstellen sollte. Der Gedanke, nach Kopenhagen hinüberzufahren und Kristin Pedersen zu überprüfen, war ihr bereits gekommen, als sie im Hotel gefrühstückt hatte, aber ihr war klar, dass es mehr mit dem blauen Himmel und der warmen Brise zu tun hatte als mit den Ermittlungen selbst. Ein Stückchen Fleisch und ein Glas Rotwein in einem der kleinen Lokale um den Gråbrödretorv abends nach verrichteter Arbeit, dieser Gedanke war es wohl in erster Linie, der sie lockte.

Und dann die Heimfahrt am Samstag, sie musste sich erst am Sonntag um die Söhne kümmern, es war genügend Zeit vorhanden.

Das gestrige Essen mit Inspektor Ribbing, Gustaf mit Vornamen, war nett gewesen, vielleicht hatte es ja Lust auf mehr geweckt. Es konnte schon sein, dass er versucht hatte, ein wenig mit ihr zu flirten, aber er war mindestens zehn Jahre jünger als sie, und sie hatte ihn nicht weiter ermuntert. War nur ganz allgemein positiv und wohlwollend eingestellt gewesen. Hatte zwei Gläser Sancerre zur Seezunge und einen kleinen Muscat zur Crème brûlée getrunken, war ein wenig beschwipst, mehr nicht. Sie hatte versucht, ihren Teil der Rechnung zu begleichen, aber das hatte er nicht akzeptiert. Sie hatten sich kurz vor elf Uhr in der Grönegatan vor dem Concordia getrennt.

Eine hastige Umarmung, das war alles. Nicht einmal dieser minimale verlängerte Augenkontakt mit der unausgesprochenen Frage.

So sieht es also inzwischen mit meinem Liebesleben aus, hatte sie gedacht, bevor sie einschlief. Es existiert überhaupt nicht.

Und in der Prennegatan hatten sie Gesellschaft von einem Inspektor Larsson bekommen.

Zwei Zimmer und Küche. Schlafzimmer mit Arbeitsplatz. Wohnzimmer mit Bang-Olufsen und fünfzehnhundert Büchern. Abgesehen von den Bücherregalen nicht viele Möbel, ein Glastisch und zwei Metallrohrsessel, ziemlich spartanisch. Ein kleiner Balkon, der auf den Hof zeigte. Inspektor Larsson informierte sie, dass das Haus 1936 gebaut worden war und einer Wohnungsbaugenossenschaft gehörte. Insgesamt sechzehn Wohnungen, Grooths lag im zweiten Stock und war eine der kleinsten. Er hatte sie 1995 gekauft, in dem Jahr, als die Genossenschaft gegründet worden war. Bis dahin hatte er hier zur Miete gewohnt.

Alles war sauber und ordentlich. Das Bett war akkurat gemacht, nichts lag herum, weder Kleidung noch halb gelesene Zeitungen. Nicht einmal Geschirr in der Geschirrspülmaschine. Nur ein kleiner Stapel Post auf der Fußmatte. Eva Backman dachte, dass es genau so aussah, wie man sich vorstellt, dass eine Wohnung auszusehen hat, wenn man von einer Reise nach Hause kommt.

Oder wie man sie möglicherweise hinterlässt, wenn man weiß, dass die Polizei kommen wird. Beispielsweise, weil man sich das Leben nehmen will.

Sie überlegte, ob Ribbing wohl die gleichen Überlegungen anstellte, fragte jedoch nicht. Auf jeden Fall fanden sie keinen

Abschiedsbrief. Vor dem Computer im Schlafzimmer lag ein Schreibtischkalender. Backman schlug die aktuelle Woche auf. Da gab es nur eine einzige Notiz, aber die war um so überraschender.

Fand zumindest Eva Backman.

*Freitag, 1. Oktober*
*Paris. Kastrup 10.30 Uhr*

Sie schaute auf die Uhr und nickte Ribbing zu, der soeben das Zimmer betrat.

»Guck mal. Er sollte in einer Stunde nach Paris fliegen.«

»Was?«, sagte Ribbing. »Was soll das denn bedeuten?«

Sie diskutierten zehn Minuten lang, was das zu bedeuten hätte. Obwohl eigentlich eine halbe genügt hätte. Zumindest war Eva Backman der Meinung. Warum zum Teufel bucht man eine Reise nach Paris, deren Abflugtermin eine Woche, nachdem man sich das Leben genommen hat, liegt?

Sowohl Ribbing als auch Larsson gaben sich alle Mühe, eine logische Antwort auf diese Frage zu finden, kapitulierten aber schließlich.

»Er hat sich nicht das Leben genommen!« Zu diesem Schluss kam Ribbing. »Es muss sich anders zugetragen haben.«

»Ja«, stimmte Larsson zu, wobei er Luft holte, da er in Skellefteå geboren war und auch nach dreißig Jahren den Dialekt von Skåne nicht gelernt hatte. »So sieht es wohl aus. Wenn er nicht von einer ganz plötzlichen Depression überfallen wurde.«

»Man kriegt keine Depression, wenn eine Parisreise winkt«, entschied Ribbing. »Gibt es sonst irgendetwas, was darauf hindeutet, dass er sich das Leben genommen hat?«

»Es gibt nichts, was auf irgendetwas hindeutet«, sagte Eva Backman. »Das ist ja das Problem.«

»Also ein Unfall?«, fragte Larsson.

»Seine Mitbewohnerin starb vor fünfunddreißig Jahren genau an derselben Stelle«, informierte Backman die beiden.

»Verdammt«, sagte Larsson und schob sich eine Portion Snus unter die Lippe.

Sie blieben gut eine Stunde. Suchten aufs Geratewohl in Schubladen und Schränken nach irgendetwas – man konnte nicht genau sagen, was –, das auf irgendeine Art und Weise einen Hinweis darauf geben könnte, warum der Wohnungsbesitzer, der einundsechzigjährige Physikdozent Germund Augustin Grooth seine Tage in der Gänseschlucht, Rönninge, Gemeinde Kymlinge, beendet hatte. Vor fast einer Woche und mehr als dreihundert Kilometer von seinem Wohnort entfernt.

Sie fanden nicht das Geringste, nahmen aber den Computer – einen ziemlich neuen Laptop, der leider trotz der vom Inspektor behaupteten Hackertalente nicht zu knacken war – und den Kalender mit. Backman hatte letzteren Seite für Seite durchgeblättert, es gab insgesamt nur wenige Aufzeichnungen. Zwei Frauennamen, Kristin und Birgitta, kamen ein paar Mal vor, immer zusammen mit einer Uhrzeit – genau wie H-G und Rex. Es gab Anzeichen, dass es sich hierbei um zwei Arbeitskollegen von Grooth handelte. Zumindest zog Backman den vorläufigen Schluss.

War nur zu hoffen, dass der Computer mehr Wissenswertes enthielt. Diese optimistische Beurteilung äußerten alle drei, Backman versprach, nach dem Mittag in Lunds Polizeigebäude vorbeizuschauen, um sich über den Stand der Dinge zu informieren und eventuell den Laptop mit nach Kymlinge zu nehmen.

Anschließend trennten sie sich, Ribbing und Larsson begaben sich in besagtes Polizeigebäude, Backman ging eine Treppe höher und klingelte bei Frau Zetterlund, zweiundachtzig Jahre alt und bereits vorgewarnt.

»Ich höre nicht so gut«, begann die Witwe Zetterlund. »Aber ich sehe immer noch wie ein Adler und rieche wie ein Veilchen. Kaffee?«

»Ja, gerne«, sagte Backman.

»Zoega, ist das recht?«

»Auf jeden Fall«, bestätigte Backman.

»Was?«, fragte Frau Zetterlund.

»Ich trinke gern Zoega«, erklärte Backman etwas lauter.

»Schön zu hören«, sagte Frau Zetterlund. »Besseren Kaffee gibt es nördlich von Brasilien nicht, das pflegte mein Mann immer zu sagen. Wenn Sie sich schon mal ins Wohnzimmer setzen wollen, ich komme gleich.«

Es dauerte eine Weile, bis man zur Sache kam, aber nach gewissen Präludien, anderthalb Tassen Kaffee und vier, fünf Keksen ungefähr, ergriff die Wirtin selbst die Initiative.

»Es ist aber auch zu traurig mit dem Herrn Dozenten Grooth. Er war der beste Nachbar, den man sich denken kann.«

»Tatsächlich?«, fragte Eva Backman nach. »Ja, im Zusammenhang mit seinem Tod muss ich ein paar Fragen stellen.«

»Er ist erschlagen worden?«

»Erschlagen?«, wiederholte Backman. »Wieso fragen Sie, ob er erschlagen wurde?«

»Man hört so viel«, erklärte Frau Zetterlund. »Leute werden die ganze Zeit erschlagen. Und erschossen und alles Mögliche.«

»Wir wissen nicht genau, wie Germund Grooth gestorben ist«, gab Backman zu. »Deshalb untersuchen wir es ja.«

»Das ist mir schon klar«, sagte Frau Zetterlund. »Auf jeden Fall ist es traurig, dass er tot ist. Er war so ein netter Mann. Und Dozent war er auch.«

»Hm«, räusperte sich Backman. »Sagen Sie, können Sie sich erinnern, wann Sie ihn zum letzten Mal gesehen haben?«

»Wann ist er gestorben?«

»Wir nehmen an, dass er am Samstag gestorben ist. Also am Samstag vor einer Woche.«

»Ja, ich habe ihn die ganze Woche nicht gesehen«, stellte Frau Zetterlund fest. »Das kann schon stimmen. Aber er hat doch wohl nicht …?«

»Was?«

»Er hat doch wohl nicht seit letztem Samstag tot in seiner Wohnung gelegen?«

»Nein«, versicherte Eva Backman ihr. »Er ist woanders gefunden worden.«

»An einem anderen Platz?«

»Ja. Können Sie sich erinnern, wann Sie ihn zuletzt gesehen haben?«

Frau Zetterlund lehnte sich zurück und schloss die Augen. »Ich konzentriere mich«, erklärte sie.

»Ja, natürlich«, sagte Backman und wartete ab.

»Freitagabend«, sagte Frau Zetterlund und schlug die Augen wieder auf. »Ja, genau, ich habe ihn gesehen, als er am Freitag nach Hause gekommen ist. Vor einer Woche also, ja, ich erinnere mich.«

»Freitagabend«, wiederholte Backman. »Und da sind Sie sich sicher? Entschuldigen Sie, dass ich frage, aber wir müssen …«

»Das ist so sicher wie das Amen in der Kirche«, unterbrach Frau Zetterlund sie. »Meine Schwester war hier. Wir treffen uns immer freitags und spielen Karten. Einmal hier, einmal bei ihr zu Hause. Heute Abend ist es bei ihr zu Hause. Sie ist etwas klapprig, obwohl sie doch erst siebenundsiebzig ist. Spröde Knochen, sie hat zu wenig Kalk in ihrem Leben gekriegt.«

»Und da haben Sie Germund Grooth gesehen? Als Sie am Freitagabend mit Ihrer Schwester Karten gespielt haben?«

»Ja, genau. Wir saßen hier vorm Fenster, haben japanisches Whist für zwei Personen gespielt, das machen wir immer, ich gewinne meistens, ich glaube, Sylvia hat auch im Gehirn etwas zu wenig Kalk … oder vielleicht zu viel … ja, das wird es sein. Da sammelt der sich ja. Na, auf jeden Fall ging Grooth unten quer über die Straße und kam durch die Haustür herein. Ich glaube, ich habe sogar zu Sylvia gesagt, dass der Dozent nach Hause kommt … ja, das habe ich wohl.«

»Wie spät mag es da ungefähr gewesen sein?«, fragte Backman.

»Viertel nach neun«, antwortete Zetterlund.

»Woher können Sie das wissen?«

»Weil wir vorher im Fernsehen das Naturprogramm geguckt haben. Und das ist um neun zu Ende. Dann habe ich Tee und Brote aufgedeckt, das dauert zehn Minuten, und die Karten verteilt … ja, wir hatten noch nicht einmal angefangen. Wir spielen immer bis elf Uhr, dann rufe ich ein Taxi. Ja, er ist Viertel nach neun nach Hause gekommen … vielleicht ein paar Minuten früher oder später, ist das wichtig?«

»Nein, es genügt mit Viertel nach neun«, versicherte Backman. »War er allein oder in Begleitung?«

»Er war allein«, antwortete Frau Zetterlund. »Nur mit seiner Aktentasche, wenn ich mich nicht irre. Die hat er immer dabei.«

»Sie scheinen ein gutes Gedächtnis zu haben«, sagte Eva Backman und trank ein wenig Zoega.

»Das Einzige, womit es hapert, das ist das Hören«, erklärte Frau Zetterlund. »Aber Sie reden laut und deutlich, am schlimmsten ist es mit Leuten, die vor sich hinmurmeln. Als wollten sie gar nicht, dass man versteht, was sie sagen.«

Eva Backman dachte nach. »Und am Samstag haben Sie Grooth nicht gesehen?«

»Nein.«

»Er lebt allein, soweit wir gesehen haben. Wissen Sie, ob er oft Besuch bekommen hat?«

»Meinen Sie Damenbesuch?«

»Zum Beispiel.«

Frau Zetterlund schloss erneut die Augen. Es vergingen fünf Sekunden.

»Ich habe ihn mit einigen gesehen. Im Laufe all der Jahre.«

»Einigen Frauen?«

»Ja. Darüber haben wir doch geredet, oder?«

Backman nickte.

»Eine habe ich sogar ein paar Mal gesehen. Ich glaube, eine Dänin. Sie hat mich sogar gegrüßt. Die andere … ja, das war wohl nur einmal, aber sie kam aus seiner Wohnung, als ich vorbeiging. Dunkel. Bestimmt nicht dänisch, eine kleine Dünne.«

»Wann war das?«

»Die Dünne?«

»Ja.«

Frau Zetterlund zuckte mit den Schultern. »Das ist ein paar Jahre her … drei vielleicht. Die Dänin gab es länger. Sie war auch insgesamt hübscher. Bestimmt zehn Jahre jünger als er, aber er ist ja gut erhalten, richtig gut erhalten.«

»Danke«, sagte Eva Backman. »Und wie war es mit männlichen Bekannten? Wissen Sie davon auch etwas?«

»Ich glaube, ich habe niemals einen fremden Mann bei Grooth gesehen«, erklärte Frau Zetterlund, nachdem sie wieder für ein paar Sekunden die Augen geschlossen hatte. »Nein, nicht, dass ich wüsste. Er war schon ein ziemlich einsamer Mensch. Aber ein Gentleman, das möchte ich betonen. Fesch und nett. Zu schade, dass er tot ist.«

Interessante Zusammenfassung über Germund Grooth, dachte Eva Backman, nachdem sie die Prennegatan verlassen hatte. Ein fescher und netter Gentleman, leider tot.

Aber wenn Frau Zetterlunds Informationen stimmten, dann war er also am Abend des 24. September um Viertel nach neun nach Hause gekommen. Am folgenden Tag, Samstag, dem 25., nicht einmal zwanzig Stunden später, lag er tot in der Gänseschlucht vor Kymlinge, dreihundert Kilometer von hier.

Was hatte er in der Zwischenzeit getan?

Wann und warum war er nach Kymlinge gefahren?

Wie?

Aber vor allem: Warum? Warum um alles in der Welt?

Sie ließ sich auf einer Bank in der Fußgängerzone nieder. Holte ihr Handy heraus und rief Sorgsen an.

»Hast du Grooths Telefonverkehr überprüft?«

Inspektor Sorgsen bestätigte, dass er das hatte. Er saß sogar mit den Listen in der Hand da.

»Irgendetwas Aufsehenerregendes?«, fragte Backman.

»Ich weiß nicht, was du unter Aufsehenerregendes verstehst«, sagte Sorgsen. »Wenn wir nur die letzte Woche in seinem Leben nehmen, dann handelt es sich um elf Telefongespräche. Mit anderen Worten nicht gerade viele. Ich rede jetzt nicht von seinem Diensttelefon, sondern von seinem Festnetzanschluss zu Hause. Er hatte ja kein Handy. Alle Nummern sind identifiziert, bis auf eine.«

»Bis auf eine?«, fragte Backman nach.

»Bis auf eine«, bestätigte Sorgsen. »Ein Anruf bei seinem Festanschluss von einem Handy. Prepaid, wir können es nicht nachverfolgen.«

»Wann?«, fragte Backman.

»Am Samstag um 7.22 Uhr«, sagte Sorgsen. »Das Gespräch dauerte gut vierzig Sekunden. Dreiundvierzig, um genau zu sein. Es ist nicht mehr gespeichert, es ist schon zu viel Zeit seitdem vergangen.«

»Interessant«, sagte Backman.

»Kann sein«, sagte Sorgsen. »Aber ich weiß nicht, ob man das aufsehenerregend nennen könnte.«

»Und die übrigen zehn?«

»Nicht ein einziges mit einer Privatperson«, sagte Sorgsen. »Oder von einer.«

»Ich verstehe«, sagte Backman. »Ich werde es mir trotzdem noch mal angucken, wenn ich wieder zurück bin. Vielen Dank erst mal.«

»Keine Ursache«, sagte Sorgsen und legte auf.

Sie ging ins Hotel, um auszuchecken, aß etwas zu Mittag an einer Würstchenbude ein Stück vom Hauptbahnhof entfernt, und um Viertel nach eins traf sie Larsson und Ribbing im Dienstzimmer des Letzteren im Polizeigebäude von Lund.

»Wir haben eine gute und eine schlechte Nachricht«, sagte Ribbing.

»Bitte die schlechte zuerst«, sagte Backman.

»Wir haben den Laptop noch nicht knacken können«, sagte Larsson. »Aber das ist natürlich nur eine Frage der Zeit. Der Kollege, der das am besten kann, ist momentan gerade in einem anderen Fall unterwegs.«

»Okay«, nickte Backman. »Und die gute?«

Inspektor Ribbing räusperte sich. »Die gute Nachricht: Wir haben Kristin Pedersen gefunden. Sie befindet sich auf den Seychellen, ist aber am Montag wieder zurück in Kopenhagen. Wir können dann mit ihr sprechen, wenn Sie meinen, es ist wichtig.«

»Das ist außerordentlich wichtig«, sagte Eva Backman und spürte eine kurze Enttäuschung darüber, dass der Dänemarktrip von der Tagesordnung gestrichen war. »Ich möchte, dass Sie das Gespräch aufnehmen, und es wäre gut, wenn ich Ihnen vorher die Fragen zuschicken könnte.«

»Kein Problem«, sagte Ribbing. »Sie haben das ganze Wochenende Zeit, sie zu formulieren. Wollen Sie den Computer auch mitnehmen, oder sollen wir das hier regeln?«

Backman überlegte. »Kann man nicht den ganzen Inhalt kopieren und uns zuschicken?«

Larsson zuckte mit den Schultern. »Natürlich. Sollen wir das so machen?«

»Ja, bitte«, entschied Backman. »Wahrscheinlich ist nur der Mailverkehr interessant, aber schickt lieber alles rüber, wenn ihr reingekommen seid.«

»Kotkas schafft das in einer Stunde«, versprach Ribbing. »Er ist phänomenal. Sie werden die Geheimnisse des Dozenten auf einem Silbertablett präsentiert bekommen, wenn Sie zurück in Kymlinge sind. Können wir sonst noch mit irgendetwas helfen? Auf jeden Fall werden wir in Kontakt bleiben.«

»Ja, sicher«, stimmte Larsson zu.

Eva Backman überlegte, konnte aber keine weiteren Posten auf ihrer Wunschliste finden. Sie bedankte sich bei den Kollegen und versprach, sich nach dem Wochenende zu melden.

Sie verließ das Polizeigebäude. Stieg auf dem Parkplatz in ihr Auto, und zehn Minuten später war sie auf der E6 Richtung Norden.

Sie beschloss, Piaf und Holiday ruhen zu lassen, und versicherte sich, dass sie zumindest nicht mit leeren Händen von ihrem Ausflug in die südlichen Provinzen heimkehren würde. Ganz und gar nicht mit leeren Händen.

Die Lage hatte sich zugespitzt.

Germund Grooth hatte eine Reise nach Paris für eine Woche nach seinem Tod gebucht.

Er war noch am Abend, bevor er starb, gegen neun Uhr in seiner Wohnung gewesen. Vermutlich auch um elf Uhr, wenn es stimmte, dass die Schwestern Zetterlund in ihrem Erker oben gesessen und Karten gespielt, und dabei mindestens zwei Adleraugen auf die Straße gerichtet hatten.

Am folgenden Morgen, dem letzten in seinem Leben, hatte ihn jemand von einer nicht auffindbaren Nummer aus angerufen. Um zwanzig nach sieben.

Selbstmord?, fragte Inspektor Backman. Vergiss es.

Unfall? Vergiss auch das.

Zwei Fragezeichen also abgehakt, stellte sie fest.

Doch die neuen, die stattdessen hervorkamen, waren umso verbogener, und während der gesamten Fahrt zurück nach Kymlinge schlug sie sich die Stirn an ihnen blutig.

Bildlich gesprochen.

# 33

Sie kamen frühmorgens am 24. Juli am Fährterminal von Swinemünde an. Keiner von ihnen hatte während der langen Überfahrt viel geschlafen, aber dennoch überfiel Rickard Berglund ein Gefühl extremer Wachheit, als er durch das Busfenster die fremden, schmutziggrauen Gebäude des Hafengeländes betrachtete. Abgesehen von einigen kürzeren Aufenthalten in Dänemark und Norwegen war es das erste Mal in seinem Leben, dass er sich außerhalb von Schwedens Grenzen befand, und etwas, das vielleicht als leiser Jubel bezeichnet werden konnte, wuchs in seiner Brust.

Er dachte außerdem, dass es einer Stimmung ähnlich war, die ihm aus seiner Kindheit einfiel. Genauer gesagt aus der Zeit, als er zwölf Jahre alt war, dem Sommer zwischen der Volksschule und der Realschule. Er war mit der Familie seines Klassenkameraden Sune zu deren Sommerhaus in der Gegend von Malung gefahren, und diese Autoreise, ja, die Erinnerung daran, war noch ganz deutlich. Wie Sune und er mit einem Haufen von Comic-Heften auf der Rückbank des schwarzen Pkw der Familie Stridsberg gesessen hatten, auf dem Weg durch unbekannte Wälder, den Mund voll mit Trixi und Tuttifrutti – und da, da hatte er dieses Gefühl eines beginnenden Abenteuers in sich ticken gespürt. Das gleiche Gefühl wie jetzt.

Aber jetzt war er ein erwachsener Mann. Doppelt so alt wie damals ungefähr – frisch verheiratet und auf halbem Weg zur

Priesterweihe. Also in einem viel späteren Stadium des Lebens, wenn man mit Kierkegaard sprechen wollte. Dennoch war es genauso überwältigend, dieses verführerische Empfinden oder wie man es nun nennen wollte: das Abenteuer, das Unbekannte, die Freiheit und alle unvorhersehbaren Erlebnisse, die um die Ecke warteten.

Kindisch oder nicht, er gab sich gar keine Mühe, die leichte Erregung zu unterdrücken. *Carpe diem*, dachte er, und als er verstohlen seine Reisebegleiter betrachtete, erkannte er, dass es ihnen genauso ging.

Tomas hinterm Steuer. Gunilla auf dem Beifahrersitz daneben, mit einer großen Karte auf dem Schoß ausgebreitet und einer halb gegessenen Banane in der Hand. Anna, sie saß Rücken an Rücken mit ihm auf ihrem *autobus-pied-à-terre*. Maria war diejenige, die diesen Begriff erfunden hatte, alles klang besser auf Französisch, wie sie behauptet hatte, und dem konnte man eigentlich nur zustimmen. Dabei ging es einfach nur um einen großen Holzkasten mit einer Matratze und Kissen darauf, Stauraum darunter. Maria und Germund hatten genauso einen ganz hinten im Bus. Tomas und Gunilla wohnten auf einem dritten vorn, das war rustikal, aber praktisch. Sie hatten außerdem querlaufende Gardinen angebracht, um nächtens private Territorien schaffen zu können, aber jetzt waren diese an der Decke befestigt, es war ja früher Morgen.

Ja, der erste Morgen in einem fremden Land war es, auf einer Reise, die mindestens fünfunddreißig Tage und fünfunddreißig Nächte dauern und sie in Länder und an Orte führen sollte, die bis jetzt – bis zu diesem Julimorgen im Jahre des Herrn 1972 – nicht viel mehr als leere Namen und abstrakte Begriffe für sie waren. Man kann erst wissen, ob Rom tatsächlich existiert, wenn man dort war und es gesehen hat, wie Germund festgestellt hatte, und das stimmte vermutlich, wie so vieles andere auch.

Aber zuallererst Swinemünde und Stettin! Sie hatten eine

nächtliche Stunde im Café der Fähre verbracht, Sauerkraut und etwas, das Bigos hieß, gegessen, Bier getrunken und versucht, diese Konsonantenungeheuer auszusprechen. Ein angetrunkener Lkw-Fahrer namens Marek hatte ihre ungeübten Zungen angeleitet und ihnen in gebrochenem Englisch so einiges über Polen erzählt, das erste Land, das auf sie auf der anderen Seite der Ostsee wartete.

Und dann: Prag. Der Balaton. Budapest. Wien. Zagreb. Etcetera, etcetera. Rickard hatte bereits bei der Abfahrt in Uppsala angefangen, ein Reisetagebuch zu führen. Anna auch, sie tat dies mit etwas mehr Ernst und dem Gedanken an eine größere Reisereportage. Von der Zeitschrift *Vi* und auch von *Dagens Nyheter* hatte sie eine halbe Zusage bekommen, keine größeren Versprechungen hinsichtlich eines Honorars, sie wollten natürlich erst das Resultat in den Händen haben. Anna war schließlich nur eine Studentin an der JHS im zweiten Jahr, noch kein anerkannter Name in Reporterkreisen. Für alle Fälle hatte sie einen neuen Fotoapparat gekauft, eine Nikon, ein Reisebericht ohne Fotos, das war undenkbar. Und wenn Rickards Aufzeichnungen und Reflexionen in irgendeiner Weise von Nutzen sein konnten, dann war das nur von Vorteil.

Sie waren zu zweit, sie waren frisch verheiratet. Die Welt mit ihren unbegrenzten Möglichkeiten stand ihnen offen.

Am ersten Tag erreichten sie die Stadt Jelena Góra. In der Dämmerung, sie waren mehr oder weniger den ganzen Tag gefahren – mit Tomas und Germund abwechselnd am Lenkrad. Germund war es gelungen, innerhalb nur weniger Wochen einen Busführerschein zu erlangen, es war natürlich nicht schlecht, sich beim Fahren abwechseln zu können. Im Prinzip konnten sie so Tag und Nacht die Räder rollen lassen, wenn sie wollten.

Was sie natürlich nicht wollten. Es ging ja gerade darum, anzuhalten, sich Zeit zu nehmen und die Eindrücke auf sich wirken zu lassen. Zu begreifen, wie es war, in einer sozialistischen Wirklichkeit zu leben. Zu registrieren und zu erleben. An diesem ersten Tag machten sie für ein paar Stunden Halt in Posen, um sich mit Proviant zu versehen, vor allem mit Obst und Getränken und trockenen Speisen, es gab im Bus keine Kühlmöglichkeit, aber der Ostblock war natürlich eine Gesellschaft, die alles bot, was die Bürger sich an frischen Waren wünschten. Genauso wie andere Gesellschaften. Etwas anderes zu glauben, zeigte nur imperialistische Vorurteile. Milch und Butter und so etwas konnten sie jeden Morgen frisch kaufen, sie waren zu sechst und schafften es problemlos, alles vor dem Abend und bevor es verdorben war, zu verzehren. Oder anders herum, die Lebensmittel für das Abendessen und das nächste Frühstück am Abend zu kaufen und so die nächtliche Kühle auszunutzen.

Außerdem hatten sie sich in Posen Bier und Wodka besorgt, zu einem fast lächerlich günstigen Preis, und als sie auf dem Campingplatz in der lauen Dämmerung der Nacht mit Essen und Trinken um ein Lagerfeuer saßen – während die weiche Stimme einer fremden polnischen Sängerin aus dem Transistorradio strömte –, da war das Wort »magisch« nicht fern.

»Danke, Tomas«, sagte Anna. »Danke, dass du die Idee zu dieser Reise hattest. Wir werden unseren Horizont gehörig erweitern. Es ist ein phantastisches Gefühl, dabei zu sein, findet ihr nicht auch?«

Sie lachte, denn sie war leicht betrunken. Rickard ertappte sich dabei, dass er sich wünschte, sie wäre das häufiger, sie wurde dann so viel lockerer. Er trank einen Schluck Bier, aß ein Stück Wurst mit Brot und dachte, dass er gern die Zeit anhalten würde. Genau hier und jetzt.

»Esst und trinkt, liebe Freunde«, sagte Tomas und zündete sich eine Zigarette an. »Vor allem esst jetzt, denn die Wurst wird morgen tödlich sein.«

»Bist du dir sicher, dass sie nicht jetzt schon tödlich ist?«, fragte Rickard.

»Bier ist billiger als Wasser«, stellte Germund fest. »Es gibt keinen Grund, daran zu sparen.«

»Könnt ihr Sängerknaben nicht etwas Stimmungsvolles singen?«, schlug Maria vor. »Dann drehe ich dieser polnischen Nachtigall den Saft ab.«

»Den Sommerpsalm«, bat Gunilla, »dann können wir anderen mitsingen.«

Und das taten sie. Vierstimmig erklang »En vänlig grönskas rika dräkt ut« in der Dunkelheit, Rickard spürte, wie Annas Hand sich an der Innenseite seines Schenkels hochtastete, und er fühlte, dass er diesen Augenblick – diesen Abend auf einem unbekannten Campingplatz am Rande der polnischen Stadt Jelena Góra – niemals vergessen würde.

Sie liebten sich so leise, wie sie es noch nie getan hatten, und als Anna eingeschlafen war, zog er sich seinen Trainingsanzug und seine Turnschuhe an und schlich sich aus dem Bus.

Pinkelte hinter einem Busch und blieb dann still stehen und lauschte in die Dunkelheit. Kröten, die quakten, Wasser, das rieselte, das war alles, was er hören konnte. Der halbleere Campingplatz lag an einem langgestreckten Abhang zum plätschernden Bach hin, er zögerte einige Sekunden, dann ging er hinunter und setzte sich auf einen Stein am Wasser.

Er faltete die Hände und hatte das Gefühl, dass Gott ihn sah. Dass er sie alle sah – ihn selbst und Anna, Tomas und Gunilla, Maria und Germund – und dass er seine schützende Hand über sie hielt. Er erlebte es nicht oft, dass ihm derartige Gedanken kamen. Theologie zu studieren und Gottes Nähe zu spüren, das waren zwei sehr verschiedene Dinge, es war nicht das erste Mal, dass er sich diese Gedanken machte. Wie Brot backen, ohne es zu essen ungefähr, oder wie Trockenschwimmen.

Aber jetzt wurde er von einem starken, naiven Gottesgefühl erfüllt, das – genau wie diese starke Vorfreude auf der Fähre am Morgen – offensichtlich seine Wurzeln in der Kindheit hatte. Das Einfache und das Reine.

Und er betete. Betete für sie alle und für eine weiterhin sinnvolle Reise durch Europa, und irgendwie lag es an dem fließenden Wasser, vielleicht auch an den quakenden Kröten, er begriff, dass es tatsächlich Gottes Stimme war, die auf überraschende Weise zu ihm kam. Gottes Stimme und Gottes offenes Ohr.

Es war ein Erlebnis, das ihm ganz und gar allein gehörte. Nichts mit Bildern und Gleichnissen, die aus der zukünftigen Priesterrolle hervorgeholt wurden, und er fragte sich, warum diese Grenzziehung ihm so offensichtlich und gleichzeitig notwendig erschien. Aber, wie gesagt, gewisse Dinge begriff man, ohne zu wissen, *wie* man sie begriff.

Er dachte natürlich auch an Anna. Daran, wie schnell sie geheiratet hatten. Er fragte sich immer noch, was ihn eigentlich dazu gebracht hatte, an diesem Abend Anfang Mai um ihre Hand anzuhalten, es war vollkommen spontan über ihn gekommen, und hinterher, kurz vor der Trauung, hatte Anna ihm bekannt, wie es ihr ergangen war. Dass sie über seine Frage genauso verwundert gewesen war wie über ihr eigenes Ja. Sie hatten beide darüber lachen müssen und waren sich einig, dass es so im Leben sein sollte – das Spontane und das Unreflektierte war das, was auf lange Sicht Erfolg hatte.

Anna war es den ganzen Frühling und Frühsommer über gut gegangen. Es war nicht nur die Eheschließung, die ihre Beziehung vertieft hatte, vielleicht war es einfach nur die Zeit selbst gewesen, die für sie gearbeitet hatte. Man wächst zusammen, wie Rickard häufiger dachte. Man lernt die Gewohnheiten und Eigenheiten des anderen kennen, das ist es, worauf eine dauerhafte Liebe gründet. Anna hatte außerdem ein paar Artikel veröffentlichen können: in *Vår Bistad* und in *Metallarbetaren*, zweifellos war es wichtig für sie, auch im beruflichen Bereich eine Bestätigung zu bekommen. Sie hatte sogar das Angebot für ein Sommerpraktikum bei der *Östersundsposten* erhalten, aber die Wohnungsfrage und die Forderung, dass sie bis Ende August hätte bleiben müssen, hatten sie ablehnen lassen. Stattdessen war sie für sechs Wochen zu ihrem Krankenschwesterhelferinnenjob im Krankenhaus zurückgekehrt. Rickard hatte ebenso lange in einem Postamt in Svartbäcken gearbeitet – wenn nichts Unvorhergesehenes eintraf, dann hatten sie zumindest eine Reisekasse, die ausreichen sollte. Hoffentlich auch noch ein paar Tausender dazu, um das Studiendarlehen im nächsten Semester aufstocken zu können.

Die erste Rate für den Buskredit war nicht vor Januar fällig, das erschien angenehm weit weg. Wenn alles klappte, wie Tomas es sich gedacht hatte, dann würden sie es sogar noch schaffen, im Herbst einiges an Geld durch Billigfahrten nach Norrland hereinzubekommen. Tomas und Germund konnten jedes zweite Wochenende fahren, vielleicht konnte Rickard sich darüber hinaus auch noch einen Busführerschein besorgen.

Eine Zeitlang dachte er über die anderen nach, während er an dem fließenden polnischen Wasser saß, und er fragte sich, auf welche Art und Weise diese Reise wohl die Beziehungen der Beteiligten verändern würde. Was nicht so leicht zu sagen war. Eigentlich war die Beziehung zwischen Tomas und Gunilla wohl ebenso sicher wie die zwischen ihm selbst und Anna, aber Gunilla hatte ein schweres Jahr hinter sich. Nach einem totgeborenen Kind im Oktober hatte sie ein paar Monate in Ulleråker verbracht, war zwar im Januar in die Sibyllegatan zurückgekehrt, aber soweit Rickard wusste, war sie das ganze Sommersemester über krankgeschrieben gewesen. Auf jeden Fall hatte sie nicht studiert, und auch wenn Tomas nicht gern über ihren Zustand sprach und sich nicht bei den anderen darüber beklagte, so war es Rickard schon klar, wie schwer er es hatte. Es lag eine Wolke aus Angst und Zerbrechlichkeit über Gunilla, Eigenschaften, von denen bei dem selbstständigen, schönen Mädchen, das er vor drei Jahren kennengelernt hatte, nicht die geringste Spur zu finden gewesen war. Er erinnerte sich, wie er Tomas beneidet hatte, dass er gedacht hatte, selbst nie so eine Frau wie Gunilla zu finden, aber heute hatte er ein ganz anderes Gefühl. Es war schwer, kein Mitleid mit ihnen zu empfinden. Sie hatten innerhalb von zwei Jahren zwei Kinder verloren, keinem von beiden war es gelungen, auch nur über die Schwelle des Lebens zu kommen, und es war klar, dass so etwas sehr schmerzhaft sein musste. Ungemein schmerzhaft. Rickard und Anna hatten noch nicht darüber gesprochen, ob sie ein Kind wollten, aber er fühlte, dass Gunillas traurige Schwangerschaften Anna noch mehr zögern ließen als vorher.

Aber auch wenn Dinge geschahen und sich etwas veränderte, so wusste er doch, was er von Tomas und Gunilla zu halten hatte. Anders war es mit Maria und Germund. Total anders. Tomas sagte gern, dass die beiden zwei Ausnahmemenschen waren, und was auch immer das bedeuten sollte, so war es auf jeden Fall eine passende Bezeichnung. Rickard kannte die beiden seit drei Jahren – oder besser gesagt, es waren drei Jahre vergangen, seit er sie das erste Mal gesehen hatte –, aber man konnte irgendwie nicht behaupten, dass man Menschen wie Germund und Maria kannte. Sie waren unberechenbar, und vielleicht setzten sie ja auch alles daran, das zu sein. Es war nie vorhersehbar, was sie sagen oder wie sie in einer bestimmten Situation reagieren würden. Rickard wusste, dass sie fast keine anderen Kontakte hatten, abgesehen von dem Quartett, mit dem sie sich jetzt auf Reisen befanden. Beziehungen zu anderen Menschen schien nichts zu sein, was in ihre Gedankenwelt gehörte oder was sie bekümmerte. Nicht im Geringsten. Vielleicht zierten sie sich nur. Der Versuch, originell und etwas Besonderes zu sein, war nicht ungewöhnlich bei jungen Menschen. Rickard war unter den Theologen schon auf viele dieser Sorte gestoßen – je schräger, umso besser, so konnte es einem manchmal erscheinen –, aber in Marias und Germunds Fall gab es keine Spur von derartigen Anstrengungen. Absolut nicht.

Ausnahmemenschen, wie gesagt.

Er verließ das Wasser, die Kröten und Gottes Stimme und spazierte über das taufeuchte Gras zurück zum Bus. Schob die hintere Tür auf, und es war nicht zu überhören, dass sie hinter den Gardinen links dabei waren, sich zu lieben, Germund und Maria. Er selbst und Anna hatten sich so leise wie möglich verhalten, was zweifellos eine Art Würze bedeutet hatte, aber die Ausnahmemenschen kamen gar nicht auf diese Idee. Rickard konnte Maria ziemlich laut stöhnen hören, irgendwie jammernd und froh zugleich, er spürte, wie er wieder geil wurde, und plötzlich gestand er sich ein, dass er sie gern betrachtet hätte.

Ja, er hätte gern hinter diese Gardine gespäht, gesehen, wie Germund in Maria eindrang, wie sie schamlos und laut vögelten. Bei dem Gedanken schämte er sich, dass er rot wurde, aber seine Erektion blieb. Er kroch neben Anna, lag lange da und versuchte, nicht auf diese hemmungslose erotische Musik zu lauschen. Was natürlich zwecklos war. Als es endlich klang, als hätte Maria einen Orgasmus bekommen, war auch Anna wach. Sie drehte sich zu ihm um, und an ihrer Stimme konnte er hören, dass sie in der Dunkelheit lächelte.

»Noch einmal?«, flüsterte sie. »Das da hinten erregt mich tatsächlich ein bisschen.«

Und zum zweiten Mal in dieser ersten Busnacht liebten sie sich. Nicht ganz so leise wie beim ersten Mal, und Rickard dachte, dass es der schönste Beischlaf war, den sie jemals gehabt hatten.

Außerdem dachte er, dass seine Ehefrau ein wunderbares Mysterium war. Aus dem vorderen Teil des Busses war die ganze Nacht über nicht ein Laut zu hören.

## 34

Kriminalassistent Claes-Henrik Wennergren-Olofsson hatte die längste Namensbezeichnung im Polizeigebäude von Kymlinge, und da er gern noch seinen Dienstgrad hinzufügte – vor dem Namen oder nachgestellt –, brauchte er meistens eine halbe Minute und zwei Zeilen, um fertig zu werden.

Alexander Tillgren, auch er Kriminalassistent, aber mit sechs Dienstjahren weniger auf dem Buckel, fand aus guten Gründen, dass Wennergren-Olofsson ein Idiot war. Zumindest war er der Meinung, dass seine Gründe gut waren, aber der Kollege war größer, stärker und außerdem mit einem unbegründet ausgeprägten Selbstbewusstsein behaftet, was Tillgren dazu brachte, meistens seine Meinung für sich zu behalten.

Was nicht immer leicht war. Wennergren-Olofsson gefiel es, ihn zu belehren, sobald die Gelegenheit sich bot, und eine zwei Stunden lange Autofahrt von Kymlinge nach Strömstad war zweifellos eine ausgezeichnete Gelegenheit.

Ich kotze gleich, dachte Tillgren, als sie noch nicht einmal die Hälfte hinter sich hatten. Wenn er nicht bald die Schnauze hält, dann schlage ich ihm eins in die Fresse.

»Und dann habe ich ihm gesagt, er solle sich verdammt gut in Acht nehmen«, sagte Wennergren-Olofsson. »Und weißt du, was der Mistkerl gemacht hat?«

»Nein«, antwortete Tillgren. »Was hat der Mistkerl gemacht?«

»Er hat versucht, mir eine runterzuhauen«, sagte Wennergren-Olofsson.

Wie schön, dachte Tillgren. »Das ist nicht dein Ernst?«, sagte er.

»Doch. Aber da zeigte sich, mit wem er sich einlässt.«

»Einließ«, sagte Tillgren. »Nicht einlässt.«

»Was?«, fragte Wennergren-Olofsson.

»Falsches Tempus«, sagte Tillgren. »Aber egal. Was hältst du eigentlich von dem Fall hier?«

Warum frage ich das?, dachte er. Ich bin ja genauso ein Idiot.

Wennergren-Olofsson schien eine Sekunde lang über die grammatikalische Frage nachzudenken, bevor er sie verwarf. »Kompliziert«, sagte er. »Aber nicht unlösbar. Ich habe da so meine Überlegungen.«

»Das klingt spannend«, sagte Tillgren und bekam einen scharfen Blick von seinem Kollegen zugeworfen. Manchmal war es schwer zu sagen, wie viel Ironie man einbauen konnte, ohne entlarvt zu werden, und er wollte sich gern so nahe an der Grenze halten wie möglich.

»Wie gesagt«, sagte Wennergren-Olofsson. »Was denkst du? Hast du dich überhaupt genauer mit dem Fall befasst?«

»Nicht so ganz«, musste Tillgren zugeben. »Aber es ist ja schon recht merkwürdig, dass zwei Menschen genau an derselben Stelle mit so einem langen Zeitraum dazwischen ihr Leben verlieren.«

»Recht merkwürdig?«, schnaubte Wennergren-Olofsson. »Ich sage dir, wenn ich die Vernehmungen der Beteiligten hätte durchführen können, dann hätte ich das schon geklärt. Es ist wichtig, dass man vom ersten Spatenstich an dabei ist. Es ist doch wohl klar, dass es einer von denen war.«

»Der was gemacht hat?«, fragte Tillgren.

»Der die beiden ermordet hat natürlich«, sagte Wennergren-Olofsson. »Dieser Sandlin, der 1975 die Ermittlungen geführt hat, der wusste, dass da etwas nicht stimmte, dass diese Puppe Winckler ermordet worden ist. Er konnte es nur nicht beweisen.«

»Meinst du?«, fragte Tillgren.

»Ja«, sagte Wennergren-Olofsson. »Das meine ich.«

»Hast du Sandlins Akten gelesen?«

»Überflogen«, sagte Wennergren-Olofsson.

»Und du glaubst also, dass es einer aus der Gruppe war, der sowohl Maria Winckler als auch Germund Grooth ermordet hat?«

»Genau«, nickte Wennergren-Olofsson. »Notier dir das.«

»Schon notiert«, sagte Tillgren. »Aber wer? Und warum?«

Wennergren-Olofsson schob sich eine Portion Snus unter die Lippe und dachte nach. »Weiß der Teufel«, sagte er. »Ich habe sie ja nicht getroffen, habe ich doch gesagt. Man muss sie irgendwie vor Augen haben, darüber haben wir doch schon gesprochen. Man kann es immer erkennen, wenn sie lügen. Ein konzentrierter Kriminaler mit ein wenig Psychologie im Schädel sieht so etwas.«

Mein Gott, dachte Tillgren, der einmal eine Freundin aus Wuppertal gehabt hatte, auf Deutsch. Was für ein bescheuerter Hanswurst. Wenn ich jemals ein Verbrechen begehen sollte, dann werde ich fordern, von W-O verhört zu werden.

»Genau«, sagte er. »Aber jetzt werden wir ja zumindest mit Elisabeth Martinsson reden können. Das ist doch schon mal was. Sie war 1975 ja an Ort und Stelle.«

Wennergren-Olofsson nickte enthusiastisch und drehte seinen Snus um. »Wir werden es so machen«, erklärte er. »Du stellst die Fragen, dann kann ich sie in Ruhe betrachten. Nach dem kleinen Zweifel suchen, weißt du. Diesem winzigen Bruch.«

»Schlau«, sagte Tillgren. »Wir haben ja Barbarottis und Backmans Frageliste, nach der wir vorgehen sollen, also wird es kein Problem geben. Und das Aufnahmegerät.«

»Ein Aufnahmegerät ist ein verdammt gutes Hilfsmittel«, sagte Wennergren-Olofsson. »Man kann sich alles hinterher noch einmal anhören und analysieren. Sicherheitshalber machen wir es doppelt.«

»Doppelt?«

»Wir nehmen deins und meins. Backman und Barbarotti wollen ja Band und Abschrift, aber ich kann meine Aufnahme behalten und dann selbst meine Schlüsse ziehen. So ist es am sichersten.«

»Klingt einleuchtend«, sagte Tillgren. »Hast du etwas dagegen, wenn ich eine halbe Stunde schlafe? Ist gestern Abend etwas spät geworden.«

»Verdammter Schlendrian«, sagte Wennergren-Olofsson. »Aber von mir aus, es ist wichtig, dass wir wachsam sind wie die Falken, wenn wir sie attackieren.«

Und nachher auch noch zwei Stunden im Auto zurück, dachte Tillgren und schloss die Augen.

Elisabeth Martinsson wohnte in einer engen Zweizimmerwohnung am Hafen von Strömstad. Die Enge resultierte nicht nur aus der relativ geringen Quadratmeterzahl, sondern in erster Linie daraus, dass die Wohnung vollgestopft mit Möbeln war. Als wäre sie aus einer Sechszimmervilla hier eingezogen und hätte vergessen, einiges an Ballast abzuwerfen, dachte Tillgren, während er einen der beiden Dackel mit Namen Malte begrüßte. Maltes Mama hieß Brynhilde und kümmerte sich nicht die Bohne um diese Eindringlinge von der Polizei. Sie war laut ihrem Frauchen sechzehn, fast siebzehn Jahre alt und begnügte sich damit, auf einem mit Quasten geschmückten Seidenkissen auf einem gelben Klavier zu liegen und das Leben zu genießen.

Wie auch immer ein Dackel es schaffen mochte, ein Klavier zu besteigen? Aber vielleicht wurde sie ja jeden Morgen hochgehoben. Tillgren beschloss, nicht weiter nachzufragen. Er dachte, dass es wohl das erste Mal in seinem Leben war, dass er ein gelbes Klavier sah. Zumindest eines mit einem Dackel obendrauf.

»Setzen Sie sich«, forderte Elisabeth Martinsson die beiden auf. »Entschuldigen Sie die Unordnung. Aber ich habe keine Ausrede dafür, so sieht es hier immer aus.«

Tillgren schaute sich um. Mitten im Zimmer stand eine Staffelei mit einem großen, zu Dreiviertel fertigen Ölgemälde. Er betrachtete es einige Sekunden lang und kam dann zu der Auffassung, dass es eine verfallene Windmühle und eine Gruppe Ziegen darstellte, beschloss aber, nicht nachzufragen. Die Wände waren geschmückt mit Unmengen von Bildern, eins dicht neben dem anderen, von einer Wand bis zur anderen und vom Boden bis zur Decke. Ziemlich viele nackte Männer in verdrehten Positionen, aber auch die eine oder andere Landschaft in eher traditionellem Zuschnitt. Kräftige Farben. Tillgren hätte sich gut vorstellen können, das eine oder andere dieser Kunstwerke in seine eigene Zweizimmerwohnung daheim in Kymlinge zu hängen, aber es war schwer, einen richtigen Eindruck zu bekommen, weil sie so dicht beieinanderhingen.

»Ich hatte mal ein Atelier«, erklärte Elisabeth Martinsson, als hätte sie seine Gedanken gelesen. »Aber das wurde auf die Dauer zu teuer. Diese blöde Gemeinde opfert nicht eine Krone für ihre darbenden Künstler, das können Sie sich gern merken.«

»Das werden wir«, sagte Wennergren-Olofsson. »Es uns merken.«

»Gut«, sagte Elisabeth Martinsson.

Sie setzten sich auf zwei schmale Sessel aus Metall und Plastik an einen Tisch, der übersät war mit Farbtuben, Pinseln, Zeitschriften, Taschenbüchern und Gläsern. Elisabeth Martinsson zog den Klavierhocker hervor und ließ sich ihnen gegenüber nieder.

Hoffentlich bietet sie uns nichts an, dachte Tillgren. Hoffentlich geht es schnell.

»Ich sollte Ihnen wohl etwas anbieten«, sagte Elisabeth Martinsson. »Aber ich habe nichts im Haus.«

»Wir haben unterwegs einen Kaffee getrunken«, log Wennergren-Olofsson, »wir sind ja nicht hergekommen, um Kaffee zu trinken.«

»Ja, das habe ich schon verstanden«, sagte Elisabeth Martinsson und setzte sich eine Brille mit dicken schwarzen Bügeln auf. Tillgren fand, dass sie für eine darbende Künstlerin, die bereits die Sechzig überschritten hatte, doch ziemlich gut erhalten war. Irgendwie französisch, mit kurzem schwarzem Haar, und drahtig, obwohl sie sicher kein Trainingsfreak war. Ein blaues Päckchen Gauloise lag übrigens auch auf dem Tisch, aber es roch in der Wohnung nicht nach Nikotin, vielleicht handelte es sich dabei also um eine künstlerische Requisite irgendeiner Art.

»Wir ermitteln wie gesagt in einigen merkwürdigen Todesfällen«, erklärte Wennergren-Olofsson mit offizieller Stimme. »Mein Kollege Tillgren und ich sind gekommen, um Ihnen einige Fragen zu stellen, und wir möchten, dass Sie sie so genau und ehrlich beantworten, wie Sie können.«

»Ich habe vor ein paar Tagen schon mal mit jemandem von der Polizei gesprochen«, sagte Elisabeth Martinsson. »Mit einer Frau … Backlund oder so.«

»Mit Kollegin Backman«, korrigierte Wennergren-Olofsson. »Das stimmt, aber jetzt wollen wir einiges vervollständigen und das Ganze etwas formeller ablaufen lassen.«

Ich dachte, er wollte schweigen und beobachten, dachte Tillgren. Aber vielleicht hat die Vernehmung an sich ja noch gar nicht begonnen?

»Wir haben eine Liste mit Fragen, die wir gern der Reihe nach durchgehen würden«, fuhr Wennergren-Olofsson fort und nickte Tillgren zu. »Es ist am besten, wenn Sie diese einfach nur beantworten, nicht darüber nachdenken, warum wir gerade diese Frage stellen oder so. Sie arbeiten also als Künstlerin?«

»Gehört diese Frage schon zur Vernehmung?«, wunderte Elisabeth Martinsson sich und betrachtete ihn dabei skeptisch über den Brillenrand hinweg.

»Eigentlich nicht«, räumte Wennergren-Olofsson ein.

»Nicht?«, sagte Elisabeth Martinsson. »Gut. Dann möchte ich so darauf antworten: Sehen Sie sich in dieser Räuberhöhle um. Was denken Sie?«

»Äh ... ja, genau«, sagte Wennergren-Olofsson.

»Man kann das so sagen. Ich arbeite als Illustratorin, um leben zu können. Ich lebe, um zu malen. Verstehen Sie?«

»Aha?«, erwiderte Wennergren-Olofsson und runzelte die Stirn. Tillgren holte die Fragenliste heraus, die sie von Backman bekommen hatten. Am besten, wir fangen an, bevor es aus dem Ruder läuft, dachte er. Er stellte sein kleines Aufnahmegerät neben die Gauloisepackung und drückte auf den Aufnahmeknopf. Wennergren-Olofsson tat ein Gleiches mit einem etwas kleineren und etwas glänzenderen Apparat.

»Zwei Aufnahmegeräte?«, fragte Elisabeth Martinsson.

»Für alle Eventualitäten«, erklärte Wennergren-Olofsson freundlich.

»Dein Apparat schnarrt.«

»Das muss so sein«, sagte Wennergren-Olofsson. »Das bedeutet, dass er läuft.«

Tillgren räusperte sich. »Gut«, sagte er. »Vernehmung von Elisabeth Martinsson in ihrer Wohnung in Strömstad. Es ist dreizehn Uhr zweiundzwanzig, Freitag, der erste Oktober 2010. Anwesend Kriminalassistent Tillgren, Kriminalassistent Wennergren-Olofsson.«

»Schießen Sie los«, sagte Elisabeth Martinsson und hob Malte auf den Schoß. »Ich habe nicht den ganzen Tag Zeit.«

Eine gute Stunde später saßen sie im Auto auf dem Weg zurück nach Hause.

»Das haben wir gut gemacht«, stellte Wennergren-Olofsson fest. »Du hast den Sinn meiner Fangfrage verstanden?«

»Nein«, musste Tillgren zugeben. »Nicht richtig.«

»Manchmal muss man sie verwirren«, erklärte Wennergren-Olofsson. »Sie dazu bringen, das Visier zu lüften. Dass sie den Faden verlieren und zu dem gewissen kleinen Fehlschritt verlockt werden.«

»Aber Blutegel? Ich bin in diesem Fall nirgends auf Blutegel gestoßen.«

»Das ist doch gerade der Witz dabei. Dadurch verlieren sie ihre Konzentration.«

»Das habe ich schon verstanden«, sagte Tillgren. »Und was ist dabei rausgekommen?«

»Für eine Analyse ist es noch zu früh«, sagte Wennergren-Olofsson. »Ich möchte zunächst das Band in aller Ruhe anhören. Aber wir können gern schon mal sehen, wie es gelaufen ist.«

Er holte sein Aufnahmegerät heraus. Drückte auf Start und sagte Tillgren, er solle leise sein.

Die ersten zehn Sekunden war nichts zu hören. Wennergren-Olofsson schaltete ab und versuchte es noch einmal. Drehte die Lautstärke hoch, ermahnte Tillgren noch einmal, a) den Mund zu halten und b) die Augen auf der Straße zu lassen. Als sie Strömstad verließen, hatten sie die Plätze getauscht: Tillgren fuhr, Wennergren-Olofsson saß auf dem Beifahrersitz.

Nach weiteren dreißig Sekunden war immer noch kein einziger Ton aus dem Gerät zu hören.

»Verdammter Scheiß«, sagte Wennergren-Olofsson. »Da ist irgendwas schiefgegangen.«

»Ja, scheint nicht zu funktionieren«, sagte Tillgren.

Wennergren-Olofsson spulte eine Weile vor und versuchte es zum dritten Mal. Nicht ein Ton. Er schaltete aus.

»Das ist ja genau der Grund, warum man mit zwei Geräten arbeiten soll«, erklärte er. »Dann hören wir eben deine Aufnahme.«

Tillgren zog seinen Apparat aus der Brusttasche und drückte auf Play. Augenblicklich war ein deutliches Schnarren zu hören. Dann, sehr schwach, eine Stimme, von der Tillgren annahm, dass es wohl seine eigene war. Anschließend eine, die wahrscheinlich Elisabeth Martinsson gehörte.

Man konnte nicht ein Wort von dem, was gesagt wurde, verstehen. Vermutlich hätte es geklappt, wenn nicht dieses irritierende Schnarren wie eine alles abdeckende Geräuschkulisse im Vordergrund gestanden hätte.

»Ich glaube«, sagte Tillgren und fuhr etwas schneller, »nein, ich bin mir ziemlich sicher, dass es dein Schnarren ist, was mein Gerät aufgenommen hat.«

»Hör auf«, wehrte Wennergren-Olofsson ab, »was ist das für ein Blödsinn, den du da redest?«

»Ich möchte sogar behaupten«, sagte Tillgren und hob dabei ein wenig die Stimme, »dass meine Aufnahme ausgezeichnet gewesen wäre, wenn nicht dein verfluchter Recorder brummend daneben gelegen hätte.«

»Was um alles in Ångermanland und Umgebung faselst du da?«, fragte Wennergren-Olofsson. »Das ist ja wohl ...«

Plötzlich spürte Tillgren, wie etwas in ihm geschah. Unklar, was, aber es schien, als wäre ein Damm gebrochen. Als gäbe er etwas Starkem, Unbändigem nach, etwas, das hervorquoll, ohne sich aufhalten zu lassen, ja, ein Lavastrom war das, und mit einem einzigen Schlag, innerhalb weniger Sekunden, veränderte sich das Verhältnis zu seinem Kollegen Wennergren-Olofsson radikal. Das war verdammt merkwürdig und verdammt schön.

»Kannst du einen Moment lang mal deine Schnauze halten, du verfluchter Idiot«, sagte er.

»Was?«, erwiderte Wennergren-Olofsson.

Tillgren räusperte sich. »Du hast ganz einfach die Batterien in deinem Aufnahmegerät nicht überprüft«, erklärte er. »Der einzige Nutzen, den wir dadurch hatten, war, dass meine Aufnahme der Vernehmung gestört wurde. Es wäre besser gewesen, wenn ich mich selbst drum gekümmert hätte. Und versuch gar nicht erst, dich zu rechtfertigen, ich bin deine überheblichen Phrasen schon lange leid.«

»Ja, aber, ich ...«, setzte Wennergren-Olofsson an, doch Tillgren schlug mit der flachen Hand auf das Lenkrad und brachte ihn so zum Schweigen.

»Es reicht jetzt«, erklärte er. »Ich will kein Wort mehr von dir hören. Du kannst schon mal anfangen, die Vernehmung aus dem Gedächtnis aufzuzeichnen. Du hast doch die ganze Zeit dabeigesessen und zugehört, irgendwas musst du ja aufgeschnappt haben. Aber ich will es lesen, bevor wir es abgeben, da kannst du dir sicher sein. Verdammter Auerochs!«

Der Kehlkopf von Kriminalassistent Wennergren-Olofsson hüpfte auf und ab wie ein überhitzter, altmodischer Fahrtenschreiber, und die Farbe seines Gesichts schlug um ins Karmesinrote, aber aus seinem Mund kam nicht ein Wort. Nicht ein einziger leiser Pieps.

So, dachte Tillgren und schaltete das Radio ein. Nichts Schlechtes, was nicht auch was Gutes mit sich bringt.

»Fang schon mal an«, sagte er. »Du hast eindreiviertel Stunden Zeit. Brauchst du Stift und Papier?«

# 35

Es war wie das Aufbrechen des Wintereises.

Ein langsames, etwas widerstrebendes Eisaufbrechen, ungefähr wie es daheim in den Wasserläufen in Värmland vor sich ging. Hin und her, manchmal kam der Frost des Nachts zurück und es war kälter, wenn man morgens aufwachte, als abends, als man ins Bett gegangen war. Aber es ging langsam voran, der Prozess war ebenso unaufhaltsam wie der Wechsel der Jahreszeiten, nach dem Winter kam der Frühling.

So beschrieb sie es Tomas, und sie sagte außerdem, dass er ihr leid tat. Bat ihn um Verzeihung. Er hatte schließlich auch zwei Kinder verloren, aber sie war diejenige, die den ganzen Schmerz auf sich genommen hatte. Das Recht zu trauern und den Verlust zu spüren und sich in ihr eigenes Elend zu versenken. Er erwiderte, dass sie sich deshalb keine Gedanken machen sollte, wenn das Aufbrechen des Frostes nur langfristig in der richtigen Richtung verlief, dann hatte es keine Eile. Sie war eine Frau, er ein Mann, es wäre albern zu glauben, dass alles auf einer geschlechtslosen Waage austariert werden könnte, so funktionierte es nicht.

Sie hatte ihre eigenen Ansichten, was das Männliche und das Weibliche betraf, führte sie jedoch nicht aus. Es reichte, dass die Kälte in ihrem Inneren schmolz, dass sich stattdessen das Leben wieder einstellte, dass sie plötzlich wieder lachen und sich für andere Dinge interessieren konnte. Die fremde, brodelnde Welt entdecken, die sie die ganze Zeit auf ihrer Reise umgab. Menschen, die tatsächlich an Orten lebten, von denen sie noch nie gehört hatte, und die weitermachten, obwohl ihr Alltag offensichtlich nicht viel mehr beinhaltete als endlose Plackerei von morgens bis abends. So sah es zumindest aus, hier wie dort. Sie hatte nie an den Sozialismus geglaubt oder an den Kommunismus, was immer da auch der Unterschied war, und als sie ihn nun mit eigenen Augen betrachten konnte, fand sie keinen Grund, ihre Meinung zu ändern. Es lagen ein Grau und eine Trostlosigkeit über diesen Ländern im Osten, die sie durchreisten, besonders über den Vororten, diesen tristen Wohngegenden, die sie sich nie anschauten, durch die sie nur durchbrausten, und sie dachte, dass diese geplanten Busreisen sicher den einen oder anderen radikalen Reisegast dazu bringen würden, umzudenken. Vielleicht war das ja auch Tomas' Absicht, sollte er mit dem Busunternehmen irgendwelche anderen Absichten hegen, als ein wenig Geld zu verdienen. Was man nicht wissen konnte, vielleicht wusste er es selbst nicht. Sie fragte nicht, sie hatten genug mit sich selbst zu tun und damit, das zu reparieren, was seit dem Oktober kaputtgegangen war. Eines Nachts in Prag liebten sie sich das erste Mal seit einem halben Jahr, ja, es war eigentlich noch länger her, ihre vorsichtigen Versuche im Januar und Februar verdienten kaum die Bezeichnung Beischlaf.

Es war draußen in einem Park: ein leicht gewagtes, impulsives Abenteuer im Schutz eines Gebüschs. Sie hatten die anderen im Bus auf dem Campingplatz alleingelassen und machten anschließend einen langen Spaziergang durch die Stadt. Über die Karlsbrücke und oben um die Burg und die Kathedrale. Die Luft war warm, sie kauften sich in einer Bar, die immer noch geöffnet hatte, obwohl es bereits halb ein Uhr nachts war, Würstchen und tschechisches Bier, und Gunilla dachte, dass nicht einmal der härteste värmländische Frost allem widerstehen kann. Wenn man nur beschließt weiterzuleben, dann kehrt das Leben zu einem zurück.

Zurück zum Campingplatz nahmen sie ein Taxi, es dauerte eine Weile, eines zu finden, kostete aber fast nichts, und als sie schweigend in ihr Lager ganz vorne im Bus krochen, kam Tomas noch einmal zu ihr.

Sie verbrachten drei Tage in Prag, dann ebenso viele in Ungarn, an verschiedenen Orten rund um den Balatonsee. Anschließend ging es zurück durch die Tschechoslowakei und nach Österreich. Der Bus lief wie ein Uhrwerk. In einem Supermarkt in der Wiener Neustadt machte Germund einen Fund; er kaufte drei Einliterflaschen Stroh Rum, achtzigprozentig – und das in einem Lebensmittelladen, alle waren sich einig, dass das eine Sensation war –, und von diesem Abend an machten sie es sich zur Gewohnheit, am Lagerfeuer Jägertee zu trinken. Der war stark, süß und lecker, und eine Tasse genügte, um ein wenig betrunken zu werden. Zumindest, was Gunilla und Anna betraf, und zweifellos half auch er bei der Eisschmelze.

Am Vormittag des 4. August überquerten sie bei Graz die Grenze nach Jugoslawien, erreichten gegen sieben Uhr abends eine Stadt, die Osijek hieß, und beschlossen, hier für zwei Nächte zu bleiben. Am kommenden Tag hatte Tomas Geburtstag. Etwas Leckeres, gern ein Tier irgendeiner Art, gegrillt über offenem Feuer, und eine angemessene Menge Bier, das war alles, was er sich zu diesem Ereignis wünschte, und niemand hatte gegen diesen Plan etwas einzuwenden.

Obstsalat mit Sahne und Stroh Rum zum Nachtisch. Keine Torte, das war kleinbürgerlich.

Sie fuhren morgens gemeinsam nach Osijek hinein, um Proviant zu besorgen. Es gelang ihnen, den Bus in einer Straße neben dem alten Marktplatz mitten in der Stadt zu parken, dann machten sie sich in zwei Gruppen auf, einzukaufen. Maria, Germund und Tomas in der einen, Gunilla, Anna und Rickard in der anderen. Als Gunillas Gruppe mit ihren Einkäufen fertig war, waren die anderen noch nicht zurück zum Bus gekommen, und so entschied sich Gunilla zu einem kleinen Spaziergang allein. Sie ließ Rickard und Anna an einem Cafétisch zurück und streifte durch verfallene alte Gassen im Stadtkern. Nach nur wenigen Minuten kam sie auf einen kleinen Marktplatz mit einer Kirche, deren Türen offen standen.

Ein paar Sekunden lang zögerte sie, bevor sie sich doch entschloss hineinzugehen. Normalerweise ging sie nicht in Kirchen, aber hier war etwas mit der Sonne, die ihre Strahlen durch das dunkle Tor lenkte, was sie anzog. Fast, als würde sie ihr den Weg weisen. Sie dachte, dass es besonders merkwürdig war, in eine Kirche zu gehen in einem Land, dessen offizielle Doktrin besagte, dass alle Religionen von Übel waren, und es als Ziel ansah, sie abzuschaffen.

Aber sie waren nicht abgeschafft, weder die Gebäude an sich noch der Glaube selbst. Vielleicht war es eine Frage der Zeit, was sie sich jedoch nur schwer vorstellen konnte. Eine Welt ohne Glauben, ohne Kirchen? Oder zumindest eine halbe Welt, wenn diese Spaltung zwischen Ost und West für ewig bestehen bleiben sollte.

Drinnen saßen um die zehn Menschen, verteilt in den Bänken, einfache Orgelmusik war von der Empore her zu hören, und vorn am Altar lief ein schwarz gekleideter Pfarrer herum und war mit irgendetwas beschäftigt. Der Kirchenraum war nicht groß, und er war so gut wie gar nicht geschmückt, vielleicht ist das ein sozialistischer Kompromiss, dachte Gunilla. Man durfte weitermachen, wenn es nicht auffiel. Weg mit dem Tand.

Sie blieb zögernd hinten stehen. Betrachtete das Muster aus Licht und Schatten, das der schräge Strahl der Sonne durch die

Fenster zeichnete. Der Staub, der in den Sonnenstreifen wirbelte, etwas an diesem einfachen Bild hielt sie fest. Was tun diese Menschen hier?, dachte sie. Warum sind sie an diesem Morgen hergekommen? Zur Hälfte Männer, zur Hälfte Frauen ungefähr, die meisten schienen älter zu sein. Sie saßen einzeln in den Reihen, und zumindest einige von ihnen schienen ins Gebet vertieft zu sein. Plötzlich spürte sie Neid, aber es war ein ganz merkwürdiger Neid, den sie sich selbst nicht so recht erklären konnte. Als wüssten sie – obwohl es ihnen so viel schlechter ging als ihr – etwas über das Leben, was ihr bisher verschlossen geblieben war. Zumindest ging sie davon aus, dass es ihnen schlechter ging, die beiden Frauen, die in der Bank direkt vor ihr saßen, sahen abgearbeitet und arm aus, und plötzlich dachte sie, dass sie gern mit ihnen gesprochen hätte. Gern hätte sie sich zwischen sie auf die Bank gesetzt und ihnen Fragen gestellt. Wenn sie nur eine gemeinsame Sprache gehabt hätten. In welchen Verhältnissen lebten sie? Hatten sie Kinder? Wie gestaltete sich ihr Leben, wie sahen ihre Sorgen aus, und warum saßen sie hier und beteten? Was hatten sie während des Zweiten Weltkriegs erlebt? Hatten sie Eltern und Geschwister verloren? Für wen beteten sie, und glaubten sie wirklich, dass ihnen jemand zuhörte?

Sie sah selbst ein, dass es naive Gedanken waren – und anmaßende. Plötzlich fühlte sie sich wie ein Eindringling. Wer war sie denn, dass sie einfach herkam, sich wunderte und einmischte? Eine neugierige Fremde ohne Gott und Glauben, mit zwei totgeborenen Kindern, aber dennoch ohne Gott, war das nicht sonderbar? Oder war es gerade das Gegenteil? Wenn man zwei Kinder verlor, verlor man dann auch seinen Gott?

Falls sie jemals einen gehabt hatte. Sie beschloss, in die Sonne hinauszugehen, spürte, dass die Schwermut sie übermannen wollte, aber gerade in dem Moment, als sie sich auf dem Absatz umdrehen wollte, fiel ihr Blick auf einen der Rücken weit vorne rechts in der Kirche. Er gehörte einem langen Mann, der mit gesenktem Kopf dasaß, und irgendetwas an seiner Haltung ließ sie verstehen, dass er deutlich jünger war als die anderen Kirchenbesucher. Als er für einen kurzen Moment den Kopf drehte und den Pfarrer vorn am Altar betrachtete, erkannte sie, dass es Germund war, der dort saß.

Sie brachte es nicht zur Sprache. Weder bei Germund noch bei irgendeinem der anderen. Vielleicht hatte sie überlegt, es Tomas zu erzählen, aber etwas an der Gesamtsituation in dem kleinem Kirchenraum hielt sie davor zurück. An der Stimmung, der Stille, an dem Licht und Dunkel und dem gebeugten Rücken. An ihren eigenen Gedanken dort drinnen.

Außerdem war es ja auch nicht so merkwürdig gewesen. Germund hatte sich für eine Weile in eine Kirchenbank gesetzt – vielleicht nur, um für einen Moment Ruhe zu haben oder die Kühle zu genießen. Es war bereits ziemlich heiß geworden, obwohl es erst elf Uhr am Vormittag war, nein, es würde schwer zu erklären sein, warum sie es so merkwürdig gefunden hatte. Warum dieser kurze Augenblick in der Kirche einen so starken Eindruck bei ihr hinterlassen hatte. Darüber zu sprechen – vielleicht als Erstes mit Germund – hätte ihn zerstört. Vielleicht ist es mit Erlebnissen so, dachte sie, mit allen Erlebnissen; wenn wir sie in Worte fassen, dann gehen sie kaputt. Verändern sich und werden zumindest beschmutzt.

Werden zu etwas anderem.

Das, was man bewahren will, muss man für sich behalten.

Haben andere Menschen auch solche Gedanken?, fragte sie sich am selben Abend, als sie um das obligatorische Feuer saßen und darauf warteten, dass das kleine Spanferkel, das sie hatten kaufen können, durchgebraten war. Oder bin nur ich so zerbrechlich, empfindsam und habe so große Angst ums Leben? Oder Angst *vor dem* Leben? Auch wenn der Frost aufbrach und die Schmelze irgendwann Oberhand gewinnen würde, so gab es Unterschiede. Zwischen ihr und den anderen. Zwischen ihr und Tomas. Die nicht überbrückt werden konnten und die zu überbrücken auch gar nicht gewünscht war.

Der Mensch ist einsam, dachte sie. Selbst bei einer Geburtstagsgesellschaft um ein Spanferkel herum mit einem Becher Jägertee in der Hand und zusammen mit seinen besten Freunden ist er einsam.

## 36

Vielleicht sollten wir es mit einer kleinen Zusammenfassung versuchen«, schlug Eva Backman vor. »Und uns konzentrieren. Ich muss sagen, ich werde aus dieser ganzen Geschichte nicht so recht schlau.«

Es war Montagmorgen. Sie saßen in Barbarottis Zimmer, jeder eine Tasse dünnen Kaffee in der Hand. Der Regen trommelte gegen das Fensterblech, der Altweibersommer war das Wochenende über vorbeigezogen und ersetzt worden durch eine Reihe von Tiefdruckgebieten, die offenbar über der Nordsee Schlange standen, um sich über Westschweden ausbreiten zu können.

Barbarotti putzte sich die Nase und nickte.

»Konzentrieren ist eine gute Idee«, sagte er. »Aber ich muss leider zugeben, dass ich auch nicht viel klüger bin.«

»Hatte ich auch gar nicht erwartet«, erwiderte Eva Backman. »Auf jeden Fall gibt es etwas an Germund Grooths Tod, das nicht stimmt. Wenn er eines natürlichen Todes gestorben sein sollte, meine ich.«

Sie hatten am Sonntagnachmittag eine halbe Stunde lang telefoniert. Barbarotti hatte von seinem Treffen mit Rickard Berglund und Tomas Winckler berichtet, Backman von ihren Erlebnissen in Lund.

»Du meinst diese Parisreise?«, fragte Barbarotti.

»Ich meine alles Mögliche«, sagte Backman. »Dass er am

Freitagabend spät nach Hause gekommen ist. Dass er ein nicht überprüfbares Telefongespräch an dem Morgen geführt hat, an dem er starb. Dass wir keine Ahnung haben, wie er nach Kymlinge gekommen ist. Noch weniger, wie er hinaus zur Gänseschlucht kam … und, ja, dann diese Parisreise, wie gesagt. Wenn ich mir das Leben nehmen will, dann würde ich mir vorher einen Trip nach Paris gönnen. Oder es dort in die Hand nehmen.«

»Vom Eiffelturm springen?«, schlug Barbarotti vor. »Statt in die Gänseschlucht?«

»Vielleicht«, sagte Backman. »Ich weiß, dass wir nicht den Funken von Beweisen haben, aber wenn du oder ich oder wer auch immer jemanden einen Steilhang hinunterstoßen wollte … oder den Eiffelturm … um dann seines Weges zu gehen, ja, dann gäbe es auch keinerlei technische Beweise.«

»Dem Staatsanwalt wird das hier nicht gefallen«, sagte Barbarotti.

»Was ist denn mit dir los?«, fragte Eva Backman. »Der Staatsanwalt ist mir egal. Ich will wissen, was passiert ist. Warum hast du deine Meinung geändert?«

»Ich habe meine Meinung nicht geändert«, widersprach Barbarotti und betrachtete seinen Kaffee mit finsterer Miene. »Du bist diejenige, die ihre Meinung geändert hat. Du hast behauptet, Maria Winckler wäre gestolpert und Germund Grooth gesprungen, hast du das vergessen?«

»Ich habe mich geirrt«, sagte Eva Backman. »Das kommt nicht jeden Tag vor, aber wenn es passiert, dann bin ich die Erste, die es zugibt.«

»Na gut«, sagte Barbarotti. »Dann lass uns annehmen, dass es so ist, wie du sagst. Es stimmt etwas nicht bei diesen beiden Todesfällen. Wie kommen wir weiter?«

»Wir spekulieren ein wenig«, sagte Eva Backman. »Darin sind wir doch gut. Wenn wir beispielsweise von dem Gegenteil dessen, was wir bisher angenommen haben, ausgehen, nämlich dass sowohl Maria Winckler als auch Germund Grooth ermordet wurden, was schließen wir dann daraus?«

»Das kommt darauf an, ob wir noch von weiteren Prämissen ausgehen«, erklärte Barbarotti.

»Was meinst du damit?«

»Ob wir beispielsweise davon ausgehen, dass der Täter in der Gruppe der übrigen Beteiligten zu finden ist. Es könnte ja auch ein Außenstehender sein.«

»Der zufällig vor fünfunddreißig Jahren draußen im Wald war?«, wunderte sich Backman. »Und letztes Wochenende auch?«

»Der das geplant haben kann«, beharrte Barbarotti.

»Unser Freund Elis Bengtsson beispielsweise?«

Barbarotti schüttelte den Kopf. »Es fällt mir schwer zu glauben, dass der etwas mit der Sache zu tun hat. Obwohl er beide Male an Ort und Stelle war, das ist natürlich wahr.«

»Komm, vergessen wir ihn«, sagte Eva Backman nach einem Schluck Kaffee, einmal Gesichtverziehen und einer kurzen Denkpause. »Zumindest als Mörder. Vielleicht haben wir ja Gelegenheit, ihn noch einmal zu befragen. Ob er jemand anderen im Wald gesehen hat, zum Beispiel.«

»Das hat er nicht«, stellte Barbarotti fest. »Zumindest beim ersten Mal nicht. Sandlin hat in diesem Punkt ziemlich hartnäckig nachgebohrt. Wollen wir also, der Logik halber, davon ausgehen, dass der Mörder in der Gruppe zu finden ist?«

»Wir spekulieren erst nur«, sagte Backman.

»Dessen bin ich mir schon bewusst«, bestätigte Barbarotti.

»Zumindest gibt es dann nicht so viel Auswahl.«

»Dessen bin ich mir auch bewusst«, sagte Barbarotti. »Vielleicht sollten wir mit der Ausschlussmethode arbeiten?«

»Keine dumme Methode«, sagte Backman. »Wen willst du als Erstes ausschließen?«

»Warte noch einen Moment«, sagte Barbarotti. »Dann gehen wir also davon aus, dass es beide Male derselbe Mörder war?«

Eva Backman seufzte und lehnte sich zurück. »Was weiß ich«, sagte sie. »Vielleicht können wir besser spekulieren, wenn wir uns einen Mord nach dem anderen vornehmen. Ich habe das Gefühl, dass wir …«

»Ja?«

»… dass wir dann besser mit dem jüngsten Fall anfangen sollten. Und wenn Maria Winckler tatsächlich ermordet wurde, dann ist die Tat auf jeden Fall verjährt.«

»Mord dürfte nicht verjähren«, sagte Barbarotti.

»Ganz deiner Meinung«, stimmte Eva Backman zu. »Aber darüber haben wir früher schon geredet. Wenn wir uns nun jedoch auf Germund Grooth konzentrieren und wenn wir annehmen, dass er von einem der übrigen Gruppenmitglieder ermordet wurde, wen würdest du dann als Erstes ausschließen?«

»Gehört Elisabeth Martinsson mit zur Gruppe?«

»Das darfst du entscheiden.«

»Gut. Dann sagen wir, dass sie dazugehört. Die Erste, die ich als Germund Grooths Mörder ausschließen würde, das ist Maria Winckler. Mit der Begründung, dass sie seit fünfunddreißig Jahren tot ist.«

»Raffiniert«, sagte Eva Backman. »Ich akzeptiere die Überlegungen ohne jeden Einwand.«

»Du bist dran«, sagte Barbarotti.

»Dann schließe ich Anna Berglund aus. Ich habe sie zwar nie getroffen, und keiner von uns hat je mit ihr gesprochen, aber wenn man mit Krebs im Sterben liegt, dann ist man nicht in der Lage, jemanden über einen Todesfelsen zu schubsen.«

»Ich dachte, dass es keine Todesfelsen gibt«, bemerkte Barbarotti.

»Da bin ich mir nicht so sicher«, sagte Eva Backman. »Und

das gebe ich offen zu, wie immer. Auf jeden Fall können wir Anna Berglund streichen. Bist du einverstanden?«

»Ohne den Schatten eines Zweifels«, sagte Gunnar Barbarotti. »Dann haben wir also noch ein Trio. Ein Quartett, wenn wir Elisabeth Martinsson mitrechnen ... wie ist die Vernehmung von ihr eigentlich gelaufen?«

»Ich glaube, W-O und Tillgren sind noch dabei, es abzuschreiben«, sagte Backman.

»Ich hoffe, wir kriegen die Bandaufnahme.«

»Ich glaube, irgendwas hat mit dem Apparat nicht funktioniert.«

Barbarotti gähnte. »Wieso wundert mich das nicht?«

»An Tillgren wird es nicht gelegen haben«, sagte Backman.

»Zugegeben«, sagte Barbarotti, »aber wenn ich jetzt einen aus dem Quartett ausschließen soll, dann ist das dieses Fräulein Martinsson. Sie war ja nur bei dem Ausflug in die Pilze dabei, hatte ansonsten nichts mit der Gruppe zu tun. Wenn wir außerdem voraussetzen, dass es eine Art Motiv hinter dem Mord gibt ... oder den Morden.«

»Solange wir nicht die Vernehmung der Assistenten gelesen haben, stimme ich dir zu«, sagte Backman. »Wir streichen sie von der Liste. Noch drei übrig. Um es zusammenzufassen.«

»Noch drei übrig«, wiederholte Barbarotti. »Das geht ja prima. Wenn wir das Tempo beibehalten, dann haben wir den Mörder in ungefähr zwei Minuten eingekreist.«

»Aber da fängt das Problem an«, sagte Backman. »Wir haben ein Trio zur Auswahl – Tomas Winckler, seine Frau und Rickard Berglund –, und wenn ich nicht vollkommen falsch unterrichtet bin, dann kann es jeder von ihnen getan haben.«

»Im Prinzip ja«, stimmte Barbarotti zu. »Wie läuft es mit der Alibiüberprüfung?«

»Leider nicht so gut«, seufzte Backman. »Wir haben da etwas geschlampt. Ich habe vergessen, Gunilla Winckler-Rysth zu fragen, als ich mit ihr gesprochen habe ... oder besser gesagt, es gab keinen Anlass, sie zu fragen. Aber ich habe sie gestern angerufen, und da hat sie behauptet, dass sie den größten Teil des Samstags in Göteborg zum Shoppen war. Sie war sich nicht so sicher hinsichtlich der Uhrzeiten, sie hat keine Freundinnen oder so getroffen ... hat mit niemandem zu Mittag gegessen, und sie war, vorsichtig ausgedrückt, etwas verwundert darüber, dass ich gefragt habe.«

»Also kein richtiges Alibi?«

»Anscheinend nicht. Wie steht es mit deinen Herren?«

Gunnar Barbarotti kratzte sich am Kopf. »Ich war auch ein wenig schlampig«, gab er zu. »Bei Rickard Berglund habe ich die Frage gar nicht angesprochen, seine Frau liegt im Sterben und so. Er verbringt die meiste seiner wachen Zeit bei ihr. Aber wir hatten ein äußerst interessantes Gespräch ... er ist ein interessanter Mensch. Hat als Pfarrer aufgehört, um seinen Glauben zu bewahren, jedenfalls so ungefähr. Ich werde wohl noch einmal mit ihm reden.«

»Tu das«, sagte Backman. »Und Tomas Winckler?«

»Der hat behauptet, dass er morgens Golf gespielt hat und nachmittags allein zu Hause war.«

»Während seine Frau in der Stadt shoppen war?«

»Nehme ich an. Aber ich habe auch das nicht überprüft. Es gibt ja noch einen anderen Aspekt. Mit wie viel Zeit sollen wir rechnen?«

»Was meinst du damit?«, fragte Backman.

»Sieh mal«, sagte Barbarotti. »Wenn wir die Zeit berechnen, die ein Täter braucht, um Grooth von hier nach Rönninge zu schaffen, beispielsweise mit einem Auto, dann hinaus zur Gänseschlucht, ihn hinunterzustoßen und zurückzukommen ... ja, da vergeht schon manche Stunde darüber. Wie lange genau, das liegt natürlich an einigen unbekannten Faktoren.

Aber wenn man ihn außerdem noch von Lund hierher bringen muss ... ja, dann haben wir eine ganz andere Situation.«

»Stimmt«, sagte Eva Backman. »Die kürzeste Zeitspanne wäre wohl nötig, wenn sie sich einfach im Wald verabredet hätten. Wenn Grooth sich sozusagen auf eigenen Rädern dorthin begeben hätte und der Mörder dann ... ja, diese Räder irgendwie beiseitegeschafft hätte. Nachdem er fertig war.«

»Oder sie«, sagte Barbarotti.

»Oder sie.«

»Klingt nicht besonders plausibel«, sagte Barbarotti.

»Stimmt. Weißt du, was ich plötzlich glaube?«

»Nein«, sagte Barbarotti. »Was glaubt die Frau Kriminalinspektorin plötzlich?«

Eva Backman räusperte sich. »Die Kriminalinspektorin glaubt plötzlich, dass sich herausstellen wird, dass alle drei Verdächtigen ... oder auch alle vier .... ein lupenreines Alibi für diesen Samstag werden vorweisen können, zumindest der größte Teil von ihnen, und dass wir unsere Jugend damit vergeuden, darüber zu spekulieren.«

»Dann sitzen wir in der Tinte«, sagte Barbarotti. »Nun, ich habe nicht damit angefangen.«

Eva Backman lachte laut auf. »Ist auch egal«, sagte sie. »Aber wenn wir unser Spiel nun zu Ende spielen, wen der drei würdest du ausschließen?«

Barbarotti dachte zehn Sekunden lang nach. »Ich glaube nicht, dass es Rickard Berglund war«, erklärte er dann.

»Ich glaube nicht, dass es Gunilla Winckler-Rysth war«, sagte Eva Backman.

»Dann ist nur noch Tomas Winckler übrig«, stellte Barbarotti fest. »Was meinst du, sollen wir losfahren und ihn verhaften?«

»Welchen Eindruck hat er auf dich gemacht?«

»Ziemlich unsympathischer Kerl«, sagte Barbarotti. »Aber

ich mag keine erfolgreichen Menschen, ich bin da nicht objektiv. Außerdem glaube ich, dass er seine Ehefrau betrügt.«

»Wie kannst du das wissen?«

»Ich habe eine Beobachtung gemacht.«

»Du hast ihn mit einer anderen Frau gesehen?«

»Wie kannst du das wissen, um einen Superbullen zu zitieren.«

»Intuition«, sagte Backman und musste wieder lachen. »Auf jeden Fall ist es kein Verbrechen, seine Frau zu betrügen. Aus welchem Grund auch immer. Also, kannst du dir Tomas Winckler in der Rolle eines Mörders vorstellen?«

Gunnar Barbarotti dachte nach.

»Eigentlich nicht«, sagte er seufzend.

Eva Backman stand auf und betrachtete ein paar Sekunden lang den Regen durch das Fenster hindurch. Er hatte etwas nachgelassen, vielleicht würde es vor Weihnachten noch besseres Wetter geben. Sie drehte sich um und fasste zusammen.

»Also, das war das. Zurück auf Start, würde ich mal behaupten. Wir haben keinen denkbaren Mörder, wir sind überhaupt nicht weitergekommen, und wir haben alles ausgeschlossen. Wollen wir also sagen, dass Germund Grooth eines … eines verhältnismäßig natürlichen Todes gestorben ist?«

»Schöne Formulierung«, sagte Barbarotti. »Verhältnismäßig natürlicher Tod. Aber das glaube ich auch nicht. Was ist man, wenn man gar nichts glaubt?«

»Nihilist«, sagte Eva Backman. »Du bist ein verfluchter Nihilist, und jetzt versuche mal, dich ein wenig zusammenzureißen. Wir müssen Ordnung in das hier kriegen.«

»Wo fangen wir an?«, fragte Barbarotti.

»Wir fangen damit an, dass wir aufhören zu spekulieren«, beschloss Backman.

## 37

Der Spatz auf Reisen. August 1972.

Seit vierzehn Tagen heute, wenn ich richtig gerechnet habe. Heute Morgen haben wir die Grenze nach Rumänien passiert. Es dauerte eine Stunde, aber langsam lernen wir dazu. Die Zöllner halten uns gern zurück, sie überprüfen unsere Pässe mit der Lupe und suchen nach allem Möglichen, aber eigentlich wollen sie nur Zigaretten und ein bisschen Westvaluta haben. Das ist an jeder Grenzstation das Gleiche. Dieses Mal beschlagnahmten sie die Zeitung *Expressen,* die im Bus liegen geblieben war, seit wir Schweden verlassen hatten. Behaupteten, es sei pornographische Literatur, es nützte nichts, dass Tomas erklärte, dass es sich um die größte Tageszeitung unseres Landes handele. Aber wir gaben das Käseblatt natürlich problemlos auf, wenn sie irgendeinen Nutzen aus den diversen nackten Brüsten ziehen können, dann sei es ihnen gegönnt.

Es ist etwas anstrengend, die ganze Zeit Menschen so eng um sich herum zu haben, und das empfinden offenbar nicht nur Germund und ich so. Man muss zusehen, dass man sich sein eigenes Revier, so gut es geht, verschafft. Ich sitze am liebsten einfach am Fenster und lasse die Landschaft vorbeigleiten. Oder ich lese. Unsere gesammelte Bibliothek umfasst dreißig Bücher, ich habe bereits die Hälfte davon durch. In der nächsten großen Stadt wollen wir sehen, ob wir einen richtigen Buchladen finden, um unser Sortiment etwas aufzufrischen. Es müsste zumindest Bücher auf Englisch oder Französisch geben, selbst hier in Rumänien, die Frage ist eher, ob es irgendwelche größeren Städte gibt. Seit wir die Grenze hinter uns gelassen haben, waren da nur Dörfer, ein paar Bauernhöfe und die eine oder andere Kleinstadt. Wir fahren direkt auf Transsylvanien zu. Tomas liest über Dracula oder über den Fürsten Vlad Tepes, wie er eigentlich hieß. Er behauptet, dieser wäre ein Volksheld gewesen und dass er von der gesamten westlichen Welt missverstanden wurde. Ich weiß nicht so recht, genau solche Behauptungen stellt mein Goldbruder gerne auf.

Langsam habe ich keine Lust mehr zu trinken. Wir schütten jeden Tag Bier und Wein in uns hinein. Germund hat in Österreich Stroh Rum gekauft, der ist so verdammt stark, dass man schon nach wenigen Schlucken blau ist. Man kann ihn gar nicht pur trinken, wir verdünnen ihn im Tee, aber das nützt nichts. Besonders die beiden anderen Damen sind fast jeden Abend angesäuselt, sie vertragen nicht viel, aber ich glaube, es gefällt ihnen, leicht beschwipst zu sein. Rickard und Tomas gefällt es auch, diesen Zustand zu erreichen, sie entspannen sich unter dem Einfluss des Alkohols irgendwie, daran besteht kein Zweifel.

Wir haben davon gesprochen, uns bald ein paar Hotelnächte zu gönnen. Es wäre zweifellos schön mit einer heißen Dusche, einem richtigen Bett und etwas Abgeschiedenheit. Aber ob dieses Land uns so etwas tatsächlich bieten kann, das ist natürlich eine andere Frage. Laut Kapitän Tomas' Berechnungen sind wir auf dem Weg zu einer Stadt namens Timisoara; wir sollten sie vor dem Abend erreichen, wie er sagt, aber die Straßen sind eng und schlecht. Wir landen immer wieder hinter Treckern und allen möglichen landwirtschaftlichen Maschinen, man kann sie schwer überholen, und ich glaube nicht, dass wir im Schnitt mehr als vierzig, fünfzig Kilometer die Stunde fahren.

Sollten wir tatsächlich irgendwo ein Hotel finden, dann hätte ich nichts gegen ein Einzelzimmer. Ich bin mir nicht sicher, ob ich das Germund erklären kann, aber es ist gut möglich, dass er auch so denkt. In den letzten Tagen hat er die meiste Zeit nur dagehockt und in einem dicken Buch gelesen mit dem Titel *Husserl, Lobatschewski and the Hundred-and-one Rabbits,* irgend so einem mathematisch-philosophischen Meisterwerk, wie er behauptet, was immer das auch bedeuten mag. Auf jeden Fall ist er noch weniger zugänglich als sonst, aber wie gesagt, das stört mich nicht. Im Gegenteil.

Was die übrigen Mitreisenden betrifft, so scheint es, als würde Gunilla auftauen. Auf jeden Fall habe ich mitgekriegt, dass sie nachts vorn im Bus vögeln, das ist ja zweifellos ein gutes Zeichen. Wenn man daran interessiert ist, dass es den Mitmenschen gut geht, was ich nicht immer bin. Aber es ist einfacher, mit Leuten zu reisen, die nicht deprimiert sind, das ist natürlich logisch.

Anna und Rickard sind kein bisschen deprimiert, sie schreiben beide Tagebuch und scheinen alles, was passiert, in einer Art tiefem, optimistischem Ernst in sich aufzunehmen. Alles ist interessant, alles ist es wert, notiert zu werden, und wenn es nur so ein schmutziger alter Mann ist, der am Straßenrand steht und seine noch schmutzigere Sau mit einem Besenstiel schlägt.

Tomas ist, wie er ist, ich habe keine Lust, Worte über ihn zu verlieren.

Ich sehne mich nach dem Meer, aber momentan ist es verdammt weit weg. Tomas behauptet, dass wir drei oder vier Tage brauchen, um durch Rumänien bis ans Schwarze Meer zu gelangen. Aber bei der Geschwindigkeit, die wir momentan draufhaben, gehe ich eher davon aus, dass es eine Woche dauern wird. Aber vielleicht entschließen wir uns ja, eine Nacht mal durchzufahren, ich habe das schon vorgeschlagen, aber bisher noch kein Gehör gefunden. Germund und Tomas können sich ja hinter dem Steuer ablösen, aber aus irgendeinem Grund beharrt Tomas darauf, dass wir es nicht eilig haben. Er plant ja solche Reisen fürs nächste Jahr mit richtigen Reisenden, aber man kann doch die Leute nicht dafür bezahlen lassen, dass man hinter heruntergekommenen landwirtschaftlichen Maschinen durch das sozialistische Paradies Rumänien tuckert. Ich finde, er sollte sich mit den Paradiesen begnügen, die wir bereits abgehakt haben: Polen, Tschechoslowakei, Ungarn und Jugoslawien. Wenn man darauf aus ist, den Ostblock zu studieren, ist das mehr als ausreichend.

Morgen soll ich meine Tage kriegen, allein deshalb kann mir die gesamte Menschheit gestohlen bleiben.

Nur noch eine Geschichte mit Germund, bevor ich schließe.

Es war gestern Abend. Wir waren hinter unserer Gardine schlafen gegangen, und er fragte, ob ich Lust hätte zu vögeln. Ich sagte, dass ich bald meine Tage kriege, und schlug vor, es zu verschieben.

»Okay«, sagte Germund. »Dann lese ich stattdessen.«

»Tu das«, sagte ich, »ich denke, ich werde gleich schlafen.«

Doch bevor ich einschlief, kam mir ein Gedanke. »Das mit dem Tod deiner Eltern«, sagte ich, »da gibt es doch etwas, was du zurückhältst, nicht wahr?«

Ich weiß nicht, wieso ich fragte, es kam mir einfach in den Sinn.

»Was meinst du damit?«, fragte Germund.

»Ich meine genau das, was ich sage«, erklärte ich. »Ich habe das Gefühl, dass es da etwas gibt, was du nicht erzählt hast.«

Er schlug das Buch zu, das er gerade erst aufgeschlagen hatte. Drehte sich auf den Rücken, verschränkte die Hände im Nacken, und so blieb er sicher eine Minute lang liegen und starrte an die Busdecke. Ohne einen Ton zu sagen, aber es war seiner Atmung anzuhören, dass er angestrengt nachdachte. Ich lag auch schweigend da und dachte, entweder es kommt jetzt oder eben nicht. Schließlich seufzte er tief und sagte:

»Das stimmt. Aber ich kann dir nicht erzählen, was es ist.«

»Nicht einmal mir?«, fragte ich.

»Nicht einmal dir«, bestätigte Germund. »Zumindest jetzt noch nicht.«

»Das sehe ich als ein Versprechen für die Zukunft an«, sagte ich.

»Sieh es, wie du willst«, sagte Germund. »Gibt es sonst noch etwas, was du wissen möchtest?«

»Nein«, sagte ich. »Sonst ist da nichts.«

»Gut«, sagte Germund und schlug sein Buch wieder auf.

## 38

VERNEHMUNG VON ELISABETH KATARINA MARTINSSON (EM) *in ihrer Wohnung in Strömstad.*
*Datum: Freitag, der 1. Oktober.*
*Anwesend: Kriminalassistent Alexander Tillgren (AT), Kriminalassistent Claes-Henrik Wennergren-Olofsson (W-O).*
*Die Vernehmung beginnt um 13.22 Uhr.*

AT: Bitte seien Sie so gut und nennen Sie uns Ihren Namen und Ihre Adresse.

EM: Elisabeth Martinsson. Die Adresse ist Badhusgatan 14 in Strömstad.

AT: Danke. Ich heiße wie gesagt Alexander Tillgren. Ich bin Kriminalassistent bei der Kymlinger Polizei. Zusammen mit meinem Kollegen Wennergren-Olofsson hier an meiner Seite werde ich Ihnen einige Fragen stellen, die Sie wahrheitsgemäß beantworten müssen. Es geht um zwei Todesfälle, die wir momentan untersuchen. Maria Winckler, die vor fünfunddreißig Jahren in der Gåsaklyftan in Rönninge vor Kymlinge starb, und Germund Grooth, der letzte Woche an genau derselben Stelle gefunden wurde. Sind Ihnen diese beiden Todesfälle bekannt?

EM: Natürlich sind sie mir bekannt. 1975 war ich ja dabei, als es passiert ist, und ich bin bereits von der Polizei befragt worden. Es war an einem Dienstag, wenn ich mich nicht irre.

AT: Können Sie uns berichten, was 1975 passiert ist?

EM: Ja, sicher. Das vergisst man nicht, und jetzt ist meine Erinnerung ja auch gerade aufgefrischt worden.

AT: Es tut mir leid, dass wir das alles noch einmal durchgehen müssen.

EM: Das macht nichts. Ich war damals gerade neu an der Schule, ich glaube sie hieß Kymlingeviksschule. Als Kunstlehrerin, ich war nur zwei Jahre dort, dann habe ich etwas anderes gemacht. An einem Sonntag haben wir einen Ausflug unternommen, ein paar andere frisch eingestellte Lehrer hatten mich dazu eingeladen. Ja, das waren natürlich Maria Winckler und Germund Grooth. Wir wollten draußen im Wald Pilze suchen, und nachdem wir das eine Weile gemacht hatten, ist Maria einen Steilhang hinuntergestürzt und gestorben. Ja, das war eigentlich alles in diesem Zusammenhang.

AT: Warum gab es dann polizeiliche Ermittlungen?

EM: Sie hat etwas geschrien, als sie fiel, darum ging es. Ich war ziemlich nahe und habe es ganz deutlich gehört. Ja, und ich dachte wirklich, sie hätte »Mörder!« geschrien.

AT: »Mörder«?

EM: Ja. und andere hatten das Gleiche gehört, jedenfalls mehr oder weniger. Keiner hat gesehen, wie sie gefallen ist, wir waren zu weit verstreut, aber alle haben mitgekriegt, dass sie irgendwas gerufen hat. Mit einem langen Ö-Ton drin. Wie in Töööten! oder Mööörder! Ich habe damals ziemlich lange mit einem Kriminalbeamten gesprochen. Er hieß Sandelin oder so etwas in der Art.

AT: Kriminalinspektor Sandlin, ja, wir haben sein Protokoll gelesen.

EM: Ach, und warum sitzen wir dann hier? Ich habe meine Meinung seit damals nicht geändert.

AT: Wir sitzen hier, weil Maria Wincklers Lebensgefährte, Germund Grooth, jetzt an derselben Stelle tot aufgefunden wurde, das wissen Sie doch. Was haben Sie gemacht, als Sie Maria haben schreien hören?

EM: Müssen wir das wirklich alles noch einmal durchexerzieren?

AT: Ja, bitte.

EM: Okay. Ich bin natürlich hingelaufen. Zuerst habe ich nicht verstanden, was passiert ist, aber dann habe ich über den Rand geguckt und sie da unten liegen sehen. Ich war die Allererste vor Ort, aber die anderen kamen gleich danach. Wir sind schnell zu ihr hinuntergeklettert, es gab da einen kleinen Pfad runter. Wir waren wohl nach einer halben Minute bei ihr, nein, vielleicht hat es ein bisschen länger gedauert. Ich glaube, ich habe sofort gesehen, dass sie tot war, aber ich habe es trotzdem mit künstlicher Beatmung versucht. Habe aber ziemlich schnell wieder aufgehört, es hatte keinen Zweck. Dann kamen all die anderen.

AT: Wer kam als Letzter?

EM: Wie bitte?

AT: Haben Sie registriert, wer als Letzter unten ankam?

EM: Nein, warum sollte ich? Ich war geschockt und alle anderen auch. Ich glaube, sie waren alle innerhalb einer Minute unten.

AT: Was haben Sie gedacht? Sie wussten ja, dass sie »Mörder!« gerufen hatte. Was haben Sie gedacht, was wohl passiert war?

*Zehn Sekunden Zögern der Befragten.*

EM: Ich weiß nicht, was ich gedacht habe. Ich glaube nicht, dass ich sofort daran gedacht habe, was sie gerufen hat.

AT: Aber irgendwas müssen Sie doch gedacht haben? Sie müssen sich doch vorgestellt haben, was passiert ist.

EM: *Nach neuerlichem Zögern:* Es hat wohl eine Weile gedauert, aber natürlich ist mir der Gedanke dann durch den Kopf gegangen. Dass jemand sie runtergestoßen hat, meine ich.

AT: Das haben Sie gedacht?

EM: Ja, was hätte ich denn sonst denken sollen? Aber das war erst nach einer Weile, als wir dort standen und gewartet haben und nicht wussten, was wir tun sollten. Sie lag da, und wir standen um sie herum, ist doch klar, dass man da alles Mögliche denkt.

AT: Meinen Sie damit, dass Sie überlegt haben, ob einer der anderen sie vielleicht gestoßen haben könnte?

EM: Ja. Oder dass es vielleicht ein Außenstehender getan hat. So ein Verrückter, der durch den Wald lief oder so. Oder ob sie einfach nur gestolpert ist. Aber in erster Linie habe ich wohl an die anderen gedacht.

AT: Wieso?

EM: Nun, ich kannte ja keinen von ihnen, das war eine Gruppe, die sich offensichtlich schon länger kannte. Sie hatten auf irgendeinem Pfarrhof gefeiert, einer von ihnen war Pfarrer. Germund und Maria arbeiteten ja an der Schule, aber das Schuljahr war erst wenige Monate alt, und es war Maria gewesen, die mich gefragt hatte, ob ich mitkommen wollte.

AT: Wann hat sie Sie gefragt?

EM: Wir saßen im Raucherzimmer und haben uns unterhalten, ich glaube, es war nur zwei Tage vorher. Ja, wie gesagt, ich wusste absolut nicht, was ich glauben sollte.

Ich stand da im Wald zwischen den Blaubeerbüschen mit vier unbekannten Menschen und einer, die tot war. Marias Bruder war losgelaufen, um Hilfe zu holen, wir anderen blieben dort und hielten Wache oder wie man das nennen soll.

AT: Worüber haben Sie gesprochen?

EM: Wir haben kaum geredet. Ich kann mich erinnern, dass wir ziemlich still waren. Das erschien irgendwie am natürlichsten so. Aber irgendwann hat einer das mit dem Schrei angesprochen. Dass sie gerufen hat, während sie fiel. Es gab da verschiedene Meinungen, aber eigentlich haben wir auch darüber nicht viel geredet.

AT: Als Sie zu Maria hinuntergelaufen sind, half Germund da bei der künstlichen Beatmung?

EM: Nein. Er stand nur da. Oder lag auf den Knien, ja, nach einer Weile sank er auf die Knie. Ich habe angenommen, dass er unter Schock steht. Er war wie versteinert.

AT: Wenn wir ein wenig zurückgehen, wie ist die Gruppe zur Gänseschlucht gekommen?

EM: Wir sind natürlich mit dem Auto gefahren. Ich bin zusammen mit dem Pfarrerspaar und Marias Bruder und seiner Frau gefahren.

AT: Das bedeutet, dass Germund Grooth und Maria Winckler allein gefahren sind?

EM: Ja. Das war schon etwas komisch. Ich wurde von vier Menschen aufgesammelt, die ich noch nie gesehen hatte. Aber das lag daran, dass ich auf ihrem Weg wohnte. Maria und Germund hätten einen Umweg machen müssen, wenn sie mich hätten mitnehmen wollen … ja, ich glaube, das war der einzige Grund.

AT: Ich verstehe. Wie war die Stimmung in der Gruppe?

EM: Im Auto oder im Wald?

AT: Beides.

EM: Etwas gedrückt, würde ich behaupten. Sie haben nicht viel geredet. Im Auto war es eigentlich nur dieser Tomas, der was gesagt hat, nachdem wir uns begrüßt hatten. Und dann im Wald waren sie auch nicht viel zusammen. Es war geplant, dass wir nach zwei Stunden zusammen Kaffee trinken wollten, aber so weit sind wir ja nie gekommen.

AT: Maria war zu dem Zeitpunkt bereits tot?

EM: Ja.

AT: Aber die Stimmung war gedrückt, sagten Sie? Schon vorher.

EM: Ich fand es jedenfalls. Jeder ist ja auch für sich allein durch den Wald gelaufen. Nein, wie gute Freunde haben sie sich nicht gerade verhalten.

AT: Aber es gab keinen offenen Streit?

EM: Nein. Jedenfalls habe ich keinen bemerkt.

AT: Würden Sie sagen, Sie haben Germund Grooth kennengelernt? Ich meine, hinterher, in der Schule.

EM: Nein, ich kannte ihn nicht.

AT: Aber Sie haben doch beide das restliche Schuljahr dort gearbeitet, oder?

EM: Schon, aber das heißt ja nicht, dass wir etwas miteinander zu tun hatten. Es waren mindestens fünfzig Lehrer im Kollegium. Und wenn ich ehrlich bin, dann gefielen mir die meisten nicht.

AT: Gefiel Germund Grooth Ihnen auch nicht?

EM: Der gefiel mir weder gut noch schlecht. Bis auf einen Gruß hatten wir keinerlei Kontakt.

AT: Trotz der Erlebnisse im Wald?

EM: Ja. Ich hatte das Gefühl, dass er nicht darüber sprechen wollte.

AT: Waren Sie bei Marias Begräbnis?

EM: Nein. Mir ist Bescheid gesagt worden, aber es fand in Sundsvall statt. Ihr Elternhaus steht wohl dort.

AT: Wie kam es, dass Sie zu diesem Ausflug eingeladen wurden? Es war Maria Winckler, die Sie gefragt hat, nicht wahr?

EM: Ja. Aber die kannte ich auch nicht. Es war wohl eher Zufall, dass sie es erwähnte. Und ich habe dann gesagt, dass es schön wäre, in die Natur hinauszukommen, und da bot sie mir das an. Ich kann mich nicht mehr so genau erinnern. Ich glaube, ich hätte sie gemocht, sie schien auch nicht so recht ins Kollegium zu passen. War etwas eigen irgendwie, ja, das war Germund wohl auch.

AT: Wen von den anderen haben Sie gesehen, als Sie Maria haben schreien hören?

EM: Überhaupt keinen. Ich war allein. Und das waren wohl alle. Aber ich war offenbar diejenige, die Maria am nächsten war, da ich ja zuerst angekommen bin.

AT: Können Sie von einem Vorfall berichten, bei dem Germund Grooth eine Ohrfeige bekam?

EM: Was?

AT: Grooth hatte eine Auseinandersetzung mit einem Kollegen, das wissen Sie doch sicher?

EM: Er hatte eine Auseinandersetzung mit einem Kollegen? Ich weiß wirklich nicht, wovon Sie reden.

AT: Im Sommerhalbjahr, das müssen Sie doch mitgekriegt haben

EM: Nein. Davon habe ich keine Ahnung.

W-O: Wenn ich »Blutegel« sage, was sagt Ihnen das?

EM: Blutegel?

W-O: Darf ich Sie um eine schnelle Antwort bitten. Wenn ich »Blutegel« sage, was antworten Sie darauf?

EM: Ich würde antworten, dass Sie nicht ganz dicht sind.

W-O: Das werde ich mir notieren.

AT: Entschuldigung. Wenn wir zu Germund Grooth zurückkommen, diesen Zwischenfall mit einem Kollegen, dann wissen Sie also nichts davon?

EM: Nein, und ich weiß nicht, was das mit Blutegeln zu tun hat. Ist Ihr Kollege ganz klar im Kopf?

AT: Lassen Sie uns bitte weitermachen. Haben Sie Germund Grooth wiedergetroffen, nachdem er im Juni 1976 die Kymlingeviksschule verlassen hat?

EM: Ich habe ihn gesehen, aber nicht mit ihm gesprochen.

AT: Bei welchen Gelegenheiten?

EM: Nur einmal. Aber ich erinnere mich, weil das schon merkwürdig war.

AT: Können Sie es mir schildern?

EM: Ja, natürlich. Es war auf der Finnlandfähre. Silja Line, glaube ich. Ich bin mit meinem Mann hin- und zurückgefahren, ja, wir sind jetzt schon lange geschieden. So ein sogenannter Wochenendtrip. Es war im Winter, Anfang der Achtziger, unsere Tochter war damals noch nicht geboren. Ja, Germund Grooth war also auf demselben Schiff.

AT: Und was war so besonders?

EM: Vielleicht war es nicht so besonders, aber er saß im Restaurant, und er hatte zwei auffällig schicke Damen bei sich.

W-O: Zwei?

EM: Ja.

W-O: Auffällig schick?

EM: Genau das. Wenn Sie wissen, was ich meine. Und er unterhielt irgendwie beide zugleich. Als sie den Tisch verließen, hatte er jeder einen Arm um die Taille gelegt. Ja, was weiß ich, sie waren etwas beschwipst, und mein Mann sagte nur, dass die jetzt wohl in die Kabine gingen, um einen flotten Dreier hinzulegen.

W-O: Oh Mann.

AT: Und das war alles?

EM: Ja, er saß mit dem Rücken zu uns, deshalb hat er mich nicht bemerkt. Ich bin mir auch gar nicht sicher, ob er mich wiedererkannt hätte. Es waren so viele Jahre vergangen, seit wir uns in Kymlinge gesehen hatten, fünf, sechs auf jeden Fall. Aber ich habe sofort gesehen, dass er es war. Wir mussten an seinem Tisch vorbei, als wir einen Platz suchten.

AT: Ich verstehe. Und wie steht es mit den anderen aus der Clique, haben Sie einen oder eine davon nach 1975 jemals wiedergesehen?

EM: Den Pfarrer und seine Frau habe ich ein paar Mal gesehen, solange ich in Kymlinge gelebt habe, aber hinterher, nein, ich glaube nicht.

W-O: Sie glauben?

EM: Ich bin mir ziemlich sicher, dass ich keinen von denen wiedergetroffen habe.

W-O: Interessant.

AT: Gut. Nur noch ein paar kurze Fragen. Haben Sie jemals das Gefühl gehabt, dass Maria Winckler zu Selbstmord neigen könnte?

EM: Nein.

AT: Haben Sie das Gefühl gehabt, dass Germund Grooth zu Selbstmord neigen könnte?

EM: Nein, aber ich kenne wenige Selbstmordkandidaten, deshalb weiß ich nicht so recht, wie die sich verhalten.

AT: Was haben Sie am Samstag gemacht? Am Samstag, dem 25. September?

EM: Warum fragen Sie das?

AT: Reine Routine. Ich muss diese Frage stellen.

EM: Glauben Sie etwa, ich wäre in den Wald gefahren und hätte diesen blöden Grooth über den Hang geschubst?

AT: Natürlich nicht. Aber Sie verstehen doch sicher, dass ich diese Frage stellen muss. Und ich bitte, sie mir zu beantworten.

*Zehn Sekunden lange Denkpause der zu Vernehmenden.*

EM: Ich glaube, ich habe den ganzen Tag gemalt. Das da. *Zeigt auf ein großes Ölgemälde, das mitten im Raum auf einer Staffelei steht.* Ja, ich habe dieses Meisterwerk am Samstag angefangen, das stimmt.

AT: Waren Sie allein?

EM: Natürlich war ich allein. Sie glauben doch wohl nicht, dass man in Gruppen malt?

AT: Haben Sie tagsüber aus irgendeinem Grund jemanden getroffen?

EM: *Nach kurzem Zögern:* Ich habe morgens mit einer guten Freundin Kaffee getrunken. Unten bei Strands, da frühstücken wir ab und zu.

AT: Und danach sind Sie nach Hause gegangen und haben gemalt?

EM: Ja, dann bin ich nach Hause gegangen und habe gemalt. Ist daran etwas nicht in Ordnung?

AT: Natürlich nicht. In welchem Zeitraum ungefähr waren Sie allein zu Hause?

EM: Was weiß ich. Vielleicht so ab zehn Uhr morgens.

AT: Haben Sie mit jemandem telefoniert?

EM: Nicht, dass ich wüsste. Ich schalte immer alle Telefone aus, wenn ich arbeite.

AT: Ich verstehe. Ja, dann habe ich keine weiteren Fragen. Gibt es noch etwas, das Sie gern hinzufügen würden, von dem Sie glauben, es könnte einen Nutzen für uns haben?

EM: Nein, ich wüsste nicht, was das sein sollte. Sie glauben also, dass jemand Grooth da draußen im Wald am Samstag hinuntergestoßen hat?

AT: Das ist eine Möglichkeit. Wir arbeiten in alle Richtungen.

EM: Und was spricht dafür, dass er nicht von allein gesprungen ist?

AT: Das kann ich Ihnen nicht sagen.

EM: Ach so, ja. Nun, dann darf ich Ihnen wohl noch viel Glück bei den Ermittlungen wünschen. War sonst noch etwas?

W-O: Entschuldigen Sie, Frau Martinsson. Aber ich habe das Gefühl, dass Sie etwas zurückhalten. Bitte korrigieren Sie mich, wenn ich mich irre.

EM: Etwas zurückhalten? Ich halte überhaupt nichts zurück. Zufällig war ich vor fünfunddreißig Jahren draußen im Wald, als ein Mensch starb. Ansonsten habe ich nichts, absolut nichts mit der Sache zu tun, weder mit Maria Winckler noch mit Germund Grooth.

W-O: Könnte es nicht sein, dass Sie uns anlügen, Frau Martinsson?

EM: *Wendet sich AT zu:* Hören Sie, könnten Sie nicht einfach Ihren Kollegen schnappen und gehen? Und versuchen, ihm im Auto auf dem Heimweg ein wenig Benimm beizubringen? Ich nehme an, dass Sie verstehen, was ich meine.

AT: Vielen Dank, Frau Martinsson. Die Vernehmung ist beendet. Es ist jetzt 13.47 Uhr.

*Protokoll verfasst am 04.10.2010 von*
*Alexander Tillgren, Kriminalassistent*

## 39

Es war halb neun Uhr abends, als sie endlich in Timisoara ankamen, und die Dämmerung hatte schon eingesetzt. Es war der 8. August, Rickard schrieb in sein Tagebuch, dass es der Jahrestag der Unterzeichnung des Friedensabkommens zwischen den Siegermächten und Japan nach dem Zweiten Weltkrieg war – ein Datum, mit dem er einen Punkt bei einer Geschichtsprüfung im Gymnasium eingeheimst hatte und das er vermutlich nie vergessen würde – und dass es der erste Tag war, an dem deutlich eine Missstimmung in der Gruppe herrschte. Außerdem notierte er, dass es ein Dienstag war.

Ansonsten hatte seine Dienstagantipathie während der Uppsalajahre abgenommen. Wenn er überhaupt noch daran dachte, dann meistens wie an einen Aberglauben, ungefähr, wie man es vermeidet, unter einer Leiter hindurchzulaufen, oder man dreimal ausspuckt, wenn eine schwarze Katze den Weg kreuzt. Eine Art übriggebliebener Atavismus, aber als sie jetzt durch dunkle, unbekannte Straßen einer fremden Stadt rollten, die alles andere als einladend aussah, überfiel sie ihn von Neuem. Wir müssen diesen Abend überstehen, dachte er. Wir müssen einen Platz finden, wo wir unser Lager aufschlagen können. Das wird sich alles regeln, morgen scheint die Sonne wieder, und wir sind immer noch auf dem Weg zum Schwarzen Meer.

Kindische, peinliche Gedanken, das war ihm selbst klar,

doch als er durch das Busfenster hinausspähte, empfand er ein greifbares Gefühl von etwas Feindlichem. Etwas, das dort ausgebrütet wurde. Als hätten sie ein verbotenes Gebiet betreten, und als er seine Mitreisenden betrachtete, konnte er feststellen, dass sie die gleichen Gefühle zu empfinden schienen wie er. Keiner sagte etwas, alle saßen nur da und schauten auf die fast menschenleeren Bürgersteige und die verdunkelten Häuserfassaden. Es brannte so gut wie keine Straßenbeleuchtung, die vereinzelten schmutziggelben Lampen, die in den Windböen hin und her schaukelten, schienen eher das Dunkel aufzusaugen, als es zu bekämpfen. Es regnete, und Rickard spürte, dass eine bedrohliche Stimmung über der gesamten Stadt lag. Germund, der hinter dem Steuer saß, machte keine Miene, anzuhalten, er manövrierte den Bus langsam immer weiter über glatte, runde Pflastersteine, über kaputten Asphalt, über aufgeworfene Straßenbahnschienen, schien ohne zu zögern nach rechts und links abzubiegen, als würde er von einem inneren Wegweiser gelenkt, aber aus irgendeinem Grund gab es niemanden, der ihn fragte, wohin sie eigentlich fuhren.

Die Stimmung im Bus war bereits am Nachmittag schlecht gewesen. Es herrschten geteilte Meinungen darüber, ob man anhalten sollte, bevor man Timisoara erreicht hatte, oder versuchen sollte, die Stadt noch vor dem Abend zu erreichen – aber die Meinungen teilten sich eigentlich nicht in zwei Lager, es schien eher in jedem Einzelnen eine Kluft zu geben. Eine Art müde und streitsüchtige Unentschlossenheit, die viel Nahrung von den schlechten Straßen und den immer wieder auftauchenden Treckern und landwirtschaftlichen Maschinen bekam, die zu überholen so gut wie unmöglich war. Sie mussten einfach hinterherkriechen und warten, dass sie auf den nächsten Acker oder auf eine Nebenstraße im nächsten Ort abbogen. Rickard hatte die Karte studiert und ausgerechnet, dass ihre Durchschnittsgeschwindigkeit momentan weniger als vierzig Kilometer in der Stunde betrug. Sie waren elf Stunden gefahren und hatten dreihundertachtzig Kilometer zurückgelegt.

Und das Ziel war also Timisoara, eine Stadt, die aussah, als duckte sie sich vor einem nahenden Bombenangriff. Genau diesen Vergleich notierte sich Rickard in seinem Tagebuch, und als er es Anna zeigte, nickte sie und schrieb es in ihr Notizheft ab.

Endlich hielt Germund vor einem Gebäude an, das aussah wie ein großer Lagerraum. Falls sie sich jemals in zentraleren Regionen der Stadt befunden hatten, so hatten sie diese auf jeden Fall inzwischen hinter sich gelassen. Die Straße, auf der sie standen, war eng und verlassen, große, verdunkelte Gebäude rahmten sie von beiden Seiten ein, gut dreißig Meter vor ihnen war ein offenes Gittertor zu erkennen und davor irgendwelche schwach erleuchteten Warnschilder. Rickard verstand, dass Germund deshalb angehalten hatte. Es war eine Sackgasse, man kam ganz einfach nicht weiter, sondern musste wenden.

»Fahr weiter«, sagte Tomas. »Wende. Hier können wir nicht stehen bleiben.«

»Ich habe keine Lust weiterzufahren«, erwiderte Germund. »Und warum nicht hier übernachten?«

»Hier?«, fragte Gunilla. »Sag mal, spinnst du? Hier können wir ja wohl nicht bleiben.«

»Ist doch egal, wo wir anhalten, der Bus bleibt derselbe«, sagte Germund. »Oder wolltest du draußen schlafen?«

»Ich dachte, wir wollten irgendwo was essen«, sagte Anna.

»Wie viele Restaurants hast du gesehen, seit wir in dieser Geisterstadt sind?«, fragte Germund.

»Aber es muss doch einen Campingplatz geben«, meinte Tomas. »Schließlich ist Timisoara eine große Stadt.«

»Ich habe noch nie ein traurigeres und feindlicheres Loch

gesehen«, sagte Maria. »Herrscht hier der Ausnahmezustand oder was?«

»So, jetzt reißen wir uns mal zusammen«, sagte Tomas. »Dann müssen wir uns eben durchfragen. Willst du, dass ich übernehme, Germund?«

»In Ordnung«, sagte Germund und schälte sich vom Fahrersitz. »Aber ich verstehe immer noch nicht, was so schlimm daran sein soll, hier stehen zu bleiben. Wir haben Bier und Obst zum Abendessen. Und ich kann mich nicht erinnern, irgendwelche Lebensmittelgeschäfte gesehen zu haben. Und die Abendtoilette auf dem Bürgersteig, andre Länder, andre Sitten.«

»Ich sehe keinen Bürgersteig«, sagte Gunilla.

»Dann musst du eben bis morgen warten«, erwiderte Germund und setzte sich ganz hinten in den Bus.

*Krise*, schrieb Rickard Berglund in sein Tagebuch und klappte es zu.

Bevor Tomas den Bus wieder startete, saßen Rickard und er eine Weile mit ausgebreiteter Karte vor sich da. Sie sollte einen Stadtplan von Timisoara darstellen, sie hatten sie an der Grenze gekauft, aber nach fünf Minuten gaben sie auf. Es waren keine Campingplätze verzeichnet und auch sonst nicht viel, und sie wussten nicht, in welchem Teil der Stadt sie sich befanden.

»Ich fahre da vorne durch das Tor und wende«, sagte Tomas. »Wir müssen ein wenig improvisieren.«

»Ich weiß nicht, ob es so schlau ist, auf das Gelände zu fahren«, merkte Gunilla an. »Diese Schilder bedeuten doch auf jeden Fall, dass wir nicht willkommen sind.«

»Ich sehe nirgends irgendwelche Wachtposten«, sagte Tomas. »Ich will ja auch nur wenden.«

Er startete, und langsam rollten sie durch das offene Gittertor. Direkt dahinter befand sich ein offener Platz zwischen einigen Blechbaracken, er stieß zurück, um wieder hinausfahren zu können, doch noch bevor er den Bus auf die richtige Spur manövriert hatte, waren sie von vier Männern in irgendeiner Art schwarzer Militäruniform umringt. Zwei von ihnen standen direkt vor dem Bus und zielten mit ihren automatischen Waffen auf Tomas.

»Kalaschnikows«, sagte Tomas. »Scheiße, die haben Kalaschnikows.«

Einer von ihnen schrie etwas und machte ein Zeichen mit seiner Waffe.

»Er will, dass du aussteigst«, flüsterte Gunilla, und Rickard fand, dass sie plötzlich wie ein erschrockenes Tier in einem Comic klang. »Ich habe doch gesagt, wir sollen hier nicht reinfahren.«

»Das wird sich schon regeln«, erwiderte Tomas. »Ich erkläre ihnen, dass wir uns verfahren haben und nur wenden wollten.«

Er stieg aus dem Bus und ging zu den beiden, die im Scheinwerferlicht standen. Der Mann, der mit seiner Kalaschnikow gewunken hatte, winkte immer noch.

»Ich glaube«, sagte Rickard und spürte selbst, dass es ihm schwerfiel, die Stimme ruhig zu halten. »Ich glaube, er meint, dass wir alle aussteigen sollen.«

»Nimm die Pässe mit«, ermahnte Anna ihn. »Die wollen sie sicher sehen. Und ein paar Zigaretten, das hilft immer.«

»Na, das ist doch einfach toll«, sagte Maria. »Diese netten Jungs wissen sicher, wo es einen guten Campingplatz gibt. Ihr müsst doch zugeben, dass sie hilfsbereit aussehen.«

Sie wurden an eine Wand gestellt. Vom ersten Moment an hatte Rickard das Gefühl, als würde das alles gar nicht wirklich passieren. Es war ein Spiel oder ein Theaterstück oder nur irgend so eine idiotische Filmaufnahme. So etwas gab es einfach nicht, oder zumindest geschah es nicht mit dieser Rollenbesetzung. Sechs ahnungslose Schweden, die sich plötzlich so weit von zu Hause befanden und keine Ahnung hatten, wie sie sich verhalten sollten.

Oder was sie erwartete. Nachdem die Pässe lange und sorgfältig geprüft worden waren – von dreien der Männer, der vierte stand mit halb erhobener Waffe da und passte auf, dass keiner der Reisegruppe auf unerwünschte Ideen kam –, steckte einer von ihnen, vielleicht war es der Anführer, er schien zumindest der Älteste zu sein, sie in die Brusttasche seiner Uniformjacke und sagte etwas zu den anderen. Zwei von ihnen nickten, der dritte, der deutlich jünger zu sein schien als die anderen, vielleicht war er sogar noch ein Teenager, lachte laut, bekam aber sofort einen Anschnauzer. Tomas versuchte etwas auf Englisch in der Richtung zu sagen, dass sie ihre Pässe wiederhaben wollten, wurde aber zum Schweigen gebracht, indem der Anführer losbrüllte, seine Kalaschnikow hob und damit über die Gruppe schoss.

Das war deutlich genug. Rickard spürte, wie Anna an seiner Seite versuchte, heimlich ihre Hand in seine zu schieben, aber er fürchtete, das könnte nicht gewünscht sein, und schob sie zurück. Jetzt diskutierten die Männer miteinander. Drei von ihnen hatten sich Zigaretten angezündet, nein, sie diskutierten nicht, eher war es so, dass der Anführer Befehle erteilte. In erster Linie war er derjenige, der redete, die anderen nickten und brachten den einen oder anderen kurzen Kommentar an. Der Jüngste musste wieder lachen – ein abgehacktes, freudloses Lachen, das eher wie Hundegebell klang –, aber dieses Mal wurde er nicht zurechtgewiesen.

Es vergingen mehrere Minuten. Unendlich viel Zeit, wie Rickard fand. Die sechs Schweden standen an der Wand aufgereiht, die vier rumänischen Soldaten oder was immer sie waren, standen vier, fünf Meter vor ihnen, rauchten und planten. Eine schmutzige Lampe hoch oben an der Wand warf einen unheilvollen Schein auf die ganze Szene. Gunilla hatte angefangen zu weinen, ein leises, verbissenes Weinen, das kaum wahrzunehmen war. Der Bus stand immer noch brummend da. Rickard schloss die Augen und betete stumm ein Vaterunser. Die ganze Zeit regnete es.

# 40

Ich habe über eine Sache nachgedacht«, sagte Eva Backman. »Wenn wir es tatsächlich mit zwei Morden zu tun haben ... oder zumindest mit einem ... was für ein Motiv könnte es dann geben?«

»Da habe ich nicht den blassesten Schimmer«, sagte Gunnar Barbarotti. »Und ich könnte schwören, du auch nicht.«

»Vollkommen richtig«, bestätigte Eva Backman. »Nicht einen Funken. Aber das Schlimme dabei ist, dass ich mir auch nur schwer eins vorstellen kann. Zumindest, wenn es sich um zwei Morde handelt. Warum wartet man fünfunddreißig Jahre! Was ist das für ein Verrückter, der zwei seiner Freunde mit so einem Abstand dazwischen tötet?«

»Wenn es denn einer von ihnen ist.«

»Wenn dem so ist, ja. Aber es wird nicht viel logischer, wenn wir von einem Außenstehenden ausgehen. Oder?«

»Zumindest haben wir dann ein paar mehr Kandidaten, zwischen denen wir aussuchen können«, sagte Barbarotti. »Aber vielleicht hatte er gar nicht geplant, beide umzubringen. Anfangs, meine ich.«

»Er?«, fragte Eva Backman.

»Er oder sie. Wenn Germund Grooth nun tatsächlich in die Gänseschlucht gestoßen wurde, dann muss ja in letzter Zeit etwas passiert sein, das ... ja, das diese Tat ins Rollen gebracht hat.«

»Ins Rollen gebracht?«

Barbarotti seufzte. »Verdammt, was weiß ich. Aber kannst du dir einen Plan vorstellen, der davon ausgeht, dass du zwei Personen tötest. Den einen heute, den anderen in fünfunddreißig Jahren?«

»Klingt weit hergeholt«, sagte Eva Backman.

»Genau das sag ich doch«, bestätigte Barbarotti.

»Das habe ich schon gehört«, sagte Backman, »aber warum ist Grooth so bescheuert und begibt sich überhaupt in den Wald und wird ermordet? Wenn seine Lebensgefährtin dort vor hundert Jahren gestorben ist, dann muss er doch Lunte gerochen haben. Schließlich war er kein Dummkopf.«

»Ich dachte, wir wollten aufhören zu spekulieren«, sagte Barbarotti.

»Na gut. Aber irgendwas ist da nicht koscher an dieser Gruppe.«

»Ich weiß«, bestätigte Barbarotti. »Da ist was. Sandlin hat es 1975 geahnt, und wir ahnen es jetzt. Wollen wir noch eine Runde drehen? Ich meine, bei denen, die noch da sind?«

»Warum nicht?«, meinte Backman. »Vielleicht sollten wir dabei ein bisschen hellhöriger vorgehen, das könnte nicht schaden. Was hast du dem Martinsson-Verhör entnommen, egal in welcher Richtung?«

»Wennergren-Olofsson ist ein Esel.«

»Das wussten wir schon vorher. Und sonst?«

Barbarotti zuckte mit den Schultern. »Ehrlich gesagt nicht viel. Es stimmt wohl, was sie sagt. Sie war zufällig bei diesem Ausflug vor fünfunddreißig Jahren dabei. Sie hat nichts mit den anderen aus der Gruppe zu tun. Oder was meinst du?«

Backman seufzte. »Sie hat ein schlechtes Alibi. Aber stimmt schon. Sie scheint extrem wenig eingebunden gewesen zu sein. Was haben wir also? Was haben wir konkret, was darauf hindeutet, dass Grooth ermordet worden ist?«

Barbarotti überlegte. »Eine gebuchte Parisreise und ein Telefongespräch«, sagte er. »Das ist nicht viel.«

»Und das Fehlen eines Transportmittels«, ergänzte Backman. »Aber das ist immer noch ziemlich wenig. Was meinst du, ist es an der Zeit, zum Staatsanwalt zu gehen?«

»Dazu ist es wohl noch etwas zu früh«, sagte Barbarotti.

»Sollen wir die Ermittlungen deiner Meinung nach also abschließen?«

»Dazu ist es wohl noch etwas zu früh«, wiederholte Barbarotti. »Übrigens, dieses Telefongespräch. Ich habe mit Sorgsen gesprochen, und es ist so, dass diese Nummer nur ein einziges Mal auftaucht. Und zwar an diesem Morgen. Was meinst du, worauf deutet das hin?«

Backman blieb einige Sekunden schweigend sitzen. »Das deutet darauf hin, dass du Recht hast«, sagte sie. »Es ist noch zu früh, die Sache zu den Akten zu legen.«

»Na, dann machen wir doch so weiter, wie wir es verabredet haben. Eine neue Runde?«

Eva Backman lehnte sich zurück und dachte nach. »Auf jeden Fall sollten wir uns die Alibifrage näher ansehen«, sagte sie. »Und versuchen, eine Bestätigung dafür zu kriegen. Ich halte weiterhin Kontakt mit Lund, ein wenig mehr Fleisch auf den Knochen, was Grooth betrifft, könnte doch nicht schaden, oder? Die wollen mit dieser Frau reden, Kristin Pedersen, heute. Vielleicht sollte das einer von uns auch noch tun, du oder ich, wir werden sehen.«

»Der Computer?«, fragte Barbarotti. »Wie läuft es mit Grooths Computer?«

»Abgesehen von den Mails scheint er uninteressant zu sein«, sagte Backman. »Ja, und die bringen offenbar auch nicht viel. Sorgsen geht sie noch durch, es gibt da natürlich so einige Menschen, denen wir Fragen stellen könnten. Zwei Frauen, mit denen er im letzten halben Jahr Mails ausgetauscht hat, zum Beispiel. Kristin und Birgitta, er hatte offenbar mit beiden ein Verhältnis. Kristin haben wir ja gefunden, und Sorgsen versucht, mit der anderen Kontakt aufzunehmen.«

Barbarotti nickte und gähnte.

»Irgendwelche interessanten Dateien hatte er nicht heruntergeladen«, fuhr Backman fort, »und neun von zehn Mails handeln laut Sorgsen vom Job. Auf jeden Fall hat er keinen Kontakt mit der alten Uppsala-Gang gehabt. Abgesehen von einer kurzen Dankesmail an Tomas Winckler, nachdem sie sich im Juni getroffen hatten. Er bekam ein ebenso kurzes Dankeschön zurück.«

»Wollte er nicht mit dieser Birgitta nach Paris fahren?«

»Soweit ich weiß, deutet nichts in den Mails darauf hin. Aber wir können Sorgsen noch einmal danach fragen.«

»Ausgezeichnet«, sagte Barbarotti. »Auch wenn man ein einsamer Wolf ist, so ist man ja trotzdem nicht vollkommen isoliert.«

»Redest du von Sorgsen?«

»Nein, ich rede von Grooth.«

»Okay«, nickte Backman. »Nein, heutzutage ist es schwer, ein Eremit zu sein. Zumindest, wenn man einen Computer hat. Dann nehmen wir uns also weiter die Alibis vor, während die anderen weiterhin die Mühle drehen?«

»Machen wir«, bestätigte Barbarotti. »Ich werde noch einmal Kontakt zu Berglund und Winckler aufnehmen. Ich glaube, ich fange mit Berglund an, der befindet sich zumindest hier in der Stadt.«

Backman zögerte eine Sekunde lang. »Noch was.«

»Was denn?«

»Irgendwie bist du nicht der Alte. Es ist doch nichts passiert?«

»Ich wüsste nicht, was«, sagte Barbarotti.

Er bekam ihn gleich nach dem ersten Freizeichen an den Apparat. »Entschuldigen Sie, dass ich störe«, sagte Barbarotti, nachdem er sich vorgestellt hatte. »Wie geht es Ihnen?«

»Danke der Nachfrage«, sagte Rickard Berglund. »Anna ist heute Morgen gestorben.«

Barbarotti schluckte. »Mein herzliches Beileid«, sagte er. »Ich habe nicht gewusst ...«

»Es war ja nur eine Frage der Zeit«, sagte Berglund. »Jetzt ist es jedenfalls vorbei.«

»Ich möchte natürlich in so einer Situation nicht stören«, sagte Barbarotti. »Ich möchte Ihnen noch einmal ausdrücklich mein Beileid aussprechen und werde mich dann nächste Woche noch einmal melden.«

»Sie stören nicht«, sagte Berglund. »Sie wird am Samstag beerdigt. Diese Tage, bevor der Verstorbene in die Erde kommt, sind gar nicht mit so viel Aktivitäten gefüllt, wie die Leute sich das immer vorstellen. Außerdem habe ich es ja auch schon lange erwartet.«

»Ich verstehe«, sagte Gunnar Barbarotti. »Aber ich möchte trotzdem nicht ...«

»Ich spüre gleichzeitig Erleichterung und Trauer darüber, dass es endlich vorbei ist«, fuhr Rickard Berglund fort. »Und es ist besser, darüber zu reden, statt nur herumzulaufen und es in seinem eigenen Kopf kreisen zu lassen. Entschuldigen Sie, was wollten Sie eigentlich?«

Möchte wissen, wann er das letzte Mal eine ganze Stunde geschlafen hat, dachte Barbarotti.

»Ich ... ich wollte eigentlich nur noch einmal ein paar Worte mit Ihnen wegen Germund Grooths Tod wechseln«, erklärte er, »also das Gleiche wie beim letzten Mal. Es geht da um ein paar Details, aber das kann warten.«

»Morgen habe ich Zeit«, sagte Berglund. »Wenn es Ihnen passt.«

»Das passt mir«, sagte Barbarotti. »Und wann?«

»Am Nachmittag«, schlug Rickard Berglund vor, und dann einigten sie sich auf zwei Uhr im Foyer des Polizeigebäudes.

Merkwürdig, dachte Barbarotti, nachdem er aufgelegt hatte. Nichts zu tun, obwohl die eigene Frau beerdigt wird? Aber Berglund war ja jetzt in der Branche, er wusste wohl, wie das Praktische zu regeln war.

Und er hatte genug Zeit gehabt, sich vorzubereiten. Viel zu viel Zeit wahrscheinlich.

Eva Backman rief in Skåne an und erfuhr, dass Ribbing und Larsson gerade auf Kristin Pedersen warteten, die aus Kopenhagen kommen sollte. Sie würden von sich hören lassen, sobald die Vernehmung beendet war. Später am Tag standen noch zwei Kollegen von Germund Grooth auf dem Plan.

Eva Backman bedankte sich und legte auf. Nach einigen Minuten der Unentschlossenheit war ihr klar, dass sie keine Lust hatte, in ihrem Büro zu bleiben. Der Himmel vor dem Fenster war ein wenig aufgehellt, der Regen würde wahrscheinlich in den nächsten Minuten aufhören, und manchmal musste man einfach seiner Intuition folgen.

Das klang zumindest gut, wenn es darum ging, sich selbst zu erklären, womit man sich eigentlich beschäftigte. *Folge deiner Intuition.* Sehr viel besser, als zuzugeben, dass man schwänzte, weil man einfach mal rauskommen musste, um sich zu bewegen.

Sie nahm einen Wagen aus dem Pool unten in der Garage und verließ das Polizeigelände. Schlängelte sich quer durch die Stadt, und nach fünf Minuten war sie auf der 256 Richtung Rönninge. Der Regen hatte sich bereits zurückgezogen, und zwischen den Wolken blitzte es blau auf.

Ich kann einfach nicht so lange still sitzen, dachte sie. Das ist der Punkt, und es wird von Jahr zu Jahr schlimmer. Ich werde davon nur müde im Kopf. Wenn der Körper sich nicht bewegen darf, wie soll dann das Gehirn in Bewegung bleiben?

Es dauerte eine Weile, zur Gänseschlucht hinzufinden, obwohl es doch erst eine gute Woche her war, seit sie das letzte Mal hier gewesen war. Glücklicherweise hatte sie eine Karte mitgenommen. Eine Orientierungskarte, genauer gesagt, Maßstab 1:25 000, sie erinnerte das Design noch vom Gymnasium.

Obwohl die Sonne hervorgekommen war, war der Wald immer noch pitschnass. Einige Wege waren auf der Karte deutlich besser als in der Wirklichkeit, und sie war bis zu den Knien nass, als sie endlich oben am Steilhang stand.

Dort blieb sie stehen und schaute hinunter in den Abgrund, in dem Germund Grooth vor acht Tagen tot aufgefunden worden war.

Maria Winckler fünfunddreißig Jahre vorher.

Germund war damals sechsundzwanzig gewesen, wie sie ausrechnete. Sie versuchte, sich seine Gefühle vorzustellen. Wie es gewesen sein musste, plötzlich seine Lebensgefährtin zu verlieren, wenn man noch so jung war. Sie waren zwar nicht verheiratet gewesen, aber immerhin schon vier, fünf Jahre zusammen. Hatten sowohl in Uppsala als auch für ein paar Monate in Kymlinge unter einem Dach gelebt. Das musste Spuren hinterlassen, dachte Eva Backman. Unauslöschliche Spuren. Es gab Anzeichen, die darauf hindeuteten, dass Germund Grooth bereits zu dieser Zeit ein merkwürdiger Kauz gewesen war, und dass Maria ihm auf diese brutale Art und Weise von der Seite gerissen wurde, ja, das konnte die Sache nicht besser gemacht haben.

Hatte es ihn trotz allem fünfunddreißig Jahre lang verfolgt? Konnte es so sein? Das Leben war natürlich keine geradlinige Wanderung von dem einen Zeitpunkt zum anderen – und auch nicht zum dritten und vierten und so weiter. Es verlief in Wellen und Schlenkern, vielleicht gab es ja eine Richtung, es gefiel ihr, sich das vorzustellen, aber immer gab es Mulden, und in so einer Mulde konnten alte Dinge wieder hervortreten. Traumata und Trauer und alles Mögliche, das wir nicht endgültig unter den Teppich kehren können. Gerade wenn wir am schwächsten sind, fangen unsere Narben an zu bluten, das wusste sie. Das sind die Momente, in denen uns das Alte und das Dunkle zu packen kriegen und ihren Schlagschatten auf uns werfen.

So dass wir nicht weitermachen können.

So dass wir vielleicht sogar beschließen, nicht länger leben zu wollen? Nicht einmal, wenn uns eine Parisreise in nur einer Woche winkt?

Weil es doch nicht der Mühe wert ist.

Konnte es sich nicht trotz allem so verhalten? Sie schaute über die Baumwipfel unten in der Schlucht und dachte nach. Konnte es nicht so sein, dass Germund Grooth einfach an diesem Samstagmorgen genug von allem hatte? Aus irgendeinem unbekannten Grund. Oder als Folge dieses Telefongesprächs? Einen Zug oder ein Taxi genommen hatte oder was immer es auch gab, um nach Kymlinge zu kommen und der Sache ein Ende zu setzen?

Mit seiner Maria vereint zu werden, wie schon gesagt. Mit ihr, die er geliebt und verloren hatte, als er erst sechsundzwanzig Jahre alt gewesen war. Die einzige Liebe seines Lebens?

Eva Backman kletterte den Pfad hinunter. Denselben Pfad, den sie vor fünfunddreißig Jahren benutzt hatten, denselben Pfad, den sie letzte Woche benutzt hatten. Er war nach dem Regen etwas rutschig, aber trotzdem war es nicht besonders schwierig, voranzukommen.

Wenn er tatsächlich ein Taxi genommen hat, dachte sie. Wenn man das nun einmal annimmt. Von Kymlinge aus oder ganz von Lund … und dann hier irgendwo in der Nähe herausgelassen wurde. An der Alhamra-Kreuzung oder wie die noch hieß ... war das nicht ganz einfach die wahrscheinlichste Lösung?

Hatten sie das mit den Taxen überprüft?

In Kymlinge, ja, aber nicht in anderen Orten der Umgebung. Er hätte ja von irgendwo anders herkommen können. Von Göteborg oder Trollhättan oder woher auch immer.

Sie notierte sich das auf ihrem mentalen Notizblock. *Taxis überprüfen!*

Und dieses Telefongespräch konnte ja alles Mögliche gewesen sein. Zum Beispiel eine falsche Nummer.

Aber dann sprach man wohl nicht ... wie lange war es gewesen? ... dreiundvierzig Sekunden? ... mit jemandem, der sich nur verwählt hatte?

Sie gelangte an die Stelle, an der Germund Grooth gelegen hatte. Davon war jetzt, acht Tage später, keine Spur mehr zu sehen. Sie wusste, dass die Spurensicherung gründlich gearbeitet hatte. Um nicht zu sagen penibel. Sie hatten sowohl das Gelände oben auf der Klippe als auch hier unten durchkämmt. Und nichts gefunden, abgesehen von Grooths Brieftasche, die offenbar aus seiner Jacke gerutscht und in einer Spalte zwischen ein paar Steinen gelandet war, als er fiel. Es hatte mehr als einen Tag gedauert, ihn zu identifizieren, aber das war natürlich nichts Außergewöhnliches.

Nichts war besonders außergewöhnlich, stellte sie energisch fest. Es gab hier draußen kein Zeichen, das einen Hinweis darauf hätte geben können, was passiert war. Keine Streichhölzer, keine Zigarettenstummel wie in alten Kriminalromanen oder Filmen, nein, wenn Germund Grooth tatsächlich ermordet worden sein sollte, dann hatte der Mörder jedenfalls nicht hier draußen am Todesfelsen gestanden und rauchend auf ihn gewartet.

Wenn es jemals einen Todesfelsen gegeben hatte, wie gesagt,

das war auch so eine Frage, die nicht abschließend beantwortet werden konnte.

Auch keine Fußabdrücke. Nicht vor einer Woche und schon gar nicht jetzt. Der Boden oben auf dem Abhang war ziemlich fest, und dort, wo der Körper gelandet war, war er steinig. Andernfalls hätten sie überleben können, dachte sie. Sowohl Maria Winckler als auch Germund Grooth. Sie spähte die senkrechte Felswand hinauf und versuchte, die Fallhöhe abzuschätzen.

Zwanzig, vielleicht fünfundzwanzig Meter, die genaue Zahl war sicher irgendwo notiert. Vielleicht konnte man so einen Fall überleben, wenn man nur einigermaßen weich fiel. Mit diversen Knochenbrüchen war wohl zu rechnen, aber schon ein ausreichend großes Preiselbeergestrüpp könnte wohl so viel abfedern, dass man zumindest mit dem nackten Leben davonkam? Oder ein Fichtenschößling.

Sie zuckte mit den Schultern und machte sich wieder an den Aufstieg. Es war leichter hinaufzukommen als hinunter, und bald stand sie wieder an dem Punkt, von dem aus – zumindest soweit man das beurteilen konnte – die beiden Opfer ihren Schritt in den Tod getan hatten. *Hinunter* in den Tod.

Den Abgrund. Vom Todesfelsen?

Oder aber gestolpert waren. Oder aber gestoßen worden waren. Sie drehte sich um und betrachtete den umliegenden Wald. Versuchte sich vorzustellen, wie die verschiedenen Pilzsammler damals angelaufen kamen. Aus unterschiedlichen Richtungen, so schnell sie konnten, alle hatten ja den Schrei gehört, allen musste klar sein, dass etwas passiert war, und … und plötzlich war es Eva Backman klar, was ihr nächster Schritt in den Ermittlungen sein musste.

*Die Karte.* Inspektor Sandlins Karte, auf der verzeichnet war, wo sich jeder befunden hatte, als Maria Winckler fiel.

Es war doch wohl verdammt merkwürdig, dass nicht ein

Einziger einen der anderen in seinem Blickfeld gehabt hatte? Musste nicht zumindest einer oder mussten nicht ein paar von ihnen einen der anderen gesehen haben? Warum waren sie so bewusst weit voneinander entfernt gelaufen? Das sah fast wie eine Übereinkunft aus.

Nein, dachte Eva Backman. Jetzt spekuliere ich wieder.

Aber Sandlins Karte, die war keine dumme Idee. Zufrieden, während ihres Ausflugs zumindest einen Entschluss gefasst zu haben, machte sie sich auf den Rückweg zu ihrem Auto.

## 41

Die ganze Zeit regnete es, und der Wind kam in Böen.

Gunilla stand zwischen Tomas und Anna und versuchte ihre Herzschläge zu zählen. Sie hatte die Hand unter der linken Brust und konnte sie ganz deutlich spüren. Sie wusste nicht, warum sie das tat, aber sie wusste, dass sie in Ohnmacht fallen würde, wenn sie sich nicht mit etwas Neutralem beschäftigte.

Und es würde nicht gerade eine Hilfe sein, wenn jemand ohnmächtig wurde.

Die Männer diskutierten immer noch. Sie nickten einander zu, rauchten und musterten die Reisegruppe. Als Tomas ihr vorsichtig etwas zuflüstern wollte – oder vielleicht auch allen zugleich, sie schaffte es nicht zu verstehen, was er eigentlich sagen wollte –, brüllte einer ihrer Aufpasser los. Offenbar derjenige, der als Anführer fungierte, er ließ eine ganze Drohtirade vernehmen, von der sie nicht ein Wort verstanden. Aber die Botschaft war deutlich. Sie hatten still zu sein.

Um ihrer selbst willen sollten sie dort an die Wand gepresst stehen bleiben und die Schnauze halten. Regungslos und gehorsam. Der Anführer zeigte auf seine Waffe. Ja, die Botschaft war mehr als deutlich.

Sie begann wieder mit dem Zählen. Kam aber nie weiter als fünfzehn, zwanzig, dann verlor sie den Faden und musste von vorn anfangen. Fast konnte sie auch die Herzschläge der anderen fühlen, zumindest Annas, die dicht neben ihr stand. Es schien, als verstärkte der Regen den Puls. *Den Angstpuls.* Das Wasser lief ihr übers Gesicht, über ihre Haare und Schultern, das war natürlich bei allen so, und Gunilla dachte, dass sie das schon vorher gespürt hatte. Dieser Tag hatte bereits von Anfang an etwas Unheilvolles an sich gehabt. Die Stimmung, die unendlich lange Fahrt über die schlechten Straßen, alles.

Gütiger Gott, dachte sie, sorge dafür, dass sie uns gehen lassen. Lass uns von hier fortkommen.

Aber sie betete nicht, es waren nur Gedanken ohne Kraft und eigentlichen Willen, das spürte sie selbst. Sie hatte ja keinen Gott. Vielleicht hätte sie doch vor ein paar Tagen ein Gebet sprechen sollen, als sie dort in der Kirche gewesen war in … sie hatte vergessen, wie die Stadt hieß. Im Nachhinein empfand sie es wie einen Augenblick, der auf gewisse Weise verloren gegangen war. Schon die ganze Zeit hatte sie so empfunden. Eine Möglichkeit, die nicht genutzt worden war.

Noch so ein merkwürdiger Gedanke. Vielleicht war es aber auch gerade ein Gedanke, der hier hingehörte. In die Dunkelheit, in den Regen, gepresst gegen eine Hauswand in einer fremden, beunruhigenden Stadt.

Was auch immer, wenn dadurch nur die Angst in Schach gehalten wurde, dachte sie. Was auch immer.

Sie fing wieder an zu zählen.

Nach einer gewissen Zeit, die vielleicht zehn Minuten umfasste – vielleicht auch nur die Hälfte oder aber doppelt so viel –, waren sich die Männer in Uniform einig geworden.

Der Anführer – er war ziemlich kurz gewachsen, sicher nicht größer als hundertsiebzig Zentimeter, dafür aber umso kräftiger gebaut – trat hervor und stellte sich zwei Meter vor die Reisegruppe. Er begann mit ihnen zu sprechen, immer noch auf Rumänisch – zumindest nahm Gunilla an, dass es Rumänisch war –, aber mit einzelnen Worten gespickt, die sie verstehen konnten. Sie schnappte folgende auf: *forbidden, police, document, passport, arrest, problem, prison, territory.*

Als er fertig war, versuchte Tomas erneut etwas zu sagen, wurde aber durch eine Ohrfeige zum Schweigen gebracht. Es war einer der anderen Männer, der zu ihm trat und sie ihm verpasste. Gunilla hatte plötzlich das Gefühl, sie müsste sich übergeben, und Anna stieß einen erschrockenen Laut aus.

Der Mann, der Tomas geohrfeigt hatte, ging zu Anna. Stellte sich einen halben Meter vor sie und hob die Hand. Nach einigen Sekunden senkte er sie wieder und nahm erneut seine Position hinter dem Anführer ein.

»Come!«, sagte der Anführer und zeigte mit seiner Kalaschnikow die Richtung.

Sie wurden der Reihe nach über den offenen Platz geführt. Als sie am Bus vorbeikamen, machten sie Halt, der Anführer streckte seine Hand aus und sagte: »Key!« Tomas antwortete: »In bus«, und einer der Soldaten kletterte hinein und stellte den Motor ab. Als er wieder herauskam, überreichte er den Schlüssel dem Anführer. Dieser sagte: »forbidden territory«, und sie gingen weiter auf ein niedriges rechteckiges Betongebäude zu, ohne Fenster, aber mit einem hohen Schornstein.

Einer der Männer schloss eine schwere Stahltür auf, und sie wurden hineingeschoben. Drei der Soldaten folgten ihnen, inklusive Anführer, der Jüngste blieb draußen stehen. Der Anführer schaltete das Licht ein, eine einzelne schmutzige Glühbirne hing von einem Kabel an der Decke, mitten im Raum.

Der war groß und kalt. Betonboden, Betonwände. Ein paar Bänke ganz hinten unter einer zweiten Glühbirne, offenbar war diese kaputt. In einer Ecke war an der Wand ein Waschbecken befestigt. Ein paar Blechbehälter, vielleicht waren es Benzinkanister; es roch wie in einer Garage oder an einer Tankstelle, wie Gunilla fand. Und dann war da noch ein anderer Geruch, den sie nicht identifizieren konnte. Vielleicht war es nur eine Art allgemeiner Schmutzgeruch. Oder Schimmel.

Es wurde ihnen befohlen, sich auf die Bänke zu setzen. Nachdem sie dem Befehl nachgekommen waren, stellte sich der Anführer direkt vor sie, die Füße breit auseinander, und betrachtete sie, ohne eine Miene zu verziehen. Die beiden anderen standen zwei Meter hinter ihm mit halb erhobener Waffe, und einen kurzen Moment lang war sie sich sicher, dass sie sie erschießen wollten.

Dass alle von ihnen hier sterben sollten.

Hier und jetzt, in diesem schmutzigen Betonbunker außerhalb von Timisoara in dem Land Rumänien, hier sollten sie sterben. Wieder kam das Würgegefühl hoch, aber in dem Moment, als sie glaubte, sie müsste sich übergeben, räusperte sich der Anführer und sagte:

»Stay here.«

Dann machte er kehrt und marschierte zusammen mit seinen Kameraden aus dem Gebäude. Wie auf einem alten, unscharfen Filmstreifen – denn es erschien in keiner Weise wirklich zu sein – sah Gunilla, wie die schwere Tür geschlossen wurde, hörte, wie sich umständlich der Schlüssel im Schloss drehte, und dann waren sie allein.

Eine Minute lang sagte keiner etwas. Anna weinte. Gunilla fing auch an zu weinen, weil Anna es tat.

»Die versuchen doch nur, uns Angst einzujagen«, sagte Tomas. »Wahrscheinlich sind sie jetzt losgegangen, um jemanden zu finden, der die Verantwortung übernehmen kann. Wir sind auf einem geheimen Militärgelände gelandet, das ist alles.«

»Jedenfalls ist es ihnen gut gelungen«, sagte Maria. »Uns Angst einzujagen, meine ich. Könnt ihr nicht aufhören zu heulen, das hier ist doch nichts, worüber man Tränen vergießt.«

»Verdammte Scheiße«, sagte Anna. »Du hast doch gar keine Tränen, die du vergießen könntest.«

»Mehr als du ahnst«, sagte Maria, »aber die spare ich mir auf.«

»Wäre es nicht schlauer, wenn wir zusammenhielten?«, schlug Rickard vor. »Ich meine, es ist doch ziemlich dumm, wenn wir uns ausgerechnet jetzt streiten. Ich bin mir gar nicht sicher, dass die vom Militär sind.«

»Was meinst du damit?«, fragte Tomas.

»Na, diese Uniformen. Die sahen eher aus wie irgendwelche Polizisten. Oder Wachleute, auf jeden Fall hatten sie keine Rangabzeichen.«

»Was ist das hier eigentlich für ein Ort?«, fragte Anna. »Mein Gott, er hat dich sogar geschlagen, Tomas.«

»Kalaschnikows«, sagte Germund. »Hässliche kleine Dinger. Wir sollten vielleicht dankbar sein, solange sie nur die Fäuste benutzen.«

»Es war die Handfläche«, sagte Tomas. »Eine Ohrfeige, nicht so schlimm.«

»Musst du eigentlich die ganze Zeit so optimistisch tun?«, fragte Maria genervt. »Dir wird ins Gesicht geschlagen, und das findest du in Ordnung. Wir werden in diesem verfluchten Bunker eingesperrt, und das findest du auch in Ordnung. Das hier geht verdammt schief, versuch das mal zu begreifen.«

Tomas stellte sich vor Maria, die noch auf der Bank saß. »Könntest du so gut sein und deine Klappe halten«, sagte er. »Es hat doch keinen Sinn, hier herumzusitzen und den Teufel an die Wand zu malen. Warum versuchst du nicht ausnahmsweise einmal, ein wenig konstruktiv zu sein?«

»Konstruktiv?«, wiederholte Maria mit einem trockenen Lachen. »Und wie zum Teufel soll es möglich sein, an so einem Ort konstruktiv zu sein, kannst du mir das bitte schön erklären?«

Sie breitete die Arme aus und schüttelte den Kopf. Tomas blieb einen Moment lang unentschlossen vor ihr stehen, und Gunilla fragte sich, ob er vielleicht mit der Lust kämpfte, dem Beispiel des Soldaten zu folgen. Und Maria eine Ohrfeige zu verpassen. Schließlich setzte er sich neben Rickard.

»Verdammt, was machen wir jetzt?«, fragte er.

»Ich weiß es nicht«, erwiderte Rickard. »Warten, nehme ich mal an.«

Es dauerte vermutlich nicht mehr als eine Viertelstunde, bevor die Männer zurück waren, aber keiner achtete auf die Zeit.

Während sie fort waren, wurde nicht viel gesagt. Gunilla wunderte sich, fand es aber gleichzeitig auch nicht besonders merkwürdig. Was gab es denn zu sagen? Tomas und Rickard waren umhergelaufen und hatten den Raum untersucht, das war eigentlich das Einzige, was passiert war. Er war nicht besonders groß, ungefähr sieben mal sieben Meter, drei Meter hoch und keine Fenster. Die Wände waren aus unbehandeltem Beton, die Tür aus Stahl, es gab nicht den Ansatz einer Chance, herauszukommen.

Die Kanister waren leer, Tomas hatte gegen sie getreten.

Und was hätten sie machen sollen, wenn es ihnen geglückt wäre, herauszukommen? Es gab einen Ersatzschlüssel im Bus, unter Annas und Rickards Bett, aber wer sagte ihnen denn, dass ihre Gefangenenwächter nicht auch den Bus bewachten? Vielleicht waren sie gerade dabei, ihn zu durchsuchen. Auf der Jagd nach pornografischen Zeitschriften oder Zigaretten oder was auch immer. Geld natürlich.

Und sie hatten ihre Pässe. Wäre doch cool, ohne Pass an die Grenze zwischen Rumänien und Bulgarien zu kommen, hatte Tomas gemeint, und darin hatte sogar Maria ihm Recht gegeben.

Aber ansonsten waren sie still gewesen. Ungewöhnlich still.

Als Gunilla Anna fragte, ob sie durstig sei, bekam sie keine Antwort, nur ein Kopfschütteln. Es schien, als säße jeder für sich da und versuchte allein mit der Situation zurechtzukommen; als wäre das ein notwendiger Prozess, bevor man miteinander über die Lage sprechen könnte.

Germund hatte den Kopf gesenkt und sah ungefähr so aus wie damals in dieser Kirche in der Stadt, fand Gunilla. Sie konnte sich immer noch nicht an deren Namen erinnern. Maria hatte sich auf der Bank lang ausgestreckt, sie hatte die Augen geschlossen, schlief aber natürlich nicht. Sie war den ganzen Tag über gereizt gewesen, vielleicht würde sie bald ihre Tage kriegen, aber bei Maria war das nie so leicht zu sagen. Gunilla dachte wieder daran, wie schwer es war, sie und Germund zu verstehen. Es stimmte schon, was Tomas gesagt hatte.

Sie waren Ausnahmemenschen.

Aber natürlich waren es nicht Maria und Germund oder einer der anderen, die ihre Gedanken beschäftigten. Die Angst tickte in ihr, es war ein Gefühl, wie sie es während der Monate in Ulleråker manchmal empfunden hatte. In den einsamen, durchwachten Nächten. Sie war draußen und lief über nächtliches Eis und konnte jeden Moment einbrechen. Jeden Moment konnte sie wieder in die Dunkelheit stürzen.

Sie wünschte sich, dass sie etwas von ihrer Panik Tomas vermitteln konnte. Oder genauer gesagt, sie ihm bewusst machen, doch das funktionierte nicht. Tomas war derjenige, der die Verantwortung für die Gruppe trug. Das Kollektiv ist wichtiger als das Individuum, er konnte sich in einer Situation wie der jetzigen nicht mit dem privaten Schmerz jedes Einzelnen befassen. Nicht einmal mit ihrem, leider. Er ist es so gewohnt, sich um mich zu kümmern, dachte sie. Gewohnt und dessen überdrüssig. Sie betrachtete ihn, wie er wie ein gefangenes Tier hin und her lief in seinem sinnlosen Aktionismus. Er versuchte die Situation zu analysieren, trat erneut gegen die Tonnen und wechselte einzelne Worte mit Rickard, der ihm bei seiner Wanderung zwischen den vier kahlen Wänden teilweise folgte. Aber meistens saß er neben Anna. Tomas war der Anführer, Tomas war derjenige, der diese Reise organisiert hatte, und wenn jemand sie hier aus der Klemme holen konnte, dann war er es. Gunilla wusste, dass er so dachte, und während sie versuchte, ihre eigene Angst zu bekämpfen, hatte sie trotz allem das Empfinden, dass es etwas kindisch war. Etwas pfadfinderhaft.

Sie rutschte näher zu Anna. Schob wieder die Hand auf die Brust und fing erneut an, ihre Herzschläge zu zählen.

Besonders weit kam sie nicht. Plötzlich waren die Männer zurück.

Dieses Mal waren es nur zwei. Der Anführer und einer der anderen, nicht der jüngste. Der andere verschloss die Tür und stellte sich dann als Wache daneben. Breitbeinig, mit wachsamem Blick. Die Waffe bereit. Der Anführer befahl Tomas und Rickard mit Gesten, sich zu setzen. Maria richtete sich auf. Der Anführer zündete eine Zigarette an, bevor er etwas sagte.

»Woman«, sagte er.

Er verzog nicht eine Miene. Zog an seiner Zigarette.

»One woman, one hour. You choose.«

Er zeigte mit seiner Waffe der Reihe nach auf Anna, Gunilla und Maria.

»One woman, one hour. Then free.«

»Then free«, wiederholte er.

Es dauerte einige Sekunden, bis Gunilla verstand, was er meinte. Den anderen ging es offenbar genauso. Anna schnappte nach Luft, Tomas fluchte vor sich hin. Rickard und Maria saßen stumm da, nur Germund gelang es, einen Kommentar herauszuquetschen.

»No«, sagte er einfach. »No way.«

Der Anführer kümmerte sich gar nicht um ihn. Wiederholte seinen Befehl.

»One woman, one hour. Then free. If not …«

Er hob seine Waffe und fegte mit ihr über die Gruppe. Um seinen Wortschatz nicht weiter strapazieren zu müssen.

»One woman. You choose.«

Er schaute auf seine Armbanduhr.

»Back in fifteen minutes. One woman with me.«

Damit wurden sie wieder allein gelassen.

# III

## 42

Der Anruf erreichte ihn genau um 13.30 Uhr. Er stellte fest, dass er die Zeit registriert hatte, als er zuhörte, und hinterher fragte er sich, wieso. Warum um alles in der Welt?

Es dauerte auch eine Weile, bis er begriff, worum es ging.

»Spreche ich mit Gunnar Barbarotti?«, wollte eine helle Frauenstimme wissen.

»Ja, das bin ich.«

»Entschuldigen Sie, aber ich rufe vom Krankenhaus an.«

»Ja?«

»Marianne Grimberg, das ist doch Ihre Frau, oder?«

»Ja … ja, natürlich.«

»Und sie arbeitet an der Frauenklinik hier im Krankenhaus?«

»Ja. Worum geht es denn?«

»Es hat sich ein Unfall ereignet.«

»Ein Unfall?«

»Ja. Aber ihr Zustand ist stabil. Sie ist auf dem Weg ins Sahlgrenska in Göteborg.«

»Was?«

»Sie hatte einen kleinen Unfall. Sie wird im Sahlgrenska Krankenhaus operiert.«

»Im Sahlgrenska?«

»Ja.«

»Sie wird oper … Was reden Sie denn da? Was ist denn passiert?«

»Sie hat das Bewusstsein verloren. Aber Sie brauchen sich nicht zu beunruhigen, ihr Zustand ist stabil. Sicherheitshalber sollen die Neurochirurgen im Sahlgrenska sich darum kümmern. Wir haben keine derartige Spezialklinik hier in Kymlinge. Vermutlich handelt es sich um eine kleinere Gehirnblutung.«

»Eine Blutung … eine Gehirnblutung?«

Plötzlich spürte er, wie er keine Luft mehr kriegte. Das T-Shirt, das er unter dem Hemd trug, saß viel zu eng. Er packte es mit seiner freien Hand am Halsausschnitt und zog es herunter, dass es knackte.

«Ja. Sie haben hier im Krankenhaus ein CT gemacht, und Doktor Berngren hat entschieden, dass sie operiert werden muss. Aber Sie brauchen sich keine Sorgen zu machen, es wird sich sehr wahrscheinlich um eine Bagatelle handeln. Sie ist jetzt auf dem Weg dorthin.«

»Warten Sie … ich meine, wann ist das passiert?«

»Vor ungefähr zwei Stunden. In der Frauenklinik, in der sie arbeitet. Sie hat das Bewusstsein verloren und …«

»Vor zwei Stunden? Warum haben Sie mich nicht früher angerufen?«

Die helle Frauenstimme wurde etwas resoluter.

»Wir haben uns zuerst um die Patientin gekümmert. Das ist so üblich hier. Wir haben schon vor einer Weile versucht, Sie zu erreichen, aber es ist niemand rangegangen.«

Gunnar Barbarotti wurde bewusst, dass er sein Handy in seinem Büro hatte liegen lassen, während er bei Eva Backman gewesen war und mit ihr gesprochen hatte. Einige Sekunden lang schwieg er. Sein Kopf fühlte sich wie ein Flipperspiel an. *Marianne … Gehirnblutung … Neurochirurgie … Zustand stabil … Sahlgrenska.* Er versuchte, alles zu einer verständlichen Mitteilung zusammenzufügen, doch es klappte nicht. Es war ein Puzzle, das sich nicht zusammenfügen ließ.

»Was … was soll ich tun?«, brachte er nur heraus. »Was soll ich … wir haben auch noch vier Kinder … nein, fünf …«

»Doktor Berngren schlägt vor, dass Sie zunächst herfahren, um einige Informationen zu bekommen. Und dass Sie natürlich die Kinder informieren.«

»Ja, und dann?«

»Ihre Frau wird in Göteborg operiert und noch für mehrere Stunden das Bewusstsein nicht wiedererlangen. Wir können für Sie und die Kinder eine Fahrgelegenheit organisieren, aber es genügt, wenn Sie sich erst nach ein paar Stunden auf den Weg machen.«

»Ich … ich verstehe. Ich rufe die Kinder an, und dann kommen wir zu Ihnen. An wen soll ich mich wenden?«

»Station 35. Im 30er-Haus also. Ich heiße Jeanette Möller, ich bin noch bis sechs Uhr abends da. Fragen Sie am Empfang nach mir. Ist das in Ordnung so?«

»Das … ist … in … Ordnung«, stotterte Gunnar Barbarotti und legte den Hörer auf.

Als Erste erreichte er Sara, und das war wohl auch gut so. Sie war die Älteste, ganze 22 Jahre, und die Klügste. Als sie die schockierende Botschaft verstand – und begriff, dass ihr Vater vermutlich nicht so recht in der Lage war, die Situation zu meistern –, übernahm sie die Verantwortung.

»Ich denke, wir sollten nicht alle zusammen hinfahren«, entschied sie. »Nicht sofort. Ich werde die übrigen zu Hause versammeln, und dann diskutieren wir die Lage. Vielleicht wollen Jenny und Johan gleich hinfahren, aber das ist nicht sicher. Es ist wohl das Beste, wenn sie das selbst entscheiden. Aber du kannst jetzt losfahren, ich werde mich so lange um die Heimatfront kümmern.«

»Aber …«, sagte Gunnar Barbarotti.

»Kein aber«, erwiderte Sara. »Verlass dich auf mich, du

brauchst dir deshalb keine Gedanken zu machen. Fahr lieber zu Marianne.«

»Danke«, sagte Gunnar Barbarotti. »Ich weiß nicht, was ich … danke, Sara.«

»Ach, noch eins«, sagte Sara. »Fahr nicht selbst. Wollte das Krankenhaus nicht für den Transport sorgen?«

»Ja, die haben gesagt, dass sie das tun wollen.«

»Gut. Und wir halten übers Handy Kontakt.«

»Ich liebe dich, Sara«, sagte er.

»Ich liebe dich auch, Papa«, sagte Sara und legte auf.

Jeanette Möller war dunkelhäutig und um die fünfundzwanzig. Schon merkwürdig, dass man einer Stimme nicht anhören kann, welche Hautfarbe der Mensch hat, dachte er. Warum auch immer sich ihm so ein Gedanke in einer Situation wie dieser aufdrängte.

»Hallo. Ich heiße Jeanette Möller. Wir haben am Telefon miteinander gesprochen.«

»Ja«, sagte Gunnar Barbarotti.

Sie legte ihm eine Hand auf den Arm. »Ich weiß, dass Sie leicht unter Schock stehen«, sagte sie. »Das ist nur natürlich. Aber wenn Sie mir folgen, dann bringe ich Sie zu Doktor Berngren, mit dem können Sie sprechen.«

Sie ging vor zu den Fahrstühlen in der Empfangshalle. Sie fuhren in den fünften Stock. Es war ihm, als würde er die Umgebung wiedererkennen. Aber hier hatte er vor zwei Jahren nicht mit dem gebrochenen Fuß gelegen, das war in einem anderen Gebäude gewesen, in Nummer 20. Dennoch erschien ihm alles irgendwie gleich. Obwohl diesmal alles anders war.

»Was ist passiert?«, fragte er wieder, als sie im Fahrstuhl standen. »Sie können sich denken, dass ich beunruhigt bin.«

»Das ist ganz normal, dass Sie das sind«, wiederholte sie.

»Aber ich weiß nicht so genau Bescheid. Bis auf die Tatsache, dass sie das Bewusstsein verloren hat. Und dass es sich um eine Blutung im Gehirn handelt.«

Normal?, dachte er. Was meint sie damit? Es gibt nicht den Bruchteil einer Sache hier, die normal ist.

»Ist sie umgekippt?«

»Ja. Und nicht wieder aufgewacht.«

»Eine Blutung?«

»Ja.«

»Und wo?«

»Im Gehirn. Aber ich weiß nicht genau, wo. Bitte schön, wir sind da.«

Die Fahrstuhltür öffnete sich, und er folgte ihr auf die Station 35. Sie bat ihn, sich auf einen grünen Stuhl zu setzen. Verließ ihn, um Doktor Berngren zu holen. Die Gedanken kreisten wild in seinem Kopf herum.

Doktor Berngren war ein Mann in den Vierzigern mit rötlichem Haar. Er schüttelte Barbarotti die Hand und bat ihn, mit ihm ins Sprechzimmer zu gehen, wo sie sich in Ruhe unterhalten konnten. Er fragte, ob Barbarotti etwas zu trinken haben wollte. Dieser lehnte dankend ab, merkte aber bald, dass sein Mund so trocken war, dass ein Glas Wasser vermutlich nicht geschadet hätte.

»Meine Frau«, sagte er. »Wie geht es ihr?«

Der Arzt schlug ein Bein über das andere und räusperte sich.

»Den Umständen entsprechend gut, wie ich denke. Aber es ist noch zu früh, etwas Genaueres zu sagen. Ich werde versuchen, Sie auf den aktuellen Stand zu bringen.«

»Bitte«, sagte Barbarotti. »Tun Sie das.«

»Es handelt sich wahrscheinlich um eine kleinere Blutung im Gehirn. Klein, aber ernst zu nehmen. Wir haben hier im Krankenhaus ein sogenanntes Hirn-CT gemacht und beschlossen, dass operiert werden muss. Vermutlich muss das Blut, das ausgeflossen ist, entfernt werden. Um diesen Eingriff auszuführen, wird ein Neurochirurg benötigt, und die gibt es nur in den größten Krankenhäusern. Deshalb haben wir sie ins Sahlgrenska geschickt.«

»Klein, aber ernst zu nehmen?«, wiederholte Barbarotti mechanisch und merkte, dass er seinen eigenen Puls in den Schläfen hören konnte. Ich werde auch noch vom Schlag getroffen, dachte er.

»Ja. Wir glauben, dass eine kleinere Ader geplatzt ist. Ein Aneurysma. Das kann jedem jederzeit passieren. Natürlich sind ältere Menschen häufiger davon betroffen, aber es kommt in jedem Alter vor.«

»Sie ist fünfundvierzig«, sagte Barbarotti.

»Ich weiß«, sagte Doktor Berngren.

»Ich möchte hinfahren«, sagte Barbarotti. »Ich muss bei ihr sein.«

»Sie können sofort fahren«, erklärte Doktor Berngren. »Aber es hat keinen Sinn, etwas zu überstürzen. Bis zur Operation liegt sie im künstlichen Koma und wird beatmet. Es geht darum, das Gehirn zu schonen, um den Zustand nicht zu verschlimmern. Wie sieht es aus, wollen Sie die Kinder mitnehmen? Soweit ich gehört habe, haben Sie einige …«

»Die bleiben erst einmal zu Hause«, sagte Barbarotti. »Meine älteste Tochter kümmert sich um sie. Sie ist zweiundzwanzig, das haben wir schon abgesprochen. Oder … oder was meinen Sie?«

»Genau richtig«, sagte Doktor Berngren. »Meistens ist es besser, wenn die Angehörigen erst kommen, nachdem die Patientin aufgewacht ist. Möglicherweise schickt Göteborg sie auch schon morgen wieder zu uns zurück, das liegt an ihrer Verfassung. Aber das müssen Sie natürlich selbst entscheiden.«

»Natürlich«, sagte Barbarotti.

»Hier haben Sie eine Kontaktperson.« Berngren überreichte ihm ein zusammengefaltetes Papier. »Wenden Sie sich an sie, wenn Sie im Sahlgrenska ankommen. In der neurochirurgischen Klinik, wie gesagt. Da steht auch eine Telefonnummer.«

Barbarotti nahm das Papier entgegen und schob es in die Brusttasche. »Danke«, sagte er. »Sie haben … Sie haben sonst nichts mehr dazu zu sagen?«

»In den meisten Fällen behalten die Patienten nur kleine oder gar keine Folgeschäden zurück«, sagte Doktor Berngren. »Besonders, wenn man jung ist und es sich nur um eine kleine Blutung handelt. Aber es ist natürlich etwas Ernstes, und ich kann Ihnen keine Prognose geben. Wir haben sie weitergeschickt, aber das tun wir immer in so einem Fall. Schwester Jeanette hilft Ihnen, einen Wagen zu finden.«

»Danke …«, sagte Gunnar Barbarotti. »Vielen, vielen Dank.«

Wofür bedanke ich mich eigentlich?, dachte er. Wenn sie sie vielleicht doch nicht wieder hinkriegen?

Die Taxifahrt vom Kymlinger Krankenhaus zum Sahlgrenska in Göteborg dauerte knapp anderthalb Stunden, und es war die längste Fahrt, die er in seinem Leben gemacht hatte.

Er saß auf dem Rücksitz hinter dem Fahrer, um jedem Augenkontakt aus dem Weg zu gehen. Noch bevor sie den Rocksta-Kreisverkehr passiert hatten, war ihm ein Bibelwort in den Sinn gekommen. Es legte sich wie Balsam über den Mückenschwarm panischer Gedanken, und er versuchte, es zu fassen.

*Inmitten des Lebens sind wir vom Tod umfangen. In deinen besten Tagen gehst du Hand in Hand mit dem Engel des Todes. Doch fürchte dich nicht.*

Er konnte sich nicht erinnern, woher das stammte, und war sich nicht sicher, ob es wörtlich so richtig war. Außerdem erschien es auch nicht besonders tröstlich, vielleicht stammte es vom Prediger Salomon. Marianne hatte aus irgendeinem

Grund eine Vorliebe für diesen düsteren Propheten, und während er hier saß und versuchte, irgendeine Form von Kontrolle über das Dasein zu erlangen, dachte er, dass es genau so war, wie sie immer sagte.

Das Leben findet hier und jetzt statt. Wir müssen es nehmen, wie es kommt. Der Tod ist unser nächster Nachbar, in der einen Sekunde leben wir, in der anderen ist es vorbei. Es gibt keine Vorwarnung.

Aber sie war ja nicht tot.

Marianne lebte. Sie befand sich in der neurochirurgischen Klinik des Sahlgrenska Krankenhauses in Göteborg und wurde von Menschen betreut, die wussten, wie man mit so etwas umging. Mit kleinen Blutungen im Gehirn. Die den Schädel öffneten, das Blut absaugten und dafür sorgten, dass der Patient wieder gesund wurde und nichts zurückblieb …

Er fragte sich, welche Schäden zurückbleiben konnten. Seine Erfahrung hinsichtlich von … wie hieß das noch? … Aneurysmen …. war praktisch null. Konnte man gelähmt werden? Für den Rest des Lebens ans Bett gefesselt? Probleme mit der Sprache haben?

Konnte Marianne so verändert sein, dass man sie fast nicht mehr wiedererkannte? Oder sie ihre Familie? Ihn und die Kinder, Schwedens Jugend, seine Zukunft. Eine tragische Gestalt, die den ganzen Tag im Rollstuhl saß und nicht sprechen konnte? Zwanzig, dreißig Jahre lang?

Die Bilder bombardierten ihn, und er fragte sich, wie viele Menschen es wohl im Land gab, die in so eine Situation kamen. Paare, deren einem Teil plötzlich etwas zustieß, wodurch von einer Sekunde zur anderen sich für den anderen Teil alles veränderte. Weil das Leben so schnell die Spur wechselte, dass man gar nicht die Chance hatte, sich darauf vorzubereiten.

Oder die wichtigen Dinge auszusprechen, während noch Zeit war? Das, was nie gesagt wurde.

Und dass so eine kleine Ader einfach platzen konnte! Wann auch immer. Eine dünne Aderwand, die plötzlich nachgab und nicht nur das Leben desjenigen veränderte, zu dem sie gehörte, sondern außerdem noch viele Leben rundherum. Sechs Stück in diesem Fall.

Freunde und Arbeitskollegen gar nicht mitgerechnet.

Das ist nicht gerecht, dachte Gunnar Barbarotti.

Aber Gerechtigkeit hat nicht besonders viel mit Leben und Tod zu tun. Das sollte er bei seiner Arbeit gelernt haben, und sei es nur das.

Da es den Tod mitten im Leben gab. *In deinen besten Tagen gehst du Hand in Hand mit dem Engel des Todes.*

Und er betete.

Dieses Mal eine andere Art von Gebet. Definitiv anders. Der Herrgott kam und ließ sich neben Inspektor Barbarotti auf der Rückbank des Taxis zwischen Kymlinge und Göteborg nieder, und jetzt sprachen sie in einer neuen Art und Weise miteinander.

Die alte Abmachung, sagte der Herr, dahingehend, dass ich dir meine Existenz immer wieder beweisen muss, es ist vielleicht an der Zeit, sie zu den Akten zu legen?

Ohne auch nur eine Sekunde zu zögern, antwortete Gunnar Barbarotti, dass es sich genauso verhielte. Es war an der Zeit, sie zu den Akten zu legen.

Denn jetzt geht es um etwas anderes, sagte der Herr. Nicht wahr?

Stimmt genau, antwortete Gunnar Barbarotti. Es ist etwas ganz anderes, um das es jetzt geht. Von diesem Moment an. Wenn du nur …

Nein, unterbrach der Herrgott ihn. Jetzt willst du wieder feilschen. An mich zu glauben, hat nichts mit Feilschen zu tun. Du kannst diese Bedingungen nicht mehr stellen: Wenn ich nur das und das mache, dann bist du damit einverstanden, dass ich existiere. Damit ist jetzt Schluss, ich bin es leid.

Du bist es leid?, fragte Barbarotti.

Ja, von Herzen leid. Ich gebe dir all meine Liebe, das ist die Botschaft, wenn du sie entgegennimmst und auf meiner Seite stehst, dann werde ich auf deiner Seite stehen. Aber ich bin nicht allmächtig. Ich herrsche nicht über alles, das ist ein altes Missverständnis. Ich herrsche nicht über den freien Willen der Menschen, und ich herrsche nicht über die Einfälle des Teufels. Ich bin die gute Kraft, aber es gibt auch eine böse Kraft. Und ich war es nicht, der Religionen, Kirchen und den Papst erfunden hat, das waren die Menschen. Verstehst du?

Gunnar Barbarotti erklärte, dass er verstand. Zumindest zum Teil.

Und was Marianne betrifft, so können wir nur zuversichtlich sein, fuhr der Herrgott fort. Du wie auch ich. Der Tod und das Leben sind wirklich Nachbarn, genau wie du es in deinem vom Schock gezeichneten Zustand festgestellt hast. Aber der Mensch ist nun einmal das einzige Wesen, das in der Lage ist, die Schönheit und Freuden des Lebens zu betrachten. Dass das so schwer zu begreifen ist.

Ich begreife das, protestierte Barbarotti. Es ist nur so, dass …

Jetzt fängst du schon wieder an, dich zu beklagen, unterbrach der Herrgott ihn. Hör auf damit. Sei zuversichtlich und behalte Marianne in deinen Gedanken, um etwas anderes brauchst du dich nicht zu kümmern.

Dann war er verschwunden, und der Taxifahrer schaltete das Radio ein, und Barbarotti beschloss, genau das zu tun, was ihm geraten worden war. Zuversichtlich zu sein und an sie zu denken.

Aber – *Zuversicht?* Was war das eigentlich?

Wahrscheinlich die einzig wirklich wirksame Medizin gegen die weißglühende Angst, die in ihm tickte, das einzusehen war nicht besonders schwer. Aber an ihr festzuhalten, das war etwas anderes. Es tatsächlich, jede Sekunde und Minute zu schaffen, sich nicht zu beunruhigen und stattdessen zu vertrauen … ja, worauf eigentlich? Das war eine gute Frage. Eine wirklich gute Frage. Die Zuversicht ist eine Badezimmerseife, dachte Inspektor Barbarotti verwirrt. So gut wie unmöglich, sie zu fassen zu kriegen.

Und diese sechs Jahre alte Abmachung mit dem Lieben Gott war plötzlich nicht mehr aktuell. Sie war ein für alle Mal vom Tisch. Und das Merkwürdige daran war, dass ihm das in keiner Weise merkwürdig erschien.

Von jetzt an ist alles verändert, dachte Gunnar Barbarotti. Gütiger Gott, lass sie leben.

# 43

Die Stille, die entstand, nachdem die Tür geschlossen worden war, erschien wie ein lebendiges Wesen. Gute zehn Sekunden lang rührte niemand auch nur einen Finger oder sagte ein einziges Wort. Rickard hatte den Eindruck, dass sie nicht einmal atmeten. Zumindest er selbst nicht. Der Inhalt dessen, was der Anführer gesagt hatte, wurde ihm langsam klar, aber es war eine Botschaft, die man sich kaum eingestehen mochte.

*One woman with me.*

Eine von ihnen – Gunilla oder Maria oder Anna – sollte dazu bestimmt werden, mit den vier Männern zu gehen. Eine Stunde mit ihnen zu verbringen. Es bedurfte nicht viel Fantasie, um sich vorzustellen, was sie planten, in dieser Stunde zu veranstalten. Dazu war überhaupt keine Fantasie nötig.

*Vier Stück.* Rickard wurde klar, dass deshalb niemand etwas sagte. Jeder Einzelne von ihnen begriff ganz genau, worum es ging. Da gab es keinen Raum für Interpretationen.

Wenn sie kein Mädchen kriegten, dann würden sie ihre Kalaschnikows benutzen.

Deutlicher konnte keine Sprache sein.

Die Erste, die sich äußerte, war Maria.

»Warum sagst du nichts, Bruderherz?«, sagte sie. »Hast du etwa die Kontrolle verloren?«

Tomas antwortete nicht. Er stand auf und lief stattdessen durch den Raum.

»Was sollen wir tun«, flüsterte Gunilla. »Ihr denkt doch wohl nicht …?«

»Nein«, erwiderte Anna. »Wir müssen natürlich …«

Keiner von ihnen wusste, wie er den Satz fortsetzen sollte. Rickard musterte die anderen. Germund saß da und starrte auf seine Füße. Maria saß reglos mit geschlossenen Augen da, sie hatte sie offenbar gar nicht geöffnet, als sie ihrem Bruder die Frage gestellt hatte, aber dessen war er sich nicht sicher. Er schaute auf seine Armbanduhr. Es war inzwischen eine Minute vergangen.

Noch vierzehn. Wenn Tomas nicht bald etwas sagt, muss ich für das hier die Verantwortung übernehmen, dachte Rickard. Es war ein Gedanke, der ihn verwunderte, Panik lag in ihm auf der Lauer, Angst tanzte in ihm, dennoch wusste er, dass sie nicht einfach wie gelähmt dasitzen und die Minuten verrinnen lassen konnten.

*Wie Vieh.* Das war auch ein verblüffender Gedanke.

Warum spreche ich kein Gebet?, wunderte er sich. Aber irgendetwas hielt ihn davon ab.

»Wir müssen etwas tun«, sagte er.

»Tun?«, griff Maria das Wort auf. Ohne die Augen zu öffnen, dieses Mal sah er es. »Und was schlägst du vor, was wir tun sollen?«

Tomas kam zu ihnen zurück und setzte sich auf eine der Bänke. Als hätte er einen Entschluss gefasst, dachte Rickard.

»Wenn wir es nicht entscheiden, wird es nur noch schlimmer«, sagte Tomas.

»Was meinst du damit?«, fragte Gunilla.

»Ich meine, dass es uns wahrscheinlich nichts nützt, wenn wir uns ihrer Anordnung widersetzen. Zum Beispiel.«

»Jetzt übertriffst du dich selbst«, sagte Maria.

»Willst du damit sagen, dass sie eine von uns kriegen sollen?«, rief Anna aus. »Du meinst, wir sollen Gunilla, Maria oder mich opfern?«

Ihre Stimme kippte über. Sie stand auf und stellte sich an eine Wand. Mit dem Rücken zu den anderen. Rickard zögerte. Dann ging er zu ihr. Legte ihr vorsichtig die Hand auf die Schulter. Sie drehte den Kopf und starrte ihn an.

»Fahr zur Hölle«, zischte sie. »Fahr zur Hölle, Rickard.«

Er verstand kaum, was sie sagte. Hatte er richtig gehört? Hastig schaute er zu den anderen. Nein, keiner von ihnen schien etwas mitbekommen zu haben.

Gunilla hatte angefangen zu weinen. Sie saß nach vorne gebeugt da, die Arme um den Kopf, der ganze Körper bebte vor Schluchzen. Eine Weile passierte sonst nichts. Rickard nahm seine Hand von Annas Schulter und schaute auf die Uhr.

Sie hatten noch zwölf Minuten.

»Wir müssen versuchen zusammenzuhalten«, sagte Tomas. »Es wird nichts besser, wenn wir miteinander streiten.«

»Gut«, sagte Maria. »Wir halten zusammen. Also leisten wir Widerstand.«

»Ich weiß nicht so recht«, sagte Tomas. »Ich bin mir nicht sicher, ob das die beste Lösung ist. Was meinen die anderen?«

»Ich meine …«, setzte Rickard an, doch dann wurde ihm klar, dass er nicht wusste, was er eigentlich meinte. Oder vielleicht meinte er auch etwas, konnte es aber nicht aussprechen.

»Was denkst du selbst?«, fragte Anna. Sie richtete sich an Tomas, nicht an Rickard. »Das wäre interessant zu hören. Du denkst also, wir sollten auf ihre Forderung eingehen?«

»Das habe ich nicht gesagt«, sagte Tomas. »Ich habe nur gesagt, dass es ein Fehler sein kann, sich einfach nur zu weigern.«

»Einfach nur weigern?«, sagte Maria. »Und was zum Teufel bedeutet das?«

»Ich meine nur, dass wir es durchsprechen sollten«, sagte Tomas. »Dass alle sagen, was sie denken, bevor die Männer zurück sind. Es ist ja eine schreckliche Situation, aber genau genommen kann niemand von uns etwas dafür. Wir sind Opfer von etwas, das wir nicht kontrollieren können. Niemand trägt daran die Schuld, und wir müssen versuchen, uns zusammenzureißen.«

»Okay«, sagte Maria. »Ich habe mich zusammengerissen. Und natürlich sind alle Frauen der Gruppe genauso gefasst. Gunilla, Anna und ich. Eine von uns wird gleich eine Stunde lang von vier Soldaten vergewaltigt. Ist doch klar, dass wir verdammt gefasst sind. Was denn sonst.«

Gunilla stieß einen Schrei aus und ließ sich auf den Boden fallen. Tomas machte einen hilflosen Versuch, sie hochzuheben, dann ließ er sie liegen.

»Guckt doch nur, wie gefasst und gut gelaunt Gunilla ist«, stellte Maria fest. »Sie wird doch bestimmt hinterher genauso ruhig und gut drauf sein.«

»Halt die Schnauze, Maria!«, schrie Tomas. Rickard konnte sehen, wie er die Fäuste ballte und eine Ader an seiner Schläfe hervortrat. Er wusste, er sollte etwas tun, etwas sagen oder versuchen, irgendwie zu helfen, aber das, was Anna ihm zugezischt hatte, hatte ihn verstummen lassen. Sie hatte ihn aufgefordert, zur Hölle zu gehen. Er wusste nicht, warum, vielleicht wollte er es auch gar nicht wissen. Vielleicht ahnte er in seinem tiefsten Inneren, dass sie Recht hatte, dass er sie irgendwie hätte beschützen müssen, aber wie? Wie hätte er sie beschützen können? Später, dachte er, wenn das hier vorüber ist – auf irgendeine geheimnisvolle Art und Weise vorüber sein wird –, muss ich mit ihr darüber reden. Sie hatte ihn angeklagt, ihm ein bleischweres, ungerechtfertigtes Gefühl von Schuld aufgebürdet, aber natürlich … natürlich war nicht er es, den sie zur Hölle wünschte, das war ganz einfach eine Art Projektion …

ja, wenn dieser Albtraum vorbei war, dann würden sie das alles klären.

Aber jetzt, genau in diesem Moment, während sie sich in diesem widerlichen Raum befanden, während die Sekunden und Minuten verrannen und keine Lösung in Sicht war, da fand er keine Worte. Keine Worte von Bedeutung.

Er saß jetzt auf der Bank, den Kopf schwer in die Hände gestützt. Tomas und Anna standen. Gunilla lag auf dem dreckigen Boden und wiegte sich hin und her, während Maria und Germund reglos dasaßen, wie sie es die ganze Zeit getan hatten.

»Ich nehme an, dass wir keine Freiwillige finden«, sagte Tomas, und da ging Maria zu ihm und spuckte ihn an.

Hinterher konnte Rickard nicht mit Sicherheit sagen, wie die Idee zustande gekommen war, aber es musste sich um so eine Art kollektiver Einigkeit gehandelt haben. Trotz allem. Vielleicht gab es keinen anderen Ausweg. Vielleicht sah jeder für sich ein, dass sie auf diese Art eine Form von Würde behalten würden. Man fasste einen Beschluss, überließ es dann aber dem Zufall. Den Folterknechten und dem Zufall.

*Solidarität?,* dachte Rickard.

Nach seiner Uhr waren weniger als drei Minuten übrig, als sie das Los entscheiden ließen.

Drei Streichhölzer, eines davon abgebrochen. Tomas hielt sie zwischen Daumen und Zeigefinger der linken Hand versteckt, und die Mädchen zogen der Reihe nach.

Zuerst Anna.

Ein ganzes Holz. Rickard sah, dass sie nur schwer ihre Erleichterung verbergen konnte. Ihm ging es genauso. Wenn sie es gewesen wäre, dachte er … wenn sie es gewesen wäre, dann hätte …

Er schob den Gedanken beiseite. Das durfte er gar nicht zu Ende denken. Das war zu viel.

Maria zog ihr Hölzchen. Versteckte es in der Hand, ohne nachzusehen, ob es abgebrochen oder ganz war, und während sie dort vollkommen reglos stand und die anderen aus der Gruppe mit Augen betrachtete, die fast an die einer Katze erinnerten, brach Tomas plötzlich in Tränen aus.

Es waren nur drei kurze, laute Schluchzer, dann fasste er sich wieder.

Seine Schwester oder seine Frau, dachte Rickard. Eine von beiden. Es vergingen ein paar Sekunden. Das Monster der Stille kehrte mit gefletschten Zähnen zurück.

Maria zeigte ihr Streichholz. Es war ganz.

Gunilla schrie.

Es klang nicht mehr menschlich, wie Rickard fand.

Dieses Mal waren sie zu dritt. Der Jüngste war als Wache draußen zurückgelassen worden. Sie machten sich gar nicht erst die Mühe, die Tür abzuschließen, zogen sie nur hinter sich zu. Der Anführer trat einige Schritte vor, blieb direkt unter der Glühbirne stehen.

Er ließ seinen Blick über die Gruppe der Gefangenen schweifen. Diese saßen jetzt nebeneinander auf den Bänken. Er zündete sich eine Zigarette an und nahm einen Zug.

»One woman now.«

Es vergingen einige Sekunden der Stille. Schließlich stand Gunilla auf. Machte sich von Tomas frei und ging zwei Schritte auf den Anführer zu.

Dann versagten ihr die Beine. Sie fiel zu Boden und blieb einen Meter vor ihm liegen. Nicht ein Laut kam aus ihrem Mund. Der Anführer gab den Männern an der Tür ein Zeichen. Einer von ihnen verließ seinen Platz und ging zu Gunilla. Er packte sie am Arm und zog sie über den Boden. Es war nur das leise Rascheln ihrer Kleidung am Beton zu hören.

»Stop it!«

Germund war aufgestanden. Der Soldat ließ Gunillas Arm los. Der Anführer hob seine Waffe. Germund näherte sich ihm langsam, wobei er die Arme ausgestreckt vom Körper hielt. Was zum Teufel macht er?, musste Rickard denken.

»Stay or I shoot!«

Germund blieb nicht stehen. Stattdessen machte er einen Sprung direkt auf den Anführer zu, und im selben Augenblick ging eine Salve los.

Tat-tat-tat.

Drei Schüsse, nicht mehr. Es war einer der Männer an der Tür, der geschossen hatte, nicht der Anführer. Germund sank zu Boden und fasste sich an die Schulter. Sein weißes T-Shirt färbte sich augenblicklich rot.

Alles geschah in einer Art surrealistischem Zeitraffer, dachte Rickard. Das Gefühl der Unwirklichkeit war fast erstickend. Der gesamte Handlungsablauf konnte nicht mehr als zehn, fünfzehn Sekunden gedauert haben, dennoch hatte er das Gefühl – sowohl während er dort als verstummter Zuschauer saß als auch hinterher –, dass es sich um Minuten gehandelt haben musste.

Der Befehl des Anführers. Gunillas drei, vier Schritte. Ihr Zusammenbruch. Das Wegschleppen und Germunds Ruf, seine kampfbereite Bewegung durch den Raum.

Die Warnung des Anführers, Germunds Ausfall und der Schuss. *Tat-tat-tat.*

Und während Germund noch kniet und sich seine blutende Schulter hält – während Gunilla noch zusammengekauert auf dem Boden liegt, einen Meter von ihm entfernt, und das Geräusch der Schüsse noch im Raum hängt –, steht Maria auf.

»Okay«, sagt sie. »I'm the one.«

Sie verlässt die Bühne zusammen mit den drei Männern.

Diese schließen sorgfältig die Tür ab, und die Stille übernimmt erneut die Regie. Eine andere Art von Stille, Rickard findet sofort einen Namen dafür.

Er heißt *Scham.*

# 44

Ich dachte, ich würde mit Inspektor Barbarotti sprechen«, sagte Tomas Winckler und ließ sich auf der anderen Seite des Schreibtisches nieder.

»Er ist verhindert«, erklärte Eva Backman. »Aber ich bin genauso vertraut mit dem Fall wie er, deshalb ist es nicht so wichtig.«

»Tatsächlich?«, sagte Tomas Winckler. Er zupfte eine Bügelfalte seiner hellen Hose gerade und setzte sich eine minimalistische, längliche Brille auf. »Ja, ich verstehe eigentlich gar nicht, warum Sie in dieser Sache immer noch herumwühlen.«

»Das kann ich Ihnen erklären«, sagte Backman. »Es ist auch gar nicht so schwer zu verstehen. Wir haben gute Gründe zu der Annahme, dass Germund Grooth ermordet wurde. Und Ihre Schwester vor fünfunddreißig Jahren auch.«

Sie beobachtete seine Reaktion. Hoffte auf eine deutliche Reaktion, aber nichts dergleichen geschah. Nur ein paar hochgezogene Augenbrauen und ein leichtes, alles in Frage stellendes Kopfschütteln. Er zupfte zwar erneut an der Hose, aber das wollte sie lieber nicht überinterpretieren.

»Das kann ich nur schwer glauben«, sagte er. »Aber das war mir natürlich schon klar, nachdem ich mit Ihrem Kollegen gesprochen habe. Was bringt Sie zu dem Glauben, dass die beiden ermordet worden sein sollen?«

»Darauf kann ich leider nicht näher eingehen«, sagte Eva

Backman und fragte sich wie immer, wie oft sie diese Phrase schon von sich gegeben hatte. *Darauf kann ich nicht näher eingehen.*

»Aber es gab ja bereits beim Tod Ihrer Schwester einen Verdacht«, fügte sie hinzu. »Oder?«

»Ja, sicher«, sagte Tomas Winckler und zuckte mit den Schultern. »Dieser Sandlin hat monatelang ermittelt. Gunilla und ich, wir haben mehrere Male mit ihm gesprochen.«

»Finden Sie das merkwürdig?«, fragte Backman. »Dass er ermittelt hat?«

»Ich weiß nicht«, sagte Tomas Winckler mit einem halben, schnellen Lächeln. »Es ist ja schon so lange her. Aber es lag wohl daran, dass sie gerufen hat. Ich habe keine Ahnung, wie die Polizei so denkt und arbeitet.«

Vielleicht fand sich ein Hauch von Ironie in dem letzten Satz, aber das war nicht so leicht auszumachen. Eva Backman blätterte eine Seite ihres Notizblocks um und machte eine kurze Pause. Winckler füllte sie nicht mit Worten, saß nur ruhig da und wartete.

»Sie wissen, dass ich letzte Woche mit Ihrer Frau gesprochen habe?«

»Ja, natürlich. Sie hat es mir erzählt.«

»Ich würde gern zu Anfang noch einmal auf den Zeitpunkt von vor fünfunddreißig Jahren zurückkehren«, erklärte Eva Backman. »Auf diesen Abend bei Rickard und Anna Berglund, den Abend, bevor es passiert ist, genauer gesagt.«

»Ich verstehe«, sagte Tomas Winckler.

Wirklich?, dachte Backman. Und was verstehst du? Dass es gute Gründe für uns gibt, herauszubekommen, was an diesem Abend auf dem Pfarrhof von Rödåkra passiert ist? Dass etwas passiert ist, was eine Erklärung für den Todesfall am nächsten Tag geben könnte, und dass du dir dessen nur zu bewusst bist?

Oder war das nur ein unschuldiger Kommentar? Sie wusste

es nicht, wieder einmal balancierte sie auf einer Scheide. *Entweder-oder.*

»Waren Sie tatsächlich so gute Freunde, wie Sie uns gern den Anschein geben?«, fragte sie.

»Jetzt verstehe ich nicht ganz«, sagte Winckler. »Weder Gunilla noch ich haben jemals behauptet, dass wir 1975 so gute Freunde waren. In Uppsala hatten wir viel miteinander zu tun. Rickard und ich, wir haben uns beim Militär kennengelernt, und Maria war meine Schwester. Aber als wir uns auf Rickards Pfarrhof trafen, da war seitdem schon eine ganze Zeit vergangen.«

»Wie lange?«, wollte Backman wissen.

»Zu sechst hatten wir uns sicher seit mehr als einem Jahr nicht mehr zusammengefunden«, antwortete Winckler, nachdem er einige Sekunden lang nachgedacht hatte. »Gunilla und ich, wir haben Uppsala im August 1974 verlassen. Ja, ich glaube, wir haben uns bei uns daheim ein paar Mal getroffen, im Frühjahr 1974. Zusammen mit einigen anderen, nicht nur mit den beiden Paaren. Zu sechst, das muss das letzte Mal in Uppsala gewesen sein.«

Backman machte sich Notizen, sagte aber nichts. Tomas Winckler räusperte sich und fuhr fort.

»Dass wir uns dann bei Anna und Rickard trafen, das lag natürlich daran, dass vier von uns in der Gegend von Kymlinge gelandet waren. Und wir in Göteborg, das ist ja nur eine Stunde Autofahrt von dort … na, vielleicht anderthalb.«

»Dann gab es keinen speziellen Anlass dafür, dass Sie sich getroffen haben?«

»Nein, es gab keinen anderen Grund, als dass wir zusammen essen wollten. Und am Sonntag einen kleinen Ausflug machen, wie gesagt, bevor Gunilla und ich wieder zurück nach Göteborg fahren wollten. Rickard und Anna hatten eingeladen, und wir haben zugesagt, mehr war da nicht.«

Eva Backman nickte. »Dann war also der regelmäßige Umgang mit den anderen beiden Paaren auf ein paar Jahre Anfang der Siebziger beschränkt? Wenn man es genau betrachtet.«

»Vollkommen richtig«, stimmte Tomas Winckler zu. »1969 bis 1973 würde ich mal sagen.«

»Und es schlief bereits ein, während Sie noch in Uppsala wohnten?«

»Ich will nicht behaupten, dass es einschlief. Wir haben uns einfach auseinandergelebt.«

»Gab es einen bestimmten Grund?«

»Dafür, dass wir uns auseinandergelebt haben?«

»Ja.«

Plötzlich zögerte er. Saß stumm da und fuhr sich mit Daumen und Zeigefinger über das Kinn, bevor er antwortete. Schob die Brille zurecht.

Er überlegt, was die anderen gesagt haben könnten, dachte Backman. Da ist etwas, und er weiß nicht, ob ich davon weiß oder nicht. Ausgezeichnet.

Aber wenn es wichtig gewesen wäre, dann hätte er sich wohl bei den anderen rückversichert?

Oder?

Falls so einem Gespräch nicht irgendwelche Hindernisse im Weg lagen.

Aber wenn man die zählt, die noch am Leben sind, dann sind es ja nur noch zwei, dachte sie weiter. Seine eigene Ehefrau und Rickard Berglund.

Elisabeth Martinsson auch noch, wenn man sie dazuzählen wollte.

»Sie zögern«, sagte Eva Backman.

Tomas Winckler nickte und sah aus, als hätte er einen Entschluss gefasst.

»Wir haben eine Reise gemacht«, sagte er. »Im Sommer 1972. Danach haben wir uns nicht mehr so oft getroffen.«

»Eine Reise?«, fragte Backman nach.

»Wir sind zusammen durch den Ostblock gefahren«, erklärte Winckler. Er richtete sich ein wenig auf seinem Stuhl auf und fummelte wieder an seiner Brille. Die muss er gestern erst gekauft haben, dachte Backman. Die ist er noch nicht gewohnt.

»Über einen Monat lang«, fuhr er fort. »Unter solchen Umständen kommt man sich sehr nahe. Manchmal ein wenig zu nahe, ja, so ist es wohl gewesen.«

Zehn Minuten lang berichtete er von der Reise. Wie sie gemeinsam einen Bus gekauft hatten, wie sie durch die Ostblockländer gereist waren: Polen, Tschechoslowakei, Ungarn, Jugoslawien, Rumänien und Bulgarien. Wie Germund und er sich am Steuer abwechselten, da nur sie beide einen Busführerschein hatten. Wie arm, elend und deprimierend es an vielen Orten im sozialistischen Paradies war.

Wie sie eine Woche am Schwarzen Meer blieben und dort badeten. Wie sie auf schlechten Straßen entlangtuckerten, wie sie auf dem Heimweg München genau an dem Tag passierten, an dem die Olympischen Spiele eröffnet wurden, die Spiele, die in erster Linie in die Geschichte eingingen, weil sieben israelische Sportler von Terroristen ermordet wurden und ... ja, wie sie wahrscheinlich einander ziemlich überdrüssig wurden. Sechs junge Schweden, dicht gedrängt in einer Welt, die ihnen allen größtenteils sehr fremd vorkam.

Eva Backman zog ein Papier hervor.

»Dieser Bus, hängt der mit dem Reisebüro zusammen, das Sie haben eintragen lassen?«

»Ja«, sagte Tomas Winckler. »Wir sind danach noch ein paar Mal nach Norrland gefahren, aber richtig gelohnt hat sich das nie. Anfang 1974 ging es dann den Bach runter.«

»Aber Sie sind in der Reisebranche geblieben?«

»Ja.« Er lächelte, routiniert entschuldigend. »Aber unter ein wenig geordneteren Verhältnissen.«

»Ach ja?«, sagte Eva Backman und beschloss das Thema zu wechseln. »Können Sie mir etwas über Germund und Maria erzählen?«, bat sie.

Er räusperte sich und dachte wieder einige Sekunden lang nach. »Die waren etwas Besonderes«, sagte er. »Alle beide, ziemlich speziell. Sie war meine Schwester, und ich habe sie geliebt, aber ich will nicht behaupten, dass ich sie jemals verstanden habe. Und Germund war ziemlich merkwürdig, so ein Sonderling. Aber sie passten gut zueinander, wirklich. Hinterher denkt man ja viel über so etwas nach.«

Das Erzählen hat ihn weicher gemacht, stellte Backman fest. Sie hatte nicht viel gesagt, während er von dem Busabenteuer erzählte, nur vereinzelt Nachfragen eingeworfen, aber plötzlich war es, als handelte es sich hier um eine Unterhaltung, nicht um eine Vernehmung. Sie beschloss zu versuchen, diesen Ton beizubehalten.

»Und wie war dann das Wiedersehen im Pfarrhaus?«, fragte sie. »Es muss doch trotz allem schön gewesen sein, sich wiederzutreffen?«

»Ich glaube, weder Gunilla noch ich hatten allzu große Erwartungen«, antwortete Tomas Winckler nach einer erneuten kurzen Denkpause. »Und ich kann mich erinnern, dass wir hinterher, als wir an dem Abend ins Bett gingen, dass wir da beide fanden, dass es etwas steif gewesen war.«

»Steif?«, fragte Backman.

»Ja, genau. Jedenfalls war es nicht die alte Clique, die sich traf und Spaß zusammen hatte. Es war ein Gefühl ... irgendwie von Peinlichkeit geprägt. Ich kann das nicht näher erklären. Gunilla war damals auch schwanger, zwar erst im vierten Monat, aber sie wurde schnell müde. Sie hatte ein paar Fehlgeburten hinter sich, aber dieses Mal ging es dann gut. Unsere älteste Tochter wurde im Februar 1976 geboren.«

»Sie haben drei Kinder, nicht wahr?«

»Ja.«

»Aber an diesem Abend auf dem Pfarrhof, da ist nichts Besonderes passiert?«

»Nein. Wir haben zusammen gegessen und uns unterhalten, ich glaube, keiner hat sich besonders gut amüsiert. Manchmal ist es einfach so, auch wenn die Leute die besten Absichten haben. Nicht wahr? Dann klappt es einfach nicht. Wir hatten uns auseinandergelebt, uns unterschiedlich entwickelt, so etwas kommt vor.«

Eva Backman dachte nach. Sollte es tatsächlich so sein, dass er etwas verbarg, dann war er sehr geschickt darin. Andererseits war es vielleicht auch nicht besonders schwierig, einen leichten Schleier der Lüge über etwas zu betten, das so lange zurücklag. Und wenn tatsächlich am Tag nach diesem Essen auf dem Pfarrhof ein Mord stattgefunden hatte, dann war er so oder so verjährt. Bereits seit zehn Jahren.

»Was haben Sie am Samstag, dem 25. September, gemacht?«, fragte sie. Zeit, den freundlichen Plauderton zu beenden. »Also vor zehn Tagen.«

Tomas Winckler breitete die Arme aus. »Und wenn ich nun frage, warum Sie das wissen wollen, dann werden Sie natürlich antworten, dass es sich um eine Routinefrage handelt?«

»Natürlich«, antwortete Eva Backman. »Also?«

»Morgens habe ich Golf gespielt. Dann bin ich nach Göteborg gefahren. Ich war wohl so ungefähr gegen zehn Uhr abends wieder zu Hause in Lindås.«

»Ich nehme an, dass Sie Leute getroffen haben, die das bestätigen können?«

»Ja und nein.«

»Was heißt das?«

»Ich habe mit einem guten alten Freund Golf gespielt. Im Vassunda Golfclub, ich bin Mitglied dort. Wir waren wohl so gegen elf Uhr fertig. Und was Göteborg betrifft, so könnte ich auch eine Person nennen, die für mich bürgt, aber ich ziehe es vor, das nicht zu tun. Zumindest bis auf Weiteres.«

»Und warum nicht?«, wollte Eva Backman wissen und begriff im selben Moment, worum es ging.

»Es handelt sich um eine Frau«, sagte Tomas Winckler. »Das ist etwas heikel. Ich möchte nicht, dass sie Probleme kriegt.«

»Sie haben nicht vielmehr eher Angst, dass Sie selbst Probleme kriegen?«

Tomas Winckler schüttelte abwehrend den Kopf. »Meine Frau weiß, dass sie existiert. Sie akzeptiert es. Wir sind moderne Menschen. Aber diese Frau in Göteborg ist leider mit einem … einem unmodernen Menschen verheiratet.«

Verdammt elegant formuliert, dachte Eva Backman wütend. Bis hin zu der kleinen Kunstpause. Er muss das im Auto auf dem Weg hierher geübt haben.

*Ein unmoderner Mensch.*

»Ich notiere mir das«, sagte sie. »Ich nehme an, dass sie Sie decken würde, wenn es notwendig wäre? Auch wenn Sie gar nicht zusammen gewesen sind.«

Tomas Winckler holte tief Luft und betrachtete Inspektorin Backman mit einem traurigen Gesichtsausdruck.

»Ich habe Germund Grooth nicht getötet«, sagte er. »Ich glaube, dass niemand das getan hat. Aber zugegeben, ich kann mich in der Beziehung irren.«

Eva Backman nickte verärgert.

»Warum hat er Sie im Juni besucht? Das muss doch eine Überraschung gewesen sein. Mit Frau und allem?«

»Natürlich kam es überraschend«, stimmte Winckler zu. »Ich hatte es nur so dahingesagt, als wir uns in Göteborg über den Weg gelaufen waren. Wie man das so macht. Komm doch mal vorbei … es war natürlich gar nicht so gemeint gewesen.«

»Aber er nahm es ernst?«

»Ja, das hat er gemacht. Aber ich habe doch schon mit Inspektor Barbarotti über diesen Besuch gesprochen. Und meine Frau hat mit Ihnen gesprochen. Ich bin mir sicher, dass keiner von uns dem noch etwas hinzuzufügen hat.«

Eva Backman nickte. »Das akzeptiere ich erst einmal so. Ich habe auch eigentlich nur noch zwei Fragen. Zum einen, warum um alles in der Welt sind Sie damals so weit auseinander durch den Wald gegangen? Sie hatten ja nicht einmal Augenkontakt zueinander. Finden Sie nicht auch, dass das merkwürdig erscheint?«

»Nein«, antwortete Tomas Winckler.

»War es vielleicht so, dass Sie das abgesprochen hatten?«

»Abgesprochen?«

Er schien die Frage nicht zu verstehen.

»Nein, wirklich nicht«, fuhr er dann fort, nachdem er zuvor sein Handy aus der Jackentasche geholt und es einen kurzen Moment lang angestarrt hatte. »Aber ich kann mich erinnern, dass Sandlin das auch etwas merkwürdig fand. Am Anfang habe ich gedacht, er hätte da wirklich einen Punkt. Aber je mehr ich darüber nachgedacht habe, umso weniger merkwürdig fand ich es. Wenn man Pilze sammeln will, ist es doch idiotisch, gemeinsam zu gehen und an derselben Stelle zu suchen. Meistens fängt man in kleinen Gruppen von zwei oder drei Leuten an, aber wenn man dann weiter im Wald herumstreift, sorgt man irgendwie automatisch dafür, sich sein eigenes Revier zu verschaffen. Man löst sich voneinander, und nach zehn oder fünfzehn Minuten ist man allein, so einfach ist das. Wenn Sie genauer darüber nachdenken, werden Sie mir bestimmt Recht geben.«

Eva Backman dachte kurz nach. Sie konnte sich weder dafür noch dagegen entscheiden, vielleicht stimmte es ja, was er sagte. Sie stellte ihre letzte Frage.

»Anna Berglund ist heute Morgen gestorben, wussten Sie davon?«

Als er gegangen war, blieb sie noch eine Weile im Raum sitzen und versuchte sich klarzumachen, ob er nun einen Seufzer der Erleichterung von sich gegeben hatte oder nicht. Auf jeden Fall hatte er zu der Nachricht, dass Anna Berglund verstorben war, keinen Kommentar abgegeben. Er hatte nur leicht mit dem Kopf geschüttelt, und es wäre eine Filmkamera nötig gewesen, um die Frage sicher beantworten zu können.

Aber das Gespräch gab es nur in ihrem Kopf und auf Band, und Seufzer können ziemlich lautlos sein. Insbesondere, wenn man versucht, sie zurückzuhalten. Schultern, die sich hoben und senkten. Ein Brustkorb, der sich etwas unmotiviert weitete.

Nicht viel, um damit zum Staatsanwalt zu gehen, aber vielleicht wäre es auf einem Film zu erkennen gewesen.

Sie selbst seufzte tief und rief Barbarotti an.

Bekam keine Antwort.

Sie blieb noch einen Moment lang sitzen, dann hob sie den Hörer erneut ab und rief in Skåne an.

## 45

Der Spatz danach.

Ich werde niemals darüber reden.

Sie hätten mich auch umbringen können, aber das ließen sie bleiben. So wenig bedeutete ich ihnen, dass sie darauf verzichteten, mich zu töten. Wenn ich jemals die Chance bekommen sollte, einen von ihnen zu töten, dann werde ich es tun. Ich würde keine Sekunde lang zögern, würde es voller Freude machen.

Aber ich werde natürlich nie so eine Chance bekommen.

Sie brachten mich zurück, wie es vereinbart war, und wir verließen Timisoara. Ich sagte nicht ein Wort zu den anderen, und schließlich akzeptierten sie mein Schweigen. Als wir ein paar Stunden später anhielten – es war spät in der Nacht, aber die Dämmerung zeigte sich noch nicht, und es war Tomas, der fuhr –, schrieb ich auf einen Zettel: *Fahrt weiter bis zum Schwarzen Meer. Haltet nirgends an.*

Sie versuchten erneut, mit mir zu reden, aber ich verkroch mich unter einer Decke ganz hinten im Bus. Es tat mir alles so schrecklich weh. Germund versuchte mich zu berühren, aber ich schlug nach ihm.

Er hatte eine große Fleischwunde in der Schulter, aber ich schlug nach ihm.

Wenn ein Kind geboren wird, setzt sich in ihm ein Hormon frei, das es vergessen lässt. Das habe ich irgendwo gelesen. Es ist mit das Erste, was in einem Leben geschieht, und das hat seinen Sinn. Das Erlebnis der Geburt, aus der Gebärmutter hinaus, hinein in die Welt gedrängt zu werden, ist so stark, dass es mit nichts anderem verglichen werden kann. Deshalb muss es vergessen werden, damit es nicht allen anderen Erlebnissen im Weg steht.

Ich hätte gern eine Dosis von diesem Hormon gehabt. Ich lag da unter der Decke und dachte nach in dieser ersten Nacht.

Schenkt mir das Vergessen. Streicht diese Stunde aus meinem Leben.

Streicht, wie sie einer nach dem anderen in mich eindrangen. Wie sie sich mühten, mich mit ihren schmutzigen Fingern aufzubrechen. Wie sie mich zu zweit nahmen und wie sie mich knebelten, weil ich sie biss. Mit einem nach Benzin stinkenden Lappen, den sie in irgendeiner Ecke fanden.

Wie sie mich mit ihrem ekligen Sperma aus ihren schmutzigen Schwänzen vollspritzten und wie sie lachten.

Zwei von ihnen lachten. Einem von ihnen war es peinlich. Der Anführer verzog so gut wie keine Miene, während er am Werk war, aber er hätte mich fast erwürgt, als es endlich bei ihm kam. Ich versuchte nicht, ihn daran zu hindern, er ließ nur einfach zu früh los.

Ich werde nie wieder dieselbe sein. Gebt mir dieses Hormon. Ich will nie wieder in die Nähe eines anderen Menschen kommen.

Zwei Tage lang aß ich nichts. Wir schlugen nirgends unser Lager auf. Wortlos zwang ich sie, Tag und Nacht zu fahren.

Auf der Fahrt bekam ich meine Tage. Ich musste zum Schwarzen Meer und mich dort sauber waschen.

Wir kommen nach Mamaia. Ich gehe allein am Strand entlang. Ich spreche nicht. Ich erwidere keinen Blick.

Hin und her, hin und her. Eine Reihe von Touristenhotels, ein Sandstrand, ein Meer. Blasse, fette Chartertouristen, die in der Sonne liegen. Das Gebiet ist mit Stacheldraht eingezäunt. Keine Geschäfte, diese bleichen Fetten nehmen alle Mahlzeiten in ihren Hotels ein.

Wir passen nicht hierher. Wir wohnen in einem Bus auf einem Campingplatz, der gleich hinter dem Stacheldrahtzaun liegt.

Aber das ist mir egal. Ich esse so gut wie nichts. Nur ein paar Nüsse und Obst. Ich gehe weit den Strand entlang. Hin und zurück, von morgens bis abends.

Ich trinke Wasser. Ich wasche mich im Meer. Es genügt nicht. Der Spatz ist verletzt.

Nach ein paar Tagen brechen wir auf. Wir fahren den ganzen Tag und kommen über die Grenze nach Bulgarien. An einen anderen Ort für Charterreisende.

Ich gehe einen anderen Strand entlang. Ich rede nicht. Sie machen sich meinetwegen Sorgen, lassen mich aber in Ruhe. Germund legt manchmal nachts seine Hand auf meine, und ich lasse es zu, dass er sie hält.

Manchmal flüstert er mir etwas zu. Ich lasse ihn flüstern.

Doch ich sage nichts.

Ich weiß, was sie denken. Sie war vorher schon merkwürdig. Es wird nicht besser geworden sein.

Sie haben vollkommen Recht. Es ist nicht besser geworden.

Ich gehe und gehe. Wasche mich im Meer. Wasche mich im Meer.

## 46

Sie hing am Respirator.

Er setzte sich auf einen Stuhl daneben und betrachtete sie. Es gab nicht viel anderes zu tun, als sie anzuschauen. Nichts, was er tat oder sagte, konnte das Schicksal beeinflussen. Nichts, was er sich vorstellte. Gar nichts.

Es war halb acht, sie würden sie erst nach vielen Stunden aus der Narkose wecken. Wahrscheinlich erst morgen früh. Die Operation war durchgeführt. Sie war laut dem Chirurgen, Doktor Hemmingsson, planmäßig verlaufen. Barbarotti hatte zwanzig Minuten lang mit ihm gesprochen, und er wusste immer noch nicht, was *planmäßig* bedeutete.

Doch, er wusste, was planmäßig bedeutete, aber nicht, was es beinhaltete. Das würde man erst erfahren, wenn die Patientin aus der Narkose erwachte. Laut Hemmingsson.

Es hatte sich um eine relativ kleine Blutung gehandelt. Man hatte das Blut entfernt und die Ader verödet. Es gab nichts, was auf einen größeren Schaden hindeutete.

Aber es war schwer, Prognosen hinsichtlich des Gehirns zu stellen. Und nicht besonders sinnvoll. Das Einfachste war, abzuwarten, bis die Patientin aufwachte, und dann die Tatsachen festzustellen.

Laut Hemmingsson.

Also nach diversen Stunden. In regelmäßigem Abstand kamen Krankenschwestern und kontrollierten den Grad ihres

Bewusstseins, piekten mit Stiften um die Fingernägel und drückten ihre Hände. Lasen die Angaben auf den Bildschirmen. Er hatte auch mit der Narkoseärztin gesprochen. Sie hieß Mousavi und war im Iran geboren. Alles verlief routinegemäß, erklärte Mousavi. Als Nächstes ging es darum, die Patientin zum richtigen Zeitpunkt von der künstlichen Beatmung zu befreien.

Aber sicher nicht vor morgen früh.

Laut Mousavi.

Eine Zeitlang hielt er ihre Hand. Sprach immer wieder mit ihr. Fragte sich, ob sie das wohl auf irgendeine Art und Weise mitbekam.

Vermutlich nicht, es gab absolut keine Reaktion, und die konnte es auch gar nicht geben, zumindest nicht, wenn man den Ärzten glaubte. Wenn man ohne künstliche Beatmung keine Luft schöpfen konnte, konnte man sich auch nicht seiner Umwelt mitteilen.

Das nahm zumindest Gunnar Barbarotti an, was ihn aber nicht daran hinderte, ihre Hände zu halten und mit ihr zu sprechen.

Er hatte auch mit den Kindern gesprochen. Per Telefon. Ein paar Mal mit Sara, und mit Jenny und Johan. In erster Linie mit Jenny und Johan. Schließlich war es ihre Mutter, die neben ihm im Bett lag. Marianne war natürlich auch Lars' und Martins Ersatzmutter – und Saras –, aber es wäre albern, sich einzubilden, dass es da keinen Unterschied gab. Sie hatten jetzt drei Jahre lang zusammen in der Villa Pickford als Familie gelebt, aber Blut war immer noch dicker als Wasser oder die Zeit.

Es war gut gegangen, das hatte er ihnen erklärt. Die Ärzte hatten sie operiert, aber vielleicht wird sie nicht vor morgen früh aufwachen. Was wollten sie tun?

Jenny wusste es nicht, und Johan fiel es schwer, überhaupt etwas zu sagen. Barbarotti konnte hören, wie er mit den Tränen kämpfte.

Er hatte vorgeschlagen, dass sie den ersten Morgenzug nahmen. Und natürlich ständig telefonisch in Kontakt blieben, falls in der Nacht etwas passierte, aber es genügte, wenn sie morgen Vormittag in der Sahlgrenska ankamen. Oder?

Wenn ihr trotzdem gleich fahren wollt, dann könnt ihr das tun.

Sie hatten es so abgemacht: mit dem ersten Zug morgen früh.

Lars und Martin blieben mit Sara bis auf Weiteres in Kymlinge. Sie versuchten weiterzumachen wie bisher.

Aber es war auch möglich, dass Marianne bereits am kommenden Tag nach Kymlinge zurückgebracht wurde, hatte er hinzugefügt. In dem Fall brauchten Johan und Jenny gar nicht erst nach Göteborg zu fahren. Wenn alles gut ging, wie gesagt.

Er wusste nicht, was *wenn alles gut ging* eigentlich bedeutete.

Er dachte, dass er eigentlich gar nichts wusste.

Er betrachtete das Zimmer, in dem er saß. Und in dem Marianne lag. Es war klinisch weiß. Das Beatmungsgerät selbst war ein einziges Gewirr von Schläuchen, Kabeln und Bildschirmen, auf denen man den Zustand der Patientin ablesen konnte. Sie hatte einen Schlauch im Mund, der ihr beim Atmen half, einen anderen in der Nase und noch einen, der irgendwo im Bauch zu verschwinden schien. Ein vierter maß ihren Puls. In kurzen Intervallen kamen die Pfleger und kontrollierten alle Funktionen. Einer von ihnen hatte ihm die Apparate im Großen und Ganzen erklärt, aber er musste sich eingestehen, dass er nicht besonders empfänglich für Informationen war.

Heruntergelassene Jalousien vor dem Fenster. Ab und zu wurde er gefragt, ob er etwas zu essen oder zu trinken haben wollte.

Nein, wollte er nicht.

Dieses Bibelwort kam ihm wieder in den Sinn, und dazu das Gespräch mit dem Herrgott im Taxi.

*In deinen besten Tagen gehst du Hand in Hand mit dem Engel des Todes.*

*Zuversicht.*

Er wusste immer noch nicht, wo in der Bibel diese Worte standen, und die Zuversicht war weiterhin eine Badezimmerseife. Vielleicht ist es nur für kürzere Perioden möglich, zuversichtlich zu sein, dachte er, ein paar Minuten ab und zu eine Art sichere, aber dahinschwindende Gewissheit zu spüren, dass alles gut gehen würde.

Oder dass man zumindest das Schicksal nicht beeinflussen konnte und deshalb alles in andere Hände legen musste.

In die der Ärzteschaft? In die höherer Mächte?

Aber nur für begrenzte Zeit. Die Dunkelheit wartete um die Ecke, war es nicht so? Geduldig ausharrend.

Aber was spielt es denn für eine Rolle, wie ich mich fühle?, dachte er mit einer plötzlich aufsteigenden Wut. Warum konzentriere ich mich nicht auf sie? Sitze hier, erstarrt in meinem eigenen Kummer. Was ist das für ein debiles Selbstmitleid? Ich muss alle Kraft darauf verwenden, um einzig und allein an Marianne zu denken.

Er ergriff erneut ihre Hand. Drückte sie vorsichtig und versuchte sich vorzustellen, dass sie es spüren konnte. Es wäre schön, wenn sie es könnte, denn es gab eine Sache, die er ihr gern sagen wollte. Ihr auf irgendeine unergründliche, aber funktionierende Art *mitteilen* wollte.

Natürlich gab es eine ganze Menge an Dingen, aber eines

war wichtiger als alles andere. Es hatte mit Germund Grooth zu tun, und saß wie ein Stachel in ihm.

Dass er es während des ganzen Wochenendes nicht geschafft hatte, seine Überreaktion zu korrigieren. Dass er auf jemanden eifersüchtig war, der tot war und der mit ihr vor Jahren eine Beziehung gehabt hatte, lange bevor er selbst in ihr Leben getreten war. Dass er sie irgendwie dafür schuldig gesprochen hatte. Das war absurd gewesen. Debil, wie gesagt.

Als er auf dem Heimweg von Göteborg am Freitagabend mit ihr am Telefon gesprochen hatte, hatte er geglaubt, das Problem hätte sich erledigt, oder sie könnten es beiseite schieben, sobald er nach Hause gekommen war, doch dem war nicht so. Auf irgendeine Art und Weise hatte es ihnen das ganze Wochenende über nachgehangen. Ganz einfach, weil sie nicht darüber gesprochen hatten. Er hatte das Thema Germund Grooth nicht wieder erwähnt, und Marianne auch nicht.

Aber es war schließlich nicht Mariannes Sache gewesen, es zu tun. Natürlich nicht. Die Initiative hatte bei ihm gelegen.

Er hatte es auch gegenüber Eva Backman nicht erwähnt. Ihr nicht erklärt, dass seine Frau möglicherweise irgendwelche Informationen über diesen Dozenten Grooth verborgen hielt, die es mit Klauen herauszuholen galt.

Da Marianne mit ihm ein Jahr lang eine Beziehung gehabt hatte.

Das war auch absurd gewesen. Eine bessere Zeugin seines Charakters konnte man sich wahrscheinlich gar nicht denken, und war das nicht sogar der Knackpunkt der ganzen Geschichte? Germund Grooths Charakter. Er konnte es zumindest sein. Auf jeden Fall war er wichtig.

Und jetzt lag diese Zeugin, seine eigene Frau, hier in einem sterilen Zimmer in einem Krankenhaus und konnte nicht reden, da sie eine Gehirnblutung gehabt hatte. Vielleicht würde sie nie wieder reden können?

Eine plötzliche Welle der Verzweiflung spülte über ihn hinweg, er legte den Kopf auf die Bettkante und weinte.

Eine Krankenschwester kam vorbei. Betrachtete die Geräte, Marianne und ihn eine Weile. Zupfte ein paar Mal an den Fingern der Patientin, dann ließ sie die beiden in Ruhe.

# 47

Sie verließen das Schwarze Meer am 16. August und traten die Rückreise an.

Quer durch Bulgarien. Alle Schilder waren mit kyrillischen Buchstaben beschriftet, es war schwer, sich zu orientieren.

Und die Straßen waren nicht besser als in Rumänien. Meistens gelang es ihnen nicht, mehr als dreihundert, dreihundertfünfzig Kilometer am Tag zurückzulegen, und das Datum ihres Transitvisums wurde überschritten, als sie noch in Sofia waren.

Rickard hatte nach Timisoara aufgehört, Tagebuch zu schreiben, während Anna es in einer Art verbissenem Ernst weiterführte. Sie fotografierte und machte sich Notizen. Natürlich musste sie an diese Artikelserie denken, das Schreiben war für sie kein Selbstzweck. Sie sprachen äußerst wenig miteinander, und sie liebten sich nie.

Sie hatten das Gefühl, dass sie nicht miteinander schlafen konnten, solange Maria unter ihnen war. Während sie ganz hinten im Bus lag, verstummt und versteinert. Zum ersten Mal seit Beginn seiner Pubertät erlebte Rickard, dass er absolut keine Lust verspürte. Das Sexuelle war zu etwas Verbotenem geworden, einem Tabu, er nahm an, dass es den anderen genauso ging.

Germunds Wunde war von einem Touristenarzt in Mamaia versorgt worden. Er hatte gefragt, wie sie entstanden war, sie hatten ihm jedoch keine weiteren Einzelheiten gesagt. Vielleicht hatte der Arzt es doch verstanden, und vielleicht wollte er gar nicht mehr wissen. Auf jeden Fall würde sie verheilen, es handelte sich nur um eine Wunde in den Weichteilen. Germund hatte Glück gehabt, riesiges Glück. Zwei der Kugeln hatten ihr Ziel verfehlt, die dritte hatte ihn gestreift.

Mit Marias Wunde verhielt es sich anders. Das war ein Heilungsprozess, der fern aller Prognosen lag. Seit den Ereignissen in Timisoara hatte sie nicht gesprochen, und es schien, als wollte sie nichts von den anderen wissen. Nicht einmal von Germund.

Gunilla schrieb einen Brief an sie. Saß ganz vorn im Bus und schrieb eine Seite nach der anderen in ihrem Collegeblock voll. Legte sie anschließend in einen Umschlag und überreichte diesen Maria.

Er wurde entgegengenommen, aber Rickard sah nie, dass sie ihn las. Zumindest bekam Gunilla nie einen Brief zurück.

Es war Gunilla, für die sich Maria geopfert hatte. Rickard versuchte sich vorzustellen, welches Gefühl das für sie sein musste. Sie sollte von vier Männern vergewaltigt werden, kam aber davon, nachdem Maria ihren Platz eingenommen hatte.

Aus welchem Grund auch immer. Es war unbegreiflich, aber das gesamte Geschehen in Timisoara war unbegreiflich. Es waren zwei Stunden ihres Lebens, zwei Stunden des Lebens von jedem Einzelnen von ihnen, und sie hatten das Gefühl, als hätte sich alles verändert. Nicht nur für Maria, sondern für alle. Sie hatten eine Schleuse passiert, eine Membran des Bösen, und auf der anderen Seite sah die Welt anders aus. Sie würde nie wieder die Alte sein.

Aber am schlimmsten war es natürlich für Maria. Anders auf eine Art, die sich keiner vorstellen konnte.

Sie hatten darüber diskutiert, zur Polizei zu gehen. Nein, nicht diskutiert. Einer hatte es zur Sprache gebracht, vielleicht

Tomas, aber Maria hatte den Kopf geschüttelt. Rickard erinnerte sich genau daran, nachdem sie den Bus gestartet und durch das Gittertor hinausgefahren waren, hatte sie den Kopf geschüttelt und einige der anderen auch. *Keine Polizei.* Waren die Männer nicht Polizisten gewesen?

Maria hatte ihnen einen Zettel gegeben, das war später in der ersten Nacht. *Haltet nirgends an.*

Sie hatten nirgends angehalten. Nicht länger, als es nötig war, um zu tanken oder Proviant einzukaufen. Es war ein Wunder, dass der Bus durchhielt.

Aber nach zwei Tagen hatten sie Mamaia erreicht, und dort gab es endlich ein Meer.

Nach anderthalb Tagen in Sofia fuhren sie weiter Richtung Westen mit Ziel Skopje in Jugoslawien. Auf den sich dahinschlängelnden, unglaublich schlechten Bergstraßen fing es mit den kaputten Reifen an. Jeden Tag mussten sie Reifen wechseln, umringt von lachenden Kindern aus den umliegenden Bergdörfern. Sie bettelten um Kaugummi, aber der Vorrat war schon lange erschöpft. Wenn sie am Nachmittag in einem neuen kleinen Ort ankamen, war ihre erste Aktion, eine Autowerkstatt aufzusuchen, damit dort über Nacht der Reservereifen geflickt werden konnte. Das lief jeden Tag so. *Vulk* war das einzige Wort, das sie benutzen mussten. In dieser Gegend war man kaputte Reifen gewohnt.

Oft entschlossen sie sich, lieber in einem Hotel zu übernachten als im Bus. Es kostete fast nichts, und sie bekamen auch Abendessen und Frühstück zu einem Spottpreis. Rickard wusste, er würde sich immer an diese kleinen Orte erinnern, einer war dem anderen zum Verwechseln ähnlich; es waren nur drei, vielleicht vier, bevor sie Skopje erreichten, aber Zeit wie Raum erschien ihnen unwirklich und verschwommen. Genau wie das zurückhaltende Palaver an der Grenze, weil ihr Visum abgelaufen war. Sie bezahlten einige Deutsche Mark und ein paar Päckchen Zigaretten und durften weiterfahren.

Sie redeten so gut wie gar nicht miteinander während dieser Tage, nur das Notwendigste. Manchmal hatte er das Gefühl, dass die Sprache selbst zu etwas Peinlichem geworden war. Etwas, das zu benutzen man sich hüten sollte.

Als erforderte es die Situation von ihnen. Das, was in Timisoara geschehen war. Als hätte Marias Schweigen die anderen angesteckt. Oder würde sie zum Schweigen zwingen. Als Solidarität, eine bisher unbekannte Form des Begriffs.

Ja, ungefähr so verhielt es sich tatsächlich. Rickard versuchte ab und zu eine Art Gespräch mit Gott zu führen, stellte aber schnell fest, dass es aus dieser Richtung genauso still war. Als hätte auch dieser Marias Opfer verstanden und zöge es vor, sich abwartend zu verhalten.

Wir müssen nach Hause, dachte Rickard. Nichts wird irgendwie wieder normal, bevor wir nicht zu Hause sind.

Sie erreichten das vom Erdbeben getroffene Skopje. Sie fuhren durch Sarajewo und Dubrovnik, und am 24. August ließen sie auf der schönen Halbinsel Poreč den Ostblock hinter sich. Klippen, die sich senkrecht in die Adria stürzten, kristallklares Wasser, aber sie blieben nur eine Stunde, um zu baden. Fuhren nach Triest in Italien, und Rickard spürte, wie ihn eine Art Erleichterung überfiel. Plötzlich erschien das Dasein wieder begreiflich zu sein. Mit einem Mal *begriff* er seine Umgebung.

Er bildete es sich zumindest ein. Vielleicht verbesserte sich die Situation unter den Reisenden im Bus auch, aber nicht viel. Maria sprach immer noch nicht. Die anderen beschlossen, am Abend in der italienischen Alpenstadt Tolmezzo in ein etwas besseres Restaurant zu gehen. Es war eine Art letzter Versuch, wieder zur Normalität zu finden, doch er war nicht besonders geglückt. Germund und Maria gingen nicht mit, und als Tomas versuchte, das, was passiert war, zur Sprache zu bringen, gab es niemanden, der den Faden aufnahm. Worte erschienen immer noch unangenehm. Sie schlossen eine Art Übereinkunft, das war offenbar alles, was möglich war. Dass sie nie darüber sprechen wollten, was in Timisoara passiert war. Mit niemandem. Es erschien ein ganz logischer Beschluss zu sein, das fanden alle.

Sie verließen das Restaurant nach nicht einmal zwei Stunden.

Früh am Morgen des 26. August fuhren sie durch München, wo die Olympischen Sommerspiele am selben Tag eröffnet werden sollten. Noch zwei Wochen, und dann würden sieben israelische Sportler ermordet werden, aber jetzt war die Luft klar, der Himmel hoch.

Sie übernachteten auf einem Campingplatz vor der Universitätsstadt Göttingen in dem Bundesland Niedersachsen, und spät am Abend des 27. August erreichten sie die letzte Fähre des Tages von Puttgarden nach Rödby in Dänemark. Fuhren in einem Stück durch Dänemark, über den Öresund via Helsingör-Helsingborg, und waren einen halben Tag später daheim in Uppsala.

Es war Mitternacht zwischen dem 28. und 29. August. Sie waren siebenunddreißig Tage fort gewesen. Die letzte Woche hatten sie fast die gesamte Zeit im Bus verbracht. Das war kaum ihre Absicht gewesen, und Rickard dachte, dass er am liebsten eine ganze Woche in seinem eigenen Bett durchschlafen würde und in einer ganz anderen Situation aufwachen.

Was Anna dachte und sich wünschte, das wusste er nicht. Aber er hoffte, dass sie irgendwann wieder miteinander reden könnten.

## 48

Eva Backman erreichte Barbarotti erst um halb zehn Uhr abends.

Er hatte sein Handy ausgeschaltet, wie er erklärte, da er sich im Sahlgrenska Krankenhaus in Göteborg befand.

»Im Sahlgrenska?«, wunderte Backman sich. »Wieso das?«

»Es geht um Marianne«, erklärte Barbarotti, und dann war es fünf Sekunden lang still, bevor er herausbrachte, dass sie eine Gehirnblutung gehabt hatte.

Backman schwieg daraufhin ebenfalls fünf Sekunden. Mindestens. Beide saßen da und hörten den Atemzügen des anderen eine Ewigkeit lang zu, so ein Gefühl war das.

*Marianne. Gehirnblutung.* Das war eine Art Information, die aufzunehmen ihr Hirn sich weigerte. Man kriegte doch wohl keine Gehirnblutung, wenn man erst … wie alt war sie noch mal? Fünfundvierzig? So etwas traf im Herbst des Lebens ein, nicht mitten drin. Nicht bei Marianne, das war ganz einfach unmöglich. Oder?

»Mein Gott«, brachte sie schließlich heraus. »Ich habe nicht gewusst …«

»Sie haben sie operiert«, sagte Barbarotti. »Aber bis jetzt ist sie noch nicht aufgewacht. Sie werden sie wahrscheinlich nicht vor morgen früh aufwecken.«

»Was ist denn passiert?«, fragte Backman. »Ich kann nicht glauben, dass das wahr ist.«

»Ein Aneurysma«, sagte Barbarotti. »Eine kleine Ader im Gehirn, die geplatzt ist.« Er machte eine kurze Pause, bevor er weitersprechen konnte, und als er es tat, klang seine Stimme, als hätte sie Probleme, dass sie nicht brach. »Das kann offenbar jederzeit passieren. Und bei jedem. Sie war bei der Arbeit und ist in Ohnmacht gefallen … ja, so ist es gewesen.«

»So ist es gewesen«, wiederholte er aus irgendeinem Grund.

»Das klingt ja vollkommen verrückt«, sagte Backman. »Was wird … bleiben irgendwelche Folgen, oder, ich meine … was sagen die Ärzte?«

Er räusperte sich. »Die können nichts sagen, solange sie noch nicht aufgewacht ist. Ich sitze bei ihr und warte.«

»Du musst ja unter Schock stehen«, sagte Eva Backman.

»Das stimmt«, bestätigte Barbarotti. »Ich befinde mich jetzt seit sieben Stunden im Schockzustand. Aber es geht hier nicht um mich, es geht um Marianne.«

»Ja, es geht um Marianne«, stimmte Eva Backman zu, und plötzlich merkte sie, wie ihre eigene Existenz ins Schwanken geriet. Ein kurzes mentales Erdbeben, wahrscheinlich ein wenig verzögert, da bereits eine Minute seit Erreichen des Epizentrums vergangen war. Sie setzte sich und dachte, dass das eigentlich kein Wunder war. Weder das Beben noch die Verzögerung. Barbarotti sagte nichts, aber sie hörte seinen Atem im Hörer.

»Was ist mit den Kindern?«, fragte sie.

»Johan und Jenny kommen morgen früh her«, sagte er. »Jedenfalls ist es so geplant. Sara ist so lange bei ihnen.«

Eva Backman nickte. Wozu es auch immer dienen sollte, zu nicken, wenn man telefonierte. Aber plötzlich erschienen alle Worte ziemlich fadenscheinig. Was gab es noch zu sagen? Was konnte noch hinzugefügt werden?

»Haben die Ärzte dich nicht informiert?«, fragte sie. »Du musst doch zumindest ein wenig erfahren haben?«

»Nicht viel«, antwortete Barbarotti. »Aber zumindest ist es keine größere Blutung, und sie sagen, dass die Operation gut verlaufen ist. Sie behaupten, es gebe allen Grund, optimistisch zu sein, aber ich weiß nicht ... warte, da kommt eine Krankenschwester und will mit mir sprechen. Ich muss auflegen.«

»Pass auf dich auf«, sagte Eva Backman. »Ich werde die ganze Nacht an dich denken.«

»Danke«, sagte Gunnar Barbarotti.

Sie blieb eine ganze Weile in der Sofaecke sitzen, bevor sie in der Lage war, aufzustehen. Das Gespräch saß wie ein Nagel in ihr, so ein Gefühl war das. Ein großer, rostiger Nagel. Dass ... dass das Leben so verdammt zerbrechlich sein konnte. Dass jederzeit alles Mögliche geschehen konnte.

Wem auch immer. So war es offensichtlich. Sie verschränkte die Hände und schloss die Augen. Bilder von Marianne tanzten vor ihrer inneren Netzhaut. Besonders von dem gemeinsamen Essen vor vierzehn Tagen in der Villa Pickford, mit den sieben Teenagern. Da hatte es doch keinerlei Anzeichen gegeben?

Nein, kein einziges Anzeichen, stellte sie fest, und das war wohl am Erschreckendsten. Dass man keinerlei Vorwarnung bekam. Dass es einfach passierte. Die wunderbare, warme, großzügige Marianne.

Dann dachte sie, dass man trotz allem den Teufel nicht an die Wand malen sollte. Schließlich war sie immer noch am Leben. Vielleicht würde sie einfach aufwachen und wieder vollkommen gesund sein? Oder es würden nur ganz geringe Schäden zurückbleiben?

Und welche Schäden könnten es sein? Sie hatte keine Ahnung. Ich weiß über so etwas wirklich nicht Bescheid, dachte Eva Backman. Was nach einer Gehirnblutung passieren kann.

Teile des Gehirns wurden ja wohl in Mitleidenschaft gezogen, wie gering die Blutung auch immer gewesen sein mochte, das konnte sich jeder ausrechnen. Aber vielleicht konnten ja andere Hirnteile die Funktionen der Bereiche übernehmen, die beschädigt worden waren? Sie meinte sich zu erinnern, dass sie vor langer Zeit etwas in der Richtung gelesen hatte. Über die Fähigkeit des Gehirns, sich zu regenerieren, besonders, wenn es so junge Menschen betraf…

Die Haustür ging auf, und Jörgen und Kalle kamen herein. Warfen ihre Sporttaschen im Flur auf den Boden und riefen Hallo zur Begrüßung. Das abendliche Unihockeytraining war beendet.

Eva Backman stand auf und beschloss schnell, ihnen nichts zu erzählen. Es war besser, bis morgen zu warten, wenn sie mehr wusste. Es war besser, sich zuerst selbst ein wenig zu sammeln. Aber ein Gespräch am Küchentisch über alles Mögliche, das würde sie jetzt nicht schaffen.

»Es gibt Brot und Nudelsalat in der Küche«, sagte sie. »Ich muss noch eine Stunde arbeiten, ihr kommt doch allein zurecht? Viktor schläft bei den Zetterbergs.«

»Wir kommen schon klar, Mütterchen«, erklärte Kalle und drückte sie fest an sich.

»Au«, sagte Eva Backman. Verließ ihre Söhne und zog sich ins Schlafzimmer zurück.

Das fungierte auch als Arbeitszimmer; so hatten sie es gemacht, als sie noch verheiratet waren, und der Schreibtisch stand auch zwei Jahre später immer noch hier.

Alles sah überhaupt noch so aus wie vor ihrer Scheidung, es fiel ihr deutlich schwerer, hier in der Villa zu funktionieren als in ihrer Wohnung in Pampas, und das war ja kein Wunder. Absolut kein Wunder. Die Ehe mit Ville befand sich in jeder Kaffeetasse, in jeder Tapetenblume, in jedem verdammten Fleck auf dem Holzfußboden vor der Spüle. Aber in ein paar Jahren wird das vorbei sein, dachte sie, es gibt keinen Grund, sich zu beklagen. Sie hatte … sie hatte zumindest keine Gehirnblutung gehabt.

Ihr war klar, dass sie nicht so einfach einschlafen konnte. Nicht nach der Nachricht. Nicht mit Marianne und Barbarotti im Sahlgrenska. Die Vibrationen des Erdbebens klangen immer noch in ihr nach.

Besser, sich etwas Sinnvollem zu widmen und darauf zu warten, bis der Schlaf sich meldete, beschloss sie. Oder darauf, dass Barbarotti noch einmal anrief und etwas mitzuteilen hatte.

Aber das würde er natürlich nicht tun. Wenn es etwas aus dem Krankenhaus mitzuteilen gab, dann waren es die Kinder, die ganz oben auf der Liste standen. Johan und Jenny natürlich an erster Stelle, aber auch die anderen.

Nein, irgendein Gespräch mit Barbarotti würde es an diesem Abend und in dieser Nacht nicht mehr geben, das war Eva Backman klar. Sie holte ihre Aktentasche hervor und schaltete die Schreibtischlampe ein. Zog Sandlins Ordner heraus, zögerte dann jedoch.

Also ging sie wieder in die Küche, zu den Unihockeystars. Kochte sich eine Kanne Tee, erklärte, sie wolle nicht gestört werden, wünschte eine gute Nacht und kehrte zurück an den Schreibtisch.

Jetzt konzentrieren wir uns, dachte sie. Jetzt legen wir Gunnar und Marianne in eine dunkle Ecke des Kopfes und richten unser Augenmerk auf die Gänseschlucht.

Nein, keine dunkle Ecke, schwach erleuchtet musste sie sein, die Ecke. Und gepolstert.

Sie begann mit der Karte. Der Gedanke war ihr ja schon vormittags draußen im Wald gekommen.

Zu versuchen, die Positionen der sieben Pilzsucher an diesem Sonntag im September vor fünfunddreißig Jahren exakt zu ermitteln. Sie war sich nicht wirklich sicher, wozu das gut sein sollte, aber da sie nun einmal ein Fragezeichen in ihren Schädel bugsiert hatte, war es nur gut, es wieder auszumerzen.

Doch nachdem sie den ersten Schluck Tee getrunken hatte, musste sie einsehen, dass es sich nicht nur um ein Fragezeichen handelte, sondern um mehrere.

Beispielsweise: Konnte sie sich auf Sandlins Karte verlassen?

Wahrscheinlich nicht zu hundert Prozent, aber vielleicht war es möglich, trotzdem mit ihrer Hilfe die richtigen Schlüsse zu ziehen. Wenn man ... wenn man zum einen annahm, dass Maria Winckler tatsächlich ermordet worden war, zum anderen, dass es sich nicht um eine gemeinsame Aktion handelte – ein Gedanke, der ihr, wie ihr jetzt einfiel, bereits vor ein paar Tagen durch den Kopf gegangen war, oder war es erst heute Vormittag gewesen? –, ja, dann konnte man wohl voraussetzen, dass alle bis auf den Mörder ihr Kreuz auf dem Gelände einigermaßen richtig gesetzt hatten? *Wo befanden Sie sich, als Sie den Schrei gehört haben?*

Oder?

Sie betrachtete nachdenklich die Karte. Kreuz Nummer eins markierte Maria unterhalb des Steilhangs, die übrigen sechs verteilten sich in einem unregelmäßigen, nicht ganz gleichmäßigen Halbkreis südlich und südwestlich des Hangs. Ein Kreuz – Anna Berglunds – ein bisschen weiter östlich. Als Eva Backman sich die Karte anschaute und sie mit ihrer Erinnerung daran, wie es in Wirklichkeit aussah, verglich, erschien ihr die Verteilung ziemlich natürlich zu sein. Sie hatten den Wald vom Süden her durchstreift, in einer Art Fächerformation, ohne dass einer von ihnen sich dessen bewusst gewesen sein musste, aber es sah ziemlich gleichmäßig verteilt aus. Dann hatten sie sich Richtung Norden auf den Steilhang zubewegt, der Hang selbst war nicht mehr als fünfzehn, zwanzig Meter breit. Weiter im Osten war es noch ziemlich steil, im Westen flacher. Sie behielt ihr Gedächtnisbild im Kopf und rechnete die Höhenunterschiede auf der Karte aus. Wenn die Gruppe sich entsprechend weiterbewegt hätte, hätte man sich nach links wenden müssen, in westliche Richtung, und wäre so am Steilhang vorbeigegangen.

Aber so weit war man ja nie gekommen. Der Todesfelsen hatte jeder weiteren Fortbewegung einen Riegel vorgeschoben.

In einem Kommentar zu der Karte hatte Sandlin die Abstände zwischen den verschiedenen Positionen ausgerechnet. Es war schwer zu sagen, ob das wirklich irgendeine Bedeutung hatte, aber diejenige, die sich Maria Winckler offenbar am nächsten befunden hatte, war Elisabeth Martinsson gewesen, zirka hundert Meter südlich. Danach kam Germund Grooth, ungefähr hundertfünfzig Meter und etwas weiter östlich. Am weitesten entfernt, ungefähr dreihundert Meter und am weitesten westlich, hatte Rickard Berglund sich aufgehalten.

Sie überlegte und kam dann zu dem Schluss, dass das zumindest damit übereinstimmte, wann jeder Einzelne den Steilhang erreicht hatte. Elisabeth Martinsson als Erste, dicht gefolgt von Germund Grooth. Dass Rickard Berglund kurz vor Tomas Winckler ankam, obwohl er einen etwas längeren Weg zurückzulegen hatte, musste natürlich nichts bedeuten. Eine Schlussfolgerung, zu der auch Inspektor Sandlin in seinen Kommentaren gekommen war.

Aber die große Frage – wenn es denn überhaupt eine große Frage in diesem Mischmasch gibt, dachte Eva Backman resigniert –, die große Frage war, ob einer von ihnen seine Position falsch eingetragen hatte. Sein Kreuz hundert oder zweihundert Meter von Maria entfernt gemacht hatte, während er oder sie sich doch dicht bei ihr oben am Hang befunden hatte.

Dann das Opfer hinuntergestoßen hatte, sich sicherheitshalber hinter irgendwelche Büsche oder wo auch immer hingehockt hatte, um sich anschließend den übrigen geschockten Pilzsammlern anzuschließen, wenn es an der Zeit war.

Übrigens: Pilzsammler? Eva Backman war auf keine einzige Information dahingehend gestoßen, dass einer von ihnen auch nur einen einzigen Pfifferling gefunden hatte. Aber im Lichte dessen, was passiert war, war das vielleicht auch keine wirklich wichtige Frage.

Sie seufzte, trank einen Schluck Tee und las Sandlins Kommentare durch. Bald musste sie einsehen, dass er die gleichen Schlüsse gezogen hatte wie sie. Oder zu den gleichen Fragezeichen gekommen war. Da jeder Beteiligte seinen Standpunkt auf einer leeren Karte hatte eintragen müssen und er nicht wusste, wo die anderen ihre Kreuze gemacht hatten, musste es für den Mörder ein gewisses Risiko beinhalten, wenn er bluffte. Auch wenn die Sicht im Wald schlecht war, so gab es dort doch nicht allzu viel Unterholz, und auf gut Glück ein Kreuz zu malen, das nicht allzu nahe an einem der anderen fünf lag – deren Position man ja nicht kannte –, ja, das musste zweifellos ziemlich gewagt sein.

Andererseits war es nicht unmöglich, das hinzukriegen. Und das erst recht nicht, wenn man die Möglichkeit gehabt hatte, zu beobachten, aus welchen unterschiedlichen Richtungen die anderen herbeigeeilt waren, nachdem sie Maria Wincklers Ruf gehört hatten. Wenn man hinter dichten Tannenzweigen verborgen saß.

Keineswegs unmöglich.

Hatte Inspektor Sandlin festgestellt.

Stellte Inspektorin Backman fünfunddreißig Jahre später fest.

Sie seufzte, trank noch einen Schluck Tee und dachte eine Weile an das Sahlgrenska Krankenhaus.

Anschließend widmete sie sich eine halbe Stunde den Dingen, die am heutigen Tag ans Licht gekommen waren.

Tomas Wincklers Aussage beispielsweise. Sie legte das Band ein und hörte einige Minuten zu, sah dann jedoch ein, dass ein erneutes Abhören nicht nötig war, da sie alles noch frisch im Gedächtnis hatte. Stellte das Gerät ab und lehnte sich auf dem Stuhl zurück, die Füße auf dem Schreibtisch.

Was hatte er eigentlich gesagt?

Dass er ein Verhältnis mit einer verheirateten Frau hatte und dass seine Frau das nicht interessierte. Das war zumindest, was er behauptet hatte. Eklig, dachte Eva Backman, aber nicht strafbar.

Sein Alibi für Samstag hing von dieser Frau ab. Vielleicht würde sie ihn so oder so decken, unabhängig davon, ob sie sich nun getroffen hatten oder nicht. Vielleicht war sie bereit, ihm zuliebe zu lügen.

Aber welchen Grund sollte Tomas Winckler gehabt haben, Germund Grooth zu töten?

Welchen Grund sollte er gehabt haben, vor fünfunddreißig Jahren seine eigene Schwester zu töten?

Ich habe nicht den geringsten Schimmer, dachte Backman und trank von ihrem Tee. Und was er da von der Gruppe erzählte, was hatte das eigentlich für eine Bedeutung? Trotz allem kann etwas dahinterstecken, dachte sie. Die Gruppe hatte sich nach dieser Reise durch Osteuropa getrennt… was hatte er gesagt? Im Sommer 1972? Das war dann drei Jahre vor den Ereignissen in der Gänseschlucht.

Und dieses Treffen auf dem Pfarrhof war also kein großer Erfolg gewesen, wie er behauptet hatte. Die alten Freunde hatten sich auseinandergelebt. Die Uppsala-Zeit war schon lange vorbei. Und sonst?, fragte Backman sich. War es nicht so, dass er alles bagatellisierte? Zugab, dass die Stimmung nicht gut war, um etwas viel Schlimmeres zu verbergen?

Konnte es sich so verhalten?

Spekulationen, dachte sie. Nichts als Spekulationen.

Aber wenn die Fakten fehlen, dann bleiben nur sie.

Vielleicht hatte ich doch ganz am Anfang Recht, überlegte sie dann. Einer ist gefallen, und einer ist gesprungen. Warum sitze ich dann hier und zerbreche mir meinen armen Kopf?

Ja, natürlich, um nicht an Sahlgrenska denken zu müssen.

Sie ging dazu über, sich mit Lund zu beschäftigen. Das war ein anderer Strich durch die Rechnung. Sie hatte mit Inspektor Ribbing gesprochen, und der hatte erklärt, dass Kristin Pedersen nicht wie verabredet aufgetaucht war. Sie hatten sie unter ihrer Kopenhagener Nummer wiederholte Male angerufen, aber niemanden erreicht.

Vielleicht ist das nicht nur ein Strich durch die Rechnung, korrigierte Eva Backman sich selbst. Vielleicht ist das mehr? Etwas, das etwas bedeutete. Auf jeden Fall sollten die Kollegen unten in Skåne am nächsten Tag einen erneuten Versuch unternehmen, vermutlich mit Hilfe der Polizei auf der anderen Seite des Sunds.

Aber mit einigen Arbeitskollegen von Dozent Grooth hatten sie sprechen können. Mit einem Professor Lindskog und einem Assistenten Törnell. Beide hatten Grooth lange und gut gekannt, und beide hatten in groben Zügen das Bild von ihm bestätigt, dass sie selbst bisher gehabt hatten.

Ein einsamer Wolf. Tüchtig, und als Mitarbeiter am Physikalischen Institut war nichts an ihm auszusetzen, aber es gab niemanden, der ihn näher kannte oder mit ihm privat zu tun hatte. Grooth hatte es vorgezogen, für sich zu sein, und in der akademischen Welt wurde so etwas akzeptiert.

Ribbing hatte die Aufnahmen der beiden Gespräche überspielt, aber sie hatte sie sich noch nicht angehört. Hatte sich bis auf Weiteres mit seiner Zusammenfassung am Telefon begnügt.

Ja, das ist wohl alles, dachte Eva Backman und sah auf die Uhr. Viertel vor elf, die Müdigkeit war trotz allem auf dem Weg, den Sieg zu erringen. Sie schob Sandlins Ordner beiseite und verließ den Schreibtisch. Begnügte sich mit einer Katzenwäsche und ging zu Bett.

Die unscharfen, schwer zu begreifenden Bilder von Barbarotti und Marianne in einem Krankenzimmer im Sahlgrenska kamen zurück, sobald sie im Schlafzimmer das Licht gelöscht hatte. Mit großer Kraftanstrengung gelang es ihr, sie in die nur schwach erhellte Ecke zu schieben.

Widmete stattdessen noch einen letzten Gedanken dem Fall, bevor es dem Schlaf gelang, sie zu übermannen.

Es gibt eine verborgene Geschichte dahinter. Das musste so sein. Eine Geschichte, in deren Nähe wir bis jetzt noch nicht einmal gekommen sind. Genau so ist es.

# 49

An der Kasse im Lundequistschen Buchladen stieß Gunilla auf Anna. Beide hatten Bücher gekauft. Anna irgendwelche Fachliteratur, sie selbst ein Taschenbuch von Georges Simenon, sie wollte es einer neuen Freundin schenken, die mit ihr Spanisch studierte.

Es war Samstag, der 21. Oktober, und beide konstatierten, dass sie sich fast zwei Monate nicht gesehen hatten. Mit einer Art fast beschämter Verwunderung stellten sie das fest. Zumindest war es so, was Gunilla betraf.

Und das war wahrscheinlich auch der Grund, warum sie Anna fragte, ob sie nicht Zeit für eine Tasse Kaffee habe. Bei Günther gleich um die Ecke vielleicht?

Und zu ihrer noch größeren beschämten Verwunderung musste sie sich eingestehen, dass sie hoffte, dass Anna dankend ablehnen würde. Doch das tat sie nicht. Sie schaute auf die Uhr und sagte Ja. Sie hatte noch eine Stunde, bevor sie sich mit Rickard treffen wollte, warum also nicht?

»Wie geht es euch?«, fragte sie, nachdem Kaffee und Zimtschnecken auf dem Tisch standen.

»Gut«, antwortete Anna.

Genau das ist das Problem mit Anna, dachte Gunilla. Sie ergreift nie von allein die Initiative für ein Gespräch. Man selbst war gezwungen, dafür zu sorgen, dass es weiterlief. Musste neue Scheite aufs Feuer legen. Wenn man nicht immer wieder neue Fäden spann, Fragen stellte oder Behauptungen von sich gab, dann wurde es häufig sehr still.

Das konnte wie eine leichte Anklage erscheinen, der Gedanke war ihr schon früher gekommen. Denn es war schwer, dieses Schweigen auszuhalten, das hatte ihr Tomas während ihrer eigenen schwierigen Periode im letzten Jahr erklärt. In den Monaten in Ulleråker, dieser schweren, düsteren Zeit.

Ich habe das Gefühl, dass du mich für alles verantwortlich machst, hatte er einmal gesagt. Das ist nicht gerecht.

So schlimm war es natürlich nicht, zumindest nicht, was sie selbst während ihrer Krankheitsphase betraf, und auch nicht, was Anna Berglund betraf, aber schweigende Menschen bekamen schnell die Oberhand, das war nicht zu leugnen.

»Und das Studium?«

Sie zeigte auf das Buch, das Anna aus der Plastiktüte genommen und neben ihre Kaffeetasse auf den Tisch gelegt hatte.

»Ja.«

»Ist jetzt dein letztes Jahr, oder?«

Anna nickte und biss von ihrer Zimtschnecke ab.

»Ich habe angefangen, Spanisch zu studieren«, informierte Gunilla ihre Tischnachbarin. »Es macht Spaß, eine neue Sprache zu lernen, gerade am Anfang lernt man unglaublich schnell. Und geht es Rickard auch gut?«

»Ja. Hast du etwas von Maria gehört?«

Jedenfalls eine Frage. Gunilla zuckte mit den Schultern. »Nicht besonders viel. Tomas versucht, Kontakt mit ihr zu halten, aber das ist nicht so einfach. Die beiden sind nun einmal, wie sie sind, Maria genau wie Germund. Und das ist natürlich nicht besser geworden … wir haben darüber gesprochen, ob wir uns nicht mal wieder zu sechst treffen wollen. Aber vielleicht warten wir lieber noch ein bisschen damit?«

Anna nickte.

»Ich habe deine Artikel über die Reise in *Dagens Nyheter* gelesen«, fuhr Gunilla fort. »Die waren schön geschrieben. Nur gut, dass du in der Lage warst, das zu tun, wenn man bedenkt … ja, eben alles.«

»Wenn man Journalistin werden will, dann muss man schreiben können.«

»Ja, das ist klar.«

Eine Weile schwiegen beide.

»Tomas hat jedenfalls das mit dem Bus geregelt. Er will nächstes Wochenende nach Norrland fahren.«

»Davon habe ich gehört«, sagte Anna. »Rickard hat es mir erzählt.«

»Wir müssen sehen, wie es läuft. Er rechnet mit einer Fahrt alle vierzehn Tage. Wenn Germund mitmacht, könnten sie jedes Wochenende fahren. Bis Weihnachten. Wäre doch nicht schlecht, wenn wir für unsere Firma ein bisschen Geld verdienen.«

»Unsere Firma, ja«, sagte Anna.

Gunilla wartete, aber es kam nichts mehr.

»Mit Osteuropa wird es natürlich nichts. Im nächsten Sommer, meine ich. Aber damit hat wohl jeder von uns gerechnet, oder?«

Anna schüttelte den Kopf. Gunilla trank von ihrem Kaffee und beschloss, auch eine Weile nichts zu sagen. Sie lehnte sich auf ihrem Stuhl zurück und richtete ihren Blick aus dem Fenster. Draußen hatte es angefangen zu regnen. Die Leute hasteten über den Bürgersteig, sie sahen alles andere als fröhlich aus. Samstagsstress, dachte sie. Genervte Menschen, die nur ins Zentrum gefahren sind, um Geld für Dinge loszuwerden, von denen sie glauben, dass sie sie brauchen. Eine Mutter mit einem halb in Plastik gehüllten Kinderwagen blieb direkt vor dem Fenster stehen, hob ihr schreiendes Kind aus dem Wagen und versuchte herauszukriegen, was nicht in Ordnung war. So sah es zumindest aus, sie drehte und wendete das Kleine, bevor sie es wieder in den Wagen stopfte.

Das könnte ich sein, dachte Gunilla plötzlich, und zu ihrer Verwunderung merkte sie, dass der Gedanke nicht weh tat. Wenn auch sonst nichts Vernünftiges in der letzten Zeit passiert war, so konnte sie zumindest ein Baby anschauen, ohne einen Kloß im Hals zu kriegen. Jedenfalls wenn es unzufrieden war und schrie. Immerhin etwas.

»Ich muss jetzt gehen«, sagte Anna. »Mir ist eingefallen, dass ich noch etwas zu erledigen habe, bevor ich mich mit Rickard treffe.«

»Okay«, sagte Gunilla. »Ich glaube, ich bleibe noch eine Weile hier sitzen und warte, bis der Regen aufhört. Wir können ja im Kontakt bleiben und versuchen, ein Treffen zu organisieren. Wäre schon cool, deine Fotos zu sehen.«

»Wir telefonieren«, sagte Anna und verließ die Konditorei.

Gunilla schaute auf die Uhr. Sie hatten nicht einmal eine Viertelstunde beisammen gesessen.

Aber es kam zu keinem Treffen. Den ganzen Herbst über nicht. Gunilla und Tomas diskutierten die Sache einige Male, aber jedes Mal kam etwas anderes dazwischen. Ihnen war wohl klar, dass die Initiative von ihnen ausgehen musste. Wenn nicht Tomas und Gunilla zu einem Treffen einluden, dann würde es keiner tun.

Aber vier Touren nach Norrland kamen zustande. Im ganzen Herbst. Dreimal fuhr Tomas den Bus, einmal Germund. Gunilla fuhr das letzte Mal, als Tomas hinter dem Steuer saß, mit. Sie übernachteten in einem einfachen Hotel in Luleå. Insgesamt, alle Fahrten eingeschlossen, hatten sie achtundsiebzig Fahrgäste. Der Preis betrug ungefähr sechzig Prozent von dem, was es kostete, mit Studentenrabatt den Zug zu nehmen. Alle, die mitfuhren, waren zufrieden, aber der Bus hatte eine Kapazität für fünfzig Passagiere, und der Gewinn war bescheiden. Tomas erklärte, dass sie mindestens dreißig Fahrgäste pro Fahrt bräuchten, damit es sich lohnte. Am besten fuhren sie auch jedes Wochenende, damit die Leute wussten, dass sie einfach zusteigen konnten, wenn der Freitagnachmittag gekommen war. Und dass sie spät am Sonntagabend in Uppsala zurück sein würden.

Aber es war natürlich erst einmal eine Teststrecke. Zum Frühling hin wollten sie mehr Reklame machen und einen neuen Versuch starten. Vielleicht sollte auch ein dritter Fahrer dazukommen. Germund war nicht besonders interessiert daran, jede zweite Woche die E4 hoch und wieder runter zu fahren, und Tomas behauptete, er hätte da ein paar Namen in der Hinterhand.

Mit Germund und Maria war es sowieso schwierig.

Anfangs, nachdem sie Ende August wieder nach Uppsala zurückgekommen waren, und bei dem Gedanken daran, was passiert war, war es ihnen am natürlichsten erschienen, die beiden in Ruhe zu lassen – aber mit der Zeit, im November und Dezember, war zumindest Gunilla der Meinung, dass es schon merkwürdig war, dass man sich so lange nicht getroffen hatte. Schließlich war Maria trotz allem Tomas' Schwester, und sie hatten sich wohl vorgestellt, dass die Ereignisse von Timisoara irgendwann verblassen würden. Zumindest hatte sie es sich so vorgestellt.

Denn so hatte die stillschweigende Übereinkunft doch ausgesehen? Man wollte nicht daran rühren, und es sollte verblassen.

Das tat es ja vielleicht auch, das Problem war nur, dass sie es nicht genau wusste. Sie hatte versucht, Maria anzurufen, um mit ihr zu sprechen, sowohl im September als auch im Oktober, aber nie eine Antwort erhalten. Sie war sich nicht einmal sicher, ob Maria wieder angefangen hatte zu sprechen oder ob sie immer noch stumm war. Wenn man nicht redete, dann ging man natürlich auch nicht ans Telefon.

Und sie hatte sie den gesamten Herbst über nicht ein einziges Mal gesehen, und wenn sie auf Germund traf und ihn fragte, erklärte der nur, dass es Maria gut ging.

Sie hatte auch Briefe geschrieben, wie sie es schon auf der Heimfahrt im Bus gemacht hatte, aber auch darauf keine Antwort erhalten.

»Ist es überhaupt sicher, dass sie noch in der Stadt ist?«, fragte sie Anfang Dezember einmal Tomas, und der nickte. Sagte, dass er es im Griff habe.

Doch das sagte er immer. Dass er alles im Griff habe. Gunilla verstand nicht so recht, was das bedeutete, aber es war offensichtlich, dass Tomas nicht darüber reden wollte. Vielleicht traf er Maria, ohne dass er Gunilla davon erzählte. Das konnte sie nicht ausschließen – und auch nicht die Frage, ob das vielleicht mit seinen Schuldgefühlen zusammenhing, dass er nicht mit ihr über seine Schwester sprechen wollte. Aber das war nicht ihr Problem, ihr genügten die eigenen Schuldgefühle, daran hatte sie schwer genug zu tragen.

Denn es herrschte ja kein Zweifel. Maria hatte sich an diesem schrecklichen Abend in Timisoara für sie geopfert, und Gunilla wusste, hätte Maria es nicht getan, dann wäre sie selbst daran zerbrochen. Wenn sie diejenige gewesen wäre, die diese Stunde mit den Soldaten hätte verbringen müssen, wäre sie für alle Zeit in Ulleråker gelandet. Sie hatte es Maria zu verdanken, dass sie überhaupt funktionierte.

So einfach war das.

Gleichzeitig war es nicht so einfach, nicht wütend zu werden. Warum sollte sie sich schuldig fühlen, die Schuld lag doch bei diesen Männern? Sicher, Marias Tat war ein Opfer gewesen, aber musste das bedeuten, dass Gunilla dankbar sein musste? Für alle Ewigkeit?

Natürlich nicht, dachte sie jedes Mal, wenn sie die Tatsachen mit klarem Blick betrachtete – und gerechterweise musste man sagen, dass Maria es auch nie auf diese Art geäußert hatte. Sie hatte nie ein Wort zu der Sache gesagt. Oder geschrieben. Das hatte niemand, nur Gunilla selbst. Es war nicht so einfach, damit fertig zu werden.

Wurde noch schwerer durch die Tatsache, dass Maria nicht mehr zu erreichen war, seit es passiert war. Sie war vollkommen, hundertprozentig unerreichbar. Im Bus auf dem Heimweg und auch danach.

Es ist das Unausgesprochene, was so schwer ist, dachte Gunilla. Das, was wir nicht in Worte fassen, können wir auch nicht lösen.

Im Verlauf dieser Herbstmonate wachte sie ab und zu mitten in der Nacht auf und konnte nicht wieder in den Schlaf zurückfinden. Dann lag sie in ihrem neuen Doppelbett von Asko Finncenter, starrte in die Dunkelheit und versuchte über ihr Leben nachzudenken. Zwar ohne die tiefschwarzen Gefühle aus der Elleråkerzeit, aber dennoch mit einer starken Unruhe.

Seit sie ihr Elternhaus in Karlstad verlassen hatte, waren nicht mehr als dreieinhalb Jahre vergangen, aber es erschien ihr so unglaublich weit entfernt.

Warum geschieht so viel?, fragte sie sich. Was bedeuten all diese Unglücksfälle?

Ein ehemaliger Verlobter, der sich das Leben nimmt? Zwei verlorene Kinder? Elleråker? Die Ereignisse in Timisoara?

Es geht so schnell, dachte sie, so kann man doch nicht leben.

Germund und Maria? Wo waren sie geblieben?

Und Rickard und Anna, waren sie auch verschwunden? Tomas traf Rickard ab und zu, das wusste sie. Aber nie bei ihnen zu Hause in der Sibyllegatan, wie es früher gewesen war. Immer in der Stadt, in einem Café oder einer Studentenvereinigung. So hatte es sich ergeben, und es war ein Gefühl von … ja, wovon?

Andererseits hatte sie neue Bekannte. Mit zwei Mädchen aus ihren Spanischkursen, Britt-Marie und Karin, verstand sie sich seit dem ersten Tag gut. Es war diese Britt-Marie, für die sie *Der Schnee war schmutzig* von Simenon gekauft hatte – und beide kamen auch zu Besuch in die Sibyllegatan. Beide hatten einen Freund, Karin einen Amerikaner namens Dave, der die USA verlassen hatte, um nicht nach Vietnam gehen zu müssen, Britt-Marie einen ganz normalen Schweden namens Jörgen, der aus Hammerdal in Jämtland stammte.

Tomas trug das seine zu ihrem Sozialleben bei und brachte neue Personen mit nach Hause. Wie beispielsweise Ulrika und Dennis, die nur ein paar Straßen entfernt in Luthagen wohnten und Kind und Hund hatten, obwohl sie erst zweiundzwanzig und einundzwanzig Jahre alt waren. Der Hund war ein riesiger, unglaublich friedlicher Leonberger namens Johansson, das Kind ein einjähriger Junge, der Torsten hieß.

Gunilla war das erste Mal Mitte Januar 1973 Babysitter bei Torsten gewesen, und an dem Abend war ihr klar geworden, dass sie ihre beiden albtraumhaften Schwangerschaften überwunden hatte. Lussan und Aurora waren verloren gegangen, aber das war kein Trauma, das sie für den Rest des Lebens prägen würde. Trotz allem, Gott sei Dank.

Sie erinnerte sich an die Gedanken einer Schneeschmelze, die sie vor einem halben Jahr gehabt hatte. Es gab Zeichen, die darauf hindeuteten, dass diese jetzt vollendet war.

Es war auch im Januar 1973, aber Ende des Monats, dass die sechs Ostblockreisenden sich endlich wieder trafen. Es fand in der Sibyllegatan statt – wo sonst? –, und es war eine Art zwingende Notwendigkeit. Zumindest im Hinblick auf die Tatsache, dass es an der Zeit war, Ordnung in die Finanzen des Unternehmens »Qualitätsreisen« zu bringen.

# 50

Er wachte mit einem Ruck auf.

Drei weiß gekleidete Frauen standen um ihn herum und betrachteten ihn, und für einen Moment wusste er nicht, wo er war.

Doch dann fiel es ihm wieder ein. Offenbar hatte er sich irgendwann im Laufe der Nacht auf das leere Bett neben Mariannes gelegt, denn dort befand er sich jetzt. In Fötusstellung, die Hände unter den Knien. Jemand hatte ihn mit einer blauen Krankenhausdecke zugedeckt. Er schob die Beine über die Bettkante und setzte sich auf. Eine Sekunde lang wurde ihm schwarz vor Augen, doch dann überwand er das. Wischte sich Kinn und Wange ab, er hatte das Gefühl, als wären dort Flecken von halb eingetrocknetem Speichel. Lange hatte er sich nicht mehr so ungewaschen gefühlt. Ungefähr wie ein Besoffener, der die Nacht in einem Graben verbracht hatte.

»Gut, dass Sie eine Weile geschlafen haben«, sagte eine der Weißgekleideten. Ihm fiel ein, dass es Doktor Mousavi war, die Anästhesistin.

»Äh ... ja?«, sagte Barbarotti.

»Wir werden Ihre Frau jetzt aufwecken«, erklärte Mousavi. »Sie ist fast schon aus eigener Kraft bei Bewusstsein, das ist ein gutes Zeichen. Aber wir müssen Sie bitten, währenddessen das Zimmer zu verlassen.«

Die beiden Krankenschwestern an ihrer Seite nickten. Barbarotti rieb sich mit den Fäusten die Augen.

»Sie können in der Zwischenzeit duschen und frühstücken. Wir brauchen bestimmt eine halbe Stunde. Wir rufen Sie, wenn Sie wieder herein können.«

Er stellte sich auf die Füße, betrachtete Marianne. Konnte keine deutliche Veränderung sehen, nahm aber an, dass sie wussten, wovon sie redeten. Er strich ihr kurz über den Unterarm und ging dann hinaus auf den Flur, bevor die Gefühle ihn zu übermannen drohten.

Schaute auf die Uhr. Es war Viertel vor sechs Uhr morgens.

Es dauerte fünfundvierzig Minuten. Inzwischen konnte er duschen und zwei Tassen schwarzen Kaffee trinken. An essen war nicht zu denken.

Er überlegte, ob er zu Hause in Kymlinge anrufen sollte, beschloss aber, noch damit zu warten. Dumm, sie zu wecken, und nichts Neues sagen zu können. Der erste Zug nach Göteborg würde um acht Uhr gehen, es genügte, wenn er kurz nach sieben von sich hören ließ.

Doktor Mousavi kam kurz nach halb heraus, und Gunnar Barbarotti konnte tatsächlich in der halben Sekunde, die es dauerte, bevor sie zu reden begann, an ihrem Gesicht ablesen, wie die Lage war.

Sie lebte.

Zumindest das.

Wahrscheinlich mehr als das.

»Sie können jetzt zu ihr hineingehen«, erklärte Mousavi. »Sie atmet selbstständig und ist bei Bewusstsein. Aber sie ist schrecklich müde, erwarten Sie nicht, dass sie mit Ihnen spricht. Sie muss erst einmal schlafen, auf jeden Fall haben wir die Beatmung abgestellt.«

»Und das bedeutet …?«, fragte Barbarotti.

»Das bedeutet höchstwahrscheinlich, dass es gut verlaufen wird. Alle vitalen Funktionen sind aktiv, wir können nicht sehen, dass sie irgendwelche ernsthaften Schäden zurückbehalten wird. Aber es können immer noch Komplikationen auftreten, und es wird eine lange Rehabilitationsphase.«

»Ich verstehe«, sagte Barbarotti.

»Ach, noch eins«, sagte Mousavi. »Diese Patienten können oft sehr schnell verärgert sein. Sie braucht im Augenblick nichts anderes als Schlaf. Sie kann sich nicht erinnern, was passiert ist, und Sie dürfen von ihr keine Liebesbeteuerungen erwarten.«

Sie betrachtete ihn über den Rand ihrer braun getönten Brille und strich ihm kurz über den Arm.

»Das macht nichts«, sagte Barbarotti. »Danke. Vielen, vielen Dank.«

Dann ging er zu ihr hinein, die Tränen liefen ihm über die Wangen. Die beiden Krankenschwestern lächelten ihm zu, doch das merkte er nicht.

Er sprach mit Sara.

Dann sprach er mit Johan und anschließend mit Jenny. Erklärte ihnen, dass sie nicht nach Göteborg fahren mussten, da ihre Mutter mit größter Wahrscheinlichkeit bereits am Nachmittag zurück ins Krankenhaus von Kymlinge gebracht werden würde.

»Und, wird sie wieder gesund?«

»Ich denke schon«, sagte Barbarotti. »Zumindest gibt es nichts, was auf etwas anderes hindeutet. Aber es wird seine Zeit dauern.«

Beide lachten und weinten vor Freude, und bevor er selbst auch noch damit anfangen würde, schlug er vor, dass sie trotz allem in die Schule gehen sollten, denn das wäre genau das, was ihre Mutter auch vorgeschlagen hätte.

Sie versprachen, sich die Sache zu überlegen.

Anschließend sprach er mit Lars und Martin, dann mit Mariannes Schwester und ihrem Bruder, der spät am gestrigen Abend noch angerufen hatte, und zum Schluss – da Marianne sowieso nur dalag und schlief – tippte er Eva Backmans Nummer.

»Sag, dass es gut gegangen ist«, sagte Eva Backman.

»Es ist gut gegangen«, sagte Gunnar Barbarotti.

»Gott sei Dank«, sagte Eva Backman. »Wie gut?«

»Das kann man noch nicht sagen«, erklärte Barbarotti. »Das wird die Zeit zeigen. Aber sie ist bei Bewusstsein, und sie erkennt mich. Das heißt, wenn sie nicht schläft, denn das tut sie die ganze Zeit.«

»Du solltest deinem Schöpfer danken«, sagte Eva Backman.

»Das tue ich jede Sekunde«, versicherte Barbarotti. »Vielleicht fahren wir schon heute Nachmittag zurück nach Kymlinge. Sie haben hier zu wenig Platz. Aber sie wird mehrere Wochen lang in der Reha bleiben müssen.«

»Natürlich muss sie das«, sagte Backman. »Weißt du, dass ...?«

»Was?«

»Weißt du, dass ich in meinem ganzen Leben noch nie solche Angst gehabt habe wie letzte Nacht? Ich bin um drei Uhr aufgewacht und habe nicht wieder einschlafen können. Es war, als ginge es um meine eigenen Kinder. Wenn es ... nein, ich weiß nicht.«

Eine Weile schwiegen beide, und Barbarotti dachte, dass der Herrgott sicher auf seinem Wolkenkissen lag und sie betrachtete. Oder zumindest ihn.

»Ja, ich weiß«, sagte er. »Ich erinnere mich.«

»Was?«, fragte Eva Backman.

»Entschuldige, ich habe nicht mit dir gesprochen«, sagte Barbarotti.

Er strich ihr mit den Fingerrücken über die Wange. Sie öffnete die Augen und sah ihn an.

Öffnete auch ein wenig den Mund. Als wollte sie etwas sagen. Aber es kam nichts, natürlich nicht.

»Wir fahren bald zurück nach Kymlinge«, sagte er. »In einer Stunde, meinen die Ärzte.«

Sie schloss die Augen und seufzte schwer. Er fasste ihre Hand. Drückte sie leicht und meinte zu spüren, dass sie den Druck erwiderte.

»Ich weiß, dass du noch nicht reden kannst«, sagte er. »Aber du hörst doch, was ich sage, nicht wahr?«

Es konnte sein, dass sie nickte.

»Auf jeden Fall will ich dir sagen, dass ich dich liebe und dass ich dich nach dem hier auf Händen tragen werde.«

Sie öffnete ein Auge und schloss es wieder.

»Wir werden zusammenleben, bis wir hundert sind, und nicht eine Minute wird vergeudet sein.«

Sie seufzte.

»Bis Weihnachten brauchst du keinen Handschlag im Haushalt zu machen. Ich habe mit den Kindern gesprochen, und wir werden einen Plan aufstellen. Du musst nur daliegen, dich ausruhen und wieder gesund werden. Wir werden dich Tag und Nacht pflegen. Hörst du, was ich sage?«

Sie lächelte.

## 51

Es waltet eine besondere Vorsehung über den Fall eines Sperlings.

Ich glaube, das hat Shakespeare geschrieben, aber es stimmt nicht. Zumindest nicht in meinem Fall. Zwei Mal ist mein Leben implodiert, ja, genau dieses Wort soll es sein – *implodiert.* Das erste Mal, als ich als Kind mit dem Kopf aufschlug und dadurch eine Persönlichkeitsveränderung durchmachte. Das zweite Mal, als ich von vier Soldaten in Timisoara vergewaltigt wurde.

Ich bin froh, dass ich mich dazu entschieden hatte, nicht zu sprechen. Das war eine instinktive Tat, ein Verteidigungsmechanismus. Wenn man nicht spricht, dann wird man auch nicht angesprochen. Vielleicht anfangs, aber nach einer Weile geben sie auf.

Ich wollte nur in Ruhe gelassen werden, und das will ich immer noch. Und ich habe absolut keinen Bedarf, einen der anderen zu treffen. Wenn es etwas gibt, was ich wirklich nicht ertragen kann, dann den Versuch, das, was passiert ist, zu analysieren. Ich wäre gezwungen, in ihrer hilflosen Fürsorge und ihren linkischen Versuchen, etwas wieder in Ordnung zu bringen, herumzuschwimmen. Ihnen zu helfen, mit ihren eigenen Krämpfen zurechtzukommen. Aber das funktioniert einfach nicht. Sie saßen dort wie gefangene, verrückte Ratten, zitternd und verschreckt und taten sich selbst schrecklich leid. Germund und ich waren die Einzigen, die gehandelt haben. Die überhaupt Widerstand geleistet und versucht haben, etwas zu erreichen.

Ich schäme mich für sie, habe mich seitdem darüber lustig gemacht. Das würden sie nie verstehen, und ich denke gar nicht daran, überhaupt nur zu versuchen, ihnen das zu erklären. Ich will sie nicht wiedersehen. Ich weiß, dass es nicht vollkommen zu vermeiden sein wird, aber lasse es erst einmal sacken. Will Abstand gewinnen, auch von ihnen.

Germund versteht das ohne Worte, unsere Beziehung ist gleichzeitig stärker und zerbrechlicher geworden. Das Zerbrechliche beruht darauf, dass ich nicht mehr lieben kann, und ich weiß selbst nicht, ob das jemals vorbeigehen wird. Wir haben es ein paar Mal versucht, aber jedes Mal steigt in mir dabei so ein Ekel hoch, dass ich nur noch kotzen will. Ich muss bis auf Weiteres auf diesen Teil des Lebens verzichten.

Wie lange?, will Germund wissen.

Woher zum Teufel soll ich das wissen?, antworte ich.

Ich rede wieder, natürlich. Nicht viel, nur das, was nötig ist. Ich habe im Herbst den C-Kursus in Literaturwissenschaften belegt, da brauchte ich nicht viel zu sagen. Eigentlich nur, als ich meine Hausarbeit über John Cowper Powys vorgestellt habe. Ich habe also sowohl Céline wie auch Dagerman aufgegeben. Ich glaube nicht, dass mein Seminarleiter, Dozent Björnell, viel von Powys verstanden hat, aber er hat mir jedenfalls die höchste Punktzahl gegeben. Eine glänzende Arbeit, hat er gesagt. Viel glänzender, als du glaubst, dachte ich.

Jetzt im Frühling gehe ich in den D-Kursus. Dafür gibt es zweimal fünf Punkte, den Roman des 19. und den des 20. Jahrhunderts, das ist eine ausgezeichnete Beschäftigung für einen Spatz, der zu Boden gefallen ist. Man liest einen Roman, trifft sich einmal in der Woche und analysiert ihn, bis nichts mehr von ihm übrig bleibt, das ist alles. Als ich heute auf dem Heimweg über den Alten Friedhof gegangen bin, konnte ich spüren, wie sich Hjalmar Söderberg in seinem Grab umdrehte; es war nie von ihm gewollt, dass *Das ernsthafte Spiel* in dieser Form behandelt werden sollte. Ich sagte ihm, dass ich ganz seiner Meinung sei, es aber keinen Zweck habe, sich darüber aufzuregen.

Ja, ich weiß, Söderberg ist in Stockholm begraben. Das war nur so ein Gedanke.

Ich arbeite außerdem an einer neuen Hausarbeit. Über den französischen Surrealisten Grimaux, der 1930 den PSCP-Preis bekam und sich drei Jahre später in New York das Leben nahm. Was nicht am Preis lag, es lag daran, dass er seine Frau und seine Tochter bei einem Schiffsunglück vor Collioure verloren hatte. Am liebsten würde ich mich nur um das kümmern, was er in New York geschrieben hat – es handelt sich dabei um gut zwanzig düstere, sehr klarsichtige Gedichte über die eigentliche Struktur des Lebens –, aber mein Mentor sagt, das sei zu wenig Material.

Ich habe ihn darauf hingewiesen, dass es Leute gibt, die über zehn Zeilen von Racine oder Shakespeare promoviert haben, aber auf dem Ohr war er taub. Er behauptet, dass es einen Unterschied zwischen Dichter und Dichter gibt. Zwischen Forscher und Forscher auch, wird er wohl im Stillen hinzugefügt haben.

Germund studiert immer noch Philosophie. Theoretische Philosophie, die handelt in erster Linie von Mathematik und Logik, wasserdichte Systeme. Wir haben heute über unser altes Steckenpferd gesprochen: die reine Mathematik und die physische Liebe.

Gehst du zu anderen zum Vögeln?, habe ich ihn gefragt.

Germund sagte, dass er darüber möglichst nicht sprechen wolle.

Ich habe jedes Verständnis dafür, sagte ich. Falls du es tust.

Okay, räumte Germund ein. Es ist vorgekommen.

Wenn wir wieder anfangen, dann will ich, dass du damit aufhörst, sagte ich.

Das versteht sich ja wohl von selbst, sagte Germund. Ich kann auch gleich damit aufhören, wenn du willst.

Wenn du mich außen vor lässt, kannst du weitermachen, sagte ich. Aber ich will nicht merken, wenn du bei einer anderen gewesen bist. Komm niemals nach Hause und stinke nach Fotze, dann haue ich ab.

Ich sah, dass ihn das traf. Er lief eine ganze Weile im Zimmer herum und fuhr sich mit den Händen durchs Haar. Er war schön. Es hätte eine Szene aus einem alten *film noir* sein können. Schwermütiger junger Mann versucht einen Entschluss zu fassen.

Ich dachte, dass ich ihn liebe.

Das denke ich in letzter Zeit immer wieder.

Nachdem er genug hin und her gelaufen war, blieb er stehen und schaute mich mit einem brennenden Blick an. Ich glaube, John Cowper Powys hätte es jedenfalls so ausgedrückt. *Brennend.*

Ich will nie ohne dich sein, Maria, sagte er. Alle anderen Frauen sind im Vergleich zu dir wie lauwarmes Wasser.

Ich überlegte, ob er deshalb herumgelaufen war. Um sich genau diese Formulierung auszudenken. Auf jeden Fall gefiel sie mir, und ich sagte, sollte ich jemals wieder beschließen, mit jemandem zu vögeln, dann nur mit ihm.

Ich hatte das Gefühl, dass wir an diesem Abend einen Pakt schlossen.

Natürlich ohne Worte.

Nur einmal nach dem Sommer kamen wir alle wieder zusammen.

Das war vor ein paar Monaten, Ende Januar oder vielleicht war es auch schon Anfang Februar. Bei Tomas und Gunilla natürlich, in der Sibyllegatan. Ich war kurz davor, eine Grippe oder so etwas zu simulieren und Germund allein gehen zu lassen, aber das wäre zu egoistisch gewesen. Germund war an dieser Gesellschaft nicht mehr interessiert als ich. So war es nun einmal gekommen.

Der Grund für unser Treffen war dieses blöde Busunternehmen. Germund und ich besitzen ja ein Viertel davon, und als wir damit anfingen, war geplant, dass wir mit einem Gewinn abschließen sollten. So ist es nicht gekommen, wie mein goldiger Bruder erklärte, nachdem wir uns zusammengesetzt hatten und anfingen, Chili con carne mit Parador zu essen. Parador war sowohl im Glas als auch im Chili. Es war etwas problematisch verlaufen, wie er behauptete, und er breitete dabei eine Menge Papier auf dem Tisch aus, aber das war eigentlich nur gut so, denn so brauchten wir keinen Gewinn bei der Steuer anzugeben. Und wir konnten den Verlust dieses Jahres mit dem Gewinn im nächsten verrechnen.

Ja, so machte er eine ganze Weile weiter, und dann unterschrieben wir alle möglichen Papiere. Wenn ich jetzt darüber nachdenke, komme ich zu dem Schluss, dass es sicher gut war, dass wir uns solchen neutralen Dingen widmen konnten. Wir erwähnten Timisoara nicht mit einem Wort, es schien, als hätte es sich nie ereignet, als wären wir niemals überhaupt zusammen verreist, aber ich spürte, dass es den anderen schwerfiel, mir in die Augen zu sehen. Besonders Gunilla natürlich, sie hat mir im Laufe des Herbstes jede Menge Briefe geschrieben, ich habe ungefähr die Hälfte davon gelesen, aber nicht einen einzigen beantwortet.

Auf jeden Fall, sagte Tomas, wäre es gut, wenn ihr ein paar Tausender in die Firma stecken könntet. Also noch zusätzlich. Wir wollten uns dieses Jahr voll und ganz auf die Norrlandsfahrten konzentrieren, er kannte einen Typen, der mindestens jedes zweite Wochenende fahren wollte, wenn also alles gut lief, dann würden wir noch vor dem Sommer Geld erwirtschaften. Er fragte Germund, ob er Lust habe, weiterhin zu fahren, und Germund antwortete, dass er am liebsten nie wieder einen Fuß in diesen blöden Bus setzen würde.

Rickard erklärte, dass Anna und er wohl kaum zweitausend Kronen würden zusammenkratzen können, schon gar nicht, weil sie jetzt anfangen mussten, den Kredit zurückzuzahlen, den sie für den Buskauf aufgenommen hatten, aber Tomas und er beschlossen, diese Angelegenheit unter vier Augen zu besprechen.

Wir blieben höchstens zwei Stunden. Germund war nervös und wütend, als wir nach Hause trotteten, ich versuchte herauszubekommen, was mit ihm los war, aber er wollte nicht darüber reden. Ich ließ ihn in Frieden, wir haben Respekt davor, wenn einer das Bedürfnis danach hat. Das Grundbedürfnis des Menschen ist die Einsamkeit, das ist nichts Neues.

Träume sind eine Plage. Alles, was ich im Laufe des Tages aufgebaut habe, kann in der Nacht wieder zusammenbrechen. Grimaux schreibt auch über diese Erfahrung. Es spielt keine Rolle, welche noch so vernünftigen Gedanken wir ausbrüten, wenn wir wach sind – wir können mehrere Tausend Kilometer auf unserer Reise zur seelischen Heilung zurücklegen, aber wenn die Träume uns überfallen, dann ist alles Erreichte dahin.

Ich habe sie wieder über mir. Ihr Keuchen. Ihre verschwitzten Körper und ihre dreckigen Schwänze. Ihr Bohren in mir. Ich schaffe es nicht einmal aufzuwachen, jedes Mal ist mir klar, dass es ein Traum ist, aber es ist gleichzeitig noch etwas anderes. Ein altes Stück wache Wirklichkeit, die auf die gleiche Art zu mir gehört wie eine Hand oder ein Fuß und die ich nicht so einfach abhacken kann. Da es ja wirklich passiert ist, ist es eigentlich kein Traum, es ist ein Teil meiner mentalen Landschaft, und es scheint gewollt zu sein, dass ich mich in regelmäßigen Abständen dort aufhalte. Dass ich sie in bestimmten Nächten durchwandere, damit ich es nicht vergesse.

Das letzte Gedicht, das Grimaux schrieb, bevor er sich das Leben nahm – datiert auf zwei Tage vor seinem Selbstmord –, handelt davon, wie er des Nachts von seiner Frau und seiner Tochter Besuch bekommt, jede Nacht, mehrere Wochen lang, sie sind in höchstem Grade tot, befinden sich im Zustand fortgeschrittener Verwesung – und wie er zum Schluss versucht, sie noch einmal zu töten, um endlich ihren Besuchen zu entgehen.

Ich habe mir manchmal überlegt, dass ich zurückfahren und meine Vergewaltiger töten sollte, aber wie könnte ich sie finden? Wie könnte ich das bewerkstelligen? Die Götter mögen wissen, dass ich nicht eine Sekunde zögern würde, bekäme ich die Chance. Bestimmte Entscheidungen im Leben sind einfach.

Ich habe eigentlich nur eine Medizin gegen diese Nächte: Wenn ich ein wenig Haschisch rauche vor dem Einschlafen, dann tauchen sie nicht auf. Zumindest scheint es so zu sein, ich habe es drei Abende lang getestet, und es hat funktioniert.

Germund mag den Geruch nicht, aber er findet sich damit ab. Und er raucht nie selbst, er sagt, dass er davon nur dumm im Kopf wird.

In einer Woche ist Walpurgisnacht, wir haben beschlossen, dass wir dann nach Stockholm fahren und uns dort ein Hotelzimmer nehmen.

# 52

Am frühen Mittwochmorgen, dem 6. Oktober, zog von Südwesten her ein Unwetter über Kymlinge und blieb den ganzen Vormittag dort. Gegen neun Uhr saß Gunnar Barbarotti mit einer Tasse Kaffee ganz oben im Gebäude Nummer 30 des Kymlinger Krankenhauses und betrachtete den bleischweren, erzürnten Himmel durch ein großzügiges Panoramafenster, und er dachte, dass ihm nichts weniger Sorgen bereiten konnte.

Marianne lag in einem Bett ein paar Meter weiter im Zimmer und schlief. Auch ihretwegen machte er sich keine Sorgen. Zumindest waren es keine im Vergleich zu dem, was vorher gewesen war. Er hatte auch diese Nacht bei ihr geschlafen, und er hatte mit einem halben Dutzend verschiedener Ärzte und Krankenpfleger gesprochen. Alle waren der gleichen Meinung, und alle äußerten sich eindeutig. Marianne würde keine bleibenden Schäden von der Hirnblutung behalten, die sie vor zwei Tagen an ihrem Arbeitsplatz hundertfünfzig Meter von dem Zimmer, in dem sie sich jetzt befanden, ereilt hatte. Zumindest keine ernsthaften. Es war natürlich noch zu früh, etwas mit absoluter Sicherheit zu behaupten, aber wie gesagt, im Hinblick darauf, was hätte passieren können, gab es keinen Grund, sich anders als vorsichtig optimistisch zu äußern.

Ihre fünf Kinder hatten soeben das Krankenhaus verlassen, um sich den üblichen Aufgaben des Tages zu widmen – das heißt, Schularbeiten verschiedener Formen –, während er selbst nicht die Absicht hatte, vor dem Mittag ins Polizeigebäude zu fahren. Bevor die Kinder gegangen waren, hatten sie eine Weile um Mariannes Bett gestanden, sich an den Händen haltend, die ganze Familie, Marianne selbst war nicht zu mehr als einem müden Lächeln in der Lage gewesen, doch das genügte.

Es genügte und hielt an.

Sie hatte wahrscheinlich immer noch nicht begriffen, was mit ihr geschehen war, aber das war ebenfalls kein Grund, sich Sorgen zu machen. Das würde nach und nach kommen, das hatten Doktor Berngren und mehrere andere aus dem Krankenhaus versichert, und es hatte absolut keine Eile.

Nein, das, was Inspektor Barbarotti an diesem regnerischen Herbstmorgen höchstens Sorgen bereitete, das war das Gespräch, das er mit Eva Backman führen musste, wenn sie sich um halb zwei in deren Büro im Polizeigebäude treffen wollten.

Sie hatten Zeit und Ort verabredet, und er hatte erklärt, dass er etwas Wichtiges zu berichten habe.

Etwas Wichtiges zu berichten?, hatte sie sich gewundert. Du hast doch gerade berichtet, dass es Marianne gut geht. Was kann es denn im Vergleich dazu Wichtiges geben?

Es hat mit dem Fall zu tun, hatte er eingeräumt. Mit dem Todessturz draußen in der Gänseschlucht. Und … ja, und mit Marianne auch.

In gewisser Weise.

Aber das erkläre ich dir, wenn wir uns sehen.

Heiliger Strohsack, hatte Eva Backman gestöhnt. Haben sie jetzt *dir* Sauerstoff gegeben?

»Vielleicht ist es das Beste, wenn ich gleich zur Sache komme?«

»Keine dumme Idee«, sagte Eva Backman.

Er schluckte und räusperte sich. Stand von seinem Schreibtischstuhl auf und setzte sich wieder.

»Was ist mit dir los?«, fragte Eva Backman. »Hast du Flöhe?«

»Es erscheint mir so verdammt dämlich«, sagte Barbarotti.

»Das kann ich dir ansehen«, nickte Backman.

»Es ist nur so, dass … dass Marianne … also, meine Frau …«

»Ich weiß, dass sie deine Frau ist.«

»Dass sie … wie sagt man? Ein Verhältnis mit Germund Grooth hatte.«

Eva Backman fiel die Kaffeetasse zu Boden.

»Ich habe doch gesagt, dass es verdammt dämlich ist«, sagte Barbarotti.

»Du treibst keine Scherze mit mir?«, war das Erste, was sie wissen wollte, nachdem der Fußboden wieder sauber war.

»Nein«, versicherte Barbarotti. »Spinnst du? Warum sollte ich mit so etwas Scherze machen?«

»Da hast du Recht«, musste Backman zugeben. »Aber red weiter! Wann?«

»Lange, bevor wir uns kennengelernt haben natürlich«, sagte Barbarotti. »Ja, zumindest eine Weile«, korrigierte er sich. »Sie waren über ein Jahr lang ein paarmal zusammen.«

»Ja, und?«

»Ich hätte das natürlich schon vorher sagen sollen, aber es erschien mir so verdammt … ja, ich weiß, ich war ein Idiot, aber es erscheint mir einfach peinlich.«

»Du *bist* ein Idiot«, sagte Eva Backman.

»Sag ich doch«, nickte Barbarotti. »Schön, dass du jedenfalls in dieser Beziehung meiner Meinung bist.«

»Darauf kannst du dich verlassen«, sagte Backman. »Aber das bedeutet also, dass wir etwas mehr über Germund Grooth wissen? Oder du zumindest?«

»Nun ja«, sagte Barbarotti. »Wir haben nicht so viel über ihn gesprochen.«

»Was?«, brauste Backman auf. »Ihr habt nicht über ihn gesprochen? Was willst du damit sagen?«

»Ich will damit das sagen, was ich sage. Wir haben nicht so viel über ihn gesprochen.«

Eva Backman hob beide Augenbrauen und die Stimme. »Also, hier irren wir herum und suchen mit der Lupe und der Taschenlampe nach Leuten, die etwas Sinnvolles über diesen blöden Grooth sagen können, und dann hat Marianne …«

»Es war ein wenig angespannt«, unterbrach Barbarotti sie.

»Angespannt?«

»Ja. Zwischen Marianne und mir, meine ich.«

»Und wieso?«

»Weil … weil ich etwas eifersüchtig geworden bin.«

Eva Backman fiel die Kinnlade herunter. Dann schüttelte sie den Kopf.

»Ich habe ja gesagt, dass ich ein Idiot war«, sagte Barbarotti. »Aber ich liebe sie, dann hat man das Recht, ein Idiot zu sein.«

»Du bist eifersüchtig auf einen Mann gewesen, mit dem sie zusammen war, bevor ihr euch kennengelernt habt?«

»Ja.«

»Der außerdem tot ist?«

»Ja.«

»Männer«, sagte Eva Backman.

»Ich weiß«, sagte Gunnar Barbarotti. »So sind wir nun einmal, darüber haben wir schon früher gesprochen.«

»Das haben wir«, musste Backman zugeben. »Aber das bedeutet also, dass Marianne wahrscheinlich die eine oder andere Information hat, was Germund Grooth betrifft. Wie lange waren sie zusammen, hast du gesagt?«

»Knapp ein Jahr, hat sie erzählt«, antwortete Barbarotti. »Aber sie waren irgendwie auch nicht so richtig zusammen. Haben sich nur ein paar Mal getroffen. Marianne wohnte ja in Helsingborg, bevor sie zu mir gezogen ist.«

»Daran kann ich mich erinnern«, sagte Eva Backman seufzend. »Nun, das ist auf jeden Fall zumindest merkwürdig. Und wenn man es genauer betrachtet, hilft es uns vielleicht auch nicht besonders viel weiter. Aber ihr habt also nicht über ihn gesprochen?«

»Nicht direkt«, sagte Barbarotti.

»Unglaublich. Und im Augenblick ist das natürlich auch nicht möglich. Ich muss sagen, manchmal … manchmal habe ich das Gefühl, dass es einen Regisseur gibt.«

«Ich *weiß*, dass es einen Regisseur gibt«, sagte Barbarotti. »Nein, er ist kein Regisseur. Eher ein … Instrukteur.«

»Ein Instrukteur?«, fragte Backman nach.

»Ja, ungefähr so.«

Wieder schüttelte sie den Kopf. »Manchmal bist du mir ein Rätsel. Aber egal, ich werde gar nicht erst versuchen, es zu lösen. Das ist Mariannes Job. Aber was sollen wir jetzt weiter machen? Du musst dich wohl selbst beim Schlafittchen packen und mit ihr reden, wenn sie dazu kräftig genug ist … was sagen sie? Die Ärzte, meine ich.«

»Sie braucht Ruhe«, sagte Barbarotti. »Wird mindestens noch ein paar Wochen in der Reha bleiben müssen. Aber es ist klar, dass man mit ihr reden kann … in ein paar Tagen oder so. Vielleicht schon morgen?«

»Dann sieh zu, dass du das machst«, sagte Eva Backman. »Aber geh behutsam vor, es ist vielleicht nicht ganz so eilig. Es ist ja trotz allem nur … ja, eine Charakterisierung, oder?«

»Nehme ich an«, sagte Barbarotti. »Aber ich habe das Gefühl, dass …«

»Ja?«

»Ich glaube, es wäre besser, wenn du mit ihr redest.«

Eva Backman musterte ihn drei Sekunden lang intensiv.

»Ich verstehe«, sagte sie dann. »Ja, da magst du Recht haben.«

Sie schaute auf die Uhr.

»Ich habe in einer halben Stunde einen Termin mit Asunander. Er will wissen, wie es bei uns läuft.«

»Ach ja?«, sagte Barbarotti. »Und wie läuft es bei uns?«

»Nicht besonders gut«, sagte Eva Backman. »Möchtest du hören, was du versäumt hast?«

»Ja, gern«, sagte Barbarotti.

»Wir haben noch einmal mit allen Beteiligten gesprochen. Vor allem in Hinblick auf die Alibifrage, wie verabredet. Tatsächlich kommt keiner lupenrein davon, wenn wir uns an die Stunden am Samstagnachmittag halten. Nur Rickard Berglund habe ich nicht getroffen. Es war ja geplant gewesen, dass du das gestern machst, aber … ja, so ist es nun einmal. Und seine Frau soll Samstag beerdigt werden, deshalb weiß ich nicht so recht.«

Barbarotti nickte. »Also seid ihr nicht vorangekommen?«

»Nicht wirklich. Doch, sie haben endlich Kristin Pedersen in Kopenhagen aufgestöbert. Sie wollten heute Nachmittag oder Abend ein Vernehmungsprotokoll rüberschicken. Dann erfahren wir vielleicht zumindest ein wenig über Grooths Charakter. Abgesehen von Marianne, meine ich.«

Barbarotti stand auf. »Ich rufe Berglund an und frage, wann ein Gespräch stattfinden kann. Ist doch nur gut, wenn ich es mache, ich habe ja letztes Mal auch mit ihm geredet. Vielleicht will er bis nach der Beerdigung warten, wenn er sich ein wenig gefasst hat?«

»Vielleicht ja«, sage Backman. »Und du willst also wieder arbeiten?«

»Es ist sinnvoller, dass ich frei nehme, wenn sie nach Hause kommt«, sagte Barbarotti.

Backman nickte.

»Sara hat beschlossen, eine Weile bei uns zu wohnen. Ich glaube, es läuft nicht so gut mit Jorge. Deshalb passt es in vielerlei Hinsicht hervorragend.«

»Wie lange haben die beiden zusammengewohnt?«, fragte Backman.

»So ungefähr zwei Jahre«, antwortete Barbarotti. »Schade ist es schon. Ich mag ihn.«

»Aber du bist nicht derjenige, der mit ihm zusammenwohnen soll.«

»Nein, da stimme ich dir vollkommen zu. War sonst noch was, ich wollte noch einmal im Krankenhaus vorbeischauen?«

»Ja«, sagte Backman und stand auf. »Da war noch was. Grüße bitte Marianne von mir und sag ihr, dass sie wieder gesund werden wird. Aber sie braucht sich damit überhaupt nicht zu beeilen. Ich werde sie in ein paar Tagen besuchen … und nicht nur wegen der Sache, über die wir gesprochen haben.«

»Ich werde es übermitteln«, versprach Gunnar Barbarotti. »Und Grüße an den Chef.«

»Ich werde sie übermitteln«, sagte Backman.

## 53

Es besteht ein wesentlicher Unterschied darin, nach dem Glück zu streben oder nach einem Sinn«, konstatierte Rufus Svensson und kratzte sich am Bart. »Darüber müssen wir uns klar sein. Es ist einfacher, nach dem Glück zu streben, aber wir gehören zu der verrückten Schar, die beschlossen hat, nach einem Sinn zu suchen. Korrigiert mich, wenn ich mich irre. Nein, ich irre mich nicht, das weiß ich, aber ihr dürft trotzdem etwas dazu sagen.«

Sie saßen in Ofvandahls Konditorei. Ganz hinten im verqualmten Raum, es war in den letzten Monaten so etwas wie ihr Stammplatz geworden. Der ovale Tisch und das Sofa unter dem Portrait des alten Konditorpoeten selbst. Es war halb sieben Uhr abends, sie saßen bereits hier, seit Professor Hallencreutz' Vorlesung um vier Uhr beendet gewesen war. Rickard Berglund holte seine vierte Tasse Kaffee, vielleicht war es auch schon die fünfte, und dachte, dass er bald nach Hause gehen sollte.

Andererseits gefiel es ihm, hier zu sitzen. Sie waren zu viert. Neben ihm selbst und Rufus Svensson saßen noch Matti Kolmikoski und Sivert Grahn mit am Tisch. Sie studierten jetzt seit fast sechs Semestern gemeinsam Theologie, aber erst im letzten Semester hatten sie angefangen, sich regelmäßiger zu treffen. Worauf das auch immer beruhen mochte. Rickard hatte bereits hin und wieder darüber nachgedacht. Warum er bislang in Uppsala so wenig am Studentenleben teilgenommen hatte. Warum er nicht mehr Menschen traf. Nun ja, diese Bande hier hat wahrscheinlich auch nicht besonders viel mit dem Studentenleben herkömmlicher Meinung zu tun, dachte er. Vier zukünftige Pfarrer. Das ganze Quartett war Mitglied der Vereinigung der Skånelander, was bedeutete, dass man fünfhundert Kronen sparte und dass einem die anderen Vereinigungen verwehrt blieben.

Was wiederum bedeutete, dass man noch sehr viel mehr sparte. Denn in eine Vereinigung zu gehen, das bedeutete in erster Linie, dass man sich besoff, und auch wenn die Preise für Bier, Wein und Schnaps nur einen Bruchteil dessen ausmachten, was es in einem normalen Restaurant kostete, so war das Vergnügen doch nicht umsonst.

Was Rickard betraf, so war es eine einfache Entscheidung gewesen, und Anna hatte ihn unterstützt. Sie war östlich des Flusses geboren und aufgewachsen, im nichtakademischen Uppsala. Für sie bedeutete die Universitätswelt vor allem Snobismus, Kumpelei und geschlossene Gesellschaften. Bereits von Kindesbeinen an hatte es für sie geschlossene Türen gegeben, und ihr Studium an der Journalistenschule in Stockholm hatte herzlich wenig mit der traditionellen akademischen Welt zu tun. Außerdem überschnitten sich schließlich die linken Lager überall, sogar in Uppsala. Vielleicht waren die Zeiten doch dabei, sich zu verändern, wie Rickard und Anna sich gern gegenseitig bestätigten. Vielleicht lagen Punsch und Studentengesänge und all diese alten, hohlen Rituale in den letzten Zügen. Vor zwei Wochen hatte jeder, der wollte, feststellen können, dass deutlich mehr Studenten im Demonstrationszug zu finden gewesen waren als bei den Festessen, die traditionell zur selben Zeit den Beginn des Frühlings markierten.

»Es ist vollkommen richtig, was unser Freund Rufus behauptet«, sagte Matti Kolmikoski, als Rickard sich wieder an den

Tisch gesetzt hatte. »Aber er ist der Sache nicht wirklich auf den Grund gegangen. Wie üblich, wie man geneigt ist, hinzuzufügen.«

Er sprach mit deutlich finnischem Akzent, etwas, das alles, was er sagte, durchdachter und prägnanter erscheinen ließ, als es in Wirklichkeit war. Rickard hatte das schon häufiger gedacht. Wenn man plante, sein Leben auf der Kanzel zu verbringen, dann hatte man schon fast seine Schäfchen im Trockenen, wenn man Finnlandschwedisch sprach. Oder zumindest norrländischen Akzent, es gab da irgendwie so etwas wie Erz in der Sprache, der den süd- oder mittelschwedischen Dialekten fehlte.

»Es ist keineswegs gesagt, dass es eine Frage von Gegensätzen sein muss«, fuhr Kolmikoski fort. »Zwischen Glück und Sinn. Ich könnte beispielsweise niemals glücklich werden, wenn ich mein Leben nicht der Sinnsuche widmen würde. Ich denke, dass der Begriff Glück überhaupt ziemlich haarig ist und reichlich überschätzt wird. Utilitarismus ist zu simpel, wenn ihr mich fragt.«

»Kann schon sein«, nickte Rufus Svensson und raufte erneut seinen buschigen Bart. »Aber es gibt ja wohl niemanden hier am Tisch, der sich direkt zum Utilitarismus bekennt. Ich dachte, ich befände mich unter Christenmenschen.«

»Das tust du auch«, warf Sivert Grahn ein. »Aber ich bin ganz einer Meinung mit Matti. Für mich sind das fast Synonyme. Wenn ich nicht nach dem Sinn suchen darf, dann werde ich nicht eine Sekunde lang glücklich sein.«

Er war der Interessanteste in der Gesellschaft, wie Rickard fand. Wortkarg und ernst, aber nicht mit dieser laestadianischen Schwermut, die viele der Theologiestudenten prägte. Bescheiden und intelligent, machte selten viel Aufhebens von sich, folgte aber auch nie dem allgemeinen Strom. Nahm zu wichtigen Fragen immer eine persönliche Haltung ein. Rickard hoffte, dass der Kontakt zu ihm nicht mit dem Studium beendet sein würde, er konnte fast vor sich sehen, wie sie sich die Jahre hindurch gegenseitig stützen würden. Alle vier. Wie sie sich trafen und ihre Erfahrungen aus den verschiedenen Pastoraten und Umständen verglichen. Glaubens-, Lebens- und Ethikfragen noch in zwanzig oder dreißig Jahren diskutierten. Sich an die Uppsalazeit erinnerten.

»Du hast Recht, Sivert«, sagte er. »Zu leben bedeutet einen Sinn zu suchen. Das muss nicht für alle Menschen gelten, wir haben alle die freie Wahl. Aber für uns muss es so ablaufen. Zu glauben, dass es einen Gott gibt, bedeutet vor allem, zu versuchen, ihn zu verstehen, das ist genau das, was sowohl Mulholland als auch Erasmus schreiben.«

Die anderen nickten. Rickard hatte festgestellt, dass er genau das konnte: sich ein wenig im Hintergrund halten, vielleicht hatte er das sogar von Sivert gelernt, den Standpunkten und Argumenten der anderen zuzuhören und dann, wenn es an der Zeit war, die Diskussion zusammenzufassen.

»Hoppla«, sagte Rufus Svensson und schaute auf seine alte Zwiebel, die er aus der Westentasche zog. »Die Uhr ruft. Es tut mir leid, meine Herren, ich muss leider nach Hause und mich ums Abendmelken kümmern.«

Die anderen lachten. Rickard dachte, dass Rufus sicher ein ganz ausgezeichneter Pfarrer werden würde. Einer von der alten Sorte. Wenn man bereits mit vierundzwanzig eine derartige Jovialität entwickelt hatte, dann konnte es ganz einfach nur in die richtige Richtung weitergehen.

Sie trennten sich, und er ging die St. Olofsgatan zum Stadtteil Kvarngärdet entlang. Es war Mitte Mai, die Traubenkirschen schlugen aus, der Frühsommerabend war schön, und das Semester sollte nur noch zwei Wochen dauern.

Noch eine einzige Prüfung, gleich Anfang Juni, dann war nur

noch ein Jahr übrig. Schon merkwürdig. Es waren vier Jahre vergangen, seit er nach Uppsala gekommen war, und er erinnerte sich, wie er sich damals gefühlt hatte. Wie er am Bahnhof angekommen und durch die Stadt mit einem fast andächtigen Gefühl in der Brust gewandert war. Wie er die inzwischen so vertrauten markanten Punkte lokalisiert hatte – den Fyris, den Dom, die theologische Fakultät, die Carolina, den Schlosshügel – und wie er Tomas in der Konditorei Fågelsången kennengelernt hatte.

Und dann das Jahr auf der Unteroffiziersschule mit allem, was dazugehörte. Helge aus Gäddede, und wie er Anna kennengelernt hatte, als er vor Bücher-Viktor gestanden und dem Demonstrationszug die Drottninggatan entlang zugeschaut hatte.

Wie sie ihm direkt in den Schoß gefallen war, wie er sie nach Hause begleitet hatte und wie sie ein Paar geworden waren. Und jetzt … ja, es würden im Herbst zwei Jahre sein, dass sie zusammenwohnten. Und verheiratet waren sie seit fast einem Jahr. Das fühlte sich aus irgendeinem Grund gleichzeitig länger und kürzer an.

Je weiter er die Stadt hinter sich ließ, je näher er der Väktargatan kam, umso mehr dachte er an sie. Oder an ihre Beziehung, das eine ließ sich ja nicht vom anderen trennen.

Sie würde die Journalistenschule in wenigen Wochen beenden. Hatte bei der *Uppsala Nya Tidning* ein Sommerpraktikum bekommen, und es war ihr in Aussicht gestellt worden, dass es möglicherweise bis in den Herbst hinein verlängert werden könnte. Was ihn selbst betraf, so würde Rickard bei der Post jobben, genau wie er es letzten Sommer getan hatte. Sivert Grahn, Matti Kolmikoski und Rufus Svensson hatten natürlich auch noch ein Jahr an der Fakultät vor sich, und Rickard hoffte, dass sich ihre Treffen bei Ovfandahls in den nächsten beiden Semestern weiterentwickeln würden. Dann war noch mindestens ein Semester übrig, bevor es an der Zeit für die Priesterweihe war. Das erschien zweifellos beruhigend. Er war noch nicht so weit, Uppsala den Rücken zu kehren. Aber vielleicht in anderthalb Jahren. Anna und er hatten darüber schon oft gesprochen, festgestellt, dass beide bereit waren, woanders hinzuziehen, gern weit weg von dieser Stadt der Wissenschaften – aber dass sie jetzt noch nicht reif dafür waren. Wenn der Zeitpunkt kam, würden sie sich schon nach einem Posten irgendwo im Land umschauen.

Und Kirchen und Zeitungen gab es ja an den meisten Orten, das Problem würde sich also sicher lösen lassen, wenn der Tag kam.

Uns geht es gut, dachte Rickard etwas unvermittelt, als er die Råbyleden bei der Mobiltankstelle überquerte. So ist es, wenn man in einer Beziehung lebt. Manchmal geht es aufwärts, manchmal abwärts, und es stimmte schon, was sie da am Stammtisch besprochen hatten, diese Diskussion über Glück und Sinn. Auch wenn man es auf eine Beziehung übertrug. Es war idiotisch, sich einzubilden, dass es die ganze Zeit nur Friede, Freude, Eierkuchen gab. Oder dass *das Glück* dort zu finden sein sollte. Jeden Morgen, Mittag und Abend, nein, so funktionierte das nicht. Genau wie man nach dem Sinn im Leben suchen muss, so muss man das auch in einer Ehe, dachte er. Gemeinsam einen verschlungenen Weg durch Schwierigkeiten und Freuden meistern und sich nicht einbilden, dass die anderen Menschen um einen herum auf so viel grünerem Gras tanzen. Oder dass man selbst danach streben sollte.

Sie hatten über die Kinderfrage gesprochen, waren aber zu dem Schluss gekommen, dass sie damit noch eine Weile warten wollten. Zumindest bis sie Uppsala verlassen würden und ein richtiges Einkommen hatten. Momentan sah es damit etwas schlecht aus. Das »Qualitätsreisen«-Abenteuer hatte mehr gekostet, als es gebracht hatte – und dabei hatten sie nicht die

Reise letztes Jahr in die östlichen Länder mitgerechnet, diese Reise, über die so gut wie nie ein Wort geäußert wurde, nachdem Anna ihre Reportage veröffentlich hatte –, aber sie hatten es trotzdem geschafft, ohne mit Rickards Mutter reden zu müssen. Die Fahrten nach Norrland im Frühling waren ausgezeichnet gelaufen, wie Tomas hatte verlauten lassen, aber zum Sommer hin musste der Bus repariert werden, und von irgendwelchen Ausschüttungen, auf die sie gehofft hatten, von denen konnte leider nicht die Rede sein.

Sie trafen sich so gut wie gar nicht mehr mit Tomas und Gunilla. Bis auf das Bustreffen im Januar hatten sie sich nur ein Mal gesehen. Sie hatten an einem Abend in April zu viert im Guldtuppen in der Kungsgatan gegessen, aber es war nicht das Gleiche wie früher gewesen. Vielleicht spukten die Ereignisse von Timisoara immer noch in ihren Köpfen herum, Anna und Rickard hatten zumindest diesen Schluss gezogen, als sie hinterher nach Hause gingen.

Er telefonierte hin und wieder mit Tomas, wenige Male hatten sie auch einen Kaffee zusammen getrunken, aber mehr war da nicht. Er wusste nicht einmal, was Tomas jetzt eigentlich studierte, nahm aber an, dass es immer noch mit Wirtschaft zu tun hatte.

Und Maria und Germund? Von ihnen hatte er seit Januar nichts mehr gehört, und er war sich sicher, dass es Anna genauso ging.

Aber so ist es nun einmal, dachte er, während er die große Rasenfläche auf der rechten Seite der Väktargatan überquerte, alles hat seine Zeit.

Sich zu treffen. Sich zu trennen. Zu sterben.

Als er hereinkam, saß sie da und schrieb. Das tat sie fast immer, er konnte die Tasten schon klappern hören, als er noch draußen im Flur stand. Er hängte seine Jacke auf und rief Hallo.

»Hallo!«, rief Anna zurück. »Wo bist du gewesen?«

Er hörte, dass sie fröhlich klang. Wahrscheinlich war sie dabei, einen Artikel zu beenden, mit dem sie zufrieden war.

»Bei Ofvandahls«, sagte er und trat in die Küche, in der sie saß.

»Mein Gott, ja, das kann ich riechen«, sagte Anna. »Du stinkst wie ein alter Bückling.«

»Ich bin den ganzen Weg zu Fuß gegangen«, rechtfertigte Rickard sich. »Und wir haben sogar ein Fenster offen gehabt.«

»Vier Theologen, die vier Zigaretten die Stunde rauchen«, sagte Anna. »Und das vier Stunden lang, wie verqualmt wird das? Ich nehme an, es war die übliche Bande?«

»Stimmt«, sagte Rickard. »Vier zukünftige Bischöfe, warum schreibst du nicht eine Reportage über uns?«

Anna lachte, und er dachte wieder an das mit dem Glück und dem Sinn. Dass es tatsächlich Momente gab, in denen man diesen Sinn überhaupt nicht suchen musste.

»Willst du einen Tee?«, fragte er. »Ich kann einen kochen.«

»Mir wäre eigentlich eher nach einem Glas Wein«, antwortete seine Frau. »Haben wir nicht noch eine Flasche im Vorratsschrank?«

Und aus irgendeinem Grund war er fast zu Tränen gerührt.

## 54

Sie hatten abgemacht, sich um zehn Uhr zu treffen, und er fuhr direkt vom Krankenhaus los. Er hatte zwei Morgenstunden in der Rehaabteilung verbracht, mit einer ganzen Horde von Ärzten, Krankenschwestern und Spezialisten gesprochen – aber in erster Linie hatte er mit Marianne gesprochen.

Das war heute möglich gewesen. Sie war immer noch ungemein müde, aber es war eine deutliche Verbesserung gegenüber gestern festzustellen. Er dachte, dass es wohl so war, wie noch einmal geboren zu werden. Ein langsamer, aber ungebremster Prozess, er wusste nicht, woher er dieses Bild hatte. Sie konnte sich nicht daran erinnern, was passiert war, hatte keine Erinnerung daran, dass sie ins Sahlgrenska gebracht und dort operiert worden war, und es war unklar, ob sie sich jemals würde daran erinnern können.

Aber das war auch gleich. Sie verstand, was ihr zugestoßen war, trotz allem war das Krankenhaus ihr normales Arbeitsmilieu, und auch wenn es einen Unterschied zwischen Gebärenden und einer Hirnblutung gab, so war auch das auf gewisse Weise ihr Alltag. Sie war in keiner Weise über ihre eigene Situation beunruhigt – und es gab auch keinen Grund dazu, laut Doktor Berngren und vieler anderer. Das, was ihr eventuell Sorgen bereitete, das war die Frage, wie sie daheim zurechtkamen. Und dabei besonders, wie Jenny und Johan damit umgingen, dass ihre Mutter eine Gehirnblutung gehabt hatte.

Aber nachdem sie mit ihnen gesprochen hatte – sie hatten es auch heute geschafft, vor der Schule vorbeizuschauen – und nachdem die beiden und auch Barbarotti ihr versichert hatten, dass es prima in der Villa Pickford lief und außerdem Sara zur Hilfe gekommen war, war sie ruhiger geworden. Sie hatten einander wieder bei den Händen gehalten, bis sie eingeschlafen war. Das ist ein Moment gewesen, hatte Barbarotti gedacht, um ihn mit in den Tag zu nehmen.

Und nicht nur in diesen Tag.

Doch jetzt stand er also vor der Tür eines Hauses in der Rosengatan und wollte mit einem Mann sprechen, der vor drei Tagen seine Frau verloren hatte. Er beschloss, keine weiteren vergleichenden Überlegungen anzustellen, und drückte auf den Klingelknopf.

Rickard Berglund sah ein wenig besser aus als beim letzten Mal. Er trug eine gewöhnliche Jeans und einen dünnen Rollkragenpullover. Filzpantoffeln an den Füßen. Er schüttelte Barbarotti die Hand und bat ihn ins Wohnzimmer. Er entschuldigte sich, dass nicht ordentlich geputzt war, und fragte, ob er Tee oder Kaffee trinken wolle.

»Was trinken Sie?«, fragte Barbarotti.

»Kaffee.«

»Dann nehme ich auch einen.«

Gunnar Barbarotti setzte sich auf denselben Sessel wie beim letzten Mal. Das Schachbrett stand immer noch da, und Barbarotti hatte den Eindruck, dass keine der Figuren bewegt worden war. Aber er wollte es nicht beschwören. Rickard Berglund verschwand in der Küche und kam nach einer halben Minute mit einer Kaffeekanne und einem Teller mit Mandelkeksen zurück.

»Sie haben so einiges gelesen«, sagte Barbarotti und zeigte auf die Bücherregale, die zwei Wände voll bedeckten. Sicher an die zweitausend Bücher, wie er schätzte.

»Es gibt noch doppelt so viele unten im Keller«, sagte Berglund und setzte sich auf den anderen Sessel. »Ja, im Laufe der Jahre kommt so einiges zusammen.«

»Es tut mir leid, Sie noch einmal belästigen zu müssen«, sagte Barbarotti. »Mein herzliches Beileid zum Tod Ihrer Ehefrau.«

»Ihre letzte Zeit war ein einziges Leiden«, sagte Berglund. »Wir wollen nicht beklagen, dass es ein Ende gefunden hat.«

»Es ist auf jeden Fall eine schwierige Situation«, sagte Barbarotti.

»Ich habe gehört, dass Ihre eigene Ehefrau einen Unfall erlitten hat«, entgegnete Berglund, um das Thema zu wechseln. »Ihre Kollegin hat das erwähnt. Wie geht es ihr?«

Gunnar Barbarotti spürte, dass er eigentlich keine Lust hatte, darüber zu reden, er es aber wohl kaum vermeiden konnte. Nicht im Hinblick auf Rickard Berglunds Situation und das Gespräch, das sie letztes Mal geführt hatten.

»Sie nehmen an, dass sie wieder vollkommen gesund werden wird«, sagte er. »Wir hatten Glück.«

Berglund nickte. »Es gibt eine Vorsehung«, sagte er.

Es war natürlich nicht geplant, dass sie Lebensanschauungsfragen erörterten, aber nachdem Berglund nun einmal dieses Wort geäußert hatte, fühlte Barbarotti sich verpflichtet, etwas dazu zu sagen.

»Meinen Sie?«, fragte er. »Ich denke, ja, ich glaube auch, dass es so etwas gibt, aber ich … ich weiß nicht so recht, wie sie wohl beschaffen ist.«

»Vielleicht sollen wir das gar nicht wissen«, erwiderte Rickard Berglund und nahm seine Brille ab. »Eine Vorsehung, die wir verstehen, das wäre wohl etwas anderes? Etwas, das man berechnen und an das man Erwartungen knüpfen kann. Der Punkt ist doch, dass wir unser Leiden in andere Hände übergeben können, oder?«

Barbarotti sah ein, dass etwas an dieser Sichtweise dran war, und überlegte, was er sagen sollte. Er war hergekommen, um zu erfahren, wo Rickard Berglund sich an dem Samstag vor fast zwei Wochen aufgehalten hatte – und möglicherweise noch ein wenig weiter nachzubohren, was auf einem Pfarrhof 1975 geschehen war –, und plötzlich, gleich zu Anfang, hatte er das Gefühl, es gebe etwas viel Wesentlicheres. Auf jeden Fall konnte man es nicht einfach so beiseite schieben, wenn man der Sache schon einmal die Tür geöffnet hatte.

»Was diese Dinge betrifft, so bin ich nur ein Amateur«, sagte er. »Aber ich muss zugeben, dass es mich interessiert. Ich meine, es erscheint ja dumm, durchs Leben zu gehen und sich einzubilden, es wäre nicht wichtig.«

»So könnte man es vielleicht ausdrücken«, sagte Rickard Berglund und fuhr sich nachdenklich mit der Hand über Wangen und Kinn. »Haben Sie Kierkegaard gelesen?«

»Nein«, musste Barbarotti zugeben. »Ich habe Kierkegaard nicht gelesen.«

»Er war viele Jahre lang so etwas wie mein Hausgott. Unter anderem geht es bei ihm um die Stadien im Leben. Von der Passion über die Ethik zum Glauben und zur Erfüllung, aber ich will Ihre Zeit damit nicht vergeuden. Auf jeden Fall bleibt eine fortdauernde Frage.«

»Eine fortdauernde Frage?«, wiederholte Barbarotti.

»Sie ist bei allen Menschen zu finden, aber die meisten entscheiden sich dafür, sie zu ignorieren. Wie wir uns eigentlich unserem Leben gegenüber verhalten sollen. Unseren Handlungen und unserer Verantwortung. Das Christentum hat sich geirrt, so hoffnungslos geirrt. Wir müssten die Uhr um fast zweitausend Jahre zurückdrehen, um den Weg wiederzufinden. Das ist traurig, unsagbar traurig.«

Barbarotti erinnerte sich an eine ähnliche Formulierung aus ihrem letzten Gespräch und wusste wieder nicht so recht, was er sagen sollte. Rickard Berglund setzte sich seine Brille wieder auf und trank einen Schluck Kaffee.

»Ich habe bemerkt, dass Sie gar nicht aufnehmen, was wir sagen«, stellte er dann fest. »Und Sie machen sich keine Notizen. Warum wollen Sie mich eigentlich sprechen?«

»Es geht um Germund Grooth«, sagte Barbarotti und versuchte, seine Unschlüssigkeit wegzuräuspern. »Wir würden gern mehr erfahren. Warum er gestorben ist… vielleicht auch, was mit Maria Winckler passiert ist, damals vor fünfunddreißig Jahren.«

Rickard Berglund blieb eine Weile schweigend sitzen und schien nachzudenken. Er betrachtete seine gefalteten Hände. Barbarotti nahm einen Mandelkeks und wartete ab. Er stellte fest, dass er nicht unbedingt in Form war, um diese Art von Gespräch zu führen. Dass etwas in seinem Schädel nicht so funktionierte wie sonst. Berglunds Frage war berechtigt, zweifellos. Warum saß er hier und redete mit diesem abtrünnig gewordenen Pfarrer, der gerade seine Ehefrau verloren hatte? Eigentlich.

Aber *eigentlich* war ein verräterisches Wort, das hatte er schon oft gedacht. Es deutete darauf hin, dass tatsächlich etwas dahinter verborgen war, dass es eine Art Fokus gab, der behauptete, sehr viel wesentlicher zu sein.

Was gar nicht immer der Fall war, wie sehr man sich das auch einbildete.

»Es gibt so viele Fragen ohne Antworten«, sagte Rickard Berglund schließlich. »So viele Zusammenhänge, die wir nie entdecken. Ich meine mich zu erinnern, dass Sie das letzte Mal gesagt haben, Sie hätten einen Glauben, oder irre ich mich da?«

Für den Bruchteil einer Sekunde sah Barbarotti den Herrgott, wie er ihn mit einer auffordernden Falte auf der Stirn betrachtete.

»Das stimmt«, sagte er. »Ich habe einen Glauben. Das heißt, ich bin der Meinung, dass es einen Gott gibt. Und ich habe eine Beziehung zu ihm. Aber ich glaube nicht, dass ich in konventioneller Weise religiös bin.«

»Das freut mich zu hören«, sagte Rickard Berglund und verzog kurz den Mund. »Ja, Sie wissen ja, dass ich meine Berufung vor ein paar Jahren aufgegeben habe. Aber meinen Glauben, den habe ich nicht verloren, darüber haben wir doch auch gesprochen, nicht wahr? Sie müssen entschuldigen, aber ich war in letzter Zeit so müde. Mein Gedächtnis lässt mich manchmal im Stich. Ich habe eigentlich seit mehreren Monaten nicht mehr richtig geschlafen … erst jetzt wieder, nachdem sie endlich ihre Ruhe gefunden hatte. Ja, seit ein paar Tagen gibt es da tatsächlich einen Unterschied. Ich habe auch eine Art Ruhe gefunden.«

Barbarotti dachte nach. »Am Montag habe ich nicht gewusst, ob meine Frau leben oder sterben wird«, sagte er.

Berglund nickte. »Erst im Spiegel des Todes lässt sich das Leben richtig erfassen«, konstatierte er. »Erst dann können wir es wirklich wertschätzen und die Spreu vom Weizen trennen. Ich hoffe, das klingt nicht zu anmaßend. Ich möchte nicht anmaßend klingen, das habe ich lange genug, ja viel zu lange getan, als ich in der Kirche stand und gepredigt habe.«

Er lachte auf, kurz und trocken, und Barbarotti merkte, dass auch er lachen musste.

»Es gibt viel, das anmaßend erscheint«, sagte er. »Und viel, was wir niemals durchschauen. So kümmern wir uns beispielsweise um diese sonderbaren Todesfälle, aber ich bin mir der Tatsache vollkommen bewusst, dass wir nie wirklich die Antwort finden werden. Wie und warum sie starben, meine ich. Oder was glauben Sie?«

Rickard Berglund lehnte sich auf seinem Stuhl zurück und rieb sich mit den Händen über die Oberschenkel.

»Soll man nach dem Glück oder nach dem Sinn suchen?«,

fragte er. »Das ist eine Frage, die mich die Jahre hindurch verfolgt hat. Sollen wir wirklich danach streben, alles zu verstehen? Wozu ist das gut? Vielleicht wird das Wissen, nach dem wir streben, uns nur schaden, wenn wir es endlich erlangt haben? Wie sieht Ihr Gottesbild aus? Welche Eigenschaften hat Ihr Gott?«

Plötzlich fragte Barbarotti sich, ob der Mann ihm gegenüber eigentlich ganz gescheit im Kopf war. Er war zwar deutlich konzentrierter als bei ihrem letzten Gespräch, aber diese letzten Äußerungen von ihm waren, mit Verlaub gesagt, etwas eigenartig. Oder lag es nur an ihm, versuchte er sich vor irgendetwas zu schützen?

»Mein Gottesbild?«, fragte er, nachdem er einen halben Mandelkeks gegessen und mit einem Schluck Kaffee hinuntergespült hatte. »Ja, ich bin mir eigentlich nur in drei Punkten sicher. Er ist ein Gentleman, er hat Humor, und er ist nicht allmächtig.«

Rickard Berglund lachte wieder, kurz und heiser. »Sind Sie allein zu dieser Erkenntnis gekommen?«, fragte er. »Durch persönliche Erfahrung, meine ich?«

»Wie sonst?«, erwiderte Barbarotti.

»Gut«, sagte Rickard Berglund. »Sehr gut. Es gibt eigentlich auch keinen anderen Weg. Aber Sie haben das Wichtigste vergessen. Seine grenzenlose Liebe.«

Barbarotti nickte, doch bevor er das Gespräch wieder auf die richtige Spur lenken konnte, nahm Berglund den Faden erneut auf.

»Es ist also am selben Tag passiert?«

»Was?«, fragte Barbarotti.

»Ich habe meine Ehefrau am selben Tag verloren, an dem Ihre eine Gehirnblutung erlitten hat. Das ist doch etwas merkwürdig. Wir sollten zumindest die Voraussetzungen haben, einander zu verstehen, oder?«

Barbarotti trank noch einen Schluck Kaffee und versuchte, sich zu konzentrieren. »Eigentlich bin ich ja nicht hergekommen, um darüber zu sprechen«, sagte er. »Es ist Germund Grooth, der uns interessiert. Und Maria Wincklers Tod 1975 in gewisser Weise auch.«

»Entschuldigen Sie, dass ich abschweife«, sagte Rickard Berglund. »Ich bin in diesen Tagen nicht so ganz bei mir.«

»Das ist nicht weiter verwunderlich«, sagte Barbarotti. »Aber wenn ich auf diesen schicksalhaften Tag vor fünfunddreißig Jahren noch einmal zurückkommen darf – was war eigentlich der Grund, warum Sie und Ihre Frau diese Einladung auf den Pfarrhof ausgesprochen haben? Soweit ich verstanden habe, war diese alte Freundschaftstruppe gar nicht mehr zusammen?«

»Woher wissen Sie das denn?«, fragte Berglund.

»Nun, wir haben mit den Wincklers gesprochen. Die haben erzählt, dass Sie eigentlich das ganze Jahr davor in Uppsala keinen Kontakt mehr hatten. Tomas Winckler behauptet, dass es damit nach einer Reise durch Osteuropa bereits im Herbst 1972 vorbei war … meine Kollegin hat mit ihm neulich gesprochen. Ich nehme an, Sie können diese Angaben bestätigen?«

Rickard Berglund rieb sich mit beiden Händen die Wangen, rauf und runter, runter und rauf. »Ja, da ist was passiert«, sagte er langsam und nachdenklich. »Aber ich glaube eigentlich, dass wir uns so oder so auseinandergelebt hätten. Wirklich. Ein Monat in einem heißen Bus hat den Prozess nur beschleunigt, das war alles.«

»Aber Sie haben alle an diesem Septembersamstag auf den Pfarrhof eingeladen«, stellte Barbarotti fest. »Obwohl Sie gar keinen Kontakt mehr hatten. Warum haben Sie das eigentlich getan?«

Berglund zuckte mit den Schultern. »Ich fürchte, das war meine Idee«, sagte er. »Ich habe Germund zufällig in der Stadt getroffen, und er erzählte mir, dass sie hergezogen waren. Ich habe das meiner Frau erzählt, und da Tomas und Gunilla bereits seit ein paar Jahren in Göteborg wohnten, dachten wir, dass … ja, wozu hat man einen Pfarrhof, wenn nicht, um Feiern auszurichten?«

Er verzog den Mund, wurde aber sofort wieder ernst. »Das, was dann passiert ist, war natürlich schrecklich. Aber ich habe mir nie, niemals während all dieser Jahre, vorstellen können, dass jemand sie gestoßen habe könnte. Denn darauf wollte ja dieser Sandlin hinaus. Hieß er nicht so?«

»Inspektor Sandlin, das stimmt«, bestätigte Barbarotti. »Aber Germund Grooths Tod vor zwei Wochen. Hat dieses Ereignis nicht dazu geführt, dass Sie Ihre Meinung geändert haben?«

Rickard Berglund überlegte eine halbe Minute lang. Mindestens. Barbarotti ließ ihn nachdenken, er erinnerte sich an die alte Regel, dass man keine Angst vor dem Schweigen haben soll, und überlegte, ob es Berglund eigentlich klar war, dass sie den Verdacht hegten, Grooth könnte ermordet worden sein. Aber er hatte sich ja offensichtlich mit der Frage nach Marias Tod beschäftigt, also müsste er es ja wohl? Auf jeden Fall musste Barbarotti es schaffen, sich der Alibifrage zu nähern, vielleicht wäre er auch gezwungen, seinen Gesprächspartner ganz direkt zu fragen. Auch wenn das brutal erschien.

Ich bin zu weich, dachte er. Er tut mir leid. Ich weiß nicht genau, warum, aber das liegt sicher daran, dass er am Samstag seine Frau begraben wird.

»Ich habe darüber noch nicht nachdenken können«, sagte Rickard Berglund schließlich. »Sicher, das ist ungemein merkwürdig. Aber ich habe Germund nicht gekannt. Ich habe ihn nie gekannt, auch nicht während der Jahre in Uppsala, ehrlich gesagt. Er und Maria, das war ein eigenbrötlerisches Paar, ein sehr eigenbrötlerisches Paar.«

»Wie eigenbrötlerisch waren sie an diesem Abend auf dem Pfarrhof?«

Berglund zuckte die Schultern. »Wie immer, nehme ich an ... nein, das war kein geglückter Abend. Aber er war auch ziemlich früh zu Ende. Gunilla war aufgrund ihrer Schwangerschaft müde, und eins kam zum anderen. Wenn wir nicht schon vorher diesen Pilzausflug verabredet gehabt hätten ... Proviant und so weiter organisiert ... dann wäre sicher nichts draus geworden.«

»Nicht?«, fragte Barbarotti.

»Nein, ich glaube nicht. Aber es war ja sozusagen schon beschlossene Sache.«

»Ich verstehe. Und an diesem Abend gab es keine außergewöhnlichen Ereignisse?«

»Ereignisse? Nein, absolut nicht.«

»Auch nicht während dieser Reise durch Osteuropa ... wann fand die statt? 1972?«

»Stimmt, 1972«, bestätigte Berglund. »Nein, da ist auch nichts Besonderes passiert, wenn es das ist, was Sie meinen. Wir wurden einander nur überdrüssig, ganz einfach. Haben uns auseinandergelebt. Und heute noch vermeide ich es, lange Strecken mit dem Bus zu fahren.«

Barbarotti beschloss, dass es keine weiteren Umschweife mehr gab.

»Was haben Sie an dem Samstag getan, an dem Germund Grooth gestorben ist?«, fragte er.

Rickard Berglund dachte erneut nach. Aber nur wenige Sekunden lang.

»Ich habe nicht den blassesten Schimmer«, sagte er. »Wahrscheinlich war ich bei Anna im Krankenhaus, wie ich annehme. Ich habe in den letzten Monaten fast meine gesamte Zeit dort verbracht.«

»Können Sie das auf irgendeine Art belegen?«

Rickard Berglund setzte sich die Brille auf und beugte sich leicht zu Barbarotti vor.

»Man kann wohl das Personal befragen«, sagte er. »Warum um alles in der Welt wollen Sie das wissen?«

Barbarotti hätte antworten können »Routine«, aber das erschien ihm aus irgendeinem Grund zu dürftig, deshalb beschloss er, stattdessen gar nichts zu sagen.

Wir schließen den Fall jetzt ab, dachte er. Das hat keinen Sinn mehr.

# 55

Gunilla wachte auf, schaltete die Nachttischlampe ein und schaute auf die Uhr.

Es war 03.35 Uhr. Außerdem verkündete sie, dass es Donnerstag, der 22. November 1973 war. Was hatte sie nur geweckt? Ein Geräusch? Sie drehte den Kopf und stellte fest, dass Tomas nicht in seinem Bett lag. War er noch gar nicht nach Hause gekommen?, wunderte sie sich. Wieso nicht? Warum lag er nicht auf seinem Platz neben ihr im Bett?

Um halb vier Uhr morgens! Sie wusste nicht mehr so genau, was er am gestrigen Abend vorgehabt hatte, wahrscheinlich etwas bei der Studentischen Vereinigung, aber er hatte nichts davon gesagt, dass er die halbe Nacht wegbleiben wollte...

Jetzt hörte sie das Geräusch wieder. Ein Kratzen. Ein leises Geräusch kam vom Flur, Metall gegen Metall, wenn sie sich nicht irrte, und bevor die Angst ihr die Kehle zuschnürte, erkannte sie, worum es sich handelte. Vielleicht auch nur deshalb, weil es ihm gelang, den Schlüssel ins Schlüsselloch zu schieben. Sie hörte, wie er aufschloss und in den Flur taumelte. Keuchend die Tür hinter sich schloss. Es war doch wohl Tomas?

Doch, sie erkannte sein Husten, und er brummte etwas, während er die Schuhe von den Füßen schleuderte und seinen Mantel aufhängte. Ein Bügel fiel zu Boden. Dann erreichte eine Alkoholwolke das Schlafzimmer, und sie brauchte nicht länger zu rätseln.

Es war Tomas. Er kam um halb vier Uhr morgens nach Hause, und er musste voll wie eine Haubitze sein. Kurz überlegte sie, ob sie schnell das Licht löschen und so tun sollte, als schliefe sie, er hatte sicher nicht bemerkt, dass Licht brannte. Aber dann dachte sie, dass es trotz allem ihre Pflicht war, ihm zu helfen, also schob sie die Bettdecke zur Seite und rief Hallo.

Er stand schwankend mitten im Raum. Versuchte, seinen Blick auf etwas zu konzentrieren, vielleicht ja auf sie. Öffnete den Mund und schloss ihn wieder.

Mein Gott, dachte Gunilla. So besoffen habe ich ihn noch nie erlebt.

»Hei, Gunilla …«, brachte er heraus, und sie sah, dass er vor Anstrengung fast umfiel.

»Hei, Tomas«, sagte sie.

Er stützte sich mit einer Hand an der Wand ab und holte tief Luft.

»Tut mir leid, aber ich bin ein bisschen blau.«

Zumindest schien er das sagen zu wollen. Und es stimmte mit der Situation überein.

»Das sehe ich«, sagte sie. »Komm, leg dich ins Bett. Oder willst du vorher noch ins Badezimmer?«

»Bade … zimmer?«, antwortete Tomas, als hätte er nicht richtig verstanden, worum es sich dabei handelte. Doch dann wurde es ihm klar. »Badezimmer … ist eine … tolle … eine tolle Idee! Ich gehe … erst mal … ins … Badezimmer!«

Er versuchte, sich das Jackett auszuziehen, blieb aber auf halbem Weg stecken, und sie war gezwungen, ihm zu helfen. Während sie das tat, versuchte er sie zu umarmen, aber sie konnte sich ohne größere Probleme daraus befreien.

»So, jetzt geh erst mal ins Bad, und dann kommst du ins Bett.«

Er blieb noch eine Weile schwankend stehen, während er

sich offenbar daran zu erinnern versuchte, wo das Badezimmer lag.

Sie ging voraus und machte das Licht an.

»Bitte schön«, sagte sie.

»Badezimmer«, sagte Tomas, strahlte für den Bruchteil einer Sekunde.

Dann wankte er hinein, und sie schloss die Tür. Hörte, wie er sich auf die Toilettenschüssel fallen ließ und wieder etwas vor sich hin brummelte. Sie seufzte und nahm sein Jackett, um es im Flur aufzuhängen, und gerade, als sie es über den Bügel schob, entdeckte sie das Bündel Geldscheine, das aus einer Tasche hervorlugte. Sie zog es heraus und stellte fest, dass es sich nicht nur um ein paar Scheine handelte. Die ganze Tasche war voller Geld.

Voller Hunderter.

Das Gleiche in der anderen Jackentasche. Sie spürte, wie sich etwas in ihr zusammenzog, während sie alles herausholte. Schein für Schein. Einen Hunderter nach dem anderen.

Beide Hände voll. Sie ging in die Küche und setzte sich an den Tisch. Schaltete das Licht ein und fing an zu zählen, während die Gedanken ihr im Kopf herumwirbelten.

Es waren fast zwanzigtausend Kronen.

Danach ging sie wieder zum Badezimmer. Sie drückte ihr Ohr an die kühle Tür und lauschte. Drinnen lief Wasser, sonst war nichts zu hören. Eine halbe Minute blieb sie so stehen, dann öffnete sie die Tür einen Spalt.

Das Wasser am Waschbecken lief.

Tomas lag auf dem Rücken in der Badewanne und schlief mit offenem Mund. Er hatte seine Hose ausgezogen, sonst nichts.

Das muss bis morgen früh warten, dachte sie. Drehte den Wasserhahn zu und löschte das Licht.

Um sieben Uhr morgens zwang sie ihn aus der Badewanne ins Bett. Fast musste sie ihn tragen.

Um Viertel nach elf zwang sie ihn wieder ins Badezimmer, um zu duschen, und pünktlich um zwölf Uhr saßen sie in der Küche, jeder mit einer Tasse schwarzen Kaffee.

Das Geld auf dem Tisch zwischen ihnen.

»Nun?«, fragte sie.

»Da war irgend so ein Idiot, der Calvados von 1946 ausgegeben hat«, sagte Tomas.

»Es interessiert mich nicht, was du getrunken hast oder warum«, erklärte Gunilla. »Woher kommt das Geld?«

»Ich brauche noch eine Kopfschmerztablette«, sagte Tomas.

»Es hat keinen Sinn, mehr als zwei zu nehmen«, sagte Gunilla. »Und es dauert eine Weile, bis sie wirken. Trink deinen Kaffee. Also – das Geld?«

»Hm«, sagte Tomas und kratzte sich an der Schläfe. »Ich habe den Bus verkauft.«

»Was?«

»Ich habe den Bus verkauft.«

»Du kannst doch wohl nicht … ich meine, warum?«

»Ja, weiß der Teufel«, sagte Tomas. »Ich bin es einfach leid.«

Gunilla schaute auf die Stapel mit den Hundertern. Einer mit genau hundert, einer mit siebenundneunzig. Neunzehntausendsiebenhundert Kronen.

»Zwanzigtausend bar auf die Hand«, sagte Tomas, »ja und?«

»Müssten wir nicht …«, sagte Gunilla. »Hätten wir nicht die anderen vorher fragen müssen?«

»Die anderen?«, fragte Tomas zurück. »Warum sollten wir die denn fragen?«

»Weil uns der Bus zusammen gehört … gehörte.«

Tomas trank einen Schluck Kaffee und verzog das Gesicht.

»Wir haben ihn für achtunddreißig gekauft«, fügte sie hinzu.

»Ich weiß, für wie viel wir ihn gekauft haben. Ich war es, der das gemacht hat. Aber wir sind siebzigtausend Kilometer mit ihm gefahren. Und ich war es, der sich um jeden kleinen Mist gekümmert hat. Warum zum Teufel sollte ich dann erst die anderen fragen? Außerdem gehören dir und mir einundfünfzig Prozent, oder?«

Er verstummte. Ging zum Spültisch und trank direkt aus dem Hahn Wasser. Sie fragte sich, warum er so aggressiv war, das war sonst nicht seine Art. Hatte das mit seinem Kater zu tun, oder wusste er selbst, dass er den Bus zu billig verkauft hatte? Sie beschloss, nicht weiter nachzubohren.

»Okay«, sagte sie stattdessen. »In gewisser Weise hast du wohl Recht.«

»Ich werde noch zwei Fahrten machen und als Fahrer bezahlt werden«, sagte Tomas. »Das haben wir so verabredet.

»An wen hast du den Bus denn verkauft?«

»An einen Typen, der Pontus heißt. Ein Jurist, verdammt schlau.«

»Aber wieso hat er bar bezahlt, du hattest das Geld ja lose in den Jackentaschen.«

»Das ist halt so gekommen«, sagte Tomas. »Und auf der Quittung stehen nur zehntausend, das ist für beide Teile am besten so.«

Ach ja?, dachte Gunilla und musste sich eingestehen, dass das ein Zug war, den sie nicht so richtig verstand.

»Aber wir müssen auf jeden Fall das Geld mit den anderen teilen?«, fragte sie dann.

»Ja, natürlich«, stimmte Tomas zu. »Das macht zweieinhalb pro Paar… plus ein Viertel von dem, was wir im Laufe des Herbst eingenommen haben. Die werden schon zufrieden sein.«

»Zweieinhalb?«, fragte Gunilla nach.

»Es stehen doch zehntausend auf der Quittung«, wiederholte Tomas.

»Aber …«, sagte Gunilla, »du willst doch wohl nicht …«

»Können wir uns über eine Sache einigen?«, unterbrach er sie.

»Und über was?«

»Dass ich mich in Zukunft in dieser Familie um die Finanzen kümmere. Das ist wohl das Einfachste.«

Gunilla stützte ihr Kinn auf die Handknöchel und betrachtete ihn. Er erwiderte ihren Blick mit geröteten Augen. Schien nicht der Meinung zu sein, dass an dem einen oder anderen, was er gesagt und getan hatte, etwas Merkwürdiges sei.

Weder daran, dass er sturzbetrunken um halb vier Uhr morgens nach Hause gekommen war. Noch daran, dass er den Bus verkauft hatte und plante, die anderen um zehntausend Kronen zu bescheißen.

»Wir verteilen das Geld noch rechtzeitig vor Weihnachten«, sagte er. »In zwei Wochen oder so. Die werden sich nur freuen. Und dann melde ich nach Neujahr Konkurs an.«

»Das gefällt mir nicht«, sagte Gunilla.

»Gibt es irgendjemanden außer mir, der auch nur einen Finger dafür gerührt hat, dass der Laden läuft?«, fragte Tomas.

»Da magst du ja Recht haben, aber …«

»Das nächste Mal werde ich etwas sorgfältiger sein, wenn ich mir meine Geschäftspartner aussuche«, sagte Tomas.

»Das nächste Mal?«, wunderte Gunilla sich.

»Ja, das nächste Mal«, sagte Tomas. »Das meine ich so. Aber jetzt muss ich mich hinlegen und noch eine Runde schlafen. Das war dieser blöde Calvados … der war von 1946, habe ich das schon gesagt? Gleich nach dem Krieg.«

»Wir haben aber versprochen, bei Ulrika und Dennis heute Nachmittag Torte zu essen«, sagte Gunilla. »Es ist Torstens zweiter Geburtstag.«

»Geh du«, sagte Tomas. »Es tut mir leid, aber ich schaffe es nicht. Du kannst doch sagen, dass ich erkältet bin und sie nicht anstecken will.«

Er stand auf und schlurfte wieder ins Schlafzimmer. Gunilla blieb noch eine Weile sitzen und schaute auf die Geldscheinstapel. Dann legte sie sie in die zweite Schublade von unten im Küchenschrank und rief Ulrika an.

# 56

Als Eva Backman von ihrem Termin mit Asunander zurückkam, lag die Abschrift der Befragung von Kristin Pedersen auf ihrem Schreibtisch.

In einem braunen Briefumschlag mit Grüßen von Sorgsen, der außerdem mitteilte, dass er es nicht geschafft habe, sie selbst zu lesen.

Eva Backman holte die Papiere aus dem Umschlag, stellte fest, dass es sich um dreizehn Seiten handelte, und beschloss, sie mit nach Hause zu nehmen und im Laufe des Abends zu lesen. Jetzt war es Viertel nach vier, und sie hatte versprochen, den Söhnen Lasagne zu machen.

Und es wäre nicht schlecht, wenn das Essen um sechs auf dem Tisch stand, da zwei von ihnen um acht Uhr ein Spiel hatten.

Sie schob also die Dame Pedersen in die Aktentasche, räumte in zwanzig Sekunden ihren Schreibtisch auf und verließ das Polizeigebäude.

Es dauerte bis halb neun, dann war es endlich so weit. Vielleicht hatte sie auch absichtlich ein wenig getrödelt. Eine verborgene Einsicht, dass eigentlich nichts mehr besonders wichtig war, war in ihr gewachsen. Asunander hatte bei dem nachmittäglichen Gespräch den Staatsanwalt Månsson dabei gehabt, und keiner von beiden war besonders beeindruckt von dem Einsatz ihrer beiden Ermittler gewesen.

Gab es überhaupt irgendeinen winzigen Wink, der besagte, dass Germund Grooth ums Leben gebracht worden war?, hatte der Staatsanwalt wissen wollen. Ja, meiner persönlichen Einschätzung nach gibt es so in etwa genau das, hatte Asunander erklärt. *Einen winzigen Wink.* Den hatte es bereits vor einer Woche gegeben, und soweit er verstand, war er in der Zwischenzeit nicht größer geworden. Oder?

Backman hatte bestätigt, dass die Lage ungefähr so aussah, leider, sie aber weiterarbeiteten, so gut es ging.

Und dieser kleine Wink, hatte Månsson wissen wollen, woraus bestand er, genauer betrachtet?

Backman hatte nachgedacht und erklärt, dass er genauer betrachtet aus zwei Zutaten bestand. *Zwei* Winke sollte man also sagen. Zum einen hatte Grooth einen anonymen und nicht zurückverfolgbaren Telefonanruf erhalten an dem Tag, an dem er gestorben war. Zum anderen war es mehr oder weniger unbegreiflich, wie er von seiner Wohnung in Lund zu der dreihundert Kilometer entfernten, abseits gelegenen Gänseschlucht gelangt war. Zumindest, wenn man voraussetzte, dass er es aus eigenem Antrieb heraus gemacht hatte.

Ist das alles?, hatte der Staatsanwalt gefragt und sie angestarrt.

Ja, hatte sie wiederholt und gedacht, dass sie ihm am liebsten an den Haaren gezogen hätte – es gab Anzeichen dafür, dass er eine Perücke trug, aber im Polizeigebäude gab es dazu geteilte Meinungen. Das war der ganze Komplex, war es nicht das, was Sie wissen wollten?

Nein, warten Sie. Ihr war noch etwas eingefallen, bevor Månsson den Mund öffnen konnte. Da war noch eine Sache. Er hatte eine Parisreise gebucht, und zwar für einen Termin, sechs Tage nach seinem Tod. Zusammengefasst konnte man wohl behaupten, dass es ein wenig übereilt war, davon auszugehen, dass er sich das Leben genommen hatte.

Sie mochte Månsson nicht, und sie kannte niemanden sonst, der ihn mochte. Aber auch wenn er nicht bestreiten konnte, was sie gerade vorgetragen hatte, so hatte er sie dennoch dazu gebracht, ihre momentane Arbeit selbst in Frage zu stellen.

Und das war wohl der Grund dafür, dass sie keine größere Lust, keinen Optimismus verspürte, als sie sich schließlich hinsetzte und Ribbings Abschrift des Gesprächs mit dieser ausweichenden Dänin Kristin Pedersen las.

Als Eva Backman sich in Lund ins Auto gesetzt hatte, um den Heimweg anzutreten, war sie davon überzeugt gewesen, dass Grooth ermordet worden war, daran konnte sie sich noch ganz deutlich erinnern. Jetzt fühlte sie sich alles andere als überzeugt.

Nicht, weil in diesen dazwischenliegenden fünf Tagen etwas Besonderes passiert war. Eher im Gegenteil, weil überhaupt nichts passiert war.

*But the show must go on*, dachte Eva Backman, richtete ihren Blick auf die erste Seite und biss in einen Apfel.

Der schmeckte säuerlich, an der Grenze zu sauer.

Ribbing war sorgfältig vorgegangen. Das Protokoll war lückenlos, jede einzelne Pupsfrage war aufgeführt. Alter, Beruf und Wohnort und wie viel sie als Erstattung für die Bahnfahrkarte über den Sund haben wollte.

Der Grund, warum Frau Pedersen nicht zum ersten vereinbarten Termin erschienen war, lag darin, dass er sich mit einem Zahnarzttermin überschnitten hatte. Das hatte sie zu spät bemerkt, aber ein dänischer Zahnarzt ging immer vor, auch vor einem schwedischen Polizisten. Vor einem dänischen Polizisten übrigens auch.

Schließlich berichtete Kristin Pedersen, dass sie Germund Grooth ungefähr vier Jahre gekannt hatte. Sie hatten sich auf der Fähre zwischen Frederikshamn und Oslo kennengelernt.

Backman erinnerte sich, dass noch jemand Grooth unter ähnlichen Umständen begegnet war, konnte sich aber momentan nicht daran erinnern, wer es war, aber vielleicht war das eine Strategie, die er verfolgt hatte. Dass er hier seine Frauen fand. Sie notierte sich im Stillen, dass sie Marianne fragen wollte, wo die beiden sich kennengelernt hatten – obwohl es ihr schwerfiel, sich Marianne auf einer Fährfahrt vorzustellen. Zumindest mit der Absicht, einen Kerl aufzureißen.

Es war nie die Rede davon gewesen, zusammenzuziehen oder etwas in der Art, erklärte Kristin Pedersen weiter, derartige Beziehungen hatte sie in ihrem Leben genug gehabt. Sie wollte allein leben, brauchte aber ab und zu einen Mann, war das etwa so außergewöhnlich?

Ribbing versicherte ihr, dass das überhaupt nicht außergewöhnlich sei, und Frau Pedersen führte lang und breit aus, welche Vorteile es mit sich brachte, wenn man trotzdem jemanden sozusagen etwas fester an sich gebunden hatte. Möglicherweise auch einige. So dass man nicht jedes Mal, wenn es aktuell wurde, wieder bei Null anfangen musste. Ribbing erklärte, er verstehe genau, was sie meine.

Aber er war so trübsinnig, der Germund, stellte Kristin Pedersen dann fest, und ab hier las Backman etwas langsamer und mit einer immer stärker ausgeprägten Falte zwischen den Augenbrauen.

GR: Trübsinnig?

KP: Ja, ich finde keinen besseren Ausdruck. Germund schien von irgendetwas gequält zu werden.

GR: Was kann das gewesen sein?

KP: Das hat er nie erzählt. Aber er hat zugegeben, dass es da etwas gab.

GR: In welcher Art und Weise zeigte sich, dass er sich gequält fühlte?

KP: Er konnte unglaublich traurig und niedergeschlagen sein. Aber natürlich nur ab und zu. Man kann nicht mit einem Menschen verkehren, der die ganze Zeit nur düster ist.

GR: Aber Sie sagen, es gab dafür eine spezielle Ursache? Etwas, worüber er nicht sprechen wollte?

KP: Ich glaube schon. Ich hatte fast das Gefühl, als würde das auf ein spezielles Ereignis zurückgehen.

GR: Was könnte das gewesen sein?

KP: Das weiß ich nicht, das habe ich doch schon gesagt.

GR: Wissen Sie, dass er vor langer Zeit durch einen Unfall seine Lebensgefährtin verloren hat?

KP: Maria, ja. Er hat es erwähnt. Sie ist einen Steilhang hinabgestürzt und umgekommen.

GR: Haben Sie viel mit ihm über dieses Ereignis gesprochen?

KP: Nein. Er hat es nur einmal erzählt und ist ein andermal darauf zurückgekommen. Wenn ich mich recht erinnere, dann gab es nur diese beiden Male.

GR: Kann dieses Ereignis der Grund für seine depressiven Tendenzen gewesen sein?

KP: Ich habe keine Ahnung. Ich nehme an, dass das möglich ist, aber es kann auch etwas anderes gewesen sein. Etwas …

GR: Ja?

KP: *Nach langem Zögern*: Ich kann mich irren, aber es kann etwas gewesen sein, was noch viel weiter zurücklag. Etwas, das passiert ist, als er ein Kind war.

GR: Hat er jemals von seinen Eltern erzählt?

KP: Ja, er hat erwähnt, dass beide gestorben sind, als er noch ziemlich klein war. Ich glaube, nicht älter als zwölf, dreizehn. Durch einen Autounfall, glaube ich.

GR: Kann es dieses Ereignis sein, das seiner Trübsinnigkeit zugrunde lag?

KP: Ich weiß nicht.

GR: Aber Sie sind der Meinung, dass es auf jeden Fall in seinem Hinterkopf ein Trauma gab?

KP: Dessen bin ich mir ziemlich sicher. Das war ja die Ursache dafür, dass er sich so gequält fühlte. Es kann etwas mit dem Tod seiner Eltern zu tun haben, es kann daran liegen, dass seine Lebenspartnerin gestorben ist, das kann ich nicht sagen. Es kann auch an beidem liegen oder an etwas anderem. Er redete nicht viel, wenn er so deprimiert war.

GR: Ich verstehe. Wie haben Sie erfahren, dass er tot ist?

KP: Das habe ich erst jetzt. Sie haben mich doch deshalb angerufen.

GR: Wie lange ist es her, seit Sie ihn das letzte Mal getroffen haben?

KP: Wir waren Anfang August ein Wochenende lang zusammen.

GR: Und wo?

KP: Bei mir in Kopenhagen. Ja, das war das letzte Mal, dass ich ihn gesehen habe.

GR: Und welchen Eindruck hatten Sie da von ihm?

KP: Er war wie immer.

GR: Was haben Sie gemacht?

KP: Na, was glauben Sie?

GR: Ich verstehe. Haben Sie etwas von seiner Trübsinnigkeit gemerkt, wie Sie es genannt haben? Ich meine, als Sie ihn das letzte Mal getroffen haben.

KP: Er lag oft nachts noch lange wach. Jedenfalls ein paar Stunden. Das hat er damals wohl auch gemacht. Aber ich fand das nicht außergewöhnlich. Trübsinnige Männer können ziemlich attraktiv sein, aber das zu verstehen, dazu fehlen Ihnen vielleicht die Voraussetzungen?

GR: Sagen Sie das nicht, Frau Pedersen. Was denken Sie über seinen Tod?

KP: Wie bitte?

GR: Wissen Sie, wie er gestorben ist?

KP: Nein. Sie haben mir erzählt, dass es ein Autounfall war.

GR: Entschuldigung, aber das muss ein Missverständnis sein. Wir haben gesagt, dass er einen Unfall hatte. Aber es war kein Auto darin verwickelt.

KP: Nicht? Was für ein Unfall war es dann?

GR: Er ist einen Steilhang hinuntergestürzt.

KP: Einen Steilhang?

GR: Ja.

KP: Er auch?

GR: Ja. Haben Sie wirklich nichts davon gewusst?

KP: Nein, woher sollte ich das denn wissen? Ich war drei Wochen lang auf den Seychellen.

GR: Das wissen wir. Nun gut, Germund Grooth ist also genau an dem Ort tot aufgefunden worden, an dem seine Lebensgefährtin vor fünfunddreißig Jahren gestorben ist.

KP: Was sagen Sie da?

GR: So ist es. Deshalb sind wir an den Umständen, die seinen Tod betreffen, interessiert. Wie ist es, würden Sie sagen, dass Germund Grooth imstande war, sich das Leben zu nehmen?

KP: Er ist genau an derselben Stelle gestorben?

GR: Ja. Denken Sie, dass er selbstmordgefährdet war?

KP: *Nach kurzem Zögern*: Eigentlich nicht.

GR: Was meinen Sie damit?

KP: Sicher, er hat sich gequält, aber wenn er sich das Leben hätte nehmen wollen, dann hätte er das schon vor langer Zeit gemacht. Er war sechzig. Außerdem …

GR: Ja?

KP: Außerdem wollte er nach Paris reisen, wenn ich mich nicht irre. Wir haben, kurz bevor ich auf die Seychellen geflogen bin, noch telefoniert, ja, und da hat er mir erzählt, dass er Anfang Oktober für eine Woche nach Paris will. Jetzt diese Woche, wenn ich mich nicht irre. Man nimmt sich doch nicht das Leben, wenn man nach Paris reisen will.

GR: Das haben wir auch registriert. Wissen Sie denn auch, ob er allein nach Paris wollte oder in Begleitung von jemandem?

KP: Ich kann mir schwer vorstellen, dass er niemanden dort treffen wollte.

GR: Wieso?

KP: Mein lieber Herr Inspektor, ich war bei Weitem nicht die einzige Frau in Germund Grooths Leben. Das habe ich mir auch nie eingebildet. Aber er ist also an denselben Ort gegangen und dort gestorben wie sie?

*Trübsinnig und attraktiv?*, dachte Eva Backman und schaute für einen Moment von den Papieren auf. Ja, vielleicht lag darin ein Fünkchen Wahrheit. Zumindest, was die Attraktion für eine kurze Zeit betraf, und das tat es ja wohl in diesem Fall. Wiederholte kurze Zeiträume.

*Ein Trauma?* Es war natürlich nicht sicher, dass das stimmte, aber wenn dem so war, dann konnte man ja darüber nachdenken. Der Tod der Eltern und Maria Wincklers Tod. Gab es da noch etwas Drittes? Warum sollte noch etwas Drittes notwendig sein?

Sie schüttelte den Kopf und las weiter. Ribbing hielt sich eine Weile damit auf, wie oft sie sich gesehen hatten, ob sie den Namen anderer Frauen in Grooths Bekanntenkreis wusste (das tat Kristin Pedersen nicht, und sie hatte auch kein Interesse daran gehabt, sie zu erfahren), kam dann wieder auf diese Trübsinnigkeit und die depressiven Tendenzen zurück, aber Eva Backman konnte nichts besonders Brauchbares darin finden.

Dann ging Ribbing dazu über, genau wie sie ihn instruiert hatte, nach dem Besuch bei den Wincklers im Juni in Lindås zu fragen, aber das Einzige, was Kristin Pedersen zu diesem Treffen zu sagen hatte, war, dass sie bei kleinbürgerlichen, wohlsituierten Vorzeigeschweden übernachtet hatten. Sie waren scheißlangweilig, hatten aber einige gute Weine serviert. Worüber sie gesprochen hatten, daran konnte sie sich nicht erinnern. Falls es irgendeine Art von Unstimmigkeit zwischen Grooth und den Gastgebern gegeben haben sollte, so hatte zumindest Kristin Pedersen das nicht bemerkt.

Aber sie hatte das eine oder andere Glas getrunken, das gab sie frei heraus zu. War auf dem Sofa eingeschlafen, wenn sie diesen Abend jetzt nicht mit einem anderen verwechselte.

Eva Backman beendete ihre Lektüre und seufzte. Dann schob sie die Papiere wieder in den Umschlag und erinnerte sich daran, was sie vor Kurzem gedacht hatte.

Dahinter ist eine Geschichte verborgen. Eine Geschichte, der wir nicht einmal ansatzweise näher kommen.

Stimmt das?, dachte sie jetzt. Oder ist es nur so, dass wir uns so etwas einbilden? Dass *ich* mir so etwas gern einbilde?

Andererseits hatte Kristin Pedersen gesagt, dass es ihr schwerfalle, sich vorzustellen, dass Germund Grooth sich das Leben genommen haben sollte. Mit einer bevorstehenden Parisreise und alldem.

Das hatte sie gesagt.

Ich werde aus der Sache nicht schlau, dachte Eva Backman. Aber so langsam bin ich sie leid. Morgen werde ich zu Barbarotti gehen und ihm sagen, dass wir das jetzt verdammt noch mal lösen müssen.

Oder wir stellen die Ermittlungen ein, das ist es ja wohl, was die hohen Herren wünschen.

# 57

Der Spatz.

Es war nicht so einfach, Informationen über dieses Bootsunglück zu finden, bei dem Bernard Grimaux seine Frau und seine kleine Tochter verlor, aber ich habe es geschafft. Mein Mentor hat mich für meine literaturhistorische Detektivarbeit gelobt, wie er sie nannte, und er hat gesagt, dass er selten eine so begabte Arbeit wie meine gelesen hat.

Ich weiß, dachte ich, doch als er mir vorschlug, wir sollten im Frühling auf Promotionsniveau fortfahren, habe ich höflich, aber bestimmt abgelehnt.

Weder Germund noch ich haben Lust, im akademischen Ententeich hängen zu bleiben, zumindest versichern wir uns das immer wieder gegenseitig. Obwohl ich mich manchmal frage, in welcher Welt sich Germund eigentlich zurechtfinden kann. Wir sind beide ziemliche Eigenbrötler, aber Germund ist auf jeden Fall schlimmer dran als ich.

Aber jetzt erst einmal zu Grimaux, ich habe die Unterlagen aus zwei französischen Zeitschriften – oder *magazines*, genauer gesagt. Beide haben ein paar Monate nach dem Unglück, kurz bevor er sich entschloss, den Atlantik zu überqueren, ein Interview mit ihm geführt.

Es war also so, dass Bernard mit Frau und Tochter zusammen war, als es passierte. Sie befanden sich alle im selben Boot, und sie fielen alle drei ins Wasser. Grimaux selbst kam mit dem

Leben davon, während seine Frau und Tochter starben, und das ist die Krux. Es steht nicht im Klartext in einem der Interviews, aber wenn man es mit gewissen Dingen vergleicht, die er in seinem letzten Jahr in New York geschrieben hat, dann ergibt sich ein deutliches Bild. Er hat sich verzweifelt bemüht, beide zu retten. Hat lange in den Wellen gekämpft, das ist ganz offensichtlich, aber irgendwann hat er aufgegeben und beschlossen, sich selbst zu retten und nicht mehr zu versuchen, die anderen zu retten.

Wenn er diesen Entschluss nicht gefasst hätte, dann wären sie alle drei ertrunken. Drei Tote statt zwei. Aber irgendwie nützt das nichts. Das Leben lässt derartige rein mathematische Vereinfachungen nicht zu – ich werde das irgendwann einmal mit Germund diskutieren, auf jeden Fall. In seinen Träumen und in seinen Gedichten geht Grimaux immer und immer wieder die Situation durch, als er sie faktisch aufgegeben hat – den Augenblick, als er es beschloss, und es ist dieser Augenblick und dieser Entschluss, die ihn nicht in Ruhe lassen. Sie kommen immer wieder und flehen um seine Hilfe. Sie suchen ihn in seinen Träumen heim – aber auch, wenn er, nach allem zu urteilen, hellwach ist. Das ist äußerst schmerzhaft für ihn. Eine ertrunkene Ehefrau und eine ertrunkene Tochter, die ihn um Hilfe anrufen, und schließlich wird ihm klar, dass es nur einen Weg gibt, sie loszuwerden. Er muss sie noch einmal töten, um seiner Schuld und seinen Quälgeistern zu entfliehen. In seinem allerletzten Gedicht, das also auf zwei Tage vor seinem Tod datiert ist, führt er diese Handlung aus, und es ist das finsterste, schönste und unerbittlichste Gedicht, das ich je gelesen habe.

Aber jetzt lasse ich Grimaux hinter mir. Es ist Januar, und ein schweinekalter Wind fegt durch Uppsala. Germund und ich haben darüber diskutiert, ob wir hier wirklich noch viel länger bleiben wollen, er meint, er müsse noch ein weiteres Jahr studieren, er will auch sein Examen in Physik machen, und ich nehme an, dann wird es so sein. Ich weiß jedenfalls gar nicht, wohin wir uns wenden sollten oder was wir machen wollten, wenn wir umziehen. Mein Leben hat keine Richtung. Auf jeden Fall will ich einen Job finden, anfangs wird es Friedhofsarbeit sein, auf dem Alten Friedhof und vielleicht draußen in Berthåga. Ich habe eine Anzeige in der Zeitung gesehen, in der stand, dass sie Leute brauchen, habe dann angerufen und den Job sofort bekommen. Es handelt sich um sechs Monate, vielleicht verlängert es sich, aber dafür gibt es keine Garantie. Ich freue mich darauf, herumzulaufen und zwischen den Gräbern zu harken, statt immer nur zu lesen und zu lernen, ja, das wird schön werden. Ich fange am ersten Februar an.

Ich kann nicht sagen, wo Germund steht. Aber vielleicht habe ich das noch nie gewusst. Es ist frustrierend für ihn, dass wir immer noch nicht miteinander vögeln. Er trifft ab und zu andere Mädchen, das ist kein Geheimnis, aber wir sprechen nie darüber. Ich will es nicht wissen, habe ihm nur gesagt, dass es mich nicht interessiert.

Aber es quält ihn, dass ich ihn nicht aufnehmen kann, ich habe ihn gefragt, ob er möchte, dass ich ausziehe, damit er andere Frauen mit nach Hause bringen kann, aber jedes Mal, wenn ich es vorschlage, wird er fast wütend.

Es geht um dich und mich, Maria, sagte er vor Kurzem. Du und ich, für immer, hatten wir das nicht so beschlossen? Könnten wir nicht vielleicht mit jemandem mal reden?

Mit jemandem mal reden?, wiederholte ich. Was meinst du damit? Mit wem sollen wir denn reden? Und worüber?

Über das hier, sagte Germund und breitete die Arme aus, obwohl er eigentlich wütend und verbittert war. Über dich und mich. Darüber, dass wir uns lieben, aber nie vögeln. Darüber, was in diesem verfluchten Timisoara passiert ist. Du bist ja wohl nicht die erste Frau in der Weltgeschichte, die vergewaltigt wurde?

Ich überlegte fünf Sekunden lang, was zum Teufel ich darauf antworten sollte. Dann gab ich ihm eine Ohrfeige. Traf dabei mit meinem Ring seine Augenbraue, die fing an zu bluten, und hinterher hatten wir ein paar schöne Stunden der Versöhnung.

Wir tranken Wodka, lagen nackt beieinander und umarmten uns, ich half ihm schließlich zum Erguss, aber weiter kamen wir nicht. Dazu ist es zu früh, immer noch zu früh.

Meine Eltern nerven uns damit, dass wir doch ins Faschistenspanien reisen und sie besuchen sollen, aber ich wehre sie ab. Oder genauer gesagt nerven sie damit, dass zumindest ich kommen soll. Vielleicht könnte ich mir sogar vorstellen, dort hinzufahren, wenn ich dort in Ruhe gelassen würde, das will ich gar nicht ausschließen. Wenn ich den Sommer über arbeite, könnte ich im Herbst für ein paar Monate hinunterfahren, natürlich nur unter der Voraussetzung, dass die Eltern nicht dort sind. Zumindest nicht die ganze Zeit. Ich werde das mal mit Mama diskutieren, trotz allem haben sie noch ein Haus in Sundsvall, und sie verbringen mindestens das halbe Jahr in Schweden, nein, ich werde diese Möglichkeit nicht ganz verwerfen. Man muss ja nicht die ganze Zeit am Strand liegen, es gibt Granada und Ronda und auch sonst noch alles Mögliche.

Schweinebruder Tomas hat den Bus verkauft, und das war sicher gut so, aber ich glaube, er hat uns mit dem Geld übers Ohr gehauen. Scheiß drauf, wir kommen auch so zurecht. Germund kriegt immer noch sein merkwürdiges Stipendium, und wenn ich mit meinem Job anfange, werde ich ja wohl auch ein Gehalt kriegen. Aber der Januar wird ziemlich knapp, das ist überhaupt ein beschissener Monat, das mögen die Götter wissen.

Gestern habe ich Gunilla in der Stadt gesehen, auf dem St. Eriks Marktplatz zwischen den Obsthändlern, und ich bin ziemlich sicher, dass sie so getan hat, als hätte sie mich nicht gesehen. Sie hat auf so eine durchschaubare Art und Weise weggeguckt, wie man es nur tut, wenn man jemanden entdeckt hat, den man nicht grüßen will.

Ich frage mich, was das zu bedeuten hat und ob ich es ansprechen sollte. Sie direkt damit konfrontieren, ich mag es nicht, wenn ich so behandelt werde. Von niemandem und schon gar nicht von ihr.

Die Träume kommen jetzt immer seltener, und jedes Mal bin ich vollkommen unvorbereitet darauf. Aber mindestens einmal im Monat bin ich wieder in diesem Raum. Es ist jedes Mal gleich lebendig und gleich schmerzhaft. Ich kann verstehen, wie es Bernard Grimaux in New York ging, das kann ich wirklich.

# 58

Haben wir etwas übersehen?«, fragte Eva Backman.

Es war Freitag. Es regnete. Sie aßen im Kungsgrillen zu Mittag, sie hatte sich für Heringsfilets mit frischen Preiselbeeren entschieden, Barbarotti aß Dillfleisch mit Kartoffeln.

»Übersehen? Ich weiß nicht. Mir fällt nichts ein.«

Sie dachte darüber nach. »So können wir nicht mehr lange weitermachen«, sagte sie. »Es gibt keinen Grund, weiter Energie in den Fall zu stecken, Asunander und Månsson waren da recht deutlich, oder?«

»Entschuldige«, sagte Barbarotti. »Was soll das sein, was wir übersehen haben? Ich glaube, wir haben jeden Faden gezogen, den es nur gibt.«

»Das denke ich auch«, sagte Backman.

Barbarotti trank einen Schluck Sprudelwasser und lehnte sich zurück. »Jetzt hör mal«, sagte er. »Wenn es tatsächlich so sein sollte, dass Grooth ermordet wurde, dann werden wir trotz allem keinen wirklichen Beweis dafür finden. Wir werden vermutlich niemals herausfinden, wer es war, und wenn wir doch so weit kommen … wenn wir über eine Lösung stolpern, dann werden wir ihn nicht an die Wand nageln können. Oder sie.«

»Wie schön, dass du so optimistisch bist«, sagte Eva Backman. »Genau das meinte Månsson ja, die fehlenden hieb- und stichfesten Beweise. Aber es wäre doch schön, zu wissen, wie es tatsächlich abgelaufen ist, findest du nicht? Jedenfalls das? Ich finde es so einfach ärgerlich.«

Gunnar Barbarotti kaute eine Weile sein Dillfleisch, sagte aber nichts.

»Was ist los mit dir?«, fuhr Backman fort. »Hast du deine Neugier verloren? Ich wollte dich eigentlich auffordern, jetzt endlich diesen Fall zu lösen, weil er mir langsam auf die Nerven geht. Bist du einverstanden?«

Barbarotti schluckte und dachte nach.

»Ich stehe auf deiner Seite«, erklärte er. »Es ist klar, dass ich mich auch frage, was eigentlich passiert ist. Mit beiden.«

»Hört, hört«, sagte Eva Backman.

»Ich weiß nur nicht, wie wir weiter vorgehen sollen. Wir haben ja zwei Mal mit allen Beteiligten gesprochen. Wir können es wohl kaum noch einmal machen.«

»Ich habe da so eine Idee, die mir immer wieder durch den Kopf geht«, sagte Eva Backman. »Es gibt da eine verborgene Geschichte, der wir uns noch nicht einmal im Ansatz genähert haben.«

»Eine verborgene Geschichte?«

»Ja. In dieser Gruppe. Es gibt da etwas, das nur sie wissen und worüber sie nicht reden. Und das ist der Kern von allem.«

»Sprich weiter«, sagte Barbarotti.

Backman legte ihr Besteck hin und wischte sich den Mund mit der Serviette ab. »Also. Sie waren sechs … vielleicht sieben … anfangs. Jetzt sind es nur noch drei. Oder vier, aber das glaube ich nicht. Diese drei, also die Wincklers und dein abtrünniger Pfarrer, beschließen ganz einfach, uns nichts zu erzählen. Sie haben eine Art Pakt geschlossen, ob nun geschrieben oder nicht … was hältst du davon?«

»Klingt wie ein schlechtes Filmskript«, sagte Gunnar Barbarotti.

»Vielleicht ist das Leben ja ein schlechter Film«, sagte Eva

Backman. »Haben wir nicht schon mal davon geredet, dass es einen Regisseur gibt?«

»Doch, ja. Aber warum sollte es einen *schlechten* Regisseur geben?«

Eva Backman schnaubte verächtlich. »Es gibt eine ganze Menge, was darauf hindeutet, dass es genau den gibt, da musst du mir doch zustimmen, oder? Aber jetzt haben wir wieder den Faden verloren. Das passiert momentan dauernd, wenn man mit dir redet. Wie geht es Marianne denn heute?«

»Langsam besser«, sagte Barbarotti.

»Mhm?«

»Alles ist gut, sagen sie, aber ich kann nicht verstehen, wieso sie so müde sein kann. Auf jeden Fall lässt sie grüßen und hat gesagt, sie möchte dich gern sehen. Irgendwann am Wochenende, wenn du Zeit hast. Ich habe ihr auch das mit Grooth erklärt… sie ist vollkommen einverstanden, mit dir über ihn zu sprechen.«

»Ausgezeichnet«, sagte Backman. »Dann gehe ich am Sonntagnachmittag zu ihr, nachdem ich die Jungs Ville übergeben habe. Wie ist es eigentlich gestern bei dem Pfarrer gelaufen, du hast bisher nur gesagt, dass nichts dabei herausgekommen ist?«

Gunnar Barbarotti berichtete kurz von seinem Gespräch mit Rickard Berglund. Oder er versuchte zumindest, umfassend zu berichten, er selbst fand es schwierig, irgendeine Form von Struktur in dem Gespräch zu finden.

»Wir haben über alles Mögliche gesprochen«, erklärte er. »Vielleicht spielten die Umstände eine gewisse Rolle. Mariannes Gehirnblutung und seine Ehefrau, die gerade gestorben ist. Das war… es war irgendwie einfach nicht die Situation für eine ordentliche Vernehmung. Vielleicht habe ich es auch nur vermasselt.«

»Was hättest du denn vermasseln sollen?«

Barbarotti zuckte mit den Schultern. »Ich weiß es nicht. Nein, es gab wahrscheinlich nichts, was man hätte vermasseln können. Aber es ist mir nicht einmal gelungen, sein Alibi zu überprüfen, was man wohl zumindest hätte erwarten können … aber ich denke, ich werde es noch mal im Hospiz gegenchecken.«

»Er war an diesem Samstag bei seiner Frau?«

»Wahrscheinlich. Aber er kann sich nicht mehr genau erinnern, schließlich hat er mehr als einen Monat so gut wie immer bei ihr gesessen.«

»All right«, sagte Eva Backman. »Dann überprüfe das. Beide Wincklers haben ein schwaches Alibi, Elisabeth Martinsson auch. Verdammt, ist es nicht merkwürdig, dass keiner von ihnen ausfällt?«

»Und vor fünfunddreißig Jahren hat es auch keiner getan«, sagte Barbarotti. »Ja, das ist schon merkwürdig, man kann sich fragen, ob das wirklich nur eine Frage des Zufalls ist. Was willst du heute Nachmittag machen?«

»Ich werde die restlichen Unterlagen der Kollegen in Skåne durchgehen«, sagte Eva Backman seufzend. »Wahrscheinlich werde ich mehr über Germund Grooth wissen als Marianne, wenn ich sie Sonntag besuche.«

Gunnar Barbarotti nickte, hatte aber keinen Kommentar dazu auf Lager.

Ich verliere meinen Biss, dachte er, als er wieder in seinem Büro war. Ich erkenne mich selbst nicht mehr.

Vielleicht hatte das etwas mit Marianne zu tun. Doktor Berngren hatte mit ihm darüber gesprochen. Passen Sie auch auf sich auf, hatte er ihn ermahnt. Ein verzögerter Schock ist in solchen Situationen nicht ungewöhnlich.

Aber er fühlte sich eher abgestumpft. Vielleicht äußerte der Schock sich in dieser Form? Lars hatte es auf jeden Fall heute

Morgen am Frühstückstisch bemerkt, oder war es Martin gewesen: Guten Morgen, Papa, ist heute jemand bei dir im Kopf zu Hause?

Er konnte sich nicht mehr erinnern, was er darauf geantwortet hatte, ob er überhaupt etwas geantwortet hatte. Aber das war bezeichnend, oder? Er fühlte sich nicht anwesend, und das war ihm offensichtlich auch anzumerken. Wenn er an Mariannes Bett im Krankenhaus saß, dann war er zwar an Ort und Stelle, zumindest solange sie wach war. Vielleicht sollte er sich lieber die ganze Zeit dort aufhalten? Genau wie Rickard Berglund es getan hatte.

Aber er war ja dort von keinem Nutzen. Zumindest den größten Teil der Zeit nicht. Wenn er irgendwo gebraucht wurde, dann war das zu Hause. Marianne und er hatten die Verantwortung für fünf Kinder, und da war es nur bedauerlich, dass er nicht häufiger anwesend sein konnte. In einer Situation wie dieser.

Bis heute Abend werde ich mich zusammengerissen haben, beschloss Inspektor Barbarotti. Jetzt muss es ja wohl genug sein mit diesen schockartigen Flusen. Meine wichtigste Aufgabe … meine wichtigste Aufgabe ist es, die Familie zusammenzuhalten und mich um sie zu kümmern. Dafür zu sorgen, dass sie spüren, dass sie mir auch wichtig sind. Dass es vorangeht. Sie werden diese Zeit für den Rest ihres Lebens nicht mehr vergessen.

Er schaute auf die Uhr. Halb zwei. Er gähnte. Es gab die Papiere von vier verschiedenen Ermittlungen durchzusehen. Die Gåsaklyftangeschichte nicht mitgerechnet, aber dafür hatte er keine neuen Berichte einzusehen. Er blätterte eine Weile die Stapel durch, ohne wirklich Enthusiasmus zu empfinden.

Gähnte erneut. Schaute aus dem Fenster.

Das Wetter sah gar nicht so schlecht aus. Der Regen war abgezogen, und es gab Risse in der Wolkendecke.

Er faltete die Hände vor sich auf dem Schreibtisch. Eine Autofahrt?, dachte er. Eine Autofahrt hinaus nach Rödåkra-Rönninge? Plötzlich fühlte er sich ungemein motiviert. Es konnte doch nie schaden, zum Tatort zurückzukehren. Ganz im Gegenteil, das war die klassischste aller Methoden.

Vorsichtig schlich er an Eva Backmans Tür vorbei, ohne den Kopf hineinzustecken und ihr zu berichten, was er vorhatte. Was war das, was sie gesagt hatte?

Eine verborgene Geschichte?

## 59

Als Rickard Berglund versuchte, auf das Jahr 1974 zurückzuschauen – in den Tagen zwischen Weihnachten und Neujahr, als klar war, dass sie aus Uppsala wegziehen würden –, schien es ihm ein Jahr gewesen zu sein, das sich irgendwie unter der Wucht der Ereignisse gekrümmt hatte.

Gleichzeitig dachte er, dass das ein Zeichen dafür war, dass ihr Entschluss der richtige gewesen war. Allein die Vielzahl der Ereignisse wies darauf hin, dass es an der Zeit war, die Universitätsstadt zu verlassen und sich hinaus in die Wirklichkeit zu begeben. Weder er noch Anna spürten auch nur den Ansatz eines Zögerns, was diesen Schritt betraf, das hatten sie sich sofort gegenseitig versichert, nachdem sie den Brief gelesen hatten – den Brief, in dem stand, dass er die Stelle bekam, um die er sich beworben hatte, und dass er sie am ersten Februar antreten konnte.

Er hatte seinen theol. cand. im Juni gemacht, aber davor hatte bereits ein größeres Ereignis stattgefunden: der Tod seiner Mutter. Er war Anfang April wie ein Blitz aus heiterem Himmel eingetreten. Oder eigentlich wie zwei Blitze: ein Schlaganfall, der am Abend des achten eintrat, und ein zweiter, nachdem sie ins Krankenhaus in Mariestad gekommen war, frühmorgens am neunten.

Ethel Berglund wurde am 18. April auf dem Friedhof der Kirche von Hova beigesetzt, hätte sie noch acht Monate gewartet, dann hätte er selbst die Zeremonie ausrichten können. Der erste Schlaganfall geschah an einem Montag, der zweite, der ihr Leben beendete, an einem Dienstag. Er konnte nicht anders, er musste es registrieren.

Auch wenn er seiner Mutter nie sehr nahegestanden hatte, so legte ihr Tod eine Art retroaktiven Dämpfer auf seine Priesterweihe im Dom von Uppsala im Advent. Er fühlte, er hätte gewünscht, sie wäre dabei gewesen. Und sein Vater, der Pfarrer der freien Kirche, auch, aber es lag ein gewisser Trost darin, dass sie jetzt beide vereint waren und dass sie die Weihe des Sohnes von ihrem gemeinschaftlichen Wolkenkissen da oben betrachten konnten. Sicher hatte keiner von beiden etwas gegen diese Perspektive.

Ende Mai war das Haus in Hova verkauft, und Anna und er gönnten sich einen vier Wochen langen Urlaub in der griechischen Inselwelt. Sie fuhren mit verschiedenen Booten zwischen den Inseln der Kykladen herum, eine schöner als die andere in dem strahlend blauen Meer, und sie versicherten einander, halb im Scherz, halb im Ernst, dass es Gott war, der das Schiff erfunden hatte, der Bus dagegen Teufelswerk war.

Wie Rickards Mutter war auch das Unternehmen »Qualitätsreisen« nur noch eine Erinnerung. Tomas hatte den Bus verkauft, und sie hatten die spärlichen Einkünfte verteilt, bevor der Konkurs im Februar ein Faktum war. Wenn er es überlegte, war es das einzige Mal, dass sie alle sechs wieder versammelt gewesen waren. Und nachdem Tomas und Gunilla im August nach Göteborg gezogen waren, war auch die Sibyllegatan Geschichte geworden. Ja, 1974 war unweigerlich ein Jahr des Aufbruchs gewesen.

Zur Vorbereitung auf die Ordination hatte er in verschiedenen Gemeinden außerhalb von Uppsala gepredigt. Vittinge, Almunge und Knutby, und auch wenn er nicht mehr als insgesamt vier Predigten gehalten hatte, konnte er schon spüren, was die liturgische Bürde beinhaltete. Was für ein Gefühl es war, auf der Kanzel zu stehen mit einer erwartungsvollen Gemeinde unter sich. Beim ersten Mal, in der schönen Kirche von Vittinge, war er so nervös, dass er es fast nicht die Stufen hinauf geschafft hätte.

Aber es war ein guter Lehrherbst gewesen, er hatte kluge, freundliche Kirchenhirten mit der Erfahrung vieler Jahre im Felde kennengelernt, und jetzt, da er im Begriff stand, die Gemeinde von Rödåkra-Hemleby tief in Westschweden zu übernehmen, hatte er trotz allem das Gefühl, bereit für diese Aufgabe zu sein. Zwar unerfahren und mit fehlenden Kenntnissen, aber dennoch bereit.

Anna hatte ebenfalls ein Jahr erlebt, das zu einem Aufbruch passte. Zwar war ihr Vertrag bei der *Uppsala Nya Tidning* verlängert worden, aber nach der Urlaubsvertretung im letzten Sommer war sie in der Lokalredaktion draußen in Östhammar gelandet. Was lange Tage und lange Wege bedeutete. Sie hatten sich ihr erstes Auto gekauft, einen alten Volvo PV mit drei Gängen für zweitausendvierhundert Kronen, so musste sie zumindest nicht mit dem Bus fahren, aber es hatte trotzdem jeden Tag zwei Stunden auf der Straße bedeutet. Die jetzt anstehende Stellung bei der *Schwedischen Kirchenzeitung* hatte sie ohne seinen Einfluss oder seine Fürsprache bekommen, es handelte sich um eine Halbtagsstellung mit Schwerpunkt auf Westschweden, und die Redaktionsleitung hatte versichert, dass die Arbeit problemlos von Kymlinge aus zu bewältigen war, auch wenn natürlich mal mit einer Reise nach Göteborg oder in andere Orte gerechnet werden musste.

Und sie war bereit, die Stadt ihrer Kindheit zu verlassen, Rickard sah keinen Grund, an ihren Worten zu dieser Frage zu zweifeln.

Vielleicht war da etwas anderes, das einen Hauch von Zweifel verursachte, doch er vermied, daran zu denken. So gut sich das vermeiden ließ. Es schien, als gäbe es in Anna so etwas wie einen Privatbereich, in den sie ihn nicht hineinlassen wollte. Sie hatte es schon mehrfach selbst mit diesem Ausdruck beschrieben: *ein Privatbereich.* Manchmal hatte er das Gefühl, er würde sie gar nicht kennen und dürfte sich deshalb auch nicht über sie wundern.

Aber vielleicht war das ja bei allen Frauen so – bei allen Menschen? Irgendwie war es nicht möglich, alles *kursiv* hervorzuheben, und vielleicht war es auch gar nicht gewollt? Vielleicht war gerade das eine Art Herausforderung? So war er sich bei einer ganzen Menge verschiedener Fragen nie sicher, was Anna in ihrem Inneren wirklich darüber dachte, aber sie sprachen selten darüber. Nur in Ausnahmefällen gelang es ihm, sie dazu zu überreden, zu irgendeinem kirchlichen Anlass mitzukommen. Sie beteten nie zusammen, und im Laufe der Jahre, die sie nun zusammen waren, waren sie höchstens drei- oder viermal zusammen bei einem Gottesdienst gewesen. Einen davon hatte er selbst abgehalten, den in der Kirche von Dalby. Eigentlich hatte er es so ziemlich aufgegeben, sie zu fragen, ob sie mitkommen wollte.

Obwohl er natürlich gern Glaubensfragen mit seiner Frau diskutiert hätte – nicht so weitschweifend wie bei dem Quartett bei Ofvandahls, aber trotzdem. Andererseits war er es vielleicht selbst, der da überempfindlich reagierte, schließlich sprachen sie ja miteinander, manchmal auch über Dinge, die über Alltagsfragen hinausgingen – aber häufig konnte sie so ein Gespräch abrupt abbrechen, genau in dem Moment, wenn er das Gefühl hatte, es würde neue Tiefen erreichen, und ihm erklären, dass sie keine Lust habe, jetzt weiter darüber zu reden. Er verstand selten den Grund, spürte nicht schon vorher, dass sie sich diesem Wendepunkt näherten, und die Stille, die hinterher zwischen ihnen herrschte, bedrückte ihn. Es war, als würde sie kleine Siege erringen, einfach dadurch, dass sie gar nichts mehr sagte. Dadurch, dass sie die Tür zu ihrem Privatbereich schloss. Ja, zur Sprache an sich.

Vielleicht war das beunruhigend, er wusste es nicht. Aber auf jeden Fall war es nichts, was noch unbedingt geklärt werden musste, solange sie auf dem Kvarngärdet in Uppsala lebten. Im Januar würde eine neue Zeit beginnen, das wussten beide, und dann würden neue Voraussetzungen gelten.

Bis jetzt waren sie jung gewesen, das dachte er häufiger. In Kymlinge, mit einem eigenen Pastorat und einem Pfarrhaus, da würden sie erwachsen werden.

Stadien auf dem Lebensweg.

Der Kontakt zu Tomas und Gunilla war im Laufe des letzten Jahres mehr oder weniger abgebrochen. Natürlich erst recht, nachdem diese nach Göteborg gezogen waren, aber er fragte sich ab und zu, woran das eigentlich lag. Er fand keine Antwort und diskutierte das auch nie ernsthaft mit Anna. Vielleicht steckten noch immer die Ereignisse von Timisoara dahinter, vielleicht auch die inzwischen Makulatur gewordene Reisefirma. Die »Qualitätsreisen« waren von Anfang an Tomas' Idee gewesen, und mit dem Konkurs auf dem Tisch konnte man nur feststellen, dass es keine besonders glückliche Geschichte war. Wieviel Geld Rickard und Anna genau verloren hatten, das war schwer zu sagen, aber nachdem er das Erbe seiner Mutter erhalten hatte, machte ihm das keine Sorgen mehr. Anna wie auch er hatten zwar irgendwann ihr Stipendium zurückzuzahlen, aber so ging es ja allen. Und ab Januar würden beide eine feste Stelle haben, auf einem Pfarrhof wohnen, und sie sprachen bereits davon, sich ein besseres Auto zuzulegen. Der Volvo war zwar wie am Schnürchen gelaufen, seit sie ihn von einem pensionierten Volksschullehrer draußen in Morgongåva gekauft hatten, aber vielleicht erforderte Rickards zukünftige Position ja etwas ein wenig Moderneres. Obwohl es daheim in Hova-Gullspång einen alten Pfarrer mit einem PV gegeben hatte, daran konnte er sich noch erinnern, und irgendwie gefiel ihm dieses Bild.

Von Maria und Germund hatten sie nichts gesehen und gehört. Er nahm an, dass Maria sich immer noch unten in Spanien aufhielt. Bevor er im August umgezogen war, hatte Tomas am Telefon erzählt, dass sie im Herbst einige Monate dort unten im Haus der Eltern verbringen wollte. Er hatte außerdem gemeint, dass es ihr wohl nicht so gut gehe. Aber so war es nun einmal, und dafür gab es natürlich Erklärungen. Womit Germund sich beschäftigte, das wussten weder Tomas noch Rickard – wahrscheinlich mit irgendeiner Form abgehobener theoretischer Physik. Rickard hatte ihn nur zweimal im Laufe des Herbsts gesehen, einmal in Gesellschaft einer anderen Frau, sie hatten zwei Reihen vor ihm im Kino Fyrisbiografen gesessen, und es hatte den Anschein gehabt, als würden sie einander sehr gut kennen.

Nun ja, hatte Rickard gedacht, das ist nicht mein Problem. Es war nur sonderbar, dass Anna, als er ihr davon erzählte, wütend wurde und erklärte, dass es natürlich ihre Sache sei und dass sie versuchen sollten, Kontakt mit Maria in Spanien aufzunehmen. Rickard hatte gefragt, ob sie denn überhaupt wisse, ob die beiden noch zusammen seien, aber darauf hatte Anna nur verächtlich geschnaubt.

Aber sie hatten sich dann doch nicht die Mühe gemacht, mit Maria oder mit Germund Kontakt aufzunehmen, und Rickard musste wieder einmal einsehen, dass es Seiten an seiner Frau gab, die ihm immer noch fremd waren. Andererseits – welchen Grund gab es zu glauben, dass er ihr so viel vertrauter war als sie ihm?

Sie waren jetzt seit vier Jahren zusammen. In vier Jahren

werden wir vier Kinder haben, dachte er plötzlich, mit einem Lachen, das von innen kam, und dann werden wir diese Zeit vollkommen vergessen haben.

Nun ja, vier Kinder in ebenso vielen Jahren, das war vielleicht ein wenig übertrieben, aber zwei, mit denen konnte man ja wohl rechnen?

Zwei Kinder, die auf einem Pfarrhof auf dem Lande aufwuchsen. Das war ein schönes Bild für die Zukunft, das er nur schwer beiseiteschieben konnte, wenn er abends wach lag und Probleme hatte, einzuschlafen.

Die Gemeinde von Rödåkra-Hemleby. Schon der Name gefiel ihm. Vielleicht werde ich dort für den Rest meines Lebens bleiben, dachte er.

Und bald sind wir dort. Nur noch ein Monat.

Er erinnerte sich an die leichte Erregung, die er an den ersten Tagen ihrer Osteuropareise gespürt hatte, aber die Erwartung, die ihn jetzt erfüllte, während dieser ruhigen Tage zwischen den Festen, das war etwas anderes.

*Der große Plan.* Es war an der Zeit.

## 60

Es war Samstagabend, und er saß an ihrer Bettkante.

Alle fünf Kinder waren an Ort und Stelle gewesen, hatten dann aber verkündet, dass ihnen schon klar war, dass die Erwachsenen auch mal ein bisschen Zeit für sich allein brauchten. Vielleicht hatte Marianne es ihnen auch gesagt, als er draußen war, um etwas zu trinken zu holen, das war natürlich ebenso möglich.

»Hast du nie Angst gehabt?«, fragte er.

»Ich war bewusstlos«, sagte Marianne. »Ich glaube, man kann nicht gleichzeitig bewusstlos und ängstlich sein.«

»Aber hattest du keine Angst, als du aufgewacht bist? Hast du dich nicht gefragt, was passiert ist und wo du bist?«

Sie schüttelte den Kopf. »Ich war einfach nur müde. Es war, als sollte ich schlafen und sonst nichts. Ich bin immer noch müde, ich schlafe ja sechzehn Stunden am Tag.«

»Bist du jetzt auch müde?«

Sie lächelte. »Bleib noch eine Weile.«

»Ich hatte Angst«, sagte Barbarotti. »Ich habe noch nie in meinem Leben so eine Angst gehabt. Ich habe gefürchtet, du könntest mich verlassen.«

»Das kann ich verstehen«, sagte Marianne. »Aber ich denke gar nicht daran, dich zu verlassen.«

Er nahm ihre Hand. Hielt sie mit beiden Händen, vorsichtig und beschützend, als handelte es sich um ein verlassenes Vogeljunges. Saß eine Weile schweigend da, suchte nach Worten. »Das Leben ist so zerbrechlich«, sagte er. »Es ist so zerbrechlich, dass … dass man es fast nicht in die Hand nehmen mag.«

Sie nickte, sagte jedoch nichts.

»Ich meine, wie soll man denn leben, wenn alles innerhalb von Sekunden zu Ende sein kann? Sicher, ich habe schon früher darüber nachgedacht, ich habe viele tote Menschen gesehen, aber am Montag, da wurde alles so glasklar. Verstehst du, was ich meine?«

»Hast du immer noch Angst?«

Er dachte nach. »Ich weiß es nicht. Ich fühle mich abgestumpft. Berngren meint, dass ich an einem verzögerten Schock leide, der kann sich offenbar so zeigen. Aber verdammt noch mal, es geht ja hier nicht um mich. Es geht um dich, und es geht um unsere Kinder. Wenn du mir nur versprichst, dass wir noch ein paar Jahre zusammenleben … nein, ich meine viele … viele Jahre, dann beruhigt mich das.«

Marianne betrachtete ihn ein paar Sekunden lang wortlos. Er konnte sehen, dass ihr etwas einfiel.

»Es gibt ein Gedicht von Philip Larkin«, sagte sie. »Unser Englischlehrer auf dem Gymnasium hat es uns mal als Kopie verteilt. Er litt an einer unheilbaren Krankheit.«

»Ja?«, sagte Barbarotti.

»Ein halbes Jahr später ist er gestorben, wir hatten das letzte Jahr eine Vertretung. Ja, das sind ein paar Zeilen, die ich nie vergessen werde.«

Sie trank von ihrem Wasser. Barbarotti wartete, konnte sehen, dass sie es erst für sich repetierte, um sicher zu sein, dass kein Wort verloren gegangen war.

»Also. Es handelt vom Tod, wenn er kommt. *And so it stays just on the edge of vision/A small, unfocused blur, A standing chill/That slows each impulse down to indecision/Most things may never happen: this one will.*«

»Du weißt es noch wörtlich?«, fragte Barbarotti.

»Es heißt *Aubade*«, erklärte Marianne. »Wir haben es auswendig gelernt. Zumindest die Mädchen. Wenn du verstehst?«

»Ich denke schon«, sagte Barbarotti.

»Es gibt keine Garantie«, sagte Marianne. »Aber diese Krise, die werde ich überstehen, das fühle ich.«

»Gut«, sagte Barbarotti.

»Aber es kommt nicht auf die Anzahl der Jahre an. Es kommt auf die Anzahl der Stunden und der Tage an, die wir noch haben. Oder? Man kann hundert Jahre lang ein sinnloses Leben leben, wozu sollte das gut sein?«

»Sicher«, stimmte Barbarotti zu. »Aber zumindest müssen die Kinder erst älter werden.«

»Du musst Zuversicht haben«, sagte Marianne.

Er beugte sich übers Bett und küsste sie. Ließ sich dann wieder auf seinen Stuhl sinken.

»Ich habe ein paar Mal mit einem Pfarrer gesprochen, der sein Amt niedergelegt hat«, berichtete er ihr. »Seine Frau ist am selben Tag gestorben, an dem du die Gehirnblutung hattest.«

»Geht es um diesen Fall? Den mit Germund Grooth?«

»Ja.«

»Ich glaube, Eva kommt mich morgen deshalb besuchen, oder?«

»Das stimmt«, sagte Barbarotti. »Sie kommt morgen Nachmittag. Aber dieser Pfarrer, der hat jedenfalls am Krankenbett seiner Frau gesessen … na, mindestens mehrere Monate lang. Vielleicht sogar jahrelang, ich weiß es nicht genau. Und jetzt ist sie fort. Sie haben keine Kinder und keine näheren Angehörigen, jedenfalls scheint es so. Das muss ein Gefühl sein … ja, ich weiß gar nicht, was für ein Gefühl das sein muss.«

»Und das macht dir Angst?«

»Ja«, bestätigte Barbarotti. »Das macht mir Angst. *Most*

*things may never happen, this one will*... waren das nicht deine Worte?«

Marianne nickte und trank einen Schluck Wasser. »Das Leben und der Tod sind Geschwister«, sagte sie. »Wie sagt man ... siamesische Zwillinge sogar. Wenn wir vor dem einen Angst haben, dann haben wir auch vor dem anderen Angst. Verstehst du, was ich meine?«

Gunnar Barbarotti dachte nach und bestätigte, dass er das tat. Aber er wusste nicht, ob Verstand und Worte etwas wogen, vielleicht waren sie nur Luft. Marianne ergriff erneut seine Hände. »Das schaffen wir schon«, sagte sie. »Geh du jetzt nach Hause und spiel mit den Kindern Karten. Ich glaube, ich werde eine Weile die Augen zumachen.«

Er blieb noch zehn Minuten sitzen. Die Gedanken flatterten wie Schmetterlinge in seinem Kopf herum. *Just on the edge of vision. A small, unfocused blur?* Als er sicher war, dass sie wirklich tief schlief, ging er zur Stationsschwester und fragte, wie er zum Hospiz komme.

Dort war es gemütlicher, und er nahm an, das war auch die Absicht. Ins Hospiz kamen die Patienten, um zu sterben. Und die Angehörigen, um in Würde Abschied zu nehmen. Hier gab es weiche Sessel, und an den Wänden hingen Bilder. Es gab Blumentöpfe und ein Bücherregal. Sogar einen Glasschrank mit diversen alkoholischen Getränken. Portwein, Madeira und Cognac. Das freute ihn. Hier schienen Wärme und eine Art gesunder Menschenverstand mehr zu gelten als Gesetze und Vorschriften.

Würde in der Endphase des Lebens.

Und Tag und Nacht gab es Personal. Er grüßte eine große ältere Frau, die an einem Schreibtisch am Empfang saß und Kreuzworträtsel löste. Er stellte sich vor und erklärte den Grund seines Besuches.

»Anna Berglund?«, wiederholte die Frau. »Ja, das stimmt. Sie war ziemlich lange bei uns. Aber Montag ist sie von uns gegangen.«

»Ich weiß«, nickte Barbarotti. »Sie wird heute beerdigt. Mein Anliegen ist ein wenig ... ungebührlich, ich glaube, so könnte man es bezeichnen. Im Hinblick auf die Umstände. Sie haben es schön hier.«

»Ja«, bestätigte die Frau. »Das finden die meisten. Ich selbst könnte mir vorstellen, in so einer Umgebung zu sterben. Ich arbeite jetzt seit vierzehn Jahren hier. Aber was möchten Sie denn wissen?«

»Es geht um Rickard Berglund, Annas Ehemann. Wenn ich richtig verstanden habe, hat er ziemlich viel Zeit hier verbracht? Am Sterbebett seiner Frau.«

Sie nickte. »Das stimmt. Ich glaube, sie haben einander inniglich geliebt, ich hoffe, er schafft es jetzt danach.«

»Unsere Ermittlungen haben eigentlich nichts mit den beiden zu tun«, erklärte Barbarotti. »Aber es würde die Sache vereinfachen, wenn wir wüssten, ob er am vorletzten Samstag hier gewesen ist ... also am 25. September.«

»Am vorletzten Samstag?«

»Ja.«

»Warum fragen Sie ihn nicht selbst?«

»Das habe ich, aber er war so oft hier, dass er sich nicht mehr genau erinnert. Und das ist ja auch verständlich, wenn man bedenkt ...«

»Das ist vollkommen verständlich«, unterbrach ihn die Frau und sah gleichzeitig bekümmert aus. »Nun, wir führen ja auf dieser Station nicht Buch über die Besuche. Dazu gibt es keinen Grund ... Aber warten Sie, ich werde mal nachschauen.«

Sie blätterte schnell einen Kalender durch, der auf dem Schreibtisch lag. »Samstag, der 25. September ... ja, da habe ich gearbeitet. Von morgens bis nachmittags. Das bedeutet, dass ich um sieben angefangen habe und um vier Feierabend hatte.«

Sie schlug den Kalender wieder zu, stemmte die Hände in die Hüften und schien nachzudenken.

»Ich kann mich nicht mehr genau erinnern«, sagte sie. »Doch, warten Sie, ich kann es doch. Na so was. Als ich morgens Margareta abgelöst habe – sie hat die Nachtwache –, da hat sie gesagt, dass Berglund bis zwei Uhr da gewesen ist. Wir kannten ihn inzwischen ziemlich gut, da seine Frau so lange Zeit bei uns war ... meistens handelt es sich ja nur um ein paar Wochen oder so, aber Anna Berglund war fast drei Monate bei uns, es schien, als wollte sie nicht sterben ... als weigerte sie sich, loszulassen. Auf jeden Fall dachte ich, dass ich ihn dann an dem Tag wohl nicht sehen würde, aber er tauchte doch noch hier auf, kurz bevor ich nach Hause gehen wollte.«

»Wann mag das ungefähr gewesen sein?«, fragte Barbarotti.

»Kurz vor vier. Ja, stimmt genau. Lustig, dass ich mich noch so genau daran erinnere.«

»Und Sie sind sich sicher, dass es Samstag, der 25. war?«

»Absolut«, versicherte sie. »Ich arbeite jedes zweite Wochenende. Und wir reden doch von dem Samstag vor zwei Wochen, oder?«

»Das tun wir«, bestätigte Barbarotti und stand auf. Bedankte sich für die Information und bat um Entschuldigung, gestört zu haben.

»Das macht gar nichts. Eine kleine Unterbrechung ist immer willkommen. Hier passiert ja nicht besonders viel.«

Während er den Wagen auf die Landzunge des Kymmen zulenkte, dachte er darüber nach.

*Er auch nicht,* war das Erste, was ihm in den Sinn kam. Nicht einmal Rickard Berglund schien für den fraglichen Zeitpunkt ein sicheres Alibi zu haben.

Und Tomas und Gunilla Winckler in Göteborg auch nicht. Und Elisabeth Martinsson in Strömstad auch nicht. Und wie gesagt Rickard Berglund in Kymlinge auch nicht.

Jetzt nicht und vor fünfunddreißig Jahren nicht, es verhielt sich genauso, wie Eva Backman bereits angemerkt hatte. Wenn das nicht merkwürdig war?

Andererseits, wenn Berglund bis zwei Uhr nachts neben seiner Frau gesessen hatte, dann war es ja wohl verständlich, dass er am nächsten Tag erst gegen vier Uhr nachmittags wieder dort auftauchte? Vielleicht hatte er jemanden an dem Samstag getroffen, der für ihn bürgen konnte. War einkaufen gewesen, beim Friseur oder was auch immer?

Um das herauszubekommen gab es wohl leider nur einen Weg. Ein neues Gespräch mit Berglund selbst, bei dem er etwas mehr in die Zange genommen werden musste als beim letzten Mal.

Eine Aufgabe für Inspektorin Backman, dachte Barbarotti. Schließlich war sie es ja auch, die hauptverantwortlich für die Ermittlungen war. Außerdem sollte sie morgen Marianne vernehmen.

Nun ja, *vernehmen* war vielleicht zu viel gesagt.

Bevor er anfing zu überlegen, was dieses Gespräch wohl beinhalten würde – und bevor er die daheim wartende Horde von Jugendlichen erreicht hatte –, widmete er einige Gedanken seinem gestrigen Ausflug in die Gänseschlucht. Wozu war der eigentlich gut gewesen?

Zu gar nichts, das war wohl die Antwort, die am nächsten lag. Er war eine Stunde lang draußen im Wald herumgelaufen. Hatte am Steilhang gestanden und versucht, sich vorzustellen, was dort vor fünfunddreißig Jahren passiert war. Und vor zwei Wochen. Zwei Menschen, einmal ein sich liebendes Paar, hatten beide dort oben gestanden und hinuntergeschaut, einer wie der andere, mit diesem langen, langen Zeitraum dazwischen. Dann war etwas passiert … entweder sie hatten einen Entschluss gefasst, oder jemand hatte ihnen überraschend eine Hand in den Rücken geschoben und sie gestoßen, bis … Barbarotti hatte fast diesen leichten Stoß spüren können. Es war so unglaublich einfach, jemandem auf diese Art das Leben zu nehmen. Die Frage, die ewige Frage, war natürlich: Warum? Warum um alles in der Welt waren Maria Winckler und Germund Grooth gestorben?

Gunnar Barbarotti war den Pfad hinuntergestiegen und dort unten eine Weile zwischen den Steinen herumgelaufen, hatte sich dann aber dem Regen beugen müssen. Die leichten Wolken, die er registriert hatte, als er noch in seinem Auto in Kymlinge gesessen hatte, waren eine Schimäre gewesen. Er war den Steilhang wieder hochgeklettert und zurück zum Wagen geeilt, aber dafür hatte er trotz allem eine Viertelstunde gebraucht, und als er wieder hinter dem Steuer saß, war er vollkommen durchnässt.

Heute Abend war es jedoch trocken. Klar und kalt, vermutlich gegen null Grad. Als er vor der Villa Pickford vorfuhr, schien in fast allen Fenstern Licht. Jetzt lasse ich die Toten ruhen, dachte er und stieg aus dem Wagen.

Jetzt ist Schwedens Jugend, seine Zukunft, dran. Und Canasta.

Ich werde ihnen die Seele aus dem Leib spielen.

## 61

Der Spatz.

*Il gorrión.* So heißt es auf Spanisch. Nicht *moineau* wie auf Französisch also, es handelt sich um verschiedene Wurzeln. Aber in beiden Sprachen ist es maskulin, was ich etwas missverständlich finde. Die Piaf und ich, wir sind ja ausgeprägte Frauen. Ich hatte einige Probleme mit dem Spanischen, als ich vor vier Monaten herkam, aber das hat sich gelegt. Und wird immer besser. Mein Französisch ist ja fast perfekt, deshalb kann ich im Großen und Ganzen so ziemlich alles herleiten. Es dauert nur eine Weile.

Aber in der Bar, in der ich arbeite, kommt man mit einem relativ kleinen Wortschatz zurecht. Und natürlich mit Englisch, die Hälfte der Kunden sind keine Spanier.

Torremolinos. Das ist ein ständig wachsendes Touristenkaff in Francos Diktatur, aber ich habe mich hier zurechtgefunden. Politik ist mir scheißegal, und wenn der Generalissimo stirbt, wird die Demokratie übernehmen, das sagen alle. Ich will nicht behaupten, dass es mir gut geht, aber es würde mir auch irgendwo anders nicht gut gehen. Als Mama und Papa Ende November herkamen und erklärten, dass sie bis März in ihrem Haus wohnen wollten, war mir klar, dass ich mich nach etwas Eigenem umsehen musste. Also beschloss ich, Fuengirola zu verlassen, besser, ein bisschen Abstand zu halten, auch wenn es sich nur um ein paar hundert Kilometer handelt. Ich habe eine kleine Wohnung im selben Viertel wie die Bar gefunden, eigentlich handelt es sich nur um ein Zimmer, aber das ist alles, was ich brauche. Wenn ich mit dem Besitzer ins Bett ginge, bräuchte ich wahrscheinlich gar keine Miete zu zahlen, aber das tue ich nicht.

Ich gehe mit niemandem ins Bett. Ich genüge mir selbst. An freien Tagen kann ich stundenlang den Strand entlanggehen. Hin und zurück, hin und zurück, er sieht ganz und gar nicht aus wie die Strände am Schwarzen Meer, aber manchmal habe ich dennoch das Gefühl, dass ich wieder dort bin. Ich weiß nicht, was in meinem Kopf passiert, aber irgendetwas verändert sich dort. Mama hat Angst, dass ich den Halt verliere, dass ich verrückt werde und sie gezwungen sein könnten, mich in ein spanisches Irrenhaus zu sperren. Das sehe ich ihr an, wir treffen uns nicht oft, vielleicht so jede zweite Woche. Sie ist es, die mich besucht, ich fahre nie nach Fuengirola, wie sehr sie es auch immer wieder wünscht.

Sie kommt mit dem Zug, und sie hat immer etwas zu essen dabei. Frisches Gemüse, frisches Brot, das sie unten auf dem Markt gekauft hat, Gemüse und Konserven. Sie hat nämlich außerdem Angst, ich könnte verhungern, und dafür gibt es auch seinen Grund. Seit ich hierhergekommen bin, habe ich bestimmt sieben, acht Kilo abgenommen, aber das stört mich nicht. Ich esse sehr wenig. Fast nur Obst, aber ich trinke Unmengen an Wasser. Jeden Tag literweise, aber nie auch nur einen Tropfen Alkohol, obwohl ich fünf Abende die Woche in einer Bar stehe.

Ab und zu rauche ich einen Joint, wenn ich von der Bar nach Hause komme, das ist immer so gegen drei Uhr morgens. Es ist wie früher. Wenn ich das tue, kann ich traumlos bis weit in den Vormittag hinein schlafen.

Natürlich versuchen viele Kerle, mich anzumachen, ich bin immer noch hübsch, auch wenn ich langsam schon mager werde. Aber es ist etwas in meinem Blick, das sie dazu bringt, ziemlich schnell aufzugeben. Ich glaube, ich mache ihnen Angst, sie merken, dass es in mir eine Finsternis gibt, etwas, von dem sie gar nichts wissen wollen, weil sie damit sowieso nicht umgehen könnten. Vor ein paar Wochen gab es auch ein Mädchen, das an mir interessiert war, es gibt ziemlich viele Homosexuelle hier unten. Ich bin sogar mit zu ihr gegangen, wir lagen nackt auf ihrer Dachterrasse und haben uns eine Weile gestreichelt, aber sie war zu besoffen, und das Ganze hat mich plötzlich angeekelt. Als ich abgehauen bin, hat sie mir hinterhergeschimpft, und am nächsten Abend kam sie in die Bar und hat sich entschuldigt, blass und reuevoll. Ich glaube, sie wollte es noch einmal mit mir versuchen, aber ich habe ihr zu verstehen gegeben, dass sie sich zum Teufel scheren soll. Nicht mit Worten, es genügte, meinen schwarzen Blick in sie zu bohren.

Vielleicht hat Mama ja doch Recht, wenn man alles zusammennimmt. Vielleicht bin ich dabei, die Kontrolle zu verlieren. Ich verschlinge ziemlich viele Bücher, aber ab und zu kommt es vor, dass ich fünfzig Seiten lese, und wenn ich dann das Buch für fünf Minuten weglege, erinnere ich mich an kein einziges Wort mehr von dem, was ich gelesen habe. Und auch wenn ich zurückblättere, kommt die Erinnerung nicht wieder, ich frage mich, wo ich eigentlich während dieser fünfzig Seiten gewesen bin.

Germund hat drei Briefe geschrieben. Kurze, leicht verbitterte, so scheint es jedenfalls. Vielleicht liegt es auch nur daran, dass er sich nicht auf diese Kunst versteht. Zu schreiben, meine ich. Ich habe jedenfalls alle drei beantwortet, und wir haben vier oder fünf Mal telefoniert. Er möchte, dass ich zurückkomme, aber ich habe ihm erklärt, dass es noch zu früh dafür ist. Es muss erst noch etwas mit mir passieren, es hat keinen Sinn, in diesem Zustand nach Schweden zurückzukehren.

Dann komme ich zu dir, hat Germund gesagt. Bereits seit November sagt er das, und schließlich habe ich nachgegeben. Vielleicht ist es gar nicht schlecht, wenn wir uns wiedersehen, zumindest ist er der einzige Mann, bei dem ich beruhigt schlafen kann. Nun ja, beruhigt ist vielleicht das falsche Wort, aber er ist der einzige Mann, vor dem ich mich nicht ekle, das ist nun einmal so.

Er kommt Ende Februar, und ich nehme an, dass er bleiben wird, bis wir zusammen wieder zurückfahren, auch wenn er es nicht ausdrücklich gesagt hat. Er hat im Laufe des Herbstes Unterricht gegeben, an irgendwelchen physikalischen Instituten, wenn ich es richtig verstanden habe, und er sagt, dass er ausreichend Geld hat. Wir werden uns wohl in mein Zimmerchen quetschen und sehen, wie es läuft. Vielleicht fahren Mama und Papa ja im April wieder nach Schweden, dann könnten wir in deren Haus wohnen.

Es gibt ein alleingelassenes Mädchen hier im Viertel, mit dem ich mich in letzter Zeit immer unterhalte. Sie behauptet, sie wohnt bei ihrer Großmutter, aber ich habe nie eine Großmutter gesehen. Wenn sie nicht wirklich alleingelassen wurde, dann ist sie auf jeden Fall häufig allein.

Sie kann nicht älter als zehn Jahre sein, wir treffen uns immer abends, bevor ich zur Bar gehe. Ungefähr so zwischen sechs und sieben. Sie kommt unten vom Hafen die Treppen herauf, und jedes Mal trägt sie dasselbe Kleid und dieselbe Strickjacke. Sie geht barfuß, obwohl es nicht besonders warm ist. Wenn ich sage, dass ich mich mit ihr unterhalte, dann stimmt das nur bedingt, denn wir reden nicht viel. Nur wenige Worte, manchmal auch gar keine. Aber wir sitzen gern nebeneinander auf einer der Bänke vor der Kirche und gucken den Tauben zu. Sie ist unglaublich scheu, aber wir sitzen beisammen und leisten uns in gewisser Weise gegenseitig Gesellschaft.

Sie hat mir erzählt, dass sie Miranda heißt. Ich stelle ihr keine Fragen, da ich bemerkt habe, dass sie das nicht möchte, und sie scheint auch nichts über mich wissen zu wollen. Uns gefällt diese schweigsame Art, und ich habe mir überlegt, dass ich, wenn mein Leben anders aussehen würde – und mein Kopf auch –, sie gern adoptieren würde.

Eigentlich ist mir erst gestern dieser Gedanke gekommen, aber seitdem verfolgt er mich. Ich habe den Verdacht, dass er gefährlich ist, er könnte eine Art Obsession werden, und als ich mich heute Abend auf die Bank setzte, ist Miranda nicht aufgetaucht.

Jetzt stehe ich in der Bar und spüre, dass etwas in mir wächst. Vielleicht ist es ein Schrei, vielleicht etwas anderes. Ich habe seit heute Morgen nichts gegessen.

Ich glaube nicht, dass es eine gute Idee wäre, mich in ein spanisches Irrenhaus zu sperren. Ich wünschte, Germund wäre hier. Aber es sind noch zwei Wochen, bis er kommt.

## 62

Irgendwie schon komisch«, sagte Eva Backman. »Vorsichtig ausgedrückt.«

»Finde ich auch«, sagte Marianne.

»Sowohl das eine als auch das andere. Das, was dir zugestoßen ist, und das, worüber ich mit dir sprechen möchte.«

Marianne nickte. Sie fuhr sich mit der Zunge über die Lippen und zögerte einen Moment. »Gunnar hat Probleme damit. Ich war diejenige, die vorgeschlagen hat, dass du das übernehmen sollst.«

»Ja, ich weiß«, sagte Eva Backman. »Aber ich dachte, du würdest im Bett liegen?«

»Da liegt man sich wund«, erklärte Marianne. »Und kriegt Blutpfropfen und alles Mögliche. Nein, ich will lieber, so gut es geht, in Bewegung bleiben. Aber ich schlafe immer noch wie ein Koalabär ... die verschnarchen doch Dreiviertel ihres Lebens, oder?«

»Ich glaube schon«, sagte Eva Backman. »Dann ist es vielleicht am besten, wenn wir anfangen, bevor du einnickst, oder?«

»Auf jeden Fall. Germund Grooth also, nicht wahr?«

»Germund Grooth«, bestätigte Eva Backman und schaltete das Aufnahmegerät ein. »Was hast du über diese Bekanntschaft zu berichten?«

Marianne trank ein wenig Wasser und seufzte. »Ich habe darüber nachgedacht. Vorher und auch nach dem da.« Sie zeigte auf ihren Kopf. »Es ist ja schon ein merkwürdiges Zusammentreffen, ich meine, trotz allem leben neun Millionen Menschen in diesem Land, und ich habe wirklich nicht viele Männer in meinem Leben gehabt …«

»Ich hatte vier«, warf Eva Backman ein.

»Ich auch«, sagte Marianne mit kurzem Lachen. »Noch so ein Zufall. Aber dass ausgerechnet Germund in eine Geschichte verwickelt sein muss, die Gunnar und du untersuchen, ja, das erscheint doch einfach unglaublich merkwürdig. Ich habe sogar gedacht …«

»Ja?«

»… dass es sich vielleicht nicht nur um einen Zufall handelt.«

»Interessant«, sagte Eva Backman. »Das habe ich mir auch schon überlegt. Wie kommst du auf solche Überlegungen?«

»Bevor … das hier … passiert ist, da habe ich geglaubt, dass es so sein muss. Der reine Zufall.«

»Zu dem Schluss bin ich auch gekommen«, sagte Eva Backman. »Sonst wäre es ja noch unbegreiflicher. Aber wie war er? Was kannst du mir über Germund Grooth erzählen?«

»Das kommt drauf an«, sagte Marianne und holte tief Luft. »Es kommt drauf an, worauf man hinauswill. Er war ein guter Liebhaber. Zärtlich in gewisser Weise und sehr präsent, wenn es darauf ankam. Und genau darauf war ich wohl aus, auf sonst nichts in meiner Situation damals. Ich hätte ihn mir nur schwer als neuen Vater meiner Kinder vorstellen können. Ich glaube, wir haben uns höchstens zehn Mal getroffen, insgesamt hat es sich um gut ein Jahr gehandelt. Das Problem war …«

Sie verstummte und biss sich auf einen Fingerknöchel.

»Was war das Problem?«

»Das Problem war, dass es eigentlich nur um Sex ging. Wir haben uns tagsüber getroffen, und wir hatten Sex, das war alles. Ich könnte Gunnar das nicht so sagen, aber so war es. Findest du es merkwürdig?«

»Ich finde das ganz und gar nicht merkwürdig«, erklärte Eva Backman. »Warum habt ihr Schluss gemacht?«

»Genau deshalb«, sagte Marianne. »Weil es nicht mehr wurde. Wir sind nie ins Theater oder Kino gegangen, wir haben nie davon gesprochen, einmal zusammen zu verreisen, er hat nie etwas über mein Leben wissen wollen. Nie nach meinen Kindern gefragt … ja, verstehst du?«

»Ich verstehe«, sagte Eva Backman. »Nein, so klappt das nicht. Aber du, hast du ihn nach seinem Leben gefragt?«

»Ich habe es versucht«, antwortete Marianne und verzog kurz das Gesicht. »Aber er war nicht besonders mitteilsam. Dabei aber auch nicht so mürrisch, wie gewisse Männer sein können … ganz im Gegenteil, er war zuvorkommend, so heißt das doch, oder?«

Eva Backman nickte.

»Ja, zuvorkommend. Aber gleichzeitig ausweichend. Er sah gut aus, und er war immer höflich und rücksichtsvoll, aber … ja, es fehlte etwas. Mit der Zeit bin ich zu dem Schluss gekommen, dass er deprimiert war. Oder zumindest habe ich für mich diese Diagnose gestellt. Und dann war da dieser Sex, diese Treffen, das war … das war irgendwie, wie ein Buch zu lesen und sich dabei immer und immer wieder nur das erste Kapitel vorzunehmen. Verstehst du, was ich meine?«

»Ich verstehe sehr gut, was du meinst«, versicherte Eva Backman ihr und dachte kurz, dass es ziemlich lange her war, seit sie das letzte Mal ein erstes Kapitel gelesen hatte. »Hast du herausbekommen, was die Ursache für diese Depression war oder was auch immer es gewesen sein mag?«

»Depressionen müssen nicht immer eine klare Ursache haben«, erklärte Marianne. »Aber ich glaube, in seinem Fall gab es da ein Trauma. Er hat mal erwähnt, dass er vor vielen Jahren seine Lebensgefährtin verloren hat, aber nie erzählt, wie es passiert ist. Eigentlich habe ich es nur ein einziges Mal geschafft, ihm nahezukommen … oder wie man es ausdrücken will. Und das war sogar bei unserem letzten Treffen. Soll ich es dir erzählen?«

»Auf jeden Fall«, sagte Eva Backman.

Marianne räusperte sich und trank einen Schluck Wasser. »Es war folgendermaßen, ich habe seit ein paar Tagen darüber nachgedacht und versucht, mich an die Details zu erinnern. Wir wohnten ein Wochenende lang in einem Hotel in Simrishamn. Kamen am Freitagabend an und fuhren am Sonntag wieder ab. In der zweiten Nacht, der zwischen Samstag und Sonntag also, da hatte er so eine Art Albtraum. Ich glaube zumindest, dass es ein Albtraum war. Ich bin davon aufgewacht, dass er im Bett saß und etwas vor sich hin murmelte. In dem Moment war ich mir nicht sicher, ob er schlief oder wach war, deshalb fragte ich ihn, was los sei. Da sagte er, mit lauter, klarer Stimme … fast ein wenig anklagend: ›Ich habe meine Eltern und meine Schwester getötet, können Sie das in Ihre Bücher schreiben?‹«

»Was?«, fragte Eva Backman nach.

»Genau das. ›Ich habe meine Eltern und meine Schwester getötet, können Sie das in Ihre Bücher schreiben?‹ Das hat er zweimal gesagt. Ich habe es genau gehört und nie vergessen können. Nachdem er es das zweite Mal gesagt hatte, legte er sich wieder hin und schlief weiter. Ich dachte, es könnte sich natürlich um irgend so einen aus der Bahn geratenen Traum handeln, es hatte geklungen, als säße er vor irgendwelchen Richtern … als spräche er in einem Gerichtssaal. Träume können ja ziemlich eigenartig sein, aber als er am nächsten Morgen aufwachte und ich ihm erzählte, was passiert war, da hat er äußerst merkwürdig reagiert.«

»Und wie?«

»Er ist geradezu verstummt. War geschockt oder so. Wir haben nicht einmal mehr zusammen gefrühstückt. Wir waren jeder im eigenen Wagen hergefahren, und jetzt duschte er und verließ das Hotel noch vor neun Uhr ohne ein Wort der Erklärung. Dadurch bekam ich den Eindruck … ja, mein spontaner Gedanke war, dass es wohl tatsächlich stimmte.«

»Dass er …?«

»Ja, dass er wirklich seine Eltern und seine Schwester getötet hatte.«

Eva Backman blieb zehn Sekunden schweigend sitzen. Marianne trank wieder von ihrem Wasser und grüßte eine vorbeigehende Krankenschwester.

»Und du hast gesagt, das war das letzte Mal, dass ihr euch gesehen habt?«

»Ja. Ich habe ihn ein paar Wochen später angerufen. Da sagte er, dass es besser sei, wenn wir uns nicht mehr träfen. Ich hatte gar nicht geplant, ihn nach einem Treffen zu fragen, aber meinte daraufhin wohl, dass er damit vollkommen Recht habe.«

»Und danach habt ihr euch nie wieder gesehen?«

»Nein.«

»Auch nicht telefoniert oder gemailt?«

»Nein.«

»Und wann war das?«

»August 2005. Ungefähr ein Jahr, bevor ich Gunnar kennengelernt habe.«

Eva Backman nickte. »Habt ihr irgendwann schon einmal über seine Eltern gesprochen, vor diesem Wochenende in Simrishamn?«

»Ich wusste, dass sie gestorben sind, als er noch ziemlich klein war. Aber ich war der Meinung, dass es sich um einen Autounfall gehandelt habe, ich glaube, das hat er mal gesagt.«

»Aber damals hat er also behauptet, er hätte sie getötet?«

»Ja. Aber er war ja nicht wach.«

Eva Backman dachte erneut nach. »Was denkst du darüber?«, fragte sie. »Jetzt im Nachhinein?«

»Ich denke gar nichts«, sagte Marianne und schüttelte bekümmert den Kopf. »Vielleicht machte er sich irgendwie Selbstvorwürfe. Seitdem das damals passiert war, was immer es auch war. Kinder können ja so etwas tun, ohne dass es dafür einen Grund geben muss. Sie glauben beispielsweise, sie sind für Dinge verantwortlich, die allein die Eltern zu verantworten haben … bei Scheidungen und so.«

»Ja, das ist ziemlich häufig so«, stimmte Eva Backman zu. »Und auch wenn es reine Einbildung ist, dann kann ihn das sein ganzes Leben lang verfolgt haben … ist es das, was du glaubst?«

Marianne zuckte mit den Schultern. »Das ist jedenfalls eine Möglichkeit.«

»Dann hast du also gedacht, dass nur eine Einbildung hinter seiner Depression steckt?«

»Wenn es sich denn um eine Depression gehandelt hat. Die andere Alternative ist ja ziemlich schrecklich, nicht wahr?«

»Du meinst …?«

»Wenn er es tatsächlich getan hat.«

Nachdem sie das Krankenhaus verlassen hatte, machte sie ihren obligatorischen langen Sonntagsspaziergang. Aber an diesem Nachmittag diente er nicht als Schleuse zwischen Villa und Wohnung, zumindest nicht primär. Es war Germund Grooth, der in ihrem Kopf herumspukte.

Wieder einmal.

Hat das Gespräch mit Marianne in irgendeiner Form Klarheit gebracht?, dachte sie.

Oder das Bild von Grooth nur noch merkwürdiger erscheinen lassen?

An und für sich stimmten Kristin Pedersens und Mariannes

Zeugenaussagen über Grooths Charakter ziemlich gut überein. Aber was bedeutete das, was Marianne zum Schluss berichtet hatte? Bedeutete es überhaupt etwas?

*Ich habe meine Eltern und meine Schwester getötet, können Sie das in Ihre Bücher schreiben?*

Das erschien unglaublich sonderbar. Warum behauptete man so etwas, wenn auch nur im Traum? Wenn sie die Sache recht verstanden hatte, dann waren seine Eltern und seine kleine Schwester bei einem Verkehrsunfall ums Leben gekommen, als Germund erst zehn oder elf Jahre alt gewesen war, Sorgsen hatte diese Informationen ausgegraben. Und war es nicht so, dass sie von der Straße abgekommen und in einen Fluss gefahren waren?

Sie meinte sich zu erinnern, dass es so abgelaufen war, aber das brauchte sie ja nur bei Sorgsen zu überprüfen. Und warum sollte ein Zehnjähriger der Meinung sein, er hätte drei Menschen getötet? Er war doch nicht einmal mit im Auto gewesen, oder?

Nein, beschloss Eva Backman, nachdem sie die Barins allé überquert und nach Pampas gekommen war. Wenn diese Äußerung überhaupt irgendeinen Sinn ergab, dann war es genau so eine verschobene Projektion, wie Marianne sie angedeutet hatte. Der zehnjährige Junge hatte sich Selbstvorwürfe gemacht, dass er überlebt hatte, und niemand hatte es geschafft, ihn von diesem Schuldgefühl zu befreien. Weshalb es ihm sein gesamtes Leben lang – zumindest in den Träumen – nachgehangen hatte.

Ein Leben, das – aus bisher noch ungeklärten Gründen – sein Ende am 25. September 2010 in der Gänseschlucht gefunden hatte, zehn Kilometer südlich von Kymlinge. Soviel wissen wir zumindest, dachte Eva Backman verbittert.

Aber das hatten sie schon eine ganze Weile gewusst.

## 63

Es gefiel ihr in Göteborg.

Zwanzig Jahre meines Lebens habe ich in Karlstad verbracht, fünf in Uppsala, dachte sie manchmal während des ersten windigen und regnerischen Winters. Hier in dieser Stadt kann ich den Rest verbringen.

Das schlechte Wetter störte sie nicht. Tomas war es gelungen, eine Wohnung in der Aschebergsgatan zu finden – drei Zimmer im vierten Stock mit Blick auf den bleigrauen Himmel und über die Vasastaden. Soweit sie verstand, hatte er sie durch die Bank kriegen können, und sie verbrachte viel Zeit damit, sie einzurichten. Zu tapezieren, die Küche umzubauen und zu streichen; vor April bekam sie keinen richtigen Job, sie hatte also alle Zeit der Welt.

Ökonomisch gesehen war es kein Problem, dass sie nicht arbeitete. Tomas hatte ein fantastisches Einstiegsgehalt bei der Handelsbank bekommen, und zumindest anfangs gefiel es ihr, zu Hause zu bleiben. Doch es war nicht nur die Arbeit an der Wohnung, die ihr gefiel. Es waren auch die Göteborger. Ihr Humor und ihre gute Laune, sie hatte geglaubt, das wäre mehr oder weniger ein Mythos, stellte aber schnell fest, dass die Menschen sich hier in der Stadt auf eine andere Art und Weise begegneten. In den Geschäften, auf der Straße, überall. Ein kleiner Scherz, ein Lächeln, sie hatte nie bemerkt, dass die Menschen in Uppsala besonders unterkühlt oder abweisend waren, aber jetzt, nachdem sie einen Vergleich hatte, musste sie zugeben, dass es einen Unterschied gab. Allein einzukaufen war das reinste Vergnügen.

Überhaupt erschien ihr dieser erste Göteborgwinter wie der Anfang von etwas Neuem, etwas Schönem. Die Ereignisse von Timisoara lagen inzwischen mehr als zwei Jahre zurück, die Aufenthalte in Ulleråker und die verlorenen Kinder waren noch weiter in der Vergangenheit versunken. Silvester feierten sie in einem Restaurant zusammen mit Sirkka und Martin, einem neuen Paar, das sie kennengelernt hatten; Martin arbeitete auch bei der Bank, und als Gunilla und Tomas gegen zwei Uhr nachts nach Hause kamen, liebten sie sich auf dem neuen Teppich im Flur, weiter kamen sie nicht, das Vorspiel hatten sie bereits begonnen, als sie das Restaurant verließen.

So soll ein neues Jahr anfangen, hatte Tomas gemeint. Man liebt sich im Flur, wenn gerade erst einmal zwei Stunden vergangen sind.

Gunilla hatte laut gelacht. Wie früher, dachte sie. Als hätten sie sich gerade erst kennengelernt. Ja, ich bin sogar bereit, wieder schwanger zu werden.

Das wurde sie jedoch nicht, und das wäre auch ein Wunder gewesen, nahm sie doch immer noch die Pille. Aber damit hörte sie im Januar auf, ohne es Tomas zu erzählen. Die Zeit heilt tatsächlich alle Wunden, dachte sie. Das stimmt, es ist nicht nur ein Klischee.

Tomas arbeitete ziemlich viel. In regelmäßigen Abständen war er gezwungen, die Abende mit Kunden zu verbringen, aber auch das störte sie nicht. Ihr Liebesleben wurde immer besser, und sie wusste, dass es an ihr lag. Dass sie so viel dazu beitrug, wie sie es während ihrer ersten gemeinsamen Jahre getan hatte. Sie spürte ganz einfach größere Lust, konnte sich bereits am Vormittag nach ihm sehnen, obwohl sie doch wusste, dass er erst spätabends nach Hause kommen würde, und sie fragte sich, ob das etwas damit zu tun haben könnte, dass sie wieder schwanger werden wollte. Dass es biologisch so sein könnte. Dass die Uhr des Lebens einfach wieder tickte.

Aber sie wurde nicht schwanger. Jeden Monat bekam sie am achtundzwanzigsten Tag ihre Menstruation, bis sie beschloss, es einfach zu ignorieren. Es nicht erzwingen zu wollen. Falls eventuell ihre eigenen Wünsche ein Hindernis bildeten.

Am ersten April begann sie zu arbeiten. In einem Übersetzerbüro, das neue Mitarbeiter gesucht hatte, und auch wenn sie in Uppsala ihr Studium nie wirklich abgeschlossen hatte, so hatte sie ja dennoch mehrere Jahre Sprachen studiert. Hatte Abschlüsse in Englisch, Deutsch und Spanisch; die Arbeit betraf in erster Linie diverse Geschäftsbriefe und Verträge, was absolut nicht ihre Spezialität war. Aber es gab Wörterbücher und Leute, die man fragen konnte, und sie lernte schnell. Das Büro hatte seine Räume auf Guldheden, zwanzig Minuten Fußweg entfernt von der Aschebergsgatan. Sie arbeitete nur drei Tage die Woche, aber es bestanden gute Aussichten, dass die Arbeitszeit zum Herbst ausgeweitet werden könnte.

Als sie an einem Donnerstag Ende April nach Hause kam, hörte sie das Telefon klingeln. Sie hörte es bereits im Treppenhaus und dachte, dass sie es sicher nicht schaffen würde, rechtzeitig abzunehmen.

Aber es klingelte weiter. Derjenige, der da anrief, wollte sie offenbar unbedingt erreichen. Sie warf ihre Tasche auf den Korbstuhl, nahm den Hörer ab und meldete sich.

»Hallo, hier ist Maria. Ich möchte mit dir über Timisoara reden.«

Sie hatte das Gefühl, etwas hätte sie eingeholt.

# 64

Kommissar Asunander pflegte montags nicht zu lachen, und das tat er auch an diesem Morgen nicht. Eva Backman fand, er sah verkatert aus, sie wusste, dass er gern zu Hause allein den einen oder anderen Drink nahm, aber dass er an einem Sonntagabend sein Maß nicht gekannt haben sollte, das war ungewöhnlich.

Falls dem so war. Vielleicht war er auch einfach nur müde und schlecht gelaunt.

In zwei Jahren stand seine Pensionierung an. Dann kann er an jedem Abend in der Woche so viel trinken, wie er will, ohne dass es jemanden interessiert, dachte sie. Asunander gehörte zweifellos zu der tapferen Schar der Einsamen.

»Wir müssen endlich Ordnung in die Sache bringen«, sagte er. »Das bringt so nichts.«

»Worauf willst du hinaus?«, erdreistete Gunnar Barbarotti sich zu fragen. Auch er sah nicht besonders frisch aus, wie Backman registrierte. Vielleicht hatte er die ganze Nacht bei Marianne gesessen? Auf jeden Fall hatte er sich nicht rasiert.

Asunander blinzelte ihn an. »Ich will auf die Gänseschlucht hinaus«, sagte er. »Ich will darauf hinaus, dass ein toter Dozent aus Lund immer noch im Zwischenreich zwischen Erde und Hölle schwebt. Das geht jetzt seit zwei Wochen so. Ich weiß nicht, ob es die Inspektoren überrascht, aber wir haben einige andere Aufgaben, die darauf warten, dass sie erledigt werden.«

Backman dachte daran, wie es vor drei, vier Jahren gewesen war, als Asunander noch Probleme mit seinem Gebiss gehabt hatte. Da war er nicht so gesprächig gewesen. Hatte sich eher im altmodischen Telegrammstil ausgedrückt, nur weil die Zähne Gefahr liefen, sich zu lösen, wenn er zu viel sprach. Eigentlich war es damals besser gewesen, darin waren sich Barbarotti und sie vollkommen einig.

»Das ist ein merkwürdiger Fall«, sagte sie.

»Gut möglich«, sagte Asunander. »Aber jetzt möchte ich mit euch darüber sprechen, ohne dass dieser aufgeblasene Månsson dabei ist. Karten auf den Tisch. Ich möchte wissen, ob wir die Ermittlungen einstellen sollen oder nicht. Nun, was sagt ihr? Ich bin ganz Ohr. Nun erzählt endlich, was ihr denkt.«

»Hm, ich würde schon …«, setzte Barbarotti an.

»Backman zuerst«, sagte Asunander. »Ich weiß, dass du momentan nicht ganz richtig in der Birne bist, nachdem das mit deiner Frau passiert ist. Da kann man ja auch nichts anderes erwarten. Wie geht es ihr eigentlich?«

»Jeden Tag besser«, erklärte Barbarotti. »Vermutlich werden keine Schäden zurückbleiben. Aber es dauert seine Zeit.«

»Sie ist es jedenfalls wert, dass du auf sie wartest«, sagte Asunander. »Gut, aber was sagt jetzt Inspektorin Backman über den Fall Germund Grooth?«

»Du hast doch meinen Bericht gelesen?«, fragte Backman.

»Ja, das habe ich. Letzte Nacht. Gut geschrieben, eigentlich fehlt nur ein einziges Detail.«

Eva Backman nickte. Sie hatte den Bericht am Samstagvormittag geschrieben und ihn dann Asunander gemailt, da er es so gewünscht hatte. Es stand nichts über das Gespräch mit Marianne darin, und wenn sie noch einmal darüber nachdachte, war sie immer noch der Meinung, dass das richtig so war. Sie war sich ziemlich sicher, dass auch Barbarotti ihre Meinung teilte. Aber das war wahrscheinlich nicht das Detail, auf das der Kommissar hinauswollte.

»Welches Detail?«, fragte sie.

Asunander lehnte sich zurück und sah für einen Moment zufrieden aus. Ihm gefallen derartige Dialoge, dachte sie. Es gefällt ihm, die Leute etwas aus der Fassung zu bringen. Kindisch. Und dabei will er gar nicht meine Meinung über den Fall hören. Er ist derjenige, der uns seine mitteilen will.

»Ob ein Verbrechen begangen wurde oder nicht«, sagte er und betonte dabei so gut wie jede Silbe. »Das ist die kleine Frage, die wir zu beantworten versuchen müssen. Deshalb habe ich euch herbestellt. Es geht nämlich aus dem Bericht nicht hervor, ob nun jemand Germund Grooth bei seinem Sturz nachgeholfen hat oder nicht. Und wir können keine Ressourcen damit vergeuden, Unfälle oder Selbstmorde zu untersuchen, das mögen die Steuerzahler ganz und gar nicht.«

»Wir wissen es nicht«, erklärte Backman. »Das lässt sich zum momentanen Zeitpunkt nicht sagen.«

»Danke, das habe ich auch bemerkt«, sagte Asunander. »Nach zwei Wochen intensiver Ermittlungsarbeit wissen wir immer noch nicht, ob er ermordet wurde oder nicht? Der aufgeblasene Månsson war ungewöhnlich aufgeblasen nach unserem Treffen am Donnerstag, das kann ich euch sagen.«

Eva Backman seufzte und schaute Barbarotti an. Barbarotti seufzte und schaute aus dem Fenster.

»Also«, nahm Asunander den Faden wieder auf, »also müssen wir uns entscheiden. Sollen die Ermittlungen weitergeführt werden oder nicht?«

»Vielleicht kann unser lieber Chef uns ein paar Tipps geben?«, schlug Barbarotti vor.

»Dein Glück, dass meine ironische Ader noch nicht zum Leben erwacht ist«, entgegnete Asunander und hob einen warnenden Zeigefinger. »Aber vielleicht habt ihr bemerkt, dass ich euch nicht die Order gegeben habe, den Fall Grooth ad acta zu legen. Ich habe Sandlins Akten von 1975 durchgelesen und habe euch die ganze Zeit im Blick behalten. Das ist … ja, das ist wirklich eine verflucht merkwürdige Geschichte. Das irritiert mich.«

»Genau wie uns«, bestätigte Backman.

»Eine der merkwürdigsten seit Langem«, ergänzte Barbarotti.

Asunander räusperte sich. »Jetzt hört mal her. Sieben Personen gehen in den Wald. Eine von ihnen stirbt. Fünfunddreißig Jahre später stirbt noch eine genau an demselben Platz. Löst einer von euch Sudoku?«

»Sudoku?«, fragte Backman nach. »Nein, ich jedenfalls nicht.«

»Ich habe es ein paar Mal versucht, als es neu war«, sagte Barbarotti. »Aber es hat mich nie gefesselt.«

»Mich aber«, erklärte Asunander. »Aber ich bin in meinem tiefsten Inneren eigentlich Mathematiker, deshalb ist es kein Wunder. Ich löse wohl so an die zwanzig in der Woche. Natürlich nur die allerschwersten. Nun gut, manchmal kommt es vor, dass ein Problem auftaucht, das nicht zu lösen ist, oder das zwei oder mehrere Lösungen hat, genauer gesagt. Was daran liegt, dass der Konstrukteur geschlampt hat. Der Fall Grooth erinnert mich jedenfalls an so ein fehlkonstruiertes Sudoku.«

»Es kann ja wohl keine zwei Lösungen geben?«, fragte Barbarotti. »Entweder er wurde ermordet oder …«

»Das ist der Unterschied«, unterbrach Asunander ihn. »Wir müssen uns mit *einer* Lösung zufriedengeben. Aber wenn man ein Sudoku löst, dann gerät man manchmal in die Lage, einen Schritt ins Ungewisse tun zu müssen. Sich zu entscheiden, ohne dass es eigentlich möglich ist, sich zu entscheiden. Ohne Grundlage, sonst kommt man nicht weiter, versteht ihr, wovon ich rede?«

»Zu fast dreißig Prozent«, sagte Gunnar Barbarotti. »Aber das mit dem Schritt ins Ungewisse, das ist geradezu meine Spezialität.«

Asunander hob erneut seinen Zeigefinger und ließ ihn dann langsam wieder sinken.

»Was glaubt ihr denn nun?«, schloss er sein Statement ab. »Nur das will ich wissen. Wurde er ermordet oder nicht? Und denkt bitte gut nach, bevor ihr antwortet.«

Fünf Sekunden Schweigen. Asunander nahm seine Krawatte ab.

»Ja«, sagte Eva Backman. »So würde ich es beurteilen. Obwohl ich nichts in Händen habe.«

»Dem stimme ich zu«, sagte Barbarotti. »Er wurde ermordet. Ein nackter Schritt ins Ungewisse.«

»Gut«, sagte Asunander. »Das glaube ich nämlich auch. Ansonsten säße ich nicht hier und vergeudete meine Jugend. Und Maria Winckler?«

Weitere fünf Schweigesekunden verstrichen. Asunander stopfte die Krawatte in die oberste rechte Schreibtischschublade.

»Man kann nicht einfach Ja oder Nein antworten, ohne sich gleichzeitig eine Art von Szenario vorzustellen«, sagte Backman. »Das wäre sinnlos. Zumindest bei normalen Fällen. Das Problem ist, dass ich tatsächlich ebenfalls glaube, dass Maria Winckler ermordet wurde, aber nicht einmal den Ansatz zu einem Szenario habe.«

»Und du?« Asunander zeigte mit einem Stift auf Barbarotti.

»Nicht ohne Vorbehalt«, sagte Barbarotti.

»An dieser Bar führen wir keine Vorbehalte«, sagte Asunander. »Bist du der Meinung, dass jemand sie gestoßen hat oder nicht?«

Barbarotti überlegte.

»Ich bin auch der Meinung«, sagte er.

»Gut«, sagte Asunander. »Ich glaube es nämlich auch. Um zwei Uhr nachts habe ich mich dazu entschieden.«

Und nicht ohne alkoholische Getränke, stellte Eva Backman fest. Habe ich mir doch gedacht. Der Kommissar machte eine Pause, während er einen Zettel aus dem Stapel auf seinem Schreibtisch zog. Musterte ihn eine Weile. Backman konnte nur erkennen, dass es aussah wie eine Seite aus einem Collegeblock nach einer ungewöhnlich unstrukturierten Vorlesung.

»Meine letzte Frage«, sagte er. »Ein oder zwei Mörder?«

Backman schaute Barbarotti an. Barbarotti schaute Backman an.

»Einer«, sagte Backman.

»Einer«, sagte Barbarotti.

»Vollkommen richtig«, nickte Asunander. »Wenn wir eure Antworten addieren.«

»Er wird immer merkwürdiger«, sagte Backman, als sie eine Viertelstunde später unten in der Kantine saßen. »Bist du meiner Meinung?«

»Ja«, bestätigte Barbarotti. »Vielleicht gut, dass er nur noch zwei Jahre hat. Aber auf jeden Fall hat er den gewissen Blick. Weiß der Teufel, wie er das schafft.«

»Er hat den Mousterlinfall gelöst«, erinnerte Backman sich. »Weißt du, wie er darauf gekommen ist?«

»Nein«, antwortete Barbarotti. »Er hat es mir auch nie erzählt.«

»Aber ihr habt damals eine ganze Nacht lang diverse Drinks zu euch genommen?«

»Es waren nur ein paar Stunden«, korrigierte Barbarotti sie. »Aber gestern war er ganz allein. Er kann einem fast leidtun.«

»Das stimmt«, sagte Backman. »Was hältst du von dem, was er gesagt hat?«

»Dass wir nach zwei Mördern suchen sollen? Ich weiß nicht.«

»Wenn wir jeder einen finden, dann ist der Fall gelöst.«

»Bei dir klingt das so einfach«, sagte Gunnar Barbarotti. »Hast du einen Plan?«

»Ich denke, ich werde nach Lindås fahren«, sagte Eva Backman. »Und ich schlage vor, dass du …«

»Du brauchst mir nichts vorzuschlagen«, wehrte Barbarotti ab. »Ich weiß schon, was ich tun muss.«

# IV

# 65

Eine Feier auf dem Pfarrhof?«, fragte Rickard Berglund. »Findest du wirklich, das ist eine gute Idee?«

»Wieso nicht?«, sagte Anna. »Wozu hat man sonst einen Pfarrhof?«

Es war ein Donnerstag Anfang August. Sie saßen draußen in der Laube auf den grünen Gartenmöbeln. Hummeln summten in den Reseden. Ein Hochdruckgebiet war bereits in seiner zweiten Woche, und er hatte gerade damit angefangen, seine Sonntagspredigt zu schreiben. Der zehnte Sonntag nach Trinitatis: *Die Gaben der Gnade.*

»Kann schon sein. Aber du hast noch nicht eingeladen?«

»Natürlich nicht. Ich musste doch vorher mit dir reden. Aber mir ist diese Idee gekommen, ich dachte, das könnte doch ganz interessant werden. Es ist ja ziemlich lange her, seit wir sie getroffen haben. Und jetzt, da Maria und Germund herziehen wollen.«

»Hat sie das wirklich gesagt?«

»Ja. Sie sind inzwischen bestimmt schon hier. Sie unterrichten beide an einer Schule hier in der Stadt. Haben beide offenbar ihr Lehrerexamen gemacht. Und Gunilla und Tomas sind in einer Stunde mit dem Auto hier. Sie brauchen höchstens anderthalb, und außerdem können sie hier übernachten.«

Vielleicht gar keine dumme Idee?, dachte er. Vielleicht war die Zeit ja reif, sich wiederzusehen? Und warum sollte er sich dagegen sperren, wenn Anna ausnahmsweise etwas Begeisterung bei einer Sache zeigte?

»In Ordnung«, sagte er. »Wir können ja mal drüber nachdenken.«

Sieben Monate. Es war bereits mehr als ein halbes Jahr vergangen, seit sie auf den Pfarrhof von Rödåkra gezogen waren, und immer noch kam es vor, dass er, wenn er morgens aufwachte, nicht sofort wusste, wo er sich befand. Wenn er die handgemalten Tapeten aus dem 19. Jahrhundert erblickte. Das Sprossenfenster und die Fliederbüsche davor. Es war ein Idyll wie aus einem Märchenbuch. Oder aus einem alten schwedischen Film. Das Hauptgebäude war Ende des 18. Jahrhunderts erbaut worden, mit waagerechten Holzstämmen, zwei Flügel im selben Baustil waren ein halbes Jahrhundert später dazugekommen. Das Gemeindehaus lag auf der anderen Straßenseite.

Der eine Flügel, das war sein Arbeitsplatz, der andere war als Gästezimmer eingerichtet, da es im Wohnhaus selbst nur vier Zimmer gab. Aber es waren großzügig geschnittene Räume; es genügte vollkommen, war fast schon zu groß. Rickard erinnerte sich, dass er sich noch während seiner Zeit in Uppsala vorgestellt hatte, wie ihre Kinder hier aufwüchsen, zwei Stück würden problemlos Platz unter den großen, weiß getünchten Dachbalken finden. Ganz zu schweigen von dem Garten, in dem sie jetzt saßen und in dem gut und gerne zehn Kinder herumspringen und spielen könnten, er grenzte an einen morastigen Bach und beherbergte viele knorrige alte Obstbäume, Himbeerbüsche, Johannisbeer- und Stachelbeerbüsche. Sie hatten die Kinderfrage besprochen, in vorsichtigen Worten, schon einige Male, aber es gab immer noch etwas bei Anna, was sie zögern ließ. Er wusste nicht, was es war, und vielleicht war es genau dieser Bodensatz im Becher, der ihn nachts wach liegen ließ.

Warum war sie nie wirklich zufrieden? Das fragte er sich immer wieder. Was fehlte ihr? Hatte es etwas mit seiner Person zu tun? Oder handelte es sich tatsächlich um diese alte Unterscheidung zwischen Glück und Sinn? War Anna möglicherweise so darauf aus, einen Sinn zu finden, dass sie sich nicht glücklich fühlen konnte? Hatte es etwas mit ihrer Kindheit zu tun? Mit den schwermütigen Eltern und den mürrischen Brüdern in Salabacke?

Doch darüber sprachen sie nicht, und er fand allein nie eine Antwort auf diese Fragen – oder genauer gesagt, fand er mal die eine, mal die andere mögliche Erklärung, die er aber bald wieder verwarf. Und auch wenn er sie selten oder fast nie mit seinen Überlegungen belästigte, so konnte sie ja wohl sehen, dass er manchmal darunter litt. Natürlich begriff sie die Situation; zumindest wenn es darum ging, Kinder zu bekommen.

Was soll man mit einem Pfarrhof, wenn man nie Feste gibt?, hatte sie gefragt. Was soll man damit, wenn man keine Kinder hat? Rickard fand, das war die bessere Frage.

Und wenn sie sah, dass er traurig war, dann kam es vor, dass sie es auch wurde. Du musst mir Zeit geben, Rickard, konnte sie dann sagen. Ein wenig mehr Zeit, lass uns jetzt nicht weiter darüber reden.

Das war zumindest eine Art Übereinkunft.

Die Pfarrerrolle füllte ihn voll und ganz aus. Auch wenn sein Vorgänger diesen Posten mehr als dreißig Jahre lang innegehabt hatte, begriff Rickard schnell, dass er eigentlich nicht besonders beliebt gewesen war. Weder unter den älteren noch unter den jüngeren Gemeindemitgliedern. Der Gotteshirte Tömlin hatte zu viel vom Schwefel gepredigt, und das besonders in seinen alten Tagen, als ihn täglich und stündlich Verdauungsprobleme quälten. Der Kirchendiener Holmgren hatte Rickard bereits in den ersten Wochen im Februar in alles eingeweiht, was er wissen musste. Tömlin war im August verstorben, fünfundsechzig Jahre alt und ungefähr doppelt so viele Kilo schwer; im Laufe des Herbstes waren Pfarrer aus den umliegenden Gemeinden eingesprungen und hatten den Topf am Kochen gehalten.

Genau so drückte er sich aus, der Holmgren. Den Topf am Kochen gehalten. Was wohl ein etwas übertriebenes Bild war im Hinblick auf die Anzahl der Kirchgänger, die während des Gottesdienstes die Bänke drückten.

Auf jeden Fall war das neue junge Pfarrerspaar willkommen, dieser Ansicht war nicht nur der Kirchendiener. Auch Fräulein Bengtsson und Frau Lavander, die die Bücher führten und andere Dinge im Kirchenbüro erledigten, hatten ihre Wertschätzung ausgedrückt. Gleich am Anfang, sie erklärten, es wäre geradezu eine Erleichterung, und hatten bei dieser Formulierung gelacht.

»Musst du an deiner Predigt schreiben?«, fragte Anna und verscheuchte mit der Hand eine Hummel.

»Ja, es ist wohl an der Zeit.«

Sie selbst hatte ihre Schreibmaschine mit nach draußen genommen, er nahm an, dass es um ihre Reise zu den alten Grabstätten auf Tjörn und Orust ging, die dokumentiert werden sollte. Sie war am vorhergehenden Abend zurückgekommen, nach dreitägiger Abwesenheit.

»Es stört dich doch nicht, wenn ich ein bisschen klappre?«

»Nein, natürlich nicht.«

Er dachte, dass er sie liebte. Heute hat sie einen ihrer sanften, zufriedenen Tage, vielleicht würden sie heute Abend miteinander schlafen.

Der Gedanke war ihm peinlich. Hier sitzen wir im Paradies, dachte er. Der Pfarrer und die Pfarrersfrau. Er pusselt an seiner Predigt, sie schreibt einen Artikel für die Kirchenzeitung. Aber der Pfarrer denkt ans Vögeln.

Obwohl das ja eigentlich nicht so schlimm war. Er musste innerlich darüber schmunzeln und nahm an, dass der Liebe Gott es auch konnte. Seine Ehefrau zu begehren, das war keine Sünde. Und wenn man irgendwann Kinder auf dem Pfarrhof haben wollte, dann gab es keinen anderen Weg.

Es kam, wie er gehofft hatte. Anschließend lagen sie in dem geräumigen Doppelbett noch wach und genossen die laue Nachtluft, die ins Schlafzimmer strömte. Das Hochdruckgebiet war wirklich stabil, Augustnächte waren sonst nicht so warm.

»Was hältst du von ihnen?«, fragte er.

»Von wem?«

»Maria und Germund. Tomas und Gunilla. Was meinst du, wie es ihnen geht?«

Eine Zeitlang sagte sie gar nichts. »Denkst du häufiger an sie?«, fragte sie dann. »Und an das da?«

»Ab und zu«, sagte er. »Man kann es ja nicht vergessen, und außerdem hatten wir früher viel mit ihnen zu tun. Tomas war der erste Mensch, den ich in Uppsala kennengelernt habe. Schon merkwürdig, dass wir uns so auseinandergelebt haben.«

Anna nickte.

»Vielleicht, ja«, sagte sie. »Aber so ist es nun einmal. Sie macht sich Sorgen wegen Maria.«

»Wer? Gunilla? Macht sie sich Sorgen wegen Maria?«

»Ja.«

»Und warum?«

»Maria hat sie ein paar Mal angerufen und war so merkwürdig. Das hat sie jedenfalls gesagt.«

»Merkwürdig?«

»Ja.«

»Inwiefern?«

»Das weiß ich nicht. Wir haben nicht weiter darüber gesprochen. Sie war ja ziemlich lange unten in Spanien, Maria, meine ich. Ich glaube, sie ist erst im Mai wieder nach Hause gekommen.«

»Sie war noch nie leicht zu verstehen.«

»Nein, aber jetzt ist es offenbar noch schwerer.«

»War Germund auch in Spanien?«

Anna drehte sich um und machte das Licht aus. »Ich glaube schon. Aber jetzt lass uns schlafen. Das mit der Einladung können wir morgen diskutieren.«

Manchmal vermisste er Uppsala, dann lag er lange wach, und das tat er auch jetzt. Vielleicht war es gar nicht die Stadt selbst und auch nicht die Zeit, als sie sich mit den vier Freunden trafen – die jetzt möglicherweise auf den Pfarrhof zu Besuch kommen würden –, nein, es waren die anderen Kontakte, nach denen er sich sehnte. Rufus und Matti und Sivert. Die verräucherte Ecke in Ofvandahls Konditorei und die unendlichen Diskussionen über Glauben und Sinn und Ethik. Lebensfragen allgemein. Matti Kolmikoski und Rufus Svensson hatten zusammen mit ihm die Pfarrerweihe empfangen, während Sivert Grahn sich entschieden hatte, zunächst auf Missionsstationen zu arbeiten. Rickard hatte einige Briefe von ihm erhalten, aus Uganda und Tansania, das war wirklich eine ganz andere Welt als die Gemeinde von Rödåkra-Hemleby. Aber irgendwie war das für Sivert auch typisch. Keine Kompromisse, er folgte seiner inneren Stimme, und wenn die sagte, er solle nach Afrika gehen, dann tat er das. Rickard kam nicht umhin, dafür Bewunderung zu empfinden.

Seit er Uppsala verlassen hatte, hatten sich die Diskussionen um Glauben und das Wort auf drei Bistumstage in Härlanda beschränkt, und da war auch nicht viel herausgekommen. Es gab so viel Praktisches, was zur Pfarrarbeit gehörte, und er war der jüngste und unerfahrenste Teilnehmer. Nein, da war es nicht um den christlichen Glauben in tieferem Sinne gegangen.

Der Kirchendiener Holmgren war zwar eine ziemliche Quasselstrippe, aber hier galt das Gleiche – geistliche Fragen griff er nur selten auf. Um nicht zu sagen, nie.

Aber das ist langfristig gesehen nicht das Wichtigste, dachte Rickard sich dann immer. Mit anderen Menschen über Gott zu sprechen. Worum sich alles drehte, das war natürlich das eigene Gespräch mit Gott.

Was auch nicht immer ohne Probleme funktionierte.

Ich bin sechsundzwanzig Jahre alt, dachte er plötzlich. Werde ich auch in dreißig Jahren noch Pfarrer dieser Gemeinde sein? Wie wird das Leben dann aussehen? Im Jahr 2005? Welche Gedanken werde ich denken, wenn ich sechsundfünfzig bin? Oder sechzig? Wie sieht die Welt dann aus? Wie viele Kinder werden wir haben? Enkelkinder? Werde ich den Sinn finden?

*Den Sinn? Die Gabe der Gnade?* Er seufzte. Drehte sich auf die Seite und dachte, dass es sicher interessant wäre, die alten Freunde wiederzutreffen. Tomas und Gunilla, Maria und Germund. Wir sind jetzt reife Menschen, dachte er. Erwachsen.

Ein Wiedersehen auf dem Pfarrhof von Rödåkra. Irgendwann im September vielleicht. Mal sehen, was draus wird.

Warum eigentlich nicht?

## 66

Der Spatz.

Vor meinem Studium in Uppsala habe ich geglaubt, es hieße *le Piaf* auf Französisch. Oder *la Piaf.* Aber das tut es nicht. Das habe ich ja bereits erklärt.

Es sind die Hundstage, und das Jahr trägt die Nummer 1975. In allen bekannten Sprachen. Spanien – Uppsala – Kymlinge; so sieht die Reise aus, die ich in den letzten Monaten gemacht habe. Germund und ich sind vor einer Woche hier angekommen, in vier Tagen fängt das Schuljahr an. Ein merkwürdiges Gefühl, zweifellos, aber als wir im Mai nach Hause kamen, da haben wir beschlossen, die akademische Welt zu verlassen, und Germund meinte, es wäre doch scheißegal, Lehrer bräuchte man immer.

Und so hat er für uns zwei Jobs an derselben Schule gefunden, das war Mitte Juni. Er hat angerufen, mit dem Schulleiter gesprochen und eine halbe Zusage bekommen. Eine Woche später wurde es eine ganze. Irgendwie war es so, dass sie möglichst keine examinierten Lehrer haben wollten, weil sie die nie wieder loswurden. Wenn ich Germund richtig verstanden habe, das heißt, wenn Germund den Schulleiter richtig verstanden hat. Der heißt übrigens Flemingsson, ist fast zwei Meter lang und war früher Basketballspieler in der Ersten Liga. Er gefiel mir, als ich ihn vor ein paar Tagen kennengelernt habe, und dass ich ihm gefiel, daran besteht kein Zweifel.

Deshalb denke ich, das ist der richtige Weg. Ich komme wieder mit Menschen zurecht, zumindest soweit, wie ich es früher auch getan habe. Aber das Wichtigste ist, dass ich auch mit mir wieder klarkomme.

Ich bin der Spatz, ich bin gefallen, und die Vorsehung war nicht betraut mit meinem Fall. Aber ich bin zurück.

Und vor Teenagern fürchte ich mich auch nicht, nicht im Geringsten, ich werde ihnen ebenso gut Englisch und Französisch beibringen wie jeder andere auch. Flemingsson hat mich gefragt, ob ich möglicherweise auch Spanisch unterrichten könnte – eine Testgruppe könnte in nächster Zeit anstehen, wie wäre es damit? –, und ich habe erklärt, dass das für mich kein Problem darstellt. Niemos problemos. Das ist phantastisch, sagte Flemingsson.

»Sie ist phantastisch«, erklärte Germund. »Aber was ist mit mir?«

Germund wird natürlich Mathe und Physik unterrichten. Es fällt mir etwas schwer, ihn mir hinterm Pult vorzustellen, andererseits behauptet er, dass es ihm genauso schwerfällt, mich dort zu sehen. Also fangen wir wohl ungefähr am gleichen Ausgangspunkt an.

Aber eigentlich ist das gar keine Kunst, meint Germund. Denke nur an einen guten Lehrer, den du gehabt hast, und dann verhältst du dich ungefähr genauso. Man soll nichts komplizierter machen, als es ist.

Es war ein Glück, dass er nach Spanien gekommen ist. Ich glaube, es wäre aufs Irrenhaus hinausgelaufen, wenn ich allein weitergemacht hätte. Diese Bar, dieses seltsame Mädchen und diese große Einsamkeit, nein, es war keine sinnvolle Fortsetzung möglich. Wir verließen Torremolinos nach nur einer Woche, fanden stattdessen in Malaga ein paar Zimmer, im alten Stadtkern, gleich in der Nähe der Kathedrale, und dort wohnten wir, bis wir Ende Mai nach Hause fuhren. Unsere Vermieterin war die alte Witwe eines Stierkämpfers, zumindest behauptete sie das; ich weiß nicht so recht, vielleicht behaupten das alle andalusischen Witwen.

Germund hatte genügend Geld, so dass wir nicht arbeiten mussten, keiner von uns. Ich hörte auf, Hasch zu rauchen. Wir machten lange Spaziergänge, durch das alte jüdische und maurische Viertel, hinauf zur Festung und am Meer entlang, und plötzlich war es ein anderes Meer. Nicht das von Mamaia und nicht wie im Winter in Torremolinos und Fuengirola; es war natürlich Germunds Anwesenheit, die machte den Unterschied, und das sagte ich ihm. Du bist ein verdammt lebenswichtiges Organ für mich, Germund, sagte ich. Ich kann nicht so einfach ohne dich existieren.

Das war keine Liebeserklärung, nur eine Feststellung, und das verstand er.

Ich habe auch meine Probleme mit dem Atmen, wenn du weg bist, sagte er.

Es war auch am Strand, wo es uns zum ersten Mal gelang, uns zu lieben. Ich habe sehr bewusst »lieben« statt »vögeln« gewählt, es ging damals um etwas anderes. Es war Nacht, es war Mondschein, und ich kann mir immer noch das Rauschen der Wellen ins Ohr zurückrufen, wenn ich das möchte.

Das mit der reinen Mathematik und der physischen Liebe, sagte ich hinterher. Glaubst du immer noch dran?

Es gibt vielleicht noch etwas Drittes, sagte Germund.

Schönheit?, fragte ich.

Etwas Viertes, sagte Germund.

Wir trafen auch meine Eltern, Germund tatsächlich zum ersten Mal. In dem Haus in Fuengirola. Mama hatte eine riesige Paella zubereitet, sicherheitshalber ein paar Nachbarn eingeladen, wir saßen auf der Dachterrasse, und alles lief ohne

Zwischenfälle ab. Aber zumindest mein Vater war erleichtert, als wir uns verabschiedeten, das weiß ich. Er macht sich immer ein wenig Sorgen um mich, und das soll er ruhig. Es war zum Teil seine Schuld, dass ich von der Schaukel fiel, als ich acht war, und allein meine Anwesenheit genügt, um ihn daran zu erinnern. Ich glaube, Mama macht es ab und zu auch.

Ihn erinnern.

Aber jetzt sind wir also in Kymlinge. Es hat sich herausgestellt, dass Rickard und Anna ganz in der Nähe wohnen, auf einem Pfarrhof, einige Kilometer außerhalb der Stadt. Rickard hat gestern angerufen und uns zu sich eingeladen. Aber erst in einem Monat, er wird den genauen Termin noch mitteilen, sagte er. Vielleicht sucht er nach einem predigtfreien Sonntag, ich weiß es nicht. Er hat auch von einem Ausflug in die Pilze geredet. Es ist geplant, dass Tomas und Gunilla auch kommen, wahrscheinlich fahren sie mit dem Auto von Göteborg hierher. Ich spürte einen instinktiven Widerwillen gegen das Projekt, und als ich es Germund erzählte, ging es ihm genauso.

Wozu zum Teufel soll das gut sein?, fragte er.

Das frage ich mich auch, diese Zeiten sind doch vorbei.

Andererseits kann es wohl kaum jemandem schaden. Das meinten wir beide nach einer Weile. Dieser instinktive Widerwille scheint an uns abzuperlen wie Wasser an einer Gans, und eine Stunde später kamen wir überein, zuzusagen. Ein Essen mit gutem Wein auf einem Pfarrhof, das wird man ja wohl überstehen können?

Ich sitze auf unserem kleinen Balkon und schaue über den Bach, der nur dreißig Meter von unserer Wohnung entfernt fließt. Es ist ihnen gelungen, ihn Kymlingeån zu taufen. Woher haben sie solche tollen Ideen? Ich warte auf Germund, er kauft gerade Farbe. Wir wollen unser Badezimmer gelb streichen, das haben wir beschlossen.

Ich denke überhaupt nicht mehr an Bernard Grimaux.

Und Gunilla, was soll man dazu sagen?

## 67

Eva Backman verließ das Haus in Lindås. Fuhr fünfhundert Meter und hielt auf einem Parkplatz an. Stellte den Motor ab und dachte nach. Zwei Mörder?, dachte sie. Sudoku?

Verdammt. Kommissar Asunander, du bist ein merkwürdiger Kauz.

Eigentlich hatte sie Tomas Winckler treffen wollen, doch der war nicht zu Hause gewesen. Sie fragte sich, wie viel Zeit er eigentlich in dem edlen Haus am Hägervägen verbrachte, er schien die meiste Zeit aushäusig zu sein. Andererseits war es Montag, ein normaler Arbeitstag. Und dieses Reiseunternehmen, um das musste man sich wohl auch ab und zu kümmern.

Und sie hatte es vorgezogen, sich nicht anzukündigen. Da ihr Weg hier sowieso vorbeiführte und nur ein kleines Detail geklärt werden musste.

Sie schaute auf die Uhr. Es war halb drei. Sie hatte keine Kinder, denen sie Essen kochen musste, da es Villes Woche war. Kein Restaurantbesuch mit irgendeinem interessanten neuen Mann stand auf dem Terminplan. Keine Verpflichtungen.

Sie holte die Karte aus dem Handschuhfach. Wie weit war es bis Strömstad?

Gunnar Barbarotti drückte auf die Klingel und wartete.

Keine Reaktion.

Er versuchte es noch einmal. Trat vier Schritte zurück und

versuchte durch das Küchenfenster zu schauen, aber die Jalousie war schräg gestellt, so dass er nur dünne Streifen erkennen konnte. Es schien jedenfalls kein Licht zu brennen, so viel konnte er sehen. Das Gleiche beim Wohnzimmer. Das lag links von der Haustür, daran erinnerte er sich. Dort hatten sie letztes Mal gesessen. Beide Male, genau genommen.

Wäre er daheim, hätte er einige Lampen eingeschaltet, entschied Inspektor Barbarotti. Regen hing in der Luft, und die Dämmerung über Kymlinge hatte die Farbe überreifer Pflaumen angenommen, obwohl es erst fünf Uhr war.

Er sitzt ja wohl nicht im Dunkeln, nur weil er keine Lust hat, Besucher zu empfangen? Oder?

Es war der dritte Versuch. Schon um ein Uhr und um drei hatte er vor der Tür gestanden und geklingelt. War auch im Bestattungsbüro von Linderholm gewesen, aber Herr Linderholm hatte erklärt, dass er Berglund seit der Beerdigung nicht mehr gesehen habe.

Barbarotti zuckte mit den Schultern und ging zurück zum Auto. Ich werde es morgen noch einmal versuchen, dachte er. Er wird das Land sicher nicht verlassen.

»Ich würde gern mit dir reden.«

Er saß in der Küche und blätterte in der Rezeptsammlung. War erst seit fünf Minuten zu Hause. Jenny stand in der Tür zum Wohnzimmer, und er konnte ihrer Stimme anhören, dass dieses Gespräch geplant war. Dass sie es sich vorgenommen hatte. Jenny war zweifellos die Leiseste in der Kinderschar. Diejenige, die immer dachte, bevor sie sprach. Sie war sechzehn, ging das erste Jahr aufs Gymnasium, gesellschaftspolitische Richtung mit Sprachprofil, was bedeutete, dass gewisse Fächer auf Englisch und Französisch unterrichtet wurden. Barbarotti hatte versucht, sich vorzustellen, wie es war, Mathematik auf Französisch erklärt zu bekommen, ihm fiel jedoch kein besserer Vergleich ein als der eines Schwarzen Lochs, in das man hineingesogen wurde.

Aber er bewunderte sie dafür. Natürlich. Sie war Marianne so unglaublich ähnlich, sowohl was das Aussehen als auch was die Art betraf. Das war nicht weniger bewundernswert.

»Ja, natürlich«, sagte er. »Komm, setz dich.«

Sie zog einen Stuhl heraus und setzte sich ihm gegenüber. Zögerte, schaute auf den Tisch.

»Du denkst an Mama?«, fragte Barbarotti.

»Ja«, sagte Jenny. »Ich denke an Mama.«

»Das tun wir alle«, sagte Barbarotti. »Seit es passiert ist. Aber sie wird wieder gesund.«

Jenny nickte. »Ja. Das sagen alle. Aber wenn so etwas wieder passiert?«

Barbarotti schluckte. »Es gibt nichts, was darauf hindeutet, dass das wieder passieren könnte.«

»Ich weiß, dass sie das sagen.« Sie schaute ihn kurz an, als suchte sie seine Zustimmung. Eine Zustimmung, die bedeutete, das sie beide wussten, worum es ging. Dass sie so etwas sagten, um zu trösten. Die Ärzte und alle, die so mitfühlend waren.

»Was willst du damit sagen, Jenny?«

Sie ließ einen tiefen, zitternden Seufzer hören, und ihm war klar, dass die Tränen nicht weit waren.

»Wenn sie gestorben wäre, was wäre dann mit uns passiert?«

»Uns?«

»Mit Johan und mir?«

»Ich verstehe nicht, was du meinst.«

Was er vielleicht doch tat, aber es war besser, wenn sie es selbst formulierte.

»Ich habe gestern mit Papa gesprochen.«

»Ja?«

»Er hat gesagt, dass wir bei ihm wohnen sollen, wenn Mama stirbt. Er...«

»Ja?«

»Er hat gar nicht gefragt, ob wir das wollen. Er hat nur gesagt, dass es so ist.«

Barbarotti schüttelte den Kopf. Seiner Meinung nach war Mariannes Ehemaliger sowieso ein Schweinehund, aber es war vermutlich nicht der richtige Zeitpunkt, seine Tochter darauf hinzuweisen.

»Sie lebt, Jenny. Deine Mutter lebt und wird noch dreißig Jahre leben. Fünfzig!«

»Ja, aber wenn? Ich will es wissen, begreifst du das nicht?«

Er überlegte, und plötzlich begriff er ganz genau. Verstand, was sie ihn fragen wollte.

»Entschuldige, Jenny. Ich bin etwas langsam von Begriff. Das hier ist dein Zuhause. Das weißt du doch?«

Sie antwortete nicht. Wartete auf eine Art Fortsetzung. Eine Versicherung.

»Du willst nicht bei deinem Vater wohnen, oder?«

»Nein.«

»Und Johan will das auch nicht?«

»Nein.«

»Gut. Komm mal her.«

Er stand auf und breitete die Arme aus. Sie zögerte eine Sekunde, dann huschte sie in seine Arme.

»Ich hab dich lieb, Jenny. Du darfst in diesem Haus wohnen, bis du in Pension gehst, wenn du willst. Das verspreche ich dir. Und wenn die Zeit reif ist, dann errichten wir ein Familiengrab hinten im Garten. Vielleicht neben dem Kompost?«

Darüber musste sie lachen.

»Danke.«

»Wie bist du nur darauf gekommen, dass es anders sein könnte?«

Sie gab keine Antwort. Lehnte den Kopf an seine Brust und atmete schwer. Er spürte, wie die Tränen in ihm hochstiegen, ein gutes Weinen, aber dennoch biss er sich in die Wange und beherrschte sich.

»Sie lebt«, sagte er. »Wir alle leben. Wir müssen lernen, Dankbarkeit zu verspüren. Das Leben zu schätzen, statt Angst vor dem Tod zu haben.«

»Ich weiß«, sagte Jenny. »Aber es ist nicht so toll, wenn man seinen Vater nicht mag.«

»Ich habe keinen Vater.«

»Nein, das hast du erzählt.«

»Er ist verschwunden, bevor ich geboren wurde. Das ist auch nicht besonders toll. Aber an bestimmten Dingen kann man nichts ändern.«

»Zum Beispiel an seinen Eltern?«

»Zum Beispiel. An vielem anderen auch nicht. Aber das, was man ändern kann, das muss man auch ändern. Aber darüber haben wir ja schon geredet. Ich denke, wir belassen es jetzt erst mal dabei. Willst du mir beim Kochen helfen? Ich suche nach diesem Rezept für Pilzrisotto, was hältst du davon?«

»Okay«, sagte Jenny, machte sich frei und putzte sich die Nase. »Dann kommt sie bald nach Hause?«

»In ein paar Tagen.«

»Auf jeden Fall bin ich dankbar dafür, dass sie dich gefunden hat.«

Dieses schöne Weinen machte sich wieder bemerkbar, und er spürte, wie ihm bis ins Knochenmark warm wurde. Manchmal bekommt man mehr, als man verdient, dachte er. Ist es das, was als *Gnade* bezeichnet wird?

## 68

Wie geht es dir?«, fragte Tomas. »Alles prima?«

Gunilla nickte. »Alles prima.«

»Sicher?«

Sie konnte nicht anders, sie musste über seine Fürsorge lachen. »Tomas, ich bin im vierten Monat, und mir geht es gut. Wir haben noch nicht mal Halbzeit, du kannst nicht die ganze Zeit so weitermachen.«

Tomas lächelte und öffnete ihr die Wagentür. »Sorry. Jetzt fahren wir jedenfalls erst mal zum Pfarrer. Was meinst du?«

»Was? Was ich meine?«

»Ja. Wie wird es werden? Wie früher?«

Er startete und fuhr vom Parkplatz. Trommelte leise mit den Fingern aufs Lenkrad.

»Ich weiß nicht, was du mit früher meinst«, sagte sie. »Wie am Anfang in der Sibyllegatan oder später?«

»Es wäre schön, wenn es wie am Anfang wäre«, sagte Tomas. »Oder? Nur gut, dass wir dort übernachten können. Wäre nicht so witzig, nach einem langen Essen wieder zurückfahren zu müssen. Und ich nehme an, dass es auf einem Pfarrhof reichlich Platz gibt.«

»Das ist wohl anzunehmen«, sagte Gunilla. »Na, Rickard und Anna sind sicher nicht das Problem. Wenn wir annehmen, dass es nicht wie am Anfang sein wird, nicht wahr?«

Tomas runzelte die Stirn und warf ihr einen Blick zu.

»Du spielst auf meine kleine Schwester an?«

»Ich spiele auf deine kleine Schwester an.«

»Du glaubst doch wohl nicht, dass sie das da zur Sprache bringen wird?«

»Man weiß nie. Sie hat es ja auch am Telefon getan.«

»Das war im April. Da ging es ihr noch dreckig.«

»Im Mai auch. Ich verstehe nicht, was sie eigentlich will. Es gibt doch nichts, was man jetzt tun könnte. Mein Gott, inzwischen sind drei Jahre vergangen.«

»Vielleicht wollte sie nur reden.«

»Ich habe ein ganzes Jahr lang versucht, mit ihr zu reden. Und habe nicht ein Wort zurückgekriegt.«

»Auf jeden Fall beunruhigt dich das. Meinst du, wir sollen lieber absagen?«

Gunilla schüttelte den Kopf. Sie versuchte zu lachen, hörte aber selbst, wie falsch es klang. »Ist doch logisch, dass wir hinfahren«, sagte sie. »Die haben doch alles geplant, wie sieht das denn aus, wenn wir jetzt anrufen und absagen?«

»Also packen wir lieber den Stier bei den Hörnern?«, fragte Tomas.

»Genau«, nickte Gunilla. »Vielleicht wird es ja richtig nett. Es ist nur diese leichte Unruhe … verstehst du?«

Tomas seufzte. »Germund und Maria. Ja, was für ein Paar. Aber vielleicht ist es ein Glück, dass sie einander haben.«

»Bestimmt«, sagte Gunilla. »Aber als du mit ihr das letzte Mal gesprochen hast, da klang sie doch ganz normal, oder?«

»So normal sie klingen kann«, sagte Tomas. »Auf jeden Fall sind wir gut in der Zeit. Warum sollen wir schon um vier Uhr da sein, hat Anna das gesagt?«

»Es soll wohl mit einem Drink und einer Gartenrallye losgehen.«

»Einer Gartenrallye?«

»Ja, frag mich nicht. Wenn wir erst einmal den Abend überstanden haben, wird es sicher schön, morgen in den Wald zu gehen und Pilze zu suchen. Es gibt nichts Schöneres an einem Herbstsonntag.«

»Vergiss nicht, dass du schnell müde wirst«, sagte Tomas. »Man kann die Schwangerschaft für vieles benutzen.«

»Ich bin doch nicht auf den Kopf gefallen«, erklärte Gunilla und legte ihm eine Hand auf den Oberschenkel.

Der Spatz.

Ich habe so meine Zweifel, aber das war mir klar, dass ich die haben würde. Germund schlug vor, wir sollten uns jeder einen ordentlichen Wodka genehmigen, bevor wir fahren. Idiot, sagte ich, wir können doch nicht mit einer Schnapsfahne dort ankommen.

Wir haben jedenfalls beschlossen, zurück ein Taxi zu nehmen, dann muss keiner nüchtern bleiben. Mit dem Bus hin, natürlich, es fährt tatsächlich so eine gelbe Überlandgeschichte um halb vier. Und es gibt eine Haltestelle nur hundert Meter von uns entfernt, Germund hat es herausgefunden. Aber es fährt kein Nachtbus, nicht in der Gegend.

Sie wollen, dass wir um vier Uhr kommen. Wahrscheinlich sollen wir vorher etwas im Garten trinken und die Umgebung bewundern. Aber warum auch nicht? Bestimmt ist das da draußen auf dem Lande ein höllisches Idyll. Ich bin trotz allem nervös. Das bin ich sonst nicht, und Germund ist auch anders als sonst. Tatsache ist, dass wir beide schon bereuen, diesem Spektakel zugesagt zu haben. Ich will diese Menschen nicht wiedersehen, und Germund würde auch viel lieber zu Hause bleiben und die Wände streichen, das sehe ich ihm an. Wir haben erst die Hälfte geschafft.

Doch das gibt er nicht zu. Reg dich nicht so auf, Maria, sagt er. Die spendieren sogar den Wein. Wir können uns satt essen und uns ordentlich einen hinter die Binde kippen, und dann fahren wir morgen in den Wald. Ich bin ein Ass im Pilzesuchen, habe ich dir das schon erzählt?

Du würdest doch lieber zu Hause bleiben und streichen, tu doch nicht so, denke ich. Und den Wald könnten wir auch allein finden. Aber ich sage nichts. Denke, wenn man jeden Tag mit hundert Teenagern zurechtkommt, dann wird man ja wohl ein Essen mit ein paar alten Bekannten auf einem Pfarrhof bewältigen.

Es ist Viertel vor drei. Germund ruft, dass ich anfangen muss, mich zu schminken, wenn wir den Bus kriegen wollen.

Scheiße, da fällt mir ein, dass wir Blumen hätten besorgen sollen.

Obwohl so ein Pfarrhof bestimmt voller Blumen ist. Ich frage Germund, ob wir ein anderes Mitbringsel haben. Er schüttelt den Kopf, doch dann fällt ihm ein, dass wir noch eine ungeöffnete Flasche Aladdin im Schrank stehen haben.

»Diese Fragen«, sagte Rickard. »Hast du die mal überprüft?«

»Nein«, antwortete Anna. »Ich weiß, die sind für Konfirmanden gedacht. Aber das spielt doch keine besonders große Rolle, es ist schließlich nicht ernst gemeint. Und ich will natürlich nicht vorher gucken, das wäre doch schummeln.«

Rickard lachte. »Na gut, dann nehmen wir es, wie es kommt. Ich hab nur das Schild am Anfang des Spaziergangs gelesen. *Im Garten Unseres Herrn. Zwanzig Fragen über Tiere, Natur und das christliche Leben.* Ich glaube, ich kippe noch ein bisschen mehr Wodka in die Bowle, das wird wohl nötig sein.«

»Glaubst du, das ist ein Problem?«

»Nein, nein«, versicherte Rickard ihr.

»Schließlich ist schönes Wetter. Da kann ein Spaziergang mit einem Drink in der Hand doch nichts schaden. Ihnen wird es gefallen. Das wird ihre ironische Seite stimulieren.«

»Drei Mannschaften?«, fragte Rickard.

»Drei Mannschaften. Gunilla und du, ihr seid Nummer eins. Tomas und Maria Nummer zwei, es kann doch sein, dass die Geschwister sich so einiges zu erzählen haben. Germund und ich Nummer drei. Stifte und Fragebogen habe ich bereitgelegt. Wie spät ist es?«

»Viertel vor vier. Sie können jeden Augenblick hier sein. Anna?«

»Ja?«

»Ich liebe dich. Das wird ein schöner Abend, oder?«

»Natürlich. Aber wir müssen den Kartoffelauflauf fertig haben, dann müssen wir nicht mehr damit herummanschen, wenn sie kommen.«

Er überlegte, ob er ihr einen Kuss auf den Hals geben sollte, beschloss dann aber, es lieber nicht zu tun. Sie schien dazu nicht aufgelegt zu sein.

Schnitt stattdessen weiter die Kartoffeln in Scheiben. Alles hat seine Zeit … und so weiter.

## 69

Guten Morgen«, sagte Gunnar Barbarotti. »Ich hoffe, ich störe nicht.«

»Das wird ja langsam zur Gewohnheit«, erklärte Rickard Berglund und hielt ihm die Tür auf, so dass er eintreten konnte.

»Danke schön. Ich muss noch einmal mit Ihnen sprechen. Haben Sie Zeit?«

»Das ist das Einzige, was ich habe«, erklärte Rickard Berglund. »Ich nehme an, Sie trinken einen Kaffee?«

»Wäre nicht schlecht«, sagte Barbarotti.

»Das war ein heftiger Regen.«

»Ja.«

Fünf Minuten später saßen sie wieder in ihren Sesseln. Berglund trug dieselbe Jeans und denselben Rollkragenpullover wie beim letzten Mal, zumindest sah es so aus. Die Mandelkekse waren durch Pfefferkuchen ersetzt worden, über einen Teller verteilt.

»Ihre Frau ist jetzt begraben«, sagte Barbarotti.

»Ja«, bestätigte Berglund. »Und wie geht es Ihrer?«

»Viel besser. Sie wird Ende der Woche nach Hause kommen.«

Er nahm einen Pfefferkuchen und stellte fest, was für eine merkwürdige Gesprächseinleitung das war.

»Warum wollen Sie noch einmal mit mir sprechen?«, fragte

Berglund. »Ich habe absolut nichts dagegen, aber Sie verstehen wohl, dass es mich wundert.«

»Es ist die gleiche Tagesordnung wie vorher«, stellte Barbarotti fest. »Wir werden aus diesem Fall einfach nicht schlau. Und gleichzeitig haben wir das Gefühl, es geht ein wenig voran.«

»Ach, ja?«, fragte Berglund interessiert. »Und in welcher Weise, wenn man fragen darf?«

Barbarotti räusperte sich und spielte sein falsches Ass aus. »Wir sind nämlich überzeugt davon, dass Germund Grooth ermordet wurde. Und dass der Mörder in einem sehr begrenzten Kreis zu finden ist.«

Rickard Berglund faltete die Hände auf den Knien und betrachtete Barbarotti eine ganze Weile über den Brillenrand hinweg. Er sah ungefähr so entspannt aus, als ginge es darum, sich zwischen *Aftonbladet* und *Expressen* zu entscheiden. Oder sich gegen beide auszusprechen.

»Was wollen Sie eigentlich von mir wissen?«, fragte er schließlich.

»Als Erstes möchte ich erfahren, was bei jenem Zusammentreffen an dem Abend vor Maria Wincklers Tod passiert ist«, sagte Barbarotti. »Im Detail, wenn Sie nichts dagegen haben!«

»Das ist fünfunddreißig Jahre her«, warf Berglund ein.

»Ich habe so das Gefühl, dass Sie es noch ganz genau wissen«, sagte Barbarotti.

Berglund sagte nichts. Er beugte sich vor und hob einen Springer von der Schachpartie hoch, die immer noch aufgestellt dastand. Wog ihn ein paar Sekunden in der Hand und stellte ihn dann zurück. Barbarotti wartete. Das letzte Mal war es ein Bauer, dachte er.

Am selben Dienstagmorgen, am 12. Oktober im Jahr 2010 der Gnade, verschlief Kriminalinspektorin Eva Backman. Statt um

6.30 Uhr aufzustehen, als der Wecker hätte klingeln sollen – und möglicherweise auch geklingelt hatte –, wachte sie zweieinhalb Stunden später auf, und als sie sah, dass auf dem Display 09.01 Uhr stand, schloss sie daraus, dass es Samstag oder Sonntag war und schlief noch eine Viertelstunde weiter.

Es gab gewisse Gründe dafür, und außerdem hatte sie gleitende Arbeitszeit, deshalb ist es eh schon egal, dachte sie, als sie später unter der Dusche stand. Und wenn nicht, dann war es sicher das Beste, sich den ganzen Vormittag nicht auf dem Revier sehen zu lassen. Sie beschloss, die Bänder mit den beiden Gesprächen vom Vortag noch einmal abzuhören, und das konnte sie ebenso gut in ihrem hübschen Wohnzimmer in der Grimsgatan tun wie in dem bedeutend hässlicheren Dienstloch in der Norra Långgatan.

Der Grund, dass sie verschlafen hatte, war sicher, dass sie nicht vor Mitternacht aus Strömstad nach Hause gekommen war und dass es dann noch einmal zwei Stunden gedauert hatte, bis es ihr gelungen war, einzuschlafen. Letzteres hatte auch seinen Grund, zumindest bildete sie sich das gern ein.

Sie machte sich ein Frühstückstablett mit acht gesunden Ingredienzien und ungefähr ebenso vielen ungesunden zurecht, ließ sich auf dem Sessel mit Blick auf den Stadtpark nieder und schaltete das Aufnahmegerät ein. Spulte einige Male vor und zurück, bevor sie die richtige Stelle fand.

EB: Dann sind Sie also mit etwas gemischten Gefühlen an diesem Samstag zum Rödåkra-Pfarrhof gefahren?

GW: Ja, das kann man so sagen.

EB: Da Ihre Beziehung zu Maria Winckler, Ihrer Schwägerin, etwas angespannt war?

GW: Ja, aber ich wusste es nicht so genau. Wir hatten im letzten Jahr nur äußerst wenig Kontakt zueinander gehabt.

EB: Woran lag das?
GW: Was?
EB: Dass Sie so wenig Kontakt hatten.
GW: Das kann ich nicht sagen.
EB: Warum können Sie das nicht sagen?
*Keine Antwort.*
EB: Ich interpretiere das so, dass es einen bestimmten Grund dafür gibt, dass die Beziehung zwischen Ihnen und Maria Winckler nicht so gut war, Sie aber nicht erzählen wollen, worum es dabei ging.
GW: Ja. Ja, das ist richtig.
EB: Und warum wollen Sie das nicht erzählen?
*Langes Zögern.*
GW: Wir haben das so abgemacht.
EB: Wer? Was haben Sie abgemacht?
GW: Wir anderen. Dass wir nicht darüber reden. Es hat sowieso nichts mit dem Unfall zu tun.
EB: Und worüber wollten Sie nicht reden?
GW: Genau das ist es ja, was ich nicht erzählen kann.
EB: Es handelt sich um eine fünfunddreißig Jahre alte Abmachung. Zwei Menschen sind tot, vielleicht ermordet. Anna Berglund lebt auch nicht mehr. Wie viele von Ihnen haben diese Abmachung unter sich ausgemacht?
GW: Fünf.
EB: Elisabeth Martinsson nicht?
GW: Nein.
EB: Sie und Ihr Mann und Rickard Berglund. Es sind nur noch drei übrig, nicht wahr?
GW: Ja.
EB: Dann fordere ich Sie jetzt auf, mir zu erklären, worum es geht. Wenn Sie das nicht tun, dann muss ich Sie mit aufs Polizeirevier von Kymlinge nehmen.

Sie schaltete das Gerät aus. An diesem Punkt war Gunilla Winckler-Rysth in Tränen ausgebrochen. Das hatte mehrere Minuten gedauert, und als der Tränenfluss langsam versiegte, hatte sie berichtet, worum es ging. Oder worum es ihrer Meinung nach ging.

Eine Gruppenvergewaltigung.

In Rumänien.

Im Sommer 1972. Die Täter waren vier unbekannte Soldaten, vielleicht auch Wächter irgendeiner Art oder aber Polizisten.

Das Opfer war Maria Winckler gewesen.

Doch das eigentlich vorgesehene Opfer, das war Gunilla gewesen. Maria hatte ihren Platz eingenommen.

Sich geopfert.

Es hatte lange gedauert, das ans Tageslicht zu bekommen. Viele Pausen. Viele Heulkrämpfe. Backman hatte das Band laufen lassen, aber zum Schluss war es nicht mehr nötig. Sie hatte es abgestellt.

Warum?, hatte sie gefragt.

Warum um alles in der Welt hatte Maria sich geopfert?

Gunilla wusste es nicht.

Hatte sie sich freiwillig von vier Soldaten vergewaltigen lassen?

Ja. Aber ich hätte es eigentlich sein sollen. Wir haben das Los gezogen, und ich habe verloren.

Ihr habt das Los gezogen?

Ja. Sie wollten eine von uns. Das war die Bedingung.

Sie konnte Marias Opfer nicht erklären. Damals nicht und auch nach achtunddreißig Jahren nicht. Aber Maria war hinterher nicht mehr dieselbe gewesen. Sie war schon vorher merkwürdig gewesen, aber hinterher war sie unbegreiflich geworden. Unbegreiflich und widerlich.

Laut Gunilla Winckler-Rysth.

War sie so unbegreiflich und widerlich, dass Sie sie in die Gänseschlucht gestoßen haben?

Nein, nein, nein und wieder Tränen.

Glauben Sie, jemand anders hat es getan?

Nein, nein, nein.

War das der Grund, dass Sie keinen Kontakt mehr zueinander hatten?, hatte Backman zum Schluss gefragt. Nach dem Sommer 1972?

Ich denke schon.

Und warum haben Sie beschlossen, nicht darüber zu sprechen?

Weil Maria nicht darüber reden wollte. Und wir anderen auch nicht, wir haben es nie wieder erwähnt. Und es hatte auch nichts mit dem Unfall 1975 zu tun, das hätte nur unnötig alte Dinge wieder aufgewühlt. Wir waren uns einig darüber, auch in Zukunft darüber zu schweigen. Es wurde eine Art Tabu.

Ein Tabu?

Ja.

Woher können Sie wissen, dass das nichts mit dem Unfall zu tun hat?

Auf diese Frage hatte Gunilla Winckler-Rysth nicht geantwortet. Nur den Kopf geschüttelt.

Das tat Inspektorin Backman auch, einen Tag später. Schenkte sich eine Tasse Kaffee ein und wechselte das Band im Aufnahmegerät.

## 70

Mit der Zeit erfüllte ihn ein merkwürdiges Gefühl.

Vielleicht ist es Gott, dachte er. Jedenfalls war es eine intensive Nähe.

Etwas, das dem Augenblick ein Gewicht gab, diesem Moment. Sechs Menschen draußen auf einer Gartenrallye um den Pfarrhof Rödåkra. An einem Samstagnachmittag im September, mit hohem blauem Himmel und einer Luft, klar wie Kristall. So windstill, dass nicht einmal das Spargelkraut sich rührte.

»Es ist schön hier«, sagte Gunilla.

»Ja«, bestätigte er. »Es ist schön hier.«

Sie unterhielten sich beim Gehen. Ruhig und ohne große Ansprüche. Begründeten die Fragen, die ihnen einfielen, diskutierten, lachten immer mal wieder und füllten ein, zwei Worte oder ein Kreuz in das Formular ein. Vielleicht ist sie auch von dieser Nähe erfüllt, dachte er. Von dem Moment an sich. Auf jeden Fall schien es sie nicht zu stören oder ihr unangenehm zu sein, nach so langer Zeit mit ihm hier herumzulaufen.

Er erinnerte sich, wie sehr er sie bewundert hatte, als er sie kennengelernt hatte. Wie er Tomas beneidet hatte, das war, bevor er Anna traf. Bevor er überhaupt mit einem Mädchen richtig zusammen war. Es war erst sechs Jahre her, aber es erschien ihm wie ein ganzes Leben. Werden die nächsten sechs Jahre mich genauso sehr verändern?, fragte er sich. Und die darauf folgenden? Auf jeden Fall werde ich ein anderer Mensch sein, wenn wir das Jahr 2000 erreicht haben.

Falls ich so lange lebe. Vielleicht liegt ja bereits ein neuer Weltkrieg auf der Lauer? Oder eine andere Art von Katastrophe. Man konnte wohl kaum erwarten, dass man noch ein ganzes Vierteljahrhundert in Frieden und Freiheit würde leben dürfen.

Und der Moment wurde von diesen Gedanken nur noch schwerer und gewichtiger.

»Dass ihr hier so wohnt«, sagte Gunilla. »Das ist wunderbar.«

»Ja«, sagte Rickard. »Das ist wirklich wunderbar. Ist nur zu hoffen, dass man auch so klug ist, es zu würdigen.«

»Ich glaube, das seid ihr«, sagte Gunilla. »Anna und du, ihr habt den Blick fürs Wesentliche.«

»Glaubst du?«, fragte Rickard nach, und sie nickte.

Vor ihnen ging das Geschwisterpaar. Tomas und Maria. Sie gingen etwas schneller, schienen intensiver in eine Diskussion vertieft zu sein, das war vielleicht auch nicht anders zu erwarten gewesen. Er sah sie immer mal wieder zwischen Wacholderbüschen und Schlehengestrüpp, und es schien nicht so, als könnten sie den Moment und die Nähe so richtig spüren. Der Spaziergang führte über einen Pfad durch die leicht hügelige Landschaft südlich des Pfarrhauses. Er war anderthalb Kilometer lang, das wurde auf der Holztafel am Anfang angemerkt, und es war Fräulein Bengtsson, die die Fragen für die Konfirmanden irgendwann Anfang des Sommers aufgehängt hatte. Im Garten Unseres Herrn, wie gesagt.

*Tiere und Natur und christlicher Glaube.* Glücklicherweise ging es mehr um Tiere und Natur als um Glaubensfragen. Zumindest bis jetzt.

Hinter ihnen, ein paar hundert Meter zurück, gingen Germund und Anna. Genießen sie den Moment, können auch sie dieses gute Gefühl spüren?, fragte er sich. Jeder auf seine Weise? Aus irgendeinem Grund zweifelte er daran, zumindest was Germund betraf. Aber Anna war auch nicht so recht zufrieden, das war den ganzen Tag schon zu spüren gewesen.

Während er mit Gunilla plauderte, ließ er die Gedanken weiter frei fließen, das eine störte das andere in keiner Weise.

Wir sind sechs Menschen, die eine Zeitlang hier auf dieser Erde wandern, stellte er fest. Nicht mehr und nicht weniger. Wir kennen einander aus verschiedenen Gründen, es könnten genauso gut sechs andere Menschen sein, die hier an diesem wunderschönen Herbsttag entlangspazieren.

Aber jetzt sind wir es. Es hat sich halt so ergeben, dass wir sechs es sind, und in hundert Jahren sind wir alle tot. Wir sollten … wir *sollten* diesen Moment bewahren. Begreifen, dass wir hier und jetzt leben. So ein Herbsttag ist perfekt dazu geeignet, uns daran zu erinnern.

Er überlegte, ob er etwas in dieser Richtung sagen sollte, wenn sie nachher am Tisch saßen. Von dem starken, warmen Gefühl, das ihn während der Gartenrallye erfüllt hatte. Sich zum Sprachrohr machen, wie es hieß. Gesetzt den Fall, dass die anderen das auch gefühlt hatten. Oder um sie daran zu erinnern.

Vielleicht, vielleicht auch lieber nicht. Es war wichtig, Dinge beim Namen zu benennen. Aber wenn man nicht die richtigen Worte fand, dann konnte man leicht das Gegenteil erreichen. Verwirrung statt Klarheit. Idioten, die vom Göttlichen lamentierten – und von denen gab es mehr als genug –, verliehen Gott einen schlechten Ruf.

In den ersten acht Monaten als Pfarrer hatte er so einiges gelernt, unter anderem auch das. Und er spürte, dass es den typischen Predigerton in seinen Gedanken gab.

»Im vierten Monat also?«, fragte er.

»Im vierten Monat«, bestätigte Gunilla.

»Das ist dir wirklich nicht anzusehen. Aber dieses Mal wird es gut gehen, das weiß ich.«

»Das kannst du nicht wissen«, sagte Gunilla mit einem leisen Lächeln. »Aber ich weiß es auch.«

Sie blieben vor der Frage Nummer acht stehen. Dabei ging es um einen lateinischen Blumennamen, von dem keiner von ihnen auch nur die geringste Ahnung hatte.

Sie lasen die Antwortalternativen durch und einigten sich auf ein Kreuz. *Renfana,* woher um alles in der Welt sollte ein Konfirmand das wissen?, fragte er sich. Fräulein Bengtssons Erwartungsniveau war hoch, daran bestand kein Zweifel.

Sie taten so, als stießen sie darauf an, Gunilla trank eine alkoholfreie Variante mit Rücksicht auf ihren Zustand. In Rickards Plastikbecher war reichlich Alkohol.

»Wir haben uns so lange nicht gesehen«, sagte er. »Das ist eigentlich schade.«

Sie nickte und ging den Weg weiter entlang.

»Das liegt wohl an der Sache mit Maria.«

»Weißt du, wie es ihr geht?«

Sie zuckte mit den Schultern.

»Keine Ahnung. Ich glaube jedoch besser. Aber es sieht so aus, als bekäme Tomas gerade die Hucke voll.«

Sie zeigte in deren Richtung. Das Geschwisterpaar war fünfzig Meter vor ihnen stehen geblieben, und es sah so aus, als wären sie in eine Diskussion verwickelt. Tomas gestikulierte, Maria stand reglos da, die Hände in die Seiten gestemmt.

»Jedenfalls sieht es nicht nach Geschwisterliebe aus«, sagte Gunilla.

Und plötzlich spürte Rickard, wie ein leichter, aber kalter Windhauch ihn in den Nacken biss. Nein, dachte er, das mit dieser Betrachtung, das lasse ich lieber.

Da stimmt etwas nicht, dachte Gunilla. Etwas anderes als das Alte, Bekannte.

Sie waren dabei, das warme Essen abzuschließen. Schweinefilet mit Rosmarinsoße und Kartoffelgratin. Gut, aber nicht außergewöhnlich. Die anderen waren bei der dritten Flasche Rotwein, sie selbst hielt sich an Wasser. Sie saßen um einen großen, alten Eichentisch. Sie dachte, dass sie wirklich Glück gehabt hatten, Anna und Rickard, sie wohnten gemütlich und schön auf mehr als hundertundfünfzig Quadratmetern, und sie hatten nicht besonders viele Möbel kaufen müssen. Nur das austauschen, was sie nicht mehr haben wollten, das hatte Rickard erzählt. Wenn man eine Pfarrstelle übernahm, dann hing eine ganze Menge mit dran, das war sicher.

Aber zumindest nicht die Übernahme der Witwe?, hatte sie gefragt.

Nein, zum Glück nicht, hatte er lachend geantwortet.

Kerzen auf dem Tisch. Simon and Garfunkel leise aus der Stereoanlage, die war jedenfalls nicht dabei gewesen. Sie saß neben Germund, Maria gegenüber, und das Gastgeberpaar an den Stirnseiten. Tomas redete. Über lange und kurze Kreditlaufzeiten, über die Regierung, über einen Tennisspieler, von dem niemand gehört hatte, der aber offenbar ein Weltstar werden würde. Rickard erzählte ein wenig, wie es war, Pfarrer in einer Gemeinde auf dem Land zu sein, und sie selbst versuchte einzuflechten, wie schön es sei, in Göteborg zu wohnen. Die übrigen drei am Tisch sagten nicht viel. Aber vielleicht war das immer so gewesen, dachte sie. Früher. Dass Tomas den Karren am Laufen hielt, das war jedenfalls nichts Ungewöhnliches, und momentan war sie sogar dankbar dafür. Sechs Menschen um einen Tisch – würde keiner etwas sagen, das wäre schrecklich.

Deshalb unterstützte sie ihn, so gut es ging. Schwärmte von Göteborg: Guldheden. Majorna. Avenyn und Haga.

Hauptsache, niemand sagt etwas über Rumänien, dachte sie. Dann lege ich mich quer.

Aber niemand sagte etwas über Rumänien. Die stumme Übereinkunft hielt. Sie aßen Dessert, nur Eis mit Beeren, aber es waren Johannisbeeren aus dem Pfarrgarten, eingefroren und leicht gezuckert. Rickard sagte, nächsten Sommer seien sie alle willkommen, so viele Stachelbeeren, Johannisbeeren und Himbeeren zu pflücken, wie sie wollten, sie hatten nur einen Teil von dem ernten können, was es diesen Sommer gegeben hatte.

Dann Kaffee und Cognac. Sie verließen den Tisch und setzten sich um den offenen Kamin. Germund und Maria gingen hinaus, um eine zu rauchen, das hatten sie nach dem Hauptgericht auch schon getan, sie waren die Einzigen, die noch rauchten. Die anderen redeten eine Weile darüber. In Uppsala hatten sie alle sechs gepafft, Gunilla erinnerte sich, wie die Wohnung in der Sibyllegatan am nächsten Tag immer gestunken hatte.

Und wie der Bus im Sommer 1972 gerochen hatte, daran erinnerte sie sich auch noch, hütete sich jedoch, etwas darüber zu sagen.

Tomas redete weiter. Rickard und sie selbst auch, wenn auch nicht so viel.

Aber irgendetwas stimmte nicht.

War Anna immer so schweigsam? Waren Maria und Germund es immer gewesen?

Sie versuchte, sie heimlich zu mustern, wie sie in ihren Korbsesseln hingen. Versuchte zu verstehen, was dem Einzelnen im Kopf herumging. Es war ein klarer Vorteil, nüchtern zu sein; auch wenn sie leicht beleidigt dasaßen, schienen sie nicht besonders aufmerksam zu sein. Man konnte sie beobachten, ohne dass sie etwas merkten.

Hatten Anna und Rickard sich überworfen? Oder Germund

und Maria? Oder war diese Erklärung zu simpel? War Maria wirklich wieder gesund?

Sie musste zugeben, dass sie Angst vor Maria hatte. Und dass es schon vor fünf Jahren so gewesen war. Das Telefongespräch im Frühling hatte die Sache nicht besser gemacht.

Als es halb zwölf war, beschloss sie, dass es an der Zeit war. Wenn man schwanger war, musste man viel schlafen. Und morgen war der Pilzausflug angesagt, jeder Tag brachte seine eigenen Sorgen.

Der Spatz.

Eine Viertelstunde, hat die Frau in der Taxizentrale versprochen. Allerhöchstens zwanzig Minuten. Ich weiß es, denn ich selbst habe angerufen.

Warum kommt dieses Scheißauto nicht?, hatte Germund gefragt. Hast du ihnen auch genau gesagt, wo wir sind?

Ich habe ihn gefragt, was mit ihm los ist.

Er fragte, was ich damit meine.

Wir standen frierend an der Straße und warteten. Ein Stück von der Pforte entfernt, so dass wir vom Pfarrhof aus nicht zu sehen waren. Es war kalt, noch kein Frost, aber fast.

Ich finde, Gunilla hätte uns nach Hause fahren können, sagte Germund. Sie hat ja nichts getrunken.

Ich glaube nicht, dass es Gunilla gefallen hätte, dich und mich mitzunehmen, entgegnete ich.

Da hast du Recht, sagte Germund.

Ich fragte ihn noch einmal, was mit ihm los sei – während wir immer noch dort standen und warteten und versuchten, uns warmzuhalten –, und wieder behauptete er, dass er nicht verstand, worauf ich eigentlich hinauswollte.

Na gut, sagte ich. Wenn du nicht darüber reden willst, dann lass es.

Dann kam endlich das Taxi. Es war eine junge Fahrerin, sie entschuldigte sich dafür, dass sie so spät kam. Sie hatte sich verfahren, wie sie zugab, es war erst ihr zweiter Abend als Taxifahrerin.

Germund erklärte ihr, wohin wir wollten, und dann schwiegen wir den ganzen Heimweg über. Ich überlegte, ob der alte Albtraum ihn wieder quälte, so düster hatte ich ihn lange nicht mehr erlebt. Nicht während der ganzen Zeit in Spanien und nicht, seit wir wieder zu Hause sind.

Aber ich fand auch, dass es ein anstrengender Abend gewesen war, das muss ich zugeben. Wenn mein Scheißbruder loslegt, dann verstumme ich, ich kann mich nicht erinnern, dass es früher auch so war. Es ist ein Zeichen von Schwäche, und ich will nicht schwach sein.

Es tut mir leid, sagte Germund, als wir zu Hause ankamen. Ich kann sie einfach nicht ertragen. Ich weiß nicht, warum.

Ich erklärte, das sei schon in Ordnung. Fragte ihn, ob wir diesen Waldausflug einfach absagen sollen.

Germund schüttelte den Kopf.

Den können wir auch noch mitmachen.

Und warum?, wunderte ich mich.

Vertrau mir, sagte Germund, und mir wurde klar, dass ich keine Ahnung hatte, worüber er eigentlich redete.

Er ist eingeschlafen, aber ich liege immer noch wach. Eine Unruhe pulsiert in mir, ich weiß nicht, was es ist. Alles erscheint wieder so zerbrechlich, ich fühle, dass ich von Germund abhängig geworden bin. Wenn er in die Knie geht, dann auch ich. So soll es nicht sein. Wenn man zu zweit ist, soll der eine den anderen stützen. Man kann die Rollen tauschen, muss aber immer zusehen, dass man die Nase über Wasser hat.

In der besten aller Welten.

Liebe Machthaber, falls es nun welche gibt. Schenkt mir ein bisschen Schlaf. Morgen früh sieht alles anders aus.

Der Spatz, over and out.

# 71

Ich habe das Gefühl, Sie erinnern sich sehr genau«, wiederholte Barbarotti.

Rickard Berglund sah ihn nicht an. Er saß da und betrachtete stattdessen seine gefalteten Hände. Einige stille Sekunden zogen vorbei auf dem Weg in die Ewigkeit, und Barbarotti dachte, dass es diese wortlosen Momente in einem Gespräch sind, die am interessantesten sind. Die Pausen, in denen die Gedanken eine Richtung suchen, eine Entscheidung treffen. Oder worum es auch immer geht, er spürte zu seiner Verwunderung, dass er Herzklopfen hatte.

»Dieser Abend«, sagte Berglund schließlich. »Es stimmt, was Sie sagen. Ich erinnere mich an ihn, und ich erinnere, dass es ein glücklicher Tag war. Dass *ich* glücklich war, vielleicht sollte ich es so ausdrücken, ich spürte auf irgendeine Weise die Nähe Gottes. Und ich weiß nicht, ob alles anders gekommen wäre, wenn wir dieses Treffen nicht organisiert hätten … ja, das wäre es natürlich.«

Barbarotti saß weiter schweigend da. Es waren Berglunds Gedanken, die eine Richtung suchten, nicht seine eigenen. Eine falsche Frage in dieser Situation würde wahrscheinlich alles zunichtemachen. Nicht, dass er genauer hätte sagen können, in welchen Raum die aktuelle Tür führte, aber irgendetwas passierte, das war klar. Er konnte dieses vertraute Vibrieren in den Schläfen ganz deutlich spüren.

»Tatsache ist«, fuhr Berglund fort und öffnete die Hände, »Tatsache ist, dass jetzt alles geregelt ist. Die Unruhe der Erde weicht, um mit Wallin zu sprechen. Ich habe Ihnen nichts mehr zu sagen. Was ich eigentlich bedaure, denn ich habe unsere kleinen Gespräche geschätzt.«

»Ich auch«, sagte Barbarotti. »Aber ich bin mir nicht sicher, dass Sie die richtige Entscheidung getroffen haben.«

»Entscheidung?«, fragte Berglund.

»Ja, ich habe das starke Gefühl, dass Sie mit so einigem hinter dem Berg halten. Das ist mir eben gekommen, als Sie dasaßen und auf Ihre Hände geschaut haben. Ich glaube, Sie haben gebetet.«

Rickard Berglund betrachtete ihn verwundert. »Nein, ich habe nicht gebetet«, sagte er. »Aber es stimmt, ich habe in den letzten Tagen viel mit Gott gesprochen. Das heißt, seit sie gegangen ist, diese Woche. Sie selbst haben doch auch einen Glauben, so war es doch, nicht wahr? Oder haben Sie das nur gesagt, weil Sie meinten, es sei nützlich bei einer Person aus dem geistlichen Stand?«

»Nein«, erklärte Barbarotti und schüttelte den Kopf. »Das war keine taktische Äußerung, unterschätzen Sie mich da nicht.«

»Entschuldigen Sie«, sagte Berglund.

»Aber sprechen nur Sie zu Gott, oder lassen Sie ihn auch ab und zu zu Wort kommen?«

Rickard Berglund lachte laut auf. »Gute Frage«, stellte er fest. »Und ungewöhnliche Worte für einen Repräsentanten der Obrigkeit, wie ich annehme. Aber so wollen Sie sich vielleicht gar nicht selbst sehen?«

»Man sitzt oft zwischen mehreren Stühlen«, sagte Barbarotti. »Also?«

»Was – also?«

»Worauf ist Ihr Gespräch mit Gott hinausgelaufen? Wenn er auch zu Wort gekommen sein sollte, meine ich.«

Berglund antwortete nicht.

»Ich gehe davon aus, dass jemand, der so lange wie Sie Pfarrer gewesen ist, die Stimmen unterscheiden kann«, versuchte Barbarotti es weiter. »Welche Ihre eigene ist und welche die des Herrn. Und ich kann mir kaum vorstellen, dass er Sie aufgefordert hat zu schweigen?«

Doch genau das tat Rickard Berglund. Er schwieg. Noch eine stattliche Anzahl stiller Sekunden passierte Revue, ihre Blicke begegneten sich kurz über dem Tisch, und schließlich fasste Barbarotti einen Entschluss. Die Zeit für Zögerlichkeiten und Geduldspiele schien ihm abgelaufen zu sein. Er war schon immer ein Freund der Langsamkeit gewesen, aber es gab trotz allem eine Grenze.

»Ich sehe zwei Alternativen«, sagte er. »Entweder Sie erzählen mir hier und jetzt alles. Unter würdigen Umständen. Oder aber die Umstände werden alles andere als würdig. Ich bin dann gezwungen, Sie mit ins Präsidium zu schleppen und in einen Vernehmungsraum zu setzen. Es tut mir leid, aber ich sehe einfach keine andere Lösung. Es gibt keinen dritten Weg.«

Jetzt habe ich alles kaputt gemacht, dachte er. Nur gut, dass ich das nicht aufgenommen habe, so muss sich das außer mir keiner anhören, wie ich hier herumtrample.

Berglund räusperte sich. Barbarotti fing seinen Blick auf, und Berglund hielt ihm stand. Seinen Augen war nichts abzulesen, nichts außer einer großen Ruhe.

»Ich hoffe, Sie entscheiden sich für die erste Alternative«, fügte Barbarotti hinzu. »Hier und jetzt.«

Berglund hob die rechte Hand in einer Geste, die nur den halben Weg zurückzulegen schien. Er blieb sitzen, die Handfläche zur Decke gereckt, die Finger gespreizt, als erwartete er, etwas von oben zu empfangen. Vielleicht war es auch genau das, was geschah.

»Na gut, wenn Sie so hartnäckig sind«, sagte er schließlich und senkte die Hand. »Aber vorher koche ich uns noch frischen Kaffee, oder?«

»Gern«, sagte Gunnar Barbarotti. »Ich hole inzwischen das Aufnahmegerät.«

Blindes Huhn auf dem Weg, ein Korn zu finden, dachte er. Dieser Gedanke war nicht neu und etwas irritierend, aber vielleicht konnte man das hier ja doch als einen Schritt in die richtige Richtung betrachten. Wobei die Blindheit an sich in Frage gestellt werden musste. Und im Laufe der Jahre waren es schon mehrere Körner gewesen.

»Sie haben angefangen mit der Frage nach dieser Übereinkunft«, begann Berglund. »Damals habe ich nichts gewusst. Ich hatte keine Ahnung, was da vor sich ging. Nicht die geringste, das hatten wohl nur die Betroffenen.«

Barbarotti nickte. Fragte sich, wer mit *die Betroffenen* wohl gemeint war, hielt seine Zunge jedoch im Zaum.

»Es hat tatsächlich fünfunddreißig Jahre gedauert. Können Sie sich das vorstellen? Fast fünfunddreißig Jahre, bis sie es mir erzählt hat. Dass man so lange zusammenleben kann und so ahnungslos ist. Und dass man so lange mit einer Lüge leben kann. Aber ihre Qual war größer als meine, das wollen wir nicht vergessen. Wenn ein Mann und eine Frau ihr ganzes Leben lang zusammen sind, dann entsteht mit der Zeit eine Art Balance. Unabhängig von den Ausgangspunkten. Es kann für Außenstehende schwer sein, das zu begreifen, aber man spürt, dass es so ist. Man begreift es.«

Er machte eine Pause und suchte Barbarottis Blick, um eine Art Bestätigung zu finden. Barbarotti überlegte, ob so eine Balancetheorie wirklich stimmen könnte, kam zu keiner Antwort und begnügte sich damit, noch einmal zu nicken.

»In gewisser Weise war sie sogar dankbar für die Krankheit«, fuhr Berglund fort. »Sie sah sie als eine wohlverdiente Strafe an. Unser Leben war verpfuscht, und sie trug die Schuld daran, und der Krebs war die Strafe dafür … ja, so ungefähr sagte sie es. Und ihr Bild ist in gewisser Weise Teil von meinem. Erst im Angesicht des Todes kamen wir einander wirklich nahe, so soll es natürlich nicht sein, aber in unserem Fall war es so, und das ist vielleicht auch eine Art Trost.«

»Ich glaube, Sie müssen mir das vom Anfang her erklären«, bat Barbarotti.

»Entschuldigung«, sagte Rickard Berglund. »Ich habe die Sachen vorweggenommen.«

«Wir haben alle Zeit der Welt«, erklärte Barbarotti und kontrollierte, dass sich das Band auch im Apparat drehte.

Rickard Berglund dachte eine Weile nach, schien den richtigen Anfang zu suchen. »Er hatte etwas Dämonisches an sich«, sagte er schließlich und lehnte sich zurück. »Ja, so würde ich es ausdrücken. Dämonisch.«

»Wer?«, fragte Barbarotti.

»Germund Grooth«, erklärte Berglund. »Germund Grooth ist der Kern des Ganzen, aber das brauche ich Ihnen wohl nicht erst zu erklären.«

»Im Gegenteil«, widersprach Barbarotti. »Ich bitte darum, dass Sie mir das erklären.«

»Natürlich. Entschuldigen Sie.« Berglund hustete ein paar Mal in seine Faust, und dann begann er. »Ich habe ihn nie verstanden, und in den letzten Jahren, dieser allerletzten Zeit, da habe ich es wirklich versucht. Ich weiß, dass Ekelöf geschrieben hat, dass der Grund in dir auch der Grund in anderen ist, doch was Grooth betrifft, so gab es so etwas nicht bei ihm. Er ist … war … mir wesensfremd, so einfach ist das.«

Er seufzte und verstummte erneut für einen Augenblick. Barbarotti wartete ab.

»Es ist nicht besonders lustig, alt zu sein und zu fühlen, dass das eigene Leben zur Hölle wird«, stellte Berglund fest, und jetzt war auch ein Hauch von Wut in seiner Stimme zu hören. Außerdem war es der erste Fluch, der aus seinem Mund kam, Barbarotti konnte nicht umhin, das zu notieren.

»Man baut und baut«, fuhr er fort, »man sammelt Halme für dieses verfluchte Lebensnest, jahrein und jahraus, und man glaubt, dass man etwas im Laufe dieser Reise gelernt hat ... dass diese Balance sich verfestigt. Zumindest das möchte man sich gern einbilden, oder?«

»Es ist nicht schlecht, wenn die Reise vorangeht«, sagte Barbarotti.

»Vollkommen richtig. Aber dem war in meinem Fall nicht so. Ich habe meine Berufung als Verkünder des Wortes aufgegeben, ich habe keine Kinder, und während der gesamten Zeit unserer Ehe liebte meine Ehefrau einen anderen. Man kann sich fragen, wo da noch der Sinn zu suchen ist.«

»Sie liebte Germund Grooth?«

»Germund Grooth«, bestätigte Berglund und fuhr sich mit der Hand über Mund und Kinn. »Sie hatten fünfundzwanzig Jahre lang ein Verhältnis. Mehr als fünfundzwanzig Jahre. Seit dem Tag ...«

Seine Stimme brach. Er schüttelte den Kopf und holte tief und nervös Luft. Barbarotti fragte sich kurz, ob das der Anfang eines Zusammenbruchs sein könnte, doch es schien nicht so. Berglund war gezwungen, Pausen zu machen bei dem, was ihm bevorstand, aber er brach nicht zusammen. Er war gefasst, und das, was er berichtete, hatte er schon vor langer Zeit formuliert.

»Seit dem Tag, an dem wir zusammengezogen sind ... können Sie sich dieses Melodrama vorstellen? Germund half beim Umzug, und sie schafften es, miteinander zu schlafen, während ich ein paar Stunden fort war. Ich habe einen guten Freund besucht, der einen Unfall erlitten hatte ... im Universitätskrankenhaus von Uppsala. In dieser Zeit betrog sie mich in unserer ersten Wohnung. Im Oktober 1971.«

Er hielt inne, betrachtete seine Hände und ließ die Schultern sinken.

»Es ging bis weit in die Neunziger. Ich glaube, bis der Krebs zum ersten Mal auftauchte. Ja, so war es wohl. Sie war … wie besessen von ihm. Sie wollte ihn nicht haben, konnte aber nie Nein sagen, er war … das ist ein starkes Wort, aber ich glaube, er war ein böser Mensch. Dämonisch. Ich habe versucht, ihn zu verstehen, sein Motiv und alles, aber es geht einfach nicht. Er hatte ja die ganze Zeit noch andere Frauen neben ihr.«

»Wie haben Sie davon erfahren?«, fragte Barbarotti und unterdrückte den Impuls, den Mann, der ihm gegenübersaß, zu berühren. Woher kommen solche Impulse?, fragte er sich. Er sah außerdem ein, dass zwischen Anna Berglund und Marianne zehn Jahre liegen mussten, eine Einsicht, die ihm den Weg zu unerwünschten Bereichen bahnte – *dämonisch?* –, doch Berglunds weiterer Bericht zerstreute seine privaten Nebel.

»Sie hat es mir erzählt«, erklärte er. »Als der Krebs zurückkam, da hat sie mir alles erzählt. Sie wollte sich auch das Leben nehmen, aber es gelang mir, sie zurückzuhalten. Dafür war sie dankbar, nach der Jahrtausendwende hat sie Grooth nie wieder getroffen, nicht ein einziges Mal. Diese letzten Jahre hat sie nur gebüßt. Das Merkwürdige daran ist …«

»Ja?«, fragte Barbarotti nach. »Was ist das Merkwürdige?«

Berglund lachte auf, kurz und unsicher. »Das Merkwürdige ist«, sagte er, »dass sie anfing, ihn zu hassen … aber vielleicht ist das auch gar nicht so merkwürdig. Das Pendel schlug ins andere Extrem aus, so kann man es wohl sagen. Manchmal schien es mir fast, als müsste ich ihn in Schutz nehmen. Darauf hinweisen, dass sie beide daran beteiligt waren, aber es fiel ihr schwer, das einzusehen. Er war die Droge, und sie war das Opfer, so beschrieb sie es häufig. Auf jeden Fall hat Germund

Grooth unser Leben zerstört, sicher, er ist mein Sündenbock, aber Annas ist er in noch viel höherem Maße. Ich weiß nicht, ob das für einen Außenstehenden begreiflich klingt?«

»Das ist vielleicht gar nicht so wichtig«, sagte Barbarotti. »Vernunft und Gefühl decken sich ja nicht immer. Was also ist damals in der Gåsaklyftan passiert?«

Rickard Berglund runzelte einen Moment lang die Stirn, schien über den Kommentar hinsichtlich Vernunft und Gefühl nachzudenken. Er trank einen Schluck Kaffee und setzte sich auf.

»Meine Frau hat Maria in den Abgrund gestoßen«, sagte er.

Barbarotti ließ diesen Satz einige Sekunden nachwirken. Kontrollierte, ob das Aufnahmegerät auch funktionierte.

»Warum?«, fragte er.

»Weil ihr klar wurde, dass Germund ihr immer Maria vorziehen würde«, sagte Berglund. »Maria und Germund waren fast so etwas wie Blutsverwandte. Das war ihr am Abend zuvor auf dem Pfarrhof klar geworden, er hatte es Anna direkt ins Gesicht gesagt, und da hatte sie den Entschluss gefasst. Sie hat Maria ermordet, weil sie Germund haben wollte, so einfach war das.«

»So einfach?«

»Ja. Man kann natürlich alles von allen Seiten betrachten, aber ich glaube, es macht keinen großen Unterschied. Genauso einfach war es.«

»Ich verstehe«, sagte Barbarotti. »Und keiner hatte irgendeinen Verdacht?«

»Keiner hatte auch nur den Ansatz eines Verdachts«, bestätigte Berglund. »Und Germund selbst schon gar nicht. Bis vor zwei Wochen hat er geglaubt, dass Maria während des Ausflugs den Abhang hinuntergefallen ist. Dass sie durch einen Unfall starb. Aber Annas Rechnung ging nicht auf. Es kam nicht so, wie sie gedacht hat. Germund wollte sie nicht, obwohl Maria fort war. Nicht wirklich, nur als ein ungebührliches Verhältnis, zwanzig Jahre lang. Und sie gab sich damit zufrieden … sie war besessen, es gibt dafür kein anderes Wort.«

»Wann«, fragte Barbarotti, »wann haben Sie davon erfahren?«

»Vor fünf Jahren«, sagte Berglund. »Ja, genauer gesagt vor fünfeinhalb. Als sie ernsthaft krank wurde. Ich gab mein Priesteramt einige Monate später auf, das eine hängt mit dem anderen zusammen, aber ich kann nicht sagen, wie genau. Es war mir unmöglich, weiterzumachen, diese Erklärung muss Ihnen genügen. Verstehen Sie jetzt, was ich meine, wenn ich sage, dass es ein verfehltes Leben war?«

»Ich glaube schon«, sagte Barbarotti. »Aber ich möchte, dass Sie der Deutlichkeit halber auch von Grooths Tod berichten.«

»Sehr gern«, sagte Berglund, und Barbarotti konnte hören, dass er es tatsächlich so meinte. Dass es ihm ein bitteres Vergnügen bereitete, darüber zu berichten, wie der Liebhaber seiner Ehefrau seine Tage beendete.

Und wer würde ihm das nicht gönnen?, dachte Gunnar Barbarotti und schob das Bild von Marianne und Germund Grooth zur Seite, das erneut in seinem Kopf auftauchte. Drückte es in das Fach des Vergessens, bevor es eine Chance hatte, Kontur anzunehmen.

»Man könnte sagen, dass sie mich dazu getrieben hat«, sagte Rickard Berglund, »aber das ist nicht ganz richtig.«

Barbarotti nickte.

»Auch wenn sie es nicht gefordert hätte, hätte ich es aus eigenem Antrieb getan. Das hoffe ich zumindest. Auf jeden Fall wollte sie nicht sterben, bevor sie wusste, dass ich ihn beiseitegeschafft hatte. Dass ich ihn bestrafen sollte, nur dieser Gedanke hielt sie in den letzten Wochen noch am Leben. Verstehen Sie?«

»Ich verstehe«, sagte Barbarotti.

»Es ist wichtig, dass Sie das verstehen«, sagte Berglund. »Wenn ich Ihnen jetzt erzähle, wie es abgelaufen ist, möchte ich, dass es nicht falsch verstanden wird. Ich möchte, dass es richtig ankommt.«

»Ich höre«, sagte Barbarotti. »Und ich bin kein Idiot.«

»Gut«, sagte Berglund. »Das habe ich schon bemerkt, dass Sie kein Idiot sind. Wir haben also zusammen den Plan geschmiedet, und während wir das taten, hatten wir ein intensives Gefühl der Zusammengehörigkeit. Sie war schwach, hatte Schmerzen, aber das, was wir tun mussten… ja, das sollte in gewisser Weise unsere ganze missglückte Ehe kompensieren, unser missglücktes Leben. Und ich ging nach dem Plan vor. Ich nahm den Wagen und fuhr mitten in der Nacht nach Lund. Rief ihn von einem Handy aus an – mit Prepaidkarte, wie ein richtiger Verbrecher. Es war frühmorgens, ich stand vor seinem Haus. Ich fragte, ob ich hochkommen dürfte, er klang natürlich verwundert, aber ich sagte ihm, dass Anna im Sterben liege und dass es wichtig sei. Er bat mich, ein paar Minuten zu warten, dann ließ er mich hinein, und ich konnte natürlich…«

»Ja?«

Rickard Berglund stand auf. Er ging zu einem der Bücherregale und zog dort eine Schublade auf. Nahm einiges an Papier und ein paar Mappen mit dem Rücken zu Barbarotti heraus, und als er sich umdrehte, stand er mit einem schweren Revolver in den Händen da. Er hielt ihn in beiden Handflächen, als handelte es sich um etwas äußerst Zerbrechliches – für eine Sekunde blitzte das Bild eines Abendmahlkelchs in Barbarottis Kopf auf –, dann ging er fast feierlich zurück zum Sessel. Setzte sich und legte sich die Waffe quer auf den Schoß. Soweit Barbarotti sehen konnte, handelte es sich um eine Berenger – vielleicht auch um eine spanische Baluga. Auf Berglunds Schoß sah sie so fehl am Platz aus wie eine Bibel in einem Aquarium.

»Legen Sie den weg«, sagte Barbarotti.

Berglund schüttelte den Kopf.

»Ich kann dieses Gespräch nicht unter Waffengewalt fortsetzen.«

»Ich fürchte, Sie haben gar keine andere Wahl«, sagte Berglund.

Gunnar Barbarotti dachte fünf Sekunden lang nach. Dann nickte er. War trotz allem dankbar, dass er selbst unbewaffnet war. Hätte er Zugang zu seiner Dienstpistole gehabt, wäre dadurch die Lage deutlich verändert gewesen. Das hätte ihn gezwungen, in der einen oder anderen Art und Weise zu reagieren. Und er wollte gar nicht reagieren, er wollte nur zuhören.

»Ich hätte ihn natürlich sofort töten können«, setzte Berglund den unterbrochenen Gedankengang fort. »Mit dem hier. Aber das war nicht der Plan.«

Barbarotti faltete die Hände.

»Und was war der Plan? Genauer gesagt.«

»Das wissen Sie doch schon«, sagte Berglund. »Ihn zurückzuschicken und mit Maria zu vereinen. Den Kreis schließen. Anna sagte das gern in den letzten Tagen. »Wir müssen den Kreis schließen, Rickard«, erklärte sie immer wieder. »Das Böse einschließen.«

Er verstummte und strich gedankenverloren mit den Fingerspitzen über den Revolver.

»Fahren Sie fort«, bat Barbarotti. »Ich muss sagen, ich bin etwas verwundert über das … Ding da.«

»Ich auch«, gab Berglund zu. »Zu einem Pfarrer passt eine Schusswaffe nicht so recht, nicht wahr? Nicht einmal zu einem abtrünnig gewordenen Pfarrer. Ich habe sie seit ein paar Jahren, ich weiß gar nicht genau, wieso ich sie an mich genommen habe, es war so eine Art sonderbare Eingebung, und dann ist sie also zum Einsatz gekommen ...«

»Sie haben sie an sich genommen?«, hakte Barbarotti nach.

»Eine Haushaltsauflösung«, erklärte Berglund. »Ich habe die Wohnung eines Verstorbenen gesichtet, so etwas gehörte ja in den letzten Jahren zu meiner Arbeit, und da lag sie in einer Schublade in einem Kellerverschlag. Mit Munition und allem. Ich habe sie einfach in die Tasche gesteckt, Linderholm nichts davon gesagt, er selbst war zu der Zeit oben in der Wohnung beschäftigt ... wenn ich sage, dass sie zum Einsatz gekommen ist, bedeutet das natürlich nicht, dass ich damit geschossen habe.«

»Nein?«, fragte Barbarotti.

Berglund räusperte sich und fuhr fort. »Ich hatte sie in der Jackentasche, als Germund die Tür an diesem Morgen öffnete, aber er ist freiwillig mitgekommen. Ich hatte den Eindruck, dass er ahnte, was ihn erwartete, aber vielleicht war das auch nur Einbildung. Ich bat ihn, den Wagen zu fahren, wir wechselten nicht viele Worte, ich erklärte ihm, dass Anna ihn noch einmal sehen wollte, bevor sie starb, das genügte. Er hätte ja Theater spielen und behaupten können, er wisse nicht, worum es ging, doch das tat er nicht. Er zuckte nur mit den Schultern und kam mit. Setzte sich hinter das Lenkrad und startete den Wagen. Ich ließ mich auf dem Rücksitz nieder, hatte ihm erklärt, dass ich ein wenig schlafen müsste und es so bequemer wäre. Er wollte nicht reden, und als wir so dasaßen und auf der E6 Richtung Norden fuhren, war er ganz der Alte. Schweigend und irgendwie in sich gekehrt. Defensiv. Einmal fragte er, wie es ihr gehe, und ich antwortete, dass es ihr schlecht gehe und es nur noch eine Frage von Tagen sei. Erst als wir kurz vor Kymlinge waren, holte ich den hier heraus.«

Er nickte zum Revolver und verzog die Mundwinkel in einem schiefen, kurzen Grinsen. »Er entdeckte ihn im Rückspiegel, und das Einzige, was er tat, das war ein leichtes Kopfschütteln. Ich kann nicht einmal sagen, ob er überrascht war. Ich erklärte, dass wir zur Gänseschlucht führen, er nickte und sagte, er wisse den Weg nicht mehr. Ich gab Anweisungen und dirigierte, wir kamen dort an und parkten an derselben Stelle wie vor fünfunddreißig Jahren. Stiegen aus dem Auto, ich zuerst, dann er, ich hielt die Waffe auf ihn gerichtet und ging drei Meter hinter ihm, und, ja, nach fünfzehn, zwanzig Minuten waren wir angekommen. Wir standen oben am Steilhang und hatten das Ende des Weges erreicht. ›Was ist damals passiert?‹, fragte er. ›Du kannst mir doch sagen, wie Maria gestorben ist, bevor ich sterbe?‹ Ich fragte ihn, ob Anna ihm während ihrer zahlreichen Liebestreffen im Laufe der Jahre nie erzählt hatte, wie es abgelaufen war ... ich wusste natürlich, dass sie es nie getan hatte, und er schüttelte den Kopf. Dann sagte ich es ihm. Dass Anna sie getötet hat.«

Rickard Berglund machte eine Pause und hob den Revolver hoch. Er betrachtete ihn, als versuchte er eine Art von Antwort aus ihm herauszulesen. Schob die Unterlippe vor und nickte vor sich hin.

»Und?«, fragte Barbarotti.

Berglund zuckte mit den Schultern. »Ja, was gibt's da noch zu sagen? Ich hatte den Eindruck, dass er das irgendwie gewusst hatte, aber vielleicht bilde ich mir das auch nur ein. Mir schien, dass er erbleichte und dass ... ja, dass ihm die Luft ausging und er irgendwie in sich zusammenfiel. Aber jetzt, als wir endlich dort oben standen und alles kurz vor der Vollendung war, da erschien es nicht mehr wichtig. Es war, als würden mich die Trostlosigkeit und die Leere der ganzen Welt überwältigen. Leben und Tod, das waren nicht mehr als zwei Markierungen in der Ewigkeit. Ich hatte das Gefühl, auch Gott würde uns den Rücken zukehren, was ich nicht erwartet hatte. Ich fragte Germund, ob er freiwillig springen wolle oder es vorziehe, wenn ich ihn erschieße. Wissen Sie, was er getan hat?«

»Nein«, sagte Barbarotti.

Ein Schauer durchfuhr Berglund. »Er ... er sah mich an ... sah mir direkt in die Augen, und ich konnte an seinem Blick nichts ablesen. Keine Angst. Keine Reue. Keine Trauer ... nicht das Geringste. Es dauerte nur wenige Sekunden, dann drehte er sich auf dem Absatz um, blieb einen kurzen Moment ganz vorn an der Kante stehen, bis er dann einen Schritt nach vorn machte. Direkt ins Nichts hinein, es war nur ein leiser, dumpfer Laut zu hören, als er aufprallte. Ich spürte, wie plötzlich etwas in mir zerbrach, ich glaubte, mich übergeben zu müssen, aber irgendwie bekam ich mich wieder in den Griff. Kehrte zum Auto zurück und fuhr direkt ins Krankenhaus. Anna schlief, ich musste eine Stunde warten, bis sie aufwachte, und dann erzählte ich es ihr. Das ist ... ja, das ist alles.«

»Alles?«

»Ja.«

Barbarotti blieb eine Weile reglos sitzen, schaute aus dem Fenster. Es hatte angefangen zu regnen, und der Zweig eines Baums berührte die Fensterscheibe, der Wind schien böig zu sein. Er wandte seinen Blick auf das Aufnahmegerät, in dem das Band sich immer noch drehte. In dem Rickard Berglunds trauriges Geständnis sicher dokumentiert war für jegliche gewünschte Zukunft. Was vollkommen belanglos erschien.

»Sie haben ihn nicht gestoßen?«, fragte er trotzdem.

Berglund schüttelte den Kopf. Barbarotti zeigte auf das Aufnahmegerät.

»Nein«, sagte Berglund. »Ich habe ihn nicht gestoßen.«

»Haben Sie ihn mit der Pistole bedroht?«

»Nein. Das war nicht nötig.«

»Und wenn er nicht von allein gesprungen wäre, was hätten Sie dann getan?«

Berglund zögerte höchstens eine Sekunde lang. »Ich hätte ihn erschossen. Natürlich war es mir lieber, so, wie es gekommen ist, aber in diesem Punkt soll kein Missverständnis aufkommen. Ich übernehme die volle Verantwortung für Germund Grooths Tod. Das war die moralischste Handlung, die ich in meinem ganzen Leben ausgeführt habe, das können Sie mir nicht nehmen. Verstehen Sie?«

»Ich verstehe«, sagte Barbarotti. »Es ist nur im Hinblick auf das, was Ihnen jetzt bevorsteht ...«

»Es gibt nichts, was mir bevorsteht«, warf Rickard Berglund ein. »Noch eins, bevor wir fertig sind. Wir haben nie Kinder bekommen, Anna und ich.«

»Ich weiß«, sagte Barbarotti. »Wollten Sie denn ...?«

»Sie hat eine Abtreibung vornehmen lassen«, unterbrach Berglund ihn. »Im Frühling 1975. Also im selben Jahr, aber das habe ich erst dreißig Jahre später erfahren. Und nach dieser Abtreibung ist sie nie wieder schwanger geworden.«

Er verstummte und betrachtete Barbarotti auf der anderen Seite des Tisches. Sein Blick flackerte leicht, ein Bein begann zu zucken. Ich habe das hier nicht mehr unter Kontrolle, dachte Barbarotti. Ich nicht, und er auch nicht.

»Sie meinen ...«, sagte er. »Sie meinen, dass sie ein Kind von ihm erwartet hat, von Germund Grooth, und dass er nicht wollte, dass ...?

Er brach ab. Berglund hatte die Waffe aufgenommen, dieses Mal nur mit einer Hand; das sah plötzlich ganz natürlich aus, und Barbarotti registrierte, dass in seinem Kopf ein Ton brummte.

»Im Gegenteil«, sagte Rickard Berglund mit einer unendlichen Müdigkeit in der Stimme. »Es war mein Kind, und deshalb wollte sie es nicht haben. Heute ist Dienstag.«

Und mit einer unerwartet schnellen Bewegung richtete er den Revolverlauf auf sein rechtes Ohr und drückte ab.

## 72

Der Himmel war grauweiß und undurchdringlich. Ein kalter Wind aus Nordwest fegte über das offene, ausgehobene Gelände, und die niedrige Steinmauer, die den Friedhof von Rödåkra umgab, bot nur wenig Schutz. Die Luft roch nach Schnee. Barbarotti fror und war froh, dass Marianne beschlossen hatte, nicht mitzukommen. Es gab keinen Grund dafür, dass sie auf einem windigen Friedhof stehen und einen ehemaligen Pfarrer auf dem Weg zur letzten Ruhe begleiten sollte.

Absolut keinen Grund. Es genügte mit Backman und ihm selbst. Eine Handvoll anderer Menschen natürlich auch noch; der jetzige Pfarrer und Linderholm, zwei ältere Frauen, die mehr als zwanzig Jahre lang mit Berglund in der Gemeinde zusammengearbeitet hatten, sowie ein kleiner, gebeugter Herr in den Sechzigern, von dem Barbarotti keine Ahnung hatte, um wen es sich handeln mochte. Er hatte ihn in der Kirche mit Handschlag begrüßt, aber sein leise gemurmelter Name war nicht zu verstehen gewesen.

Die Zeremonie war barmherzig kurz. Der Pfarrer, der Silvergren hieß und hinkte, stellte fest, dass die beiden, die ihr Leben zusammen gelebt hatten, jetzt wieder vereint waren. Der Tod hatte nur vermocht, sie für wenige Wochen zu trennen. Was außerdem schon in der Kirche gesagt worden war. In Ewigkeit, Amen.

Das war im Großen und Ganzen alles. Barbarotti wusste,

dass der Pfarrer wusste, dass Rickard Berglund sich selbst in den Kopf geschossen hatte, und über einen abtrünnig gewordenen Selbstmordpfarrer konnten natürlich nicht viele Worte gemacht werden. Vielleicht hatte das Domkapitel Order gegeben, sich kurz zu fassen.

Linderholm und Silvergren nickten den Übrigen zu und verließen das Grab. Die Frauen aus dem Gemeindebüro folgten ihnen; Barbarotti, Backman und der Krumme blieben zurück. Letzterer mit ein wenig Abstand und irgendwie unentschlossen, wie es schien.

»Es sind zwei Mörder, die hier ruhen«, sagte Eva Backman und erschauerte. »So ist es.«

»So ist es«, bestätigte Barbarotti. »Auch wenn sein Einsatz diskutiert werden kann. Er hat sein Opfer nie berührt.«

»Das ist doch egal«, widersprach Backman. »Ich glaube, es könnte anfangen zu schneien.«

»Nicht ausgeschlossen«, sagte Barbarotti. »Woran denkst du?«

»An all die Toten. Aber in erster Linie denke ich an Germund Grooth.«

»In erster Linie?«, wunderte Barbarotti sich.

»In erster Linie an diese Aufzeichnungen, die Ribbing in seinen Unterlagen gefunden hat. Das über seine Eltern.«

»Es fällt mir auch schwer, das beiseitezuschieben«, sagte Barbarotti. »Dass es damals schon angefangen hat.«

»Er behauptet, sie getötet zu haben«, sagte Backman. »Glaubst du das?«

Barbarotti dachte einen Moment lang nach.

»Ich weiß es nicht. Wie sollte das denn abgelaufen sein? Er erklärt nichts.«

»Vielleicht lügt er einfach?«

»Warum sollte er lügen?«

»Keine Ahnung. Und es stimmt mit dem überein, was Marianne berichtet hat. Nein, dahinter verbirgt sich eine Wahrheit. Aber ich frage mich, wie er es angestellt hat. Sie sind ja in einem Fluss ertrunken. Eingesperrt in ihrem Auto.«

»Auf jeden Fall war es nicht einfach, allein zurückzubleiben«, sagte Barbarotti. »Zehn Jahre alt. Und wenn er dann noch die Finger mit im Spiel hatte, dann wird das Ganze noch schlimmer. Vielleicht ist es gar kein Wunder, dass er so geworden ist, wie er war.«

»Absolut kein Wunder«, stimmte Backman zu.

Sie schob die Hände in die Manteltaschen und zog die Schultern gegen die Kälte hoch. »Von diesem Uppsalasextett«, sagte sie, da ist nicht mehr viel von übrig.«

»Nur das Ehepaar Winckler«, stellte Barbarotti fest. »Und die sind nicht zur Beerdigung gekommen. Weder zu ihrer noch zu seiner. Aber vielleicht war das auch gar nicht zu erwarten?«

»Wollen wir gehen?«, schlug Eva Backman vor. »Wir müssen jetzt einen Strich unter die Sache ziehen.«

»Das müssen wir wohl«, nickte Gunnar Barbarotti, doch bevor sie losgehen konnten, war der bucklige Mann bereits bei ihnen. Er räusperte sich nervös und lüftete seinen schwarzen Hut.

»Entschuldigen Sie bitte. Dürfte ich mit Ihnen ein paar Worte wechseln?«

Barbarotti schaute Backman an und nickte.

»Mein Name ist Helge Markström. Ich war früher mit Rickard befreundet. Wir haben uns beim Militär kennengelernt. Ja, Anna habe ich auch gekannt ...«

»Das ist eine traurige Geschichte«, sagte Barbarotti. »Jetzt sind beide tot.«

»Ich habe gehört, dass er sich erschossen hat«, sagte Helge Markström. »War der Grund, dass ...?«

Barbarotti warf Eva Backman einen Blick zu und beschloss, nicht zu antworten.

»Es ist ja so lange her, dass ich einen von ihnen getroffen habe. Er konnte einfach nicht ohne sie leben, das war es doch, oder?«

»Ich weiß nicht, ob …«, setzte Barbarotti an.

»Ja«, fiel ihm Backman ins Wort. »Genauso war es.«

Helge Markström nickte. »Mir war klar, dass sie einander tief und innig liebten. Rickard und ich haben uns im Laufe der Jahre immer mal wieder Briefe geschrieben. Nicht viele, aber den einen oder anderen. Ich war sogar dabei, als die beiden sich zum ersten Mal getroffen haben …«

Ein Lächeln zog wie eine Schwalbe über sein Gesicht und verschwand wieder.

»Sie lief bei einer Demonstration mit. Das war 1970. Sie verdrehte sich den Fuß und fiel aus dem Zug … direkt Rickard in die Arme. Wir standen auf dem Bürgersteig, und er fing sie auf. Dann wurden sie ein Paar. Ich fand das immer so wunderschön. Wie das Schicksal eingreifen kann, meine ich. Was mich betrifft, so war ich nie verheiratet.«

Er verstummte. Barbarotti spürte plötzlich, wie sich etwas in ihm zusammenzog, er hoffte, dass Backman sinnvolle Worte finden würde, doch auch aus dieser Richtung kam nichts.

»Nun ja, ich mach mich dann mal auf den Weg«, beendete Helge Markström seine Rede. »Vielen Dank für das Gespräch, es ist schön zu wissen, dass Rickard gute Freunde hatte.«

Er schüttelte ihnen noch einmal die Hand, nickte ihnen zum Abschied zu und ging zum Parkplatz hinüber. Backman und Barbarotti blieben stehen und schauten ihm nach, bis er in sein Auto gestiegen war, einen weißen Saab, der mindestens zwanzig Jahre auf dem Buckel hatte.

»Sag nichts«, sagte Eva Backman, »ich glaube, ich habe genug davon.«

Barbarotti erschauerte und dachte, dass er sich ungefähr genauso fühlte.

Und dass er zusehen musste, möglichst bald ein ernstes Gespräch mit dem Herrgott zu führen.

Marianne schlief. Sie lagen Seite an Seite, und er fand, sie war leicht wie eine Feder in seinem Schoß.

Und schwer wie ein Leben. Federschwer. Lebensleicht. Es war weit nach Mitternacht, und der erste Schnee des Jahres trieb vor dem Schlafzimmerfenster dahin. Sie hatten nicht miteinander geschlafen, nur fast. Dazu war es noch nicht die richtige Zeit.

Jetzt war die Zeit der Zuversicht. Der Todesfall draußen in der Gåsaklyftan war abgeschlossen. Der Fall Grooth eingestellt.

Er spürte einen merkwürdigen Zwiespalt diesem Wort gegenüber. *Eingestellt.* Es war schön, einen Punkt zu setzen. Wenn man ans Ende eines Buches gekommen war zum Beispiel. Oder ans Ende eines Lebens. Wie Rickard Berglund.

Schön, aber nicht immer richtig. Was immer mit *richtig* gemeint sein sollte.

Meine Geliebte liegt wie eine nackte Feder in meinem Schoß, dachte er. Sie lebt. Sie hat überlebt, und alle unsere Kinder leben auch. Hier liegen wir unter einem Dach, während draußen der erste Schneesturm des Jahres tobt. Alle, sogar Sara. Sicherer kann niemand sein.

Aber ich werde von den Berglunds träumen. Anna und Rickard. Eingestellt oder nicht.

Und auch von Germund Grooth und Maria Winckler. Vor allem von ihr, wer diese Person war, die sich an einem Abend in einer rumänischen Stadt opferte und in der Blüte ihrer Jugend starb.

*Eingestellt?*

Ja, das und noch mehr würde ihn sicher die Nacht hindurch

verfolgen. Wie auch die Worte von Philip Larkin. *Most things may never happen: this one will.*

Aber so ist es nun einmal, dachte er und drückte sich enger an Marianne. Der gewundene Pfad in die Landschaft der Zuversicht.

# *Epilog, September 1958*

Und dann saß er am Küchentisch. Die Schachtel mit den Pastillen in der rechten Tasche seiner Strickjacke. Der Entschluss ruhte in seinem Kopf, er fühlte sich immer noch wie eine warme Kugel an. Er war allein am Tisch.

Aber in nur wenigen Minuten würden die anderen auch hier sitzen. Vater, Mutter und Vivianne. Mutter war dabei, den Tisch zu decken. Vaters Platz war bereits gedeckt, und die beiden Tabletten lagen wie üblich auf dem Teller neben der Teetasse. Es gab nicht mehr viel Zeit zu zögern. Wenn es geschehen sollte, dann jetzt.

Er spürte, wie die Erregung in seinen Schläfen pochte. In die Arme und Finger kroch. Jetzt, dachte er, jetzt muss ich es tun.

Die Sonne warf ein paar scharfe Morgenstrahlen zwischen den Jalousierippen vor dem Fenster zur Straße hin herein. Sie stachen ihm ins Auge. Es war wie eine Ermahnung – beeil dich! Er schob die Hand in die Tasche, den Zeigefinger um die Schachtel gekrümmt. Kontrollierte, dass die Mutter ihm den Rücken zudrehte, und dann! In der nächsten Sekunde hatte er es getan.

Die Tabletten vertauscht. Vaters lagen in der Pastillenschachtel, zwei Tabletten lagen auf seinem Teller. Und kein Mensch auf der Welt konnte den Unterschied sehen.

Es war getan. Die einfachste Sache der Welt. Die Rache ist

mein, dachte er. So hieß es doch, in einem der Indianerbücher, die er von Benke geliehen hatte. *Die Rache ist mein.*

Sie wollten im Laufe des Vormittags losfahren. Wenn er von der Schule nach Hause kam, würde Tante Hjördis ihn empfangen. Vater, Mutter und Vivianne würden dann bereits am Rödtjärn angekommen sein. Vier Tage wollten sie dort bleiben. Vater würde wie üblich arbeiten, Mutter und Vivianne würden mit den Hunden spazieren gehen, mit dem Boot hinausfahren, vor dem Feuer mit den Cousins und Cousinen spielen.

Er selbst sollte mit Tante Hjördis zu Hause bleiben. Vivianne durfte mitkommen, weil sie noch so klein war. Sie hatte keine Schule, die versäumt wurde. Sie war nur ein kleines Kind, und nur weil sie noch ein kleines Kind war, durfte sie mit nach Rödtjärn.

Mutter hatte bei ihm auf der Bettkante gesessen und es ihm gestern Abend erklärt. So war es nun einmal. Er war zehneinhalb Jahre alt und musste an die Schule denken. Man konnte nicht mitten im Schuljahr einfach drei Tage frei nehmen, das war doch klar. Er war ja schon ein großer Junge. Und am Sonntag wären sie wieder zu Hause, vielleicht sogar schon am Samstagabend. Das kam aufs Wetter an.

Er hasste Tante Hjördis. Er hasste Vater und Mutter, weil sie ihn bei Tante Hjördis zurückließen. Er hasste Vivianne, weil sie nur ein Rotzkind war, das mit nach Rödtjärn durfte und keine Schule hatte, die sie versäumen konnte.

Aber die Rache war sein. Wenn Vater merkte, dass er die Tabletten vertauscht hatte, würde es Prügel geben. Daran bestand kein Zweifel. Aber er glaubte nicht, dass Vater einen Unterschied bemerken würde. Man konnte keinen Unterschied sehen. Er hatte lange darüber nachgedacht. Mindestens ein halbes Jahr. Die Tabletten, die Vater jeden Morgen mit einem Schluck Stachelbeersaft schluckte, sahen haargenau so aus wie die Halspastillen von Ziggy. Wenn er sie kaute, würde er natürlich den Unterschied bemerken, aber Vater kaute seine Tabletten nie. Er warf sie sich direkt in den Mund und spülte sie mit einem ordentlichen Schluck Saft hinunter, das war jeden Morgen das Gleiche, und er brauchte sie wegen irgendeiner Krankheit. Etwas mit Schwindelgefühlen.

Das geschah ihnen nur Recht, wenn er in Rödtjärn krank wurde. Oder sie gar nicht erst so weit kamen. Er würde niemals zugeben, dass er die Pillen vertauscht hatte. Keiner lebendigen Seele, nicht einmal Benke.

Und er würde die ganze Schachtel mit den Tabletten und Vaters zwei Pillen wegwerfen. Sie unter einem Stein draußen im Wald vergraben, falls es Probleme gab. Falls Vater richtig krank wurde oder so. Niemand würde jedenfalls auch nur das Geringste erfahren. Er musste innerlich kichern, als er daran dachte, aber das Kichern war vorüber, als sie jetzt in die Küche kamen. Vater und Vivianne, und plötzlich saßen sie alle vier am Tisch. Vater machte irgendwelche Witze darüber, was der verrückte Holger gesagt oder getan hatte, Mutter lachte, Vivianne goss sich wie immer zu viel Milch über ihre Cornflakes, und dann warf sich Vater die Tabletten in den Mund und spülte sie mit einem Schluck Stachelbeersaft hinunter.

Er verzog leicht das Gesicht, aber das tat er immer. Es war vollbracht. Ein Schauer fuhr ihm das Rückgrat hinunter, und als Vater fragte, ob er traurig sei, dass er nicht mit nach Rödtjärn fahren konnte, antwortete er nur, dass er an die Schule denken müsse. Dass es nicht möglich sei, mitten im Schuljahr drei Tage zu fehlen.

Und Vater sagte, dass so ein richtiger Mann spreche, und alles war Friede, Freude, Eierkuchen in der sonnigen Küche bei der heiligen Familie.

# HÅKAN NESSER

**Die Kommissar-Van-Veeteren-Serie**

Das grobmaschige Netz. Roman
Das vierte Opfer. Roman
Das falsche Urteil. Roman
Die Frau mit dem Muttermal. Roman
Der Kommissar und das Schweigen. Roman
Münsters Fall. Roman
Der unglückliche Mörder. Roman
Der Tote vom Strand. Roman
Die Schwalbe, die Katze, die Rose und der Tod. Roman
Sein letzter Fall. Roman

**Weitere Kriminalromane**

Barins Dreieck. Roman
Kim Novak badete nie im See Genezareth. Roman
Und Piccadilly Circus liegt nicht in Kumla. Roman
Die Schatten und der Regen. Roman
In Liebe, Agnes. Roman
Die Fliege und die Ewigkeit. Roman
Aus Doktor Klimkes Perspektive. Erzählungen
Die Perspektive des Gärtners. Roman
Die Wahrheit über Kim Novak. Roman
Himmel über London. Roman
Die Lebenden und Toten von Winsford. Roman
Der Fall Kallmann. Roman

**Die Inspektor-Barbarotti-Serie**

Mensch ohne Hund. Roman
Eine ganz andere Geschichte. Roman
Das zweite Leben des Herrn Roos. Roman
Die Einsamen. Roman
Am Abend des Mordes. Roman
Der Verein der Linkshänder. Roman

btb